R&B

ARNO ORZESSEK

Schattauers Tochter

ROGNER & BERNHARD
BEI ZWEITAUSENDEINS

1. Auflage, Februar 2005

ISBN 3-8077-1001-9
www.rogner-bernhard.de

Lektorat: Werner Irro, Hamburg.
Umschlag: Philippa Walz, Stuttgart.
Herstellung und Gestaltung: Eberhard Delius, Berlin.
Satz: Offizin Götz Gorissen, Berlin.
Gesetzt aus der Quadriga.
Druck und Einband: Kösel, Krugzell.
Printed in Germany.

Dieses Buch gibt es nur bei Zweitausendeins im Versand, Postfach, D-60381 Frankfurt am Main, Telefon 069-420 80 00, Fax 069-41 50 03. Internet www.Zweitausendeins.de, E-Mail info@Zweitausendeins.de. Oder in den Zweitausendeins-Läden in Berlin, Düsseldorf, Essen, Frankfurt am Main, Freiburg, 2 x in Hamburg, in Hannover, Köln, Mannheim, München, Nürnberg, Stuttgart.

In der Schweiz über buch 2000
Postfach 89, CH-8910 Affoltern a. A

ERINNERUNG

Er hatte das schwarze Gespenst schon einmal gesehen. Es war aus dem Keller des Gemeindehauses gekommen und die gepflasterte Einfahrt hinaufgeschlichen. Ältere Menschen, auch sie in dunklen Kleidern, hatten es zur Straße begleitet. Er kam an diesem Sonntagnachmittag vom Kicken, verschwitzt und durstig, den Ball eng am linken Fuß. Er lief über den Gehweg und umdribbelte die Menge seiner unsichtbaren Gegner – bis er auf das schlurfende schwarze Gespenst prallte, das von den Armen hilfsbereiter Pilger gestützt wurde. Das dunkle Kopftuch hielt ein Gesicht umklammert, aus dem die Zeit verschwunden war. Er erinnerte sich: Es war ein Gesicht, das nicht atmete. Es war von Dingen gezeichnet, die größer waren als das irdische Leben.

Erster Teil

1

»Macht euch frei! Auch dieser Sommer geht mal zu Ende«, rief Eduard Manthey den Mädchen zu und dehnte den Oberkörper. Unter seiner Sommersprossenhaut spielten die Muskeln. Sie waren von Natur aus groß und durch Exzesse in vielen Sportarten hart und kantig geworden. Es war ein sehr heißer Tag. Ein trügerisches Gleißen lag im Augustlicht, etwas Weißes und Zweideutiges, wenn man so wollte. Die Schule ging nach den Sommerferien gerade wieder los. Eduard und ein paar andere Jungs hatten in der Hitze ihre T-Shirts ausgezogen und standen halb nackt auf dem Raucherhof des Karlgymnasiums herum.

Das Publikum betrachtete mehr oder weniger amüsiert die fragilen Schlüsselbeine von Guido Flock, die roh und sinnlich hervorschießenden Brustwarzen von Regenmacher, Hans-Peter Spechts bizarren Eiterpickel, der genau auf dem Reißverschluss der Wirbelsäule saß, und dieses und jenes. Es gab appetitliches Menschenfleisch zu sehen, aber auch kleine und große Makel. Ein Werbefoto für Calvin Klein, eines dieser ätherischen Jünglingsporträts mit homophilem Stich, hätte man auf dem Raucherhof nicht schießen können, hieß es später.

Die Szene wäre vielleicht keinem im Gedächtnis geblieben, wenn nicht Jutta Marihuana nach Eduards Aufforderung tatsächlich ihr T-Shirt ausgezogen hätte, das lila und zerknittert war. Darunter trug sie nichts. Ich erinnere mich, dass Eduard die Begierde in die Augen schoss wie Tränen nach einem plötzlichen Schmerz. Für Sekunden sah man Juttas Apfelbrüste und die dunkelroten Höfe. Es waren weiße Brüste, hart wie ihr Kinn, ein bisschen feindselig. Auch im Lehrerzimmer, das auf hohen Betonstelzen über dem Raucherhof stakte und gute Observationsmöglichkeiten bot, interessierten sich ein paar Köpfe für die Vorgänge, wie man an den bewegten Umrissen hinter den Gardinen sehen konnte.

Nachdem Jutta Marihuana eine nicht sehr elegante Pirouette gekurbelt hatte, begann sie, das T-Shirt wieder anzuziehen. Der Film lief rückwärts schneller als vorwärts. Beim Heben der Arme wurden Juttas Brüste flach und durchsichtig. Sie verhüllten kaum noch die Rippen des Brustkorbs, einer geschlechtslosen Karkasse von bescheidenem Umfang.

Das perplexe Schweigen der Zuschauer passte gut zur Lufttemperatur – das erwähnte Regenmacher in seiner Wassermühle im Nettetal, als wir uns an die Einzelheiten jenes Augusttages vor achtzehn Jahren erinnerten, an dem Deutschland noch nicht wusste, dass die letzten Wochen der Regierung des Weltökonomen Helmut Schmidt angebrochen waren.

»Jutta Marihuana«, rief Eduard. »Ich habe mir deine Brüste wirklich kleiner vorgestellt.«

Seine Oberkörperbehaarung hatte die Form eines Herzens, was später, mit zunehmendem Haarwuchs am ganzen Körper, in Vergessenheit geriet. Er trug eine safrangelbe Cinque-Cordhose von L&T, dem Bekleidungshaus an der Großen Straße. Die Hose hatte ihn neben dem 80-Mark-Regelsatz von seinen Eltern auch noch ein paar Scheine vom eigenen Ersparten gekostet, aber es war eine gute Investition gewesen. Eduard bekam in der coolen Safran-Cordhose regelmäßig Komplimente zu hören und von den Komplimenten gute Laune – und gut gelaunt war er besonders schlagfertig.

»So?« fragte Jutta Marihuana. Sie drehte sich mit der linken Hand eine Kippe und drückte mit dem rechten Unterarm noch einmal ihre Brüste heraus. Aus ihren blauen Augen tropfte ein Blick. Es war einer dieser langsam heranfließenden Blicke, die selbst schon Fragen waren. »Warum eigentlich kleiner? Sind doch ganz ordentlich, oder?«

Durch die Umstände bekam ihre Frage etwas Lauerndes, Grundsätzliches. Jutta Marihuana, die sich mit Malerei beschäftigte, war nicht blöde, das wusste jeder. Allen dämmerte, dass Eduard in einer dieser experimentellen Situationen steckte. Seine Antwort würde als typisch männliche Antwort ins Archiv kommen. Warum hatte er sich Juttas Brüste kleiner vorgestellt, als sie waren? Warum nicht größer – was viel besser zur allgemeinen Geilheit gepasst hätte, die sich an straff ausgebeulten Hosen zeigte? Hatte Juttas Strip etwas mit Emanzipation zu tun?

»Weil deine T-Shirts immer zwei Nummern zu groß sind«, sagte Eduard. »Du kannst ruhig engere Sachen anziehen. Du bist wirklich hübsch!«

»Die Schönheit einer Frau hängt nicht am Busen, auch wenn er nicht hängt«, brummte Jutta. »Aber ich werde darauf zurückkommen.«

Wenige Sekunden später schnatterten alle möglichen Stimmen durcheinander. Plötzlich wussten viele männliche Zuschauer, was sie hätten sagen können, um sich selbst die Anwartschaft auf die Berührung von Juttas Brüsten zu sichern. Doch der günstige Augenblick war verstrichen. Es gongte, und die fünfte Stunde lief ruckfrei an.

»Jungs«, sagte Regenmacher, der zwei Jahre älter war als der Rest von uns. »Ich schätze, Libido hat für heute die Losbude geschlossen.«

Hoch unter dem Dach der Schule, einer architektonischen Wagenburg aus alten und modernen Bauteilen, die das Denkmal Karls des Großen in die Mitte genommen hatten, lag am Ende eines langen Flures der Raum 3.13. Ich erinnere mich, dass im Sommer zu einer bestimmten Zeit das Sonnenlicht durch die dunklen Blätter einer Kastanie in den Raum fiel und psychedelische Muster auf den Parkettboden malte. So auch an diesem Tag. Die Fenster waren weit geöffnet. Hinter der Baumkrone war der wuchtige, achteckige Vierungsturm des Doms zu erkennen. Auf den Zweigen der Kastanie saßen grau und ernst zwei hitzestarre Tauben.

Dr. phil. Gustav Hermann Eckstein, der am Karlgymnasium den Ruf eines Zauberers genoss und uns die erste Rhetorikstunde geben sollte, ließ auf sich warten. Die Spannung war mit Händen zu greifen. Alle vierzehn oder fünfzehn Schüler wollten sich der Übung freiwillig unterziehen. Ecksteins Kurs gehörte zu den Wahlfächern und wurde nicht einmal benotet, sondern nur auf dem Zeugnis vermerkt.

»Ich habe mich so auf jetzt gefreut«, quiekte Britt Brecker und scharrte mit ihren cremefarbenen Sandalen. »Die ganzen Sommerferien lang habe ich mich gefreut.«

Man sagte Britt die Blödheit einer Kuh, aber auch etwas Heiliges nach. Auf ihren Armen sträubten sich die Härchen, was ein charakteristischer Zustand war. Die Gänsehaut griff in weißen Lohen aufs Dekolleté über. Schließlich war ihr ganzer Körper von kleinen Vulkanen übersät, aus denen die hellen Härchen wie Ascheschweife emporstiegen. Jutta Marihuana zeigte Britt Brecker den Vogel.

»Komm, Jutta«, sagte Regenmacher. »Wir haben uns alle auf den Kurs gefreut, lass Britt doch in Ruhe.«

»Regenmacher, mein Friedenstäubchen«, brummte Jutta Marihuana. »Manchmal geht dein Pazifismus einfach zu weit.«

Regenmacher war wie immer barfuß unterwegs und blätterte in einem agrarwissenschaftlichen Fachbuch, das er aus seinem Jutebeutel gezogen hatte. Seine dreckigen Fußsohlen und schwarz geränderten Zehennägel machten den Raum 3.13 weder für den Augenblick noch für die Erinnerung schöner. Doch niemand störte sich daran. Die Gewohnheit hatte gesiegt.

Regenmacher, mit bürgerlichem Namen Harald Regentrop, war ein witziger, friedensbewegter Mensch und Parteimitglied bei den Grünen. Er fuhr an Wochenenden in seinem Ford Transit durch Deutschland, um gegen Atomkraft, Nato-Nachrüstungsbeschluss, Startbahn West und andere Projekte von Staat und Großkapital zu demonstrieren. Erste Meriten im zivilen Widerstand hatte er als Kind gesammelt, als er an der Seite seines großen Bruders in der Krahnstraße Hausbesetzer wurde. Sie hatten vergeblich versucht, die dringend notwendige Sanierung der Innenstadt zu stoppen.

»Also gut, fragen wir Daniela«, sagte Regenmacher. »Ist Britt noch ganz dicht? Oder übertreibt sie mal wieder?«

Daniela May stand am Fenster und blickte durch das Gewölk der Kastanienblätter zum Dom hinaus. Ihr schwarzes Haar schmiegte sich an die Schläfen und fiel dicht und schwer auf die Schultern hinab. Ihr Gesicht hatte ernste, verblüffend indianische Züge. Mit einer ähnlichen Miene wie in diesem Moment hatte sie beim Schulschachturnier in der Pausenhalle simultan gegen zwölf Lehrer gespielt, stets nach weniger als fünfzehn Sekunden gezogen, wenn sie an einen neuen Tisch trat, und acht Partien gewonnen, ohne eine einzige zu verlieren. Wegen ihrer enormen Bildung und ihrer Intelligenz war man sich nicht sicher, ob sie zu den Schülern oder zu den Lehrern gehörte.

»Ich bin nicht König Salomo«, sagte Daniela. »Aber wenn

du meine Meinung wissen willst – man kann sich eigentlich nie zu viel freuen.«

»Starke Antwort«, sagte Eduard. »Hätte von mir sein können.«

Er ließ sich auf den Stuhl neben mir fallen und ahnte nichts Böses, wie sein zufriedenes Grinsen zu erkennen gab. Was sollte seine gute Laune nach dem grandiosen Auftritt auf dem Raucherhof noch beschädigen können? Da entdeckte er auf dem Tisch vier tief eingekerbte Worte. *Kerstin I love you.* Eduard glaubte sofort und vermutlich zu Recht, dass sein eigenes Schweizer Taschenmesser dieses Bekenntnis vor Jahren eingeritzt hatte. Aber die schmalhüftige, langhaarige, grünäugige Kerstin, deren rechte Hand immer zwischen den übereinander geschlagenen Schenkeln gelegen hatte (was die Schenkel geheimnisvoll und erinnerungswürdig machte), war seinen monatelangen Werbungen nie erlegen.

Das wäre nicht erwähnenswert, wenn Eduard andere oder wenigstens ein anderes Mädchen erobert hätte. Doch davon konnte keine Rede sein. Eduard, der in guten Momenten einer Raubkatze glich, die sich mit Gewalt reißt, was sie braucht, hatte seit fünf Minuten die vage Aussicht auf die Berührung von Jutta Marihuana. Das war sein Liebesleben, wenn man davon absieht, dass er seine Unschuld für zwanzig Mark im roten Samtzimmer Nadja Weiningers verloren hatte, die den Künstlernamen Iolanda trug und das Karlgymnasium nach der Zehn mit dem bei weitem schlechtesten Zeugnis seit der Schulgründung verlassen musste.

»Verdammt noch mal, soll ich diese Provokation jetzt die ganze Stunde ertragen?« quengelte Eduard. »Kein Mensch würde sich das gefallen lassen, oder?«

Dann schuf er Abhilfe. Er entfernte das Wanderdenkmal seines erotischen Versagens. Eduard griff mit seinen Schraubzwingen-Händen nach dem Tisch und schwenkte ihn hoch über den Kopf, aber nicht etwa, um ihn in die Ecke zu räumen und gegen ein gefälligeres Möbel einzutauschen, nein. Während Dr. Gustav Hermann Eckstein weiter auf sich warten ließ, lief Eduard mit dem Tisch über dem Kopf aus dem Raum – »Simson, Simson«, ruft Daniela in meiner Erinnerung –, sprang die Treppen im Treppenhaus des Hauptgebäudes in großen Sprüngen hinab, denn er war stark genug, um während der Sprünge das empörende Ding mit Leichtigkeit festzuhalten, lief, wie wir vom Fenster des Flures beobachteten, über den Pausenhof am Karldenkmal vorbei, gelangte in den Klosterflügel und entsorgte dort den Tisch im entlegensten, nur von Unterstufenklassen genutzten Raum des Schulkomplexes.

Das haben wir erst mal erledigt.

Eduard war der Sohn der Putzfrau Dietlinde Manthey und des vorzeitig pensionierten Hilfsarbeiters Gotthilf D. Manthey, der viele Jahre im örtlichen Güterbahnhof geschuftet hatte, eine jener Umladestellen der Deutschen Bundesbahn, die schon damals reihenweise geschlossen wurden. Die Bandscheiben des Familienvaters waren beim Umladen der Güter von einem Waggon in den anderen zerschlissen worden, denn trotz Gabelstapler und Hubkarren hatte er oft Riesengewichte gehoben. Gotthilf D. Manthey war bei Eduards Geburt über vierzig gewesen und hatte vor dem Kreißsaal gesagt: »Ich fühle mich, als wäre mein Enkel geboren.« Später hielt sich die Ansicht, dass Eduards aufbrausender, hitzköpfiger Charakter mit der geborgenen, aber reizlosen Atmosphäre seiner Kindheit und dem Fehlen von Geschwistern zu tun gehabt hatte.

Von Gotthilf D. Manthey war in der Nachbarschaft bekannt, dass er im Dezember 1942 als schwer verletzter Sanitätssoldat aus dem Kessel von Stalingrad ausgeflogen worden war, bei der Verteidigung Ostpreußens gegen die 2. Weißrussische Front ein zweites Mal Verletzungen erlitten und den Rest des Krieges dank der hartnäckigen Weigerung, gesund zu werden, als Pseudo-Invalide in seiner Heimatstadt überlebt hatte. Im ersten Sommer des Friedens hatte er eine turbulente und unglückliche Liebe mit einer um Jahre älteren Frau aus gutem Hause erlebt – eine Liebe, die ihren traurigsten und schönsten Ausdruck in Mantheys dilettantischer Leidenschaft für Schmetterlinge fand –, war aus Schmerz und Enttäuschung in den Harz gegangen und hatte am Rammelsberg bei Goslar in der tröstenden Dunkelheit eines Bergwerks seine Schwermut gepflegt. Neun Jahre nach den Turbulenzen hatte Gotthilf D. Manthey den Entschluss zur Rückkehr gefasst und wiederum Jahre später die Putzfrau Dietlinde kennen gelernt, die auf dem linken Auge blind war. Gotthilf war bald aufgefallen, dass Dietlinde keine Illusionen hatte, aber Spaß am Bügeln.

Von klein auf war Eduard ein Mensch, der viel handelte. Es fehlte ihm nie an Entschlussfreude, irgendetwas anzupacken, und selten an Aggressivität. »Dieser Junge geht mal zur Wehrmacht«, sagte der hoch dekorierte WK-II-Panzerfahrer Hans Jahn aus dem Nachbarhaus, als Eduard kaum laufen konnte, aber schon Blumenkübel umwarf und die kreischende Katze Gauguin am Schwanz über den Rasen zerrte.

Die Mantheys begannen früh über ihren Sohn zu staunen, ohne den Schatten einer Idee zu haben, wie sie seiner regellosen Impulsivität noch beikommen könnten. Ich erinnere mich an Eduards sechsten Geburtstag, an dem Dietlinde Manthey Gasluftballons gekauft hatte. Nach dem Marmorkuchenessen malten alle Kinder Bildchen, um sie an den Ballons mit dem Wind in die Ferne fliegen zu lassen. Dabei lobte die leichtsinnige Malte Neuber das Werk ihres eigenen

Sohnes in höchsten Tönen: »Ach, mein lieber Thomas! So ein schönes Haus hat keiner gemalt.« Eduard hörte sich das eine Weile an, griff nach den Buntstiften, die vor Thomas lagen, und brach die Spitzen mit einem harten Stoß auf dem Handrücken des kleinen Picasso ab. Er bekam von Dietlinde eine geklatscht, aber er weinte nicht.

Natürlich glaubten die Mütter am Kaffeetisch, damit wäre die Sache erledigt. Doch Eduards heiß entflammter Zorn, der sicher auch daher rührte, dass er miserabel malte, war noch nicht gestillt. In dem Moment, als wir im Garten auf ein Kommando hin die Fäden losließen und die bunten Gasluftballons ihren Flug begannen, zog er blitzschnell seine Erbsenpistole, zielte mit ausgestreckten Armen und zerschoss Thomas' Ballon. Weder von den bitteren Tränen, die Thomas daraufhin ein zweites Mal vergoss, noch durch das Gezeter von Malte Neuber ließ sich Eduard zur Reue zwingen.

Oft wusste Eduard nicht, was er in der Unendlichkeit der Nachmittage mit sich anfangen sollte, wenn seine Mutter schweigend auf dem Fensterbrett lehnte und die wenigen Ereignisse an der Wesereschstraße betrachtete – bis ihm auffiel, dass sein Bewegungsdrang eine natürliche Richtung hatte: Er entdeckte den Sport. Er ging ins nahe Schinkelbad und konnte bereits als Zwölfjähriger, während andere noch am Fahrtenschwimmer scheiterten, über vierzig Meter weit tauchen. Ballsportarten waren ihm angeboren. Er kickte beim SV Schinkel 04 im Mittelfeld der Kindermannschaften und war drei Spielzeiten hintereinander Torschützenkönig. Er trainierte in der Leichtathletikgruppe und zeigte sich gleichermaßen talentiert in Ausdauer- und Schnellkraft-Disziplinen. Doch die Getriebenheit blieb.

Nach einer kriminellen Phase, während der sich Eduard den Asos, wie die unterste Kaste des Stadtteils genannt wurde, aus den Blocks ein paar hundert Meter weiter anschloss, um wehrlosen Kindern auf dem Schulweg Armbanduhren, Süßigkeiten und Kleingeld abzuknöpfen; nach ruhelosen Monaten an den Flippern im Café des Schinkelbads und im Supermarkt Central; nach geistlich folgenlosen Berührungen mit dem CVJM in der Pauluskirche und mit den freundlichen Sozialarbeitern im Freizeitzentrum Ostbunker (einer sozialpädagogischen Errungenschaft der siebziger Jahre, die einen Hochbunker aus dem Weltkrieg veredelte); nach diesen und weiteren Versuchen, seine Position im übersichtlichen Koordinatensystem unseres Stadtteils zu finden, wurde das Stadion Bremer Brücke der Mittelpunkt in Eduards Leben.

Er spürte bald, dass dort der Mantel der Geschichte wehte. Nachbarn erzählten ihm, dass an der Bremer Brücke einst die Nationalspieler Mattis Billen und Dschangel Flotho und später die legendäre Oberliga-Elf mit Addi Vetter und Hannes Haferkamp Ruhm erworben hatte. Eduard erkor Gerd-Volker Schock zu seinem Helden, gefolgt von Schocks Assistent Stocki Nordmann und dem umschwärmten Lockenkönig auf der Außenbahn, Detlef Olaidotter.

An der Bremer Brücke gab es gegen geringes Eintrittsgeld die Emotionen, die Eduard emporrissen. Er stand im lilaweißen Trikot in der Fankurve, stimmte zwei Stunden vor dem Spiel – noch fast allein – Gesänge an und warf beim Einlaufen der Spieler Tüten voller Konfetti in die Luft. Es war ungewöhnlich viel Konfetti, wie er später zugab. Über ihm standen die exorbitantesten Wolken aus zerrissenen Papierschnipseln, die beim Niedergehen bis in sein Unterhemd rieselten. Auch sein Jubelgeschrei war irre laut und stimmte nicht immer säuberlich mit dem Spielverlauf überein. Es war offenkundig: Eduard verschaffte sich im Stadion die Räusche, die er sonst entbehrte. Sie trugen ihn bis zum Montagmorgen und nach hohen Siegen noch viel weiter.

Kam es zu Prügeleien mit gegnerischen Fans – in jenen bewegten Zweitliga-Zeiten eher die Regel als die Ausnahme –, bewährte sich Eduard als schweigsamer Einzelkämpfer, der durch Vorgärten pflügte und über Parkplätze jagte, selbst wenn ihm das Blut aus der Nase suppte. Anders als seine Kumpel hasste Eduard die gegnerischen Fans keineswegs, im Gegenteil. Er freute sich, dass sie bis aus Aachen und Berlin zum großen Gerangel gekommen waren. Manchmal brachte er die Opfer seines Schlagrings – einem grünen Wasserhaupthahn, der an der Schlagkante spitz zugefeilt war – eigenhändig aus der Gefahrenzone. Einige Spieltage beendete er selbst in der Unfallaufnahme des Marienhospitals. Narben im Gesicht hielten die Erinnerung daran für immer wach.

Mit der Versetzung aufs Gymnasium lernte Eduard nach der kindlichen Unruhe auch den jugendlichen Verdruss über sich und vor allem über seine Herkunft kennen. Seine Eltern hatten sich für das 1173 Jahre alte Karlgymnasium entschieden, das Karl der Große anlässlich seiner Feldzüge gegen die Sachsen und den hiesigen Threcwithigau gegründet hatte. Das Karlgymnasium, die älteste Schule Deutschlands, die pausenlos in der Zeit und fest verwurzelt am Platz ihren Lehrauftrag erfüllt hatte, stand im Ruf, ordentlich und nicht anti-autoritär zu sein – anders als die Gesamtschule in Schinkel-Ost, die von bestimmten Kreisen als Labor der Anarchie und Unmoral betrachtet wurde.

Es geschah das Unvermeidliche. Eduard fand sich unter Mitschülern wieder, deren Eltern Rechtsanwälte, Bauunternehmer, hohe Beamte der Stadt und erfolgreiche Geschäftsleute waren – das heißt, diese Mitschüler stachen ihm ins Auge und ins Herz, natürlich gab es auch andere. Die Kinder aus gutem Hause hatten schickere Klamotten, teurere Fahrräder und gewähltere Umgangsformen. Sie konnten Musikinstrumente spielen, machten Reisen in den Süden, die Eduard phantastisch vorkamen, kannten das Theater von innen, hatten Geld in der Tasche und bewegten sich überhaupt viel selbstbewusster und angepasster durch die traditionsreiche Stadt als viele rotzige Kinder aus unserem Viertel, die während der Orientierungsstufe dauernd auf Bambule aus gewesen waren. Eduard erkannte, dass er hoffnungslos hinten lag, und bekam einen Schock. Er las im Unterricht weit mehr in den Sport-, Auto- und Motorradzeitschriften unter der Bank als in den Büchern auf der Bank. Seine Noten fielen lotrecht in den Keller.

Der ideologische Horizont vor Eduard war leer. Politische Überzeugungen im engeren Sinne traten im Schinkel selten ans Tageslicht, proletarisch-konservative Klischees schon häufiger. Der Partykeller im Reiheneigenheim galt als Nachweis ausgeflipptester Modernität. Auch auf dem Karlgymnasium, an dem Eduard Schüler traf, die das Leben genießen, aber keineswegs aufmucken wollten, fehlten Versuchungen, die über den Tellerrand des Bürgerlichen hinausgewiesen hätten. Der schlaue, lustige Regenmacher war einer der wenigen Außenseiter und überredete Eduard dazu, an der Bremer Brücke gegen Franz Josef Strauß zu protestieren, der als Kanzlerkandidat der Union mit dem Hubschrauber eingeflogen kam – aber aus diesem Ereignis ging nichts hervor.

Einige Jungs, die sich Erscheinungsbild und Manieren von Punkern zulegten, verschwanden schnell vom Pausenhof unserer Schule. Über die hennarote Birgit, die Müsli aß, linke Liedermacher hörte und sich für die Dritte Welt interessierte, wurde nach ihrem Auftauchen in der neunten Klasse mit so großer Verwunderung gesprochen, dass sie bald aufs Ratsgymnasium wechselte und dort einen Che-Guevara-Kreis eröffnete, der sich in anderthalb Jahren eine Reise nach Kuba zusammensparte.

Als in den neunziger Jahren die künstliche Erschaffung von Generationen beliebt wurde, erfuhren die meisten Karolinger mit einer gewissen Bestürzung, aus welcher hochpolitischen und ästhetisch sensiblen Zeit sie stammten. Und als ein Feuilletonist in einer überregionalen Zeitung schrieb, in den achtziger Jahren wäre unter Jugendlichen jede Diskussion über Filme im Grunde eine politische Diskussion gewesen, schnitt sich der Student Eduard den Artikel aus, weil er die These so absurd fand wie sonst nur noch die Ergüsse der *Spex*, mit deren Autoren er mittlerweile oft im Sixpack an der Aachener Straße in Köln Dosenbier trank. Tatsächlich war für uns *Blue Velvet* der Film der achtziger Jahre, und wenn wir über ihn sprachen, sprachen wir über Kunst – aber meistens nicht einmal das.

Weil Eduard trotz gewaltiger Ambitionen keine speziellen Gesinnungen hatte, sah er sich zu dem Entschluss gezwungen, ein neuer, auf irgendeine Art und Weise bedeutender Mensch zu werden – und das hieß in Ermangelung besserer Ziele, in das gehobene Bürgertum der Stadt vorzudringen, in die mythenumrankte Westerberg-Welt. Viele halten an der Überzeugung fest, dass Eduard diese Idee in der Zweigstelle der Stadtbibliothek in unserem Viertel entwickelte. Dort war der wichtigste Schauplatz seines Brütens. Er fraß sich wahllos durch die Jugendbücher, und in den Pausen dachte er: Warum habe ich keinen besseren Startplatz erwischt? Schließlich, als ihm selbst die Aktfotografie-Bände keine Ablenkung mehr verschafften, landete er an der Rückwand der kleinen Bücherkiste bei den belletristischen Schätzen. An einem Apriltag verschlang er Dürrenmatts *Der Richter und sein Henker*. Als er bemerkte, dass seine eigene Hilfsarbeiternase ihn zu Dingen geführt hatte, die auch am Karlgymnasium volle Gültigkeit hatten, machte sein Selbstbewusstsein einen nie wieder erreichten Rekordsprung.

»Ich werde meine Wurzeln ausreißen«, sagte er am Abend, als wir auf der Mauer vor der Pauluskirche hockten, und malte mit dem Finger ein Feindbild in die Luft, das man als Umriss unseres Stadtteils interpretieren musste. Eduard kündigte den meisten Jungs aus dem Viertel die Freundschaft, leierte seinen Eltern mehr Geld für Klamotten aus der Nase, las fleißig den *Spiegel* und rückte in der Schule ins gesicherte Mittelfeld auf.

Sein Platz im Fanblock blieb nun leer. Eduard hockte in der Nähe von Präsident Piepenbrock auf der Ehrentribüne, weil er für ein Anzeigenblatt Spielberichte schrieb. Manchmal traf er auch den Oberbürgermeister und Herren in teuren Mänteln, die null Ahnung von Fußball hatten. Wenn es Eduard zu viel wurde, unterbrach er ihr Gequatsche und erklärte hübsch langsam die Auflösung des Liberos oder die Risiken des Ballverlustes in der Vorwärtsbewegung. Man hörte ihm zu und nannte ihn drollig. Es gelang Eduard indessen nicht, den Übergang vom Fan zum Reporter verlustfrei zu gestalten. Nun blieben die Stadionbekanntschaften auf der Strecke. Es hieß: Der affige Manthey weiß weder, wo er hingehört, noch weiß er, was er will.

Das muss wohl so sein, wenn man seine Wurzeln ausreißt, dachte Eduard.

Schließlich war es so weit. Die Klinke bewegte sich und Dr. Gustav Eckstein erschien im Türrahmen von Raum 3.13. Er nahm seine Sonnenbrille ab, ein italienisches Modell, und steckte sie in die Innentasche des Sakkos. Das hätte er auch auf der langen Strecke des Flures erledigen können. Aber wer hätte ihm da zugesehen? Gustav Eckstein war groß und schlank. Er trug einen dieser Cary-Grant-Anzüge, die nie aus der Mode kommen, ein rosa Hemd, schwarze Lederschuhe und am rechten Handgelenk eine Patek Philippe. Er war aus heutiger Sicht ein Verwandter Harald Schmidts, nur schöner, jünger und böser. Der Drei-Tage-Bart gab seiner intelligenten Mimik etwas Piratenhaftes, etwas von Entern und Übergriff.

»Zunächst die Prolegomena«, sagte Eckstein. »Rhetorik ist kein kümmerliches Laberfach wie zum Beispiel Pädagogik. Wer das glaubt, sollte jetzt aufstehen und gehen. Er würde sich Blamagen und mir Peinlichkeiten ersparen.«

Eckstein hatte sein Eau de Toilette dem heißen Wetter angepasst, eine kunstvolle Marotte, die wir zu bewundern lernten. Er duftete wie ein kühler, pflanzenbehangener Wasserfall, unter den man sich am liebsten sofort gestellt hätte.

»Sie können hier die Adlerperspektive erlernen«, sagte Eckstein und baute sich in dem Hufeisen auf, das unsere Tische bildeten. »Sie wissen nicht, was das ist? Natürlich reine Rhetorik. Nehmen Sie es wörtlich! Es geht um den Blickwinkel eines Raubvogels mit sehscharfen Augen, der immer selbst jagt und nie an Aas geht. Und denken Sie daran, Adler segeln gut in Aufwinden …«

Eckstein sprach von Adlern, uns ergriffen die Klauen der Transzendenz. So hatte noch keiner gesprochen. Das Gefühl, das sich einstellte, hielt Jahre. Es sitzt noch immer unter meiner Haut.

»Wusste gar nicht, dass Studienräte glamourös sein dürfen«, flüsterte mir Eduard zu. »Ich dachte, das sei gesetzlich verboten.«

Mein Freund rutschte unruhig hin und her. Der Auftritt Ecksteins hatte ihn an ein rätselhaftes, unheimliches Wesen aus reinen Nervenbahnen erinnert, das ihm einmal im Traum erschienen war. Das behielt seine Mutter Dietlinde Manthey in Erinnerung. Als es Eduard nicht mehr gab, zeigte sich, dass sie eine sorgfältige Archivarin der Träume ihres Sohnes gewesen war, der wenigen, die er ihr über die Jahre erzählt hatte.

Während Gustav Eckstein redete, klopfte es barsch an der Tür und Direktor Ommers stürmte herein. Selbst Schüler, die bei ihm Unterricht hatten, kannten seine entschlossenen Gesichtszüge nur flüchtig. Ommers, ein Mitglied im Rat der Stadt, war mit den Angelegenheiten des Karlgymnasiums enorm befasst. Als Direktor, so hieß es, lieferte er bei der Modernisierung der Schule, die sich von einer altsprachlichen zu einer neusprachlich-naturwissenschaftlichen Einrichtung verwandelt hatte und längst mehr Schüler in EDV- als in Griechisch-Kursen verzeichnete, saubere Arbeit ab. Aber in seinen eigenen Kursen kam Ommers höchstens dazu, in den letzten fünfzehn Minuten Vokabeln abzufragen. Ganze Jahrgänge seiner Englisch-Schüler konnten noch lange nach dem Abitur Caesars *Commentarii de Bello Gallico* ohne Wörterbuch im Original lesen, aber nicht Ernest Hemingway oder die *Times.*

»Der Raucherhof des Karlgymnasiums ist kein Nacktbadestrand«, begann Ommers. »Wer von euch hat das nicht kapiert?«

»Ich sage meinen Schülern grundsätzlich, das Sexuelle ist überall«, antwortete Eckstein. »Und jetzt kommen Sie so.«

»Moment, Eckstein, von Ihnen will ich ausnahmsweise nichts wissen. Ich will das nackte Mädchen.«

»Bitte sehr. Aber Sie haben Konkurrenz.«

Er wies mit einem schnellen Augenaufheben auf Eduard. Offenbar war Eckstein einer der Observateure gewesen, die Juttas Strip vom Lehrerzimmer aus beobachtet hatten. Ommers war machtlos. Es lag schon ein versöhnliches Lachen auf seinem Gesicht. »Teufel noch mal, dieser Eckstein!« sagte Ommers, als er siebzehn Jahre später von mir erfuhr, was bei dem absurden Unglück unter der Hohen Acht geschehen war.

»Eckstein, Sie sind Opium für die Oberstufe.«

»Jede gute Rede ist Verführung. Das hat nichts mit Drogen zu tun.«

»Den Namen der Nackten, wenn Sie ihn kennen!«

Jutta erhob sich, als wollte sie nach Hause gehen. Die Fähigkeit, gepflegtes Desinteresse vorzutäuschen, hatte sie im Rausch erworben. Eduard unterstützte die Trägerin seines neuen Wunschbusens mit aufmunterndem Wimpernklimpern.

»Das nackte Mädchen heißt Jutta Marihuana«, sagte sie.

»Wie bitte?« fragte Ommers. »Nie gehört. Heißen Sie nicht auch Jutta?«

»Ja, aber Jutta Rosenkirchen. Sie werden sich vielleicht nicht erinnern, aber das ist mein Name.«

»Rosenkirchen, natürlich, ja, ich erinnere mich ... Und wo finde ich diese Jutta Marihuana, wenn sie wirklich so heißt?«

»Sie musste sich entschuldigen, Herr Direktor«, sagte Eckstein. »Jutta Marihuana hatte zu viel geraucht und war nicht ganz klar im Kopf.«

Ommers schlug die Tür hinter sich zu. Breites, zustimmendes Grinsen lag im Raum. Aber Eckstein überging den Coup, als sei nichts gewesen – als hätte er sich nicht gerade mit uns verbündet und uns dadurch auf seine Seite gezogen. Ohne viele Zwischenbemerkungen zügelte er seinen Ton und wanderte, fast drei Jahrtausende in einem Atemzug überbrückend, in die Antike ab. Er sprach von den Orphikern, halb Dichtern, halb Denkern, doch mehr jenes als dieses, die im alten Griechenland gelebt hatten, bevor die Rhetorik im engeren Sinne auf die Welt gekommen war.

Eckstein erzählte, dass die Orphiker die Erde und den Sternenhimmel, den Tag und die Nacht, die Flüsse und die Berge als göttliche Wesen betrachtet und ihre Offenbarungen oft in gebundener Sprache gegeben hatten. Er zitierte die antiken Schriftsteller mit Hingabe. Sein Auftreten gestattete nicht, irgendetwas daran peinlich zu finden. *Zeus ward Mensch an Gestalt, Zeus ward zur unsterblichen Nymphe. Zeus ist der Odem von allem; Zeus waltet im lodernden Feuer.* Wir hörten und hörten. Der Vortrag habe einer Trepanation geglichen, einer Schädelöffnung, sagte Regenmacher, als wir vor seiner Wassermühle saßen. Eckstein erreichte, was vermutlich seine Absicht war: Die meisten erschauerten und bekamen eine Gänsehaut, wenn auch keine so malerische wie Britt Brecker.

Noch einmal nahmen Eduard Manthey und Gustav Eckstein Notiz voneinander. Dazu kam es, als Eckstein die Frage in die Runde schickte, warum wir uns den Wahlkurs Rhetorik antun würden, statt bei Leysieffer Eis zu essen oder in der Sonne zu sitzen.

»Mir fallen zwei Antworten ein«, sagte Eduard. »Die erste können Sie sich denken.«

»Okay«, sagte Eckstein. »Und die zweite?«

Eduard hatte ein Sätzlein in seinem Kopf gefunden, das ihm zitierfähig schien. Man musste das Schlimmste befürchten. Mit Sätzlein warf Eduard gern um sich, seit er in der Bibliotheks-Zweigstelle die Belletristik entdeckt hatte.

»Damit der Bogen nicht breche, ist die Kunst da«, sagte er. »Ich nehme an, damit ist auch die Redekunst gemeint.«

»Nietzsche«, sagte Eckstein. »Ich sehe, wir sind präpariert.«

Er konnte nicht wissen, dass Eduard mit dem Nietzsche-Zitat geblufft hatte – es war sein einziges. Aber das spielte keine Rolle. Lehrer und Schüler blickten sich in die Augen und schlossen einen Vertrag über gegenseitige Achtung. Es war eines dieser Rituale, in die Männer manchmal mehr Zärtlichkeit legen als in den Liebesakt mit einer Frau.

Eckstein sah auf die Patek Philippe, die zwischen den dunklen Haaren auf seinem Handgelenk ruhte, und beendete die Stunde fünf Minuten vor dem Gong. Eduard, Regenmacher und ich stiegen das Treppenhaus hinab, das dem Hauptgebäude des Karlgymnasiums einen spärlichen Hauch Eleganz verlieh.

Als wir über den Raucherhof zur Kleinen Domsfreiheit hinausgingen, schnurrte Eckstein im blauen Jaguar vorbei, lächelnd, das Fenster geöffnet. Eduard winkte, und zwar ein bisschen hysterisch, wie Regenmacher fand.

»Mach mal halblang«, sagte Regenmacher. »Kannst du überhaupt Nietzsches Bogen von Flitzebogen unterscheiden?«

»Ist das wichtig?« fragte Eduard und steckte die Hände in die Taschen seiner Safran-Cordhose. »Heute ist mein Glückstag.«

2

Siehe, wir stehn, / Siehe, wir stehn / Treu im geweiheten Kreise, / Dich zu des Vaterlands Preise / Brennen zu sehn! / Brennen zu sehn! Es war dieses Lied, das die Männer auf dem Fuhrwerk grölten. Sie klopften sich mit den Händen auf die Schultern und ließen die rote Schnapsflasche über den Köpfen kreisen. Die sind nicht ganz bei Trost, dachte Marie Schattauer, als das Fuhrwerk allmählich näher kam und das Knattern und Knacken des hölzernen Gestells über den Unebenheiten des Weges eindringlicher wurde. Sie kannte das Lied, wenn sie auch nicht genau verstand, welchen Sinn es hatte. Die Ungläubigen sangen es auf den nächtlichen Sonnwendfeiern, die es seit einigen Jahren gab. In der alten Zeit war es bei Johannisfeuern gesungen worden, die sie manchmal abends auf den Wiesen und an den flachen Hängen der Hügel im Norden beobachtet hatte. Der dicke Mann an den Zügeln lenkte die Pferde zum Wegesrand, riss vorschießende Zweige von einem Strauch ab und dirigierte unsichtbare Sänger. *Auf allen Höhn / Auf allen Höhn / Leuchte, du flammendes Zeichen, / Dass alle Feinde erbleichen, / Wenn sie dich sehn! / Wenn sie dich sehn!*

Auch dieses Ereignis geschah im August, fünfundvierzig Jahre vor dem anderen, an einem Freitag mit Gewitterneigung, an dem das Licht von schwefeliger Farbe war. Die achtzehnjährige Marie, älteste Tochter der Kleinbärengrunder Gebetsleute Otto und Ruth Schattauer, war gerade aus dem Wald gekommen, wo sie Fichtensteinpilze und Edelreizker gefunden hatte.

Während ihre Augäpfel von links nach rechts schwenkten, überlegte sie hin und her. Einerseits sprach vieles dafür, so schnell wie möglich aufs Fahrrad zu springen, das der einsamen Weißbirke am Wegesrand Gesellschaft leistete, und vor den unheimlichen Gestalten nach Hause zu flüchten. Andererseits hatte sie auf diesem Weg aus gebleichtem Sand und altersschwachem Kies, der fern der Straße nach Ortelsburg durch die Abgeschiedenheit führte, selten Fremde gesehen. Was sind das wohl für Leute, die hier die Ruhe stören? überlegte sie.

Marie hockte sich an den Rand des Grabens und begann, die schadhaften Stellen der Pilze mit dem kleinen Holzgriffmesser auszuschneiden, das sie in einer Lederscheide stets mit sich führte, wenn sie in die Pilze zog. So kann das Fuhrwerk bequem vorbeifahren, dachte sie, und ich schaue alles an. Es war die Schönheit der langsam herankommenden Pferde, die ihre Aufmerksamkeit fesselte. Der starke Schwarze, der soeben den Kopf in die Seite warf und schnaubte, hatte eine leuchtende Blesse auf der Stirn. In der Seite des schlanken Fuchses erkannte Marie die siebenzackige Elchschaufel der Trakehner. Der Trakehner, fand sie, war nicht das richtige Pferd für den schwer bepackten Wagen, der den Molkereiwagen ähnelte, die täglich am Morgen nach dem ersten Melken Kleinbärengrund erreichten. Zwei von den Schwarzen wären für diese Fuhre viel besser gewesen. Doch wer weiß, vielleicht waren die beiden Männer, die am helllichten Nachmittag so viel Schnaps tranken, schon beim Anschirren der Pferde besoffen gewesen und hatten sich die falschen Gedanken gemacht.

Marie wusste, welches Unheil Schnaps anrichtet. Zwar

gab es auf dem Hof ihrer Eltern kein Tröpfchen Alkohol, abgesehen vom Brennspiritus zum Desinfizieren der Wunden und einer Flasche Rum, aus der sie seit Jahren zu Weihnachten ein winziges Quantum entnahm, um bestimmte Gebäckteige zu würzen. Aber an der Rückwand des Hauses Schattauer begann die Seitenwand der Dorfschenke, die früher der Jude Gideon betrieben hatte und die nun Helmut Kolodzeizik gehörte. Am Tresen der Schenke floss Abend für Abend ein Strom von Bier und Schnaps durch die Kehlen der Kleinbärengrunder Trinker und ihrer Kumpane, die sich von Fall zu Fall aus den Nachbardörfern einstellten. Die wissen auch nicht, was sich gehört, wenn sie zu viel intus haben, dachte Marie.

Die Männer, die Marie Schattauer zu solchen Gedanken veranlassten, hießen Balduin Eckstein und Hermann Eckstein. Ihr Fuhrwerk war mit Sätteln und Geschirren beladen. Eine dicke Plane schützte das Gut gegen den Staub des Weges und die Strahlen der Sonne. Sie kamen aus Johannisburg und waren in der letzten, von Feiern und Trinken stark abgekürzten Nacht bei Bekannten in Klein Spallienen hängen geblieben, wo der fahrende Händler Balduin den ersten Sattel bereits gegen gutes Geld losgeschlagen hatte. Für Balduins Neffen Hermann war die Geschäftsreise ein Ausflug ins Blaue. Er war Leutnant in einem Infanterie-Regiment im Westen des Reiches und hatte sich am Anfang seines Urlaubs für den Besuch des Onkels entschieden, weil Johannisburg fast am Weg lag. Er wollte später in den Norden, auf das Gut Trakehnen, wofür er seit Kindestagen schwärmte.

Marie bemerkte in den Augenwinkeln das Anziehen der Zügel, das den Gang der Pferde hypnotisch verlangsamte. Das Fuhrwerk stoppte endgültig, als es ihre Höhe erreicht hatte, und blieb als schwarze Silhouette vor dem Sonnenlicht stehen. Marie rupfte mit nervösen Fingern die Braune

Sumpfwurz aus, die neben ihren nackten Füßen wuchs. Ihre Sandalen hatte sie im Wald ausgezogen, weshalb sie sich jetzt noch ein bisschen armseliger vorkam. Nun werde ich mit den Fremden reden müssen, dachte sie, vielleicht wäre ich doch besser aufs Fahrrad gesprungen und abgehauen.

»Hermann, kennssu dich mit Pilsen aus?« lallte Balduin und wuchtete sich vom Wagen herunter. Das karierte Hemd, das er bis zum haarigen Bauchnabel aufgeknöpft hatte, war von Schnaps und Speichel besudelt. Er schwankte und spuckte unbeholfen. Der klebrige Rotz fiel auf seinen Unterarm und tropfte zäh zu Boden.

»Onkel Balduin, da kenn ich nichts von«, sagte Hermann, der sitzen blieb und sich mit der Gerte auf die flache Hand schlug. »Vor Pilzen hab ich sogar ein bisschen Angst. Es gibt ja mörderisch giftige – und oft sind es ausgerechnet die schönsten, die dich ins Grab bringen.«

»Siehsukleine«, lallte Balduin. Der Alkohol hatte die Umrisse der Silben aufgelöst. »Du mussunsmal auf die Spünge helwn, sonst lennen wie ja nix aufunse Billungsreise.«

Einerseits sah Marie der Prüfung gelassen entgegen. Über Pilze konnte sie viel erzählen und erklären. Ihr Wissen über alle möglichen Pflanzen Masurens war außergewöhnlich und wurde von der ganzen Familie bewundert, schrieb Gustav Eckstein in den genealogischen Aufzeichnungen. Marie kannte nicht nur die jedermann vertrauten Rosen, Nelken und Schneeglöckchen mit Namen. Sie kannte auch die dicht behaarte Kuhschelle, die auf den kahlen Schonungen wuchs, das Schmalblätterige Lungenkraut im Schatten des Hochwaldes, die Türkenbundlilien, Trollblumen, Kartäusernelken und die Ästige Mondraute. Vieles hatte sie von ihren Eltern und Großeltern abgehorcht. Aber sie besaß auch ein Buch, *Flora der Heimat*, auf das sie fast zwei Jahre gespart hatte, bevor sie es in der Ortelsburger Buchhandlung Zedler kaufen konnte. Das meiste, was in dem Buch stand, wusste sie auswendig und manches aus Erfahrung besser. Das hatte sie dann mit Bleistift an den Rand geschrieben.

Andererseits beunruhigte sie der dicke, schnaufende Mann mit den schwarz behaarten Bärentatzen. Er starrte auf ihr Kleid, das der leichte Wind an den Körper wehte, und auf ihre Waden, die sonnengebräunt und zerkratzt waren. Aber er starrte nicht einfach so, womöglich wie jemand, der scharf nachdenkt! Der Dicke guckt wie Arthur, dachte Marie mit Unbehagen. Es war der Wilhelmsthaler Bauer Arthur gewesen, der sie vor sechs Monaten in der Kreisstadt auf offener Straße an den Armen festgehalten und mit überschlagender Stimme gesagt hatte: »Jeder Mann zwischen Allenstein und der polnischen Grenze verliert seinen Atem, wenn du nur vorübergehst.« Arthur hatte sich umgeblickt und ihr in den Hintern gekniffen. Sie war davongerannt und hatte sich gefragt: Wie kann sich ein Mensch für den lächerlichen Griff in vier Lagen Winterkleider so erniedrigen? Jetzt waren es wieder solche Augen, die auf sie eindrangen. Aber es war Sommer. Ihr Kleid, ein ausgewaschenes Kleid für die heißesten Tage, war so dünn wie möglich. Kleinbärengrund und die befahrenen Straßen, auf denen Menschen nie lange auf sich warten ließen, waren weit weg.

»Dieses sind Steinpilze und das Edelreizker, Boletus edulis und Lactarius deliciosus, wenn Sie wirklich was lernen wollen«, sagte Marie. Sie hielt zwei Pilze in die Höhe. »Beides sind gute Speisepilze. Man findet sie oft hier, wenn man Bescheid weiß und die Stellen kennt.«

Sie zerbrach den Reizker und wies auf die makellose Reinheit des Fleisches.

»Gansrichtig Reisser, jess wo du es sagst«, lallte Balduin und trat nahe an Marie heran. »Eijntlich kenn ich doch vieles, was der Teuwl in diesem fuchtban tostlosen Sumpf waxen lässt. Bin schon zu lange hieä, um ätwas nich zu kennen, undeshalb sage ich, diese Dinger sind die Nien einer schumpligen Hexe, aber essba wie Sauerkopse aus Königsbek.«

Hermann Eckstein sprang vom Wagen und stieß seinen besoffenen Onkel, der schon über die Grenze zum Gedächtnisverlust hinaus war, mit der Schulter zur Seite. Er fühlte sich vor dem Mädchen blamiert.

»Wie wäre es, Onkel, wenn du dir den Kopf mal mit ein bisschen Wasser durchspülst?« fragte Hermann. »Wir haben doch noch bestimmt einige Flaschen Wasser auf dem Wagen.«

»Wasser, mein Kleiner?« lallte Balduin. »Ich zeich dir, wasn Masure auf goßer Faht tinkt!«

Er ging zum Fuhrwerk zurück, klatschte unterwegs dem sehnigen Trakehner an den Hals und begann nach der Schnapsflasche zu suchen, der alten oder einer neuen. Hermann nahm die Hälften des Reizkers, den Marie zu Demonstrationszwecken zerbrochen hatte, in die Hand und strich über die dichten orangen Lamellen. Eine Flüssigkeit färbte seine Finger.

»Das ist Milch und kein Gift«, sagte Marie freundlich. »Machen Sie sich keine Sorgen, davon passiert nichts, es gibt höchstens Flecken auf den Kleidern.«

»Das ist aber keine Kuh, sondern ein Pilz«, sagte Hermann ebenso freundlich und mit einer Stimme, die vom Schnaps nur leicht verbeult war, wie Marie bemerkte. »Und die Flüssigkeit ist auch nicht weiß, wie Milch seit Adam und Eva eben weiß ist. Oder gelten hier andere Naturgesetze als im Rest des Reiches, wo Milch immer Milch bleibt? Diese Flüssigkeit ist karottenrot, das kannst du nicht bestreiten. Und rot ist die Gefahr.«

Marie hatte karottenrot noch nie gehört. Das Wort gefiel ihr. Man verstand es auf Anhieb, obwohl etwas Verdrehtes darin war: Mohrrüben waren gelb und manchmal orange. Sie hob die Augen und blickte rasch in Hermanns kantiges Gesicht, dem man die Verheerungen des Alkohols kaum anmerkte. Helle Haare fielen strähnig auf die breite Stirn, die Ohren segelten ein bisschen, was beides lustig aussah. Marie dachte: Das ist ein vertrauenswürdiges Gesicht, hinter dem kein böser Mensch stecken kann.

»Von Naturgesetzen verstehe ich nichts«, sagte sie lächelnd. »Ich glaube aber, Reizker sind überall gleich. Sonst sind es keine Reizker. Sie haben bestimmt im ganzen Land diese Milch, die nicht weiß ist. Das ist das Typische.«

»Bist du wirklich sicher, Mädchen?« fragte Hermann. »Ich meine, wenn du dich täuschst, fällt am Ende deine ganze Familie tot um. Ich mach dir mal 'n Vorschlag zur Güte. Lasst doch die Hühner probieren, bevor ihr euch selbst dran wagt. Wenn die Hühner nicht verrecken, sieht's schon besser aus.«

»In Kleinbärengrund kennt jeder die Pilze, die man essen kann«, entgegnete Marie. »Sonst wären wir ja schon zehnmal tot. Es gäbe in der Gegend überhaupt keine Menschen mehr, wenn man nicht wüsste, welche Pilze giftig sind und welche nicht.«

»Bravo, bravissimo, stichhaltiger Beweis«, sagte Hermann. »Ganz Masuren ist besiedelt und du machst auch keinen vergifteten Eindruck, wenn ich's mir überlege. Reizker sind also essbar. Weißt du, was mein philologisch beschlagener Vater sagen würde? Quod erat demonstrandum! So, Mädchen, das war wirklich lehrreich. Aber jetzt musst du mich mal kurz entschuldigen, wenn du weißt, was ich meine.«

Hermann lief entlang des Weges auf die nächsten Büsche zu, alte, widerborstige Brombeerbüsche. Die Pferde stampften auf den durstigen Boden, ein dumpfes, unnützes Trommeln. Für einige Sekunden bedauerte Marie, dass das unverhoffte Treffen vorbei war. Ihr hatte das Gespräch mit Hermann gefallen. Er versteht rein gar nichts von Reizkern, dachte sie, aber sonst sagt er interessante Sachen. Mit so einem redet man ganz anders als mit den Gebetsleuten.

Sie hörte vom Rand des Hochwalds ein Flügelschlagen. Ein Roter Milan flog von seinem Horst auf, einer der vielen Raubvögel, deren Flug Marie beobachtete, wenn sie bei trockenem Wetter rücklings auf den Wiesen lag und ihre Blicke zu den fahrenden Wolken schickte. Sie hatte ihren Eltern einmal von dem Klammergriff der Sehnsucht erzählt, den sie unter den Wolken empfand, wenn die Vögel kreisten, von der Sehnsucht nach Reisen in fremde Länder, von denen sie noch nichts Näheres wusste, außer, dass es sie irgendwo in unermesslicher Ferne geben musste, weiter entfernt als die Wolken flogen. Aber Ruth und Otto Schattauer hatten kein Verständnis für Auf-der-Wiese-liegen, Wolkengucken und Fernweh gezeigt. »Der richtje Zeitpunkt, sähnsüchtig in die Wolken zu schauen, ist dann, wenn unser Herr Jäsus wiederkommt am Jüngsten Tag«, hatte Otto Schattauer bestimmt.

Während Marie so dachte und kaum einige Schritte zu ihrem Fahrrad an der Birke machte, kam Balduin erneut auf sie zu. Er hatte frischen Beerenschnaps getankt und leckte sich sabbernd die Lippen. Marie wusste sofort, dass er nichts Gutes im Schilde führte. Die Gier in seinen Augen, in denen rote Äderchen schwollen, hatte sich verdoppelt. Balduin Eckstein sagte auch gar kein Wort, sondern griff nach ihren Armen und drückte sie auf den Rücken. Der fadenscheinige Kleiderstoff spannte sich über ihrem Busen. Die Augen des Angreifers traten geil aus den Höhlen. Er stand so nah vor Marie, dass sich sein Bauch gegen ihre Lenden drückte. Von seinem beißenden, süßsauren Atem wurde ihr übel. Sie begann zu zittern.

Ein Psalmwort fuhr Marie durch den Sinn, eines der Gebete, die aus dem Munde ihrer Eltern schon zu Hunderten an ihr Ohr gedrungen waren, als sie noch nicht einmal wusste, was Hören hieß. Später, während die gleichförmig gedehnten Jahre ihrer Kindheit vergingen, hatte sie fast nichts anderes gehört und gelernt und wiederholt als Gebete, Psalmen, Bibelverse und fromme Lieder. Es waren diese Dinge, die am tiefsten in ihr wurzelten und ihr sowohl in Momenten der Freude als auch des plötzlichen Schreckens und der Angst ins Bewusstsein drangen. *Herr, Gott, mein Heiland, ich schreie Tag und Nacht vor dir* … Wo blieb der andere Mann? Hinter welchem Busch pinkelte er eigentlich?

»Lassen Sie mich bloß in Ruhe«, sagte Marie. »Ich habe Ihnen nichts getan.«

Balduin murmelte so etwas wie papperlapapp. Er ließ seine dreckigen Finger weiter vordringen und steckte sie zwischen die Haut und den Büstenhalter. Beim Grinsen zogen sich seine Lippen zurück und entblößten die vom Schnaps stumpfen Zähne, oder richtiger, die Zahnreste, die auch schon schwarze Flecken hatten. Seine starken Hände drückten sich in Maries Taille. Unter der fettigen Lederhaut der Arme zeichneten sich Muskelberge und Venenstränge ab.

»Süse, alle Männer im Umkleis von tausend Landmeiln wängän an meiner Schelle«, lallte Balduin eher zu sich selbst als zu Marie. »Genauä gesagt, ein paar wertvolle Zen-Zen-Zen-ti-me-ter weiter. Immer rin immer rin ins Loch, es kitzelt doch … oder wie hiesnoch dies schöne Lied?«

Marie versuchte, den Besinnungslosen von sich wegzuschieben. Aber ihre kraftvollen Hände, mit denen sie sogar Kurzians jungen Stier Diablo an den Hörnern in den Stall zurückgedrängt hatte, waren schlapp geworden. Sie stellte schockiert fest, dass sie gegen Balduin, diesen Berg von Gewalt und widerlicher Entschlossenheit, überhaupt nichts ausrichten konnte. Erneut setzte ihr Gebetsreflex ein. *Lass mein Gebet vor dich kommen, neige deine Ohren zu meinem Schreien.*

Es kam Marie so vor, als würde sie nicht richtig – fest und innig – glauben, was sie mit dem Psalmisten betete. Und das ausgerechnet jetzt, wo es drauf an kam! Es war unbestreitbar, dass sie durch das Beten weder getröstet wurde noch frischen Mut bekam. Im Gegenteil, die Angst schlug über alle Ufer und durchströmte jede Faser ihres Körpers mit Kälte. Was war eigentlich los mit ihr – und mit IHM? *Warum verstößt du, Herr, meine Seele, und verbirgst dein Antlitz vor mir?*

Später erzählte Marie von ihrem Unwissen. Ihre Eltern hatten ihr den Gebrauch des Körpers und seiner Funktionen nicht erklärt und andere Gebetsleute schon gar nicht. Die strengen Pietisten, die sich vor Gott zur sündlosen Durchquerung des irdischen Tränentales verpflichtet hatten, nahmen bestimmte Worte niemals in den Mund und erwähnten bestimmte Handlungen nicht einmal, wenn sie von Tieren ausgeführt wurden. Fleischeslust gehörte in die Verschwiegenheit der heiligen Ehe, wo sie nicht mehr Fleischeslust, sondern ernsthaftester, in Gebete gerahmter Vollzug des Schöpferwillens war. In jedem anderen Zusammenhang war sie ein Gräuel. Alles, was mit Fleischeslust zu tun hatte, durfte unter Gebetsleuten keinen Namen haben. Außer eben die Namen des Abscheulichsten: »Gräuel«, »Frevel«, »Sünde«, »Schande«. Aber was sagten diese Worte über Balduins Taten und vor allem über seine weiteren Absichten? Stand ihr bevor, was sie vom Decken der Mutterkühe im Stall kannte?

Sie musste etwas tun. Es war einfach.

Sie musste sich losreißen, über den Graben springen und in das nächste Feld fliehen, auf dem noch der Sommerroggen wogte. Von dort musste sie in den Forst laufen, der sich bis an den Rand der weitläufigen Felder vor Kleinbärengrund erstreckte, wo Wilhelm Kempka und Karl Rudek ihre Abbauten hatten, die nächsten Inseln der Sicherheit. Balduin war dick und sturzbetrunken. Sie war wieselflink und ausdauernd. Ihre Kenntnisse der Wege und Stege waren nicht zu übertreffen. Sie hätte mit schwarz verbundenen Augen nach Kleinbärengrund und weiter nach Ortelsburg laufen können. Sie kannte sichere Verstecke unterwegs. Sie musste sich nur losreißen und loslaufen – aber sie lief nicht. Sie versuchte nicht einmal, sich loszureißen. Alles, was ihr Kopf dachte, erreichte nicht die ausführenden Organe, sondern kam als schales Echo aus den Nerven zurück. Ihr Körper war wie abgehackt ... oder der Kopf.

Marie hatte das Zeitgefühl verloren. Ihre Sinne waren in einen entsetzlichen Stillstand geraten. Sie wusste nicht, ob Balduins widerliche Hände seit Sekunden oder seit Minuten über ihre Haut fuhren. Wo bleibt Hermann? dachte sie. Kann ein Mann so lange pinkeln?

Während Balduins Hände hemmungslos vordrangen, begann Marie, heiser um Hilfe zu rufen. Sie spürte, dass ihr ohnehin schon überströmtes Gesicht noch röter wurde, blut-, scham- und schandrot. Balduin ging mit dem Fleischkamm seiner Finger durch das Haarbüschel zwischen ihren Beinen. Er walkte mit dem Handballen der Rechten ihr Geschlecht und machte sich mit der Linken am Reißverschluss seiner Hose zu schaffen.

Marie schrie nun, so laut sie konnte. Es waren Schreie an der äußersten Grenze der Anstrengung. Sie rechnete kaum noch damit, dass jemand sie hören würde. Sie war von Gott und der Welt verlassen. Sie dachte: In meiner unfassbaren Einsamkeit kann ich so laut schreien, wie ich will.

Hermann kam hinter den Büschen hervorgestürzt, rannte um das Fuhrwerk herum und schlug Balduin mit einem Hieb des Ellbogens, der am Hals auftraf, zu Boden. Der Betrunkene konnte nicht einmal die Hände vorstrecken, um den harten Sturz abzufangen.

»Lass das Mädchen in Ruhe«, rief Hermann.

»Scheischeischeiße«, krächzte Balduin und spuckte atemlos den Staub aus, der zwischen seinen Zähnen knirschte. »Du willst sie doch auch vögln. Bei so was zieht doch keinän Schwanz ein. Teuwelnomal, du traust dich nicht, dies Luder zu äobän, aber der Schicklgruber, der soll mit schwanzlosn Pinschän wie dir Europa äobän? Das sind ja hälliche Zeiten.«

Balduin erhob sich umständlich und schloss die Hose über seinem dicken, sehnig zerfurchten Stamm, der eine ausladende Krone hatte. Die Pferde schüttelten ihr Geschirr und kratzten mit den beschlagenen Hufen.

»Onkel, Onkel, jetzt kann man nicht mal mehr in Ruhe pissen gehen«, sagte Hermann. »Ich bin nicht bis ans Ende der Welt gefahren, um dir bei der Notzucht zuzusehen.«

»Notsucht, Notsucht«, lallte Balduin. »Das Wildpfädchen is reif, zugeritten zu werden. Mäkt sie doch selbst. Ich weiß nich, was du so zimpälich geworn bist.«

Er lehnte sich an das Fuhrwerk.

»Ein Eckstein tut einer Frau keine Gewalt an«, sagte Hermann, der sich um originelle Argumente gar nicht erst bemühte. »Er tut es einfach nicht, auch nicht am Ende der Welt. Punktum! Ecksteins sind keine marodierenden Zigeuner. Gerade du solltest das endlich gelernt haben.«

»Jaundjetzt?« fragte Balduin nach einer Weile mit besoffener Leutseligkeit. »Guck dir man Himmel an, wird bald Scheiße regnen. Sinwier übähaupt noch im Reich des seljen Pastillenlutschers? Oder schon bei den Polacken?«

Er kletterte auf den Wagen und machte große, stumme Bewegungen: ein Feldherr, der die Schlacht wegen der Feigheit seiner Soldaten verloren hat.

Marie legte die Hände ineinander und blickte in die Unbefangenheit des Augustnachmittags. Dunkelgraue, fest umrissene Wolken kamen heran und schoben ihre massigen Rücken vor die Sonnenscheibe. Das Licht wurde fahl, eine brenzlige Stille trat in die Luft. Marie hörte die Stimmen der Männer wie aus weiter Entfernung, aus einem schemenhaften Irgendwo. Es war ein sinn- und bedeutungsloser Schall, der ihre Ohren erreichte, als stünden dort entlaufene Gespenster und verhandelten über die Rückreise ins Nichts. Sie war so müde, dass die Erschöpfung zwischen den Schläfen wehtat.

»Mädchen, tut mir Leid«, sagte Hermann. »Wir haben uns schlimmer verfahren als der alte Rumtreiber Odysseus, falls du den kennst. Die Gründe siehst du ja ... Hast du nicht vielleicht etwas Ordentliches zu essen und ein Dach über dem Kopf für uns? Mann, hab ich einen Bärenhunger! Ich schwöre, wir benehmen uns wie englische Lords.«

Hermanns freundliche Worte – freundlich ausgesprochene Unverschämtheiten, dachte sie – raubten Marie den Atem. Aber sie war einverstanden, trotz der riesigen Schwierigkeiten, vor denen sie zu Hause stehen würde. Sie hätte in diesem Augenblick jeden Vorschlag angenommen, er musste nur Schutz vor Balduin versprechen.

Marie zog ihre Sandalen an, ging zum Fuhrwerk und hockte sich am äußersten Ende auf die Plane. Kummer schnitt ihr quer durchs Gesicht. Hermann legte das Fahrrad neben sie und drückte ihr den Pilzkorb in den Schoss.

»Es sind doch giftige Pilze«, sagte er. »Ich hab es ja befürchtet.«

Dann ruckte das Fuhrwerk an, gewann hinter den wippenden Schweifen der Pferde an Fahrt und zog im Geknatter des Holzes und im monotonen Quietschen der Naben seine graue Staubschleppe durch Felder und Wälder, bis es nach einer Viertelstunde Weg gegen Kleinbärengrund vorrückte und von wütendem Hundegebell empfangen wurde.

Schon nach wenigen Minuten sprangen Gerüchte von Hof zu Hof, und es hieß hier und da: Die junge Marie Schattauer hat zwei Fremde herbeigeholt, aber von der Sorte, die man bei Gebetsleuten nie und nimmer gesehen hat.

3

Viele erinnerten sich an Daniela Mays Auftritt im Nettebad, dem besten Freibad der Stadt, das mit Wettkampfbahn, Kaltwasserbecken, Kinderbecken und Zehn-Meter-Turm ausgestattet war. Die Anfassspielchen des kleinen Rhetorikrudels, diese Fingerwanderungen beim Verschmieren der Sonnencreme und die Kämpfe um Hautberührung im Kinderbecken, waren schon vorbei. Alle Jungs, die es brauchten, hatten in den Umkleidekabinen masturbiert, jeweils schnell, rauf und runter, mit der ruhelosen Souveränität der Siebzehnjährigen, um es geschehen zu machen und auszuspritzen und wieder zurück zu sein bei den anderen, wo das Spiel, in dem Britt, Rebecca und Claudia mit oder ohne ihr Wissen die Hauptrollen spielten, von vorn losgegangen war.

Nun saßen wir, für wenige Stunden entleert und erlöst, mit Pommes rot-weiß in der Hand auf der Tribüne und schauten den Turmspringern zu, die durch das farbige Nachmittagslicht ins blaue Wasser sprangen. Als der Zehner geöffnet wurde, war es mit Eduards Feierabendstimmung allerdings vorbei. Er warf das T-Shirt hinter sich, kletterte federnd den Turm hinauf und nutzte die ganze Länge der Plattform zum Anlauf. Wir nannten die Flugfigur »Katze«, ein Sprung, bei dem man dem Wasser unter Vortäuschung eines lebensmüden Bauchklatschers waagerecht entgegenstürzte und den unausweichlichen Schmerz des Aufpralls erst durch spätestes Zusammenkrümmen milderte. Eduard malte eine tollkühne Kurve in die Luft und schlug fünfzig Zentimeter vor der Betonkante ins Wasser. Eine Fontäne schoss über die nächsten Blumenrabatten, wo sie Zuschauern und Umherwandernden das wohlbekannte Chloraroma zu schmecken gab.

Als Hans-Peter Specht, der in meiner Erinnerung ziemlich verblasst ist, nach der Rückkehr von einer allerletzten Erledigung meldete, Daniela sei auf der Wettkampfbahn unterwegs, packten wir sofort unseren Kram und zogen auf die dortige Tribüne um. Niemand konnte sich erinnern, Daniela jemals im Nettebad gesehen zu haben. Genau genommen wussten wir nicht einmal, dass sie schwimmen konnte. Tatsächlich beherrschte sie jedoch seit ihrer langen Kur nach der Lungenentzündung im Jahr zuvor sämtliche Stilarten, hatte ihr Können aber stets nur abends, kurz vor Kassenschluss, im alten Freibad Moskau am anderen Ende der Stadt gezeigt, wie ich heute weiß. Während wir Daniela zusahen, legte sie auf der 50-Meter-Bahn vielleicht anderthalb Kilometer zurück und unterbrach ihren Rhythmus für Zwischenspurts in Delphin, die unter den Kennern wegen der exzellenten Technik für Gesprächsstoff sorgten.

»Das ist Selbstmord«, urteilte Regenmacher, der ein mäßig begabter Schwimmer war. »Aber was für ein herrlicher!«

Schließlich stieg Daniela aus dem Becken, ließ ihr schwarzes Haar über den gebeugten Kopf herabfallen und wirbelte es mit einem unerträglich eleganten Zurücknicken durch die Luft. Für einen Augenblick standen die Wassertropfen wie ein Pfauenrad aus Licht über ihr. Daniela trug einen engen, gelben Badeanzug, der sichtbar machte, dass aus dem Pummelchen, das seit den ersten Tagen der siebten Klasse durch unsere Vorstellungen stapfte, eine schlanke und gerundete Frau geworden war. Es bedurfte dieser Momente und nur dieser Momente im Nettebad, um das Pummelchen für immer auszuradieren.

»Heijeijeijei«, schwärmte Eduard mit restlos aufgerissenen Augen. »Ein leckeres Schnittchen.«

Während sich Daniela in einiger Entfernung mit einem weißen Handtuch abtrocknete, beäugten wir die Feinheit ihrer Fesseln, die schmalen Knie, die nicht mehr knabenhaften Hüften mit den brasilianischen Hinterbacken und vor allem den happigen Busen, der den Stoff des Badeanzugs beulte. Beim Schwimmen war das helle Textil nach unten gewandert und ließ nun zwei große Wölbungen unbedeckt. Und diese Wölbungen gingen mit unseren Blicken auf Berg- und Talfahrt, eine Achterbahnfahrt ungebremster Ahnungen.

Doch nicht der wohlgeratene Körper als solcher war der Grund für die Unruhe, die uns ergriff. Es gab andere Mädchenkörper im Nettebad, die ihm an magnetischer Kraft gleichkamen und unserem unbesiegbaren Voyeurismus nun schon seit Stunden dienten. Beunruhigend war, dass Daniela May so aussah – dass sie es war, die Klügste zwischen Alpenrand und Nordseestrand, wie wir glauben wollten, die ohnehin Bevorzugte, der jetzt dieser Körper gewachsen war. Britt, Rebecca und Claudia schienen ausweislich ihres Mienenspiels nicht sonderlich begeistert. Weil Daniela aber niemals herablassend oder verletzend gewesen war und ihre Maßstäblichkeit nie missbraucht hatte, ertrugen unsere drei Gespielinnen die entlarvenden Vorgänge stumm und gefasst.

»Wahnsinn«, sagte Hans-Peter. »Ausgerechnet die ... Wenn Daniela fett wäre wie ein Blauwal, würde sie immer noch groß Karriere machen.«

»Es gibt keine Gerechtigkeit unter der Sonne«, sagte Eduard. »Das weiß ich schon lange.«

»Wenn ich daran denke, wer sich mit seinen schiefen Beinen gar nicht erst ins Nettebad traut, aber trotzdem dumm ist wie Bohnenstroh, dann, dann ...«, stockte Hans-Peter.

»Dann bekommst du eine Vorstellung davon, was natürliche Auslese ist«, schmetterte Regenmacher fröhlich, und man hörte heraus, dass eine theatralische Wortentladung anstand. »Die Natur ist völlig neutral und das heißt, absolut mitleidlos. Die kümmert es überhaupt nicht, dass in diesem Augenblick überall in der Stadt pickelige Mädchen mit krummen Beinen in ihren stickigen Zimmern sitzen und in unbekannter Gesellschaft unbekannten Vergnügungen nachgehen, aber von den Vorzügen der Intelligenz trotzdem völlig verschont bleiben.«

»Nun hör aber auf«, quiekte Britt Brecker. »Das ist ja grausam.«

»Ja, wirklich«, sagte Regenmacher. »Es ist grausam, du sagst es. Diese pickeligen Mädchen mit den krummen Beinen träumen mit glühenden Herzen davon, einmal auch nur halb so gut dazustehen wie Daniela dort. Auch sie wollen Blicke spüren, Bewunderung spüren, Begehren spüren. Aber sie träumen vergeblich, Jahr für Jahr mit milchigeren Augen, bis sie grau und faltig geworden sind ...«

»Mach mal 'n Punkt in deiner Horrorgeschichte«, rief Rebecca Gerswilken. »Ich möchte wissen, woher du das alles so genau weißt. Wir haben dir ja wohl keinen Grund gegeben, an so was zu denken.«

»Ich hab Augen im Kopf und will Biologe werden«, sagte Regenmacher. »Glaubst du, dass man noch andere Qualifikationen braucht? Schönheit erzeugt unter Menschen, anders als in der restlichen Natur, eine verbindliche Hierarchie, um es mal so zu sagen. Aber Intelligenz auch ... Und jetzt erklärt mir, wer in den nächsten zwanzig Jahren Daniela noch von Platz eins stoßen soll! Wo sie ist, da ist oben ...«

Ein paar Minuten später verließ Daniela die Umkleidekabinen. Ihr leichtes Kleid hatte einen Maracuja-Farbton, der das Schwarz der Haare zum Leuchten brachte und umgekehrt. Ihre Füße steckten in hellen Sandalen mit halbhohen Absätzen. Sie winkte uns freundlich zu und verschwand. Ohne ein Wort gesagt zu haben, hinterließ sie ein Vakuum. Ich unterstelle, dass keiner von uns noch viel von diesem Nachmittag erwartet hat.

Nach dem Ereignis im Nettebad war Eduard aufgewühlt und begehrte stärker als jemals zuvor ein Mädchen – irgendein Mädchen, er hatte da keine genauen Vorstellungen, Hauptsache aus Fleisch und Kurven. Er überzog Jutta Marihuana tagelang mündlich und schriftlich mit Verabredungswünschen.

»Du hast nach dem Strip gesagt, du wirst darauf zurückkommen«, sagte er schließlich am Telefon. »Und jetzt brichst du dein Wort. So kannst du mit mir nicht umspringen.«

»Mein Gott, es war ein Spruch«, sagte Jutta. »Der ganze Strip war ein Scherz, um den ersten Schultag erträglicher zu machen. Du hast da was missverstanden.«

»Quatsch«, sagte Eduard. »Ich bestehe darauf, dass du dein Wort hältst.«

»Also gut, Tolpatsch, wir können uns treffen«, gab sie nach. »Aber du wirst sehen, dass die Brechstange kein Tor zur Liebe ist.«

Sie gingen in die viel besuchte Lagerhalle hinter dem Hegertor und tranken Bier. Die Unterhaltung handelte von Allerlei und lief wie am Schnürchen. Jutta Marihuana hatte unter ihrer rauen Oberfläche einen ironischen Geist und fand Eduard keineswegs unsympathisch. Aber wollte er über Allerlei reden? Er zog Jutta in die Diskothek Exil, auf deren Tanzfläche schon andere den Entschluss gefasst hatten, ihre Kindheit zu beenden.

Dort passierte etwas Eigenartiges. Nun, wo es darauf ankam, gelang es Eduard nicht mehr, Jutta Marihuana mit den verklärten Augen jenes ersten Schultages nach den Sommerferien zu sehen. Das verführerische Flittchen, das er in ihrer mageren Erscheinung entdeckt hatte, war in den Abgründen der Erinnerung verschollen. Er betrachtete Jutta beim Tanzen, betrachtete sie an der Bar und auf den Treppenstufen vor dem Exil, doch wo immer er sie betrachtete: Sie war nur ein schmächtiges Mädchen mit geröteter Nase, das seinem geladenen Leib nichts zu spüren gab.

Darüber war Eduard so enttäuscht, dass er beim nächtlichen Spaziergang auf der Hasebrücke Juttas Bluse öffnete, überzeugt davon, dass sich der Strom zumindest unter den forcierten Umständen wieder einschalten würde. Jutta ließ sich ohne jede Regung befummeln. Die kleinen Höcker, die Eduard in den Händen hielt, waren kalt und scheu. Es muss seltsam ausgesehen haben.

»Was ist los mit dir?« fragte er.

»Nichts, wie du siehst«, sagte sie.

Am nächsten Tag absolvierten wir sechs Schulstunden wie tausend andere. Kein Ereignis schaffte es bis in den Trophäenschrank der Erinnerung. Nach der Sechsten traf ich mich mit Eduard am Karldenkmal. Wir gingen durch den Klosterflügel, jenen Teil der Schule, der einst unter Bischof Eitel Friedrich von Hohenzollern als Jesuitenkloster etabliert worden war, zur Großen Domsfreiheit hinaus. Mehr oder weniger in der Mitte des Platzes stand das Justus-Möser-Denkmal und erinnerte an den lange Zeit berühmtesten Sohn der Stadt - ein Rang, der seit Jahrzehnten vermutlich Erich Maria Remarque oder Felix Nussbaum zukommt. Ringsherum wiesen der Dom St. Petrus, die Kuriengebäude, das Bischöfliche Palais und andere Details auf die Macht des Katholizismus hin. Doch die konfessionellen Vorherrschaftskämpfe der Geschichte waren anders ausgegangen, als der Augenschein vermuten ließ.

Nach dem Westfälischen Frieden, der am Ende des Dreißigjährigen Krieges im unweit gelegenen Rathaus geschlossen worden war, hatte in der Stadt aufgrund der *Successio alternativa* über 150 Jahre mal ein katholischer, mal ein evangelischer Bischof das Sagen gehabt, denn das Hochstift der Stadt, ein geistliches Fürstentum, zwang als einziger Reichsstand seine Einwohner nicht zum konfessionellen Bekenntnis des Landesherrn. Passenderweise gehörten in unseren Tagen zwei der vier großen mittelalterlichen Kirchen den Evangelischen und die zwei anderen den Katholischen.

Vielleicht entwickelte sich schon mit dem Westfälischen Frieden das Paritätische, Ausgewogene und Am-Durchschnitt-Orientierte, das wir später als wesentlichen Charakterzug der Stadt kennen lernten. Als Schmelztiegel von Abenteurern und Ausgeflippten hat sie niemals gegolten – das ist das Wenigste, was man sagen kann. Dafür wählten die Bürger bei Bundestagswahlen oftmals so, dass die Stimmverteilung dem bundesweiten Endergebnis bis auf Prozentbruchteile nahe kam. Von auswärtigen Wissenschaftlern wurde der Stadt nachgesagt, in soziologischer und mentaler Hinsicht das deutsche Mittelmaß zu repräsentieren. Rekordverdächtig war – einige Jahre nach unserer Schulzeit – nur die Zahl der Verkehrstoten, gerade auf bestimmten Ausfallstraßen. So vermeldete es sogar der *Spiegel,* und zwar in gewohnt gehässigem Ton, als hätte es in Hamburg seit Carl Benz und Rudolf Diesel noch nie einen einzigen Blechschaden gegeben. Trotzdem wurden die besagten Todesmeilen bald durch befestigte Mittelstreifen entschärft.

Wir betraten den Dom durch den nördlichen Eingang, liefen am Heiligen Bartholomäus vorbei, von dem Eduard ohne Angabe von Gründen sagte, er habe die Augen eines nepalesischen Nikolaus, und schlenderten zu dem wahrhaft traurigen Christus am romanischen Triumphkreuz hoch in der Vierungsluft. Dort entfaltete die Architektur ihre stärkste Wirkung. Vielleicht gingen wir deshalb oft durch den Dom, vielleicht aber auch, weil er so günstig stand – praktisch im Weg.

»Ist mir 'n Rätsel«, haderte Eduard. »Die Riesenanakonda in meiner Hose war tot. Obwohl ich überall an Jutta herumgeschraubt habe, wirklich überall, war sie tot. Kann das denn sein?«

»Macht doch nichts«, sagte ich, um es ihm leicht zu machen. »Oder willst du wirklich ne Braut, die für alle auf dem Schulhof strippt?«

Er überlegte keinen Augenblick.

»Wäre mir eigentlich schnurz«, sagte Eduard. »Aber ich will keine, die mich nicht scharf macht. Ich will geil sein wie die Hölle, das ist doch wohl nicht zu viel verlangt in meinem Alter.«

Es folgte ein adoleszentes Klagelied. Doch Eduard kannte sich mit Niederlagen in Liebesdingen aus. Seine Leidensstrecke an diesem Mittag dauerte keine zehn Minuten, dann war der Umschlagpunkt erreicht. Wir begannen über den VfL zu reden, der sich in dieser Saison Erwin Kostedde und Guido Szesnie gekauft hatte und am Bieberer Berg trotzdem mit einer Riesenschlappe in die Serie gestartet war. Wir schwelgten auch in Erinnerungen und dachten an den Sieg der Lilaweißen im Pokalspiel bei Bayern München zurück, über den sogar indonesische Tageszeitungen mit Foto berichtet hatten, was wiederum in der örtlichen Zeitung nachzulesen gewesen war. Schließlich kam Eduard so in Fahrt, dass er die unfassbaren drei Tore von Andreas Wagner im Münchener Olympiastadion nachspielte – als ein nicht ganz stummer Pantomime fremder Größe.

»Fußballgott für einen Tag ist besser als hundert Jahre Mittelmäßigkeit«, rief Eduard. «Und was hat Caesar gesagt?«

»Lieber der Erste im Dorf als der Zweite in Rom«, vollendete ich.

»Genau«, sagte er. »Lieber der Erste im Dorf ... Aber, Mann, es war das Olympiastadion!«

Beter fühlten sich gestört, tauschten ihre Empörung durch Blicke aus und fanden zu einem gemeinsamen Willen. Ein altes Mütterchen schlurfte heran und reichte, hinter sich weisend, eine Sammelklage ein, gegen die wir uns nicht verteidigen konnten. Wir zogen durchs südliche Querhaus in den Kreuzgang ab, liefen unter den Säulenarkaden entlang und standen noch ein paar Minuten in dem Garten, den der Kreuzgang umschloss.

In der Ruhe der Gräber wurde unser Gespräch leiser, weshalb das Tschilpen der Spatzen, die in einer kleinen Wolke um einen Busch herum stritten, umso lauter klang (das Tschilpen ist überhaupt das Geräusch, das in meiner Erinnerung aus der Ruhe des Kreuzgangs ertönt). Wir betrachteten aus der schattigen Maulwurfsperspektive den achteckigen Vierungsturm und die quadratischen Türme der Westfassade des Doms, die sich über dem sonnigen Dach des Hauptschiffes erhoben. Das Eigenartige war, dass man an diesem abgeschirmten Ort die Zeit spüren konnte, so wie man beim Blick in den nächtlichen Sternenhimmel den Raum spürt. Man merkte, dass sie da war, alt und ausgebreitet zwischen den Steinen.

»Ich bekomme das Gefühl, dass es etwas Größeres gibt als uns«, witzelte Eduard. »Ja genau, ich bekomme wieder dieses Gefühl ...«

»Dann sollten wir jetzt gehen«, sagte ich. »Muss ja ein furchtbares Gefühl sein.«

»Nee, hier nicht«, sagte er. »Hier find ich das ganz gut,

sieht ja keiner außer dir ... Aber wie du meinst! Gehen wir zu Leysieffer?«

»Nur wenn du mich einlädst. Bin schon wieder pleite.«

Tagsüber gehörte das Café Leysieffer an der Krahnstraße zu den Treffpunkten der Reklamemenschen, die nach einem verbreiteten Vorurteil die am höchsten entwickelte Gattung der Stadt waren. Man redete bei Leysieffer gern über Segeljachten, Vespa-Roller, Tennisschläger und sagenhafte Überseeurlaube, mit einem Wort: über die Träume der Popper, wie die Avantgarde der Angepassten dieser Zeit genannt wurde.

Der Kaffee für Krethi und Plethi wurde dagegen bei Tchibo gekocht, das ein paar hundert Meter tiefer in der architektonisch missratenen, wenn auch städtebaulich notwendigen Fußgängerzone lag. Kaffee und Kuchen waren bei Tchibo billiger als bei Leysieffer, und die Gespräche handelten oft von Dingen, die man für Geld nicht kaufen konnte.

Unsere Turnschuhe waren abgetragen, und es waren beileibe keine der angesagten Klettverschluss-Modelle von Adidas; unsere Jacken entsprachen keiner neueren Mode; unsere Eltern waren in Jahrzehnten niemals in dem alten Café aufgetaucht; es mangelte den Familien Seelhöfer und Manthey überdies an jeglichem Besitz, zu dem sich ihre Söhne affirmativ hätten verhalten können. Trotzdem zog mich Eduard auch an diesem Tag zu Leysieffer.

Am Straßentresen standen ein paar hübsch gekleidete Karolinger, um die wir uns keinen Deut geschert hätten, wenn nicht Daniela unter ihnen gewesen wäre. Man sah sie selten außerhalb der Schule, und jetzt, jetzt war sie, nach dem Vorschwimmen im Nettebad, schon zum zweiten Mal aufgetaucht. Als wir ankamen, hatte Daniela gerade keinen Gesprächspartner. Eduard und ich bemerkten es beim gleichen Herzschlag.

Daniela unternahm viel mit ihrer Mutter und viel mit sich allein. Sie spielte Geige, Klavier und Schach, wurde manchmal in der Hauptstelle der Stadtbibliothek am Markt gesehen und war überall gleichermaßen beliebt. Ob sie Freunde im engeren Sinne hatte, wusste eigentlich keiner. Man wusste nur, dass ihr Vater vor längerer Zeit auf der B 68 in einer vereisten Novemberkurve umgekommen war, und man spürte, dass sie sehr gelitten hatte.

Es hatte das Gerücht gegeben, Daniela sei Jüdin, ohne dass wir damals gewusst hätten, welche Bedeutung diesem Umstand beizumessen gewesen wäre. Tatsächlich gab es in ihrer Verwandtschaft einen Aaron Libeskind, der einst Angehörige in Auschwitz verloren hatte. Aber Daniela selbst und ihre Mutter, Edith May, eine Universitätsdozentin für Musik, gehörten keiner Religion oder Konfession an. Mutter und Tochter wohnten in einer großen Mietwohnung an der Mozartstraße. Es hieß, dass man sie oft vierhändig am Flügel spielen hören konnte. Wenn das Wetter es zuließ, öffneten sie die Fenster, denn die Nachbarschaft hatte darum gebeten.

»Scheint ein guter Tag zu sein«, untertrieb Eduard.

Er war von der leibhaftigen Erscheinung Danielas, die unsere Phantasie seit dem Nettebad-Auftritt pausenlos beschäftigt hatte, genauso betäubt wie ich. Aber er war auch pfiffig genug, um ruckzuck drei, vier Fünfzigpfennigstücke hervorzuholen und ihr ein Vanilleeis mit roter Grütze zu kaufen. Er strahlte, als Daniela das kleine Geschenk annahm und sich auf eine Unterhaltung einließ. Selbst die Lacoste-Krokodile auf den Polo-Shirts der Reklamemenschen bestaunten seinen Erfolg.

Wie ich hinterher erfuhr, glaubte Eduard wie so oft – wie viel zu oft –, etwas Bedeutendes zu begreifen. Mein Freund ließ sich von den sonnigen Umständen zu der Annahme verführen, dass er Jutta Marihuana gar nicht begehrt hatte, jedenfalls nicht so wie Daniela May. Es war allein der Strip im weißen, verräterischen Augustlicht gewesen, der ihn auf die Schnapsidee gebracht hatte, mit Jutta anzubändeln, so dachte er nun. Aber was waren Jutta und ihre zwei harten Höcker gegen eine Frau wie Daniela? Er hatte nicht ein einziges Mal von Jutta Marihuana geträumt, fiel ihm jetzt ein. Von Daniela, von einem Wesen wie ihr, träumte er eigentlich schon sein Leben lang. Natürlich rechnete er sich vorläufig keine Chancen aus. Aber er hatte ein Ziel gewonnen, Maßstab und Orientierung, so glaubte Eduard, und sein Glaube war stark.

Wir setzten uns auf die Kante des nächstbesten Blumenbottichs und wählten ohne Absprache, aber doch in freundschaftlicher Übereinstimmung, den Abstand so, dass Daniela nur in der Mitte zwischen uns Platz nehmen konnte. Ihre Seidenhautschenkel berührten uns. Für die Möglichkeit, durch die Schenkel in ihren Körper hineinzuhören und das Pulsieren des Blutes zu spüren, waren wir ihr sehr dankbar – sehrsehrsehr.

Es stellte sich heraus, dass Daniela nicht ganz freiwillig zu Leysieffer gekommen war. Sie hatte sich beim Versuch, nach der Schule das Haus ihrer neuen Bekannten Dagmar Verhoeven am Schölerberg zu finden, mal wieder verirrt und ihr Fahrrad auf Nummer Sicher in bekannte Gefilde zurückgesteuert. Jetzt ruhte sie aus und überlegte sich, welchen Weg sie nach Hause nehmen sollte.

Daniela May, die man die Mona Lisa des Karlgymnasiums zu nennen begann, war in topographischer Hinsicht völlig orientierungslos und konnte sich nicht einmal mit Hilfe von Stadtplänen in fremden Vierteln zurechtfinden. Es hieß, wenn man sie auf einer großen Weide vor der Stadt aussetzen würde, wäre sie unrettbar verloren. Ihre schwere Lungenentzündung im letzten Jahr war die Folge eines kleinen, abendlichen Waldspaziergangs im Heger Holz gewesen. Daniela hatte nicht mehr aus dem Holz herausgefunden. Sie hatte keiner möglichen Richtung vertraut, was doch nahe gelegen hätte, sondern die Nacht im strömenden Regen verbracht, still an den feuchten Stamm einer Kiefer gelehnt.

»Eigentlich gehört meine Tochter an die Leine«, hatte Edith May gespottet, als wir sie in Danielas Krankenzimmer im Marienhospital trafen. Später haben wir Edith May oft mit dem grünen Mazda Kombi herbeifahren sehen, um Daniela von Partys und Kurstreffen heimzuholen.

Der Geruch des Spätsommers, Danielas roter Rock, das zerfließende Vanilleeis von Leysieffer: Es war eine Situation, die Lust auf den Rest des Lebens machte.

Dann kam Dr. Gustav Eckstein.

Ich weiß nicht wie, aber Eckstein verwickelte uns innerhalb von Sekunden in ein Gespräch über Adler. Er erklärte, dass der Adler als Wappentier erst anlässlich der Kaiserkrönung von Karl dem Großen aus Italien nach Deutschland gekommen wäre, falls man das Gelände zu diesem Zeitpunkt so nennen wollte, und dass die Heraldiker wüssten, dass es schon in Persien und bei den Ptolomäern Adler-Zeichen gab. Die Informationen warfen ein geheimnisvolles Licht auf die Verbindung zwischen dem Karlgymnasium und der Adlerperspektive, von der uns Eckstein in der ersten Rhetorikstunde erzählt hatte. Jedes Detail war interessant. Die Raubvogel-Metapher bekam immer größere Bedeutung, wenn wir auch nicht genau wussten, welche. Aber das war es ja gerade: Eckstein stimulierte unsere Ahnungen und Phantasien, Fakten gebrauchte er als untergeordnete Hilfsmittel.

Plötzlich waren wir gezwungen oder sogar willens, über Adler zu reden, die wir nur aus dem Waldzoo am Schölerberg und aus dem Fernsehen kannten. Anders als die Mehrzahl der Lehrer, mit denen die Schüler auf der Straße ein paar meteorologische Thesen austauschten und bald wieder tschüs sagten, war Eckstein auf ernsthafte Unterhaltung erpicht, und – das ist der Punkt – er fesselte Danielas kostbare Aufmerksamkeit. Der Moment, den Eduard und ich um alles in der Welt festhalten wollten, er floh.

»Wegen mir hätten Sie Ihren Weg bestimmt nicht unterbrochen«, motzte Eduard, sobald er die Lage durchschaut hatte.

»Stimmt nicht unbedingt«, antwortete Eckstein. »Aber ich höre Danielas Stimme tatsächlich sehr gern. Sie klingt nach Farbe und Licht… Ähnlich wie das Hellblau El Grecos, wenn man sich's überlegt.«

Auf Danielas Gesicht breitete sich ein Flächenbrand aus und setzte sich über die Nackenmuskulatur fort. Später sagte Eduard, er hätte in diesem Augenblick gelernt, dass Worte chemische Waffen sind und gerade in Körpern junger Frauen die gleiche Wirkung entfalten wie Nervengift. Der Neid in seinen Augen hatte die Form von stählernen Widerhaken, mit denen man Haie fängt.

»Das Hellblau El Grecos?« fragte Daniela. »Vielleicht ist das kein Zufall, Sie könnten ja Synästhetiker sein. Töne sehen, Farben hören, solche Dinge. Es gibt Menschen, die sehen grüne Zylinder, wenn sie Hähnchen essen, und keiner weiß so richtig, warum.«

Ihre Stimme klang wirklich hellblau, man musste nur verliebt sein.

»Könnte sein«, sagte Eckstein. »Ich bin aber kein Experte für Synästhesie. Ich weiß eigentlich nur, dass es so etwas Komisches gibt und dass es einerseits die Künstler, andererseits die Neurobiologen beschäftigt.«

»Wie klingt denn Eduards Stimme?« fragte Daniela.

»Im Augenblick ziemlich ärgerlich«, sagte Eckstein.

»Hören Sie keine Farbe?«

»Nicht wirklich«, sagte Eckstein. »Bei Eduard höre ich nur Verstimmung.«

»Sie haben Ihre Ohren gut gewaschen«, eiferte Eduard.

»Eduards Stimme klingt wolkengrau«, sagte Daniela. »Wenn ich ihm genau zuhöre, sehe ich eine Reihe wolkengrauer Kegel vor mir. Aber ich muss nachhelfen, ich muss die Bilder suchen. Das ist bei echten Synästhetikern anders, habe ich gelesen.«

Das Gespräch – das ich mit Danielas freundlicher Nachhilfe rekonstruiert habe – streifte Themen, in denen die Reizwörter »Farblichtmusik« und »Optophonisches Klavier« eine Rolle spielten. Wenn Daniela etwas sagte, lieferte sie – nicht immer, aber auch nicht selten – Literaturangaben mit. Einmal sprach sie von Paul Klee und den *Beiträgen zur bildnerischen Formenlehre.* Als wäre das nicht genug, fügte sie hinzu, das Buch in einer faksimilierten Ausgabe des Originalmanuskripts gelesen zu haben, die in der Bibliothek ihrer Mutter vorhanden war. Eckstein, der eingangs tiefgestapelt hatte und tatsächlich eine Menge zum Thema zu sagen wusste, sprach über so geheimnisvolle Dinge wie partielle Sinnestäuschungen und richtete seinen Blick auf Danielas fein gezeichnete Augenbrauen. Daniela redete vom expressiven Rhythmus Aleksandr Rodtschenkos. Es war eine Unterhaltung voller Schönheit und Übertreibungen, von der nachher noch oft gesprochen wurde.

Eduard setzte sich neben mich.

»Mir platzen die Eier«, flüsterte er. »Eckstein ist ein echt widerlicher Snob.«

»Eduard«, flüsterte ich zurück. »Eckstein ist doppelt so alt wie wir. Der kann gar nicht mit uns konkurrieren, selbst wenn er wollte.«

Am deprimierendsten fand Eduard die Lebendigkeit von

Danielas Brüsten, die unter dem sommerdünnen Stoff ihrer Bluse schwelgten, denn an diesem Tag trug Daniela keinen BH. Die Tatsache, dass sich die Hautkreise der Höfe bewegten, sich vergrößerten und verkleinerten, sich verfestigten und entspannten, als wären es kleine, atmende Tiere auf einem großen, freundlichen Wirtskörper, die Tatsache also, dass sie sichtbar erregt war, weil Gustav Eckstein über optophonische Klaviere und solche Sachen schwadronierte, erzeugte in ihm ein Gefühl der Demütigung, das sich bis auf das Rückgrat durchfraß, wie er hinterher sagte.

Eduard gab alle Widerstandshandlungen auf und zog grußlos ab. Sein Problem war nicht die Tatsache, dass ihm Daniela und Eckstein bei den rhetorischen Kinkerlitzchen haushoch überlegen waren. Er hatte seine Furchtlosigkeit vor überlegenen Leuten schon oft bewiesen. Sein Problem war der Zweifel an sich selbst, der bei ihm tiefer saß als jedes andere Gefühl, seit er damit begonnen hatte, seine Wurzeln auszureißen, und sich nicht mehr damit zufrieden gab, dass er auf dem Rennrad unschlagbar war, an der Bremer Brücke noch nie einen Kampf Mann gegen Mann verloren hatte und als Einziger mit vier vollen Wasserkisten, zwei in jeder Hand, den Lüstringer Berg zu Regenmacher rauflaufen konnte, den ganzen Weg von unten nach oben, an der Mindener Straße angefangen und dann immer weiter, die erste Steigung, die Abflachung und dann auch noch die zweite, wirklich harte Steigung hinauf, wie der Bekloppte es einmal wegen einer Wette getan hatte, die noch jahrelang Erwähnung fand. Andere Jungs, die gegen Eduard angetreten waren, hatten nach fünfzig oder hundert Metern mit gequälten Grimassen aufgegeben und die Last klirrend auf den Gehweg knallen lassen.

Der dünnhäutige Eduard fürchtete, dass ihm die Sphäre von Eckstein und Daniela für immer verschlossen bliebe, weil er in die falsche Familie geboren worden war, die meisten seiner Lebensjahre nutzlos verschwendet und Instinkte ausgebildet hatte, die nicht gerade erhaben genannt werden konnten.

Dieses war der Beginn der Paranoia, sagte er später.

Aber Eduard Manthey war keine beleidigte Leberwurst, das konnte man ihm nicht nachsagen. Als er zu Hause seine Erbsensuppe ausgelöffelt hatte, nahm er Teile seines Ersparten, fuhr in die Stadt zurück und kaufte sich in der Buchhandlung Hypnos nahe des Jägers den großen Fremdwörter-Duden. Zu seinem Entsetzen waren darin »optophonische Klaviere« nicht verzeichnet. Er konnte bestimmte Rätsel nicht lösen, die das Synästhesiegespräch zwischen Eckstein und Daniela aufgeworfen hatte. Dafür lernte er endlich, was »Prolegomena« waren, stellte sich vor den Badezimmerspiegel und übte unter den Augen seiner verblüfften Mutter, das Wort wie Gustav Eckstein in der ersten Rhetorikstunde auszusprechen.

Abends traf sich die Neutronen-Gang, deren Namen wir bereits im Chemieunterricht der Unterstufe erfunden hatten, als es um diese elektrisch neutralen Elementarteilchen ging, die radioaktiv werden können. Die Band, die damals so lange vor dem Durchbruch stand, bis sie sich auflöste, war hineingeboren in die Neue Deutsche Welle und hing am Tropf von Guido Flocks Musikverstand, der wiederum an den Beatles geschult war, die für Guido bis heute das Maß aller Dinge darstellen. Ich sehe uns auf Campingstühlen an Regenmachers Gartenteich sitzen, in dem die Hechte Neptun und Sharky auf die Fehltritte nachbarlicher Zierkaninchen lauern. Der Garten war wüst und schön, voller Unkräuter und undurchdringlicher Sträucher, ein Spielplatz der grünen Aufsässigkeit in der ansonsten gepflegten Siedlung. Im offenen Stall stand der graue Esel Clark, bei dem man nie wusste, ob er schlief oder nicht.

Eduard war noch immer aufgekratzt. Es drängte ihn, seiner inneren Sturmsee Ausdruck zu verschaffen. Während wir konzentriert Bier tranken, dichtete er an einem Text herum, den er *Amphetamine-Nick* überschrieb. Er zwang Guido Flock noch am selben Abend, auf dem Synthesizer eine Melodie zu komponieren – Guido konnte solche Sachen gut, wenn er einen im Kahn hatte –, und sang immer wieder dieses Lied, das aus heutiger Sicht die cremige Apokalypsestimmung in Nenas 99Luftballons variierte und nach Kaltem Krieg und unbezwinglicher Jugend roch.

Ich, Amphetamine-Nick, rase mau ins Morgenblau.

In den folgenden Tagen presste Eduard sein Gehirn aus, um einen Plan für den inneren und äußeren Aufstieg zu entwickeln, an dessen Ende er auf Augenhöhe mit Eckstein und Daniela sein wollte. Keine zwei Wochen nach dem Sit-in in Regenmachers Garten räumte er *Auto, Motor und Sport*, verschiedene Motorradzeitschriften, den geliebten *Kicker* und andere Hefte vom Bücherregal. Er warf die Magazine in braune Umzugskartons und verstaute sie zwischen Konserven und Kartoffeln im Mantheyschen Vorratskeller. Dann wischte er das Regal sorgfältig mit feuchtem Priltuch aus, stellte die sechs oder sieben Bücher drauf, die er im Haushalt Manthey für bibliothekswürdig hielt, nahm eines wieder herunter, und begann, Zitate herauszuschreiben.

»Jeder Qualitätsmensch braucht eine eigene Bibliothek«, sagte er am Abend zu seinem Vater. »Ich wette, du findest in unserer Straße keine zehn Leute, die mehr als hundert Bücher besitzen. Eckstein hat allein sechs- oder siebentausend, alle gelesen übrigens.«

Gotthilf D. Manthey saß in der Essecke, las Zeitung und schälte einen großen, bauchigen Jakob-Lebel-Apfel, dessen

Schale an der Sonnenseite gerötet war. Er schälte in einem einzigen filigranen Schnitt, indem er das Messer neben dem verholzten Blütenstil ansetzte und ohne Absetzen mehrfach um den Apfel kreisen ließ. Dann nahm er das Apfelfleisch in die eine Hand und hielt mit der anderen die Schalenspirale in die Höhe.

Ich weiß von meinen Besuchen, dass Frührentner Manthey oft die Zeitlosigkeit von Greisen ausstrahlte, ohne deren Alter erreicht zu haben. Seine Tage vergingen zur Freude der anderen Mieter im Haus mit der Pflege des Gartens, in dem er Rosen, Orchideen und Obstbäume züchtete. Zur Überraschung aller, die Einblick in den Garten hatten, wusch er die Baumstämme und dicken Äste jeden Mai mit einer speziellen Fruchtbarkeitslauge ab. Er war Stammkunde in der Gartenhandlung Blumentopf neben dem Supermarkt Central, dem ersten Discounter unseres Stadtteils, der das Absterben der Tante-Emma-Läden besiegelte.

»Ach, du lieber Gott«, sagte Gotthilf D., als er von Eduards Absichten hörte. »Du hast doch von so etwas gar keine Ahnung. Ich bin bald neunundfünfzig und habe noch kein Buch von vorn bis hinten so richtig durchgelesen. Und, geht es uns schlecht ohne Bibliothek?«

»Eckstein wird mir helfen, einen alexandrinischen Traum von einer Bibliothek aufzubauen«, sagte Eduard, innerlich vor Stolz pfeifend, dass er seinem Vater ein solches Fremdwort auftischen konnte. »Eckstein kennt offenbar alle Bücher, die es gibt.«

»Fühlst du dich wohl mit ihm?«

»Ja, schon, oder eigentlich mal so und mal so. Manchmal nimmt er uns als die Adler, die wir gern sein würden, aber er kann tierisch überheblich werden. Man fühlt sich ständig angestachelt.«

»Meinst du, Eckstein ist ein gutes Vorbild für dich?«

»Was ist denn das für ne moralische Frage? Man kann was von ihm lernen. Er ist eigentlich der erste Lehrer, von dem man was lernen kann. Das muss ich im zwölften Schuljahr ausnutzen. Viele Chancen wird es nicht mehr geben.«

Gotthilf D. teilte den Apfel und gab Eduard die größten Stücke. Vater und Sohn redeten noch lange miteinander und ließen sich von Dietlinde, die ihren Putztag beendet hatte, zum Abendessen mit belegten Wurstbroten und süßsauren Gurkenhappen versorgen. Nach Dietlindes Beobachtungen hatte es ein Gespräch von solcher Intensität schon lange nicht mehr gegeben. Gotthilf D. wollte vieles über Gustav Eckstein wissen, sogar die Farbe der Augen und die Verhältnisse zu Hause.

»Also gut«, sagte er schließlich. »Eckstein ist wirklich ein dufter Typ, du kannst dir eine Scheibe von ihm abschneiden. Brauchst aber deine Autosportblätter nicht wegwerfen, Junge. Brauchst nicht vergessen, wo du herkommst. Der Eckstein kocht auch nur mit Wasser.«

Gotthilf D. zog Eduard zu seiner Schmetterlingssammlung, die er sehr liebte. Es waren besondere Momente, wenn er die Sammlung zeigte. Eduards Vater war kein wissenschaftlich ausgebuffter Entomologe, er bezog seine Informationen aus Sachbüchern eher heikler Qualität. Es gab in der Wohnung der Familie Manthey auch keinen der berühmten Schränke mit flachen Schubladen in gleicher Farbe und Größe, aus denen die professionellen Liebhaber Tausende von Schätzen aus fünf Kontinenten ziehen, wie ich es mir vorstelle, und den wehrlosen Zuschauer der Schönheit der Kometenfalter, Ailanthusspinner und Oleanderschwärmer ausliefern. Gotthilf D. hatte seine vier oder fünf Kästen unterschiedlicher Größe aus Sperrholz gebaut und zum Schutz der Schmetterlinge mit einer Abdeckung aus Fensterglas versehen. Er hatte mit dem Sammeln im Krieg begonnen und verband mit den Schmetterlingen bedeutende Erinnerungen. Denn auch mit seiner großen Liebe hatte er einige Exemplare gefangen, bevor sie ihm im Herbst '45 den Abschied gab, weil der Ehemann doch noch aus den Kriegswirren auftauchte.

Eduard war gerührt von der traurigen Zärtlichkeit, mit der sein Vater die getupften Flügel, die einrollbaren Saugrüssel und die Komplexaugen seiner Lieblinge beschrieb. Der Klang dieser Worte beeindruckte ihn viel mehr als das Sammelsurium von Zitronenfaltern, Segelfaltern, Kohlweißlingen und Nachtpfauenaugen selbst.

»Okay, sehr schön«, sagte Eduard. »Aber warum stehen wir hier eigentlich bei den toten Insekten?«

»Ich will dir zeigen, dass sie alle anders sind, aber alle schön«, sagte Gotthilf D. »Kein Schmetterling musste sich je ein neues Flügelmuster aufmalen lassen. Jedes ist gelungen, so wie es ist.«

»Also, ich weiß nicht, ob das ein gutes Gleichnis ist«, runzelte Eduard die Stirn. »Eckstein hat gesagt, dass man mit Gleichnissen, Metaphern und so etwas vorsichtig umgehen muss.«

Der Herbst kam und viele Leute selbst im Schinkel hörten am Radio oder sahen im Fernsehen die Bundestagsdebatten, die der Ablösung von Helmut Schmidt durch Helmut Kohl vorausgingen. Der Sturz der sozial-liberalen Regierungskoalition war nach dem autofreien Sonntag, den RAF-Attentaten, der Entführung der »Landshut« in Mogadischu und dem Scheitern von Franz Josef Strauß das erste politische Ereignis, das von der Weltbühne bis in die Ritzen unseres Alltags drang und rege besprochen wurde.

Gustav Eckstein spielte im Rhetorikkurs eine Kassette mit Auszügen von Helmut Schmidts letzter Rede ab, die mit dem Appell an die »nüchterne Leidenschaft zur praktischen Vernunft« geendet hatte. Wir ließen uns darüber belehren, mit welchem Recht der Altkanzler die Philosophen Immanuel Kant und Karl R. Popper mixte. Es waren politisch aufgeheizte Stunden, die ausnahmsweise nicht von Daniela dominiert wurden – wenige Stunden nur.

Nach dem Herbst kam der Winter und damit die Zeit, in der sich Eduard von Eckstein ein Buch nach dem anderen empfehlen ließ. Zu Ecksteins Prinzipien gehörte es, niemals Bücher anzupreisen, die gerade auf Bestsellerlisten standen, dem Straßenstrich der Literatur, wie er spottete. »Lies keine dünnen Bücher«, sagte er zu Eduard. »Das ist Zeitverschwendung.« Seine Tipps richteten sich nach artistischen, in tausend Lektüren eingeübten Kriterien, die Eduard nicht verstand, aber umso mehr bewunderte. Eckstein empfahl während der Unterredungen, die auf dem Raucherhof oder im Treppenhaus des Karlgymnasiums stattfanden, Heinrich von Kleist mit der gleichen Überzeugung wie Hermann Melville und Gabriel García Márquez: geschmackvolle Abenteuer und die scharfen Aromen von Schönheit und Geist (wie man zusammenfassen könnte).

»Große Bücher halten Jahrhunderte«, sagte er. »Der Rest ist manchmal auch okay, aber bildet kein Fundament. Mit dem Rest kannst du dich später befassen, wenn du schon weißt, wo die Grundmauern aller Textpaläste stehen.«

Gleichzeitig mischte Eckstein Künstler- und Politikerbiografien, historische Sachbücher, philosophische Klassiker, Reiseliteratur und eigentümliche Technikgeschichten unter seine Tipps, denn er selbst hielt zwar die Kunstform des Romans in höchsten Ehren, aber er war sich nicht sicher, ob er im gegenwärtigen Zeitalter noch die Mehrheitsmeinung vertrat.

Dietlinde und Gotthilf D. Manthey unterstützten die neue

Leidenschaft ihres Sohnes und verdreifachten sein Taschengeld. »Beim Lesen kann Eduard wenigstens keinen Unsinn machen«, kombinierte Dietlinde. Sie hatte längst aufgehört zu verstehen, worum es ging, wenn ihr Sohn von Ismael, den Buendías, Humbert Humbert und Dmitri Karamasow sprach.

Eduard entdeckte die Städtischen Bühnen und durchwachte nach Theaterbesuchen ganze Nächte, weil er die stärksten Sprüche zwanghaft wiederholen musste. Auf dem Schulhof nannte er sich einen Onomatomanen (er hatte sich ja den Fremdwörter-Duden gekauft). Seine Exaltiertheit war nicht geringer als vor Jahren nach der ersten Oper seines Lebens, Verdis *Rigoletto.* Er hatte tagelang nichts anderes gepfiffen als AchwiesotrügerischsindWeiberherzen (wir hatten die Oper in Deutsch gehört). Kunst konnte ihn überwältigen. Eduard fand das erstaunlich. Zu Tränen der Rührung reichte es nicht, aber er freute sich: über sich und das Theater und darüber, was es mit ihm anstellte.

In der Buchhandlung Hypnos ließ sich Eduard mit Vorliebe von der blutarmen und mageren Larissa Rieding bedienen, deren lange Beine in den engen Hosen zum Hingucken waren. Sie gewährte ihm ausführliche Beratungsgespräche, auch wenn seine Entscheidung längst gefallen war.

Eduard kaufte Bücher, um sie wie ein Trüffelschwein nach Zitaten abzusuchen, die er dann auswendig lernte. An einem Nachmittag, an dem ich zu ihm hinüberging, hatte er sich bei Aldi mit Haribo versorgt und memorierte ein Gedicht von Nietzsche, das er schöner fand als alle anderen Gedichte. *Die Krähen schrein / Und ziehen schwirren Flugs zur Stadt: / Bald wird es schnein. – / Wohl dem, der jetzt noch – Heimat hat!*

In diesen Wochen lernte Eduard bei Larissa, was Anagramme sind. Seine ersten waren: Esel-Else, Eva-Ave, Liebesnest-Besenstiel. Später steuerte die durch und durch belesene Larissa so berühmte wie insect-incest-nicest bei. Als mein Freund nach zwei heiß durchwachten Nächten das Anagramm »Sirsala« gefunden hatte und Larissa entgegen flötete, als hätte er ihr ein orientalisches Goldcollier geschenkt, fand sie ihn sehr putzig und sagte es auch so, ohne ihm deshalb aus seiner geschlechtlichen Einsamkeit zu helfen. Es waren Wortspiele, die Larissa und Eduard verbanden, nicht weniger, aber auch nicht mehr. Larissa hatte ihren Spaß an dem ungeschliffenen Klotz, der schon bald mit anderen Kunden wortreich über Bücher sprach, die er nie gelesen hatte. Manchmal fiel sein Überschwang auf. »In jedem guten Buch stecken viele andere Bücher«, sagte er dann mit rücksichtsloser Entschlossenheit und legte sich selbst mit Professoren von der nahen Universität an.

»Eduard wird aller Welt beweisen, dass Bildung kein Käse ist«, prophezeite Larissa, als ich mit ihr über den Aufstieg meines Freundes sprach.

Zunächst erfüllte sich Larissas Prophezeiung nicht. Eduard wurde durch die vielen Bücher verwirrt und verlernte das flüssige fehlerhafte Sprechen, weil er nun reden wollte wie gedruckt oder, besser noch, wie Gustav Eckstein und Daniela May. Dabei verstieß er gegen seinen angeborenen Sprachinstinkt, der gar nicht übel war, und nervte alle mit unverständlichem Silbenwirrwarr und sprunghaften Assoziationen, die einige an seiner Zurechnungsfähigkeit zweifeln ließ. Manche Freundschaften standen monatelang auf der Kippe.

Der gefürchtete Freistoßschütze, der sich neben dem lokalen Star Ralf Lehmann den jungen Lothar Matthäus zum Vorbild genommen hatte, verlor seinen langjährigen Stammplatz in der Fußballmannschaft des SV Schinkel 04. Die Wortfetzen, die er Zeit seines Lebens ohne Besinnung, aber mit großer Wirkung über das Spielfeld gebrüllt hatte, gingen ihm nicht mehr von der Zunge. Andererseits war niemand bereit, sich vor jedem Freistoß Reden anzuhören, die mit Nietzsche-Zitaten gespickt sein konnten.

Es war Jutta Marihuana, die Eduard anrief und ihm die überraschende Einsicht schenkte, dass erotische Beziehungen nicht nach dem Muster der Großwildjagd ablaufen müssen. Jutta hatte ein offenes Ohr für den Durchgeknallten und fast noch mehr Verständnis als Larissa Rieding. Die Verwirrung, die Eduard im Medium der Sprache durchlitt, erlebte sie gerade in der Ölmalerei. Oft klebten bunte Farbreste an ihren Händen. Aber sie war davon überzeugt, dass die Prozesse am Ende einen Zweck haben mussten.

»Das Genie steht schon da«, sagte sie später. »Aber gewöhnliche Talente kämpfen sich nun mal unter peinlichen Umständen ans Licht.«

Noch jedes Mal, wenn Eduard mit dem Fahrrad einige Kilometer auf der Bundesstraße nach Bremen gefahren war und in dem Dorf aufkreuzte, in dem Jutta wohnte, dachte er, hoffte er, glaubte er, dass ein sexuelles Abenteuer auf ihn wartete. Aber er kam mit Jutta über Knutschen und gewisse Berührungen nie hinaus, und auch dazu mussten sie viel Sherry und Weißwein trinken. Sie lernten jedoch, sich in dem Zwischen- und Warteraum einzurichten und manchmal sogar wohl zu fühlen. Bis zuletzt sprachen sie spöttisch, aber mit Respekt voneinander.

»Ich übte bei Jutta die Aufmerksamkeit«, sagte Eduard später. »Ich war nur noch ein Jahr vom Paradies der Geilheit entfernt.«

Eduard verschwieg Jutta Marihuana, dass er die Treffen mit ihr als Vorschule für höhere Liebesaufgaben verstand. Bei allem, was er mit Jutta erlebte, hatte er Daniela, oder genauer, ein Wesen wie Daniela vor Augen. Einen Menschen von der Spitze der menschlichen Pyramide, wie er zu sagen anfing.

4

In Gustav Ecksteins genealogischen Aufzeichnungen heißt es, dass Kleinbärengrund, wohin Marie Schattauer nun das Fuhrwerk von Balduin und Hermann Eckstein leitete, ein geringer Ort in Masuren war, unweit der polnischen Grenze.

Eckstein schrieb allerdings nicht immer von Masuren. Oft – wenn auch unregelmäßig, als wäre es bloße Willkür oder ein zufällig auftretender Zwang – formte er aus dem Buchstabenmaterial das Wort Ursamen. An einer bestimmten Stelle fügte er hinzu, dass Ursamen ein anderes Land als Masuren bezeichne und eher als auf der Landkarte in der Seele zu suchen sei.

Aus Maries und Friedas Erzählungen behielt Gustav Eckstein in Erinnerung, dass der Schnee in Masuren in strengen Wintern nicht selten die Metergrenze überstieg. An klaren Frosttagen konnte die Durchschnittstemperatur auf minus zwanzig Grad und darunter sinken. Dann lagen die Häuser Kleinbärengrunds an der einzigen Straße des Dorfes, die von Nordwesten nach Südosten führte, in einer erstarrten, weißen Glitzerwelt mit anfangs nur kleinen Schmutzflecken von der Arbeit der Menschenhände. Die Sonne begann ihren Lauf über die eisige Bühne spät am Morgen und hüllte sich in ausgewaschenes Zinnober, während die heftigen Nordost- und Nordwestwinde oft von der Nacht in den Tag und wieder hinaus in die Schwärze der neuen Nacht wehten.

Das Kind, das in einer dieser masurischen Nächte unter dem kalten Sternengefunkel am lautesten geschrien und mit blutendem Mund den schnellsten Weg ins Haus gesucht hatte, war Marie Schattauer gewesen. Nachbarjungen hatten sie dazu überredet, die Zunge auf ein tiefgefrorenes Metallscharnier im Stall zu legen, um ihren Mut zu beweisen. Dieses Bild, das schreiende Kind mit blutroten Rinnsalen auf dem Kinn, prägte sich Gustav Eckstein tiefer ein als jedes andere, und wenn irgendwo vom Zunge-Verbrennen die Rede war, musste er an jenen umgekehrten Fall denken, den seine Mutter als Kind erlebt hatte.

Der Frühling kam auf den Heidesandflächen um Kleinbärengrund meistens im März und sprenkelte mit seinen leuchtenden Blüten schon die erwachte Natur, während die Nordhänge der Endmoränen in anderen Teilen des Kreises den Schnee noch bis in den Mai festhielten. Weil die Vegetationszeit kurz war und der Regen oft viele Tage von der Ernte raubte, mussten die Feldarbeiten der Bauern auf den spärlichen Böden stets in Eile erledigt werden. Die Kleinbärengrunder schufteten dann vom Sonnenaufgang bis zum Sonnenuntergang und pressten aus jeder lichten Stunde das größte Pensum. Wenn man sich vorstellt, schrieb Eckstein, dass im Sommer der Wind durch uralte Eichenhaine ging, zwischen Farnteppichen und schwankenden Gräsern mit ihren Myriaden von Blattsilhouetten hindurch, eisblaue Libellen vor sich hin treibend wie seit Äonen, dann sieht man nicht den Arbeitsplatz Kleinbärengrund vor sich, sondern träumt von den schönen, melancholischen Seiten Ostpreußens, wie sie gute Reisebücher vorstellen sollten.

Der höchste Baum Kleinbärengrunds war die seit Menschengedenken unverwüstliche Platane auf dem Hof der Schattauers, deren dichte Krone mit den gelappten Blättern im Sommer verlässliche Schatten warf. Ansonsten verloren sich nur noch ein paar Birken und aufschießende Fichten in der kleinen Landgemeinde mit ihren 350 Seelen. Hinter den Feldern, Wiesen und wenigen Abbauten begann jedoch die herbe Umzingelung des Waldes, der verbunden war mit den großen Wäldern im Westen Masurens und den Waldgebieten im Nordosten, die bis zur dreieckigen Wasserfläche des Spirdingsees hinaufreichten. Es war ein Wald, der stumm sein konnte, nachtrauschend und voll wispernder Geräusche, ein Kämpfer gegen den Sturm und ein Liebling des Sonnenscheins, eingehüllt in grünen Samt, wie Eckstein mit einer Überzeugungskraft schwärmte, die er den Worten seiner Mutter, der furchtlosen Waldgängerin und Pilzesucherin, entliehen haben musste.

Durch die Landgemeinde Kleinbärengrund zog sich die winzige Rinne des Bärenfließ', der nach wenigen Kilometern in den Westkanal abfloss, von alters her Radostówka genannt. Die Seen, die in den Erinnerungen der Ausgewanderten, Geflüchteten und Spätaussiedler, aber auch der Reisenden der Jahrhunderte großen Anteil an der Urbildlichkeit der Landschaft hatten, gab es nur im Norden und Westen des Kreises Ortelsburg.

Für Hermann, schrieb Gustav Eckstein über den Ankömmling auf dem Fuhrwerk, gewährte die engere Umgebung von Maries Heimatdorf einen Vorgeschmack auf die unfassbare Wölbung der sibirischen Erdmasse im Osten. So nah war ich noch nie an Sibirien, dachte Hermann ungeachtet der geographischen Tatsachen. Immerhin lag Kleinbärengrund westlicher als Balduins Stadt Johannisburg, woher sie kamen.

In älteren Geschichtsbüchern kann man den Namen Kleinbärengrund nicht nachweisen, heißt es in den Aufzeichnungen. Das Dorf, dessen Gründungshandfeste aus den ersten Tagen des Jahres 1785 datiert, trug bei der Ankunft von Hermann und Balduin Eckstein erst wenige Jahre seinen neuen Namen, seit es nämlich von den Demonen als germanische Grenzland-Festung im Abwehrkampf gegen das Slawentum umgetauft worden war, so wie es bald mit Lipowitz geschah, das zu Lindenort wurde, mit Prussowborrek, das Preußenwalde wurde, oder mit Radostowen, das als Rehbruch in die deutsche Geschichte einging. Es waren die Jahre, in denen die polnischen Seiten der masurischen Geschichte herausgerissen wurden, schrieb Eckstein.

Zur deutschen Zeit gab es keinen elektrischen Strom in Kleinbärengrund. Den brachte erst der Kommunismus.

Als Balduins Fuhrwerk den Dorfteich, das Spritzenhaus und das flache Schulgebäude mit dem Turnreck neben dem Eingang passiert hatte und den schmucken Backsteinbau der Schattauers erreichte, der als einziges Haus in Kleinbärengrund nicht mit dem Giebel, sondern mit der langen Seite zur Dorfstraße lag, sprang Marie ab und lief ihrem Vater entgegen. Otto Schattauer saß auf der hölzernen Bank unter der Platane und nähte mit gepichtem Leinenzwirn die ausgerissene Lasche eines Arbeitsschuhes an. Er hatte Beißzange, Stiftenzieher und Nagelheft griffbereit neben sich liegen. Weitere, ebenfalls reparaturbedürftige Schuhe standen zu seinen Füßen.

Otto Schattauer, dessen gelichtetes, dunkles Haar streng nach hinten gekämmt und akkurat gestutzt war, fixierte seine Tochter aufmerksam. Was er sah, bereitete ihm Freude und verursachte einen kleinen, inneren Jubel, der nach einem prompten Dankgebet verlangte. Denn Marie hatte an diesem Tag ein ernstes und demütiges Gesicht. Das ist die Miene, die Gott am besten gefällt, dachte er, und nur danach müssen wir trachten. Er hatte an Marie in letzter Zeit oft die Demut vermisst und sich zu fragen begonnen, ob seine Älteste besonders starken Anfechtungen ausgesetzt war und die Versuchungen des Bösen in besonderem Maße erfuhr. Sie beschäftigte sich wenig mit der Heiligen Schrift, wenn kein Gottesdienst und keine Hausandacht sie dazu anhielten, aber über das Maß hinaus mit weltlichen Dingen. Kleiderstoffe, Pflanzenbücher, Speiserezepte, Musik, die nicht zur Ehre Gottes komponiert war, all diese Dinge interessierten sie, und zunehmend brennender. Marie sprach sogar von Reisen nach Königsberg und Danzig, wo sie die Sehenswürdigkeiten besuchen wollte. Von den Stunden der Gebetsleute dort war nicht die Rede gewesen. Er hatte keinen Weg gefunden, seiner Tochter die Gefahren der Neugierde zu vermitteln, die seit Evas Verführung ein weites Einfallstor für die Sünde war.

Ich liebe meine Kinder, dachte Otto Schattauer, es ist meine Pflicht und Schuldigkeit, sie mit Nachdruck zur ewigen Seligkeit zu leiten.

Er hatte ihnen oft erzählt, dass er schon als Achtjähriger, im Jahr 1900, unter der Bußpredigt Christoph Kukats, dem Gründer des Gebetsvereins, in Tränen aufgelöst zum wahren Glauben begnadigt worden war und sich im Krieg unter den Ungläubigen als bescheidenes Werkzeug der Größe Gottes bewähren durfte. Er hatte im August '14 als Soldat die benachbarte Kreisstadt Neidenburg in Flammen stehen sehen und den Menschen, die zwischen den brennenden Häusern und den wie Fackeln rauchenden Lindenbäumen keine Luft mehr zum Atmen fanden, Worte des ewigen Trostes zugerufen. Er hatte unter Oberbefehlshaber Paul von Hindenburg in der Tannenberg-Schlacht gegen die Narew-Armee gekämpft und die sterbenden Kameraden zur Buße angehalten. Er hatte gegen das Triumphgeheul angebetet, das sich nach dem Freitod des russischen Generals Samsonow nahe der Försterei Karolinenhof überall breit gemacht hatte. Er hatte immerzu ein Gotteswort in das Schlachtgetöse geworfen und im Nahkampf bedauert, dass die Russen ihn nicht verstanden.

Als der Krieg und die Einquartierungen zu Ende gewesen waren, hatte Otto Schattauer mit seinen Brüdern August und Karl, die später ins Ruhrgebiet gingen, das baufällige Holzhaus durch ein solides Steinhaus ersetzt. Er hatte wie alle Bewohner Kleinbärengrunds in der Volksabstimmung von 1920 für Deutschland und damit gegen Polen gestimmt, aber er hatte begriffen, dass auch der Patriotismus ein Götzendienst war. Der Heilige Krieg, in den Gott die Seinen auf der Erde gestellt hat, ging immer weiter. Das hatte er verstanden und alles darangesetzt, ein guter Krieger seines Herrn zu bleiben.

Marie roch das alte Schuhfett in der schwarzfleckigen Schusterschürze ihres Vaters. Dieser Geruch, ein Samstagsgeruch, hatte ihre Kindheit begleitet, aber nun kam es ihr so vor, als habe sich etwas Fremdes darunter gemischt. Entweder der Geruch war anders oder ihre Nase. Sie wischte sich Tränen aus den Augen. »Die Männer haben sich verirrt und wollen was essen«, sagte sie, erstaunt darüber, dass beides der Wahrheit entsprach, aber zusammen eine freche Lüge war, wenn sie es so stehen ließ. Doch was sollte sie sagen? Es würde unmöglich sein, den Eltern zu erklären, was Balduin auf dem Feld getan hatte. Es fehlten ihr nicht nur die geeigneten Worte. Sie hätte sich auch zu sehr geschämt, und ihre Eltern erst recht. Sie musste davon schweigen, welche Rolle ER gespielt hatte, und durfte auch nicht sagen, dass sie es selbst in der Hand gehabt hätte, den Männern zu entkommen, wenn ihr guter Wille nur nicht zu schwach gewesen wäre, um die Angst ihres Körpers zu überwinden.

»Es ist nichts Ernstes«, sagte Hermann, als Otto Schattauer an den Wagen trat und Balduin betrachtete: einen quer über den Sitz geworfenen Mehlsack. »Mein Onkel braucht nur etwas Ruhe und viel kaltes Wasser.«

»Ausjärechnet daran soll es nicht fehlen«, antwortete Otto Schattauer, dessen Geist von Gottesworten stets umzingelt war. *Was ihr getan habt einem von diesen meinen geringsten Brüdern, das habt ihr mir getan.*

Maries jüngere Geschwister, zuerst wie ein Wirbelwind Frieda, dann gravitätisch der lange Alfred und rasch hinterher Lockenkopf Berta und der kleine Werner, verließen ihre über den Hof verstreuten Beobachtungsposten, rannten um das Fuhrwerk herum, lüfteten die lederbraune Plane und wunderten sich über die Menge der Sättel und kostspieligen Geschirre, die sie darunter sahen. Hermann kramte eine Tüte mit milchigen Pfefferminzbonbons hervor und reichte sie herum. Bald war ein Gespräch zwischen ihm und den Kindern in Gang.

Unterdessen studierte Otto Schattauer die schwarze Front der Gewitterwolken, die auf Kleinbärengrund eindrang. Aus Nordwest war ein Wind aufgekommen und nahm an Stärke zu. Die Platane und die zerzausten Birken kehrten die Unterseite ihrer Blätter nach oben. Von den Abbauten kamen verdünnte Gerüche von Holzfeuern herüber, die mit der unruhigen Luft gleich wieder weiterflatterten. Otto Schattauer schickte Alfred und Berta auf die Weide, um die Kühe heimzutreiben, die über den Tag Fritz Przygodda von der Familie im strohgedeckten Insthaus gehütet hatte. Die Kinder griffen nach ihren Fahrrädern, denn die Weiden, auf denen das Vieh in diesen Tagen stand, gehörten zu den entferntesten. Die zweiunddreißig Hektar Land der Familie Schattauer – Wiesen, Felder und sechs Hektar Wald – lagen wie der Besitz aller Kleinbärengrunder weit um das Dorf verstreut.

Marie drückte sich um die Hausecke herum, um Blicke und Worte von sich abzulenken. Sie bemerkte, dass die Luft rumorte. Sie sah, dass die mächtigen Wolken in jeder Sekunde ihre Gestalt veränderten – eine sinnlose Demonstration ungezügelter Kraft. Es entging ihr nicht, dass das Licht, das vor einer Stunde noch wie ein Guss von Farbe gewesen war, selbst das fahle Grau verlor, das es auf dem Feldweg angenommen hatte, und nun ins Schwarze überging. Der ganze Himmel war voll von dem bedrückenden schwarzen Luftstoff. Aber alles geschah wie auf nichtssagenden Fotografien, die ein Fremder aus fremden Gegenden mitgebracht hatte. Marie bekämpfte die Versuchung, hinter Alfred und Berta herzulaufen und sich in irgendeiner Scheune auf den Feldern im Heu zu verstecken. Sie dachte: Das Heu ist nun wirklich keine Lösung. Doch deshalb hörte der gefühllose Tagtraum nicht auf, in dem sie umherging und nach der verlorenen Vertrautheit des Wirklichen suchte.

Es heißt in den Aufzeichnungen, dass Marie für eine Sekunde ungezügelter Rachlust daran dachte, Balduin mit der Forke zu erstechen und dem Urheber ihrer Verlassenheit ein schreckliches Ende zu setzen. Doch ihr Gewissen schlug lauter als ihr Herz … Und was machte sie so sicher, dass Hermann ihr Retter war und nicht auch die Forke verdiente? Konnte es nicht sein, dass er absichtlich hinter den Büschen verschwunden war, nicht um zu pinkeln, sondern um für Balduin das Feld zu räumen, damit dieser ungestört tun konnte, was er in seiner Verderbtheit dann tat? Sie wusste es nicht. Ihr war aber, so viel merkte sie gleich, der Gedanke viel angenehmer, dass Hermann tatsächlich ihr Retter wäre, so wie sie es im ersten Augenblick geglaubt hatte. Mit seinen breiten Schultern sah er so ähnlich aus wie ihr Cousin Kurt aus Liebenberg am Liebenberg, der auch sehr tapfer war und zwei kleine Jungen vor dem Angriff eines durchgedrehten Hundes gerettet hatte. Kurt hatte die Hinterbeine der Bestie zu fassen gekriegt, sich wie ein Kreisel um die eigene Achse gedreht und den Kopf des Tieres an der Ecke eines Steinhauses zerschmettert, wovon bis auf den Tag mit fröstelnder Bewunderung gesprochen wurde.

Hermann führte Balduins Gespann aus dem Geschirr, brachte die Pferde in den Stall und gesellte sie zu Schattauers breitbäuchigen, knochenstarken Kaltblütern. »Jule und Jablo sind verliebt«, sagte Frieda, die Hermann gefolgt war und ihm zur Hand ging, beglückt von der neuen Erfahrung, mit einem so Unbekannten so schnell so angenehmen Umgang zu finden. Ihr Mienenspiel forderte ein Lächeln von dem großen Mann, und sie bekam es. Der Trakehner Sindbad, dessen hochnäsiges Temperament in den Aufzeichnungen mehrfach erwähnt wird, ließ sich zu ein paar freundlichen Kopfstößen für die Ackergäule herab. In ihren Ahnenreihen, taxierte Hermann aus den Augenwinkeln, hatten Panjepferde gestanden, aber nun war das Erbgut kolossal vermanscht. *Eine gute Körordnung ist die Grundlage jeder erfolgreichen Zucht.*

»Der Herr schickt die Jeläjenheiten ...«, murmelte Otto Schattauer und schob den fremden Wagen in den Schuppen. Dabei grüßte er den hinkenden Schmied Johann Jakubassa, der am Tor stehen geblieben war. Jakubassas Familie hatte schon vor hundert und mehr Jahren ein Eisenwerk besessen, in dem Sumpferze verarbeitet wurden. Von dieser Tradition geprägt, redete Jakubassa den lieben Tag lang über Pflugscharen, Eisenbeschläge und Ambosse. Nur heute war ihm etwas anderes eingefallen.

»Na, da habt ihr aber Besuch bekommen«, sagte Jakubassa. »So'n Besuch habe ich lange nicht bei euch gesehen.«

»Lass uns mal in Ruhe«, antwortete Otto Schattauer laut. »Wir werden den Leuten schon Gutes tun.«

»Ja, so sehen die Männer auch aus, dass sie sich von euch bekehren lassen«, fuhr Jakubassa fort. »Das hab ich gleich gerochen, als sie hier angefahren kamen. Man konnte ihre Bußfertigkeit sogar gegen den Wind riechen. Sind wohl Mönche, was?«

»Ach geh, Janek«, sagte Otto Schattauer. »Der Herr kennt Mittel und Wege, und eines Tages kriegt er dich auch noch.«

Otto Schattauer bedauerte ein weiteres Mal, dass sein Hof ständig von Zuschauern belagert wurde, die dem gottseligen Leben, das er mit seiner Familie führen wollte, keinen Respekt zollten. Der Grund dafür war, dass am hinteren Giebel des Hauses die Schankwirtschaft des Dorfes begann, in der es oft regen Betrieb gab. Dieselben Leute, die auf dem Hinweg vielleicht noch freundlich grüßten, kamen manchmal drei, vier Stunden später ans Tor getorkelt und sagten Dinge, die Schattauers Ohren wehtaten. Ganz unerträglich wurde sein bebender Schmerz, wenn die Kinder in der Nähe waren und das Unflätige mit anhörten.

Die Gottlosigkeit, seufzte Schattauer im Stillen, war nur um die Stärke von zwei Steinen von seinem Haus und der Familie getrennt. Er und die Seinen lebten praktisch an der Sündenfront, Aug' in Aug' mit dem alt bösen Feind, was in seinen sorgenvollen Gebeten ein Hauptthema war. Aber er war nicht der Mann mit der nötigen Entschlusskraft, den Hof und die Familie aus dem Dorf herauszureißen und auf einen Abbau zu verpflanzen. Wie sollte er ein solches Vorhaben zum guten Ende führen, wenn schon die eingefleischten Tätigkeiten seine Zeit und Kraft voll und ganz auffraßen? Vor ihm hatten vier Generationen Schattauer den Hof am Platz gehalten und trotzdem ein gottseliges Leben geführt. So will ich es auch tun, dachte Otto Schattauer.

Marie ging unterdessen in den hochsommerlich fruchtenden Obst- und Gemüsegarten, um für das Abendessen Kräuter zu schneiden, Mohrrüben aus dem Beet zu ziehen und Stachelbeeren zu pflücken. Ihre Hände arbeiteten schnell und geschickt. Keine reife Stachelbeere blieb an den Zweigen, die ihre Finger rasch absuchten, keine unreife Stachelbeere wanderte sinnlos in die Schüssel. Und von den Stacheln stechen ließ sie sich sowieso nicht. Die tröstliche Selbstverständlichkeit des Arbeitens half ihr, Klarheit über ihre Lage zu bekommen, genauer gesagt, klare Fragen zu stellen, auf die sie keine Antwort wusste. Was war eigentlich passiert? War wirklich alles passiert, was sie auf dem Feldweg erlebt zu haben glaubte? War sie es gewesen, die den Fremden den Weg auf den Hof gebahnt hatte?

Hermann flößte seinem Onkel, der im Halbschlaf laut gerülpst hatte und umso stärker von Schnapsgeruch umnebelt war, kaltes Brunnenwasser ein. Balduin phantasierte davon, mit einer Streitmacht masurischer Bauern, bewehrt mit Hacken und Sensen, in seine Heimatstadt zurückzukehren und die Wiederaufnahme in die Gesellschaft zu erzwingen, die ihn hinausgedrängt hatte, nachdem er mehreren Damen zu nahe gekommen war, wie diese Damen behaupteten.

»Fliegengeschmeiß!« sabberte Balduin. »Ihr werdet mich kennen lernen…«

»Ruhe!« befahl Hermann. »In deinem Zustand will dich nicht einmal der Teufel kennen lernen.«

Es war eine böse Sache mit seinem Onkel. Die erzwungene Emigration, die Balduin vor dem Gefängnis bewahrte, hatte von Anfang an unter einem seltsamen Stern gestanden. Balduin Eckstein und Adolf Hitler waren gleichzeitig nach Masuren gekommen, um zu erleben, dass das Gerücht stimmte: *Gute Deutsche waren die Masuren immer.* Viele von ihnen waren so deutsch, dass sie ihr lange eingeübtes, persönliches Treueverhältnis zu den preußischen Königen geradewegs auf Adolf Hitler übertrugen. Als Hitler, in den Augen vieler Masuren einer Offenbarung des Himmels gleich, dem Land seinen Besuch abstattete, brach ein so ungeheures Fieber der Begeisterung aus, dass der Geschmeichelte die Überzeugung äußerte, es gebe wohl im ganzen Reich keine glühenderen Anhänger seiner Mission als eben die Menschen in den der kargen Erde entwundenen Dörfern und Kreisstädten ringsumher. *Ich glaube nicht, dass es in Deutschland ein Land gibt mit der Treue der Masuren.*

Der geschasste Händler Balduin Eckstein war noch nicht dem Alkohol verfallen, sein humanistisch ausgebildeter Verstand funktionierte noch einigermaßen, als er nach Lyck gekommen war, um den Führer zu sehen. Er hatte sich in die hysterisch kreischende Menge am Straßenrand gestellt, in der sich erwachsene Männer die Haare rauften und Frauen schreiende Höhepunkte erlebten. Gestoßen, gezerrt und fast taub auf beiden Ohren, hatte er einen Blick auf den einsamen Wanderer vom Rande der Welt erhascht, der ganz nach oben gekommen war, und dabei an die eigene Schmach gedacht. Er hatte ordentlich Geld in der Tasche gehabt und die Adresse eines Cousins, der am Roschsee hinter Johannisburg wohnte. Das war alles, was ihm gehörte. Und in die klaffende Leere seines Lebens war der Führer getreten.

Die Erlebnisse und Beobachtungen in Lyck reichten aus, um Balduin eines begreiflich zu machen und durch Briefe der Familie Eckstein ins Gedächtnis zu prägen: Auch Adolf Hitler war ein Wolllustmensch, ein schweißgebadeter Bruder im Fleische, der im Begriff stand, sich ein ganzes Volk wie eine Frau gefügig zu machen und seinem Willen einzuverleiben, was Balduin offen bewunderte. Hitler hatte geredet wie immer, erst in sich versunken, dann mächtiger und frei auffahrend über der Brandung der Menschen, mit ekstatischer Stimme, ein Sprachrohr uferloser Weisheit aus dem Jenseits der Zeit. Dem schnauzbärtigen Mann war ein Jubel entgegengeschlagen, schrieb Balduin an seinen Bruder Albert und dessen Familie, als hätten die Bauern den Statthalter des Höchsten gesehen, einen neuen Messias, der die Ruchlosigkeit der Welt in heilige deutsche Ordnung verwandeln würde.

Während Hermann diese Dinge durch den Sinn gingen, bemerkte Marie ein kleines Naturwunder, das sie noch nicht kannte. Die fetten Tropfen, die vereinzelt vom Himmel fielen, wirbelten kleine Staubfahnen auf, die der Wind erfasste und in winzigen Sandstürmen um die Pflanzen und Halme trieb. Sie staunte und war ein bisschen froh darüber, dass sie diese schöne Entdeckung gemacht hatte. Als der Regen stärker fiel und der Wind schärfer ging, hielt sie ihr Kleid mit einer Hand am Saum fest und lief an Hermann und Balduin vorbei in die Küche.

Es heißt, dass Marie in dieser Zeit ihrer Mutter zunehmend entschlossener die Organisation des Haushalts aus den Händen genommen hatte. Sie hatte helle Tischdecken und Übergardinen genäht und die dunklen, altersschweren Vorhänge, in denen noch die Gerüche des letzten Jahrhunderts festhingen, nach und nach verschwinden lassen. Sie hatte in vier Heften von je vierzig Seiten die Rezepte der Großmütter und Urgroßmütter für alle Zeiten zum Nachlesen festgehalten. Mit ihrem Bruder Alfred hatte sie ein kleines Rauchhaus gebaut, in dem der Schinken und die Fische so lecker gerieten, dass Marie den Vergleich mit den Angeboten der besten Geschäfte Ortelsburgs nicht gescheut hätte.

Es war Maries Unnachgiebigkeit zu verdanken, dass der strohgedeckte Eiskeller im Schatten der Platane, der auf die Zeiten ihres Urgroßvaters zurückging, wieder in Betrieb genommen wurde. Sie hatte im letzten Winter dafür gesorgt, dass ihr Vater und Alfred nach der dritten, starken Frostwoche mit Sägen und Stangen zum Eismachen an den Waldpuschsee gefahren waren. Obwohl es nun August war, hielt sich das nützliche Eis immer noch, kühlte den frischen Fisch und bewahrte die zubereiteten Speisen bis zum übernächsten Tag oder länger.

Ruth Schattauer, geborene Zagorny, fischte Rindfleischknochen aus dem Topf auf dem Herd und goss die Brühe durch ein Sieb. Ein Dunst von verkochten Zwiebeln und Bouillon zog durch die Küche. Die Mutter, die wegen der ewigen Kopfschmerzen ein Tuch mit Kräutern um die Schläfen geschlagen hatte, schimpfte vor sich hin und glubschte nach ihrer Tochter.

»Wie du zu dem Mann jeblinzelt hast von den Stachelbeeren, Marie«, sagte Ruth Schattauer. »Er hat seine Blicke gar nicht wollen abwenden.«

»Aber Mutter, ich mach den Männern keine schönen Augen.«

»Ach, jeh. Ich seh doch, wirst janz rot. Wie konntest du diese Männer hierher locken, die nach Schnaps stinken? Haben eine sündje Jesinnung, dass man sich fürchten möcht.«

Ruth Schattauer goss saure Sahne in die Suppe und schmeckte mit Zucker ab. Dann würfelte sie das Fleisch und füllte es in eine Porzellanschüssel. Sie hatte mit einem Blick erkannt, dass Marie dem großen Mann gefiel und nichts dagegen unternahm, ihm zu gefallen.

Ruths Gedanken schweiften durch die Bilder der letzten Zeit und kamen immer wieder auf dasselbe zurück. Maries Lachen wurde keck, wenn sie unter Männern stand, egal, ob es Gebetsmänner oder ungläubige Bauern waren. Das hatte Ruth bemerkt und in ihren Gebeten vor Gott gebracht. Sie hatte darum gebetet, dass ihrer lieben Tochter das Lachen vergeht. *Herr, nimm Marie doch dieses Lachen.* Denn wohin sollte das noch führen? Es gab ja überall Männer, die nach so einem Lachen, wie Marie es hatte, begierig Ausschau hielten. Ganz Masuren war voller Männer, die in Maries Gegenwart auf Gedanken kamen, und jetzt waren diese Männer bis auf den Hof vorgedrungen. Es gab keinen Schutz mehr vor der bösen Kraft, die in Maries Lachen lag.

»Die Männer wussten nicht, was sie tun sollten«, sagte Marie. »Schau doch, der Regen. Sie kennen hier niemanden.«

»Können für sich selbst sorgen, wenn sie nicht saufen, sind alt jenug«, sagte Ruth. »Haben sie jefragt, ob sie hierher kommen können?«

»Ja«, sagte Marie. »Sie haben gefragt.«

Sie hatte Zwiebeln, Spirkel und Butter in einer eisernen Pfanne erhitzt und gab die Steinpilze und Reizker dazu. Als die Pilze zusammengeschmort waren, schlug sie Eier auf und streute über alles eine Hand voll gehackter Petersilie.

»Neinsajen kann jeder«, sagte Ruth. »Sind wir denn ein Hotel? Hättest ihnen den Weg nach Ortelsburg zeigen sollen, wo es Betten gibt. Haben jute Pferde, konnten noch viel schaffen vor dem Jäwitter … Hast sie aber gleich haben wollen auf dem Hof, hast die Jebote vergessen, dein Vergnügen hast wollen haben und jälacht dabei …«

Marie weinte – aus Hass auf die Worte ihrer Mutter und aus Groll auf die verfahrene Situation, die es nicht erlaubte, die Wahrheit zu sagen. Sie ging ins Wohnzimmer und deckte das Sonntagsgeschirr, von dem die Familie an hohen Feiertagen aß. Sonst wurde es nur gedeckt, wenn Stundenhalter, sofern sie von weit her aus dem Norden kamen, zur Nacht auf dem Hof blieben. »Nein, es bleibt, wie es ist«, rief sie trotzig, als Ruth anfing, das gute Besteck gegen das Alltagsbesteck einzutauschen. Marie riss ihrer Mutter die Messer aus den Händen. Ruth erschrak sich und schritt auch nicht mehr ein, als Marie einen Strauß wilder Rosen in die Mitte der Tafel pflanzte.

»Wirklich, phantastisch gedeckt«, sagte Hermann, als er das Zimmer betrat. Er hatte sich am Brunnen gewaschen und ein frisches, helles Hemd angezogen. »Man sieht dem öden Land gar nicht an, dass es solche Speisen abwirft. Hätte gedacht, dass es hier nur Wruke und Pastinak gibt.«

»Oh, unser beschajdener Wohlstand ist noch nicht alt«, sagte Otto Schattauer. »Wir haben nur mit der Hilfe des Herrn die schweren Jahre überstanden. Danket dem Herrn!«

»Wie ich an der gedeckten Tafel sehe, hat sich vieles verbessert«, sagte Hermann.

»Ja, vieles«, ergänzte Otto Schattauer. »Aber nicht nur verbessert ...«

Die Demonen hatten Gutes getan, obwohl sie die Strafe Gottes waren. Das konnte Schattauer beim besten Willen nicht bestreiten. Er setzte Hermann die Lage der Kleinbärengrunder und der Bauern in den Nachbardörfern auseinander. Die Demonen hatten ihr wichtigstes Versprechen gehalten. *Keiner darf hungern, keiner darf frieren.* Jeder Bauer wusste jetzt, dass er Milch, Getreide, Eier und Fleisch garantiert und für gutes Geld verkaufen konnte. Es war möglich geworden, den Lebensunterhalt genau zu berechnen, und darüber wurde das Sicherheitsgefühl größer.

»Ja, so ist es«, sagte Schattauer. »Die meisten lernen überhaupt erst unterm Hitler kennen, was Sicherheit ist. Sie haben mehr Fräjde bei der Arbeit und ihre Liebe zur Häjmat nimmt dadurch zu. Man hört es immer wieder. Die janze Jägend blüht auf. Sie haben den Omulefffluss begradigt, und jetzt bleiben die Überschwemmungen aus. Es jibt viele tausend Hektar neuer Wiesen, es jibt Straßen und Alleen, an die vorher keiner jädacht hät.«

Und doch, dachte Schattauer, sind die Demonen die Strafe Gottes für das Sündenbabel, das Deutschland nach Kaiser und Krieg geworden war. Sein Kopf spannte sich zum Zerspringen. Nur der Herr kann wissen, warum das Gute durch das Böse geschieht!

Auf ein Zeichen des Familienvaters versammelte sich die Familie und sprach im Stehen das Tischgebet. *Komm, Herr Jesus, sei unser Gast, und segne, was du uns bescheret hast, Amen.* Es gab Beetenbartsch, Sülze, Pilze und Quarkspeise. Bevor Marie selbst Platz nahm, schenkte sie den Kindern Milch und den Erwachsenen Hagebuttentee ein. Sie schätzte geordnete Abläufe bei Tisch. Sie hatte ein Auge auf die Ansehnlichkeit der Tafel und war sich nicht zu schade, geleerte Schüsseln zwischendurch abzuräumen.

Plötzlich klaffte ein Loch im Himmel, erzählte Frieda später ihrem Neffen Gustav. Der Wolkenbruch ereignete sich direkt über dem Haus. Die Dachziegeln begannen unter den Peitschenhieben des Wassers zu klirren. Die Abflussrohre gurgelten. In der Krone der Platane brach der Sturm Äste ab. Weiße Blitze tanzten im krachenden Schlachtgedröhn der Donner um den Hof. Für eine Weile war kaum eine Unterhaltung möglich. Hermann schnitt sich Sülze ab, einen dicken, nahrhaften Batzen Fleisch, Knorpeln und Fett, ließ Essig aus der braunen Flasche in den Teelöffel laufen und beträufelte seine aspikglänzende Mahlzeit mit der sauren Flüssigkeit. Beim ersten Bissen zog der Essig die Mundhöhle schmerzhaft zusammen. Auch infolgedessen kam er sich bald wieder nüchtern vor: ein Gefühl, das er begrüßte.

Seine Augen tasteten im Dämmerlicht der Petroleumlampe und der unzuverlässig flackernden Kerzen die Gegenstände des Zimmers ab und fanden auf der Ablage des Eichenschranks eine Anzahl hochkant stehender Bücher.

Johann Arndt, *Wahres Christentum.*

John Bunyan, *Pilgerreise.*

Josef Schaitberger, *Evangelische Sendschreiben.*

Philipp Jakob Spener, *Pia desideria. Oder, Hertzliches Verlangen nach gottgefälliger Besserung der wahren Ev. Kirche.*

Es gab noch andere Bücher.

»Sind Sie Pastor?« fragte Hermann.

»Nein«, sagte Otto Schattauer. »Ich bin Bauer, das möcht man bemerkt haben.«

»Dämliche Frage von mir«, sagte Hermann. »Aber Sie haben ne Menge dicker Bücher mit frommen Titeln.«

»Das sind nur die wichtigsten Bücher für die Reise zur ewjen Sälichkeit. Nächst der Heiljen Schrift natürlich.«

Otto Schattauer freute sich über Hermanns Interesse. So gibt es viele Möglichkeiten, ein erbauliches Wort an das Herz des Fremden zu richten, dachte er.

Irgendwann kamen Alfred und Berta klatschnass zur Tür herein. Um ihre nackten Füße bildeten sich Seenplatten. Immer, wenn Alfred etwas sagen wollte, schnatterte Frieda schon dazwischen. »Ruhe«, befahl Schattauer. »Einer nach dem anderen jäfälligst.« Am Ende kam heraus, dass ein Blitz das Holztor bei der Scheune zerschmettert hatte und die Kühe, die sich dort um die Bäume drängten, panisch nach allen Richtungen ausgebrochen waren. Beim Einfangen hatte Hütehund Gotzo einer widerspenstigen Kuh so stark in die Ferse gebissen, dass sie lahmte. Aber sonst war alles gut und die Kinder hatten kein Stück Vieh in der Dunkelheit der gewitterüberströmten Weiden zurücklassen müssen.

Die Abendandacht folgte dem Essen ohne Übergang und Vorrede. Als Otto Schattauer zur Bibel griff, bemerkte Hermann ein Ernstwerden und Innehalten der ganzen Familie, als wäre eine bedrohliche Gestalt zur Tür hereingetreten. Die Plötzlichkeit des Vorgangs erschien ihm unnatürlich. Selbst Frieda, die bisher nie den Mund gehalten hatte, knipste das Blitzen ihrer Augen aus und legte eine feierliche Larve auf ihr Lausbubengesicht. Um die fremdartige Intimität nicht zu stören, verließ Hermann den Raum.

Schattauer verlas den Kalendertext und ein Wort aus Jesaja. Die Familie sang zwei Lieder und alle beteten, die

Eltern lang, die Kinder kurz, am kürzesten Frieda. Sie betete: »Herr, Danke auch für die Gäste, Amen.« Maries Gebet verlor sich in abgerissenen, unklaren Sätzen, bis Otto Schattauer seiner Tochter besorgt ins Wort fiel und sie anleitete, zu beten: »Herr, schenke uns eine Erweckung und fange bei mir an.« Als die Andacht vorüber war, sprangen die Kinder um Hermann herum, bis sie nach und nach in die beiden Kinderzimmer verschwinden und bald auch zu Bett gehen mussten.

Auf dem Hof kehrte Ruhe ein.

Marie ging in den Stall, um mit ihrer Mutter ein letztes Mal die stärksten unter den Milchkühen zu melken. Die Kühe rieben sich aneinander und waren noch verstört vom Gewittersturz. Mutter und Tochter schwiegen eisern, während sie molken. Jede saß für sich auf dem hölzernen Hocker vor den gespannten Eutern und zog den warmen Milchstrahl mit gleicher Könnerschaft aus den Strichen, zügig, ohne Eile, wohl auch an diesem verheerenden Abend mit dem unvermeidlichen Stolz der Viehbesitzer, wie Gustav Eckstein vermutete. Aber selbst der Geruch der frischen, warmen Milch, den sie beim Melken tausendmal geteilt hatten, stimmte Mutter und Tochter nicht versöhnlicher.

Später besserte Marie den Saum an Friedas Sonntagskleid aus und tat noch dieses und jenes, um sich der Arbeit ihrer Hände überlassen zu können. Als sie einen Wasserkrug zum Nachtlager der Männer im Anbau bringen wollte, traf sie im Windfang auf Hermann. Der Regen war schwach geworden und trommelte seinen Takt leise aufs Dach. Hermann beugte sich zur Kontrolle über den schnarchenden Balduin, aus dessen Mundwinkel Speichel floss und in den offenen Hemdkragen sickerte. Ein Bild zum Erbarmen, dachte Marie. Und doch war dieser Schwächling der gleiche ekelhafte Mann, der ihr auf dem Feldweg den Albtraum bereitet hatte.

»Gut, dass du kommst«, sagte Hermann. »Ich möchte mit dir reden.«

»Ich darf nicht«, antwortete Marie. »Meine Mutter will es nicht.«

»Wieso?« fragte Hermann.

»Sie sagt, Sie hätten mich komisch angeschaut. Sie haben selbst Schuld.«

»Warum hat deine Mutter das nicht mir gesagt?« fragte Hermann. »Dann hätte ich sie auch mal komisch angeschaut. Sie hätte schnell bemerkt, dass gar nichts dabei ist.«

Marie unterdrückte ein Lachen, wandte sich um und wollte gehen – sie wollte nicht gehen, aber sie konnte auch nicht bleiben, denn Kräfte zerrten sie nach allen Seiten, Gebote, Gelüste, Gedanken. Sie wusste gar nicht, wer oder was die Oberhand über sie hatte und künftig gewinnen würde.

Hermann griff nach ihrem Arm. Seine Hände waren feiner als Balduins, bemerkte Marie, aber nicht weniger bestimmend, männlich und stark. Sie dachte: Es sind letztlich die gleichen Hände, vielleicht haben alle Männer die gleichen Hände …, die nichts anderes wollen, als sich zu schaffen zu machen und frech vorzudringen und das Maß zu überschreiten … Aber nun will ich es besser machen als auf dem Feld.

Marie riss sich los, wirbelte herum und schlug Hermann mit der flachen Hand ins Gesicht. Hermann trat zwei Schritte zurück und schmeckte Blut auf den Lippen.

»Entschuldigung, tausendmal Entschuldigung«, sagte er und hob die Hände: ein Soldat, der sich ergibt. »Ich habe nun wirklich nichts Böses im Sinn, es war nur ein Reflex. Es tut mir Leid, was auf dem Feldweg geschehen ist.«

»Sprechen Sie leiser«, flüsterte Marie und verspürte die Wiederkehr der hitzigen Lust auf eine Unterhaltung, wie an der Birke, bevor das Unglück angebrochen war.

Sie stellte die Laterne ab und wies Hermann stumm in die Dunkelheit des Hofes hinaus, wo ihre Mutter nicht so leicht lauschen konnte. Hermann kapierte und machte ein paar Schritte zum Brunnen, an dessen steinerne Kante er sich lehnte und den leichten Regen mit dem Gesicht empfing.

»Jetzt helfen mir Ihre frommen Worte auch nicht mehr«, sagte Marie, überrascht und stolz, wie klar sie sich ausdrücken konnte. »Vorhin hätte ich Ihre Hilfe gebraucht.«

»Mädchen, ich bin dir dann ja auch zur Hilfe gekommen, nun sei doch nicht so kleinlich«, sagte Hermann rasch. »Erstens musste ich pinkeln. Zweitens hat mir Balduin noch vor wenigen Jahren gezeigt, wie es unter Männern zugeht, wenn du weißt, was ich meine. Und nun sollte ich ihn gleich mit Gewalt vor dem Schlimmsten bewahren. Da zögert man eine Sekunde.«

»Ihn vor dem Schlimmsten!« empörte sich Marie. »Sie spinnen wohl. Wissen Sie eigentlich, was geschehen ist?«

»Ich habe ihm einen Hieb gegeben«, sagte Hermann. »Er hat zwar noch kein Bewusstsein, um an diesem Hieb zu leiden, aber das wird sich morgen ändern, ich versprech es dir. Der Schlag war nicht von schlechten Eltern.«

Marie blinzelte. Tränen liefen plötzlich über ihr Gesicht und tropften auf den Kragen des Kleides. Sie schwieg, auch als Hermann sie zum Sprechen aufforderte.

»Er hat dich doch nicht etwa ...?« Hermann wusste nicht, wie man unter Kleinbärengrundern, wenn sie so gläubig waren wie Schattauers, das ausdrückte, was er zu Hause Mausen und im Regiment Vögeln nannte, sofern er nicht eines der Synonyme benutzte, die ihm zur Verfügung standen. »Marie, schau mich an und sag mir, dass Balduin dich nicht ... Nein, das kann nicht wahr sein. Dazu war überhaupt keine Zeit! Ich glaube, jetzt fängst du an zu spinnen, wirklich. Mach dir keine Sorgen.«

Maries Interesse an der Unterhaltung starb schnell. Sie ging ins Haus zurück, und nach einer Weile folgte Hermann ihr. Otto Schattauer erwartete den Gast bereits auf dem Flur und rief ihn ins Wohnzimmer. Er fühlte das dringende Bedürfnis, Hermann die Größe Gottes zu beweisen. Er nahm Unterlagen aus dem Wohnzimmerschrank und breitete eine Karte des Heiligen Römischen Reiches aus.

Otto Schattauer zeigte auf die Stadt Salzburg.

In der Familie Schattauer wurde die Erinnerung wach gehalten, dass sich im August 1731 der Tagelöhner Joseph Schattauer und wohl mehrere hundert evangelische Bauern, die von der katholischen Obrigkeit verfolgt wurden, im Salzachgrund versammelt hatten. Die Männer hatten sich in einer abgelegenen Hütte um ein Salzfass niedergekniet, ihre Häupter entblößt, für lange Zeit laut gebetet, ihre von Tränen und Speichel benetzten Finger in das Salz getaucht und den Schwur getan, am evangelischen Glauben und der brüderlichen Liebe festzuhalten – es komme so schwer, wie es wolle, wie Otto Schattauer seiner Familie erzählt hatte. Das Vorbild für den Schwur war im vierten Buch Mose verzeichnet. *Das soll ein Salzbund sein für immer vor dem Herrn für dich und für deine Nachkommen mit dir.*

Oft war von dem Salzburger Fürsterzbischof Leopold Anton Freiherr von Firmian die Rede, den man sich mit goldenen Ketten behangen und von düsterem Angesicht vorstellte. Firmian und sein Hofkanzler Christani de Rallo hatten im Oktober desselben Jahres ein Emigrantenpatent unterzeichnet, demzufolge an die 20 000 Salzburger evangelischen Glaubens das Land verlassen mussten. Die Sätze des Emigrantenpatents, die oft zitiert und von Generation zu Generation weitergegeben wurden, waren diese: *Und sollten auch Dornen und Disteln auf den Äckern wachsen … die Böse-*

wichte, Abtrünnigen und rebellischen Untertanen sind nun mehr gänzlich und von der Wurzel aus zu vertilgen.

Joseph Schattauer und seine Frau Hanna, die seit einem Jahr verheiratet und von Tag zu Tag in größeres Eheglück geraten waren, verloren wie alle Lutheraner die Bürgerrechte und mussten innerhalb weniger Tage aus dem Land verschwinden. Sie gingen mit dem vierten der sieben Züge Unangesessener, denen viele Züge Angesessener folgten, über die winterlichen Wege Richtung Nürnberg und Halle, wo ihnen Theologiestudenten als Seelsorger zugeteilt wurden, und zogen durch das flache Waldland in Regen und Schnee Richtung Norden.

Es hieß in der Familie, dass auf der Reise der mittellosen Menschen ein unbeschreibliches Elend geherrscht und Hanna Schattauer ihr erstes Kind am Wegesrand durch eine Frühgeburt verloren habe. Aber es war auch bekannt, dass der preußische König bereits handelte, während das protestantische Europa noch gegen die Unbarmherzigkeit des Fürsterzbischofs protestierte. Der König schickte Kommissare los, die den Salzburger Flüchtlingen, deren Abgesandte schon im Herbst in Potsdam anhand der *Confessio Augustana* des Philipp Melanchthon auf den wahren evangelischen Glauben geprüft worden waren, Zehrungsgelder auszahlten: vier Groschen pro Tag für die Männer, drei für die Frauen, zwei für jedes Kind.

Joseph Schattauer, so hieß es, hatte den König höchstpersönlich gesehen, als dieser dem Flüchtlingstreck in einem prächtigen Aufzug entgegengeritten war, um Mut zu spenden und freundliche Begrüßungsworte zu sprechen. Die Exulanten, wie man sie nannte, wurden im Schloss Monbijou von Sophie Dorothea bewirtet und kamen später überwiegend im Norden des Landes in den Kreisen Stallupönen, Pillkallen, Ragnit und Gumbinnen unter, wo sie auf Waldenser und jene Hugenotten trafen, die über fünfzig Jahre früher aus ähnlichen und noch härteren Beweggründen aus Frankreich geflohen waren. In der neuen Heimat war weniger Boden vorhanden als angekündigt, und einige Exulanten mussten in den Süden des Landes ausweichen.

Joseph und Hanna Schattauer, deren Gottesfürchtigkeit und zärtliche Liebe füreinander in Kreisen der Gläubigen noch lange als strahlendes Vorbild genannt wurde, kamen in einer Kate in der Nähe von Insterburg unter und begannen noch am selben Tag, mit geliehenen Pferden den Holzpflug durch die Äcker zu ziehen, die ihnen von der Obrigkeit zugeteilt worden waren. Sie fingen an, nach Gläubigen unter den Eingeborenen Ausschau zu halten, mit denen sich ihre Kinder und Kindeskinder bald vermischen sollten, sodass nach wenigen Generationen die verlorene Heimat Salzburg und der Salzbund nur noch starke Erinnerungen waren, aber Masuren und das Masurische mit seinen Eigentümlichkeiten Gegenwart und Zukunft bestimmten.

In der Familie wurde erzählt, dass Josephs und Hannas ältester Sohn Ruben, der sich schon 1762 mit einer Sense die Halsschlagader aufschnitt, als er das Gerät betrunken von der Wand nehmen wollte, und in wenigen Sekunden tot am Boden lag, der erste Schattauer gewesen war, der den Salzbund vor den Augen Gottes und der Familie mit Füßen getreten hatte. Er war frühzeitig vom Hof der Eltern entwichen und als Knecht in einem masurischen Dorf untergekommen, in dessen Kirchenbuch es über ihn nach seinem schrecklichen Tode hieß: *Er war ein offenbarer Verächter Gottes, Seines Wortes und der Heyligen Sacramente, ein großer Zauberer. Man hat ihn besuchet, aber nichts mit ihm vornehmen können. O Jesu, bekehre annoch lebende, freche und sichere Salzburger.*

Marie Schattauer wusste von ihrem Vater, dass Ludwig

Schattauer, Großvater ihres Großvaters väterlicherseits und jüngster Enkel von Joseph und Hanna Schattauer, der von Insterburg nach Masuren gezogen war, einige der ersten Kartoffelsetzlinge in der Hand gehalten hatte, die überhaupt jemals das Land erreichten. Ludwig Schattauer fand sofort Gefallen an den unbekannten Pflanzen und hatte mit dem Anbau Erfolg – er war einer von vielen. In die Erinnerung der Familie gingen diese Jahre als Kartoffel-Revolution ein und lange Zeit wusste niemand, dass die Kartoffel-Revolution mit der Französischen Revolution das Jahrzehnt geteilt hatte.

Die neuen Erdfrüchte ergänzten zunächst den Wintervorrat der Schattauers, der aus braunem Kohl, trockenen Möhren, Wruken, Feldrüben, roten Rüben, Pastinaken und Sauerkraut bestand, wurden aber bald mit dem Korn zum wichtigsten Versorgungsgut. In der Familie Schattauer, deren Vorfahren sich damals in Kleinbärengrund angesiedelt hatten, wusste man auch noch, dass zur gleichen Zeit der König die Entwässerung weiter Moor- und Bruchböden ins Werk setzte, womit den Menschen vielleicht überhaupt erst ein Überleben in der wilden und kargen Landschaft gesichert wurde.

Der bekannteste Exulant war Friedrich Grenz. Er war noch in einem fest gewebten Tragetuch auf dem Rücken seines Vaters von Salzburg in die neue Heimat gekommen. Bei ihm lernten viele Enkel und Enkelinnen von Joseph und Hanna Schattauer den vollen Ernst des Glaubens kennen. Friedrich Grenz zog über die Dörfer Ostpreußens, predigte mit unvergleichlicher Schärfe die Notwendigkeit der Buße und wurde über die allmählich masurisch geprägten Kreise der Salzburger hinaus berühmt. Grenz war es auch, der im hohen Alter, nicht mehr sehr weit vom hundertsten Geburtstag entfernt, durch eine unvergleichliche Predigt Anfang des

Jahres 1822 den jungen Matthias, einen Sohn Ludwigs und Urenkel von Joseph und Hanna Schattauer, förmlich zur Bekehrung zwang, wie es hieß. »Er hat sein heiliges Gottesblut für uns fluchwürdige Feuerbrände der Hölle als Lösegeld gegeben«, hatte Friedrich Grenz gerufen und war mit solchen und noch wuchtigeren Tönen in das Herz des jungen Matthias gedrungen, der schon die Freuden der Welt in Gestalt junger Mädchen und Pferde zu entdecken begann und den listigen Siebenköpfigen, wie Grenz sagte, nämlich das reißende Tier mit all seiner höllischen Pracht und seiner höllischen Rotte, nicht mehr so fürchtete, wie es denen anstand, die gerettet werden wollten.

Es wurde wiederholt gesagt, dass in der Familie Schattauer niemand einen gewaltigeren Prediger gehört hatte als eben Friedrich Grenz, den furchtlosen Handlanger Gottes, der in jedem zweiten Satz erwähnte, dass nur Blutbenetzte den Himmel erbeuten könnten. Matthias Schattauer, ein fein gebauter, schöner Mann, übernahm Jahre nach seiner Bekehrung den masurischen Hof seines Vaters Ludwig, der früh an einer Lungenentzündung starb, und wurde von seinem Herrn zum Stundenhalter unter den Gebetsleuten berufen, deren Stunden überall in der Gegend großen Zulauf hatten. Sie wurden von den Ungläubigen seit längerem Gromadki genannt und nannten sich selbst nach einem Wort des Johannisburger Superintendenten Hensel das »Kirchlein in der Kirche«. *Ecclesiola in ecclesia.*

Im April 1885 wurde nach großen Bemühungen Christoph Kukats schließlich in Berlin die Satzung des Ostpreußisch-Evangelischen Gebets-Vereins eingereicht und wenige Tage später bestätigt, womit die Gromadki gegen Repressalien der Polizei und der Behörden, die sie hier und dort erlitten hatten, besser geschützt waren. Sie galten in Berlin wegen ihrer vieltausendköpfigen Mitgliederschar als eine gesellschaftliche Kraft Ostpreußens, die man nicht unterschätzen durfte.

Dreißig Jahre nach der Gründung, so wusste jeder in der Familie Schattauer, lernte der Kleinbärengrunder Bauer und Soldat Otto Schattauer, ein Urenkel Matthias Schattauers, während eines Scheunen-Gottesdienstes die stets blasse Langenwalder Gebetsfrau Ruth Zagorny kennen, deren eigene Urgroßeltern einst bei einem Missionsfest der Gromadki unter der Predigt von Matthias Schattauer erweckt worden waren. Als die beiden während ihres Gespräches auf diesen Punkt kamen, der ihnen als ein Wink Gottes erschien, fingen sie an, sich zu lieben, und heirateten im letzten Jahr des Krieges. Ihre erste Tochter nannten Otto und Ruth Schattauer Marie, denn das war der Name von Joseph Schattauers Mutter gewesen, die den Treck der Exulanten nicht mehr angetreten hatte, sondern im November 1731 aus Überdruss an den irdischen Schwachheiten ihrem Herrn entgegengestorben war, wie Otto Schattauer seinem Überraschungsgast Hermann Eckstein erzählte.

5

In den ersten Wochen des letzten Schuljahres lud Gustav Eckstein den Rhetorikkurs zum Essen ein. Lauwarmer Septemberregen prasselte vom Himmel, als Eduard und ich – vorbei an der triefenden Bergkirche, das nasse Bild der Altstadt im Rücken – den Westerberg hinauffuhren. Ich erinnere mich, wie die Kanalisation das abwärts schießende Wasser von der Straße schlürfte. Es war dieses obszöne Schlürfen, das sich erst ab einer gewissen Stärke des Regens einstellt, wie von einem riesigen kranken Karpfen.

Wir erreichten die Zeppelinstraße und fuhren ein Stück hinein, bis wir zu Ecksteins Grundstück kamen. Das schmiedeeiserne Tor stand offen. Wir stiegen ab, nahmen die Räder an die Hand und liefen mit knirschenden Schritten über die Schottereinfahrt. In der Mitte stand ein großer, von Spätsommerblüten überströmter Blumenbottich, in dem Blauweiderich und blassgelbe Chrysanthemen überwogen. Hinter großen, alten Bäumen kam Ecksteins Haus in Sicht, das auf einem robusten, rötlich schimmernden Bruchsteinsockel stand.

»Symbolisch, symbolisch!« sagte Eduard lauter als nötig, während wir die Fahrräder abschlossen. »Eckstein wohnt auf glühenden Kohlen.«

Seine Bemerkung wirkte überkandidelt, hatte aber einen fassbaren Hintergrund. Die Rotfärbung der Ecksteinschen

Steine war für unsere Stadt tatsächlich untypisch. Für den Dom, das Hegertor, die Befestigungstürme und viele klassizistische Bauten, die der Stadt ihr Gesicht gaben, war heller Wellenkalk und ein Sandstein verwendet worden, dem nur Abendglühen rote Nuancen entlocken konnte.

Beppo Schnakenberg, einer der Drillinge, deren Familie selbst zu den begünstigten Anwohnern des Westerbergs gehörte, erreichte knapp hinter uns die Eingangstür und behauptete, Ecksteins Haus habe Ähnlichkeiten mit gewissen Loire-Schlössern zwischen Blois und Saumur. Die Drillinge waren nämlich auf Reisen mit dem Rotary Club, in dem ihre Eltern Hauptdarsteller waren, zu Frankreich-Liebhabern geworden, wie so mancher, der aus unserer Stadt in die französische Partnerstadt Angers fuhr. Ohnehin hatten sie frühzeitig gelernt, über alle Künste ein paar verbindliche Worte zu sagen, wobei »ausgewogene«, »lebhafte« und »klassische« Kunstwerke in allen Gattungen an der Spitze der Hitliste standen.

Nach meiner Meinung passte auf Ecksteins großes Haus das Wort »zerklüftet«. Der vornehme, konventionelle Kernbau hatte ein Stockwerk plus Dachgeschoss. Aber mehrere Anbauten verunklarten und romantisierten die Proportionen und ließen dem Auge keine Ruhe. Es war ein Haus, dessen Rückseite man sich nicht genau vorstellen konnte, aber umso lieber besichtigt hätte.

Als Eduard im Flur seine Regenmontur auszog, kam ein dunkles Sakko zum Vorschein. Er trug eine graue Tuchhose und schicke, schwarze Lederschuhe. Das weiße Hemd des englischen Herstellers Haupt hatte ihn das Honorar von zwei Zeitungsberichten über VfL-Spiele gekostet. Seine Haare waren frisch geschnitten und mit Gel gestylt. Ich roch ein teures Rasierwasser, das mir fremd war und zu einer anderen Klasse gehörte als das Irish Moos meines Vaters.

Eduard sah aus, als hätte er Fieber.

Es lag auch Selbstgewissheit im Gesicht meines Freundes. Sie unterschied sich von der früheren Selbstgewissheit, die eine natürliche, unabtrennbare Eigenschaft seines gesunden Körpers gewesen war. Dieses nun war erarbeitete und reflektierte Selbstgewissheit, der man zutraute, in Hochmut umzuschlagen. Eduard wusste, was hinter ihm lag. Sein Pensum in den letzten zehn Monaten, insbesondere in den Nächten dieser zehn Monate, hatte bei zwei bis drei Büchern pro Woche gelegen. Aus der ursprünglich dünnen Zitatkladde war ein aufgeschwollenes Werk von zwei Bänden geworden, und alles, was er unterstrichen hatte, konnte er auswendig. Eduard hatte seine Überzeugung gefestigt, dass Zitate, Begriffe und treffende Worte Munition im Kampf um die vorderen Plätze sind, dass überhaupt alles Semantische und Rhetorische der wahre Treib- und Sprengstoff des Sozialen ist und also das Lesen dem Nachladen einer Waffe gleichkommt.

Auf der Tafel in der Mitte des Wohn- und Esszimmers, das Gustav Eckstein Gesellschaftszimmer nannte, standen weiße Gedecke, Wein- und Wassergläser. Da die Tischdecke stachelbeergrün war und auch so feinhaarig schimmerte wie reife Stachelbeeren, ergab sich ein harmonischer Kontrast. Neben den Gedecken lagen gefaltete Damastservietten. Es gab Orchideensträuße, Karaffen und Kerzen. Das sorgfältig arrangierte Kunstlicht strahlte von den Polstern in den Raum zurück und hüllte alles in lulliges Papayagelb. In der Zimmerluft lag ein reiner, empfangsbereiter Duft, der allmählich von einigen Adern Parfüm und Zigarettenrauch durchzogen wurde. Kristallgläser klingelten.

»Ich bin schon vom Anblick besoffen«, sagte Eduard.

Er begann mit schnellen Schritten seine Exkursion. Er fixierte, kopierte und speicherte alles, was es zu sehen gab.

Die kleinen, abstrakten Gemälde an den Wänden; die Fotografien, unter denen Prints von Erwin Blumenfeld waren; die romantischen Schumann-Noten auf dem schwarzen Flügel; das Meißener Porzellan im Glasschrank; die Zusammensetzung der Blumensträuße in den zerbrechlichen Vasen; die Hi-Fi-Anlage mit der gewaltigen Endstufe, die ein einziges, giftig schimmerndes Kontrolllicht hatte; die Plattensammlung, die nach kenntnisreicherer Meinung zweitklassig und nur im Spezialgebiet J. S. Bach herausragend sortiert war.

Eduard stolzierte umher wie im Museum seines künftigen Lebens. Es war beschlossene Sache, sagte er später, dass es eines Tages bei ihm haargenau so aussehen würde wie in Ecksteins Gesellschaftszimmer. Er hatte weder die Augen noch das Wissen dafür, dass die Ottomane mit den vergoldeten Löwenfüßen mindestens hundert Jahre alt und der Sekretär ein Barockmöbel war. Den Reiz des Zimmers machten Gegenstände aus, wie sie in alten Familien vererbt oder von reich gewordenen Antiquitätensammlern erworben werden.

Wir befanden uns im Schauraum einer vergangenen Epoche, nämlich der Vorkriegszeit des Ersten Weltkriegs, und einer gesellschaftlichen Formation, die sich in unserer Stadt so hartnäckig wie unbeschadet durchs Jahrhundert kämpfte, nämlich des gehobenen Bürgertums. Es zeigte übrigens erstaunlich fontaneske Züge und brachte ebensolche Dramen hervor. Bekannt geworden war zum Beispiel, dass sich Ursula Schnakenberg, die Mutter der Drillinge, anlässlich einer nicht standesgemäßen Liebschaft ihrer Tochter mit dem Satz verewigt hatte: »Söhne von Pommesbudenbesitzern kommen mir nicht ins Haus, Sandra, die musst du schon in der Bude lieben.«

Als Eduard seinen Rundgang abgeschlossen hatte, dachte er: So muss man es also haben.

In einem günstigen Augenblick, in dem alle noch die erste Neugier verspürten, betrat Katrin Eckstein, geborene Erdentreu, das Zimmer. Sie war studierte Betriebswirtin und arbeitete bei der internationalen Spedition Hellmann, deren blauweiße LKW zwischen Istanbul und Edinburgh durch Europa zirkulierten. Katrin war dezent geschminkt und hatte ein rosa Kleid an. Sie war mittelgroß, vollbusig, keineswegs mager, aber auch nicht dick. Ihr brünettes Haar hatte einen Stich Kastanie und ihre Gesichtshaut war von bunten Sommersprossen gesprenkelt. Die Lippen waren voll und etwas aufgeworfen, was gut zu dem Stups passte, in dem ihre Nase endete.

Das Rhetorikrudel verbarg mehr oder weniger souverän seine Überraschung. Wir kannten Gustav Eckstein jetzt seit einem Jahr, aber niemand hatte damit gerechnet, dass er verheiratet wäre. Wenn man ihn abends mit Bekannten durch die Altstadtkneipen ziehen sah, wenn er braungebrannt und augenzwinkernd vom Segeln kam (denn er hatte eine Jacht an der Ostsee liegen, die Amethyst hieß), oder wenn er sich nach der Schule viel Zeit ließ, um mit Schülern im Café am Markt oder bei Leysieffer zu debattieren, konnte man sich nicht vorstellen, dass so einer nach Hause ging, um seiner Frau treu zu sein.

»Wirklich, sehr flamingofarben, Ihr Kleid«, sagte Regenmacher, während er Katrin Eckstein die Hand gab und sich tief verbeugte. Denn er war zwar Grüner und ein alternativer Geist, aber wenn er wollte, konnte er exzellentes Benehmen mobilisieren. Sein zotteliges Pferdehaar war zu einem züchtigen Schwanz zusammengebunden. Er trug einen frisch gewaschenen Pullover und hellblaue Segelschuhe. Es war das erste Schuhwerk an seinen Füßen seit Menschengedenken und eine notwendige Konzession. Gustav Eckstein hatte grinsend bekannt gemacht, dass Barfüßer in seinem Haus nicht zu Tisch gebeten werden, und Regenmacher war die Endgültigkeit dieser Entscheidung nicht entgangen.

Katrin Eckstein lächelte warm, brachte die Leute zum Lachen und zeigte sich informiert über die Fortschritte des Rhetorikkurses am Karlgymnasium. Sie war unspektakulär, direkt und herzlich. Bald hatten wir unsere Überraschung überwunden und waren froh, dass sie sich Zeit für unser Treffen nahm. In ihrer Gegenwart zeigte sich der Abend in einem anziehend gewöhnlichen Licht. Das gab vielen Sicherheit.

Nichts wies darauf hin, dass Katrin Eckstein sich wünschte, das Kurstreffen fände niemals statt.

Katrin hatte schon vor Monaten beobachtet (wie sie mir Jahre später erzählte), dass Gustav wieder seine Miene zu tragen begann. Es war das Gesicht aus der Zeit, als sie sich im Hamburger Nachtleben kennen gelernt hatten. Er war damals ein Schwerenöter gewesen, der sich mit einer Schrift über *Kunst und Glauben in Karl Philipp Moritz' »Anton Reiser«* zum Doktortitel durchmogelte, aber ansonsten alles schleifen ließ, um Nymphen zu besitzen. Er hatte etwas Menschenfernes gehabt. Einen Geruch von Schweifen und von Jagen. Den Geruch von Wölfen.

»Ich versteh nicht viel von Philosophie«, hatte Katrin zu Gustav gesagt, als sie sich zum ersten Mal in ihrer Studentenbude in St. Pauli trafen, »aber ich kann dich zur Vernunft bringen.«

In dem Maße, in dem ihre Liebe sicherer und größer wurde, zumal nach der Heirat im April 1976, die auf Katrins Wunsch auch mit der kirchlichen Trauung in der Marienkirche verbunden worden war, hatte er tatsächlich sein Opus eximium über die Entstehung der neuzeitlichen Rationalität zu schreiben angefangen, ein Welterklärungsbuch zum Zweck der Habilitation, in dem Mathematik, Literatur, Physiologie, Philosophie, Bildende Kunst und Technikgeschichte eine Rolle spielten.

Doch die gute Zeit war vorüber. Nach Katrins Urteil zeigte Gustav Eckstein nun schon seit längerem sein gesetzloses Gesicht und hatte einen verschlagenen Zug um die Augen. Er trug den Wolfsgeruch wieder an sich, wie Katrin sagte. In den letzten Wochen hatte Gustav abends, wenn er sonst noch für zwei, drei Stunden an den Schreibtisch gegangen war, um die Vernunft zu bearbeiten, vor dem Fernseher im Gesellschaftszimmer gehockt und durch den Bildschirm hindurchgestarrt, egal was gerade lief oder ob überhaupt etwas lief. Manchmal war das Gerät nicht einmal eingeschaltet gewesen, wenn sie ihn dort starren sah.

Dass Katrin keine schlaflosen Nächte hinter sich hatte, verdankte sie einer glücklichen Fügung. Es war ihr angeboren, die Sorgen auf den Tag zu konzentrieren und nachts von ihnen auszuruhen. Sie hatte nach all den Wochen ohne Sex und Zärtlichkeiten ein klärendes Gespräch mit Gustav vermieden, denn sie war auf die erwartbaren Ergebnisse noch nicht vorbereitet. Ohne Liebe ist ein Mann wie Gustav unberechenbar und grausam, das hatte sie immer vorausgesetzt.

Katrin Eckstein lief mit einem silbernen Tablett umher und reichte zum Appetitmachen gefüllte Blätterteigtaschen. Sie ahnte, nein, sie wusste: Eines von den Mädchen ist die Nymphe.

Wir gingen in die Küche. Vor dem Fenster stand, in gewählter Einsamkeit, wie mir schien, Daniela May. Sie trug an diesem Abend ein Kostüm, dessen Farbe die Waage zwischen Sand und Ocker hielt. Daniela blätterte in einem mächtigen antiquarischen Werk, das sie aus dem Regal neben sich gezogen hatte. Die Buchrücken links und rechts der Lücke verzeichneten so schöne Namen wie Antonin Carême, George

August Escoffier und Prosper Montagné. Moderne, dafür beim Gebrauch bespritzte und mit reichlich Eselsohren verzierte Kochbücher von Bocuse, Haeberlin und Witzigmann standen in der Nähe des Herdes.

Eduard näherte sich Daniela von hinten und roch an ihren Haaren, die von einer gelben Schleife in zwei schwarze Kelche geteilt wurden – aber es waren meine Haare, die sich aufstellten, als ich sah, was Eduard vorhatte. Über der Szene lag der Pesthauch einer sowohl absehbaren als auch unvermeidlichen Niederlage. Ich sagte leise zu mir, was ich laut zu Eduard hätte sagen sollen: Stopp, hör auf damit! Du wirst es bedauern. Dein Realitätsgefühl ist vom vielen Lesen total im Eimer.

»Dein Kleid ist so extravagant, damit würdest du in der Mailänder Scala Aufsehen erregen«, wandte sich Eduard mit schwerblütig betonten Worten an Daniela und überlegte, ob sie wohl etwas von den zügellosen Hoffnungen erahnte, die er mit diesem Abend verband.

»Danke«, sagte Daniela und rückte auf ihren Absatz-Schuhen – *klack! klack!* – einen kleinen, vernehmbaren Schritt von Eduard ab. »Ich war in den Osterferien mit meiner Mutter in der Scala. Aber Aufsehen habe ich nicht erregt, glaube ich. Es gibt ja unvorstellbar schöne Italienerinnen.«

Eduard schaltete schnell und dachte: Es kann doch wohl nicht wahr sein, dass ich mich mit einem einzigen Satz schon blamiert habe.

»Warum liegt denn um deinen Kopf eine Aureole?« fragte er.

Er hauchte »Aureole«, denn er hauchte bis zu diesem Abend noch viele Fremdwörter, die er aus dem Fremdwörter-Duden kannte und insgeheim vor dem Spiegel eingeübt hatte.

»Ist das so?« fragte Daniela. »Ich wüsste nicht, warum.«

»Bist du in Eckstein verliebt?«

»Ein bisschen verliebt, wie wir alle. Aber ich möchte darüber nicht sprechen.«

»Tja, hab ich's mir doch gedacht. Aber leider hat dein Angebeteter eine Frau, die selbst aussieht wie ein Frühlingsgarten im Mai und nach Flieder duftet. Du solltest deine Gefühle in Pfandbriefe investieren.«

Eduard kam es jetzt so vor, als wären ihm drei gut formulierte, witzige Sätze gelungen. Er war sich ziemlich sicher, dass es so war. Das Fehlen jeglicher Ironie, die vielleicht alles gerettet hätte, fiel ihm nicht auf.

»Was ist denn mit dir los?« fragte Daniela, und für ihre Verhältnisse klang es richtig patzig. »Du redest ja immer noch wie ein durchgedrehter Dichter. Ich dachte, das sei nun langsam vorbei.«

Später wollte sich Eduard nicht mehr an diesen Dialog erinnern, musste es aber so oft tun, dass er kein einziges Wort vergaß. Er litt, wie viele seinesgleichen, an einem Übermaß unauslöschlicher unangenehmer Erinnerungen, die noch die stärkste Glückssträhne zerreißen konnten, wenn sie sich ins Bewusstsein schlichen. Hatte er wirklich geglaubt, er könnte mit Daniela auf diese Weise anbändeln? Hatte er geglaubt, dass sich Daniela nach einem Menschen sehnte, der ausgerechnet ihre eigenen Stärken zu kopieren versucht? Eben das hatte Eduard geglaubt, genauer gesagt, er hatte während der tagelangen Fixierung auf seinen Auftritt beim Kurstreffen vergessen, über diese elementaren Dinge nachzudenken. Er war stillschweigend davon ausgegangen, dass er im Schmuck der Bildung, deren Pflege er nun ein volles Dreivierteljahr gewidmet hatte, begehrenswert wie noch nie erscheinen würde.

Vor dem Küchenfenster dunkelte der verregnete Septemberabend. Während Eduard noch so dastand – in dem Gedanken verharrend: Das darf alles nicht wahr sein! –, liefen seine braunen Augen schon zum Schauplatz der nächsten Niederlage voraus. Er versuchte zu begreifen, was er dort, drei Armlängen entfernt, vor sich sah, aber er begriff es nicht. Das heißt, er fand nicht die Worte. Dabei waren es ganz irdische, handfeste, duftende und schleimige Dinge, die dort ausgebreitet lagen. Auf der Arbeitsplatte neben dem Herd lag Etwas. Es gab Häufchen von Etwas, Schalen mit Etwas und Töpfe, in denen Etwas schwamm. Er spürte die Frische des Etwas, roch den Duft davon, legte seinen Finger darauf.

Es waren – um eine beliebige Auswahl vorzustellen – Steinpilze, Zucchiniblüten, Zitronenmelisse, Ingwer, Meeraale, Doraden, Polipetti, Jakobsmuscheln, Weinbergschnecken, Fenchelsamen, Entenbrüste und vieles mehr, was Gustav Eckstein im Laufe des Menüs zubereiten wollte. Eduard musste sich die Namen der Dinge ausnahmslos von Katrin Eckstein vorsagen lassen, wie ein Kind, das auf die Bilder im Bilderbuch zeigt: *Son-ne, Au-to, Wau-wau.*

»Woher kommt der Kram?« fragte Eduard, barsch in der Wortwahl, aber schon mit verrinnender Stimme, als Gustav Eckstein in die Küche kam, um am Gasherd eine Paprikasauce abzuschmecken, deren samtiger Duft den Raum füllte.

»Ich war gestern auf dem Pariser Großmarkt«, antwortete Eckstein. »Für meinen Augapfelkurs ist mir nämlich kein Weg zu weit, hihi ... Hat Spaß gemacht, mal wieder in Paris zu sein, wenn auch nur für ein paar Stunden.«

Er erzählte von seinem neuen Auto, einem Audi 200 Turbo, und der Fahrt nach Paris. Der Rückweg hatte angeblich nur fünfeinhalb Stunden gedauert. Eckstein war auf den Passagen, die es gesetzlich erlaubten, und manchmal auch ohne Erlaubnis mit Tacho 240 dahingeschossen. Eduard sah unter Schmerzen, dass sich alle für Ecksteins Geschichte interessierten, und zuckte bei jedem Wort zusammen. Was Eckstein erzählte, war die Benzingeschichte eines heillosen Autonarren, die genauso vulgär klang wie alle Benzingeschichten. In Eduards Phantasie, in einer fest verschlossenen Abstellkammer, waren Tausende solcher Geschichten. Nur dachte er seit einiger Zeit, man dürfe von Autos weder reden noch träumen, wenn man in der menschlichen Pyramide aufsteigen wolle. Aber Gustav Eckstein sagte ganz selbstverständlich die herrlichen Worte: »Ich war gestern mit meinem brandneuen Superrenner Audi 200 Turbo auf dem Pariser Großmarkt.«

»Wo ist denn Ihr Jaguar geblieben?« fragte Daniela.

»Der hat sich nur noch in der Werkstatt wohl gefühlt, und da habe ich ihn dann auch gelassen«, sagte Eckstein. »Der Audi ist schneller, sicherer und nicht so reparatursüchtig. Hoffe ich jedenfalls.«

»Ist aber schade um den schönen Jaguar«, sagte Daniela. »Um die Schönheit des Jaguar.«

»Fünf Zylinder«, schrie Eduard, von allen guten Geistern verlassen, »fünf Zylinder hat der Audi Turbo ... Er fährt zweihundertdreiunddreißig Sachen. Er ist die schnellste Serienlimousine der Welt, die schnellste Serienlimousine ...«

Das Gespräch verebbte. Es machte sich jedoch keiner die Mühe, Eduard zurechtzuweisen. Sie zerschmetterten meinen Freund ohne ein einziges Wort. Betretenes Schweigen besiegelte seinen Untergang. Er war vor weniger als fünfundvierzig Minuten im Haus an der Zeppelinstraße angekommen, jetzt war er in der Hölle. Armer Eduard!

Eduard spürte eine glühende Klinge, die durch ihn hindurchfuhr und alle Hoffnungen aus dem Fleisch schnitt. Er dachte: Du bist also einer dieser Typen geworden, mit denen man sich nirgends zeigen kann.

Es lässt sich rekonstruieren, dass das Essen mit Steinpilzen an Tomatenkonkassé, Weinbergschnecken und Kaninchensülze begann. Es waren drei kleine Portionen, sagte Regenmacher siebzehn Jahre später über das Bild vor seinen Augen und zoomte es dichter heran. Drei Portionen auf einem riesigen, halbseitig vorgewärmten Teller, dekoriert mit winzigen Paprikawürfeln, die wie Edelsteinsplitter glänzten. Katrin Eckstein schenkte Weißweine aus Italien und später Premier Cru aus dem Bordeaux aus. Dabei hätten die meisten Schüler, wie es nachher hieß, den Unterschied zwischen österreichischem Glykolmost und Château d'Yquem nicht herausgeschmeckt.

Britt sagte immer Ah und Oh. Sie war abwechselnd versunken in den Anblick der Speisen und das Antlitz ihres Gottes, Dr. Gustav Eckstein, den sie bedingungslos anhimmelte. So dazusitzen und Ah und Oh zu sagen, war für sie das vollkommene irdische Glück. Jedenfalls musste man das glauben, denn sie nahm an der Unterhaltung kaum teil und grinste entrückt.

»Ich habe keine Ahnung, was wir überhaupt essen, ich habe nicht gewusst, dass etwas so gut schmecken kann«, sagte Guido. Er hatte sich seine Insulinspritze aus Respekt vor den Verhältnissen im Badezimmer gesetzt.

Regenmacher war schon im Bann von Katrins Gesicht, ihren Sommersprossen und ihren leicht schielenden Augen, eine Kombination, gegen die er völlig machtlos war. Er gab Auskünfte über Pilzerkrankungen bei hybriden Weinreben. Er analysierte die zahlreichen Umweltverbrechen, die auch diesem Gourmetessen vorausgegangen sein mussten: die Überfischung der Weltmeere, die qualvolle Haltung des Schlachtviehs, die mörderischen Transporte usw. Er machte es so, dass alle ihren Spaß hatten und durch die Despektierlichkeiten niemand verletzt wurde. Trotz seines fundamentalistischen

Aussehens konnte man bereits den späteren Realo erahnen, der nach dem Studium der Biologie und Energieanlagen-Technik Geschäftsführer einer Kläranlage wurde und 5er BMW mit dicken Brennern unter der Motorhaube fuhr.

»Wie viel Vermouth war denn im Schneckenfond?« fragte Regenmacher. »Eine halbe Tasse vielleicht?«

»Sie haben gemerkt, dass Vermouth drin war?« staunte Katrin. »Es waren bestimmt nur ein paar Spritzer. Sie haben eine gute Zunge.«

»Das kann man wohl sagen«, sagte Regenmacher. »Aber auch eine breite Nase, was hier genauso wichtig ist.«

»Wissen bei den Grünen alle so viel über Essen wie Sie?« fragte Katrin weiter. »Ich meine, haben Ihre Kenntnisse etwas mit der Partei zu tun?«

»Kaum«, entschied Regenmacher. »Ich habe nichts gegen gutes Essen, das ist schon alles. Aber es gibt Leute bei uns, die würden mich wohl rausschmeißen, wenn sie das hier sähen. Es sind dieselben Leute, die nachts teure Autos zerkratzen, weil sie vor Eifer nicht schlafen können. Es gibt eben Grüne, für die ist - ähäm - Eigenurin aus Mehrwegflaschen besser als Château d'Yquem. Man muss sie verstehen, sie wollen nur das Beste. Meine Partei ist der reine gute Wille.«

Katrin lachte ihm ins Gesicht. Regenmacher setzte sich näher zu ihr und strich ihr das Kleid glatt, das beim Herumrutschen auf dem Stuhl den Sitz verloren hatte. Er machte sich nichts daraus, dass er unter den Armen schwitzte, wie die großen, dunklen Flecken auf seinem T-Shirt zeigten, und Katrin offenbar auch nicht. Sie legte ihre Hand auf seine stämmigen Schenkel und erfreute sich an den Geschichten, die von Demonstrationen und Straßenkämpfen in Hamburg, in Frankfurt und in der Hauptstadt handelten. Regenmacher war der Einzige von uns, der an den Abenteuern der Zeitgeschichte teilnahm, die in der Zeitung standen.

Flirtete Katrin mit Regenmacher, um ihren Mann zu beunruhigen? Flirtete sie, um ihn anzustacheln, den richtigen Blick auf sie zu werfen, auf eine attraktive Frau, die auch den dreizehn Jahre jüngeren Regenmacher im Handumdrehen in einen Rausch der Sinne versetzen konnte? Sie flirtete, sagte Katrin hinterher, weil sie es gern tat und immer gern getan hatte und weil es bei ihr eine andere Bedeutung hatte als bei ihrem Mann, der eigentlich nie flirtete, sondern sich immer nur Körper raubte (sie sagte: »Körper raubte«), wenn man die Zeiten vor der Ehe zum Maßstab nahm.

»Außerdem bin ich der Meinung, dass eine Erdentreu und ein Regenmacher sich immer etwas zu sagen haben sollten«, erzählte mir Katrin und lachte über ihre eigenen Worte.

Gegen Mitternacht packte Jutta Marihuana ihr Rauchzeug aus und drehte einen Joint, der um den Tisch zirkulierte, vom Ehepaar Eckstein allerdings nur weitergereicht wurde. Eduard kam als Letzter an die Reihe und saugte sich die Glut in die Mundhöhle. Da er sich nicht traute, Asche und Speichel über den Tisch zu spucken, schluckte er das Übel.

Nach einigen Minuten sank Jutta Marihuanas Kopf zur Seite. Trotz allem, was geschehen war, hatte sie Vertrauen zu Eduard und legte ihren Kopf auf dem Schoß in der Nähe seiner Gürtelschnalle ab. Er guckte sich die Geschehnisse mit versteinerter Miene an und kühlte seinen Mund mit Eiswasser, das in Karaffen auf dem Tisch bereit stand.

Das frische Marihuana weitete den Horizont auf die übliche Weise, aber es machte uns nicht matt und still. Viele suchten nach großen Themen, in denen sie die Bewegtheit ihres Inneren spiegeln konnten. Bald begann ein Gespräch über Politik und Weltgeschichte, ohne dass die Birne, die jetzt unser Kanzler war, im Mittelpunkt gestanden hätte. Denn vor wenigen Tagen war unter mysteriösen Umständen eine

Tragödie geschehen. Sowjetische Jäger hatten über dem Japanischen Meer ein Flugzeug mit fast dreihundert Menschen an Bord abgeschossen. Der später unter seiner Nummer berühmt gewordene KAL-Flug 007 hatte sich auf dem Weg von Anchorage nach Seoul befunden und war offenbar weit vom Kurs abgekommen. Moskau sprach von Spionageabsichten, der Westen von Mord, die Kommentatoren von schwerer Krise, gefährlicher Situation usw. Propagandaschlachten tobten. Unser Gespräch wurde hitzig. Gustav Eckstein zog Parallelen zur Kuba-Krise.

Alles schien undurchsichtig und gefährlich. Für uns hätte es noch viel undurchsichtiger und gefährlicher sein dürfen.

»Das ist der Kalte Krieg«, juchzte Britt.

»So ist es, wir haben es immer gewusst«, sagte Regenmacher. »Aber du musst es erleben, so wie jetzt. Es muss auf deiner Haut brennen.«

Guido, seit jeher ein elektronisch-mathematisches Genie, riss das Wort an sich und erklärte die Funktionsweise der Autopiloten an Bord großer Verkehrsmaschinen. Man merkte, dass er viel tiefer in der Materie steckte als die Journalisten der örtlichen Tageszeitung.

»Nun sag schon, warum sie ihn abgeschossen haben«, drängte Beppo Schnakenberg. »Hat 007 wirklich spioniert?«

»Das behaupten die Russen«, sagte Guido. »Aber vieles spricht dafür, dass sich 007 schlicht und ergreifend verflogen hat. Warum gleich um mehrere hundert Meilen, das weiß offenbar noch keiner. Es ist eigentlich unmöglich. Es ist ein Wunder.«

»Gibt es denn auch böse Wunder?« fragte Britt.

»Das ist typisch«, sagte Katrin. »Die Russen vertuschen alles. Die dachten wohl, da ist Bond an Bord. Und die Amis sagen auch nur, was ihnen in den Kram passt. Die Wahrheit kommt dann in dreißig Jahren raus, wenn überhaupt.«

»Genau, immer das Gleiche, bis eines Tages der letzte Akt kommt, der letzte im Theater des Kalten Krieges«, sagte Regenmacher, herrlich bekifft und ein bisschen verliebt. »Wenn Ronald Reagan zum Beispiel seine Cruise Missiles zur Rache für den KAL-Jumbo rüberschicken würde. Dann gehen in Sibirien die Schächte auf und die SS-20 von Juri Andropow fliegen los und am Ende gibt's den siebenfachen Overkill und ne Rauchfahne bis zum Pluto ... Das ist jederzeit möglich, und deshalb sind die Grünen Pazifisten. Ihr könnt noch einsteigen. Wir haben jetzt – tätärä! – Bundestagsmandate zu vergeben.«

Regenmacher hatte einen Einfall. Er löschte das Licht, was wegen der vielen Lichtquellen eine Weile dauerte, und öffnete das größte Fenster. Draußen stand ein schwarzer Himmel über der Stadt, so schwarz und sternenlos, wie der Himmel über einer nächtlichen Stadt nur sein kann. Alle, die genug geraucht hatten, sahen Raketen (»wie ausgeträumte Träume«, sagte jemand) von Ost nach West und West nach Ost fliegen. Keiner kann mir genau sagen, wie dämlich wir ausgesehen haben.

»Komm, Eduard, wir singen jetzt dein Lied«, sagte Regenmacher.

»Lass mich«, sagte Eduard.

»Nein«, sagte Regenmacher. »Wir singen jetzt dein Lied. Es ist wie gemacht für diesen Abend, gerade, wenn es einer der letzten sein sollte ...«

Katrin reichte Regenmacher eine Konzertgitarre. Im Schallloch, daran erinnerte sich Britt Brecker, gab ein Aufkleber die Herkunft des Instruments bekannt. *Musikhaus Bössmann.* Regenmacher stimmte rasch die Saiten und begann mit einem kleinen Vorspiel nach der Komposition Guido Flocks. Wir klatschten und trampelten, bis Eduard tatsächlich aufstand und mit seiner hohen Barry-Ryan-Stimme traurig und nicht unschön in die Nacht hinaus zu singen begann:

Ich, Amphetamine-Nick,
rase mau ins Morgenblau.
Die Sonne geht schon düster auf,
›Das letzte Mal‹, steht schmierig drauf.
Der Mut versinkt, das Blut wird lau.

Hier sitz ich nun,
schreibe ›Hoffnung‹ in den Sand.
Nichts fehlt mir mehr in diesem Land.
Panzer fahrn zum Regenbogen.
Ich bin um mein Heil betrogen,
und alle singen im Chor.

Ich, Amphetamine-Nick …

Kein Nachbar rief die Polizei.

Zwischen den drei Strophen von Eduards existenzialistischem Meisterwerk sangen alle gemeinsam den Refrain, anschließend gab es viel Applaus, Komplimente und Schulterklopfen. Wenn meine Erinnerung nicht trügt, leistete die Abendgesellschaft regelrecht Abbitte für die Schmach, die sie Eduard angetan hatte. Sie nahm den verlorenen Sohn wieder in ihre Mitte auf. Es war rührend.

Eduard verließ das Gesellschaftszimmer, und ich folgte ihm. Seine Augen sahen immer noch so aus, als bräuchte er Bewachung. Außerdem war er mein Freund. Wir gingen die Treppe in den ersten Stock hinauf, setzten uns auf den alten Teppich und schwiegen miteinander. An den Wänden hingen Ölgemälde, die wir später dem Stil Emil Noldes zuzuordnen lernten. Es waren dunkle Landschaftsbilder, voll düsterer Bäume, Wolken und Nacht.

»Immerhin war es mein Text«, sagte Eduard. »Also hab ich quasi den Ehrentreffer erzielt.«

»Es ist ein guter Text«, sagte ich. »Du kannst stolz sein, gerade auf die vielen a und u im Refrain. Das sind doch immer die schönsten Vokale.«

Er entspannte sich etwas. Regenmachers Coup hatte ihm den Herzschlag zurückgegeben. –

Irgendwann hörten wir ein Geräusch über uns, wie langsame, schlurfende Schritte. Das kam uns merkwürdig vor. Nichts hatte darauf hingewiesen, dass noch jemand im Haus war außer dem Ehepaar Eckstein und dem Rhetorikrudel. Wir gingen zum Dachgeschoss hinauf. Es gab dort einen Flur, der auf eine Tür hinauslief. Wir lasen ein Schild. *Lobe den Herrn, meine Seele.* Ich sah durchs Schlüsselloch, konnte aber nichts Konkretes ausmachen. Dann sah Eduard hindurch, der bessere Augen hatte. Er meinte, in der Mitte des dunklen Zimmers die Umrisse einer Gestalt zu erkennen.

»Ich glaube, ich habe mal so ein schwarzes Gespenst gesehen«, flüsterte er. »Vor dem Gemeindehaus bei uns. Ist Jahre her. Ich kam gerade vom Kicken.«

Unten stieß jemand die Tür des Gesellschaftszimmers auf. Lärm brandete herauf.

»Was macht ihr da?« rief Gustav Eckstein, der uns nicht sehen, aber aus dem Flurlicht Schlüsse ziehen konnte.

»Wir wollten uns ein bisschen entspannen«, rief ich. »Zu viele Drogen!«

»Aber doch nicht da oben«, sagte Eckstein verärgert. »Kommen Sie da runter.«

»Ja, ja«, sagte Eduard. »Ist ja schon gut.«

Wir liefen schuldbewusst die Treppe hinab.

»Wer ist das da oben?« fragte ich.

»Die Frau, die mich geboren hat«, sagte Eckstein. »Sie wohnt dort, aber sie ist nicht mehr von dieser Welt.«

»Verarschen Sie uns nicht!« sagte Eduard im straffen Tonfall vergangener Zeiten. »Kein Mensch ist nicht von dieser Welt.«

»Es ist die reine Wahrheit«, sagte Eckstein. »Diese Frau hat die Krankheit zum Tode. Ich erzähl euch mal die ganze Geschichte, wenn ihr wollt. Aber heute passt das nicht.«

Gegen drei Uhr waren die Ersten bedient und stolperten aus dem Haus, geistesschwach, benebelt und betört. Gustav Eckstein legte ein Konzert von Arcangelo Corelli auf, das nach wenigen Takten seine Kraft entfaltete und die Übriggebliebenen verstummen ließ. Katrin schenkte für alle, die keinen Kaffee trinken wollten, in kleinen Portionen Whisky aus, der fast so alt war wie wir: Laphroaig Single Islay Malt, ein irres Zeug, das damals kaum einer kannte.

»Ich lese euch was vor«, sagte Gustav Eckstein nach einer Weile. »Keine Sorge, langweilig wird's bestimmt nicht! Es geht um Verführung – die Verführung eines Menschen nach den Regeln der Kunst.«

Das klang verheißungsvoll. Die Verbliebenen der Nacht rückten auf dem Boden zusammen. Eckstein erhob sich und zeigte uns ein kleines, unscheinbares Taschenbuch. Die Frau auf dem Einband hatte ein Froschmaul, buschige Augenbrauen und einen nicht sehr intelligenten Blick. Das Buch in Ecksteins Hand war das *Tagebuch des Verführers* von Søren Kierkegaard. Obwohl keine Anstreichungen sichtbar waren, verfehlte Eckstein niemals einen Satz, als er Kierkegaards Werk zu einer Kurzfassung zusammenschmolz.

Hinter der Welt, in der wir leben, fern im Hintergrund, liegt eine andere Welt. Man sieht durch einen dünnen Schleier gleichsam eine Schleier-Welt, leichter, ästhetischer, von einer anderen Beschaffenheit als die wirkliche.

Eckstein spielte mit uns das Spiel, von dem er vorlas. Das

bemerkten wir, ohne etwas von Fechten und performativen Akten zu verstehen.

Man täuscht deutlich Quart vor, wie der Fechter sagt, und fällt mit Second aus; je hurtiger der Ausfall auf die Markierung zu folgen vermag, desto besser. Das blitzschnelle Markieren ist ein unbeschreiblicher Augenblick. Der Gegner fühlt gleichsam den Hieb, er ist getroffen, ja das ist richtig, aber an einer ganz anderen Stelle als er glaubte.

Seine Stimme ähnelte der Synchronstimme von Anthony Hopkins, die alle ein Jahrzehnt später kennen lernten, als *Das Schweigen der Lämmer* berühmt wurde (für uns – mit *Pulp Fiction* – der Film der neunziger Jahre, so wie *Blue Velvet* der Film der achtziger Jahre gewesen war). Man musste Eckstein selbst für den Autor der Verführungsgeschichte halten. Sein Silbensingsang drehte einem das Hirn auf links.

Heute hat mein Auge zum ersten Mal auf ihr geruht. Sie sieht nicht, dass ich sie ansehe, sie fühlt es, fühlt es am ganzen Körper. Das Auge schließt sich und es ist Nacht; aber innen in ihr ist heller Tag.

Versuchte Gustav Eckstein zu verbergen, dass Daniela May die bevorzugte Adressatin seiner Show war? Oder war es gerade umgekehrt? Wollte er zeigen, was es heißt, einen Menschen vor aller Augen nach den Regeln der Kunst zu verführen? Daniela saß auf dem Parkettboden vor ihm und hatte die Beine an den Körper gezogen. Ihr schwarzes Höschen spannte sich für viele sichtbar über dem aufgeworfenen Schamhügel und dem Spalt, der den Hügel teilte. Sie hätte sich sicher geschämt, wenn es ihr aufgefallen wäre. Wenn Eckstein Pausen machte, streifte er Daniela mit einem leichten Lächeln, so wie ein Mensch einen anderen in der Menge an den Ärmeln streift und schon wieder weitergegangen ist. Sie gab seinen Blick ein-, zweimal zurück. Es war kein Schmachten und kein Dahinschmelzen, über das wir hätten spotten können. Es war eine Szene von kühler, lateinischer Strenge.

»Es war Rhetorik«, sagte Regenmacher hinterher. »Es war Kunst.«

Eckstein und Daniela hatten sich nach dem Synästhesie-Gespräch ein Jahr lang außergewöhnlich freundlich beäugt, aber ein moralisch einwandfreies Verhalten an den Tag gelegt, sodass nur wenigen auffiel, wie sich ein immer festeres Band der Gesten, Blicke und Bestätigungen zwischen ihnen spannte. Da Eckstein zu seinen Schülern ein engeres Verhältnis als andere Lehrer des Karlgymnasiums hatte und einige halbprivate Kontakte pflegte, war die poetische Sonderrolle, die er Daniela einräumte, im Alltag beinahe untergegangen. Und wodurch erhielt sich ihre verschwiegene Beziehung? Durch Worte natürlich, nichts als Worte, niedergeschrieben in Briefen, die man kaum Liebesbriefe nennen kann.

Wie ich heute weiß, war es Daniela, die den Briefverkehr nach dem Synästhesie-Gespräch begonnen hatte und nichts anderes tat, als das angeschlagene Thema zu vertiefen, indem sie Eckstein auf Michail Matjusins Bild »Malerisch-musikalische Konstruktion« hinwies und aus Matjusins Werk *Über Ton und Farbe* zitierte: *Allein das Licht beleuchtet und färbt die Körper, auf die es fällt. Ebenso verhält es sich mit dem Ton und mit dem Geräusch. Ein Körper, der einen Anstoß erhalten hat, beginnt diesen in seiner Bewegung zu reflektieren – er ertönt.*

Es waren solche Briefe gewesen, die Daniela ihrem Lehrer Eckstein auf dem Flur zugesteckt hatte, und er hatte alles getan, um seine berauschende Schülerin beim erotischen Über-die-Bande-Spielen zu übertreffen. Eckstein war anfangs keineswegs entschlossen, Daniela, die in den Tagen des Synästhesie-Gespräches noch keine siebzehn gewesen war, von einer Liebschaft im landläufigen Sinne zu überzeugen. Er war von dieser Liebschaft noch nicht einmal überzeugt, als Daniela, während er aus Kierkegaards Verführer-Buch vorlas, auf dem Parkettboden vor ihm saß und ihm ohne Absicht einen Blick auf ihren dünn verschleierten Schamhügel ermöglichte.

»Ich zweifelte«, gestand uns Eckstein Jahre später. »Meine Zweifel waren Blattgold.«

Während der Lesung gefror das Gesicht von Katrin Eckstein, der nicht entging, welche Stricke ihren Mann an Daniela banden. Ihr Gesicht hörte auf zu lächeln und stark zu sein. Es wurde ein anderes Gesicht und taubengrau vor Sorge. Sie lehnte ihren Kopf an Regenmachers Schulter und er legte seine Hand in ihre Taille. Auch diese beiden gaben ein ansehnliches Bild ab, aber es hing nach der traurigen Seite herunter.

Ein Bernsteinzitat jubelte Gustav Eckstein dem Rhetorikrudel noch unter, einen letzten, rätselhaften Satz. *Sie hat ihren Duft verloren und die Zeit ist vorbei, dass sich ein Mädchen aus Schmerz über seinen treulosen Geliebten in einen Heliotrop verwandelte.* Daniela, Jutta Marihuana und Britt bekamen zum Abschied einen Wangenkuss. Das Buch, aus dem Eckstein vorgelesen hatte, schenkte er Eduard.

»Warum tun Sie das, Eckstein?« fragte Eduard und zögerte beim Zugreifen.

»Nehmen Sie schon«, sagte Eckstein. »Sie hatten keinen leichten Abend, aber Sie haben sich tapfer geschlagen. Ich bewundere, wie Sie sich erholt haben. Nach hinten raus sah das wieder richtig gut aus, Mann. Und das freut mich von Herzen.«

Als unsere versprengte Truppe den Westerberg hinabzog, lag ein blauer Streifen Dämmerung auf dem Horizont. Elstern erhoben sich aus den Büschen und nahmen ihre Flugbahn durch den vielversprechenden Himmel. Ein verirrtes Kleinflugzeug, ein roter Hochdecker, flog der flachen Lichtkuppel des Morgens entgegen. Eduard wollte etwas sagen, aber er konnte nicht.

»Ich träume Riesenräder aus Licht«, sagte Daniela.

Als Eduard diesen Schlag verdaut hatte, als er gedacht hatte: Ich kann noch nicht mal stottern, aber Daniela kann um fünf Uhr morgens mit fünf simplen Wörtern die Schönheit der Welt offenbaren, gab er mit erstaunlich fröhlicher Stimme bekannt: »Ich liebe es, Daniela, wenn du solche Sachen sagst. Eigentlich ist das genug.«

6

Am Samstagmorgen wurde Hermann Eckstein von einem üblen Krähgefecht der vorwitzigsten Hähne Kleinbärengrunds aus dem Schlaf gerissen. Das Krähgefecht schnitt Hermann den letzten Traum der Nacht ab, der von einer Dame in schwarzen Stiefeletten und fadenscheiniger Oberbekleidung handelte. Genervt von der stetigen Steigerung der Schreie, schob er das stachelige Strohbett zur Seite, das er sich bis ans Kinn gezogen hatte. Er stand auf und warf einen Blick auf Balduins zerschlissene Masurenkarte, um geographisch genau zu taxieren, wohin es sie verschlagen hatte. *Wo sich aufhört der Kultur, da sich anfängt das Masur.*

Alles halb so schlimm, dachte Hermann. Er war mit Balduin während des Singens und Saufens von der Route, die sie bei der verspäteten Abfahrt aus Klein Spallienen festgelegt hatten, nach Norden abgekommen. Doch die Straße von Johannisburg nach Neidenburg war kaum zehn, zwölf Kilometer von Kleinbärengrund entfernt. Es muss wohl hinter Liebenberg gewesen sein, wo wir den richtigen Weg verloren haben, dachte er, irgendwo hinter Liebenberg oder dem Ostkanal.

Hermann griff nach dem schwarzen Ledertäschlein mit den Rasierutensilien und ging zum Brunnen hinaus, denn im hölzernen Anbau des Backsteinhauses gab es kein Waschbecken. Die letzte Dämmerung verflog und gab den Blick auf einen wolkenlosen, hoch aufgespannten Himmel frei. Die Bläue der Atmosphäre färbte auf die Umrisse der Wälder im Hintergrund ab. Ein optischer Trick der Natur, dachte Hermann, oder ein Tick im Auge des Betrachters. Die vom Staub gereinigte Luft, die über seine Haut fächelte, war seidig und kühl. Es schien ihm, als habe das Dorf Kleinbärengrund, in dem sich die Menschen zu rühren begannen, tiefe, erholsame Atemzüge getan.

Hermann rasierte sich die dunklen Bartstoppeln, betrachtete sein gut erholtes Gesicht im Taschenspiegel, riss ein paar unerwünschte Härchen von den Ohrläppchen ab und gurgelte Odol, das er in der Handkuhle mit dem kalten, eisfarbigen Brunnenwasser mischte. Ihm gefiel das leise Scheppern des metallenen Eimers, wenn dieser tief unten an der gemauerten Wand anschrappte und ein Geräusch zum Brunnenloch hinaufschickte, das ihm gleichzeitig unbekannt war und trotzdem vertraut vorkam. Ein grundsätzliches Geräusch, wie er fand, ein Geräusch, das seit der Sesshaftwerdung der Menschen jedem Ohr bekannt geworden sein musste. Ein überall heimatliches Geräusch, das die Menschen mit der Erde verband wie sonst wohl nur das Graben des Pfluges im Acker. Er zog den gefüllten Eimer noch einmal herauf, um ihn auszukippen und das Wasser durch den Schacht in die Tiefe fallen zu hören. Ja, beides gefiel ihm, der Brunnen und das Wasser.

Hermann ahnte nicht, dass er bei seinen philosophischen Morgenübungen von zwei Augenpaaren beobachtet wurde, die in zwei verschiedenen Zimmern hinter den Gardinen im Haus verborgen waren. Die gleichen Hahnenschreie, die Hermann geweckt hatten, waren auch in Maries bruchstückhaften Schlaf gefahren und hatten sie mit dem Gedanken aufwachen lassen: Ein so schlimmer Tag wie gestern kann sich gar nicht wiederholen, sonst müssen wir bald eine Pension für hungrige Strolche aufmachen. Dabei hatte sie gelächelt und war mit mehr Zuversicht aufgestanden, als sie beim Einschlafen vermutet hätte, denn das Einschlafen war unter leisen Tränen geschehen. Als sie bei den ersten Besorgungen in der Küche das Klappern des Eimers im Brunnenschacht gehört hatte – ein verdächtiges Geräusch, denn die ganze Familie befand sich noch im Haus –, war sie ans Fenster getreten. Obwohl sie an heißen Erntetagen viele Bauern mit nackten Oberkörpern gesehen hatte und mit der Angespannheit männlicher Muskeln vertraut war, schaute sie sich Hermann in der präzisen Beleuchtung des Morgenlichtes genau an und fand, dass seine Schultern wie von feinen Sticheisen aus Hartholz gearbeitet waren.

Ruth Schattauer war die dritte Person, die von dem Krähgefecht der streitsüchtigen Hähne aus ihrem unruhigen, von Gebeten zerschnittenen Schlaf erwacht war. Sie stand hinter dem zweiten Fenster und fürchtete nichts anderes, als dass ihre Tochter in der Küche stehen und dem Mann am Brunnen zusehen könnte, der eine Figur abgab, wie man sie in Kleinbärengrund sonst nicht antraf. Dass die Männer doch bald wieder möchten verschwunden sein, dachte Ruth, und ihr Rücken verspannte sich bei dem Gedanken, dass es vielleicht anders kommen könnte.

Immer noch im Besitz der Morgenhärte, die seine Hand in der Hosentasche festhielt, dachte Hermann darüber nach, wie es wäre, jetzt und hier, unter dem aufstrahlenden masurischen Himmel, mit Gedanken an den sperrigen Busen seiner letzten Freundin Evi Landshut Hand an sich zu legen und den Saft im hohen Bogen über den Brunnenrand zu spritzen. Aber das würde ihm der Pietismus niemals verzeihen! In ein Freudenhaus bin ich nicht geraten, so viel steht fest, dachte er, als ihm Otto Schattauers Missionseifer vom vorigen Abend einfiel.

Muuh, begrüßte ein masurisches Rindvieh im Stall den neuen Tag. Gotzo jagte zum Aufwärmen Jakubassas rostbraunen Kater über den Hof und dann den Schatten eines tief fliegenden Vogels, was schon schwieriger war.

Geh aus, mein Herz, und suche Freud. So hieß das Lied, mit dem Familie Schattauer ihre Morgenandacht begann. Selbst das Harmonium spielte schon mit. Es wurde von jemandem gespielt, den Hermann nicht sehen konnte. Er verfolgte den Flug eines Storchenpaares, das über die Dächer Kleinbärengrunds dahinzog. Seine von Goethe ausgeborgte Lebensmaxime hieß »Dieweil ich bin, muss ich auch tätig sein«, und er war bereit, zuzupacken. Er beabsichtigte, sich an diesem Morgen durch Helferdienste bei Otto Schattauer für die Beherbergung erkenntlich zu zeigen, bevor man wegen der Reise weitersah.

Aber das war nicht der einzige Grund gewesen, den sirenenartig schnarchenden Balduin im Anbau gleich nach dem Erwachen zu verlassen. Seit Hermann Offizier in der Wehrmacht geworden war, ging es mit dem Lesen steil bergab, was sich auch daran zeigte, dass er im Gepäck kein einziges Buch mit sich führte. Er hätte nichts zu tun gehabt, wenn er länger im Bett liegen geblieben wäre, außer vielleicht, seine Morgenhärte mit Evi zu beschäftigen. Ach, Evi!

Als er leichtsinnigerweise, wie er nun wieder einmal erkennen musste, in das Infanterie-Regiment in seiner Heimatstadt eingerückt war, hatten ihn die geistigen und seelischen Fähigkeiten zum Lesen gehaltvoller Stoffe gleich in den ersten Wochen verlassen, so unwiderruflich, wie man vor die Fahne geht. Der Exerzierplatz und die Nahkampfausbildung, dazu der theoretische Unterricht, bei dem er viel Ehrgeiz zeigte, all dies hatte Kopf und Gemüt fürchterlich mit Beschlag belegt und ihn zu einem anderen Menschen gemacht. Sein Universum, das einst die stattliche Ausdehnung der

Bibliothek seines Vaters gehabt hatte, schrumpfte rasch auf Projektilgrößen, Marschgeschwindigkeiten, Schlagtechniken, Pflichterfüllung und soldatische Ehre zusammen, zuzüglich der obligatorischen Trink- und Frauengeschichten, die an Reiz nicht zugenommen hatten, nur weil er manche Dame kraft seiner Uniform zum Erröten und schleuniger Hingabe veranlasste. Conclusio: Bei der Wehrmacht waren seine höheren Ideale abgestürzt wie Enten nach dem Schuss.

Er hatte es zuletzt, wegen des immergrünen Themas, das ihn auch aus beruflichen Gründen interessierte, mit *Krieg und Frieden* versucht, und zwar in vorsichtigen Dosierungen. Aber es war vergebliche Liebesmüh gewesen. Der Aufmarsch des Personals auf den ersten 150 Seiten, diese wahrhaft napoleonische Schlachtordnung der russischen Gesellschaft, hatte ihn heillos überfordert. Er hatte nur noch die Kraft gehabt, im hinteren Teil zu blättern, um Tolstois ungewöhnliche und in gebildeten Militärzirkeln umstrittene Sicht auf den Brand Moskaus zu erfahren – Selbstentzündung, Unachtsamkeit! –, eine Sichtweise, über die sich sein französischer Freund Frédéric aus Laon oft genug mokiert hatte. Frédéric betete Napoleon an, wie viele Franzosen, während Tolstoi den Verheerer Europas der Lächerlichkeit preisgab. Hermann neigte zu Tolstois Meinung, nicht ohne sich zu fragen, ob noch ein guter Tropfen Blutsfeindschaft durch seine Adern floss, eine späte Infusion von 1870/71 oder dem großen Weltbrand.

Nun lebte Hermann ein Leben, dessen Pointe bereits formuliert war. Er würde in künftigen Geschichts- und Kriegsbüchern ein womöglich eisern bekreuztes Häuflein der anonymen Knochen-, Blut- und Fleischmasse im Hintergrund irgendeiner Schlachtbeschreibung abgeben, denn es bestand kein Zweifel, dass die deutschen Waffen zu ihrer Zeit sprechen würden. Die Schlachtbeschreiber werden mal wieder das bessere Ende haben, dachte Hermann, während er auf der Brunnenkante saß, die Hand in den Eimer tauchte und die winzigen, länglichen Seen betrachtete, die nach dem Herausziehen zwischen den zusammengepressten Fingern entstanden. Vielleicht hatte er seinen Beruf verfehlt. Vielleicht fehlte ihm, wie seine Mutter manchmal sagte, der Durchblick durch sich selbst.

Weil er nicht wusste, wie lange Morgenandachten bei Gebetsleuten dauerten, begann er einen kleinen Spaziergang auf der Dorfstraße. So ein Mann, geht einfach in der Fremde spazieren und freut sich am Sonnenschein, dachte die kleine Frieda, die mit gefalteten Händen am Wohnzimmertisch saß, aber mit Blicken durchs Fenster immer wieder nach draußen entwischte. Dass sich Hermann Eckstein bei seinem Spaziergang für die Syskas, Papajewskis, Czimmeks und Meistrowitz' auf ungewöhnliche Weise sichtbar machte (denn um diese Tageszeit schlenderte dort niemand ohne Ziel über die Straße) und dass er nach der Ankunft am gestrigen Abend, als das staubige Fuhrwerk unter den Gewitterwolken eingerückt war, ein zweites Mal wie ein gebetener, dem Hof Schattauer mit einer gewissen Selbstverständlichkeit angehörender Gast erschien, das ahnte er vielleicht, aber große Gedanken machte er sich deswegen nicht.

Während der braune Geruch von Kuhmist und das Scharren nervöser Hühner Hermanns Wahrnehmung reizten, phantasierte er sich (Phantasie war immer noch seine Stärke und ein verlässlicher Ersatz für den Entzug der Fiktionen) in das Traumhotel am Atlantik, das die Alternative zum Besuch Onkel Balduins gewesen wäre. Er sah Köche, die den Gaumen mit Le Fantôme du Mont Ventoux und anderen Extravaganzen der französischen Küche verwöhnten; er sah die Hotelterrasse an der bevorzugten Sonnenuntergangsseite, eingerahmt von poliertem Tropenholz, handgeschnitzten Mythologien und antikisierenden Akanthus-Ornamenten; er sah die Augenpaare der Gäste, die über das Wasser nach Amerika glitten, wohin die Sonne notorisch vorausgeeilt war; er hörte polnische Klaviermusik, den unerklärlichen Frédéric Chopin. Da waren auch vornehme Frauen, die sich Aufwartungen nicht verschlossen …

Aber nein, er saß unter Vieh und Gebetsmenschen im ausgetrockneten Sumpf Masurens. Seine erotische Genusssucht hatte nur dieses Mädchen Marie zur keuschen Befriedigung, das im Übrigen wirklich nicht übel war mit ihren angefeuchteten Mohnblütenlippen und den asiatischen Augen, deren Farbe die ganze Skala von Himmel- und Meerblau über sämtliche Zwischenstufen bis ins tiefste, opake Schwarz beschrieb, aber trotzdem natürlich kein frivoles Angebot zur Ausschweifung darstellte. Zu welchen Trugbildern Marie auch immer Anlass gab: In erster Linie war sie das Kind eines Gebetshofes, der vor ein, zwei Jahrhunderten vom Zug der Zeit abgekoppelt und auf ein grasiges Nebengleis der Geschichte geleitet worden war. Im Grunde ärgerte es Hermann, dass Marie in seinem Kopf herumspukte. Es wäre besser, wenn Töchter spröder Pietisten hässlich sind, dachte er, dann käme man gar nicht erst ins Grübeln.

Wieder erklangen im Haus die Strophen eines frommen Liedes, dann war die Andacht zu Ende. Otto Schattauer trat vor die Tür und begrüßte seinen schleunigst zurückgekehrten Gast mit einem kräftigen Gotteswort. Hermann bot freundlich und bestimmt seine Hilfe an und verwies darauf, dass Balduin noch schlief, was dem vergifteten Körper nur gut tun könne.

Die Männer sägten im Schuppen Buchenholzlatten zurecht, glätteten das Holz mit dem Schlichthobel, luden es auf den alten Handkarren, steckten in Papier gewickelte Nägel in die Hosentaschen und gingen zum Rossgarten, in dessen Tor am Vorabend der Blitz eingeschlagen war, wie die

Kinder berichtet hatten. Hermann sah klar vor sich, was zu tun war. Die Reparatur ging schnell vonstatten.

Nach der Rückkehr schnitt Hermann dem Kaltblüter Jablo eine lästige, wenn auch ungefährliche Geschwulst an der Hinterbacke weg und entsorgte den blutlosen Zellhaufen im Misthaufen. Er holte sich auf einen entsprechenden Wink Schattauers eine Sense aus dem Schuppen, schärfte den Dengel, prüfte die blitzende Schärfe mit seitlich angelegtem Daumen und ging zur Kleewiese in der Nähe des Insthauses. Obwohl Hermann sich ewig nicht mehr als Schnitter versucht hatte, lief es wie am Schnürchen, und der dicke Klee glitt in so appetitlichen Lagen zu Boden, dass er ein gewisses Verständnis für Schafe und Kühe entwickelte. Schließlich hielt er zwei Hähne fest, denen Schattauer die Schnäbel kupierte, denn die Tiere waren kannibalisch geworden und störten die Ordnung im Hühnerhaus.

»Sie verstehen was vom Arbeiten«, sagte Schattauer, und Hermann spürte, dass er mit diesem Lob den Hauptpreis abgeräumt hatte.

Während Ruth eine Kanne mit Milch und zwei Gläser auf den Findling neben den Männern stellte, schleppte sich Balduin zum Brunnen und schüttete sich eimerweise Wasser über den Kopf, was nicht sehr klug war. Er begann zu frieren und bekam unverzüglich Schüttelfrost. Eingehüllt in eine grüne Decke, nahm er auf der Bank unter der Platane Platz und bearbeitete stöhnend seine erste Zigarre, eine hellbraune Fehlfarbe zu zehn oder fünfzehn Pfennig. Zigarren, so hatte Balduin oft gesagt, wolle er noch rauchen, wenn einst der Teufel nach ihm riefe.

»Gott hat den Menschen keinen Schornstein gemacht, sie sollen nicht qualmen«, sagte Frieda, während Balduin mit den Streichhölzern hantierte, und war schon wieder weg, bevor er eine Antwort geben konnte. Frieda war zu klein für ihr

Alter, sagten alle. Sie wog kaum über zwanzig Kilo. Ihre Knochen wurden von keinem noch so geringen Pölsterchen Fett geschützt und waren ständig blaugestoßen. Hermann behielt Frieda als ein immer springendes, kletterndes, kreischendes Energiebündel in Erinnerung, dessen Verhalten lautstarken Protest gegen den Mehltau der Verhältnisse einlegte.

Balduins Elend löste bei Hermann wenig Mitleid aus. Die Arbeit hatte ihm gefallen, wenn er sich's überlegte, und ein rankender Vormittag war angebrochen, der seinen Vorstellungen von Urlaub weiter entgegenkam, als er vor zwei, drei Stunden geglaubt hatte. Da ihm der Gedanke, sich mit dem verkaterten Onkel auf dem Fuhrwerk herumzuschlagen, Unbehagen machte, traf er eine folgenreiche Entscheidung. Er entschloss sich, seinen Gastgeber zu überrumpeln.

»Ich mache mich gern nützlich, wenn noch was anliegt«, sagte Hermann zu Schattauer, nachdem er seine Milch ausgetrunken hatte. »Wirklich, Sie haben jeden Wunsch frei. Pferdefutter und Essen gibt es ja nicht umsonst, erst recht, wenn es so gut schmeckt wie gestern. Aber ich möchte nicht verhehlen, dass ich gern ein, zwei weitere Nächte auf Ihrem Hof bleiben würde. Schauen Sie sich meinen armen Onkel an. Es wäre nicht klug, die Reise bereits heute anzutreten.«

Hermann hätte eine Abfuhr leicht verkraftet. Es gab nicht weit hinter dem Horizont neuartige Gästehäuser, so stand es in seinem Reiseführer. Aber im Grunde rechnete er mit keiner Absage. Er spürte schon die Macht, die ihm durch sein korrektes Auftreten zugewachsen war.

»Nein, räjsefertig sieht Ihr Onkel wirklich nicht aus«, sagte Schattauer. »Und morjän ist ja auch der Tag des Herrn, an dem die Arbeit ruhen soll. Bleiben Sie also in Gottes Namen. Schon heute haben wir Wochenschlussandacht im Haus, zu der sind Sie hiermit einjäladen ... Aber ich sage Ihnen, falls Ihnen meine Töchter jäfallen: Ich bin nicht Laban, der eine Rahel zu verjäben hat, und Sie sind nicht Jakob.«

Obwohl Hermann in der Marienkirche am Marktplatz seiner Heimatstadt konfirmiert worden war, wusste er nicht, in welches Verhältnis das Alte Testament Laban, Rahel und Jakob gestellt hatte. Aus Gründen der Unkenntnis lächelte er besonders freundlich, was Schattauer für einen Augenblick beglückte, aber nach kurzem Innehalten den bestürzenden Eindruck verschaffte, Gottes Wort zum Schmunzeln und zur Belustigung preisgegeben zu haben.

Hermann besprach sich mit Balduin und stellte fest, dass sein Onkel so gut wie keine Erinnerungen an die Ereignisse auf dem Feldweg hatte – ein Gedächtnisverlust, der dem Neffen sehr gelegen kam. So wurde der Vorfall zu einer Angelegenheit zwischen ihm und Marie, und er konnte alles zum Besten wenden.

»Mein lieber Onkel, du hast dich gestern danebenbenommen, und zwar ziemlich grob«, sagte Hermann. »Ich will das jetzt nicht vertiefen, aber ich rate dir dringend, halt einfach deine Klappe und lass die Sache auf sich beruhen.«

»Klar, Klappehalten«, seufzte Balduin. »Schweigen ist sowieso Gold, wenn du solche Schraubzwingen im Schädel hast. Das kann ich dir flüstern, Junge ...«

Er schloss die Augen und rauchte blind weiter.

Hermann folgte seiner Laune und ging in die Küche. Als er zur Tür hereintrat, verteilte Marie gerade Mohnmasse auf dem Teig. In der nächsten Sekunde ließ sie Rosenwasser aus einer grünen, pharmazeutischen Phiole tröpfeln und schlug – *papp! papp!* – die untere Teigkante um. Dann rollten ihre flinken Finger den Kuchen zusammen, zwängten die dicke Schneckenrolle in die gebutterte Kastenform und ließen diese im geheizten Herdofen verschwinden. Marie schabte rasch die Teigreste von ihren Fingern, formte daraus eine

Kugel, steckte sie in den Mund und wusch sich die Hände. Sie würfelte marmoriertes, lappiges Rinderfleisch, schnitt aus violetten Klumpen Kalbsleber die Sehnen heraus und rührte den braunen Sud um, der im Emailletopf ungeduldig Blasen warf. Ihre Hände waren auch über der Pfanne. Sie würzten, wendeten und walkten. Sie brachten fünf Dinge gleichzeitig voran, ohne eine Sekunde zu ruhen.

Hermann drehte an der Kurbel des gusseisernen Fleischwolfs und probierte die restlichen Mohnkörner, die hinter der dünnen Scheibe herabfielen. Sie schmeckten bitter.

»Ich frage mich, ob ich in meinem ganzen Leben schon mal so viel Geschicklichkeit gesehen habe«, sagte er. »Deine Finger sind ja schneller als die Nadeln einer Nähmaschine.«

»Übung macht den Meister«, sagte Marie so eilig, wie sie arbeitete. »Wenn man eine Wirtschaft führt, sollte man sie so gut wie möglich führen. Alles andere hat keinen Zweck … und es macht auch keine Freude.«

Er muss ja nicht wissen, wie es wirklich ist, dachte Marie. Sie war eingespannt in die Notwendigkeiten des Haushalts und murrte nicht. Die Arbeit im Rhythmus von Regen und Sonnenschein, Tag und Nacht, Sommer und Winter, Saat und Ernte war auf lange Sicht der Zweck der unwiderbringlichen Jahre und der Sinn ihres Lebens. Sie fürchtete sich nicht vor ihrem Schicksal, denn sie liebte den Hof und den Wald, die Pflanzen und die Tiere. Aber sie hatte nicht vergessen, wie hitzig vor Jahren ihre Hoffnung gewesen war, über die vorgezeichnete Bahn hinauszugehen und das Ortulfs-Lyceum in der Kreisstadt zu besuchen. Über Monate hatte sie die Vorstellung gehegt, etwas anderes zu werden als Bäuerin und die Regel zu übertreten, die seit dem Auszug aus dem Salzburger Land noch für jede Frau der Familie gegolten hatte. »Das ist unnütze Hochmütigkeit, mein Kind«, hatte ihr Vater gesagt, als sie um sein Einverständnis warb.

So wurde Marie Schattauer zu der Einsicht gezwungen, dass man vom Glück zu viel verlangen kann, heißt es in den Aufzeichnungen.

Hermann sah den Stolz in Maries Augen und einen Funken Zweideutigkeit. Er fand den Schwung ihres schlanken Halses aristokratisch und ihre Kopfhaltung mutig. Er glaubte sogar, einen schnippischen Aspekt zu bemerken, wie bei höheren Töchtern. Vieles an Marie war über die erdige Bäuerlichkeit ihrer Eltern hinausgeschossen. Es fragte sich, woher die rassigen Erbanlagen in den Stammbaum der Familie geraten waren, die in ihrer Abgeschiedenheit sicherlich keiner frivolen Freudengelage mit Fremden verdächtig war.

Alfred, Frieda und Berta stürmten herein, setzten sich an den Tisch und mischten klebrigen Holunderbeersirup mit Brunnenwasser.

»Warst du schon mal im Krieg?« fragte Frieda. »Papa hat gesagt, dass du Soldat bist ... ein richtiger Offie-zieer.«

»Der letzte Krieg ist zwanzig Jahre her«, sagte Hermann. »Da war ich zwar schon geboren, aber noch jünger als du.«

»Würdest du denn gern mal in den Krieg?« fragte Berta.

Hermann zog Frieda und Berta zu sich heran und wischte ihnen das verschwitzte Haar aus der Stirn.

»Es heißt, der Krieg sei der Vater aller Dinge und könne den Menschen die tollsten Gefühle verschaffen«, sagte er. »Aber die Leute reden viel, wenn der Tag lang ist. In den Schlachten ist es mörderisch, so viel steht fest. Da fließt Blut in Strömen und die Soldaten werden von den Granaten zerfetzt wie faules Obst, wenn man es gegen die Wand wirft. Ich bin zwar Soldat, aber wenn ich die Wahl hätte, würde ich Krieg lieber nur üben. Ich glaube, das wäre mal was Neues und gut für alle Beteiligten.«

»Nur üben ist feige«, sagte Frieda. »Auge um Auge, Zahn um Zahn.«

»Sind Sie ein Pazifist?« fragte Alfred, wie immer ein bisschen altklug, ein bisschen eulenhaft.

»Das vielleicht nicht«, sagte Hermann. »Aber ich ahne, warum es Pazifismus überhaupt gibt ... Und jetzt fragt mal, ob wir in den Wald fahren dürfen. Wie kann man einen solchen Tag verstreichen lassen, ohne einen Ausflug zu machen?«

Die Kinder rannten lärmend hinaus, um ihren Vater zu belagern. Was für eine schöne Idee! dachte Marie, die bei der Arbeit blieb. Sie freute sich darauf, ihren Gedanken ein paar Stunden freizugeben und ohne Ziel durch Wälder und Felder zu fahren – wenn es der Vater nur erlaubte. Wann hatten sie denn den letzten Ausflug gemacht, der nicht ein Missionsfest in irgendeiner Scheune oder einen Gottesdienst in einer fernen Kirche zum Zweck gehabt hätte? Sie konnte sich nicht erinnern.

Otto Schattauer wehrte sich gegen die erneute Störung der gewohnten Abläufe, aber er war gegen die bettelnden, fordernden, lachenden Kinder dieses Mal machtlos und wollte nach Hermanns großzügiger Hilfe auch nicht undankbar erscheinen. Eine Viertelstunde später standen Balduins Pferde vor Schattauers eisenbereiftem Heuwagen im Geschirr, eine Kombination, die Ruth beim Abschied die Hände ringen ließ. Der Weg der Ausflugsgesellschaft führte über die Rosogga und zwischen den seit alten Zeiten ringförmig angeordneten Eigenkätnerhöfen von Langenwalde hindurch. Der schlaksige Albert, der in einem Jahr vierzehn Zentimeter gewachsen war, dozierte unter heftigem Schwingen seiner Albatrossarme, dass durch die Regulierung der Rosogga die Weide- und Ackerflächen der Langenwalder Landgemeinde viel größer geworden wären. Frieda sprang andauernd vom Wagen ab, kitzelte die Ameisen in den Ameisenhügeln mit kleinen Zweigen und erfreute sich an dem Aufruhr, den sie hervorrief.

Sie fuhren durch einen endlosen Kiefernwald, der hier und dort mit Fichten, Wacholdern, Erlen und Birken gesprenkelt war. Am Forsthaus Adamsverdruss trafen sie den stellvertretenden Kreisjägermeister Henning, den Marie gut kannte. Henning und Marie hatten sich manchmal unter freiem Himmel unterhalten, wenn sie in die Pilze oder Blaubeeren ging und er zum nächtlichen Ansitzen wollte oder von dort zurückkam.

»Na, so was, die Marie Schattauer«, sagte Henning. »Was führt Sie denn so tief in den Wald, wo das nächste Dorf kilometerweit weg ist?«

»Das Ggleiche wie immer, das wissen Sie doch«, antwortete Marie. »Ich liebe die Wälder.«

»Aber heute in Begleitung«, sagte Henning.

»Ja, wir haben Besuch«, sagte Marie. »Er heißt Hermann, und den Nachnamen kenne ich nicht.«

»Eckstein«, sagte Hermann. »Hermann Eckstein.«

»Das ist ja ein Besuch!« ergänzte Henning. »Willkommen in Masuren. Mein Jagdhorn habe ich zur Begrüßung leider nicht dabei.«

Der stellvertretende Kreisjägermeister nahm sich Zeit, um die Vorzüge des Jagdparadieses im Kreis Ortelsburg und damit seine Kenntnisse in schillernden Farben auszumalen. Er lobte das Reichsjagdgesetz, nach dessen Inkrafttreten Endenfreudigkeit, Stärke und Gewicht der Geweihe sich bestens entwickelt hatten. »Ja, Henning«, wollte Marie unterbrechen. Doch Henning schwärmte bereits vom Reiz des Saudrückens im tief verschneiten Forst und vom Ansitz über den mondbeschienenen Ackerflächen. Er erzählte von Füchsen, Hasen, Wanderfalken und Habichten und erwähnte auch die Geschichte vom Wasserwolf, der vor zwei Jahren beim Durchrinnen des Schobensees von Fischern überrascht und mit Rudern erschlagen worden war. »Henning, wir haben es sicher gut«, quetschte Marie beschwichtigend in eine Pause. Doch der Jägermeister redete weiter: Nun vom Hirsch seines Lebens, einem reich geperlten Kronenhirsch und Achtzehnender, dessen Geweih sieben Kilo gewogen hatte. Er renommierte wie noch nie.

»Natürlich, Henning, wir haben es mit unserer Heimat gut getroffen«, dämmte Marie den Redefluss schließlich erfolgreich ein. »Aber es muss jetzt nicht alles noch mal von vorn erklärt werden. Wir wollen noch ein Stück weiter und wissen über die Heimat selbst ganz gut Bescheid.«

»Ich, ich für meinen Teil, werde der Heimat immer treu bleiben«, sagte Henning und tippte mit dem Finger an seine Brust.

Marie wurde rot. Sie verstand, dass Henning etwas anderes sagen wollte, als er gesagt hatte. Sie verstand, dass sein Finger in Wahrheit auf sie zeigte.

»Jetzt hast du die Wahl«, flüsterte Frieda und legte ihren Arm um Maries Taille. »Ich würde den Soldaten nehmen, wenn du mich fragst.«

»Frag ich aber nicht«, flüsterte Marie aufgebracht zurück.

Henning gab eine letzte, blutige Anekdote über eine schießwütige Treib- oder Feldjagd zum Besten, fand den Posaunenklang seiner Stimme aber offenbar selbst zu aufdringlich und zog verdrossen des Weges.

»Hihi, Henning«, lachte ihm Frieda hinterher. »Den Rest kannst du ja den Wildschweinen erzählen.«

»Die wollen das bestimmt wissen«, setzte Hermann ihren Gedanken fort.

»Frieda! Hermann!« rief Marie durcheinander. »So was sagt man nicht.«

Aber sie musste selbst lachen. Hermann bemerkte erfreut, dass der Ausflug alle bestens unterhielt. Er wollte Lieder singen. Doch Schattauers Kinder, die das halbe Gesangbuch der Gebetsleute im Kopf hatten, kannten weder WirliebendieStürme noch EinManndersichKolumbusnannt, weder HabmeinWagenvollgeladen noch KeinschönerLandindieserZeit. Hermann erzählte von Justus Wilhelm Lyra, der in seiner Heimatstadt geboren worden war und die Melodie von DerMaiistgekommen komponiert hatte. Das Lied mit dem Text von Emanuel Geibel konnte er auswendig. Er sang die erste und die letzte Strophe vor, anfangs ein bisschen schüchtern, dann aber, als er die ungeteilte Aufmerksamkeit der Kinder spürte, frei und laut. *Wie bist du doch so schön, / O du weite, weite Welt.*

»Ist schön«, sagte Berta.

»Sing mal alle Strophen«, bat Frieda.

»Nur, wenn ihr mitsingt«, antwortete Hermann.

»Ich wollte noch fragen, ob es in Ihrer Heimat auch ein Lichtspieltheater gibt«, wandte Alfred ein. »In Ortelsburg gibt es nämlich eines und vielleicht gehen wir mal mit der Klasse hin.«

»Wir haben mehrere Kinos«, sagte Hermann. »Unsere Stadt ist größer als Ortelsburg, viel älter und auch nicht gerade hässlich.«

»Sonst hätte der Lürer auch gar nicht so ein Lied schreiben können«, sagte Frieda. »Schöne Lieder schreibt man nur, wenn man in schönen Orten wohnt.«

Während sie an der Ziegeleien Höhe vorbeifuhren und Alfred Scherben entdeckte, die von der alten Glaserei stammten, sagte Hermann jede Strophe zweimal vor und wiederholte sie mit den Kindern, erst sprechend, dann singend. Schließlich schmetterten sie das ganze Lied. *Der Mai ist gekommen, / Die Bäume schlagen aus.*

Marie wurde immer stiller. Der Tag hatte einen fast unvergleichlichen Zauber entfaltet, und es schien ihr, als würden die Ereignisse seit gestern Abend schneller kommen und gehen, als sie ein Mensch verarbeiten konnte. Es ist doch erstaunlich, dachte sie, was mir in so kurzer Zeit passiert, nachdem mein ganzes Leben lang eigentlich nichts passiert war.

Die Gesellschaft picknickte nahe Klein Puppen auf einer Wiese am Schilf des Puppener Sees und aß unter den strengen Augen der Fischreiher, die von ihren Horsten auf den hohen Kiefern herabblickten, alles auf, was Marie im Fresskorb mitgeführt hatte. Alfred erzählte die Sage von den *Zlote Góry*, den Goldbergen, die nördlich des Kirchdorfes Muschaken am Ende der Welt lagen. Hermann revanchierte sich mit *Hänsel und Gretel*. Er hatte großen Erfolg, denn es gab im Hause Schattauer kein Märchenbuch. Die Kinder lauschten gierig nach der finsteren Geschichte. Er versprach ihnen, bei nächster Gelegenheit ein Grimmsches Märchenbuch zu besorgen. Sie jubelten laut und beratschlagten darüber, wie sie das heikle Buch vor dem Zugriff der Eltern verstecken könnten.

»Die Hexe ist bestimmt ne Polin«, sagte Frieda. »Kenne eine, der könnte man das glatt zutrauen, das Kinderbraten.«

Als Marie auf die Uhr sah, waren über vier Stunden vergangen. Sie erschrak. Es gab noch viel zu tun, bevor im Haus alles zum Sonntag bereit war. Hermann ließ sich von Maries Sorge anstecken, griff selbst nach den Zügeln, schonte die Pferde nicht, wenn sie im Trab gingen, und verordnete ihnen auf geeignetem Untergrund Galopp. Als die Gesellschaft auf den Hof einbog, stand Schaum auf dem Rücken von Sindbad und dem Schwarzen. Marie verschwand sofort in der Küche.

Nachdem Hermann ausgespannt und den Schweiß der Pferde gründlich abgerieben hatte, ging er zu der Bank vor dem Haus, wo Schattauer mit Gustav Wesolowski I saß, einem Prediger aus Friedrichsthal, der schon lange vor Beginn der

Wochenschlussandacht eingetroffen war. Wesolowski I trug einen einfachen Anzug und ein helles Hemd. Seine Haut roch nach Kernseife und sein Haar war sauber gekämmt. Keine Krume verunreinigte das Gelb der derben Fingernägel. Etwas später kam, vergleichbar gekleidet, gesäubert und poliert, Gustav Wesolowski II hinzu, Leiter des Gemischten Chores, Männerchores und Posaunenchores in seiner Heimatgemeinde in Schwentainen. Er hielt seine zerlesene Bibel, die er unterwegs studiert hatte, mit kraftvollen Fingern umgriffen.

Wesolowski I blätterte im *Friedens-Bote*, dem Bekanntmachungsblatt der Gebetsleute, in dem immer auch ein geistliches Wort stand. Das Gespräch der Männer kreiste um ein Protestschreiben der Bekennenden Kirche an die Landeskirchenleitung in Königsberg. Einige Gebetsleute hatten es unterschrieben, um die Verbreitung eines Religionsbuches zu verhindern, das unverrückbare biblische Aussagen über die Schöpfung und das Wesen des dreieinigen Gottes verdrehte. Die Gestapo hatte das Schreiben auf der Hauptpost in der nördlich gelegenen Regierungsbezirkshauptstadt abgefangen, Versammlungsleute verhört und mit Verhaftungen gedroht. Die Gebetsleute waren unter Druck geraten. Immer stärker lastete auf ihnen der gleiche Druck, den die Bekennende Kirche seit Jahren auszuhalten hatte.

Hermann lehnte sich an die Hauswand und hörte eine Weile schweigend zu. Ein verlässliches Blau überzog den Himmel. Der Wind reichte kaum aus, die Birkenblätter zu rühren. Es breitete sich schon Samstagabendstimmung aus. Doch durch das Gespräch der Männer bekam die idyllische Situation einen Stich ins Unglaubwürdige, fand Hermann. Mit einem Mal zeigte sich, dass auch in Kleinbärengrund, wo das sichtbarste Merkmal der demonischen Herrschaft das Parteiabzeichen von Ortsbauernführer Piechottka war, die große Politik nicht außen vor blieb. Es erstaunte ihn, dass diese harmlosen Brüder mit ihren demütigen Augen überhaupt das Zeug zu Handlungen hatten, die von der Obrigkeit verfolgt werden mussten, und wandte sich deswegen an Wesolowski I.

»Eines muss ich vorausschicken, denn es ist das Wichtigste«, antwortete Wesolowski I. »Wir sagen Ja zum Kreuz unseres Herrn und Heilandes, dem Zeichen der Schuld einer gottentfremdeten Welt. Und jetzt werden Sie fragen, was wir vom Abzeichen der Deutschen Christen halten, das Hakenkreuz und Christuskreuz vermengt. Wir lehnen es in jeder Hinsicht ab, denn dieses Zeichen ist eine Gotteslästerung.«

»Sagen Sie denn Ja zum Hakenkreuz allein?« fragte Hermann. »Erkennen Sie die Demonen in rein politischer Hinsicht an?«

»Dreiunddreißig haben es die Brüder aus der Evangelischen Kirche und mit ihr unser Gebetsverein getan«, sagte Wesolowski I. »Aber das ist vorbei. Wir glauben heute, dass unter dem Hakenkreuz kein Gotteswerk, sondern Böses geschieht.«

Als Hermann nachhakte, wurden seine Gesprächspartner unruhig, gaben aber ehrlich Antwort. In den *Richtlinien der Evgl.-luth. Gebetsvereine Rheinland und Westfalen über ihr Verhältnis zu Staat und Kirche*, die auch in Ostpreußen Beachtung fanden, hatten vor vier Jahren Sätze gestanden, die sie nur mit der Blindheit erklären konnten, mit der nach Hitlers Aufstieg viele geschlagen worden waren. Der Gebetsverein im Westen hatte die demonische Regierung dafür gelobt, dass sie die Klassengegensätze überwinden und das Volk zu einer Volksgemeinschaft formen wolle. Der Verein hatte die Erziehung zum nationalen Gedanken genauso gutgeheißen wie den Kampf um Arbeit und Brot mit allen Mitteln. Selbst SA und SS waren wegen ihrer Manneszucht und Ordnung akzeptiert worden. *Als Menschen, die ihr Vaterland lieb haben, bekennen wir uns zu diesen Ordnungen und sagen grundsätzlich »Ja« zu den geschaffenen Organisationen.* So hatten die Brüder aus den Gebetsvereinen im Westen auf einer Sonderkonferenz in Wanne-Eickel entschieden. Die Männer in Kleinbärengrund, die im Ruhrgebiet Verwandte und Bekannte hatten, Ausgewanderte der Stahl- und Kohlezeit, wussten es noch genau und bedauerten es.

Gleichzeitig tat es dem Selbstbewusstsein von Schattauer und Wesolowski I und II gut, dass Johannes Kijewski, ein Glaubensbruder aus Rastenburg, bereits vier Tage nach dem Erscheinen der Richtlinie einen Brief mit unmissverständlichen Warnungen an die Vereinsleitung geschrieben hatte. *Heute ist eine andere Zeit, sie ist wie ein starker Strom, der alles mitreißt, aber verstehet recht, nicht in den Glauben, sondern in den Unglauben, aber – unter dem Schein des Glaubens. Ein starkes Heidentum mit heidnischen Sitten zieht herauf.*

Als Gustav Eckstein die genealogischen Aufzeichnungen schrieb, hatte er ein Foto zur Hand, das Kijewski mit adrettem Nasenlöcherschnauzbart, hoch ausrasierten Haaren und einem herrischen Gesichtsausdruck zeigte, der jedem Demon gut gestanden hätte. Es war dieser strenge Ostpreuße gewesen, der die Brüder im Westen sofort auf ihre gefährlichen Irrtümer aufmerksam gemacht hatte.

»Es gibt heute unendlich viel, was Gott missfällt«, sagte Wesolowski II. »Der Götzendienst, zu dem unsere Kinder angehalten werden, und der Hass auf die Polen sind fast das Schlimmste.«

»Nur der Hass auf die Juden ist noch schlimmer«, ergänzte Wesolowski I. »Seit drei Jahren haben wir die Stürmerkästen, wo die Fotos der Leute hängen, die in jüdischen Geschäften einkaufen …«

»Das ist eine Form der Hetze, wie man sie lange nicht erlebt hat«, sagte Wesolowski II. »In Johannisburg wurde das

Geschäft des Juden Benno Toller mit Kot beschmiert, mit Kot von Menschen, man möchte es gar nicht aussprechen ... Wir glauben, dass eine schwere Strafe über das deutsche Volk kommen wird.«

Der Wellenschlag des Gespräches war höher, als Hermann vorab vermutet hätte. Er erfuhr, dass keines der Kinder dieser Männer bei den Pimpfen, in der Hitlerjugend oder im Bund Deutscher Mädchen war, und verstand es als Vertrauensbeweis, dass seine Gesprächspartner kein Blatt vor den Mund nahmen. Was sie sagten, hätte Wort für Wort gegen sie verwandt werden können. Jeder einzelne Satz reichte fürs Lager, wenn er den falschen Ohren zugetragen wurde.

Beim Blick auf die Uhr erinnerten sich die Männer an ihre Aufgaben und brachen das Gespräch ab. Sie holten Klappstühle und Holzbänke aus dem dunklen Nebenraum des Kartoffelkellers unter der Dämpferküche. Das Wohnzimmer verwandelte sich rasch in eine schlichte, geduckte Kapelle. Marie stellte ein nacktes Holzkreuz auf den Tisch, über dem eine graue Decke lag. Otto Schattauer legte die abgegriffene Stundenbibel daneben.

Bald trafen Gebetsleute aus Kleinbärengrund und den umliegenden Dörfern ein, darunter viele Verwandte der Schattauers und einige Cousinen Maries, die sich rasch über die außerordentlichen Vorkommnisse auf dem Hof berichten ließen, ehe sie ihre Plätze einnahmen. Lange bevor die Andacht begann, stimmte jemand ein Lied an. Es waren vor allem Frauen, die den Gesang mit Schnörkeln und Schleifen schmückten, krächzenden Ornamenten, die nach Hermanns Eindruck in tiefer Feindschaft zur Melodieführung des Chorals standen. Trotzdem oder deswegen sangen alle mit Inbrunst. *Herr, wir stehen Hand in Hand, Wandrer nach dem Vaterland.*

Hermann verwarf den Gedanken, die Veranstaltung zu

schwänzen. Er hatte nun den Tag mit den Schattauers verbracht, hatte wie ein masurischer Bauer gearbeitet und sich in der herben, auf hintersinnige Weise romantischen Landschaft vergnügt – er war bereit, wie er sich sagte, auch Mitte und Motor des pietistischen Treibens kennen zu lernen, und ging ins Andachtszimmer.

Die Gebetsleute waren dunkel und schlicht gekleidet. Alle Männer hatten sich sorgfältig rasiert, denn das Tragen eines Bartes, erfuhr er später, galt als beinahe so verwerflich wie das Rauchen, vom Trinken ganz zu schweigen. Die Frauen trugen schwarze Kopftücher. Manche hielten ihre Gesangbücher in weiße Taschentücher gewickelt. Hermann war der Einzige, der beim Gebet aufstand. Die übrigen Andachtsteilnehmer knieten frei, zum Kreuz hin gewandt, oder beugten sich über Stühle und Bänke. Schöner und edler war die Haltung der Freiknier, fand Hermann. Die anderen machten es sich teilweise recht bequem. Manche hatten auch das falsche Hinterteil, um es in dieser Form hinauszuschieben.

Die Predigt, die Wesolowski I hielt, war für Hermann ungenießbar. Sie war zu fleischlos, zu jenseitig und zu spekulativ für ihn. Er hatte gegen gepflegten, gutbürgerlichen Protestantismus nichts einzuwenden und besuchte in seiner Heimatstadt die Gottesdienste in der Marienkirche dann und wann mit Vergnügen. Die Vorstellung, dass ein gütiger Gott als umsichtiger Feldmarschall des ganzen Weltalls und der Sternenheere die Fäden in der Hand hielt, war ihm nicht unsympathisch. Und wenn dieser Gott Interesse an den Menschen auf dem alten Planeten Erde hatte, umso besser. Aber hier, in der berstend gefüllten, von Schatten gesättigten Stube in Kleinbärengrund, tobte in erster Linie ein rhetorischer Vernichtungskampf, in dem alles Irdische und Physische gnadenlos der Verdammnis überantwortet wurde. Wenn in dem dichten Gewebe der eingeübten Redewendungen Wesolowskis irgendeine Botschaft Priorität hatte, dann war es diese: Die ganze Welt ist todgeweiht… und Herrlichkeit, die wartet nur droben, wo die Glocken des goldenen Jerusalems schallen.

Aber wie kann man überhaupt leben, wenn alles Agonie ist? fragte sich Hermann. Am ehesten wohl so wie Ruth Schattauer: gebeugt, schmerzerfüllt, gramvoll, niedergeschlagen, depressiv, pessimistisch und allein von der Hoffnung getragen, dass im Himmelsexil alles besser wird.

Hermann Eckstein regte sich nun doch ordentlich auf. Er sah sich genötigt, aus Protest und zur Ablenkung sein inneres Kino einzuschalten und ein paar lustige Filme zur Aufführung zu bringen, die nicht zufällig erotischen Inhalt hatten. Er spürte, dass Fleischeslust der härteste Gegensatz zum pietistischen Entleiblichungsprogramm war. Also rief er die Zahl seiner Geliebten mit ihren Stöckelabsätzen und Strumpfbändern der Reihe nach herauf. Er ließ sie die Nacktheit unter den schimmernden Spitzenunterröcken entblößen. Er besah sich, die Augen unverwandt auf Wesolowski I gerichtet, ihre Brüste und klaffenden Mösenspalten, in die er sein Zepter jetzt schon lange nicht mehr gestoßen hatte, aber im Laufe der Jugendjahre insgesamt oft genug, sodass man vom ihm als einem Mann sprach, der den Frauen nichts schuldig blieb.

Als sich Hermann im halbdunklen Wohnzimmer umsah, um weitere Tänzerinnen für den Nachtclub seiner Phantasie anzuwerben, dachte er auch für eine Sekunde an Marie und dachte: Ihr ländlicher Charme hat wohl keine Chance gegen die geübten Schenkelgabeln in meinem Kopf, zwischen denen sich der Stau der Leidenschaft oft genug lauwarm aufgelöst hat. Aber an Marie verbrannte er sich und erlebte den totalen Zusammenbruch seiner pornographischen Kräfte. Sie schaute ihn einfach nur an. Es war ein Blick ohne viel

Aufwand, der sich aus ihren asiatischen Augen löste, aber er reichte aus, um den Nachtclub für diesen Abend zu schließen. Marie, das Opfer des gestrigen Tages, hatte Gewalt über seine Phantasie.

Hoffentlich sieht sie nicht, was ich denke, dachte Hermann.

Maries unerbittliche Augen und vielleicht auch die Wirkungen der frommen Andacht zwangen ihn förmlich zur Keuschheit ... *Die Wege des Herrn sind unergründlich.* Er blickte auf Maries zerkratzte Waden, die unter dem karierten Rock frei lagen. Er erinnerte sich an ihre Impfmale auf dem linken Oberarm, an die weißen Inseln auf dem hellen Braun der Haut. Sein kühnster Traum war nun, Marie einmal in die Arme zu nehmen, um den Geschmack ihres Atems auszuprobieren, den er sich extravagant vorstellte.

Als nachher manche Gebetsleute fragten, wie es ihn auf Schattauers Hof verschlagen habe, fielen Hermanns Antworten höflich und dankbar aus. Marie hörte zu und wunderte sich. Hermann stellte die Ereignisse auf dem Feldweg so dar, als habe sie wie ein wunderbarer Engel ein wahres Werk des Herrn vollbracht und zwei aus der Bahn geratene Reisende vor dem nahenden Hungertod bewahrt. Balduins Übergriffe tauchten nirgends auch nur in Andeutungen auf. Trotzdem klang die Geschichte so, als fehlte keine einzige Zeile. Je erfreuter die Leute Hermann zuhörten, desto unwahrscheinlicher erschien Marie, was Balduin in Wahrheit doch getan hatte. Sie spürte, dass das Ereignis im Laufe eines einzigen Tages seinen Platz in der Welt verloren hatte.

7

Wenn der Wind es wollte, schrieb Gustav Eckstein in den genealogischen Aufzeichnungen, hörte man am Sonntagmorgen auf dem Hof der Schattauers in Kleinbärengrund das Geläut aus drei Kirchdörfern, wenn auch nie aus allen drei gleichzeitig. Mehr mit dem Südwind kam der Schall der beiden Glocken aus dem Chorturm der evangelischen Jubiläumskirche von Lindenort und vermischte sich mit dem Klang der katholischen Glocken aus demselben Dorf. Zwei Glocken läuteten auch in der evangelischen Kirche in Wilhelmsthal, deren Formen und Proportionen der Backsteingotik aus der missionseifrigen Zeit des Deutschen Ordens nachempfunden waren. Das Geläut aus den Schalllöchern der Wilhelmsthaler Kirche erreichte Kleinbärengrund und den Hof der Schattauers eher mit dem Ostwind. Wenn der Wind ausnahmsweise von Ost auf Südost umschwenkte, hörten feine Ohren – wie die von Marie Schattauer, der die akustischen Protokolle zu verdanken sind – die Glocken der katholischen Kirche in Liebenberg zum Gottesdienst rufen.

Es waren also meteorologische Zufälle, undurchschaubare Notwendigkeiten der barometrischen Minima und Maxima, und nicht etwa fixe, objektive Entfernungen, die darüber entschieden, welches Geläut die Kleinbärengrunder in der Stille des Morgens hörten. Allerdings gab es auch Sonntage, an denen kein Schall nach Kleinbärengrund übertragen wurde, weil der besondere Zustand der Luft und namentlich die Windstille es verhinderten.

Die Aufzeichnungen beweisen auch an dieser Stelle, dass Gustav Eckstein niemals dem Bann der Naturansichten seiner Mutter entkommen ist. Nirgends fand ich Hinweise darauf, dass der Rationalitätsforscher Eckstein Maries streng genommen unvernünftige Art, die Dinge der Natur und überhaupt die Dinge als souveräne Wesenheiten zu begreifen und nicht als schnöde Vollstreckungsorgane wissenschaftlicher Gesetzmäßigkeiten beziehungsweise bloß als mausetote Materie, mit Argwohn betrachtet oder mit Kritik bedacht hätte. Es ist vielmehr umgekehrt: Wenn Eckstein überhaupt etwas uneingeschränkt Bewundernswürdiges an seiner Mutter als junger Frau gelten ließ, dann war es ihre Fähigkeit, die Magie der Dingwelt und die Zeugenschaft der Materie zu empfinden.

Der Sonntag, an dem sich Balduin und Hermann Eckstein in Kleinbärengrund aufhielten, gehörte zu den stummen Tagen des Herrn, an denen der Wind ausgesetzt hatte wie angehaltener Atem und die Luft ihre Spannkraft neu zu sammeln schien. Die Morgensonne brach sich im Dunst und erreichte die Augen der Erwachten als diffuses Gleißen. Nach dem Frühstück brach Familie Schattauer zum Gottesdienst nach Lindenort auf. Da der Landauer voll besetzt war, wich Werner auf das hintere Fußbrett aus, das zwei oder drei kleineren Kindern die stehende Mitfahrt ermöglichte. Weil Hermann wusste, dass am Nachmittag wieder eine Versammlung der Gebetsleute sein würde und er ein zweites und letztes Mal daran teilnehmen wollte, in der Überzeugung, so etwas Sonderbares nie mehr zu erleben, verzichtete er zur Erholung seiner seelischen Kräfte auf die Kirchfahrt und ging mit Balduin spazieren.

Sie beobachteten Störche, die auf den Feuchtwiesen Frösche verschlangen und sahen äsende Rehböcke am Waldrand. Auf den Weiden des Ortsbauernführers Piechottka standen stabile Warmblutstuten mit gut entwickelten Merkmalen, die das genaue Hinschauen lohnten und den Pferdenarren Balduin und Hermann reichlich Gesprächsstoff lieferten. Später geriet die Unterhaltung aus der Spur. Das Einverständnis seines Neffen gedankenlos voraussetzend, begann Balduin über Schattauers und die Zustände auf dem Hof zu spotten. Ottos dämliche Gutmütigkeit, Ruths eingebildeter Kopfschmerz, die dicken Bäuche von Jule und Jablo – weder Menschen noch Tiere waren vor seiner Häme sicher. Hermann hörte ein paar Takte zu, dann verspürte er Widerwillen. Er wies seinen Onkel zurecht, gab dem Vorwurf der Humorlosigkeit nicht nach und verhielt sich so streng, dass Balduin ins Grübeln kam. Den Rest des Weges schwiegen sie.

Da das Wohnzimmer schon für die Stunde vorbereitet war, reichte Marie das Mittagessen am Küchentisch. Es gab Gemüseeintopf mit Speckeinlage und Brot, ein typisch pietistisches Sonntagsessen, insofern es sonntags besonders schnell gehen musste. Die Stunde wartete nicht. Es zeigte sich, dass Balduin, der zum ersten Mal zur Tischgemeinschaft gehörte, gewisse Folgerungen aus dem Verhalten seines Neffen gezogen hatte. Er leerte eilig seinen Teller und stand auf, um eine Ansprache zu halten.

»Ich möchte was sagen«, sagte Balduin. »Ich möchte mal deutlich sagen – wir sind ja bald weg, und dann geht's nicht mehr –: Ich danke Ihnen allen für meine Rettung. Erst hatten wir da draußen verdammtes Glück, Marie zu treffen. Wir haben ja übel in der Patsche gesessen vor diesem Höllenunwetter. Und dann waren Sie so freundlich, uns aufzunehmen … Glücklicherweise hat Hermann immer ein Auge auf mich geworfen, gerade als der verteufelte Schnaps am schlimmsten war … Mein Neffe ist ein wahrer Trakehner unter den Menschen. Das haben Sie vielleicht auch schon gemerkt.«

»Zur Besserung ist es nie zu spät«, sagte Otto Schattauer. »Sie sollten nicht vergessen, dem zu danken, der unser Herz gewogen gemacht hat.«

»Hihi, Hermann ein Trakehner«, lachte Frieda. »Find ich gut.«

»Die Frage ist, ob wir deshalb Ackergäule sind«, philosophierte Alfred.

»Meinetwegen seit ihr alle Trakehner«, sagte Balduin.

Er ließ sich für zehn Minuten mit Schattauers Kindern ein und brachte sie mit drastischen Witzen, die er durch geschicktes Abwenden des Kopfes dem Ohr der Eltern entzog, zum Lachen. Die Kinder waren gebannt und bedauerten, dass der Fremde mit den dicken Tränensäcken, die lila ins Gesicht hingen, erst jetzt sein Schweigen gebrochen hatte. Sie hörten mit blitzenden Augen den Geschichten vom Puppentheater zu, in dem Balduin früher als großer Verzauberer Beifall geerntet hatte.

Nachdem das Dankgebet gesprochen war, versorgte sich Balduin mit einem großzügig kalkulierten Vorrat an Beerenschnaps und Zigarren und verschwand vom Hof. Er eilte auf dem kürzesten Weg an Przygoddas Insthaus vorbei in die Felder, denn von vorn, über die Straße, kamen schon wieder die Gebetsleute herbei, teils zu Fuß und teils auf Pferdewagen, die schnell den Hof füllten. Es waren alte und junge Menschen und erstaunlich viele Kinder, wie Hermann angesichts des herben Charakters der Veranstaltung fand. Gotzo bellte fröhlich durchs Haus und bekam dafür von Alfred einen Fußtritt. Auch für Hunde galten am Tag des Herrn gewisse Sonderregelungen. Als der Beginn der Stunde näher rückte, wurde Gotzo im Stall weggesperrt und hielt seine Schnauze.

Hermanns frisch angelegte Offiziersuniform irritierte jene Gebetsleute, die ihn noch nicht vom Vortag kannten und nicht um seine beruflichen Verhältnisse wussten. Bei manchen war die Neugierde so groß, dass sie sich auf ihren Plätzen umdrehten und die ruhige Hab-Acht-Stellung der Köpfe zum hellen, leeren Holzkreuz aufgaben, mit der sie dem Gottesdienst entgegenwarteten. Denn ein fremder Soldat ist zwar kein Polizist, hieß es später, ist niemand von der Gestapo oder der Prügelgarde, er ist nicht notwendigerweise ein Demon, der Böses will – aber er gehörte auf gewisse Weise der Obrigkeit an, die dem Gebetsverein allmählich die Luft abschnürte.

Die Rituale des Singens und Betens waren die Gleichen wie am Samstag bei der Abendandacht, und Hermann ahnte, dass es immer die Gleichen waren, seit Jahrhunderten, nur waren jetzt viel mehr Gebetsleute versammelt. Das ganze Haus barst vor Menschen, die sich auf Bänke, Stühle und Hocker quetschten. An diesem Sonntag, der nach Maries Erinnerung mit dem Schweigen der Glocken begonnen hatte, war die Stunde etwas Besonderes, quasi eine Doppelstunde. Nach der rüstigen 45-Minuten-Predigt Wesolowskis I sprach nämlich auch der evangelische Pfarrer Gonim aus Schwentainen, der, wie viele Pastoren, die sich zur Bekennenden Kirche hielten, ein gern gesehener Gast in den Versammlungen des Gebetsvereins war (später gab es sogar Darstellungen, in denen der Gebetsverein als Avantgarde der Bekennenden Kirche charakterisiert wurde).

Gonim, ein schlanker Mann von mittlerem Wuchs und pflanzlich mildem Gesichtsausdruck, trat an den schweren Holztisch mit der grauen Decke, betete auf Knien und verlas dann die Geschichte von der ehernen Schlange, die dem Volk Israel am Schilfmeer zur Rettung gegeben worden war. *Da sprach der Herr zu Mose: Mache dir eine eherne Schlange und richte sie an einer Stange hoch auf. Wer gebissen ist und sieht sie an, der soll leben.*

Ruth Schattauer seufzte. Es war ein inbrünstiges Seufzen unter Mitarbeit des ganzen Rumpfes, der seit der Geburt der fünf Kinder von einem straffen Kugelbauch beherrscht wurde. Das Seufzen drang in alle Ritzen des Raumes. Für Hermanns Ohren war es nicht leiser als etwa das Brüllen eines jungen Kalbes. Einige Nachbarinnen und Verwandte, deren Gesichter in schwarzen Kopftüchern gefangen waren, nahmen Ruths Impuls auf und seufzten mit ihr um die Wette. Hermann wusste von Otto Schattauer, dass die Gebetsleute, überwiegend die Frauen, früher noch viel häufiger und lauter geseufzt hatten, weshalb nervlich schwach gebaute Prediger manchmal sogar den Faden verloren. Jetzt verstand er, warum.

Es gab auch Bauern, die mitten in der Predigt aufstanden, weil sie in der Hitze und Trägheit der Luft müde geworden waren und nun der Mattigkeit eisern den Kampf ansagten. Niemand störte sich daran, denn so war es immer gehalten worden. Zum wiederholten Male und wie zur Aufmunterung sprach Gonim die Parole aus. *Wenn jemanden eine Schlange biss, so sah er die eherne Schlange an und blieb leben.*

»Unser Gott ist groß«, riefen Stimmen.

Hermann gefiel es, dass anders als am Vortag, als sich Wesolowski I ganz am Neuen Testament und dem verspannten Sündenfachmann Paulus ausgerichtet hatte, nun das Alte Testament zu seinem Recht kam. Hermann fand es abenteuerlicher, diesseitiger und gültiger. Unter Gonims Predigt reiste er auf dem Teppich der Phantasie ans Schilfmeer, das er sich ein bisschen wie den silbrigen Puppener See beim Picknick vorstellte. Er sah auch ein Gewimmel von Schlangen vor sich und beschürzte Schmiede am Amboss stehen, die Kleinbärengrunder Bauern glichen.

Unterdessen fuhren drei Automobile auf dem Hof vor.

Mehrere Demonen umstellten das Haus.

Dinge gingen vor sich.

Hermann war noch bei den Schmieden am Roten Meer, als Gonims Predigt abbrach. Männer der Prügelgarde pressten sich durch den Flur, in dessen Enge die Gläubigen nicht ausweichen konnten, teilten mit den Ellbogen nach rechts und links aus und drangen auf Pfarrer Gonim ein.

»Heil Hitler!« sagte Hermann, nachdem er aufgestanden war. »Worum geht's?«

Seine Uniform und sein bestimmter Ton brachten ihm sofort Aufmerksamkeit ein. Ein Demon erklärte, dass Pfarrer Gonim in der Kirchengemeinde entweder die Menschen durch seine Reden von der Kanzel oder gleich das Wahlergebnis manipuliert habe, was beides ungeheuerlich wäre. Bei der Kirchenvorstandswahl in Gonims Gemeinde war nämlich kein einziger Kandidat der Deutschen Christen in den Vorstand gewählt worden. Gonim wurde auch vorgeworfen, in seinen Gottesdiensten masurisch zu sprechen, obwohl ein Kreisbefehl vorlag, diese undeutsche Sitte zu unterlassen.

Hermann kam die Sache absurd vor. Die Anschuldigungen, selbst wenn sie wahr sein sollten, standen in keinem Verhältnis zum militärisch organisierten Überfall. Aber er fühlte sich inkompetent in diesen Dingen und zuckte bedauernd mit den Schultern.

»Sie brauchen nicht zu versuchen, mir Angst einzujagen«, sagte Pfarrer Gonim, als sich zwei Demonen vor ihm aufbauten und die Bibel samt dem Kreuz vom Tisch fegten. »Wir haben einen Gott, der auch ins Konzentrationslager mitgeht.«

»Wünsche gute Reise«, sagte einer der beiden.

Die Demonen griffen sich Wesolowski I, der noch seiner Frau die Hand reichte, und nahmen unter den entsetzt aufgerissenen Augen der Kinder und Ruth Schattauers auch Otto

Schattauer mit. Beiden wurde ohne nähere Erläuterungen die Verbreitung des *Friedens-Bote* zur Last gelegt. Ein Schutzpolizist hakte schon Handschellen von seinem Gürtel ab. Doch der Anführer der Demonen schüttelte den kahl geschorenen Kopf.

»Ich kenne diese Leute«, sagte er. »Die fliehen nicht, die halten sich nämlich für was Besonderes. Stimmt's, Pfaffe?«

»Sie haben Recht«, sagte Gonim. »Mit Fluchtversuchen werden wir Sie nicht beehren. Wir haben da andere Mittel.«

Er faltete die Hände.

»Beten ist nichts als Widerstand«, sagte ein Demon. »Das ganze Beten muss ausgerottet werden.«

Die Demonen fertigten Listen an. Alle Teilnehmer des Gottesdienstes, auch die Kinder, mussten zur Nennung ihres Namens vortreten und Haltung annehmen, während die übrigen Gebetsleute traurig und gefasst auf den Plätzen verharrten. Da erklang aus der vorletzten Reihe eine Frauenstimme. *Jesus Christus herrscht als König.* Es war Ruth Schattauer, die das Lied anstimmte. Später sagte sie, sie habe es getan, um ihren Mann zu grüßen, der schon durch den Flur gestoßen wurde, denn das Lied war auf ihrer Trauung im letzten Kriegsjahr gesungen worden, es war ihr Lied – und sie sagte, sie habe es angestimmt, um ihrem Mann vielleicht eine letzte Botschaft der Hoffnung mitzuteilen. Denn wer wusste schon, was hereingebrochen war?

Ein, zwei Takte blieb die talentfreie Stimme Ruths allein. Dann fielen die Gebetsleute ein und der Mischmasch aus masurischen und ostpreußischen Sprachfärbungen verdichtete sich zu kräftigem Gesang. Alfred sprang auf und kämpfte sich eilig zum Harmonium durch, das in einer holzvertäfelten Wandnische stand. Er ließ den Blasebalg schnaufen, registrierte und spielte die Melodie auswendig mit. Das Singen nahm an Richtigkeit, aber auch an Lautstärke zu. Masurische

Gebetsleute ließen sich von keinem Begleitinstrument übervorteilen, das war ihre Ehre, heißt es in den Aufzeichnungen. Sechzig, siebzig, achtzig Gläubige sangen, während die drei Beschuldigten von den Demonen durch die Tür geschoben und auf die Autos verteilt wurden, laut, inbrünstig und, wie Hermann fand, auf durchsichtige Weise obstinat: *Gott ist Herr, der Herr ist Einer, und demselben gleichet keiner.*

Dieses bescheidene Lied, das den demonischen Überfall, noch während er stattfand, für null und nichtig erklärte, traf Hermann unerwartet in die Seele. Jetzt, in der Gefahrensituation, in der Gewalt, Leid und vielleicht sogar Tod in den bäuerlichen Kreis eingedrungen waren, mischte sich in die Demut des Gesanges auch Erhabenheit; jetzt kam eine Größe und innere Klangfülle ins Spiel, die ihm am Vortag nicht aufgefallen war; jetzt bekamen die zutiefst aufopferungsvollen Züge der Menschen auch einen Aspekt des Fordernden und Provokanten; jetzt fluteten Töne an Hermanns Ohr, die hymnisch und brausend waren, beinahe wie der Gesang eines Heeres, das in der Schlacht zu siegen gewohnt war.

Hermann schien es, als besäßen die Gebetsleute, die weinten und lächelten, sich niederknieten, singend anbeteten, Vaterunser sprachen und neue Lieder anstimmten, ohne dass die stutzenden Demonen einschritten, als besäßen sie Kräfte, die nicht von dieser Welt waren. Das hatte Haltung! Das war Feierlichkeit und Leidenschaft! Hier bekam die Strenge und Unversöhnlichkeit des Pietismus etwas Ekstatisches und Selbstgewisses, das mit der Situation spielend fertig wurde. Hermann wurde derart emporgerissen, dass er für Augenblicke die Lage in einem neuen Licht sah. Nun fand der Auftritt der Demonen auf einer kleinen, provinziellen Theaterbühne statt, und die Schergen in ihren schwarzen Lederjacken und schwarz gefärbten Gummihandschuhen bekamen selbst etwas erbärmlich Komödiantisches und Bemitleidenswertes.

Nichts, was in ihren Möglichkeiten stand, konnte die Wirklichkeitssphäre erreichen, die Hermann für einige Augenblicke als die überlegene anerkannte: Das Walten des Allmächtigen, in dessen Hände zu fallen schrecklich war.

Hermann erschauerte unter dem Anbranden der Musik und den Sturzseen der Empfindung, die sie mit sich spülte. Er versank in seinem Stuhl. Später sagte er, er habe in Kleinbärengrund für Sekunden erlebt, wie die Realität zu einem bloßen Spielball des Glaubens werden kann, aber allein diese Sekunden hätten gereicht, um ihn an seinem gesunden Menschenverstand zweifeln zu lassen.

Ein Demon kam von den abfahrbereiten Autos zurück, deren Motoren bereits gestartet waren, und befahl die Auflösung der Versammlung. Alles verlief in geordneten Bahnen. Selbst die Klappstühle wurden in Reih und Glied an der Außenwand des Windfangs abgestellt. Weitere und noch inbrünstigere Lieder erklangen, während die Leute, nachdem sie tröstende Worte an die übrigen Schattauers und Wesolowskis gerichtet hatten, ihre Pferdewagen bestiegen oder zu Fuß den Hof verließen und sich auf der Straße zu zwei kleinen Prozessionen versammelten.

Über dem ganzen Dorf lag der obstinate Gesang. Die Trinker, die bei Helmut Kolodzeizik in Gideons ehemaliger Schänke schon die ersten Schnäpse hinuntergegossen hatten, traten neugierig vor die Tür. Auch Hermann war mit Marie und den Kindern auf die Straße gegangen und griff in einem Reflex nach den Händen, die er neben sich gerade erwischen konnte, um in seiner inneren Erregung nicht allein zu sein. Es waren die Hände von Werner und Marie, die er fasste. Maries kräftige Hand antwortete seinem Griff durch kurzen Gegendruck und zögerte, bevor sie sich entzog. Die Trinker auf der einen Seite, die Familie auf der anderen, beide Gruppen sahen den Kolonnen nach, von denen die eine nach Nordwesten und die andere nach Südosten abmarschierte: singend, betend und eingeschmolzen in Licht, wie es in den Aufzeichnungen heißt.

»Hier liegt ein Rechtsbruch oder ein Missverständnis vor«, sagte Hermann, wohl wissend, dass er spekulierte. »Das Absingen gottesfürchtiger Lieder ist in Deutschland nicht verboten. Es ist eine ganze Menge verboten, aber das nun doch noch nicht.«

»Du bist ein guter Demon«, sagte Frieda, die weinte, aber das Reden deshalb nicht einstellte.

»Halt den Mund«, sagte Ruth Schattauer.

»Woher weißt du, dass ich zu den Demonen gehöre?« fragte Hermann.

»Ach, hab ich mir so gedacht«, sagte Frieda. »Ich hab alles angeguckt. Wie du vorhin aufgestanden bist in der Uniform, so sieht der Hitler aus, hab ich gedacht.«

Hermann war von der dumpfen Niedergeschlagenheit, die alle erfasste, schwer mitgenommen. Er schlug vor, zur Ablenkung mit dieser und jener Arbeit zu beginnen. Aber niemand war bereit, das Sonntagsarbeitsverbot zu brechen. Der Hof verfiel für Stunden in eine lautlose Schockstarre. Die Kinder saßen betrübt an der schattigen Seite des Schuppens und warfen lustlos Murmeln in den Staub. Für mehr Bewegung waren sie nicht zu haben. Allein das Singen der Trinker in der Dorfschenke, unter denen Balduin die Tenorlage übernahm, tönte hinter dem Giebel hervor, aber nur so lange, bis Hermann die Tür aufstieß, wütend eine Runde schmiss und Ruhe befahl.

Am Abend, als mit dem aufkommenden Wind doch noch ein Glockengeläut, es war das aus Wilhelmsthal, das Dorf erreichte, kamen einige Gebetsleute herbei. Sie liefen zügig über die Straße und blickten sich um, bevor sie den Hof betraten, um mit Ruth Schattauer zu sprechen. Aber keiner wusste, was man tun sollte, außer was Pietisten immer einfällt: Man kniete nieder und betete.

»Ich bleibe hier, bis die Sache ausgestanden ist«, sagte Hermann, als er Marie in der Küche traf. »Es kommt mir jetzt so vor, als hätte unsere Irrfahrt einen Sinn, einen traurigen, leider.«

»Ja, bleiben Sie nur«, sagte Marie. »Sie wissen, wie man die Dinge anfasst.«

Am Montagmorgen stellte sich heraus, dass Ruth Schattauer, die kein Auge zugetan hatte und von Angst und Sorge aufgefressen wurde, zu klaren Handlungen nicht mehr fähig war. Marie übernahm stillschweigend das Kommando. Sie schickte die Geschwister pünktlich, sauber und gesättigt zur Schule, besprach mit Emil Przygodda aus dem Insthaus die Arbeiten auf den letzten ungemähten Roggenfeldern, beließ das Milchvieh im Stall, um es schneller melken zu können, und kochte zum Mittagessen Bohnen mit Speck. Hermann packte an, wo er konnte, fütterte die Tiere, verschloss einen Riss in der Regenrinne des Hauses mit Blechresten und nagelte neue Drahtgitter für Spalierobst, die Otto Schattauer schon vorbereitet hatte, an die Rückseite des Stalles. Balduin dagegen hatte Lust auf Reibach und Geschäfte. Er fluchte wegen der Verzögerung, sah den strengen Tadel in Hermanns Blicken und machte sich unsichtbar.

Der Schuster Karl Murach, der früh morgens nach Ortelsburg auf die Ämter geritten war, kam mittags zurück und berichtete, dass Pfarrer Gonim, Wesolowski I und Otto Schattauer von den Demonen im Gefängnis gehalten wurden. Mehr Informationen gab es vorläufig nicht. Die Stunden des Tages krümelten vor sich hin.

Marie versuchte, sich an vergleichbare Zwischenfälle zu erinnern, kam aber nur auf zwei Bauern, die beim Schwarzschlachten erwischt worden waren. Anton Rudnik und Emil Chilla waren '35 für ein übles Jahr ins Lager gegangen, aus dem sie abgemagert, furchtsam und duckmäuserisch wiederkehrten, was die Frage aufwarf, ob Schwarzschlachten oder Beten das größere Verbrechen war.

Am Nachmittag nahm Hermann die Sense und ging für einige Stunden in die Roggenfelder. Später ritt er in die Nachbardörfer, um für die Familie Schattauer Botendienste zu erledigen. Abends erzählte er den Kindern das halbe Grimmsche Märchenbuch. Als es auf Mitternacht zuging, saß er mit Marie im Wohnzimmer. Sie aßen Äpfel und sprachen wenig. Immer wieder hörten sie Ruth Schattauer im Elternschlafzimmer weinen.

Weder Hermann noch Marie hatten die geringste Vorstellung davon, wie es weitergehen sollte. Sie teilten eine fahle Leere, einen öden seelischen Hohlraum, und wenn später die Rede davon war, welche Gefühle diese Stunden bestimmt hätten, hieß es: Hilflosigkeit, Sorge und Furcht. Romantisch war höchstens der Aspekt, dass sie im Wohnzimmer zusammen saßen und die Stelle von Otto und Ruth Schattauer vertraten. Hermann schämte sich dafür, dass er den betäubten Menschen keinen anderen als den wahnwitzigen Trost zu geben wusste, die deutschen Gesetze seien im Prinzip in Ordnung, was er zwar glaubte, aber mit zunehmend geringerer Überzeugung.

»Auf diesem Hof liegt ein Fluch«, sagte Balduin am Dienstag nach dem Aufwachen zu Hermann. »Was machen wir hier eigentlich? Warum sind wir hierher gekommen? Was haben wir mit den Pietisten zu schaffen?«

»Seit Freitag eine Menge«, antwortete Hermann. »Vielleicht sitzen wir hier fest, weil das die Strafe für deine Dummheiten auf dem Feldweg ist.«

»Ich hab die Kleine doch nicht ermordet, oder?« beschwerte sich Balduin. »Die ist doch bei bester Gesundheit! Was soll dieses komische Gerede? Schuld! Strafe! Ich glaube, die sind drauf und dran, einen Prediger aus dir zu machen, du Schlappschwanz.«

»Es wäre jetzt besser, Onkel«, sagte Hermann geduldig, »wenn du keinen einzigen Mucks mehr sagst. Ich würde dir sonst noch einmal zeigen müssen, was für eine Art Schlappschwanz dein Neffe ist.«

Balduin zog sich wütend an. Er warf seine Sachen zusammen, führte die Pferde ins Geschirr, zündete sich eine Zigarre an und stellte dem Neffen ein Ultimatum nach dem anderen, acht Uhr, neun Uhr, zehn Uhr. Er wurde so erregt über den geheimnisvollen Zwang, der Hermann bei Schattauers festhielt, dass er mit dem Fuhrwerk räderknatternd über die gepflasterte Dorfstraße zog, auf und ab und auf und ab, und allmählich ein Gerede verursachte, das von Hof zu Hof sprang. Die Männer bei den Schattauers wollen verschwinden, aber sie können nicht, hieß es. Sie haben sich auf etwas eingelassen.

Hermann Eckstein wehrte sich immer noch gegen die Einsicht, dass in Deutschland harmlose, lammfromme Bauern wegen Singen und Beten von der Bildfläche verschwinden konnten. Er zog beim Ortsbauernführer Piechottka, der Parteimitglied, aber kein fanatischer Demon war, Informationen über den erwartbaren Gang der Dinge ein und plante im Stillen, nach Ortelsburg zu fahren. Denn es wäre in jedem Falle gut, den Verantwortlichen zu zeigen, dass sich auch die Harmlosigkeit wehren kann. Ein Hinweis Piechottkas interessierte ihn besonders: Oberstaatsanwalt Müller in Allenstein, bei dem die Fäden bald zusammenlaufen mussten, galt als verständiger Mann. Verständig im Sinne derer, die den Demonen misstrauten.

Kleinbärengrund war seit langem an den Busverkehr des Kreises angeschlossen. Morgens wurde das Dorf von einer Linie berührt, die den Bauern, Handwerkern und Waldarbeitern das pünktliche Erscheinen auf den Ämtern der Kreisstadt ermöglichte, und mit dem Mittagsbus kamen sie wieder zurück. An diesem Tag war auch Otto Schattauer, den man um zehn Uhr aus dem Gerichtsgefängnis gewiesen hatte, unter den Heimkehrern. Die Kinder sprangen um ihn herum wie am Freitagabend um Hermann, eine feierlich-komische Szene. Schattauer trug noch den Sonntagsanzug, hatte aber die Krawatte gelockert und das Hemd geöffnet. Sein Bart war unrasiert, die Haare wirr. Er sah ein bisschen verwegen aus, was selbst in den Schlachten des Krieges kaum vorgekommen war. Ruth drückte ihrem Mann unter Tränen die Hand. Eine Umarmung unter freiem Himmel, ein Kuss womöglich, kam für sie nicht in Frage.

Die Demonen hatten Otto Schattauer in eine Zelle im Keller gesteckt und über die Mitglieder des Gebetsvereins ausgehorcht. Ihr einziger, Schattauer halbwegs verständlicher Anklagepunkt war die geistige Haltung gewesen, die sich in den Texten des *Friedens-Bote* aussprach. Sie hatten ihm ein Exemplar des dünnen Heftes mit rot markierten Textstellen vorgelegt, die beweisen sollten, dass 1.) der heroische Schicksalskampf des deutschen Volkes unter dem Führer zu wenig und 2.) die Dunkelheit der Zukunft zu oft Erwähnung fand.

»Sie wussten nicht, was sie von mir wollten«, sagte Schattauer und gab sich für ein Kraftwort her, das man selten aus seinem Munde hörte: »Die Hellsten sind sie nicht.«

Schattauer erzählte, dass Pfarrer Gonim, den die Demonen als Rädelsführer bezeichneten, im Nebenraum geschlagen worden war. Wenn sein Zeitgefühl nicht trog, hatte Gonim (»sogar ein starker Mann wie dieser Gonim«, sagte er) über eine Stunde gewimmert und Psalmverse aufgesagt. Dann war nichts mehr von ihm zu hören gewesen. Schattauer hatte Gonims Blut an den Fäusten der Demonen gesehen, angetrocknetes Schmierblut, das dem oberflächlichen Abputzen widerstanden hatte.

»Seine Zukunft liegt in Gottes Hand«, sagte Otto Schattauer.

Es dauerte keine fünf Minuten, wie Hermann mit Verblüffung bemerkte, da hatte der Familienvater seine gleichförmige, diamantharte Gottergebenheit wiedergewonnen. Hermann fragte sich, wo der Widerstandsgeist geblieben war, dessen Flamme den Sonntagnachmittag erhitzt hatte. Er hörte Schattauers wie auswendig gelernten Worten zu und verstand mit jeder Minute besser, dass der Zugriff der Demonen für diesen Mann letztlich kein außerordentliches Ereignis gewesen war, mochten auch andere auf ähnliche Weise für immer in den braunen Nebeln verschwunden sein. Schattauer, und jetzt wurde Hermann ärgerlich, verstand sich offenbar in allen Lebenslagen als bloßer Befehlsempfänger und unterwürfiges Vollzugsorgan, das jedes Ereignis zwanghaft als Teil des höchsten Fahrplans ansah, selbst wenn es Freiheit und Leben gefährdete. Hermann bedauerte, dass er sich von der Macht der Musik am Sonntag zur gleichen Ansicht hatte zwingen lassen. Fatalismus widerte ihn an. Er dachte: Schicksalsergebenheit und Glaube sind Zwillinge.

»Ich hole Gonim da raus«, sagte Hermann und fühlte sich plötzlich stark. »Verdammt noch mal, einer muss es ja tun.«

Er pfiff Balduin heran, verbat sich jeden Widerspruch, schirrte die Pferde aus, lieh von Otto Schattauer eine Gabeldeichsel, damit sein Onkel mit dem starken Schwarzen allein weiterfahren konnte, und schickte den Murrenden auf den Weg, der nach einigen Kilometern in südlicher Richtung auf die Straße nach Neidenburg treffen musste. Dann zog Hermann seine Uniform an, putzte die Stiefel, bis sie blitzten wie Mündungsfeuer, saß auf und ritt nach Ortelsburg ab.

»Er weiß nicht, was er tut«, sagte Marie, die dem Rücken des davonsprengenden Reiters nachsah.

Als Gustav Eckstein beim Verfassen der genealogischen Aufzeichnungen versuchte, Hermanns Aktion zur Rettung Gonims nachzuzeichnen, erlebte er einen aufschlussreichen Albtraum. Die Lage des Gerichtsgefängnisses gehörte zum verschwiegenen Teil der masurischen Geschichte. Als Eckstein Kontakt mit der Kreisgemeinschaft aufnahm, konnte sich unter Geflüchteten und Ausgesiedelten niemand erinnern, Gestapo-Gebäude, Gefängnisse, Versammlungsräume oder andere Behausungen der Demonen je gesehen zu haben. Niemand wusste irgendetwas. Man war bass erstaunt, dass es solche Einrichtungen überhaupt gegeben haben sollte.

Aufklärung über diese Massenvernichtung der Fakten verschaffte eine grün gebundene Publikation der Gemeinschaft. Bei der telefonischen Bestellung war man sehr freundlich zu Gustav Eckstein und freute sich, dass er Interesse an Kleinbärengrund hatte. »Kein deutsches Dorf kann aus der Geschichte desertieren«, hieß es am anderen Ende der Leitung, die ins Rheinland-Pfälzische reichte. Aus der grünen Publikation, deren Einband eine in Gold geprägte Waldszene mit Hirsch und Nadelbäumen schmückte, ging hervor, dass es in der Kreisstadt während der inkriminierten Epoche keine Demonen gegeben hatte, und, falls sich diese doch von irgendwo frech eingeschmuggelt haben sollten, das rüstige Streben der ehrlichen Garnisonsstadt kaum berührt hatten. Für diese Tatsache bürgte ein rührender 26-Seiten-Aufsatz von Bürgermeister a.D. Bruno Armgardt, dessen Dienstzeit zwischen 1933 und 1945 nie, nie, niemals vom fernen Unwesen Adolf Hitlers und der Demonen berührt worden war, wie jeder nachlesen konnte, der dem ehemaligen Parteimitglied Armgardt vertraute.

Der Spuk der deutschen Geschichte war an Ortelsburg vorbeigegangen. Ende der Durchsage. Man konnte Gustav Eckstein bei seinen telefonischen Recherchen zwar nicht erklären, warum im Tausendjährigen Reich gerade die masurischen Landschaften so sauber geblieben waren …, aber wenn es doch der Wahrheit entsprach? Selbst geographische Fakten mussten offenbar revidiert werden. Wystemp, Krzywonoggen, Czenczel, Kowallik und all die anderen polnisch klingenden Dorfnamen kannte keiner, jedenfalls nicht direkt, denn man sprach deutsch und hatte immer deutsch gesprochen.

Die Geflüchteten und Ausgesiedelten, schrieb Gustav Eckstein, hielten sich stillschweigend an die alten Befehle der Demonen: Germanisierung der Geschichte, Eliminierung aller Erinnerungen an die polnische Vergangenheit. *Vollständige Tilgung und Auslöschung.*

Deshalb setzte sich Gustav Eckstein Mitte der siebziger Jahre in den Kurswagen der Deutschen Bundesbahn, der über Hannover und Berlin nach Warschau ging, suchte unter den Taxis am Bahnhof den Polski Fiat, der am unzerbrechlichsten aussah, handelte als Preis hundert Westmark aus und ließ sich in drei Stunden nach Szczytno bringen, wie die ehemalige Kreisstadt Ortelsburg nun hieß. Und siehe da, das Kreisgefängnis, ein roter, wilhelminischer Backsteinbau, lag direkt gegenüber dem Rathaus.

Eckstein ließ sich auch durch die Landschaft fahren und besuchte den ehemaligen Hof der Schattauers, der im Krieg durch ein Feuer und später durch Panzer der Roten Armee zerstört worden war, weshalb bis auf das Ziegelhaus nichts mehr dem alten Zustand entsprach. Nach wenigen, unergiebigen Tagen reiste er wieder ab. Überraschend fand ich diesen Umstand nicht, als ich davon hörte. Je mehr sich Eckstein auf die Darstellung Ursamens sowie der Spuren seiner Mutter in dieser Seelenlandschaft konzentrierte, desto gleichgültiger wurde ihm natürlich das rezente Bild Masurens.

Die Aufzeichnungen halten fest, dass sich Hermann Eckstein von den Angeboten der Kreisstadt Ortelsburg – verglichen mit Kleinbärengrund ein Berlin und Babel – zu Müßiggang verführen ließ. Er ritt über die Kaiserstraße, kaufte in der Konditorei Link Schokolade für die Kinder ein und fand in der Eisenwarenhandlung Glaß einen blitzenden Hobel, der Otto Schattauer erfreuen musste. In der Wiener Straße, die zu Ehren der Partnerstadt in Österreich so hieß, erzählten ihm redselige Passanten, dass Bürgermeister Armgardt Bogensteinpflaster aus schlesischem Granit hatte verlegen wollen, aber aus Kostengründen auf Reichsautobahn-erprobten Beton ausgewichen war. Hermann warf einen Blick auf die Jägerkaserne Graf Yorck und sprach vor dem Tor mit den Oberstleutnants Arnim und Rexilius. Er schaute das neue Rathaus an, das auf den Fundamenten der alten Ortulfsburg stand. Im weißen Turm hingen schwere Gussstahlglocken, vier große Uhrblätter zeigten allen Himmelsrichtungen die Zeit.

Vom Kaleidoskop der Eindrücke abgelenkt, betrat Hermann das Kreisgefängnis in der Geistesverfassung eines Touristen, ging an einem etwas ramponierten Hakenkreuzbanner aus rotem Satin vorbei … und holte sich eine Abfuhr. Er wurde von den Männern, auf die er stieß, hämisch zurückgewiesen. Man belächelte und bedrohte ihn.

»Freundchen, der Gonim geht für ein, zwei Jährchen ins Konzentrationslager«, sagte eine Person, deren Hände in geschwärzten Gummihandschuhen steckten und fest am Koppelschloss lagen. »Da kann er Begleitung immer gebrauchen.«

Hermann, der das Mangelhafte seines Auftritts in einer Sekunde durchschaute, knirschte mit den Zähnen und zog ab. Er ritt fluchend zur Promenade am Kleinen Haussee, suchte ein paar flache Steine und ließ sie missmutig über die Oberfläche des Wassers flitschen. Die Steine sprangen wie hoppelnde Hasen und seine Laune diktierte ihm die Vorstellung, einen nach dem anderen abzuballern. Er hatte sich von blindem Aktionismus leiten lassen, nur um bei Schattauers ein bisschen aufzutrumpfen. Er ärgerte sich schwarz.

Hermann ließ sich zum Marktplatz treiben, kaufte in der Buchhandlung Zedler ein Grimmsches Märchenbuch und aß im Restaurant Franz Frank einen Teller nervenstärkender Kartoffelsuppe. Warum kränkte ihn sein Misserfolg dermaßen, wenn er doch nichts zu schaffen hatte mit diesen Schattauers? Warum fühlte er sich gedemütigt? Eigentlich war alles sehr einfach. Er hatte Augenmaß und Urteilsvermögen. Er war gewohnt, Angefangenes zu Ende zu bringen. Organisation war seine Spezialität, deshalb war er wohl auch irrtümlich Soldat geworden. Er konnte die peinliche Nummer nicht einmal vor sich selbst rechtfertigen. Und sollte er bei Schattauers mit leeren Händen auftauchen? Sollte er geschlagen in die lustigen Augen der Kinder blicken, die ihm alles zutrauten, einschließlich der Erstürmung der Jägerkaserne? Sollte bei Marie der Eindruck zurückbleiben, ein Eckstein wisse nicht, wie man die Dinge dreht?

Hermann ritt in das Wespennest zurück, nun besser vorbereitet, gelassener, entschlossener und kalkulierter im Auftritt. Allein, dass er freiwillig noch einmal wiederkam, machte ihn in den Augen der Demonen interessant und satisfaktionsfähig. Hermann schmeichelte, lobte, zeigte Verständnis und erstritt, was ohnehin das höchste der Gefühle war: eine Unterredung mit Pfarrer Gonim. Man ließ ihn für ein Viertelstündchen in die Zelle. Gonim hatte aufgeschlagene Lippen und geschwollene Augen. Er sah in seinen blutigen Kleidern fürchterlich aus. Fieber zeichnete das Gesicht.

»Ich bewundere Ihren Mut«, sagte Gonim. »Ich weiß aber nicht, was wir tun können. Morgen werde ich nach Allenstein verlegt.«

»Wie wäre es, wenn wir den Dingen etwas vorgreifen und an Oberstaatsanwalt Müller schreiben?« fragte Hermann. »Ich meine, wenn der ganze Gebetsklub an ihn schriebe.«

»Wenn Sie dafür sorgen wollen!« sagte Pfarrer Gonim. »Es könnte helfen. Man hat Gutes von Müller gehört.«

Der Erfolg reinigte Hermanns Laune von allen Spuren des Missmuts. Mehrere Male schrieben seine Schenkel Sindbad den gestreckten Galopp vor. Er klopfte dem Pferd seinen Dank auf den schlanken Hals und stimmte Wanderlieder an.

Doch als er auf dem Hof der Schattauers ankam und die Ergebnisse der Aufklärungsaktion erklären wollte, hatte sich der Wind gedreht. Otto Schattauer lief unruhig durchs Wohnzimmer, atmete schwer und schien innerlich in heftige Kämpfe verstrickt zu sein. Er verkürzte das Gespräch, wo immer es ging, und reagierte nicht einmal, als Hermann Pläne für eine Briefkampagne zur Rettung Gonims schmiedete.

»Das müssen andere Brüder in die Hand nehmen«, sagte Schattauer. »Ich habe nicht die Weitsicht für solche Dinge.«

»Wir können das gemeinsam machen«, sagte Hermann. »Ich sehe nicht, was daran so schwierig sein sollte.«

»Najn, najn«, sagte Schattauer. »Da liegt kein Segen drauf.«

Er weigerte sich, Hermann in die Augen zu sehen. Ein Wort des Dankes wäre nicht zu viel, dachte Hermann empört. Und wo blieb Schattauers Interesse an der Rettung Gonims? Was war eigentlich geschehen während seines Ortelsburger Abenteuers? Hermann suchte Marie und fand sie im

Stall bei den beiden Schlachtkälbern, die nicht mehr auf die Weide gingen, denn der Schlachttag stand kurz bevor.

»Was ist los?« fragte Hermann. »Warum behandelt mich dein Vater plötzlich wie einen englischen Spion? Ich habe mich in Ortelsburg für euch und euren frommen Klub ins Zeug gelegt! Wir können mit einer Briefkampagne beim Staatsanwalt vielleicht was erreichen. Und die Demonen wissen jetzt, dass wir ihnen auf die Finger gucken. Das ist doch alles nicht verkehrt, was ich angezettelt habe!«

»Darum geht es nicht«, sagte Marie, die einem der Kälber den Kopf streichelte.

»Soll ich für die Übernachtungen bezahlen?« fragte Hermann. »Ist es das? Bin ich schon zu lange hier? Ich leg euch einen Betrag hin, für den ihr ein Pferd kaufen könnt, aber ein anderes als Jablo und Jule …«

»Meine Mutter!« unterbrach ihn Marie leise. »Meine Mutter meint, dass Sie sich für mich interessieren und nur deshalb hier sind. Darüber hat sie sich bei Vater beklagt, während Sie in Ortelsburg waren. Sie hat gesagt, dass sich mit Ihnen die Sünde in den Hof eingewurzelt hat. Mein Vater ist ganz verwirrt. Er sieht ja, was Sie für Gonim und uns alle tun. Er hat gesagt, dass Sie praktisch unantastbar geworden sind. Das quält ihn am meisten. Er glaubt, dass sich das Böse im Rücken des Guten eingeschlichen habe. Er denkt, Sie hätten ihn die ganze Zeit hinters Licht geführt.«

»Ihr seid verrückt«, sagte Hermann. »Ihr seid wirklich durchgedreht in diesem Stechmückensumpf.«

»Was werden Sie jetzt tun?« fragte Marie.

»Ich reite zu Wesolowski I«, sagte Hermann. »Und dann schauen wir mal.«

Er ging aufgewühlt in die Küche, um eine Kleinigkeit zu essen. Was redete das Mädchen da? Wussten die Schattauers mehr, als er selbst wusste? Es gab ein angenehmes Gefühl in ihm, wenn er mit Marie sprach und in ihrer Nähe war... Vielleicht bereitete er sich ja tatsächlich darauf vor, verliebt zu sein. Aber wahrscheinlich sträubte sich viel mehr in ihm, die Vorbereitungen zum Verliebtwerden zu treffen, wenn es so etwas geben konnte. Es war mit Marie komplizierter als jemals zuvor mit einer Frau. Wäre es denn etwa keine Katastrophe, in dieses pietistische Mädchen verliebt zu sein, ein Wesen, das mit einer solchen Erziehung bestraft war? Nutzte es da irgendetwas, dass sie hübsch aussah und sehr lebendig war, von einer besonderen Lebendigkeit sogar, wie ein doppelt erteiltes Leben?

Hermann trank kalten Hagebuttentee, verschlang drei dicke Scheiben von dem gerollten Mohnkuchen, die am Sonntag übrig geblieben waren, und dachte für eine nostalgische Sekunde ans Café Leysieffer in seiner Heimatstadt.

Marie gab Sindbad Wasser zu trinken und ein paar Hand voll Hafer zu fressen. Als Hermann aus dem Haus trat, führte sie das Pferd herbei, wischte den Staub vom Sattel und reichte ihm die Zügel. Hermann saß auf und war bald mit dem dumpfen Klopfen der Hufe allein. Wesolowski I in Friedrichsthal verstand sofort, worum es ging. Er hängte eine Masurenkarte an die Wohnzimmerwand und drückte für die wichtigsten Versammlungsstellen Stecknadeln hinein. Dann tüftelten die beiden Männer die praktischsten Vermittlungswege aus. Für Brüder und Schwestern, die im Schreiben ungeübt waren, entwarf Wesolowski I einen Standardbrief und ließ ihn von Karl und Bernhard, seinen ältesten Söhnen, auf Durchschlagpapier abschreiben.

Hermann ritt bis spät in die Nacht über die Dörfer. Sindbad mochte die ungehemmten, wogenden, weit ausgreifenden Galopps, er bewies Kraft und Ausdauer. In den Bauernhäusern von Weißengrund, Alt Kiwitten und Friedrichshagen wurde Hermann so herzlich aufgenommen und umsorgt, dass er schließlich mit Leberwürsten, Blechkuchen, Käse und Schinken überladen auf Schattauers Hof zurückkehrte. Marie machte ihm das Bett im Gästezimmer fertig.

Innerhalb weniger Tage wussten die Gebetsleute zwischen Neidenburg, Osterode, Allenstein und Sensburg Bescheid. Später stellte sich heraus, dass die Nachricht bis zu den Gebetsleuten in Königsberg und selbst in Kallwischken und Pleschkutten im Kreis Memel gelangt war. Das große Schreiben begann. Auch Hermann setzte am nächsten Morgen ein kurzes Bittgesuch auf, unterschrieb mit »Eckstein, Oberleutnant der motorisierten Infanterie« und bezeichnete seine Einheit. Als Absender gab er der Einfachheit halber Schattauers Hof an.

Nach dem Abendessen drängte es Hermann zu Marie. Er lud sie zu einem Spaziergang über die gemähten Felder ein und untersagte ihr, die Eltern um Erlaubnis zu fragen. Er tat es so streng und freundlich, dass Marie nicht widerstehen konnte. Sie gingen in den Augustabend hinein. Die warme Luft über den Feldern und die Gerüche der Hocken drangen in ihre Nasen, und ein bisschen Blütenhonigduft war auch dabei, fand Hermann. Er erzählte vom Gestüt Trakehnen, das er noch für einige Tage besuchen würde, wenn die Geschäftsreise mit Balduin beendet wäre.

»Das ist schön«, sagte Marie. »Aber erzählen Sie mir doch etwas, was nichts mit Ostpreußen zu tun hat. Ich beneide Sie nämlich am meisten darum, dass Sie in der Welt umherfahren und sich alles anschauen können.«

Hermann dachte nicht nach. Er sprach die Worte aus, die ihm zufielen. Er erzählte von den Ausflugsdampfern mit den schwarzen Rauchfahnen in Danzig. Er erzählte von den mitreißenden Reden des Führers. Er erzählte von Lustfahrten im weißen Mercedes Kompressor bis nach Paris, ohne Evi Landshut zu erwähnen, die ihm dabei besonders viel

Spaß gemacht hatte, gerade auf der Autofahrt selbst. Hermann erzählte Marie auch von den Olympischen Spielen in Berlin, bei denen im 100-Meter-Lauf der rasende Neger Jesse Owens gewonnen hatte, aber Erich Borchmeyer, ein guter Bekannter aus der Heimat und Silbermedaillen-Gewinner mit der Staffel in Los Angeles vier Jahre zuvor, immerhin noch Fünfter geworden war.

Marie revanchierte sich mit der Erzählung von einem Schulausflug zum Tannenberg-Ehrenmal, bei dem sie weiter von zu Hause fort gewesen war als jemals zuvor. Sie hatte dort die Trauerfeier für Paul von Hindenburg erlebt und Adolf Hitler gesehen, der an diesem Tag oft »Retter von Ostpreußen« genannt wurde, so wie vorher der Reichspräsident, den viele Menschen in der Gegend abgöttisch liebten.

Schließlich, als sie sich schon ganz in ihrem gegenseitigen Zuhören eingerichtet hatten, erzählte Hermann von dem Königsberger Philosophen, dessen Geist im Alter durcheinander geraten war. Der Philosoph hatte seinen Diener Martin Lampe im Ärger entlassen und auf einen Zettel geschrieben: *Der Name Lampe muss nun völlig vergessen werden.*

»Kann man das denn?« fragte Marie. »Aufschreiben, um zu vergessen?«

»Weiß ich nicht«, sagte Hermann. »Vielleicht schon. Aufschreiben ist ja mehr wie aufbewahren. Man weiß dann, dass es da und da steht, und muss sich nicht mehr drum kümmern.«

»Und wenn Sie weg sind?« fragte Marie und wurde rot vor Erwartung auf die Wirkung ihrer nächsten Worte. »Werden Sie dann schreiben: Der Name Marie muss vergessen werden?«

»Das glaube ich nicht«, sagte Hermann. »Vielleicht ist sogar das Gegenteil der Fall.«

»Fahren Sie denn morgen für immer fort?« fragte Marie.

»Wohl nicht«, sagte Hermann. »Wenn Onkel Balduin mit den Geschäften fertig ist, komme ich noch mal vorbei. Es interessiert mich, wie es mit Gonim weitergeht und ob mein Theater irgendetwas bewirkt.«

»Vielen Dank«, sagte Marie. »Aber wenn ich mich nicht täusche, haben Sie jetzt eine gute Möglichkeit verpasst, etwas sehr Schönes zu sagen.«

Als Hermann am nächsten Tag seinem Onkel nachritt, verfiel Marie äußerlich in Schweigen. Innerlich war sie aufgewühlt und wusste nicht, was sie mit sich anfangen sollte. Am Morgen des dritten Tages stand sie vor dem Spiegel neben ihrem Bett, um sich die dunklen Haare zu kämmen. Ihre Augen glänzten, als würde sie weinen. Frieda kam herein und vergrub ihren Kopf in der Seite der großen Schwester. Marie spürte durch das Nachthemd den warmen Atem.

»Verliebt, verliebt«, sagte Frieda. »Du bist verliebt. Und ich auch.«

8

Fünf Tage nach dem Kurstreffen. Gustav Eckstein steht am Fenster des Gesellschaftszimmers und beobachtet, wie Katrin über den geschotterten Parkplatz zum Haus hinaufeilt. Ihre Schultern sind straff gespannt. Bei jedem Schritt zittern unter dem Kostümstoff ihre milden, großen Brüste.

Gustav freut sich, dass Katrin wiederkommt, nachdem sie im Anschluss an das Kurstreffen mit einer Tasche voll Kleidern zu ihrer Freundin Adele abgehauen war, der mitfühlenden Krankenschwester aus Dodesheide. Er geht zur Haustür, in Gedanken prüfend, ob eine Flasche Sekt im Kühlschrank wäre, wenn es gut liefe.

»Na endlich! Hereinspaziert! Ich fürchtete schon …«

Katrin sieht ihn nicht an. Sie geht an ihm vorbei und bleibt auf der dritten oder vierten Stufe des Treppenaufgangs stehen. Dann zerschneidet sie mit einem Blick seine Augäpfel.

»Wenn du mit Daniela schläfst, ist es aus.«

»Herrje, ist das etwa eine Begrüßung? Nun lass uns doch …«

»Wenn du mit Daniela schläfst, ist es aus.«

»Ja gut, Ultimatum, hab verstanden … Aber wer sagt mir denn umgekehrt, dass du es nicht mit Regenmacher treibst, unserem grünen Frosch, der dich so heiß gemacht hat?«

»Du weißt, dass es ein Flirt war, der mir den Abend ein bisschen aufgeheitert hat, und sonst nichts. Du hast mit

Daniela etwas anderes im Sinn. Der ganze Rhetorikkurs hat es auf deiner Stirn gelesen. Ich verführe Daniela vor euren Augen. Ich will mit Daniela vögeln und ihr sollt mich dafür anbeten, dass ich mit Daniela vögele, insbesondere für die Art und Weise, wie ich es einfädle. Das stand auf deiner Stirn, wortwörtlich! Überleg dir nur für den Bruchteil einer Sekunde, wie ich mir dabei vorgekommen bin.«

»Mein Gott, was für eine blühende Phantasie. Aber es sei, wie es sei … Ich fürchte wirklich, meine Liebe, ein monogames Männchen würde dich gar nicht glücklich machen.«

Wer hat das gesagt? War er es gewesen? Nein, es war eine fremde Stimme. Er ist guter Laune, er will sich mit Katrin versöhnen. Es soll ein schöner Abend werden, für sie und für ihn. Er denkt an die Flasche im Kühlschrank und was man damit machen könnte. Er denkt an den reizenden Teich, den der Sekt in Katrins Bauchnabel bilden würde, bevor er diesen Teich mit seiner Zunge zum Überlaufen brächte, dann dem südlich abfließenden Rinnsal gründlich nachführe usw.

»Wie bitte?«

»Ein monogames Männchen würde dich nicht glücklich machen.«

Tatsächlich, er ist es, der spricht. Es tut Gustav Leid, solche Dinge sagen zu müssen. Jedes Wort ist überflüssig. Aber von überall fliegen ihm die Worte zu. Was soll er machen? Die hässlichen Worte sind da und wollen gesagt werden. Sie bestehen darauf. Die Worte nehmen ihr Recht auf Ausgesprochenwerden rücksichtslos wahr. Sie dulden keine Widerworte.

»Was willst du mit einem monogamen Männchen? Soll es dich langweilen und sich selbst dazu? Du hast dir nicht zufällig mich zum Heiraten ausgesucht. Denk mal drüber nach.«

»Du widerliches Arschloch.«

Es ist nichts mehr gutzumachen, denkt er. Der Hasspegel

ist zu hoch. Wir müssen den bitteren Kelch bis zur Neige austrinken.

»Nicht zu fassen, wie vulgär du heute bist. Du nimmst die Kleine doch viel zu ernst. Es gibt da gewisse nympholeptische Begierden in mir, zugegeben, diese Toxizität der Lenden, diese Hitzewellen, wenn ich Daniela sehe. Aber ich weiß auch nicht, was das bedeutet …«

»Du hast nichts von deiner Mutter, aber alles von dem Typen, der weggelaufen ist, als er dich gezeugt hatte. Du bist das Kind eines Versagers und trittst in seine Fußstapfen.«

»Hä?«

Er versucht, komisch zu sein. Aber er ist verletzt. Er spürt, dass Katrin ihn so tief wie möglich treffen will: mitten in der Herzkammer. Es gibt keinen anderen Grund, gerade jetzt seinen Vater ins Spiel zu bringen.

»Du bist das Kind eines Versagers.«

»Lass meinen Vater in Ruhe. Warum bist du überhaupt zurückgekommen? Warum bist du nicht für alle Zeiten bei dieser Adele Okulele geblieben?«

»Um dir eine letzte Chance zu geben, nicht alles kaputtzumachen.«

»Ja, wirklich? Oder vielleicht nur, weil du keine Klamotten mehr fürs Büro hast? Diese ganze Szene ist doch nur ein Nebenprodukt deines Kleidermangels, du Trickserin.«

»Ich wünschte, du wärest tot.«

Erst war Katrin außer sich, dann wie erschlagen. Sie verbrachte einen üblen Nachmittag, ausgetrocknet und grau. Sie lag herum, trank Coca-Cola, blätterte in Zeitschriften und sah fern. Fernsehen war das Schlimmste, es verdoppelte das Bewusstsein der Leere. Gustav war der einzige Mann, den sie jemals »Mann meines Lebens« genannt hatte. Mit Gustav hatte sie gute Jahre verbracht. Mit ihm hatte sie alles erlebt, bis aufs Kinderkriegen, was ein eigenes Kapitel war. Und jetzt?

Am Abend ging Katrin die Treppe hinauf in die Dachkammer. Marie Eckstein saß wie immer auf dem Kirschholzlehnstuhl und hatte die Hände ineinander gelegt. Lichtstreifen von leuchtendem Staub fielen durch die Jalousie vor dem schrägen Westfenster. Von den spätsommerlichen Pflaumenbäumen drängte ein süßer, gärender Geruch herein. Später zogen Schatten herauf und blieben schwarz unter der Decke hängen. Das winzige Zimmer wurde eine Grabhöhle.

Katrin fragte sich, ob ihre blinde Schwiegermutter in diesem Albtraumraum noch träumte, wenn sie schlief, oder ob alles schon im bösen Traum der Realität verschmolzen war. Hier oben, bei der Frau, die seit neunundzwanzig Jahren auf ihrem Kirschholzlehnstuhl saß, gab es jedenfalls nichts zu vertuschen, zu beschönigen oder zu verschweigen. Hier konnte sie ihr Herz ausschütten, ohne unterbrochen zu werden, und sei es, weil ihre Schwiegermutter den Einzelheiten weder folgen konnte noch wollte. Aber was machte das schon? Es ging darum, den Mindestabstand zu gewinnen, den man zu allem Ausgesprochenen immer hat.

Katrin redete und redete.

»Er liebt nicht dieses Mädchen«, knisterte Maries Stimme. »Gustav liebt die Sünde. Er ist ihr Sklave.«

Katrin brachte ihren Mund nah an das schwerhörige Ohr ihrer Schwiegermutter.

»Mich liebt er jedenfalls auch nicht«, sagte sie. »Jetzt nicht mehr.«

»Wenn überhaupt jemanden außer sich, dann dich«, flüsterte Marie.

»Ja, wenn …«, sagte Katrin. »Aber er hat die Liebe weggeworfen.«

»Er ist schwach«, flüsterte Marie. »Mein Sohn ist schwach,

weil auch ich nicht stark gewesen bin ... Wir sind ins Nichts geraten, er und ich, fern von Gott, von wo wir nicht mehr umkehren können.«

Zuletzt schwiegen sie. Marie saß aufrecht auf dem Kirschholzlehnstuhl, starr in ihr welkes Fleisch gemummt. Katrin hockte im Schneidersitz vor ihr auf dem Boden, die Haare gelöst, die Bluse vor Hitze weit geöffnet. Einmal griff sie nach der Hand der Schwiegermutter. Nein, sie konnte nicht fort. Sie war Maries letzter Lichtblick, einen anderen gab es nicht. Aber es war nicht nur Barmherzigkeit, die Katrin mit Marie verband. Sie hatte sich daran gewöhnt, diese von Gott und Teufel verlassene Greisin zu mögen, die immer ein bisschen mehr oder etwas anderes zu wissen schien als gewöhnliche Menschen und die Dinge mit einem unerklärlichen Blick ansah, der keinen Unterschied zwischen Gegenwart und Vergangenheit kannte.

In dieser Nacht schreckte Katrin im Schlaf auf. Es war das erste Mal seit dem Tod ihres Vaters Bruno Erdentreu. Kurz nach Sonnenaufgang fuhr sie ins Büro.

Am selben Morgen verspürte Daniela in der Wohnung an der Mozartstraße das Bedürfnis, sich besonders schön anzuziehen. Sie wählte aus dem Schrank ihrer Mutter das weiße Kleid, in dem Edith einst Gabriel May kennen gelernt hatte, und davor Ediths Mutter Danielas Großvater. Risikolos war diese Attitüde nicht, gab Daniela später zu. Sie hätte in dem antiquarisch-märchenhaften Stück schnell ihren eigenen Tanten ähnlich werden können. Die Mehrzahl der Schüler trug schließlich handverlesene Markenjeans zu ausgewählten Adidas-Modellen.

Es kam natürlich anders. Als Daniela im Rhetorikkurs in Raum 3.13 auf ihrem Platz saß, hingen die altmodischen Ärmel an den Armen so anmutig herunter, dass Eckstein gleich einen ironischen Juchzer machte, der seine Begeisterung nicht verbarg.

»Wie apart«, sagte er. »Endlich hat Ihre Kleidung mal das Alter, das Ihrer Klugheit entspricht.«

Doch Danielas Drang, Eckstein in zärtliche Verzweiflung zu treiben, war noch nicht gestillt. Eigentlich war ihre Frisur tadellos – aber nicht so perfekt, dass sie nicht noch einmal neu geordnet werden konnte. Sie löste die Haare mit einer schönen Bewegung der Hand – unabsichtlich, wie sie später schwor –, lockerte es auf und führte es wieder durch die Schleife. Ihr Mund lächelte.

Eckstein versuchte, den Unterricht planmäßig fortzusetzen. Es ging um die Reden des Perikles im Kampf mit Thukydides, Kleon und Diopeithes. Nach zwanzig Minuten begann Daniela erneut, das Aphrodisiakum ihres Haares zu richten. Ecksteins Gesicht wurde ein Lebkuchenherz. Er sah Daniela an und man erkannte in seinen Augen: Sie zog das Kleid für ihn aus.

Als später die unlösbare Frage diskutiert wurde, wer eigentlich wen verführt habe, fand Danielas Kleidermasche wenig Berücksichtigung. Eduard indessen vergaß nie, welche unwahrscheinliche Konsequenz er aus den Vorgängen hatte ziehen wollen. Während Daniela in Raum 3.13 ihre Haare bändigte und Eckstein in die Raserei trieb, schaute er sich die Vorgänge mit eisigem Kalkül an. Das Kurstreffen, bei dem er Ruhm erbeuten wollte und die gründlichste Niederlage seines Lebens erlitten hatte, steckte ihm noch in den Knochen. Und deshalb sagte er tatsächlich, unheimlich einsichtig und mit fröhlicher Resignation: »Dieses ist nicht meine Klasse! Ich werde immer ein komplexitätsreduzierter Rennradfahrer bleiben.« Mein ungläubiges Lachen wischte er mit einem Handstreich weg.

Bald gab es tatsächlich Anzeichen dafür, dass sich Eduard von seiner Schmach erholte. Ein Mädchen, mit dem er seit einiger Zeit um die Blöcke zog oder zum Fernsehturm an der Schinkeler Wiese spazierte, hatte sich in ihn verliebt und er sich in sie.

Sie hieß Julia. Grüne Augen, rotes Haar.

Bei Julia fand Eduard die Geilheit, die er bei Jutta Marihuana vergeblich gesucht hatte. Jutta sah das ein und ließ ihn ohne Szene ziehen, wie sie mir fast zwei Jahrzehnte später versicherte.

Es geschah schon mit dem ersten Knutschen. Julia und Eduard standen im Wald, in der Nähe des Fernsehturms, am Baum neben einem Schild, das vor Eisschollen warnte (die an stürmischen Wintertagen manchmal von der Betonsäule abgehoben wurden und in gefährlich weitem Flug herabschollerten). Nieselregen fiel vom grauen Himmel. Die Luft war kühl, aber noch nicht herbstlich. Da bemerkte Eduard, dass ihn jeder Handgriff von Julias kleinen Händen in besinnungslose Wolllust trieb, so wie er es sich immer erträumt hatte. Er übergab sich ihrer Geschicklichkeit und sah ihrem Gesicht an, dass auch seine Hände den richtigen Weg fanden. Nach weniger als fünf Minuten hatten sie, aufgeschlitzt vor Erregung, die intimsten Teile ihrer Körper ertastet.

»Ich will mit dir beim ersten Mal nicht im nassen Laub ficken«, sagte Julia, ohne sich die Mühe zu machen, ihre Erfahrung zu verhehlen. »Aber du sollst wissen, wo es mit uns angefangen hat.«

Sie öffnete ihm die Safran-Cordhose. Eduard glaubte nur eine Sekunde nicht daran, dass sie tun würde, was noch keine bei ihm getan hatte. Dann spürte er warmen Atem an der gespannten Unterhose und ahnte, dass er mit Julia alles erleben würde, was er sich wünschte, und vielleicht noch mehr. Sie nahm seine feuchte, steil emporschießende Eichel mit einem zärtlichen Streifen der Schneidezähne in den Mund und verschaffte ihm, der kaum glauben wollte, dass sie so etwas Großes ohne zu ersticken lutschen konnte, innerhalb von Sekunden einen kurzen, harten Orgasmus. Als er kam – er sagte noch viel später, selten hätte das Wort »abspritzen« mehr Berechtigung gehabt –, verwirrte sich sein Gleichgewichtssinn.

Wenn es keine Pubertätsprosa war, die er für mich erdichtete, stürzten beide ins Laub, ohne dass sein Schwanz aus der Geborgenheit ihrer Mundhöhle rutschte. Dann lagen sie eine Weile beieinander, grinsten sich an, standen auf und rannten Hand in Hand den Schinkelberg hinab.

Julia wohnte bei ihren Eltern im komfortabel ausgebauten Dachgeschoss eines Reihenhauses. Dort blieben die Verliebten bis zum Montagmorgen, hörten The Cure und wiederholten oft, was einzig und allein zu tun war.

»Es ist fast so gut wie das, was die Masturbation versprochen hat«, sagte Eduard.

Julia hatte vom Reiten und Squash-Spielen einen starken, unermüdlichen Körper. Eduard war nicht bekannt gewesen, dass eine Frau so fest sein konnte. Wenn er Julia von hinten nahm und sie ihre Gesäßmuskulatur anspannte, konnte er sein Gewicht auf zwei handtellergroßen Flächen ausbalancieren, während – so schäumten seine Worte – die Stelze im scharlachroten Dunkel ihrer Lust stakte.

Im Bett übersprang Eduard alle Vorübungen und Trainingsspiele. Es schien ihm, als handele es sich bei der Liebe mit Julia nicht um die Entdeckung von etwas Unbekanntem, sondern um die Wiedererinnerung an altes, gesichertes Können, das während der autoerotischen Marter der Jugendzeit nur verschüttet gewesen war. Julia begann das Liebesspiel immer sehr sachlich. In der nächsten Woche fragte sie oft: »Wollen wir ficken?« Aber wenn es losging, legte sie ihre Nüchternheit und alle hinderlichen Formen von Romantik ab. Sie verlangte, von ihrem Höhepunkt niedergestreckt zu werden. Bevor sie kam, sagte sie versaute Sachen. Dann schrie sie eine Weile und wurde, bevor es zu spät war, ganz still, damit Eduard die verebbenden Kontraktionen ihrer Scheidenmuskulatur hören konnte, wie er im kleinen Kreis protzte (er sagte »hören«).

Wenn beide gesättigt waren, lagen sie verschwitzt nebeneinander und phantasierten in den Abend hinein. In der ersten Zeit küssten sie sich so oft, dass ihre Lippen anschwollen und sich jeder fragte, ob sie vor Lust krank geworden wären. Tatsächlich hätte Eduard Julias auberginefarbene Schamlippen und ihr frisiertes Schamhaar ewig streicheln können. Er war jedes Mal von neuem hingerissen, wenn er ihr billiges Parfüm im Nacken roch. Er lernte das einschnürende Vergnügen des Analverkehrs kennen, und das Einzige, was ihn daran schockte, war dieses: Julia, die Leichtfertige, hatte auch darin schon Übung und wusste genau, welche Vorbereitungen den Vorgang geschmeidiger machten.

Doch selbst in den glücklichsten Momenten, nein, gerade in den glücklichsten Momenten, wenn er sich in der Gegenwart von Julias beseeltem Körper hätte verschwenden können, war eine hinterhältige Stimme in Eduards Ohr. *Eduard hat die Liebe in den Armen eines Mädchens gefunden, das so vulgär wie sein Stadtteil ist.* Und diese hinterhältige, kraftvolle Stimme, die Stimme der Paranoia siegte.

Nach zwanzig Tagen war klar, dass Eduard, der nichts so sehr verabscheute wie Feigheit, eine Heidenangst hatte, sich mit Julia außerhalb eines fest umrissenen Planquadrats zwischen Bremer Straße und Buersche Straße sehen zu lassen. Er zog einen geistigen Stacheldrahtzaun, an dem das Ghetto der Liebe abrupt endete. Julia war nämlich nicht das Mädchen, das ihm half, sein Selbstbildnis zu verwirklichen. Sie machte eine Ausbildung zur Einzelhandelsverkäuferin und arbeitete bei Edeka auf dem Gertrudenberg in der Nähe der städtischen Irrenanstalt aus dem 19. Jahrhundert, die nun Psychiatrische Klinik hieß. Eduard hielt das natürlich für einen Zufall, aber einen sinnigen. Die Reichen und die Schönen lebten auf dem Westerberg, die kleinen Leute am Fuße des Schinkelberges, die Irren auf dem Gertrudenberg. Und dort arbeitete seine neue Freundin, während sie mit ihm am Schinkelberg wohnte. Es waren die falschen Berge.

Eduard war also in ein Mädchen verliebt, das er für minderwertig hielt. Er vermied alle Situationen, in denen er sich, wie er glaubte, für Julia hätte schämen müssen. Stadttheater, Cocktailpartys auf dem Westerberg, sämtliche Treffen mit Gustav Eckstein, nirgends, wo es um den Sturm auf die Spitze der menschlichen Pyramide ging, zeigte sich Eduard mit Julia.

So lagen die Dinge, als kurz vor Beginn der Herbstferien das Wetter verrückt zu spielen begann. Ein zweiter Nachsommer von verschlingender Kraft schien über Nordeuropa heraufzuziehen. Gustav Eckstein, der stets ein offenes Ohr fürs Deutsche Seewetteramt hatte, reagierte sofort. Statt wie geplant allein nach Heiligenhafen zu fahren, um die Amethyst für das Winterlager fertigzumachen, lud er ein paar Lieblingsschüler zu einigen Schlägen rund um Lolland ein. Man kann nicht sagen, dass wir uns über die Einladung gewundert hätten. Von Eckstein erwartete mittlerweile jeder schräge Aktionen.

Die Crew belud den Audi 200 auf der Schottereinfahrt vor dem Haus. Zuletzt passte keine weitere Coladose mehr in den Kofferraum. Eckstein überließ uns das Steuer, eine wohlberechnete Geste, die Halbstarken immer fassdicke Dankestränen abnötigt. Regenmacher hatte die Tempolimits der Grünen im Kopf und fuhr höchstens hundertdreißig.

Auf seinem Gesicht war ein zermürbender Kampf zwischen Pflicht und Neigung abzulesen. Ich steigerte das Tempo auf hundertsechzig, hundertsiebzig. Alles weitere machte mir ein mulmiges Gefühl, obwohl der Wagen, verglichen mit dem Opel Ascona meines Vaters, wie eine zweite Teerschicht auf der Straße lag.

Im Radio lief *NDR 2*. Wir hörten Verkehrsnachrichten, um vorher genau zu wissen, was unabwendbar auf uns zukam: der Stau im Elbtunnel. Dahinter ging es problemlos weiter. Der Himmel wurde heller, die Bäume grüner. Wir aßen DeBeukelaer-Kekse und Haribos.

Nach einer Pinkelpause und fünf Minuten Gebolze auf einem gepflegten Bundesautobahnparkplatz war Eduard an der Reihe. Er gab richtig Gas und raste mit 220 Sachen in die horizontweite Zigarettenreklame, die in Nordost vor uns lag. Bald hatte er das Gaspedal auf dem Bodenblech. Auf einer Gefällestrecke züngelte die Tachonadel giftig auf die letze Markierung zu.

Mein Freund war ergriffen. Zum einen vom Tempo, zum anderen von der Sehnsucht, den wahnwitzigen Geschwindigkeitsrausch, in dem äußere und innere Welt verflossen wie Farben beim Aquarellieren, mit Julia zu teilen, seiner Julia. Wie schön wäre es, wenn sie neben mir säße, dachte er.

Tatsächlich hatte Eduard gegenüber Julia kein Sterbenswörtchen vom Segeln erwähnt. Er hatte sich nicht einmal abgemeldet. Am Ende hätte sie mitkommen wollen, dann wäre seine Ghetto-Konstruktion zusammengebrochen. Eduard versuchte gar nicht erst, die Sache vor sich selbst zu beschönigen. Ich bin ein schäbiger Hund, dachte er. Ich bezahle für das Ausreißen der Wurzeln den vollen Preis.

Irgendwann war die Autobahn zu Ende und wir wechselten auf die Bundesstraße. An einer erhöhten Stelle kam die Ostsee in Sicht. Es war ein schönes Bild, wie immer, wenn die See zum ersten Mal in den Blick kommt und dem Auge den Horizont als reinlichen Strich anbietet. Das Wasser blitzte quecksilbrig und schwappte still in seiner sandigen Wanne. *Schwapp, schwapp …*

Die Amethyst war eine Jacht von 11,30 Metern Länge und bot mit ihrem amethystfarbenen Rumpf einen pleonastischen Anblick. Wir brachten Gepäck und Lebensmittel an Bord. Später führte uns Eckstein ins Restaurant Salzfässchen aus: niedrige Decken, Bänke aus Edelholz, Seemannsgarn in den Ecken. Ich bestellte Labskaus, allein aus Vergnügen an diesem Wort. Eduard aß panierte Nordsee-Scholle, die anderen etwas anderes. Am Ende duzten wir Eckstein. Er wollte es so, und es war der Stimmung angemessen.

Während wir die Strecke von der kleinen Stadt zum Hafen zurückgingen, sickerte Mondlicht durch die Wolkenlücken. Eduard und ich bekamen die Doppelkoje im Bug, das heißt, den besten Schlafplatz auf der Jacht. Im hinteren Teil schliefen Eckstein, Daniela und Regenmacher, verteilt auf die zu Betten umfunktionierten Sitzbänke und die sargähnliche Höhle hinter dem Kartentisch, die unser Meister nahm.

Wir sind wieder Kinder in der Wiege, schwankend, zwischen zwei nassen Abgründen, dachte ich beim Einschlafen im Bauch der Amethyst. Unerklärliche Geräusche bevölkerten das Deck. Der Wind pfiff um die Masten. Nichts war wie sonst. Die Normalität war korrumpiert.

Wir wurden wach, als Eckstein anfing, das Frühstück vorzubereiten. Er hatte frische Brötchen besorgt. Auf dem Gasherd klackerten Eier im kochenden Wasser. Sonnenlicht fiel durch den Niedergang. Als Gegenleistung zog Kaffeeduft in die Meerluft hinaus. Diese Momente! Eckstein nannte den Namen des Hafens, den wir an diesem Tag erreichen wollten.

»Wie weit ist das?« fragte Daniela, die ihren Kaffee in kleinen Schlucken aus einem grünen Becher trank. Sie hatte noch nicht geduscht und sah in ihrer Verschlafenheit anhänglich aus.

»Dreißig, fünfunddreißig Meilen«, sagte Eckstein. »Wir müssen mal schauen, welchen Kurs wir anlegen.«

»Und wie lange brauchen wir?« fragte Daniela.

»Das kommt auf den Wind an, meine Liebe. Feste Ankunftszeiten haben Segler nie.«

Zuerst sprachen Eckstein und Daniela von Kursen, Strömungen und Abdrift, dann redeten sie von Edvard Munch und Stig Dagermann, Neptun und Amphitrite, schließlich von diesem und jenem. Es war ein Gespräch voller Einverständnis und absurder Schönheit. Mir kam der Gedanke, dass Eckstein und Daniela kein Liebespaar im herkömmlichen Sinne sein könnten oder sein wollten. Vielleicht war es das, was sie wollten: im Federkleid der Worte über den Horizont hinausfliegen. Vielleicht war ihnen alles andere egal, dachte ich.

Wir, die wir nicht Teil des Liebesspiels waren, gingen an Deck. Regenmacher, ein geübter Segler, der schon Stürme im Atlantik hinter sich hatte, machte Eduard und mich mit ein paar Grundbegriffen bekannt. Verklicker, Vorliek, Fock, Genua … Wende, Halse … Lee, Luv. Er sagte tausend Begriffe. Er wusste, dass wir uns keinen merken würden. Unter seiner Anleitung refften wir das Großsegel und wischten auf eigene Verantwortung frische Möwenkleckse vom Ruder.

Eckstein warf den Diesel an und steuerte die Amethyst unter Motor durch die Fahrrinne. Schäfchenwolken streiften die Stratosphäre. Es war ein schöner Tag und es gab viele Jachten, die Heiligenhafen verlassen wollten. Das führte zu komischen Situationen. Dort – in Luv – lag die weite See und hier in der Rinne gab es Beinahe-Kollisionen. Für Neulinge waren diese Verkehrsverhältnisse überraschend. Die Diskrepanz zwischen Weite und Enge löste sich erst am Ende des Tonnenstrichs in Wohlgefallen auf. Eckstein ließ Großsegel und Genua setzen und fuhr auf Halbwind-Kurs nach Osten auf die Fehmarn-Sund-Brücke zu. Er hatte sich und Daniela in schicke Helly-Hansen-Klamotten eingepackt. Aus den Boxen tönte U2. Wir hörten auf dem ganzen Törn nur U2. Die Musik passte erstaunlich gut zum Meer. *Another Time, Another Place.*

Eckstein blickte voraus und sagte laut: »Extrem hoher Wasserstand, ihr Lieben. Ich bezweifle, dass wir unter der Brücke durchkommen.« Dabei zwinkerte er Regenmacher zu und überließ ihm das Ruder. Er schickte Daniela und Eduard zur Beobachtung der Brücke nach vorn und verschwand mit mir unter Deck, wo er am Kartentisch die kleine Falle erklärte, die er den Ausguckern gestellt hatte.

Eduard und Daniela standen also am Bugkorb und spürten den Anprall des Windes auf den Kleidern. Von unten betrachtet, reichte der zwölf Meter hohe Mast fast bis in die Wolken, das vergaß Eduard nie. Da konnte die Brücke schon mal gefährlich werden. Es war der erste Seetag seines Lebens. Er war von allem schwer beeindruckt und nahm seinen Wächterjob ernst.

Danielas Gesicht lachte aus der hellen Kapuze.

»Sieh mal, die Möwen«, sagte sie.

Die Luft war nicht warm und nicht kalt und doch nicht lau. Eduard roch Salz, Seetang und eine Fischfabrik, die er nirgends entdecken konnte. Nur war das alles plötzlich egal! Das Scheußliche war, dass er sich mit jeder Minute heftiger in Daniela verliebte. Wenn sie die Hände in den Taschen versteckte, sah er in der unförmigen Hülle der Regenbekleidung nur einen kreisrunden Ausschnitt ihres Gesichtes. Aber die Augen allein – und wahrscheinlich eine einzige Silbe von ihr –

hätten ausgereicht, um alle seine Gewissheiten durcheinander zu wirbeln.

In Danielas Gegenwart schrumpfte Julia, es war fürchterlich. Julia war ein Untermensch, geboren im Schinkel … Gekreuzigt, gestorben und begraben. Er meinte ja nicht den Stadtteil, der sich um die Pauluskirche gelagert hatte. Gegen den war im Prinzip nichts zu sagen. Er meinte den ewigen Sumpf des Hinterwäldlerischen, die fehlenden Instinkte, die Unsicherheit, die Hölle der niedrigen Geburt.

»Was passiert eigentlich, wenn wir gegen die Brücke knallen?« fragte Daniela.

»Dann bricht der Mast ab und schlägt alle an Deck tot«, sagte Eduard. »Und der Rest funkt SOS, nehme ich an.«

»Ist das nicht etwas riskant?« fragte Daniela.

»Eckstein vertraut uns«, sagte Eduard. »Außerdem, jung zu sterben ist auch schön.«

Daniela war für Umkehren. Die Brücke kam immer näher. Sie schwebte als dunkler Balken fast schon über uns, wie ich aus dem Niedergang sah. Es schien so, als würde die Jacht bewegungslos verharren … Dagegen raste die Brücke auf die Amethyst zu, um mit Tausenden von Tonnen Stahl den Mast wegzuknicken und der Crew, wie mein gebildeter Freund Eduard vermutete, einen Platz an Neptuns Seite zuzuweisen. Ihm wurde schwindelig.

»Wir haben noch Spielraum«, rief Regenmacher. »Ich kann jederzeit wenden.«

Eduard fragte sich, woher diese Sicherheit kam. So oft hatte Regenmacher solche Boote auch noch nicht gesteuert. Sie waren drauf und dran, die Fehmarn-Sund-Brücke zu rammen! Sie würden noch nicht einmal ein Foto in der Zeitung kriegen, so schnell wären sie abgesoffen.

»Ich habe Angst«, sagte Daniela.

Eduard wollte ans Ruder laufen. Vielleicht noch zehn Sekunden, dann würde es krachen. Wo war der Kapitän? Spielte Eckstein mit seiner Jacht, die eine Viertelmillion Mark oder mehr gekostet hatte, und ein paar Menschenleben dazu? Daniela hielt sich an Eduards Arm fest.

»Wenden, Regenmacher, wenden«, schrien beide.

Im selben Augenblick war die Brücke über ihnen. Die Amethyst glitt bequem unter der Unterseite der Fahrbahn hindurch und hatte nach wenigen Sekunden den freien Himmel gewonnen. Daniela wies auf die Boote, die der Amethyst folgten. Sie waren von ähnlicher Größe wie Ecksteins Jacht. Ihre Masten erreichten gerade die halbe Höhe der viel befahrenen Fehmarn-Sund-Brücke, manche ein paar Meter mehr. Die Beobachter waren einer optischen Täuschung erlegen.

Bei Danielas topographischer Behinderung ist das nicht überraschend, dachte Eduard. Aber er, der Trapper vom Schinkelberg, der oft bei Nacht und Nebel durch die Wälder gejoggt war, weil er die Maßverhältnisse der Natur einigermaßen einschätzen konnte, er hätte den Trick durchschauen müssen.

»Willst du mich erniedrigen, Eckstein?« fragte Eduard. »Hast du mich mitgenommen, um mich vorzuführen? Hier auf hoher See, wo es keinen anderen Nutznießer meiner Erniedrigung gibt als dich selbst?«

»Halt dich locker«, sagte Eckstein. »Es ist der übliche Gag, den man mit Landratten an der Brücke macht. Du solltest nicht so empfindlich sein.«

»Ich weiß nicht«, sagte Eduard. »Ich weiß nicht, was das soll …«

Er zog Daniela an sich und küsste sie auf den Mund. Sie ließ es sich regungslos gefallen – für ihn war es ein Horrortrip. Er wusste nicht, was ihn zu dem hektischen Kuss trieb, außer der dunklen Ahnung, dass Daniela der Fetisch war, um den sich restlos alles drehte. Normal waren seine Empfindungen nicht mehr, das wusste er. Ihm dämmerte und wurde zur Gewissheit, wer ihn im Laufe von vierzehn Monaten in den Schlamassel gebracht hatte. Er begriff, wer schuld daran war, dass er die Jagd nach Erhabenheit aufgenommen hatte und nun seine Kräfte ständig überspannte.

»Ihr Lieben, seid nicht traurig!« sagte Eckstein. »Keine Intelligenz ist gegen den Betrug der Sinne gefeit. Vier von fünf Kandidaten fallen beim Brückentest durch, und das ist gut so. Man bekommt Respekt vor der See, wenn man klug ist. Rechthaber sterben auf dem Wasser praktisch sofort.«

»Na prima«, sagte Regenmacher. »Gott sei unserer Seele gnädig.«

Gustav Eckstein stand am Ruder und ließ das Boot durch die flachen Hügel der Dünung gleiten. Die wogenden Wasser wirkten freundlich auf ihn, als wären sie einem fernen Sturm entronnen. Eckstein fühlte sich als Teil dieser nassen Urlandschaft, die sich heute in lang gestreckten Tälern und moosgrünen Hängen ausbreitet, aber morgen der Schlund eines zischenden Vulkans werden kann.

Er schrieb der Jacht mit sicherer Hand den Kurs vor, aber es war eine ganz andere Route, die ihn beschäftigte. Er kannte sich in Wissenschaftsgeschichte aus und war auf dem besten Wege, ein Rationalismusforscher von Rang zu werden. Er hatte ein dickleibiges, unfertiges Manuskript im Schreibtisch, das behauptete und bewies, dass die Literatur des 17. und 18. Jahrhunderts angewandte Mathematik ist. Pascal, Leibniz, Condillac, Grimmelshausen, La Rochefoucauld: Er kannte sie in- und auswendig. Er kannte die Antwort der Alten auf die literarische Frage, »wie viele Silben aus den Buchstaben zusammengesetzet werden können«. Er hatte sie im Kopf: »Summa sind es 2 829 171 240 Sylben.« Er hatte bewiesen, dass es signifikante Übereinstimmungen rhetorischer und geometrischer Figuren gab, deren Kongruenz sich mathematisch bestimmen ließ. Er war auf dem besten Weg, zum Nervenzentrum des neuzeitlichen Denkens vorzustoßen und dessen Geschichte zu erzählen, wie man sie noch nicht gehört hatte.

Vielleicht war er genial.

Er befahl den Jungs, das Reff wieder herauszunehmen. Er ging höher an den Wind. Er holte die Fock dichter. Die Fahrt ging über sieben Knoten hinaus. Er sah Daniela schwatzen und lachen. Er freute sich, dass sie mitgekommen war: Daniela, die ihn mit ihren Briefen in die Knie gezwungen hatte, wie noch keine.

Er kannte sich in Wissenschaftsgeschichte aus. Bis vor einigen Jahren, nein, im Grunde bis vor einigen Monaten, war er sich sicher gewesen, dass sein Name bald an den großen Universitäten der Welt bekannt sein würde, weil er das verblüffendste Manuskript seit Foucaults *Ordnung der Dinge* in der Schublade hatte. Jenem Foucault, zu dessen Vorlesungen er im blauen Opel Admiral seines toten Halbopas Albert Eckstein über die Route Nationale nach Paris gefahren war, vorbei an der Kathedrale von Laon mit den wasserspeienden Ochsen auf den vielkantigen Türmen. Er war so oft nach Paris gefahren, bis er einmal, ein einziges Mal, mit Michel Foucault im Jules Verne speisen durfte, über den Dächern der Stadt. Da war er ein Student von fünfundzwanzig Jahren gewesen, der wegen Familiengeschichten über ein Vermögen verfügte.

Er kannte sich also in Wissenschaftsgeschichte aus. Er war Mitglied von zwei Gelehrten-Gesellschaften, weil er bedeutende und einflussreiche Aufsätze zu den Entwurfsskizzen früher Rechenmaschinen geschrieben hatte, die nun, am Beginn der Epoche des Personalcomputers, viel Interesse fanden. Er war eine große, verschwiegene Hoffnung seiner Disziplin, und zwar aus einem Grund: Seine Frau Katrin hatte ihn von den Nymphen losgerissen und ihm dadurch Zeit zum Arbeiten geschenkt. Bis zu seiner Hochzeit hatten Yvonne, Anna, Sabrina, Caroline, Claudia und ein Dutzend anderer norddeutscher Mädchen seine Phantasie versklavt. Yvonne, die im Sommer unter dem Rock kein Höschen trug, aber ein leuchtendes Muttermal; Sabrina, die Brillenschlange, deren Augen die Farbe wechselten, wenn sie kam; Anna, die Achtzehnjährige, die ihn mit dem Reiz der Fesselungen bekannt gemacht hatte. Jede hatte er vergöttert und an seinem Buch über Rationalität keine drei Seiten im Monat geschrieben.

Dann kam Katrin Erdentreu. Sie war größer, wichtiger und reifer als der Schamlippensalat der Gören. Er hatte Katrin beim Billardspielen kennen gelernt. Es war noch in Hamburg gewesen, der Stadt seines Studiums, in einer ziemlich finsteren, zugigen Spelunke in den Nebenstraßen der Reeperbahn. Da hatte ihm Katrin nach einer Stunde gesagt, er sei reif für die Liebe.

Sechs Jahre hatte sie Recht behalten.

Wenn Katrin manchmal im Schlaf geschwitzt hatte – was seine Nymphen nie taten –, hatte er ihren Schweiß mit der Zunge getrunken. Wenn Katrin krank war, hatte er sie gepflegt, während die Nymphen sich von ihren Müttern heilen lassen mussten, bevor sie wieder ihren Verpflichtungen nachkommen konnten. Wenn Katrin Sorgen hatte, war er besorgt gewesen, während ihm die rosa Seelen der pubertierenden Nymphen verschlossen blieben. Katrin war sein Alltag und sein Sonntag gewesen. Er hatte sie geliebt. Bis auch dieser Segen wieder von ihm genommen wurde. Bis er anfing, selbst von ihren geheimnisvollen Orgasmen, die ihn lange entzückt hatten, gelangweilt zu sein. Die Gründe lagen so tief oder flach, dass er manchmal zu sich selbst sagte: Es ist das verflixte siebente Jahr. Er hatte im letzten Herbst ein Hotelzimmer am Römer bezogen und sich auf der Frankfurter Buchmesse den Verlags-Groupies und jungen Wickelrockträgerinnen gewidmet. Er hatte viel Beute zur Strecke gebracht. Älter als einundzwanzig war keines der Kitze gewesen.

So war er in Frankfurt, in der aufgeraspelten Atmosphäre der Buchmesse, seiner alten Sünde wieder treu geworden.

Aber Daniela steckte alle in die Tasche. Sie war seine kühnste Eroberung. Wenn er Daniela anblickte, wie sie dort in den unförmigen Segelklamotten am Mast lehnte, musste er nach Luft schnappen. Er fragte sich ernstlich, ob er sie liebte.

Was soll man sagen? Es wurde eine wunderbare Fahrt. Auf dem Meer, das den Nimbus der Gefahr und seine Schaumkronen wie Siegel unbegrenzter Macht trägt, gibt es immer noch etwas Größeres als die biestigen Konflikte der Menschen. Im Laufe der nächsten Tage umrundete die Amethyst Lolland und Falster. Wir betranken uns in den Kneipen von Nakskov. Bei einer Flaute im Ragø Sund schwammen alle in der eisigen Ostsee, Regenmacher nackt, die anderen in Badebekleidung. Eduard tauchte weit und tief in die Dünung hinab, als hätte er den natürlichen Kälteschutz eines Eisbären. Er überholte den kraulenden Eckstein, indem er nur seinen gewaltigen Beinschlag anwarf, und pfiff dabei ein Lied. Er stand nass an Bord, als gäbe es für ihn keine Erkältung, und sagte zu Eckstein, dem es überall an Muskeln fehlte: »Bei aller Verehrung für deine rhetorischen Künste, dein Fleisch hat ein viel schlechteres Verfallsdatum als meines.«

Danielas Rolle war weiterhin seltsam. Ihr stilles Auftreten hatte etwas Elfisches bekommen. Obwohl sie im Mittelpunkt vieler Konflikte stand, sichtbarer und unsichtbarer, und sogar deren Urheberin war, haftete ihren Handlungen eine fast pflanzliche Passivität an. Sie war freundlich, zurückhaltend und überlegen. Sie schwebte über dem Brackwasser der Streitigkeiten. Sie vollbrachte das Wunder, Begehren und Hass zu stiften und dabei die Unschuld in Person zu bleiben.

Einmal gelang es Eduard, Eckstein auf dessen ureigenstem Terrain zu übertölpeln und Revanche zu nehmen für die Niederlage an der Fehmarn-Sund-Brücke. Als Daniela ein Staubkörnchen oder was auch immer ins Auge flog und sie die eingedrungene Materie partout nicht loswerden konnte, war es Eduard, der auf die Idee kam, ihre geröteten Augenlider mit den Finger auseinander zu halten und den Partikel nach dem Beispiel der Schweizer Bauern mit der Zunge herauszuwischen. Daniela hatte nichts dagegen, es konnte ja helfen. Eduards Zungenspitze glitt zart um ihren salzigen Augapfel. Das war der halbe Triumph. Die andere Hälfte genoss Eduard, während er sagte: »Na, Eckstein, kennste den Trick?«

Eckstein lächelte. Er hatte Eduard den Roman zum Geburtstag geschenkt, in dem ein versauter älterer Herr einer gewissen Lolita die Zunge ins Auge steckt.

Auf dem Schlag von Fejo nach Stubbekøbing begann es nach ruhiger Fahrt über fünf, sechs Seemeilen aufzufrischen. Zwei Stunden später erreichte uns die Schlechtwetterfront, die am Vortag von Cirrostratus angekündigt worden war. Es blies mit sechs Windstärken und in Böen heftiger. Wir hatten einen unruhigen, halb achterlichen Kurs angelegt. Die Backstagsbrise riss am Segeltuch. Der Sturm hob die Gischt vom Wasser wie losen Sand in der Wüste. Wir setzten das dritte Reff. Alle kotzten früher oder später entkräftet über die Reling.

»Niemand geht über Bord«, befahl Eckstein. »Segeln ist zwar ein existenzieller Zeitvertreib, hoho … Aber es muss auch Grenzen geben.«

Er schickte Regenmacher und Eduard nach vorn, um die Sturmfock zu setzen. Sie sicherten sich mit Karabinern an der Reling und machten sich ans Werk. Unterdessen hielt Eckstein das Boot mit Motorkraft im Wind. Er hatte ein phantastisches Gespür für die Bewegungen der Jacht und der Wellen. Regenmacher lächelte mit letzter Kraft, als er an der Fock stand, aber er hatte seine Finger unter Kontrolle.

Daniela verschwand unter Deck, um sich Tee aus der Thermoskanne im Sicherheitshalter zu holen, ein fast unmögliches Manöver. Das Boot machte die Bewegungen eines Fahrstuhls, der in einem zusammenbrechenden Hochhaus rauf und runter rast. Die Mona Lisa des Karlgymnasiums krachte gegen die Wände des Niedergangs. Eckstein kommandierte Regenmacher ans Ruder und folgte ihr in die Höhle des Bootes, in die spärlich braunes Licht fiel. Ihre Schultern wurden aneinander gedrängt. Eckstein flößte Daniela Tee ein. Er tupfte ihr mit der Serviette Tropfen von den violetten Lippen. Sie verkroch sich in der Schurwolle seines Pullovers.

Sie sind für dieses Bild geschaffen, dachte ich.

»Wir lieben die Stürme, die brausenden Wogen«, sagte Regenmacher. Zum Singen reichte es nicht mehr.

Noch einmal wurden wir, die Zuschauer, unsicher. Wollten Eckstein und Daniela auf der Segeltour etwa nicht damit anfangen, ein Liebespaar zu werden, wie man es sich vorstellte? Worauf warteten sie noch, außer dass sie im Augenblick auf die Ruhe nach dem Sturm warten mussten? War es der geheime Sinn ihrer Liaison, dass sie gegen tausend Anscheine am Ende kein Liebespaar werden würden? An eines glaubten wir nicht: Dass Eckstein zurückzog, weil Daniela seine Schülerin war. Bürgerliche Rücksichten traute man ihm nicht zu.

In der Nacht besserte sich das Wetter und wir erholten uns.

Zwei Tage später, es war an Danielas achtzehntem Geburtstag und alle hatten ihr beim Frühstück herzlich gratuliert, zog der blaue Spinnaker die Amethyst unter einem sauber angeschlagenen Abendhimmel in den Hafen von Gedser. Aus den Boxen tönte *Under a Blood Red Sky*. Bei der Einfahrt sahen wir die Kohinoor und die Christal. Sie lagen längsseits und stupsten sich mit den Fendern in die Seite. Reklamemenschen vom Karlgymnasium standen an Deck und tranken Sekt. Sie hoben die Gläser, als sie uns entdeckten. Man konnte ahnen, dass ihr Getuschel von der Zusammensetzung der Amethyst-Crew handelte. Keiner von uns gehörte zur Hautevolee der Stadt, deren segelnde Mitglieder man in Ostseehäfen zu treffen gewohnt war, von Eckstein selbst abgesehen.

Wir verabredeten uns mit den Kohinoor- und Christal-Brüdern zum Fußballspielen in den Wiesen hinterm Hafen. Daniela und Eckstein blieben auf der Amethyst zurück. Sie hatten Fisch eingekauft und wollten angeblich das Abendessen vorbereiten. Eckstein legte einen von weit her mitgeführten Vorrat an Ingwer, Zitronengras und Chilischoten bereit.

Regenmacher stellte sich ungefragt ins Tor. Er konnte keinen Ball fünf Meter geradeaus schießen, war aber mit den Händen sehr begabt. Er hechtete den Bällen wie ein Volleyballer hinterher und baggerte die Schüsse ins Aus. Es war sehr lustig. Adidas spielte gegen Puma. Eduard war in höllisch guter Form. Er passte blind und die blinden Pässe kamen an. Er schoss unmögliche Tore mit der Hacke, mit der Brust, mit links und mit rechts. Ich flankte vom Puma-Flügel und Eduard pflückte die Kirsche nach dem Vorbild Klaus Fischers vom Abendhimmel. Der Fallrückzieher, ein Traum unter den Toren – er gelang. Beim Aufprall knirschte sein Handgelenk wie Chips zwischen den Zähnen. Er spottete darüber. Wir machten Adidas fix und fertig.

Natürlich spielten wir bis in die Dunkelheit, damit Eckstein und Daniela auf der Amethyst Zeit für ihre Spiele hätten. Es musste nun endlich geschehen. Selbst das Gesetz erlaubte es jetzt. Und was war, als wir zurückkamen? Das Essen war fertig, ein leckeres Drei-Gänge-Menü mit traumhaft aromatischen Zitronengras-Ingwer-Doraden.

Deshalb konnte eine weitere Verletzung Eduards nicht ausbleiben. Er hatte sich mit allen Fasern in den Wiesenkick gestürzt, um zu vergessen, dass Eckstein zur selben Zeit Daniela besaß. Er hätte vielleicht geschafft, seine Empörung zu überspielen und die Fahrt gefasst zu Ende zu bringen, wenn beim Essen tatsächlich alles vorbei gewesen wäre. Doch nach dem gemeinsamen Abwasch zog Gustav Eckstein einen Stapel Kronenscheine aus der Tasche und drückte ihn Eduard in die Hand.

»Jungs, nehmt das«, sagte Eckstein. »Macht ne Tour im glitzernden Nachtleben von Gedser. Gebt euch richtig die Kante. Zeigt den Dänen mal, was Hullygully ist. In diesem Sinne: bis später.«

Wir saßen in der Hafenkneipe. In meiner Erinnerung ist sie dunkel, klein und verraucht. Den Namen habe ich nie erfahren.

»Die beiden treiben es im Vorschiff, wo eigentlich wir schlafen – wo sollten sie es sonst treiben?« sagte Eduard. »Das ist der Sachverhalt, der die Kriminalpsychologie interessieren dürfte, wenn ich mit Eckstein abgerechnet habe.«

Nach seiner Vorstellung, die er uns mit Ausdauer ausmalte, lief das Treffen von Eckstein und Daniela perfekter ab, als es sich vermutlich im Bauch der Amethyst abspielte. Es endete, wie es in Wirklichkeit vielleicht nie geendet hat: mit schweißnasser Hingabe, absoluter Verschmelzung von Geist und Körper, wahnsinnigen Orgasmen.

Es wurde Nacht in Eduards Seele. Etwas Ähnliches hatte er nie erlebt. Er versuchte später, den Zustand zu beschreiben, der in ihm ausgebrochen war, aber es gelang nicht. Wenn er die Augen schloss, sah er nur das Abziehbild eines dämlich glotzenden Jünglings mit rasengrünen Knien, schmerzendem Handgelenk und restlos ausgeblutetem Herzen vor sich. Während er sich heiß redete und zu wahnwitzigen metaphysischen und pornographischen Bildern verstieg, ejakulierte er. Es war der seltene Fall eines beweisbaren Höhepunktes aus Eifersucht und Hass.

9

Die letzten Roggenfelder im Süden Masurens waren gemäht, und wie jedes Jahr, wenn nur noch harte Stoppeln von der vergangenen Fruchtbarkeit erzählten, verwandelte sich die Landschaft zum Abschiedsbild, schrieb Gustav Eckstein in den genealogischen Aufzeichnungen, als er zu den letzten Tagen kam, die in der Heimat seiner Mutter spielten: Zur absehbaren, in zahllosen Menetekel sich ankündigenden Familienkatastrophe, auf der gleichwohl das künftige Glück von Hermann und Marie gründen würde.

Hermann hatte Schattauers Hof als ein im Herzen angefasster Mann verlassen, der nur nicht weiß, was er will. Er überließ Sindbad für eine Tagesreise die Wahl der Gangart, erreichte Neidenburg im zuckelnden Trab, klapperte die verabredeten Adressen ab und fand Balduin in einer gemütlich-dunstigen Gaststätte am Markt. Der Onkel hatte sich einen schicken, grauen Anzug gekauft, aber das gelbe Einstecktuch offenbar als ordinären Schneuzlappen missbraucht. Auch unter der neuen Kluft, fand Hermann, regte sich schon die Verlotterung.

»Heiliger Strohsack, was für ein Glück«, platzte Balduin heraus, als er Hermann durch die Tür kommen sah. »Bist du diesen Proselytenmachern doch noch entwischt! Darauf aber zwei Doppelte.«

Er reichte Hermann seine rechte Tatze und winkte mit der linken den Schnaps herbei. Der Neffe nahm die aufdringliche Jovialität, die er als Friedensangebot deutete oder als ungeschickte Bitte, die komplizierte Kleinbärengrunder Geschichte auf sich beruhen zu lassen, kommentarlos hin. Seine Gedanken hatten Neidenburg sowieso noch nicht erreicht. Sie waren irgendwo auf der Strecke geblieben, in der Entfernung zwischen ihm und Marie.

Es folgten ein paar gleichförmige Tage. Während sich Hermann nach innen stülpte und über den Zeitpunkt spekulierte, an dem eine Liebe ausbricht oder nicht mehr ausbrechen wird, erreichte Balduin als fahrender Händler Höchstform. In Grünfließ, Hornheim, Pilgramsdorf, in allen möglichen Landgemeinden und abgelegenen Siedlungen rund um Neidenburg schlug er Sättel und Geschirre los. Wohin sie auch kamen, traf Balduin auf Bekannte, eine Folge der systematischen Reisen, auf denen er nach der Ankunft im masurischen Exil und der motivierenden Begegnung mit Adolf Hitler in Lyck sein Geschäftsfeld abgesteckt hatte. Die Kunden ließen sich von Balduins Trinkgewohnheiten gern mitreißen. Manchmal, wenn ihm jemand Hexe, Kasper, Satan oder andere Handpuppen zuspielte, improvisierte er anstößige Einakter, über die zumal das weibliche Publikum kreischend entzückt war. Ohne die weiße Kontrastfolie des Pietismus, gestand sich Hermann, stand sein Onkel gar nicht so übel da.

Zurück in Neidenburg, investierte Balduin einen Teil seiner Gewinne in die Vorzüge der singenden Hure Meta Zysk, deren stämmigen Körper auf der Schwelle zur sechsten Lebensdekade er seit '33 verehrte. Er träumte angeblich von weißen Schlössern am Spirdingsee, als er in Metas Armen einschlief, und war so gründlich befriedigt, dass er seinem Neffen am nächsten Tag ein williges Mädchen aus Metas kleinem verschworenen Kolleginnenkreis ordern wollte. Hermann winkte ab. Zwar war seine erotische Pflegebedürftigkeit unbestritten. Aber es gab auch Zeiten, sagte er sich, in denen Aufschub gut tut. Er hoffte, sie waren jetzt.

Hermann verabschiedete sich von seinem Onkel bei den Findlingen unweit von Alt Petersdorf, um nach Kleinbärengrund zurückzufahren und endlich doch noch Trakehnen zu sehen.

»Junge, was für ein mordsmäßiger Ausflug!« sagte Balduin. »Dass du mir dieses kleine Luder grüßt, ja? Küsse von ihrem ersten und größten Verehrer. Und dir viel Vergnügen. Dass du zum Beten zurückfährst, glaube ich weniger ... Mein Leben – hoppla, was für eine Überraschung, denkst du bestimmt – läuft stracks Richtung Hölle. Aber schweig davon, wenn du wieder zu Hause bist. Die lieben Verwandten sollen weiterhin das Beste von ihrem masurischen Schmutzfinken denken.«

Balduin steckte seinem Neffen Geldscheine zu, die für Otto Schattauer gedacht waren. Er brauchte nämlich Schattauers Gabeldeichsel, um mit dem Schwarzen nach Hause zu kommen. In der warmherzigen Stimmung, in die ihn das Schenkelfeuer Meta Zysks versetzt hatte, veranschlagte er seine eigene Deichsel, die noch auf dem Hof in Kleinbärengrund lag, keineswegs als Tauschartikel. Sindbad spitzte die verständigen Ohren, als über die Modalitäten seiner künftigen Rückführung und zwischenzeitlichen Übergabe an ein altes Remontedepot gesprochen wurde.

»Jetzt wirst du dich wieder selbst bewachen müssen, Onkel«, sagte Hermann. »Am sichersten wäre dieser Landstrich, wenn du Meta Zysk heiraten würdest.«

»Huren, mein Junge«, wandte Balduin ein, »Huren sind zum Heiraten viel zu gut.«

Die Morgenkühle hatte den Kampf mit der Sonne schon verloren, als sie sich die Hände reichten.

Weder Hermann noch irgendjemand aus der Familie Eckstein hat Balduin wiedergesehen, heißt es in den Aufzeichnungen. Er soll im zweiten Winter nach dem kommenden Krieg auf dem Eis des Roschsees verhungert sein. Das besagten Gerüchte, die durch Spätaussiedler in den Westen drangen, in die üblichen Vertriebenenkreise und Ruhrgebietskränzchen. Ein Johannisburger Fleischer wollte dagegen wissen, dass sich Balduin mit selbstgebranntem Schnaps vergiftet hatte, nachdem ein unehelich gezeugter Sohn bei der Geburt von der Nabelschnur stranguliert worden war. Ein letzter Ohrenzeuge hatte von Selbstmord im engeren Sinne gehört, mit Strick und Balken. Gut dürfte die Geschichte jedenfalls nicht ausgegangen sein. Niemals wurde bekannt, ob es einen Grabstein gegeben hat, der Balduin Ecksteins Namen trug.

Als Hermann in Kleinbärengrund eintraf und Sindbad gemächlich über die Dorfstraße klappern ließ, kam ihm Marie entgegen (womit weniger das Brennen ihrer Erwartung, als vielmehr das scharfe Auge von Alfred angesprochen ist, der rechtzeitig in der Küche Bescheid gab). Marie berichtete, noch während Hermann im Sattel saß, dass Pfarrer Gonim, der von Oberstaatsanwalt Müller im Landgericht in Allenstein verhört worden war, am übernächsten Tag freikäme. Der kluge Müller hatte festgestellt, dass Gonims Aktivitäten das sittliche Leben keineswegs beeinträchtigen, auch nicht in einem Reich, in dem Demonen die Macht ausübten und demonische Sitten herrschen sollten. Die tief gebeugten Briefe der Gebetsleute, deren Riesenzahl er nur in kursorischer Lektüre bewältigte, hatten Müllers Eindruck bestärkt. Einmal von der Lust am Ordnungschaffen gepackt, ordnete der Oberstaatsanwalt auch die Herausgabe von zwei Kollekten an, die auf dem letzten Jahresfest des Gebetsvereins beschlagnahmt worden waren.

»Sie haben Gonim gerettet«, strahlte Marie. »Vielleicht sogar das Leben.«

»Wenn du es sagst, muss es so sein«, lachte Hermann und saß im hohen Bogen ab. »Aber wenn du noch einmal ›Sie‹ zu mir sagst, lass ich Gonim wieder einkerkern. Ich bin nicht ›Sie‹ für dich … Zumindest das habe ich auf der Reise gelernt.«

»Na gut«, sagte Marie. »Dann sage ich jetzt du … Klingt aber komisch: Du, Hermann – findest du nicht?«

Hermann ging ins Haus, versammelte die Kinder im Kinderzimmer und schenkte ihnen ein MenschÄrgereDichNicht, das er in Neidenburg gekauft hatte. Frieda wickelte das Spiel aus dem bunt gescheckten Geschenkpapier, machte die Zimmertür zu und gab Hermann zum Dank einen Kuss. Hermann küsste zurück. Weil es ihm gefiel, wollte er es noch mal tun.

»Halt, jetzt müssen wir aufhören«, sagte Frieda. »Sonst wird Marie zu Recht böse.«

Hermann schlief, wie zuletzt, im bevorzugten Predigerbett, an dessen Fußende ein Strauß Türkenbundlilien stand. Am Morgen ging er wie gewohnt mit Otto Schattauer an die Arbeit und überspielte die zerknirschte Gemütslage seines Gastgebers. Er ahnte nicht, dass Schattauer, während sie mit einigen Przygoddas die Hocken von den entfernten Roggenfeldern in die Scheune fuhren, mindestens zehnmal betete: Herr, lass diesen Mann nicht jetzt noch den Schlüssel finden, der zu Maries Herz passt.

Am nächsten Tag war Gonims Freilassung. Mehr als hundert Gebetsleute trafen sich vor dem zweistöckigen Bahnhofsgebäude von Ortelsburg. Der Sommer zeigte sich von seiner besten Seite. Über der Stadt schmückten ein paar weiße Wolken den Himmel. Die Luft war trocken und roch nach den Hinterlassenschaften der wenigen Automobile, die durch die Straßen knatterten. Die Männer vom Posaunenchor –

blitzend ausgestattet mit Trompeten, Flügel-, Tenor- und Waldhörnern, Zugposaunen und Tuben – versammelten sich an der Gleiskante unter dem Vordach, das auf braunweiß gestreiften Säulen ruhte, die Hermann in einem halluzinatorischen Augenblick an Fotos von der Omaijadenmoschee in Cordoba erinnerten.

Schon lange vor dem Eintreffen des Zuges hob Wesolowski II die Arme, um vier- und sechsstimmige Choräle zu dirigieren. Alltäglich gestimmte Ortelsburger blieben stehen und bestaunten die fromme Versammlung, die sogar von Schutzpolizisten mit freundlichen Blicken bedacht wurde, denn was geschah, geschah mit behördlicher Genehmigung.

»Sind Sie Maries Verlobter?« fragte eine Gebetsfrau.

»Das steht in den Sternen«, sagte Hermann.

»Na, na, junger Mann«, sagte die Frau. »Wir glauben aber nicht an die Sterne, sondern an Gottes weisen Ratschluss.«

Der Zug von Allenstein schnaufte pünktlich heran. Pfarrer Gonim erschien auf dem Trittbrett des Waggons. Als er sah, was man ihm bereitet hatte, lösten sich glasige Tränenströme aus seinen Augen, die über das blau und grün geschlagene Gesicht liefen, sich auf der Oberlippe stauten und den Blick auf die Eckzahnlücke lenkten, die dem ersten Tag der Untersuchungshaft geschuldet war. Wesolowski II wusste, dass in diesem Augenblick von allen Gläubigen ein Lied, und kein anderes, erwartet wurde. *Nun danket alle Gott mit Herzen, Mund und Händen.*

Hermann bekam ein Extralob und erreichte in diesen Sekunden, wie es im Rückblick hieß, den Scheitelpunkt seines Ansehens bei den masurischen Gebetsleuten. Man schritt zum allgemeinen Dankgottesdienst in die evangelische Kirche, deren Pfarrer die Türen zu diesem Zweck gern öffnete. Es wurde nach bewährter Art gepredigt, gesungen und schmetternd posauniert. Die flache Holzdecke erzitterte im Brausen des Lobgesangs.

Hermann weidete seine Augen an dem Schnitzaltar aus dem 18. Jahrhundert und der Mose-Figur, deren Hände die Zehn Gebote hielten. Die bescheidenen Kunstwerke und die wahrhaft kathedrale Freude, die sie in seinem Gemüt auslösten, die Diskrepanz zwischen beiden ließ keinen Zweifel daran, dass er während seiner masurischen Abenteuer auf ein kulturelles Minimum herabgesunken war, das fast noch das Soldatenleben unterbot. Aber er musste seine Lage ohnehin verändern. Darin bestärkte ihn Otto Schattauer, der nach dem Gottesdienst, Ruths Anwesenheit drohend im Hintergrund, auf ihn zukam: »Wir sind Ihnen zu Dank verpflichtet, aber nun ist das gute Werk getan. Ab Morjän möcht die gottsälje Ruhe auf unseren Hof zurückkehren.«

Wieder wurde es Abend; wieder gingen Hermann und Marie spazieren; wieder verdichtete das überreife Augustlicht die Farben der Landschaft. Das Dunkel- und Hellgrün in der gemaserten Barriere des Waldes; das Stoppelgelb und Krustenbraun des erntemüden Bodens; das elegante Rot der Milane im Hoch- und Tiefflug. Neu war auch nicht, dass Hermann nicht wusste, was er wollte. Aber er war an diesem Tag im Unwissen so lange fortgeschritten, bis ihm die Erkenntnis eine Tür geöffnet hatte. Mit Marie ging es um alles oder nichts, das ganze Leben, die Zukunft, Kinder, Krankheit und Tod. So etwas war ihm unbekannt. Mit Evi Landshut, um nur nach der letzten Perle auf der Schnur zu greifen, hatte er anderthalb Stunden im Café Leysieffer verbracht, dann hatten sie alle Geheimnisse ihrer Körper voreinander entblößt. Jetzt waren sie wieder auseinander, ohne die Anziehungskräfte restlos aufgebraucht zu haben. Hin und Her von dieser Sorte strukturierte sein Liebesleben, seit er mit zwölf Jahren einem Nachbarsmädchen zum ersten Mal die Hand unter den Rock gesteckt hatte. Im Grunde hatte er keine einzige Erfahrung gemacht, die ihm bei Marie weiterhalf. Wenn er sie wollte, musste er die Zukunft praktisch bis ins eisblaue Licht der Ewigkeit kalkulieren. Und dieses Hundertprozentige war es, das sein Zögern und Rätseln begründete.

»Redest du heute nicht mir?« fragte Marie.

»Doch, schon«, sagte Hermann. »Ich suche aber noch die Worte.«

»Da bin ich aber gespannt, welche du findest«, sagte Marie.

»Hm, hm … Ich wollte dich fragen, ob du das Wiederkäuen der Kälber im Stall noch hörst?« fragte Hermann. »Und die Grillen und das Schnäbeln der Störche? Hört man das alles noch, wenn man es immer hört? Ist es dir noch etwas wert?«

»Ich bin nicht schwerhörig«, sagte Marie lächelnd. »Aber ich glaube nicht, dass du mich das fragen wolltest. Bestimmt nicht!«

Sie waren vor Schattauers Rossgarten angekommen und lehnten sich an das reparierte Tor, in das am Ankunftstag der Blitz eingeschlagen war. Auf den abendlichen Weiden stand noch viel Vieh. Es sah nicht nach Regen aus.

»Stimmt«, sagte Hermann. »Aber ich wollte auch nicht mit der Tür ins Haus fallen.«

»Ich bin aber nicht aus Zucker«, sagte Marie.

Sie bekam ein bisschen Angst vor ihren Worten. Aber sie fand sich immer besser zurecht in dem Gefühl, das sie für Hermann empfand.

»Ich kann nur sagen, wie es ist«, sagte er. »Ich habe dich seit dem Treffen an der Birke nicht vergessen. Als ich in Ortelsburg vor den Demonen stand, habe ich dich nicht vergessen und auch nicht auf der Reise mit Balduin – zu keinem Zeitpunkt. Ich weiß nicht, ob du mich gern haben kannst. Aber ich habe dich sehr gern.«

In Maries Erinnerung setzte sich fest, dass die Düfte außer Rand und Band gerieten. Sie kamen aus dem Dorf, aus den Kartoffelkellern, den Ställen und den Insthäusern, von den Blumenbeeten, den Misthaufen, von den Laub- und Nadelhölzern, aus fernen Bächen und Teichen und von ihrer eigenen Haut. Duftende Fesseln legten sich um sie. Es roch nach Äpfeln, frischem Brot, faulem Karpfen, Erde, Mehl, zertretenen Stachelbeeren, Petroleum, Jasminseife, Hundefell, Menschenschweiß, Wiesensalbei und anderen Dingen.

»Dass du mich gern hast, weiß ich schon lange«, sagte Marie. »Ich kann dir aber noch nicht sagen, was ich davon halten soll. Ich bin unerfahren und muss noch überlegen.«

»Tja«, sagte Hermann. »Viel weiter bin ich eigentlich auch nicht.«

Sie schwiegen.

»Ist es nicht komisch, dass wir hier stehen?« fragte Marie.

»Bei Licht betrachtet die unwahrscheinlichste Sache der Welt«, sagte Hermann. »Aber ich bin froh, dass du hier stehst und keine andere. Mit dir ist immer Spannung in der Luft.«

Von Osten zog der gewölbte Vorhang der Dunkelheit herauf. Marie griff nach Hermanns Hand und fühlte siedendes Blut in ihrem Gesicht. Alles zog sich zusammen, von den Knien bis zum Nacken. Die Haut am ganzen Körper wurde straffer und fester. Mit einer so starken Wirkung hatte sie nicht gerechnet. Ein leichtes Zittern bewegte ihre Hand.

Hermann war stolz, Maries Vertrauen bis zu diesem Punkt erworben zu haben. Gleichzeitig war er sich selbst suspekt. Ein Wurm im Ohr verspottete ihn: Jetzt bis du schon froh, wenn du mit einer Landpomeranze Händchen halten kannst.

Am nächsten Tag brachte Hermann Sindbad in dem Remontedepot unter, das Balduin bestimmt hatte, und reiste nach der Pension Rosenteich ab, die in der Nähe des Gestüts Trakehnen lag. Er hatte längst dort sein wollen, aber als er mit einem kühlen Regenschauer eintraf, wollte er nach Kleinbärengrund zurück. Jeden Morgen vor dem Frühstück und abends vor dem Zubettgehen schrieb er Briefe an Marie. Weil ihm diese Beschäftigung besser gefiel als die Besichtigung der Trakehner, verdoppelte er die Dauer des Schreibens: Er verfasste die Briefe zuerst als Entwurf und dann in Reinschrift. Er berichtete vom Bronzedenkmal des Tempelhüters, von den alten Alleen, den weiß gestrichenen Koppelzäunen, den grünen Weiden … und Pferden, Pferden, Pferden, soweit sein Fernglas reichte, 10 000, 15 000, 20 000 Pferde und mehr: Ein Ozean deutschen Warmbluts mit Zuflüssen von englischem und arabischem Vollblut.

Hermann stellte Marie die Pavillons der Hauptbeschäler vor, die in Trakehnen wie individuelle Persönlichkeiten mit liebenswürdigen und schrulligen Charakterzügen behandelt wurden. Der dritte Brief zeichnete ihr das Bild eines Hengstes ins Gedächtnis, der einen Maulkorb tragen musste, weil er sich sonst vor Nervosität selber Löcher ins Fell biss.

Marie las rauf und runter, bis sie den Brief auswendig konnte, und fragte sich, warum der Hengst mit dem Maulkorb so ausführlich beschrieben wurde.

Den ersten und zweiten Brief ließ Otto Schattauer händeringend, aber stillschweigend durchgehen. Den dritten und vierten händigte er seiner Tochter unter strengen Ermahnungen aus. *So tötet nun die Glieder, die auf Erden sind, Unzucht, Unreinigkeit, schändliche Lust, böse Begierde und die Habsucht, welche ist Götzendienst.* Den fünften und alle folgenden Briefe zerriss Schattauer ungeöffnet und verbrannte sie im Feuer.

Marie wunderte sich über das plötzliche Ausbleiben der Briefe, die sie stolz und zufrieden gemacht hatten. So viel Achtung und Aufmerksamkeit wie in Hermanns Schreiben waren ihr noch nirgends begegnet. Seine Briefe waren verdichtete Gespräche. Alles war interessant und ungewöhnlich, wie von weit her und doch von ganz nah in ihr Ohr gesprochen. Sie erledigte misstrauisch ihre Arbeit und befragte die Geschwister. Keiner konnte ihr helfen. Am sechsten Tag beobachtete sie, dass sich Otto Schattauer am Ofen im Wohnzimmer zu schaffen machte. Es herrschte schwüle Sommerhitze. Außer Backöfen und Dampfkesseln musste in ganz Ostpreußen nichts beheizt werden. Als ihr Vater sein Werk verrichtet hatte und verschwunden war, untersuchte sie die Asche und fand darin unversehrte Schnipsel mit Hermanns Handschrift. Sie rannte in den Stall. Otto Schattauer hatte ein Huhn geschlachtet und rupfte die Federn. Als seine Tochter herein stürzte, wischte er sich das Blut an der Schürze ab. Sie riss seinen Arm hoch und drückte ihm die angebrannten Papierschnipsel in die gerötete Hand.

»Beruhige dich, Marie, es ist nichts Schlimmes geschehen«, sagte Otto Schattauer. »Man muss der Sünde den Riegel vorschieben. Den Weg verlassen, bringt böse Züchtigung, und wer Zurechtweisung hasst, der muss sterben.«

»Sprüche 15, Vers 10. Ich kenne die Bibel auswendig, dafür hast du selbst gesorgt. Aber ich hasse es, meine Briefe nicht zu bekommen.«

»Es ist die Pflicht jedes Vaters, der dem Herrn wohlgefällig lebt, so zu handeln, wie ich gehandelt habe.«

»Was soll daran gut sein? Gut war, was Hermann für Gonim und uns alle getan hat. Es gibt keine Pflicht, Briefe zu verbrennen, die einem nicht gehören. Und wenn doch, dann weg mit dieser Pflicht.«

Sie lehnte sich gegen die Wand des Stalls, um das Ausschlagen ihres Fußes hörbar zu machen. Gotzo verschwand schleunigst.

»Sprich nicht so mit mir«, sagte Otto Schattauer. »Wüte nicht gegen das Gebot des Herrn. Die Gerechtigkeit des Frommen macht seinen Weg eben; aber der Gottlose wird fallen durch seine Gottlosigkeit.«

»Sprüche 11, Vers 5«, sagte Marie. »Sprüche, Sprüche, Sprüche. Ich kann es nicht mehr hören. Woher weißt du, dass du nicht dieses Mal selbst der Gottlose bist, der fallen wird? Warum sind immer die anderen die Sünder?«

»Hermann hat dir den Sinn verdreht.«

»Niemand hat mir den Sinn verdreht. Du bist von Mutter zum Hass angestiftet worden, gib's zu. Hermann war der fähigste Mann, den du jemals in Kleinbärengrund und ganz Masuren gesehen hast. Er konnte alles, was du kannst, dabei ist er Soldat und kein Bauer. Er hat in seiner Heimatstadt eine Bedienstete. Er müsste sich im Urlaub nicht mit Zäunereparieren und Kleemähen abgeben. Du warst mächtig stolz auf ihn, gib's endlich zu. Hast du etwa nicht mit leuchtenden Augen dagestanden, als er nach Ortelsburg sprengte? Hermann ist ein guter Mensch.«

»Aber er ist nicht des Herrn«, sagte Schattauer. »Er gehört zu dieser Welt, die dem Untergang jäwäjht ist. Wir jädoch, wir sollen mit Furcht und Zittern sälig werden.«

»Aber zu welchem Preis?« fragte Marie. »Gib mir meine Briefe zurück, sie gehören mir, ich will sie lesen. – Aber du kannst es nicht. Du kannst deine Schuld nicht wieder gutmachen. Wer Asche hütet, der hat sein Herz getäuscht und betört.«

»Hat das Evangelium so wenig in dir gefruchtet?«

»Das ist das Evangelium. Nichts anderes als das reine Evangelium. Alles steht drin, selbst das Gegenteil. Ich kann dir das Evangelium predigen, bis du schwarz wirst.«

Die Auseinandersetzungen dauerten zwei Tage. Marie brachte für ihre Ansichten Argumente vor, die ihr selbst ungeheuerlich erschienen, aber große Wirkung hatten. Wesolowski I kam aus Friedensthal herüber, um ihr zur Seelsorge zu raten. Während Wesolowski I redete, blieb Marie stumm und bohrte ihren Blick in seine Stirn. Als er das zweite Mal kam, weil er beim ersten Mal nichts Segensreiches ausgerichtet hatte, schloss sie sich in der Küche ein, zog die Vorhänge zu und trommelte mit Kochlöffeln auf den Töpfen. Selbst nach Ansicht ihrer Geschwister war Marie der Verstand stehengeblieben.

»Der Heilige Geist ist von mir gewichen«, rief sie trotzig. »Er hat es nicht mehr ausgehalten. Die Flamme ist aufgefahren und ich habe ihr den Takt dazu geschlagen. Jetzt ist der Heilige Geist wieder im Himmel.«

Als Wesolowski I und Otto Schattauer diese Worte hörten, fielen sie ungesäumt auf die Knie. Sie beteten laut und gebrauchten oft die Ortsnamen Sodom und Gomorrha, während Marie immer entschlossener lärmte. Die Frömmigkeit und der Trotz überboten sich mit allen Mitteln. Maries Schreien und Trommeln hielt den ganzen Nachmittag an. Weil aber Schattauer und Wesolowski I glaubten, dass Gebete nicht gebrüllt werden dürfen, gaben sie irgendwann auf.

Das Ereignis hatte längst Zeugen. Selbst von den Abbauten waren Schaulustige herbeigeeilt. Ihre Blicke prallten am verhängten Küchenfester ab, aber der dämonische Lärm, der die Wände des Hauses mit Leichtigkeit durchdrang, füllte ihre Ohren. Niemand wollte so recht glauben, was doch unbestreitbar war: Es ging bei den Gebetsleuten wüster zu als bei den übelsten Besäufnissen in Kolodzeiziks Schankwirtschaft. Erst gegen Abend stellte Marie das Lärmen ein und verkroch sich mit zerkratztem Gesicht in ihrem Zimmer, das sie mit Frieda und Berta teilte.

In der Nacht hatte Otto Schattauer schreckliche Träume. Er sah das Jüngste Gericht vor sich, das unter dem düsteren Licht der Ewigkeit am Fuße eines hohen Berges abgehalten wurde. Engel schlugen das Buch des Lebens auf und sahen, dass Maries Name nicht eingezeichnet war. Da sprach Gott der Herr vor den Ohren aller Menschen der Geschichte, den Lebendigen und den Toten, die aus ihren Gräbern herausgerufen worden waren, das letzte Urteil über seine Tochter: Gehe ein zur ewigen Verdammnis.

Als Schattauer schweißgebadet erwachte und sich nicht vorstellen konnte, dass ein anderer als Gott selbst ihm die Warnung im Traum geschickt hatte, bat er seine Frau um die Einwilligung, das letzte Mittel auszuprobieren. Noch am Vormittag stellte er Marie vor die Wahl, entweder ihre Worte und Taten vor den Eltern zu bereuen und Gott auf Knien um Vergebung zu bitten, oder sich auf eine heilsame Tracht Prügel vorzubereiten. Marie bemerkte sofort, dass ihr das erste Angebot gar nicht mehr offen stand. Sich jetzt an IHN zurückwenden, an IHN? Das war undenkbar. Jedem Vertrauen war die Grundlage entzogen.

Marie folgte dem Beispiel ihrer Brüder, die nicht oft, aber auch nicht selten Abreibungen erhielten, wie der Fachbegriff hieß, und beugte sich über den für Prügeltrachten vorgesehenen Küchenstuhl. Otto Schattauer zog den schmalen, schwarzen Lederriemen aus seiner Sonntagshose, die er stets zu den Stunden anzog, und krempelte die Ärmel seines Hemdes auf.

»Du wirst mir immer dankbar sein«, sagte er mit stockender Stimme. »Und nun, Herr, führe du die Hand.«

Marie hatte, nach dem Vorbild der Abreibungen ihrer Brüder, mit Streichen auf den Hintern gerechnet. Doch noch mehr Streiche klatschten auf ihren Rücken und die nackten Beine. Schattauer schlug langsam, wie unter Zwang und sehr hart zu. Der Schmerz war so ungewöhnlich, dass Marie eine

Weile brauchte, sein ganzes Ausmaß zu verstehen. Wie aus weiter Ferne trat der Schmerz von hinten auf sie zu, um sie dann restlos zu überwältigen.

»Ich habe den Heiligen Geist fortgejagt und mich an Hermann verschenkt«, rief sie atemlos. »Du kannst mir nichts anhaben, Vater. Schlag mich, aber gib mich frei.«

Schattauer verlor die kläglichen Reste seiner Fassung. Er zielte mit jedem Schlag auf die Fratze des Teufels, der von seiner Tochter Besitz ergriffen hatte, wie er nun glaubte. Er drehte den Gürtel um und prügelte das besessene Fleisch mit der Schnalle. »Herr hilf, Herr lass wohl gelingen«, rief er. Blutflecken breiteten sich auf Maries Kleid aus. Sie wurde ohnmächtig und fiel vom Stuhl.

Mit ihrem Fall kehrte Ruhe ins Haus ein, während in der Menschentraube, die sich eilends vor dem Fenster gebildet hatte, ein entsetztes Wispern anhob. Schattauer beugte sich weinend über seine Tochter und schleppte sie zu ihrem Bett. Auf dem Weg flehte er um Vergebung und erreichte die Grenzen seines Verstandes: Wieso bat er um Vergebung für etwas, das er in Gottes Namen getan hatte?

Als Marie erwachte, durchglühte sie vom Hals bis zu den Fersen fiebriger Schmerz. Sie wartete wimmernd, dass ein Gedanke zu ihr käme, und dachte als Erstes an die Tränen ihres Vaters, die in ihre aufgerissenen Wunden getropft waren. Die Tränen waren immer schneller geflossen, je fester er zuschlug. In was für eine Ohnmacht sie beide geraten waren! Ja, Marie glaubte ihrem Vater, dass er gelitten hatte. Aber warum hatte er immer fester zugeschlagen?

»Jetzt ist alles kaputt«, sagte Frieda, als sie hereinkam, um Marie Kamillentee und Äpfel zu bringen. »Was sollen wir denn jetzt machen?«

»Ich weiß nicht«, antwortete Marie. »Ich weiß überhaupt nicht, wo ich hingekommen bin.«

Sie war in den offenen Kampf mit IHM getreten. Das war es, was sie durch den eisernen Vorhang ihrer Schmerzen erkennen konnte. Sie hasste IHN mehr als ihren Vater, der nur ein Vollstrecker SEINES Willens war.

Marie Schattauer weinte zwei Nächte und einen Tag. Otto Schattauer riet ihr zur Lektüre der Psalmen – sie las Hermanns Briefe, bis die Tränen die Schrift unleserlich machten. Als keine Tränen mehr übrig waren, heulte sie eine Weile mit trockenen Augen. Sie bekam Durchfall und Fieber, magerte rasch ab und zerkaute ihre Fingernägel. Auf ihrer sonst reinlichen Gesichtshaut wuchsen Pickel mit gelben Köpfen und platzten auf. Ihr Urin begann stark zu riechen, und der Geruch erinnerte sie an die Ausdünstungen ihres todkranken Großvaters, dessen Bett sie im Sommer 1933 versorgt hatte.

»Wie schwer der alte Adam stirbt«, sagte Otto Schattauer, weil er glaubte, dass Marie in ihrer Zerrüttung doch noch Buße tun werde.

Er konnte vor Traurigkeit kaum sprechen. Aber er rang sich ab, was gesagt werden musste. Marie indessen schwänzte Morgen- und Abendandacht. Ihre Eltern, denen die durchwachten Gebetsnächte dunkle Furchen ins Gesicht zeichneten, fanden kein Mittel mehr, ihre Tochter zu zwingen. Am dritten Tag nahm Marie Papier zur Hand und stellte sich an die Zimmertür. Im Sitzen konnte sie nicht schreiben. Auf ihrem zerschlagenen Hintern hätte kein Mensch sitzen können.

Lieber, Hermann! Jetzt ist es geschehen – ich weiß gar nicht, wie. Ich habe den Salzbund gebrochen und meiner Familie wehgetan. Dafür hat mich mein Vater windelweich geprügelt. Ich bin keine Pietistin mehr, wenn man überhaupt damit aufhören kann, es zu sein … Die Dunkelheit, in der ich stecke, kannte ich vorher nicht. Jede einzelne Stunde ist mühselig. Du warst es, der mir mein altes Leben überdrüssig gemacht hat. Jetzt bin ich es los, aber ein neues ist nicht in Sicht ... Ich bin nur achtzehn, aber mir vergeht die Lust an allem, wenn Du nicht zurückkommst und sagst, dass es stimmt: Du bist froh, dass es mich gibt. Das wäre das Einzige, was mir in diesem Scherbenhaufen vielleicht helfen könnte ... Ich weiß noch nicht genau, was die Liebe eigentlich ist. Aber können wir sie nicht gemeinsam lernen, Du und ich? Es scheint gar nicht so schwer zu sein, wenn es so viele Leute können, die bestimmt nicht pfiffiger sind als ich ...

Marie faltete das Papier und steckte es in einen weißen Umschlag. Weil es ihr so vorkam, als sei das Schreiben nicht besonders nett geraten, legte sie getrocknete Mohnblüten dazu. Alfred schmuggelte den Brief zum Zweigpostamt nach Lindenort. Als er verschwunden war, stellte sie fest: Ihre Erwartungen an die Zukunft waren kleiner als befürchtet.

Hermann empfing Maries Brief in der Pension Rosenteich und legte sich zum Lesen aufs Bett. Endlich, endlich, dachte er, während er, mit den Augen schon Zärtlichkeiten suchend, das Papier aufschlug – und sah, dass alles anders war. Sein inneres Ohr hörte Lärm, aber es war nicht das Schreien, das die arme Marie bei der Prügel ausgestoßen haben mochte.

Er hörte das Stakkato der Schüsse am Schießstand, das metallische Repetiergeräusch seines Gewehrs, das Klackern leerer Geschosshülsen. Seine Fingerkuppen, die in Wirklichkeit mit der Zartheit der Blütenblätter befasst waren, fühlten nicht weniger deutlich Hahn, Griffsicherung, Fanghebel, Magazinfeder, Schlitten und Abzug. In seinem Kopf spielten sich Sturmangriffe ab. Er sah Panzerschlachten und Stellungskriege vor sich ausgebreitet. Und er erkannte die Frage, die sich in dem Lärm formulierte: War es das, worauf es ihm ankam?

Er lebte, er hatte es oft eingestehen müssen, ein Leben

zum Ruhme der deutschen Waffen, die schrecklich sprechen würden zu ihrer Zeit. Seine Bahn war vorgezeichnet wie die Kurve eines Geschosses. Die Beförderung zum Hauptmann und Kompaniechef würde kommen. Andere Frauen als Evi Landshut wären zu gewinnen und wieder zu verlieren. Der alte Mercedes Kompressor wäre durch einen neuen, noch schnelleren zu ersetzen. Die Wohnung in der Krahnstraße würde auch noch fertig werden, wenn er nicht vorher in einer Blechkiste nach Hause käme ... Die Frage war, ob in dieser Biografie nicht etwas fehlte. Gab es noch etwas, was über dieses Leben und – Gott bewahre! – Sterben hinausginge?

Es waren solche Gedanken, schrieb Gustav Eckstein, die an Hermann vorüberzogen und im Mittagslicht verflogen wie ein Schwarm aufgeschreckter Vögel. Er musste nicht abwägen. Er musste entscheiden. Ja oder Nein. Für beides gab es gute Gründe. Sonst wäre es keine Entscheidung.

Hermann ergab sich einem unbestimmten Eindruck, einem Reiz, der sein Bewusstsein aus dem Nichts traf und Ja zu ihm sagte: Ja, er sollte nach Kleinbärengrund fahren. Das Abenteuer seines Lebens hatte asiatische Augen und statt des Herzens eine Wunde, woran er nicht schuldlos war. Er warf Mohnblüten in die Luft und ließ sie auf seinen Bauch herabrieseln. Was wäre der Krieg ohne die Liebe? dachte er und gab ein Telegramm an seine Eltern auf. *Rückreise verspätet. Komme mit Braut.*

Die Dunkelheit versickerte noch im Westen, als Hermann in der Pension Rosenteich aufbrach, nach Ortelsburg fuhr und im Bahnhofsgebäude zwei Fahrkarten für den ersten Teil der Heimreise über Allenstein bis Berlin Zoologischer Garten kaufte. Er fuhr mit dem Mittagsbus nach Kleinbärengrund, huschte hintenherum zum Insthaus und überredete Fritz Przyggoda, gegen den Agentenlohn von zwei Tafeln Schokolade eine geheime Nachricht bei Marie abzugeben.

Wenig später erreichte Marie den Hochstand hinter Schatauers Rossgarten. Ihr Gesicht war wund verweint. Sie fühlte sich wie ein Klumpen aus Rotz und Trauer, müde, zermürbt und ausgelaugt. Später kam heraus, dass Hermann in diesem Augenblick die Lage genauso beurteilte und schlucken musste. Maries Liebreiz hatte sich, über den Daumen gerechnet, halbiert.

Hermann griff nach Maries Händen und sah das geronnene Blut unter ihren abgekauten Fingernägeln. Er versuchte, ihr in die Augen und nicht auf die Pickel zu sehen. Ihre Waden glichen lilaweißen Zebrastreifen. Jetzt gelang ihm, was bei der Wochenschlussandacht nicht geklappt hatte. Er stellte sich Marie nackt vor – den ganzen zerschlagenen, verschorften Körper. Ihm wurde übel. Es war eine Übelkeit, die vom Kopf her kam.

»Du siehst aus, als wärest du der Inquisition in die Hände gefallen«, sagte er. »Aber predigen die Gebetsleute nicht Sanftmut und Barmherzigkeit?«

»Wollen wir über den Gebetsverein streiten?« fragte Marie. »Ohne mich! Ich möchte wissen, was du mir zu sagen hast. Und sag nicht zu wenig, das geht jetzt nicht mehr. Bald wird ein Bauernsohn von den Gebetsleuten kommen und mich heiraten. Es wird sicherlich der sein, der meiner Mutter am besten gefällt, ein herzensguter, blöder und besonders langweiliger Mensch ... Nun sag schon was!«

Hermann wurde unsicherer, als er es vor zehn Minuten für möglich gehalten hätte. Im Regiment gab es Regeln, durch die jede Entscheidung im Rahmen einer klug begründeten Ordnung fiel, ausgedacht von genialen Generälen in Jahrhunderten des Krieges. Kleinbärengrund war dagegen ein Irrgarten im Außenbezirk der Zivilisation. Marie war wegen ihm verrückt geworden und sah auch so aus. Eine Greta Garbo war sie jedenfalls nicht. Ihre Familie erlebte wegen ihm die schlimmste Zeit seit den Hungersnöten. Wahrscheinlich würden die Gebetsleute längst über ihren gefeierten Reiterboten fluchen, wenn sie es dürften. Da sie aber nicht fluchen durften, würden sie wahrscheinlich zähnefletschend für ihn beten.

Er konnte nicht einfach so nach Hause abzischen und Marie im Schlamassel lassen. Er würde unglücklich sein, und er würde sie vermissen. Außerdem hatte er sich sowieso längst entschieden – wie konnte er das vergessen?

»Wenn du mir glaubst, dass ich ohne dich nicht leben will, dann komm mit mir«, sagte Hermann.

»Meinst du wirklich?«

»Wirklich.«

»Ich soll also deine Frau werden?«

»Ja, so sieht es aus.«

»Das ist sehr schön. Es entspricht meinen Hoffnungen.«

Marie spürte: Ein Kuss würde passen. Sie hatte auch eine grobe Vorstellung, wie das erste Treffen von zwei Lippenpaaren einzurichten wäre. Aber sie wollte jetzt nicht küssen. Sie fühlte sich nicht schön genug für den ersten Kuss ihres Lebens. Sie war nicht zärtlich gestimmt. Sie wollte lieber erleben, wie das ist, wenn man frei war und sich alles einrichten konnte, wie man es für gut hielt. Viel konkreter wurden ihre Gedanken nicht, wie sie später erzählte. Sie hatte nichts, auf das sich ihre Phantasie richten konnte. Sie wusste nicht, wie es in der Welt aussah. Kein Roman und kein Film hatten ihre Vorstellungskraft geschult und verdorben.

Marie fragte Hermann nach Geld und Auskommen. Das schienen ihr vernünftige Fragen zu sein. Er verwies auf das Vermögen der Familie Eckstein, auf die Häuser, die er geerbt hatte und noch erben würde. Weil ihm das nicht feierlich genug klang, versprach er Marie, sie im weißen Mercedes nach Paris zu fahren und in Champagner zu baden.

»Weiß gar nicht, was Schampanjer ist«, sagte sie. »Da geht es schon los, lieber Hermann. Aber was du vorschlägst, ist bestimmt reine Verschwendung.«

»Ich werde dir den Champagner mit größtem Vergnügen erklären«, sagte er und fühlte die Lebenssäfte zurückströmen. »Aber wir müssen nicht unbedingt nach Paris fahren. Wir können auch Urlaub in Masuren machen, das ist ja ein bewährtes Ziel. Mit vier Trakehnern vor dem Wagen und vier Kindern auf dem Wagen.«

»Du spinnst«, sagte Marie. »Du bist verrückt. Wir sind beide verrückt geworden. Weißt du überhaupt, was wir da reden? Mein Vater wird mich niemals gehen lassen. Er will die Sünde vom Hof haben, aber mich will er bestimmt behalten.«

»Wenn wir uns zusammentun, muss dein Vater abdanken«, sagte Hermann. »Man wird einem Bauern nicht erklären müssen, dass Vögel flügge werden.«

Sie rannten ins Dorf zurück, ohne sich vor den neugierigen Blicken zu verstecken, von denen sie umgarnt wurden, und suchten nach Fritz. Er hockte mit seiner Freundin Elke unter einer Birke, beide mit einem Schokoladenhalbmond im Gesicht, der bis zu den Ohren reichte. Hermann ließ sich von den Kindern bei Heinrich Kerstan vorstellen, dem Bauern vom Ortseingang, den er einmal in Kolodzeiziks Trinkstube gesehen hatte. Kerstan feilschte um jede Mark, aber er war bereit, Pferd und Wagen reisefertig zu machen.

»Für die Liebe muss ein kleiner Verrat erlaubt sein«, sagte er. »Im Grunde dachten wir schon am ersten Abend, dass es Marie dieses Mal erwischt.«

Als Marie und Hermann auf dem Hof auftauchten, wusste Otto Schattauer, dass er die Schlacht verloren hatte. Eine schweigsame, aufgerührte Prozession zog ins Wohnzimmer: Hier Otto und Ruth, durch zitternde Blicke verbunden; dort

Hermann und Marie, Händchen haltend, aber auch nicht ohne Zittern. Hermann blieb stehen und reichte, indem er die verwegenen Worte tatsächlich aussprach, den Schwarzen Peter der Entscheidung an Schattauers weiter: »Ich möchte Sie um die Hand Ihrer Tochter bitten!«

Ruth Schattauer krallte die Finger ineinander und heulte.

»Sie werden tun, was Sie wollen«, sagte Otto Schattauer nach zwei, drei Gedenkminuten, in denen die Bitte Hermanns aufdringlich im Raum stand. »Haben Sie immer jätan, seit Sie hier hereinjäbrochen sind. Aber meinen Säjen bekommen Sie nicht. Sie sollen im Jädächtnis behalten, dass Sie Ihre Frau durch Raub erworben haben. Und du, Marie, du stehst mit einem Bein in der Hölle, das ist die bittere Wahrheit. Denk daran, noch alle Schattauers, die den Salzbund jäbrochen haben, haben kein gutes Ende jänommen.«

Hermann nagelte im Schuppen zwei stabile Kisten zusammen und half Marie, ihre Siebensachen zu verstauen. Frieda füllte den verbliebenen Platz mit Obst, Räucherwurst und frischem Brot aus.

»Komisch«, sagte Hermann. »Jetzt haben wir dein ganzes Leben umgestürzt, aber sind nach zehn Minuten reisefertig.«

Am Ende fiel die Familie der Tochter in die Arme. Alle weinten laut.

»Es ist wirklich zum Heulen«, flennte Frieda. »Aber ich bin neidisch auf dich. Du wirst bestimmt was erleben.«

Otto Schattauer verbot den Kindern, hinter dem Wagen herzulaufen. Gotzo entkam vorläufig und bellte empört zu den Abreisenden hinauf. Doch der Hund war machtlos, als ihn das strenge Pfeifen seines Herrn erreichte. Er kehrte auf enttäuschten Pfoten um und bog jaulend auf den Hof ein – das letzte Lebewesen, das Marie in Kleinbärengrund sah. Hermann steuerte Kerstans Wagen durch eine Biegung. Ein Birkenvorhang zog sich von der Seite zu und ließ das Bild des Dorfes nur noch in Punkten und Flecken durchscheinen.

»Es ist schön schrecklich«, weinte Marie. »Es ist, als wäre ich in zwei Stücke zerrissen ... Ich bin frei und verloren.«

Hermann ließ die Zügel los, wie Heinrich Kerstan empfohlen hatte, und legte seinen Arm um Marie. Der gedrungene Braune, ein naher Verwandter von Jule und Jablo, trottete von allein weiter, Ortelsburg entgegen, bestens bekannt von wöchentlichen Marktbesuchen.

»Als Erstes muss ich dir etwas sagen«, sagte Marie nach einer Weile. »Ich habe in den letzten Wochen mehr gelernt als in achtzehn Jahren vorher. Trotzdem bin ich ein unerfahrenes Mädchen. Ich weiß nicht, ob Balduin der Vater deines ersten Kindes wird, denn ich verstehe überhaupt nichts vom Kindermachen.«

»Mohnblüte!« erfand Hermann in dieser Sekunde den für immer gültigen Kosenamen. »Mohnblüte, das ist ja eine schöne Bescherung! Aber ich sage dir, du spinnst. Du bist so abergläubisch wie dieses ganze Land. Eine Frau weiß, wann es passiert ist, gerade beim ersten Mal.«

»Sei tapfer«, sagte Marie. »Du hast dich nun entschieden, mich zu lieben, und vielleicht bin ich zu zweit.«

»Na gut«, sagte Hermann. »Allein oder zu zweit, ich will nicht kleinlich sein. Aber dafür verlange ich ab jetzt Treue.«

Sie lachten und freuten sich, dass sie dieses Lachen gefunden hatten. Darauf können wir bauen, dachte Hermann. Marie ist nicht so schön wie erhofft, aber lustiger als vermutet.

Das Lachen vertrieb auch den Kummer aus Maries Kehle. Sie freute sich darüber, dass sie nun berechtigt war, Träume zu haben. Wovon sie allerdings träumen sollte, wusste sie noch nicht. Marie dachte: Ich muss selbst das Träumen noch erlernen.

Hinter Plohsen erreichte das Fuhrwerk die Hauptstraße nach Ortelsburg. Friedrich Salewski, ein Fußgänger aus Kleinbärengrund, erkannte Marie Schattauer und Kerstans Braunen. Da er sich auf dieses außerordentliche Gespann keinen Reim machen konnte, baute er sich groß auf und stellte Hermann zur Rede.

Hermanns Phantasie war schon tausend Kilometer in die Zukunft gereist. Hemmschuhe konnte er nicht gebrauchen. Er ließ den Braunen mit einem Peitschenknall scharf angehen und zwang den Mann, zur Seite zu springen.

»Hören Sie«, rief Hermann. »Ich will meiner Braut die ganze Welt zeigen. Das ist noch ein Stück Weg!«

Zweiter Teil

1

... Marie ist achtzehn und besitzt, was sie in zwei Holzkisten und den Lederkoffern mit sich führt, die ich ihr gestern am Potsdamer Platz gekauft habe. Ihre Eltern würden Euch spanisch vorkommen, es sind aber masurische 30-Hektar-Bauern und strenge Gebetsleute mit einem Draht zum Himmel, wovon mündlich. Hier habe ich uns eine verschwiegene Charlottenburger Pension genommen, um Marie nicht mit den Anmaßungen der großen Hotels zu drangsalieren – getrennte Zimmer, ich bitte Euch! Marie ist nicht Evi! Wovon mündlich, wenn überhaupt. Als wir mit der Elektrischen zum Karstadt am Hermannplatz fuhren – die Rolltreppen! 20 x rauf und runter! – sagte sie, die in ihrem Leben nur einmal über den Kreis Ortelsburg hinausgekommen war: »Ein dünner Zug für die Stadt, ein dicker fürs Land, det find ick praktisch.« Und die Reaktion, als sie bei Gerda Virchow eines der verbrannten Bücher aus dem Regal zog! Mohnblüte blättert das Buch von hinten auf, stößt in der Mitte auf die Überschrift »Kleider machen Leute und ein anderer Mensch kriegt auch andere Augen« und sagt: »Ick beginne zu verstehen, det ist mein Fall.« Wir hatten nämlich gerade am Kurfürstendamm das eingekauft, was Ihr bald zu sehen bekommt. Natürlich beschränkt sich ihr Berlinerisch auf ick und det, sonst spricht sie Deutsch und Masurisch, wovon ich nichts verstehe. Es ist wirklich nicht unsere Sprache, wie es manchmal heißt, sondern schlicht und ergreifend

ein polnischer Dialekt. Reicht das für eine Ehe, fragt Ihr? Ratet mal! Marie Schattauer hat den Charme der gefallenen Engel, dem ich machtlos unterworfen bin …
P. S.: Bereitet für Marie die Gartenzimmer vor, ich ziehe wieder nach oben. Hochzeit bald.

»So, so«, sagte Albert Eckstein, während Paula Eckstein den Brief vorlas. Sie linste über die Kante des Blattes und erkannte am flachen Spannungsbogen der Lippen seinen Unwillen, ohne die Ursache zu erraten.

Ehepaar Eckstein saß an diesem Morgen mit Frühstücksgast Heinz Toll auf der Terrasse. Über den Lärchen und Weißtannen am Rande des Gartens zeigte sich die umwölkte Stirnpartie der Sonne. Haushaltsgehilfin Elisabeth Straub, eine für Fleiß und Anspruchslosigkeit gerühmte Person, deren Alter im Niemandsland zwischen vierzig und fünfzig lag, balancierte ein quadratisches Tablett heran und schenkte den Kaffee in vorgewärmte Tassen aus.

Tatsächlich ärgerte sich Albert über seine Frau, weil sie die intimsten Hinweise in Hermanns Schreiben nicht diskret überging, sondern, im Gegenteil, mit süffisantem Lächeln herausstellte: »Ge-trenn-te Zim-mer« hatte sie gehöhnt, »Marie ist nicht Evi« mit schlüpfrigen Pfeiftönen untermalt. Er fand, dass Toll bestimmte Dinge nicht wissen musste, auch wenn der Mann mit dem fettig-großporigen Gesichtsleder ein guter Freund des Hauses war, genauer gesagt: ein Herzensbruder seiner allerliebsten Gattin.

Albert wusste gar nicht mehr, welche absonderliche Laune des Schicksals diese verblüffende Freundschaft zusammengefügt hatte. Wenn er sich's überlegte, hatte sich Toll die Anwesenheit im Hause über die Jahre ergaunert und erschlichen, indem er jeden Besuch unmerklich um ein halbes Minütchen länger ausdehnte. Jetzt kam er schon zwei-, dreimal am Tag und fand dann nicht mehr die Ausgangstür.

Falls sie nicht gegen die gewohnten Rituale verstoßen haben, heißt es in den genealogischen Aufzeichnungen, trank Paula ihren Kaffee schwarz und löffelte hochsommerliches Früchtekompott, während Albert sein Leib- und Magengericht mit einem Schlag kaum gesüßter Sahne aß: Zidertorte nach bretonischem Rezept. Die Torte mit dem feinen Apfelfaulgeruch musste im Sommer und Herbst stets vorhanden sein, sonst kam Albert nicht gut aus den Federn.

Paula korrigierte Hermanns nachlässige Blattfaltung so, dass sich Kopfsteg und Anrede ordnungsgemäß oben befanden, und steckte den Brief ins rot gefütterte Kuvert zurück. Unterdessen warf Toll zwei Pyramidon-Tabletten ein, spülte sie mit Kaffee herunter und sagte schroff: »Ich habe Panzerketten im Kopf – aber solche!« Er streckte den linken Arm gegen das südliche und den rechten gegen das nördliche Gartenende aus. Das Pensum des Vorabends stand ihm ins Gesicht geschrieben. Ecksteins hatten mit Bekannten aus der Nachbarschaft Whisky-Soda und Hennessy getrunken. Man hatte noch spät nachts um den Flügel gestanden und gesungen, von SaheinKnabeinRösleinstehn bis GutenAbendguteNacht. Der größte Zecher und mit Abstand hundsmiserabelste Sänger war mal wieder Toll gewesen. Darüber hatten sich alle Gäste schon verständigt, als der Unvermeidliche noch mit zwei Zigarren den Dirigenten mimte.

»Unser Junge hat sich also einer jungen Bäuerin unterworfen … und das gleich machtlos«, resümierte Albert, der einen gedeckten Geschäftsanzug mit Weste trug. »Ich hoffe, er weiß, was er tut. Ein Fehler bei den Eröffnungszügen der Liebe ist kaum auszumerzen.«

»Wenn es die Ahnungslosigkeit ist, die Hermann an dieser masurischen Marie so gut gefällt, ja um Gottes willen, dann hätte er sich jede fünfzehnjährige Trulla von Um-die-Ecke nehmen können«, sagte Paula. »Und wenn ihm ihre

Wissbegierde Vergnügen macht, was ja wohl der Fall ist, dann hätte er Lehrer werden sollen ... Was reizt euch Männer nur an der Unreife?«

»Brauchst du mich nicht mehr zu fragen«, lächelte Albert. »Ich bin ja völlig anders.«

»Also, eins will ich nicht erleben«, sagte Paula. »Ich will hier keine von den Polacken sehen! Stell dir vor, Albert, er kommt hier mit so einer Schreckschrulle von den Polacken an.«

Paula trug an diesem Tag ein grünes Batistkleid und hatte ihr schweres, eichhörnchenfarbenes Haar mit mehreren silbernen Spangen hochgesteckt. Ihr Unbehagen über Hermanns Botschaft zeigte sich an der tiefen Stirnrunzel auf dem gut erhaltenen Gesicht, das alle Welt für etwas Besonderes hielt, denn die Hälften waren über das gewöhnliche Maß hinaus unterschiedlich geformt und ließen auf widerstrebende Charakterzüge schließen.

Paulas rechte, oft etwas verspannte Gesichtshälfte war länglich, streng und sogar ein bisschen asketisch, während man der linken gemütliche, warmherzige und etwas biedere Züge zusprach. »Die Chance, mit einer Heirat zwei Frauen zu bekommen, kann ich mir nicht entgehen lassen«, hatte Albert gesagt, als er Paula im vorletzten Jahr vor dem Krieg auf Helgoland seinen Antrag machte.

»Ich glaube, meine Augenweide, du übertreibst ein bisschen«, beruhigte Albert. »Das ist die Angst vor dem Unbekannten. Es gibt eine feste Grenze zwischen Masuren und Polen, die sogar ständig verstärkt wird. Das Slawentum, das ist ja angeblich unser größter Feind, von den armen Juden abgesehen. Wobei man sagen muss, dass die Anzahl der größten Feinde allmählich unübersichtlich wird. Eine wahre Inflation von Superlativen haben wir jetzt.«

»Aber muss er sie gleich mit in den Westen schleppen?«

fragte Paula. »Er war immer leichtlebig. Warum jetzt das? Oh, ich weiß nicht, ob mir dieses Frühstück noch schmeckt.«

»Schau«, sagte Albert. »Wir haben das Unsere dazu getan, um meinen armen Bruder Balduin nach Masuren hinauszuekeln. Und jetzt bekommen wir Marie quasi als Retourkutsche. Das könnte doch ein diskreter Wink des Schicksals sein. Vielleicht sollte man seine Sorgenkinder nicht einfach ins Exil abschieben.«

»Was redest du da, mein Lieber?« fragte Paula. »Einen zweiten Fall Balduin, sozusagen umgekehrt, wird der Ruf der Familie nicht so leicht verkraften. Mir ist jetzt schon angst und bange, wie das noch werden wird.«

»Ich denke doch, zu Unrecht«, warf Toll ein, strich sich durch das Schnurrbärtchen unter den Nasenlöchern und zog eine saftig-saure Dillgurke aus dem Glas, das Paula in weiser Voraussicht Marmeladen und Honig zur Seite gestellt hatte. »In Masuren lebt ein vortrefflicher Menschenschlag, tipptopp, das hat der Führer oft gesagt, und der muss es wissen, der war schon '32 dort, um das Tannenberg-Denkmal zu besuchen. Und was haben die Massen gerufen? ›Heil dem Retter unserer Heimat.‹ Wir dürfen Hoffnung haben, dass Marie zu den Besten unseres Volkes gehört.«

Toll war Lokalschriftleiter bei der Zeitung und hatte gewisse Aussichten auf den Hauptschriftleiter-Posten. Sein Hobby war die Seidenraupenzucht, die neuerdings im Aufschwung war, weil das Reich auch in Sachen Fallschirmseide autonom werden wollte. Am meisten aber interessierte sich Toll für Holland. Dort kannte er die Straßen und Wasser von Eindhoven bis Den Helder wie seine Westentasche. Er verbrachte seine Ferien und jedes dienstfreie Wochenende in Holland, seit sich seine Frau Gertrud, eine Hauptschullehrerin, aus dem Staub gemacht hatte, und zwar aus Gründen, die Toll bis auf den Tag nicht kapierte. Die Maulbeersträucher, von deren Blättern sich die Seidenraupen ernährten, pflegte während der Hollandreisen der zwölfjährige Alex, Sohn aus glücklicheren Tagen.

»Herr Hitler darf selbstverständlich seine eigenen Ansichten haben«, konzedierte Paula. »Also gut, ich will das Beste glauben, bis ich diese masurische Marie in Fleisch und Blut vor mir sehe. Nutzt ja nix, sich einen Popanz aufzubauen.«

»Es heißt immer noch Hitler, verehrte Nachbarin, nicht Herr Hitler«, sagte Toll. »Das sollten wir auch beim Frühstück nicht vergessen.«

»Gut, da haben Sie Recht«, wollte Paula sagen, aber ihre Bemerkung wurde von Alberts erhobener Stimme überlagert.

»Bitte reden Sie nicht so, Nachbar«, sagte er. »Ich weiß gar nicht, dass man Hitler nicht ›Herr Hitler‹ nennen darf. Es ist mir niemals zu Ohren gekommen, dass Hitler nicht ›der Hitler‹ ist und ich wünsche auch keinerlei Aufklärung darüber. In bedrohlichen Situationen hat das schöne Gefühl der Geborgenheit stets mit fehlendem Wissen zu tun. Das müssen wir neu lernen, auch wenn's Zeitungsmenschen gegen den Strich geht.«

Toll hörte den Sirenenton in Alberts Stimme und gab keine Widerworte. Das Gespräch lief in ruhiges Fahrwasser. Alle mobilisierten ihre Masurenkenntnisse, die sie seit Balduins Exodus vor fünf Jahren gesammelt hatten: Daten über *Terra incognita*. Paula gab seufzend zum Besten, dass die Landschaft im Osten von alters her »große Wildnis« hieß und zitierte die erste Strophe aus ÄnnchenvonTharau. Toll nannte die unter nationalen Gesichtspunkten fabelhaften Ergebnisse der Volksabstimmung von 1920, als alle Masuren, von einer Handvoll Fahnenflüchtiger abgesehen, gegen Polen und für Deutschland gestimmt hatten. »Und wie heißt das berühmteste Buch eines Masuren?« stichelte Albert. »Na, Toll, wie heißt es? Keine Ahnung? Ich schlage

De hypothesibus motuum cœlestium commentariolus vor.« Albert klopfte sich auf die Schulter und kam auf Nikolaus Kopernikus zu sprechen, den in Thorn gebürtigen Mathematiker und Astronomen mit dem polnischen Geburtsnamen Kopernik, wechselte aber bald in ein Fach, in dem er sicherer war als in Astronomie, und lobte die Masuren-Achse des Schalker Kreisels, allen voran Fritz Szepan, dahinter Ernst Kuzorra, Emil Rothhardt und Walter Badorrek.

Bis zum Schluss kam keine reine Freude über Hermanns Brief auf. Doch das Schreiben gab nach dem betäubend knappen Telegramm – »Komme mit Braut« – viel Stoff zum Denken und lenkte die wüsten Phantasien der letzten Tage in zivilisierte Bahnen. Schließlich steckte sich Toll ein paar Pyramidon-Tabletten auf Vorrat ein und reckte die Hand zum Himmel.

»Hab noch einen Artikel halbfertig auf dem Schreibtisch liegen«, sagte er. »›Heim ins Reich – Gegen die Willkür falscher Abmachungen‹, so soll er heißen. Heil Hitler!«

»Ja, Heilung allen, die es nötig haben«, antwortete Albert.

Er zog seine goldene Taschenuhr aus der Weste, kontrollierte nachsichtig die Zeit, hob eine Ecke Zidertorte auf die Gabel, erschnüffelte den dekadenten Faulgeruch und dachte: Toll ist und bleibt ne blöde Nervensäge. Dann verbot er sich, wenn auch vergeblich, in dieser unerquicklichen Richtung weiterzudenken. Paula hielt einfach zu große Stücke auf Toll. Neuerdings hatten die beiden sogar den Beschluss gefasst, ihre Lektüre zu teilen, weshalb Toll immer mit Tornistern voller Bücher angerauscht kam, zuletzt von Joseph Arthur de Gobineau und Houston Stewart Chamberlain, was in Alberts Augen die gleiche rassentheoretische Giftbrühe war. Er glaubte im Prinzip (in den eigenen vier Wänden) an die Werte der Aufklärung und an reaktionäre Dinge wie Freiheit, Gleichheit und Recht, am meisten aber an Freiheit. Er jedenfalls würde sich von der obwaltenden Dummheit die Lebenslust nicht rauben lassen.

Im Hausflur klingelte das Telefon. Einige Augenblicke später trat Elisabeth auf die Terrasse und sagte laut, als spräche sie mit den Elstern in den Bäumen: »Man bittet den Chef.« Es stellte sich heraus, dass Albert im Büro am Braunauer Wall gebraucht wurde. Seine Leute hatten einen Auftrag zum Bau von Klassenräumen für die Kreuzschule im Schinkel entgegengenommen, nun gab es Regelungsbedarf. Alles musste rasch gehen. Die Vergebung eines Auftrags (wie man sagte) war in Wahrheit nämlich ein Befehl. Auch in diesen Dingen galt das Führerprinzip, eine Regelung, die der wettbewerbsfreudige Albert widerlich fand. Andererseits hatte er davon in den letzten Jahren selbst profitiert. Beim Bau der Stadtrandsiedlungen, der neuen Wasserringleitung, des Krematoriums am Heger Friedhof und auch beim Umbau des Hauses der Johannisloge »Zum Goldenen Rad«, die wie alle Freimaurer-Logen verboten worden war, hatte Ecksteins Sechzig-Mann-Trupp mitgemischt.

Albert griff zur Brille, küsste seine Frau auf die geschminkten Lippen und wischte sich über den Mund, um den öligen Parfümgeschmack aufs Unvermeidliche zu reduzieren. Die sechs Zylinder seines Adler Standard, einem Prachtstück der örtlichen Autoschmiede Karmann, das im Innenraum wie ein vornehmes Geschäft für Lederwaren roch, verschluckten sich einige Male. Dann waren sie bereit und Albert schnurrte zur Ausfahrt hinaus.

Die verlassene Paula schnippte mit den Fingern, rief Elisabeth mit frischem Kaffee heran, ließ sich einschenken und badete in Skepsis. Aus ihrer Sicht war Hermann, der Zweitgeborene der Familie, ein Dickkopf und Querulant, der im Gegensatz zu seinem zielstrebigen Bruder Eugen leider nicht wusste, was er wollte. Soldat hatte Hermann werden wollen, nicht etwa Unternehmer, Ingenieur oder Architekt! Dabei war er das Gegenteil eines überzeugten Kriegers. Den Waffenrock anzuziehen, das war die größte Schnapsidee seines Lebens gewesen.

Aus Paulas Sicht gab es weitere eklatante Fehler in der wirren Lebensplanung Hermanns. Seine erste große Liebe, Katharina-Caroline Rahenbrock, eine traumhafte Partie aus der Nachbarschaft, hatte Hermann in Jugendjahren ausgekostet, ohne an Heirat zu denken. Er hatte eine Zukunft ausgeschlagen, die sich mit Sicherheit an der Spitze der Gesellschaft entfaltet hätte. Das repräsentative Haus in Dodesheide, das für ihn nach Balduins Abgang offen stand, hatte er ein einziges Mal besichtigt und sich für die Wohnung in der Krahnstraße entschieden. Grandios abgewirtschaftet hatte es darin ausgesehen, und bis auf den Tag war das Wunschdomizil im Herzen der Stadt nicht vollständig renoviert. Es sollte natürlich viel Besonderes dran sein, Cipollini-Marmor aus Italien im Bad, in der Küche englische Lampen, aber skandinavische Stühle ..., eine möblierte Europareise. Was für ein krimineller Organisationsaufwand in diesen Zeiten, in der Baustoffe staatlich zugeteilt wurden! Aber so war Hermann, ein wahrer Wackelkandidat in seinem Leben.

Paula kontrollierte die Gästezimmer, die durch weiße Schwingtüren verbunden waren und von der Familie Gartenzimmer genannt wurden, weil sie an der Rückseite des Hauses ins Grüne hinausliefen. Zuletzt hatte Hermann dort gewohnt, denn die Räume boten mehr Platz und durch die großen Panoramascheiben hellere Aussichten als sein Jugendzimmer im ersten Stock. Paula telefonierte mit dem Büro und instruierte den Klempner Bert Klich. Ein makelloses Waschbecken für das vordere Zimmer musste her.

»Aber zack zack!« sagte sie.

Zum Aussuchen neuer Übergardinen ging Paula höchst

persönlich in die Hegerstraße. Während sie die Stoffe anspruchsvoll durch die Finger gleiten ließ, hellten sich ihre Erwartungen auf, wie die linke Gesichtshälfte durch anhaltendes Lächeln dokumentierte. Was für eine vermurkste Geschichte! dachte Paula. Aber es wird bestimmt interessant sein, diese Marie im Moment ihrer zweiten Geburt zu erleben. Auf Dankbarkeit jedenfalls durfte man rechnen.

Am nächsten Morgen stellte Paula in den Gartenzimmern Liliensträuße auf, um die abgestandene Luft mit vornehmen Gerüchen anzureichern. Sie war gerade aus der Tür, als Evi Landshut anrief, die wegen ihre Freigeistigkeit berüchtigte Tochter eines Unternehmergenies, das sein Geld mit Bettfedern und Federbetten gemacht hatte.

»Stimmt's denn?« fragte Evi. »Mein Vater hat von Toll gehört, dass Hermann aus Masuren zurückkommt, aber nicht allein.«

»So ist es«, sagte Paula Eckstein. »Rückkehr, Braut, Heirat und, wer weiß, bald drei schreiende Blagen. Hermann hat eine gewisse Marie im Schlepptau, auf die wir alle sehr gespannt sind.«

»Ach, das sind ja Neuigkeiten«, sagte Evi. »Hermann der Cherusker in festen Händen, wer hätte das gedacht? Grüßen Sie die beiden gleich ganz lieb von mir. Alles Gute wünsche ich.«

»Danke, Evi, das ist sehr freundlich«, sagte Paula und lächelte.

Nie hatte sie Hermann so erschöpft und schnurrend befriedigt gesehen wie in den Tagen der Affäre mit Evi, dem rosaroten Lutschbonbon, das den Ordnungsrahmen der Stadt rücksichtslos sprengte. Evi hatte den ganzen Tag Hunger auf Mousse au chocolat, Birne Helene und Crêpes Suzette, weshalb sich unter ihrer duftenden Haut die Nährstoffe als warme Polster abzulagern begannen. Und mit der gleichen Energie, mit der sie Süßigkeiten aß, hatte Evi auch Hermann verschlungen, stillschweigend, im Rücken der Öffentlichkeit.

Zuerst hatte Paula Protest eingelegt. Sie kam aus kaiserzeitlichen Verhältnissen und erinnerte sich stets an die Zügel der Moral, wenn ihre Söhne über die Stränge schlugen. »Kleider, bei denen man die Fußgelenke sehen kann, sind unsittlich«, hatte ihre Mutter Maria Paula Sasse, eine Hamburger Dame von Welt, noch bis in die zwanziger Jahre gesagt. Aber Albert war nun mal liberal. Er hatte während Hermanns Eskapaden stets abgewiegelt und behauptet, Sasses sind Sasses, Ecksteins dagegen haben die Liebe im Blut. Wegen ihrer leichtsinnigen Amouren hatten sich Eugen und Hermann niemals Schelte anhören müssen. Albert glaubte nämlich, dass zur rechten Zeit alles in Ordnung kommt. Und die rechte Zeit, hatte er gesagt, ist halt selbst ein Flittchen.

Mit der herben, männlichen Sittlichkeit der Demonen kam Albert natürlich auch nicht zurecht, weshalb er trotz bester Kontakte bis auf den Tag nicht in der Partei war. Irgendetwas an Alberts Trotzkopf gefiel Paula, etwas anderes machte ihr Angst und Bange. In jüngster Zeit erschien ihr Albert oft willkürlich und prinzipienlos. Sie fühlte sich dann zu den demonischen Überzeugungen von Toll hingezogen, diesen einfachen, klaren Ansichten, abgeleitet aus dem sicheren Grund der Erde und des Blutes. Ausschweifungen und Abartigkeiten mussten doch auch als solche benannt und bekämpft werden. Und war es nicht der Führer selbst, der die liberalen Errungenschaften der Systemzeit als Irrweg geißelte? Der Führer, den Toll vielleicht nicht zu Unrecht für die Offenbarung der gegenwärtigen Zeiten hielt.

Seine Braut hatte klitzekleine Tränenfalten in den Augenwinkeln. Das war der einzige Makel, den Hermann feststellen konnte, als er drei Tage später mit Marie die Zeppelinstraße erreichte, an der sein Elternhaus lag. Sie hatten das Gepäck vom Bahnhof vorausgeschickt und waren via Adolf-Hitler-Platz und Große Straße zum Nationaltheater geschlendert. Bevor sie die Altstadt durchquerten, um den Westerberg hinaufzulaufen, hatten sie Konfekt bei Leysieffer eingekauft: Diese schmelzenden Schatzkästlein des guten Geschmacks, die nach Hermanns Ansicht alles übertrafen, was die Preußen in Berlin an den Verkaufstresen brachten.

Aus den Aufzeichnungen geht hervor, dass Hermann im Grunde stolz auf die Tränenfalten seiner Braut war. Andere Frauen haben mit achtzehn Jahren noch nicht einmal geweint, dachte er, sie erahnen im Kreise ihrer Schnullerpuppen gar nicht, dass das Fundament der Existenz Risse bekommen könnte. Marie dagegen, Marie nahm schon den Aufbau des zweiten Lebensgebäudes in Angriff.

Marie trug ein ockergelbes Kleid und einen leichten, cremefarbenen Übergangsmantel. »Ich sehe aus wie ein Küken in Schale«, hatte sie am Morgen beim Ankleiden gesagt. Sie ging über die Schottereinfahrt, die einen kleinen Brunnen umkreiste, und blickte in die Seitenscheiben des Adler Standard. Ach, wer ist die denn? fragte Marie, als sie in das Spiegelbild sah und strich sich zum Beweis ihrer Existenz über die Wange.

Marie hatte sich in Berlin entpuppt, wie Hermann es ausdrückte, und ihren Schmetterlingsflug begonnen. Von den Zehennägeln, die jetzt sauber waren wie bei frisch gewaschenen Babys, aber rot wie Tomaten im August, bis zu den starken Augenbrauen, aus denen eine Kosmetikerin alle überzähligen Härchen herausgezupft hatte, sodass nur zwei schwarze, wie in der Atemluft schwebende Federn übrig blieben, war alles frisch frisiertepiliertmanikürtpedikürt. »Man kann doch mit achtzehn Jahren noch gar nicht so renovierungsbedürftig sein«, hatte sie gesagt, als Hermann vor der Abfahrt einen weiteren Friseurbesuch anregte, den dritten an der Spree.

Hermann und Marie gingen auf das gelb getünchte Haus zu, das zwischen Kastanien und Feldulmen sichtbar wurde. Auf der runden Freitreppe wurden Marie die fremdartig hohen Absätze ihrer Wildlederschuhe zum Verhängnis. Sie stolperte rückwärts. Reaktionsschnell breitete Hermann seine Arme aus, fing den Sturz ab und drückte Marie fest an sich.

»Du brauchst gar nicht so wild loszustürmen«, sagte er. »Das Haus gehört dir ja praktisch.«

»Wenn ich wirklich hier bleiben darf, werde ich barfuß laufen«, sagte Marie mit nervösen Piepsern in der Stimme und machte sich los.

Hermann spürte Maries Abdruck noch Minuten später an der Brust: Ein Flammenwerfer hatte die Konturen eingebrannt. Eine innigere Berührung mit seiner Braut war noch nicht vorgekommen. Niemals hatte Marie in den vergangenen Tagen Bedürfnisse gezeigt, die über keusches Händchenhalten hinausgingen. Händchen haltend waren sie durch Berlin geschlendert, von Charlottenburg bis zum Alexanderplatz und vom gigantischen Flughafen Tempelhof bis zum Reichstag. Aber Küsse? Nein, sie waren nicht einmal zu den Anfangsgründen der Sinnlichkeit vorgestoßen. Da wird sich vieles ändern müssen, dachte Hermann, auf eine Maria Frigida pfeife ich nämlich.

Marie zog im Flur ihren Eierschalen-Mantel aus und überprüfte im holzgerahmten Wandspiegel ein weiteres Mal Frisur und Kleider.

»Alles in bestechender Ordnung«, sagte Hermann und lächelte aufmunternd. »Oder wollen wir noch warten?«

Er hatte seine Eltern am Telefon gebeten, auf stürmische Begrüßungen zu verzichten, um Marie bei Bedarf eine Atem-

und Besinnungspause in den Gartenzimmern gewähren zu können.

»Leichter wird's in zwei Stunden auch nicht sein«, sagte Marie – ihre Stimmbänder hatten nun Blasen geworfen – und ließ sich in das Gesellschaftszimmer führen.

Der Anblick der Teppiche, Gemälde, schimmernden Sesselbezüge, zierlichen Tische und Lampen, ein Interieur mit vorzüglichen Stücken aus Barock, Jugendstil und Art déco, lähmte die Eintretende. Marie hatte sich in Berlin den Herausforderungen der Großstadt wie einem Hagelsturm entgegengestemmt. Sie hatte in den Museen, den Domen, den Kaufhäusern und Cafés das knieweiche Gefühl des Überwältigtwerdens und der bodenlosen Ahnungslosigkeit ruhig ausgehalten. Der Lohn dafür war eine grundlegende Erkenntnis gewesen: Die niederschmetternden Schläge des Unbekannten kommen nur einmal voll zur Wirkung und nehmen mit jeder Wiederholung verlässlich ab. Doch jetzt ging es um ihre neue Heimat, quasi um ihr eigenes Heim, was eine Steigerung selbst zu den äußersten Sehenswürdigkeiten der Reichshauptstadt war.

»Marie ist einem Hypnotiseur in die Fänge geraten«, sagte Hermann zu seinen Eltern und wies auf seine erstarrte Braut.

»Ich bin nur durcheinander«, sagte Marie. »Ich bin seit achtzehn Jahren an Bauernhöfe gewöhnt.«

»Pferde, Kühe, Felder, Wälder, das ist was Reelles«, sagte Albert. »Landwirtschaft ist viel interessanter als der städtische Kram, der uns in Atem hält. Und damit herzlich willkommen, Marie Schattauer. Fühlen Sie sich wie zu Hause.«

»Das ist freundlich, dass Sie das sagen«, sagte Marie.

»Marie ist gerade erst von zu Hause durchgebrannt«, sagte Hermann. »Wir sollten also darauf achten, dass sie nicht zu heimisch wird.«

Alle lachten.

»Warum müssen Männer so kompliziert sein?« wandte sich Paula an Marie. »Dabei steht jetzt erst mal fest, dass Sie Hunger haben. Kommen Sie, der Tisch ist gedeckt.«

»Langsam, Paula«, sagte Albert. »Wir nehmen den Sekt im Garten, zu diesem schönen Anlass scheint ja selbstverständlich die Sonne.«

Albert nickte seinem Sohn anerkennend zu, während er die Sektgläser füllte. Hermann, der unter Starkstrom gestanden hatte, holte entspannt Luft. Er fasste Marie an die freie Hand, die nicht das Sektglas hielt, und zog sie zur Seite.

»Es reicht, wenn du mit uns anstößt«, flüsterte er. »Mit dem Sekt kannst du später die Herbstzeitlose begießen.«

Hermann spielte auf Maries Alkohol-Aversion an. Er hatte in Charlottenburg seine zwei, drei Gläser Wein zum Abendessen wortreich verteidigen müssen und dabei gelernt, dass Marie lange Auszüge des pietistischen Sündenkatalogs weiterhin mit sich herumtrug. Alkohol hatte darin einen vorderen Platz.

»Es gibt hier gar keine Herbstzeitlose, du Neunmalklug«, stichelte Marie.

»Mohnblüte!« sagte Hermann. »Gieß ihn ins Gras, wenn du willst.«

Ob man im Hause Eckstein, in einem solchen Hause, einmal ausgeschenkten Sekt aus den Gläsern wieder in die Flasche füllt? überlegte Marie. Sie kam zu der Überzeugung, dass es nicht so war, und Verschwendung verabscheute sie. Während Albert und Paula die Vorzüge des Gartens erklärten, leerte Marie in skeptischen Schlückchen ihr Glas. Und siehe da, sie fand nichts dabei, außer Prickeln auf der Zunge. In diesem Getränk steckt also der Teufel, dachte Marie. Wer hätte geglaubt, dass es so lustig schmeckt?

Man ging zum gedeckten Tisch im Esszimmer. Elisabeth trug die Speisen auf. Marie fiel in das Loch, das sich durch das Fehlen des Tischgebets auftat. Nur »Guten Appetit« zu sagen, das schien ihr ein mickriger Beginn für eine so wunderbare Mahlzeit zu sein. Ein Gespräch begann. Marie wurde gefragt, also antwortete sie. Sie machte Bemerkungen zum Fleisch des Karpfens und zur weißen Sauce der Rinderzunge, die fachkundig und nicht völlig kritiklos waren. Man lobt oder schweigt, dachte Hermann, aber woher soll Marie das wissen?

Paula und Albert spitzten unauffällig die Ohren. Sie wunderten sich über das saubere, originelle Hochdeutsch der Masurin und wollten diesen und jenen Küchenkniff genauer erklärt haben. Marie blieb keine Antwort schuldig. Sie zitierte ihre eigenen Familienkochbücher und spürte nun erst recht, dass ihre Werke eine überzeugende innere Ordnung hatten. Ihre erste Erinnerung an Kleinbärengrund war mit Stolz verbunden. Sie dachte: Hoffentlich verbrennt Vater nicht die Kochbücher, um sich zu rächen.

Gegen zehn brachte Hermann seine Braut zu den Gartenzimmern.

»Wie nett deine Eltern sind«, sagte Marie. »Sie gefallen mir.«

»Danke, danke, alles mein Verdienst«, antwortete Hermann. »Genauso wichtig ist, dass du ihnen gefällst. Ich glaube, die haben sich andere Vorstellungen gemacht, und sind angenehm überrascht. Und nun schlaf schön, meine Liebe, und warte morgen nicht auf Hahnenschreie. Mit Hähnen können wir nicht dienen.«

»Auf Hähne konnte ich schon in Berlin gut verzichten«, sagte Marie. »Von allen Tieren liebe ich Hähne eigentlich am wenigsten.«

Marie fand Koffer, Kisten und Hutschachteln wie von Geisterhand ausgepackt. Jemand hatte die Kleider in den hohen, lasierten Buchenholzschrank gegenüber den großen

Fenstern gehängt. Auf dem Tisch stand ein Glaskrug mit frischem Wasser, ein Lilienstrauß, ein schriftlicher Willkommensgruß und hübsch verpackte Tafelschokolade. Feines Papier, Briefbögen und ein Füller mit goldener Feder lagen daneben. Alles war frisch geputzt, gebohnert und bezogen. Das Bett duftete, als hätte jemand in der Decke Landgeruch mitgebracht. Es duftete nach Morgentau und Kirschblüten.

War solch ein Empfang üblich? Marie wusste es nicht. Als der Zug Ortelsburg verlassen hatte, waren ihre Maßstäbe umgekippt wie Halme nach dem Sichelschnitt. Sie war mit Hermann auf den roten Polstern der 1. Klasse durchs Land gefahren. Er hatte in den Berliner Tagen mehr Reichsmark ausgegeben, als sie im ganzen Leben gesehen hatte. Sie hatten Nachmittage damit verbracht, in den Museumshäusern auf der Insel Ölbilder und versteinerte Menschen anzugucken, mit denen man sich nicht unterhalten konnte. War das alles das Übliche gewesen?

Auf der Suche nach Nachthemden stellte Marie fest, dass ihre Wäsche in den beiden oberen Schubladen der Kommode lag – die neue, feine, berlinerische in der ersten; die alte, derbe, masurische in der zweiten Schublade. Natürlich zog sie auch die dritte und die vierte Schublade auf. Sie sah Ledergürtel, Krawatten, Socken, Kämme, gefütterte Handschuhe, Taschentücher mit den eingestickten Initialen H. E., Schuhspanner, Kladden und einige Briefe, die von einer roten Schleife zusammengehalten wurden.

Marie nahm das Briefbündel in die Hand, las die Anschrift auf dem oberen und den Absender auf dem unteren Brief und fächerte die Umschläge auseinander. Wild aufgemalte Herzen erregten ihre Neugierde. Auf den Briefen standen unerklärliche Formulierungen wie »Mein süßer Sahnehaubrich« oder »Champagnermann«. Marie ging durch die Schwanenflügeltür, setzte sich auf die Couch unter dem Fenster des kleineren Zimmers, machte das goldene Licht der Stehlampe an und öffnete einen Brief. Nach wenigen Zeilen sanken ihre Hände trostlos in den Schoß.

Dummchen, schrie eine unbarmherzige Stimme aus der Nacht, Hermann ist mit Evi Landshut verheiratet. Du hast den Weg von Kleinbärengrund gemacht, um seine Gespielin zu werden. Wie kindisch du bist! ... Aber Evi Landshut hieß nicht Evi Eckstein. Alles konnte auch umgekehrt sein. Sie selbst sollte Frau Eckstein werden, während Evi Hermanns Freundin für bestimmte Zwecke blieb ... Warum hatte Hermann ihr nichts davon gesagt? Vielleicht waren die Sitten hier so.

Marie wusste nichts von der neuen Welt. Aber ihre Gefühle diktierten ihr eine sichere Überzeugung: Hermann war nicht teilbar. Sie wollte ihn für sich – oder Evi konnte ihn haben. Etwas Drittes war ausgeschlossen. Die Sitten mochten sein, wie sie wollten!

Marie sah eine Nacht voll Heulen und Zähneklappern vor sich. Doch noch ließ sie dem aufdringlichen Schmerz die Zügel nicht schießen. Sie zog den blauen Morgenrock vom eisernen Haken neben dem Waschbecken, lief ins Gesellschaftszimmer zurück, fand es dunkel und verlassen und machte sich auf die Suche nach ihrem Bräutigam. Sie tippelte barfuß durch das unbeleuchtete Treppenhaus in den ersten Stock und blickte – ein unanständiges, beschämendes Vergehen, wie sie Sekunden später wusste – durch ein Schlüsselloch, um Hermann zu sehen oder nicht zu sehen. Ihr Blick fiel auf Paula und Alfred, die eng umschlungen dalagen und die Oberbetten zur Seite geworfen hatten.

Oha, dachte Hermann, als er Marie die Zimmertür öffnete, das ist bestimmt kein außerplanmäßiger Abflug in den siebten Himmel. Er sah die Briefe in ihrer Hand, Evis Liebesbriefe, die Elisabeth beim Aufräumen offenbar nicht aus den

Gartenzimmern entfernt hatte – ein Kardinalfehler, der sich vielleicht erklären, aber nicht entschuldigen ließ. Wahrscheinlich hatte Elisabeth nicht gewusst, wie mit den heiklen Relikten anstandshalber umzugehen sei, und sie einfach ignoriert. Aber solche Dinge schafft man gründlich außer Sicht!

Evis Briefe schwelgten von speziellen Vergnügen, die nach Hermanns Ansicht Kleinbärengrund bis in alle Ewigkeit nicht kennen lernen würde. Er glaubte, dass viele Enthemmungen nur in ausgewachsene Städte passten, wo die Menschen die natürlichen Begierden durch Phantasie zu verfeinern und zu vergröbern gelernt hatten. Die Kluft zwischen dem Inhalt der Briefe und den Überzeugungen der Pietisten war nicht einmal theoretisch zu berechnen.

»Was hat das zu bedeuten?« fragte Marie. »Erklär mir's bitte. Sonst kann ich in diesem Haus nicht schlafen.«

»Komm doch erst mal rein«, sagte Hermann.

»In dein Schlafzimmer?« fragte Marie. »Nie und nimmer. Vielleicht ist Evi bei dir.«

»Quatsch!« sagte Hermann. »So weit kommt es noch.«

Er nahm Marie an der Hand, zog sie die Treppen hinunter ins Gesellschaftszimmer, schaltete zwei Stehlampen ein und bedeckte seine Braut mit der gefütterten Kamelhaardecke seiner Mutter. Dann verschaffte er sich die eine Sekunde Besinnung, nach der sein Gehirn verlangte: Er ging zur Bar und goss sich Cognac ein. Flasche aufdrehen, eingießen, Flasche schließen, Glas gegen das Licht halten. Schon drängten sich ein paar brauchbare Formulierungen auf der Zunge.

Hermann sah Marie in die Augen. Die Beleuchtung wollte, dass sie tiefschwarz waren. Hinter dem Staudamm der Iris war ein See von Enttäuschung.

»Du hast Evis Briefe gefunden, also kann ich dir nicht verbieten, sie auch zu lesen«, sagte Hermann, deutlich in der Aussage und zart im Ton. »Ich empfehle dir kleine Dosierungen. Du wirst Sachen kennen lernen, von denen du noch nichts gehört hast. Sie sind vorgekommen, so etwas passiert seit Adam und Eva. Ich will gar kein Geheimnis daraus machen. Ich bitte dich nur, Evis Geschreibsel mit den Briefen zu vergleichen, die ich dir aus Trakehnen geschickt habe, besser noch, mit dem Brief, den ich von dir bekam. Du wirst merken, dass Evi ein Schlag Sahne für bestimmte Sonntagnachmittage gewesen war und sonst gar nichts.«

Evi Landshut, dachte er, die Frau mit den größten Titten der Stadt. Niemand konnte sich Evis Gesicht ohne die wabbelweiche Brüstung ihrer Riesentitten vorstellen. Er konnte sich ihr Gesicht nicht einmal ohne ihre weißen Arschbacken vorstellen. So war das eben! Evi war dreiundzwanzig und Stammkundin der Confiserie Leysieffer. Sie hatte reichlich Geld von zu Hause, hörte Negermusik und führte akribisch Pralinenproben durch, das war das Charakteristische ihrer Existenz. Außerdem hatte sie eine gewisse Zeit schreiend wie ein ungepanzertes Urtier mit ihm gevögelt. Verdammt noch mal, so war das eben! Er konnte es nicht ungeschehen machen und wollte es auch gar nicht. Es war ein Vergnügen … und irgendwann zu Ende gewesen.

»Hat man hier viele Freundinnen, bevor man heiratet?« fragte Marie.

»Mancher so, mancher so«, sagte Hermann. »Hier sind die Leute über den Daumen gerechnet nicht halb so religiös wie in Masuren, auch wenn sie zur Kirche gehen. In bestimmten Kreisen sind die Sitten ziemlich locker.«

»Gehört ihr zu den Kreisen mit den lockeren Sitten?« fragte Marie.

Hermann ging zur Bar zurück. Das erste Glas war kein Glas, sondern ein Fass ohne Boden gewesen. Er musste es mit einem neuen versuchen.

»Ja und nein«, antwortete Hermann. »Bei der Familie Eckstein kommen zwei Dinge zusammen. Wir haben im Großen und Ganzen nichts gegen die Demonen, schätze ich. Wir sind im Prinzip für Volksgemeinschaft, Ordnung und diese Dinge. Auf der anderen Seite hat die Familie Eckstein seit jeher Lust am Leben gehabt und sich die Regeln selbst gegeben. Das stand immer im Vordergrund.«

»Ist Evi Landshut auch so eine?«

»Evi ist libertin.«

»?«

»Evi verschlingt an sonnigen Nachmittagen unerfahrene Jünglinge wie Œufs à la neige.«

»?«

»Ach, ne französische Süßspeise, ist egal«, sagte Hermann. »Ich will jetzt nicht länger über Evi Landshut reden. Was geschehen ist, ist geschehen. Es ist aus und vorbei. Du bist jetzt meine Braut, darauf kommt es an.«

»Ich bin froh, dass du das gesagt hast«, sagte Marie. »Ich dachte schon, ich müsste nach Kleinbärengrund zurück, wo ich aber auch nicht bleiben könnte.«

»Von wegen!« sagte Hermann. »Ich freue mich auf alles, was wir zusammen erleben werden. Und weißt du, warum? Weil mit dir alles neu ist. Ich war schon ein bisschen abgebrüht, muss ich sagen. Aber mit dir geht es noch mal von vorn los, praktisch wie am achten Tag der Schöpfung.«

»Schön«, sagte Marie, die rasch in sich hineinhörte und bemerkte: Sorgen und Schmerz zogen sich eilig zurück. »Dann will ich mich auch wieder freuen … Deshalb sind wir ja eigentlich von Kleinbärengrund weggefahren, oder?«

Es war einer dieser Augenblicke. Maries Gesichtsspiel und die Anmut ihres Körpers, dessen schlanke Silhouette von der Kamelhaardecke weich nachgezeichnet wurde, knackten den Panzer der Disziplin, den Hermann sich selbst angelegt hatte. Durch den Riss strömte Verlangen, Begierde, Geilheit.

Ach, Mohnblüte!

Gern hätte er sich auf sie gestürzt, um sie, nun ja, hundertmal zu küssen. Das wäre ein Anfang. Aber er dachte sofort wieder an die Gefahren der Übereilung. Das masurische Experiment – denn was war sein Abenteuer mit Marie anderes als ein Experiment mit der Biegsamkeit von zwei unverwandten Seelen? – konnte scheitern. Maries Keuschheit hatte eine Vorgeschichte, die mehrere hundert Jahre alt war.

Obwohl krude Theorien über die Erblichkeit von Charaktereigenschaften kursierten, glaubte Hermann nicht, dass Entsagung und Züchtigkeit vererbt werden. Es reichte ja schon, dass Marie achtzehn Jahre lang einer Dauerverteufelung fleischlicher Begierden ausgesetzt gewesen war und tausend Predigten gehört hatte, in der alle Lüste vom heiligen Zorn zerquetscht wurden wie Feldmäuse unter den Rädern seines Mercedes. Man muss die Pietisten eigentlich als Ausrottungsgemeinschaft betrachten, dachte Hermann. Sie rotten alle natürlichen menschlichen Regungen aus und ersetzen sie durch dieses schwüle Liebster-Jesus-Gefühl.

Er plante glückliche Jahre mit seiner Braut, Jahrzehnte sogar, ein Leben. Und deshalb würde er vorsichtig sein und sich samtpfötig an sein Ziel schleichen wie ein Tiger. So lautete Hermanns Vorsatz.

Marie faltete die Decke und legte die Briefe auf den Tisch.

»Ich will gar nicht wissen, was drin steht«, sagte sie. »Aber morgen musst du alle Liebesbriefe aus meinem Zimmer entfernen, die ich nicht selbst geschrieben habe.«

2

Man könnte sagen – so redeten wir später, als der gesamte Prozess überschaubar war, aber unsere Unsicherheit über die Art des Ereignisses anhielt –, man könnte sagen, dass die Giftpflanze Paranoia im gepflegten Garten der Normalität wächst und oft für lange Zeit zwischen den Blüten des Alltäglichen und Gewöhnlichen verborgen bleibt. Es ist ein allmählich wirkendes Gift, das diese Pflanze absondert und wie fliegenden Samen durch die Luft überträgt.

Da ist zum Beispiel Jedermann, der seinen Weg geht und von sich selbst sagt *es geht so.* Einzelne Momente der Fremdartigkeit machen ihn noch nicht verdächtig, denn ein paar dunkle Sonderbarkeiten findet in der Regel jeder an jedem. Der Kandidat ist trotz seiner inneren Anfechtungen und magnetischen Vergiftungen der Seele weder ein schwarzes Schaf noch ein bunter Hund. Aber er ist immer weniger sein eigener Herr und auf andere Weise dieser Rolle ledig, als Sigmund Freud mit der Vermutung beschrieb, das Ich sei nicht Herr im eigenen Haus (ist es wohl, sagte Gustav Eckstein gern, allerdings gebe es Einbrecher).

Wir haben es auch später, nach Eduards Fall, erlebt: Man weiß nicht, wann jemand hinübergeht in den anderen Zustand, denn es ist keine Grenze markiert. Dass jemand angelangt ist, wohin ihn die Rotte in seinen Nervenbahnen trieb, weiß man auch nicht. Es handelt sich um eine allzu langsam schleichende Geschlechtsumwandlung der Seele. Es sind die zivilisatorischen Stigmata der Grenzüberschreitung – wenn der Kandidat in die Klappse kommt, psychoaktive Medikamente zu schlucken beginnt oder endlich zur Therapie gedrängt wird –, die suggerieren, dass man nun mit Gewissheit sagen könne: Der und der ist irre und ein psychiatrischer Fall. Es handelt sich aber um Grenzüberschreitungen ohne Grenze.

Bevor ein Kandidat in die geschlossene Abteilung und den Gewahrsam von Zwangsjacken gerät oder, bei entsprechendem Temperament, schon vorher gefährliche Handlungen und Gewalttaten begeht, scheint er sich durchzuwurschteln wie jeder von den tausend Menschen, die auf ihn schauen und lange nichts bemerken. Und doch hat die heimtückische Jägerin Paranoia (um ein zweites und letztes Bild zu gebrauchen) ihr Fangnetz schon einzuholen begonnen, das in all den lässlichen Kleinigkeiten Masche für Masche unmerklich auf das Opfer gefallen war, als wäre das Netz nur aus einem Hauch Seide und nicht aus unverwüstlichen Stahltrossen. Das Medium des Übergangs sind Zwangsvorstellungen. Sie sind in unserer Gesellschaft verbreiteter als Karzinome. Sie sind in unseren Blicken, in jedem Urteil und in allem, was tief in uns brennt. Selbst unsere Träume sind von Zwangsvorstellungen eingeschnürt.

Im Rückblick lässt sich festhalten, dass Eduard im Vorstadium gelegentlich zu unklaren Ängsten, Depressivität, Leistungsversagen und Antriebsstörungen neigte. Doch in den weiten Zwischenräumen war er mutig, fröhlich, stark und agil – in einem solchen Maße, dass man eher die Stabilität als die Instabilität für sein Problem halten musste. Regenmacher und ich waren jedenfalls zu unerfahren in diesen Dingen, um die Gefahr zu erkennen, in der Eduard spätestens nach dem Segeltörn rund um Lolland schwebte.

Dagegen fiel uns in der Hafenkneipe von Gedser etwas

anderes auf. Eduard, dessen reinliche Lunge jede Krankenkasse prämiert hätte, verquarzte an diesem Abend eine komplette Packung Prince Denmark. Er pfiff eine Zichte nach der anderen weg, ein Drama nicht zuletzt für die Stimmbänder, die ihre Weltschmerzmelodien nun im Bass vortrugen. Er hatte auf unserer Seefahrt Gewicht verloren. Die Haut zwischen den Wangenknochen war wie ein Trommelfell gespannt und gab seiner Mimik unnatürliche Härte. Er sah erwachsener aus als sonst. Aber auch enttäuschter, erniedrigter und beleidigter.

Wir waren die letzten Trinker und ein Dorn im Auge des blonden, langhaarigen Barkeepers, der das Bild einer Stockholmer Heavy-Metal-Band auf dem Sweatshirt trug. Um nicht in den Fadenregen hinausgewiesen zu werden, der mit den Wolken des Abends gekommen war und verschwiegen vom Himmel rann, um nicht zu frieren, während Daniela und Eckstein ihrer Hitze Erleichterung verschafften, bestellten wir weit mehr Tuborg und Aquavit als unbedingt nötig. Dazu kam die bleierne Müdigkeit, die der späten Uhrzeit und dem Kick mit den Jungs von der Kohinoor und der Chrystal geschuldet war. Der Abend wurde zur Sackgasse ohne Wendemöglichkeit.

»Kinder, Kinder, der schöne Törn ... und jetzt das«, sagte Regenmacher, als es auf halb eins zuging. Er war von innen ausgekühlt. Seine blauen Füße sehnten sich nach gefütterten Stiefeln.

»Eckstein demütigt mich systematisch«, sagte Eduard. »Und dazu bin ich freiwillig nach Dänemark gefahren.«

Er kniff die Lider zu, um seine Augen vor dem Qualm zu schützen, der ihm während des Redens aus Mund und Nase quoll.

»Du spinnst«, sagte ich. »Keiner demütigt dich systematisch.«

»Wenn du Recht hättest, wäre es noch schlimmer«, sagte Eduard und klammerte sich an sein Bierglas. »Wenn hinter Ecksteins Benehmen kein Vorsatz steckt, dann hat ihn, ich weiß nicht wer…, dann hat ihn McFatum persönlich geschickt. Wieso vögelt Eckstein gerade jetzt mit Daniela? Warum treibt er uns in diese peinliche Kneipe? Warum reicht er mir die Kronenscheine, als wäre ich Klowärter?«

»Keine Verschwörungstheorien!« sagte Regenmacher. »Daniela steht auf Eckstein und nicht auf dich, du Tröte. Das ist der banale Kern der Sache, von vorn bis hinten im grünen Bereich. Die meisten jungen Frauen nehmen sich manchmal ältere Deckhengste, schau dich doch um. Ich würde mich an Danielas Stelle auch lieber Eckstein an den Hals werfen als dir.«

»Da bin ich schon mal beruhigt«, sagte Eduard. »Aber wenn Eckstein sich wie ein ordentlicher Studienrat benehmen würde, hätte ich bei Daniela Chancen. Wenn er nicht so ein egoistischer Satan wäre, würde ich überhaupt in jeder Beziehung eine andere Rolle spielen, in jeder einzigen Beziehung.«

Er stach mit den Fingerkuppen auf die Tischplatte ein.

»Ich verrat dir jetzt kostenlos ein paar Geheimnisse«, beschwichtigte Regenmacher. »Wenn Eckstein ein ordentlicher Studienrat wäre, gäbe es gar keinen Rhetorikkurs und wir säßen nicht hier. Du hättest immer noch kein einziges Buch gelesen und keine komplizierten Flausen im Hirn, sondern die gute alte Leere. Und Daniela hätte ohne Ecksteins Baggerei bestimmt nicht dieses nukleare Strahlen, das alle in ihren Bann schlägt. Vorher war sie ja auch nur ein Mensch aus Fleisch und Blut mit einem etwas hochgezüchteten Geschmack.«

»Ja und?« fragte Eduard. »Was heißt das? Ich warte sehnsüchtig auf die Pointe.«

»Du willst einfach nicht kapieren, oder?« fragte Regenmacher. »Dir geht es gar nicht um Daniela. Du willst so sein wie Eckstein. Du willst reden können wie er. Du willst so viel wissen wie er undsoweiter. Du willst so sein wie Gott. Aber wenn du dich mit unserem Supermann vergleichst, kommst du dir so attraktiv vor wie ein geschlechtskrankes Warzenschwein. Man könnte das perspektivische Verzerrung aus Leidenschaft nennen.«

»Klingt gut«, lautete mein Beitrag an dieser Stelle.

»Nutzt mir aber nix«, sagte Eduard. »Ich glaube, ich bin einer von den Leuten, denen das Schicksal dauernd ins Gesicht spuckt, und Eckstein spielt das Schicksal.«

Die Erinnerung sagt mir, dass sich ein bizarrer Ton in Eduards Rede einzuschleichen begann und ihn weder an dem traurigen Abend in Gedser noch in den nächsten Wochen verließ – aber dieser Ton ist kein konservierter Eindruck aus der Vergangenheit, er ist bloß ein sinnlicher Nachdruck, der während der Erinnerung entstand.

Irgendwann kamen Eckstein und Daniela angetrottet, um uns aus dem Exil der Reflexionen zu erlösen. Sie gingen Arm in Arm unter einem zitronengelben Regenschirm, der wie eine nach oben geklappte Mondsichel durch die Nacht leuchtete. Auf ihren Gesichtern lag Glück – so stark, dass es auffiel, aber so dezent, dass es glaubwürdig blieb.

Man sollte meinen, dass wir gegrübelt haben, ob Daniela in dieser verwunschenen Nacht im Bauch des amethystfarbenen Bootes ihre Unschuld verloren hätte, aber so war es nicht. Weder dachten wir über diesen Punkt nach, noch war Daniela beim Start in unseren Abenteuerurlaub unberührt gewesen. Auch sie hatte eine Jugend gehabt, nur nicht vor den Augen der Karolinger, und es wäre ihr niemals eingefallen, mit sexuellen Erfahrungen aufzuschneiden, noch überhaupt ein Wort darüber zu verlieren. *Noblesse oblige.*

»Wir sollten wieder Freunde werden«, sagte Regenmacher

generös, als Eckstein und Daniela Platz genommen hatten. Er bestellte bei dem entnervten Barkeeper eine letzte Runde Tuborg. Eduard saß auf seinem Stuhl, ohne ein einziges Mal die Augen zu heben. Eine vernünftige Unterhaltung kam nicht mehr in Gang.

Manchmal wiegte sich Danielas Kopf auf dem schlanken Hals, als würde er von zärtlichen Gedanken bewegt. Manchmal öffneten sich ihre Lippen, ohne ein Wort zu sagen. Man konnte sich in ihre Zufriedenheit betten wie in Samtkissen. Aber sonst lief, wie gesagt, rein gar nichts. Schließlich bezahlte Eckstein die Rechnung, die wegen der dänischen Alkoholpreise schrill ausfiel. Eduard gab ihm den Stapel Kronenscheine zurück, den er vor dem Beginn des Trauerspiels an Bord erhalten hatte.

»Hier nimm«, sagte er düster. »Mit Zaster ist das Problem nicht zu lösen.«

»Welches Problem?« fragte Eckstein.

»Dass du meinem Leben im Weg stehst«, sagte Eduard. »Ich hätte zu Hause bleiben sollen, statt bei deiner Erniedrigungsregatta mitzusegeln.«

»Du übertreibst maßlos«, sagte Eckstein nonchalant. »Unser Törn war objektiv gar nicht schlecht ... Aber im Übrigen will auch Verlieren gelernt sein.«

»Ach ja!« bellte Eduard.

Auf der Amethyst nahmen Eduard und ich den gewohnten Platz im frisch bezogenen Doppelbett ein. Draußen paarte sich der Regen mit dem Hafenwasser. *Plipp-plipp-plipp-plipp.* Es war eine befremdliche Situation. Uns, und nicht nur uns beiden, schwirrte durch den Kopf, dass wir auf dem Liebeslager von Daniela und Eckstein schliefen. Vor dem Einschlafen durchbrach kein einziges Wort die ungemütliche Stille. Dabei hatten wir an den vorigen Abenden auf Augenhöhe mit den letzten Dingen philosophiert.

Später erfuhr ich, dass die Befremdung auch Ecksteins erotische Erinnerungen getrübt hatte. Eine bittersüße Lasur von Schuldbewusstsein überzog seine Euphorie, während er die richtige Stellung zum Einschlafen suchte. Es kam ihm nun so vor, als wäre es eine überflüssige Geschmacklosigkeit gewesen, mit dem Liebesspiel auf der Amethyst zu beginnen. Er litt ein bisschen unter seinem Fehlgriff, aber er unterschätzte - wie wir alle - Eduards Zorn, Eifersucht und Verblendung, die schon längst mit stärkeren Begriffen hätten belegt werden müssen.

Am nächsten Morgen gab's zum Katerfrühstück drei Gläser Bismarckhering, Butterbrot und schwarzen Kaffee. Unterdessen erhob sich ein zischender Herbstwind, ein wütendes Gebläse von der Sorte, die Landratten Schauer ins Gehirn treibt. Der grauschwarze Himmel bot ein getreues Abbild von Eduards Laune. Regenmacher und ich trugen ein erbärmliches Grün im Gesicht, an dem die sinnlose Zecherei des Vorabends, aber auch der Ausblick auf die kommende Überfahrt ihren gerechten Anteil hatten. Eckstein und Daniela waren dagegen bestens erholt. Sie widmeten sich dem Frühstück und den Vorbereitungen zum Auslaufen, ohne die labile Gruppendynamik durch kompromittierende Zärtlichkeiten zu gefährden.

Als wir die freie See erreichten, schlingerten uns unter den tiefen, zerzausten Wolken zwei betrunkene Bootskörper entgegen. Die Masten waren nackt, die Jachten liefen unter Motor. Es waren die Kohinoor und die Chrystal, deren Besatzungen schon früh aus dem Hafen aufgebrochen waren und nach wenigen Meilen die Grenze ihrer Furchtlosigkeit erreicht hatten. Die Reklamemenschen in ihrer vorzüglichen Regenbekleidung rieten uns gestikulierend zur Umkehr und zeigten entmutigend hohen Wellengang an. Wir blickten auf Eckstein. Er war entschlossen, den Schlag zu machen, den er der

Amethyst nach dem aktuellen Wetterbericht und aller seemännischen Erfahrung gerade noch zutraute.

»Wir müssten aber scharf an der Kante entlang«, sagte Eckstein. »Entscheidet ihr! Ich bin ja immer für Demokratie.«

»Keine zweite Nacht in diesem Höllenhafen«, befahl Eduard. »Eckstein, luv an! Holt dicht!«

Unter nautischen Gesichtspunkten wurde es ein riskanter, unter psychischen Gesichtspunkten ein erholsamer Schlag. Eckstein stand in weißer Helly-Hansen-Kluft am Ruder seiner waidwund krängenden Nussschale und erteilte klare Befehle. Wir hockten in Rettungswesten da und sicherten uns mit Karabinern an der Reling. Sturzseen ergossen sich über das Deck. Die allgemeine Magenverstimmung erübrigte weiteres Problematisieren. Als wir uns unter den verwehten Hymnen von U2 durchs Wasser gekämpft hatten und den Tonnenstrich vor Heiligenhafen erreichten, löste sich in der Erleichterung auch der eiserne Griff der schlechten Stimmung. Später hieß es, es wäre schon wieder gelacht worden und die Unbekümmertheit hätte uns wieder gehabt.

Im Hafen regelte Eckstein die nähere Zukunft der Amethyst, abtakeln, Rumpf säubern, Winterschlaf. Wir packten inzwischen um, schrubbten das Deck und saugten die Polster. Schon zischte der Audi Turbo die Autobahn Richtung Hamburg hinab. Nachdem wir uns an das laue Tempo der Seefahrt gewöhnt hatten, schien die Reise nur ein Stündchen zu dauern. Ein bekanntes Phänomen, erklärte Eckstein. Wenn man die Geschwindigkeitsmesser des Körpers – mehr noch die unbewusste als die bewusste Aufmerksamkeit für Geschwindigkeit – auf drei oder fünf Knoten und die geringsten Veränderungen dazwischen justiert hatte, fuhr man danach mit dem Auto quer durch Deutschland, als wäre es Holland.

»Eins noch, Jungs«, sagte Eckstein, als wir die Autobahn

bei Bramsche verließen und vor uns die Türme der Stadt aus dem dunklen Tal wuchsen. »Würdet ihr bitte die Veröffentlichung der Angelegenheit Daniela und mir überlassen?«

»Du bist in unserer Hand«, drohte Eduard.

»Kein Problem für mich«, sagte Eckstein. »Ich bat nur, die Veröffentlichung Daniela und mir zu überlassen.«

Eckstein und Daniela wählten für die gemeinsamen Nächte abwechselnd das Hotel Walhalla in der Altstadt und das Hohenzollern am Hauptbahnhof, das lange Zeit als eines der besten Hotels der Stadt galt, bis sich vor einigen Jahren das Steigenberger Hotel Erich Maria Remarque einsam an die Spitze setzte. Es sollen zärtliche Nächte gewesen sein, Nächte voller erotischer Verrücktheiten, in denen viel gesprochen wurde. Gustav Eckstein genoss, dass er nicht nur die Makellosigkeit einer schlanken und gerundeten Achtzehnjährigen, sondern auch die Schönheit eines brillanten Verstandes in den Armen hielt. Und Daniela?

»Keiner versteht mehr von Ohrenerregung als Eckstein«, spottete sie später.

Wir hätten Eckstein zugetraut, Daniela ins Haus an der Zeppelinstraße zu bestellen. Doch so weit ging er nicht. Zwar beschleunigte sich die Zerrüttung seiner Ehe. Katrin Eckstein, der nicht erklärt werden musste, was auf der Amethyst geschehen war und sich nun in den Nächten abspielte, in denen Gustav zu Hause fehlte, zog in die Gartenzimmer um und sprach häufiger mit ihrer Schwiegermutter als mit ihrem Mann. Trotzdem wollten beide Eheleute noch nicht den Stab brechen.

»Man geht in einem gewissen Alter nicht mehr, wenn die Katastrophe anfängt«, sagte Katrin später. »Man geht, wenn alles in Trümmern liegt. Das hat auch mit Voyeurismus zu tun.«

Daniela brauchte sich im kleinen Kreis der Eingeweihten für nichts zu rechtfertigen. Keiner von uns maßte sich an, ausgerechnet ihr Belehrungen zu geben – welcher Art hätten sie auch sein sollen? Zu Hause blieb sie ebenfalls unbehelligt. Edith May machte ihrer Tochter prinzipiell keine Vorschriften, also auch in diesem Fall nicht. Wie ich heute weiß, beschränkten sich ihre Einlassungen so lange auf praktische Fragen des Fahrwegs zum Hotel und der Verhütung, bis sich Daniela aus eigenem Antrieb tieferen Gesprächen öffnete, die von dem Geheimnis der erotischen Erstrahlung handelten, aber niemals von bürgerlicher Moral. Daniela und Edith May, so glaube ich sagen zu können, hätten jeder Metropolen-Boheme zwischen London und San Francisco Ehre gemacht. Für uns, die weniger begabten Kinder einer durch und durch durchschnittlichen Stadt, war ihr Freigeist imponierend.

Die Redeschlachten im Rhetorikkurs tobten wie eh und je, aber Eduard desertierte: Er hielt den Mund. Er fehlte auch oft in den Pausen auf dem Raucherhof und keiner wusste, wo er war. Sein Bekanntenkreis schrumpfte, denn Eduards Ruppigkeit war nur für Freunde erträglich, die einen Blick für die große Linie seiner Biografie hatten und auf Besserung hofften.

»Du bist ein komischer Kauz geworden«, quiekte Britt auf dem Raucherhof.

»Eduard befindet sich wie ganz Deutschland in der geistig-moralischen Erneuerung«, witzelte Regenmacher.

»Aber er hat die angepissteste Laune der ganzen Christenheit«, dröhnt in meiner Erinnerung jemand von der Liste der vergessenen Namen.

An jedem Morgen seiner Verdammnis überprüfte Eduard, ob Daniela die Nacht mit Eckstein verbracht hatte. Es war eine Zwangshandlung, aber keine schwierige Aufgabe. Wenn

Daniela nicht mit dem Fahrrad, sondern mit dem Taxi am Karlgymnasium vorfuhr, kam sie aus den Armen ihres Geliebten. Eduard verspürte jedes Mal Tritte in der Magengegend, und seine Seele kauerte sich für den Rest des Tages zusammen. Die hämische Stimme, die er immer häufiger hörte, flüsterte nun: *Schau, wie glücklich Daniela ist! Aber hätte es nicht deine Nacht sein sollen? Hätte es nicht dein Glück sein sollen, sie glücklich zu machen?*

Bald konnte Eduard den Anblick von Taxis nicht mehr ertragen. Der Berufsstand der Taxifahrer zog seinen Groll auf sich. Er halluzinierte, dass in jedem Taxi Daniela säße, immer in feinster Unterwäsche und rekelnder Schäferstündchenlaune. Am schlimmsten war der Anblick der nächtlichen Straßen. Dann waren nur noch Taxis unterwegs. »Ich hasse euch, Kupplerkutschen«, schrie Eduard nach einem der selten gewordenen Kinobesuche auf dem Berliner Platz. Er trat gegen den Kotflügel des Taxis, das neben uns auf Grün wartete. Er sah so bedrohlich aus, dass der Fahrer verfrüht Gas gab und das Weite suchte.

Mehrere Wochen nach den Herbstferien trafen sich Eduard und Daniela an der rotweißen Schranke, die Unbefugten die Zufahrt zum Lehrerparkplatz verwehrte. Es war noch dunkel, die Luft war kalt und klar. Eduards überwache Augen entdeckten im gelben Schein der Laterne silbrige Fäden in Danielas Haar. Es war ein missratenes Spinnenkunstwerk, das bei hellerer Beleuchtung wahrscheinlich klebrig und ekelhaft ausgesehen hätte. Eduard starrte das Gebilde eine Weile an. Dann stülpte sich sein Magen nach außen, gründlicher als an Bord der sturmumtosten Amethyst.

Daniela, die sofort nach der Bürste gegriffen hatte, um die verräterisch angetrockneten Glibberreste aus dem Haar zu kämmen, musste zur Seite springen, um nicht das Opfer von Eduards Auswürfen zu werden. In der dampfenden Pfütze seiner Eifersucht schwammen Apfelspalten und unzerkaute Häute von Orangenfilets.

»Gesund gefrühstückt haste wenigstens«, sagte Regenmacher, der um die Ecke gekommen war und das Malheur auf dem Boden fachmännisch betrachtet hatte. Er holte eine Flasche Mineralwasser aus seinem Jutebeutel und putzte Eduard Gesicht und Kragen ab. Vorüberziehende Mitschüler beäugten die ekligen Vorgänge und schüttelten sich verständnislos.

Ich versuchte, Eduard zum Rennradfahren zu überreden. Wir hatten jedes Jahr im November die Saison mit langen Ausfahrten in den Teutoburger Wald und das Wiehengebirge zu Ende gebracht und dabei den speziell aufgeräumten Himmel und das flammende Laub genossen. Nach fünf Stunden Rennradfahren denkt man nicht mehr viel: Das war es, woran ich dachte, wenn ich mit dem Rad an der Hand zu Eduard hinüberging. Meistens wimmelte er mich ab, und wenn nicht, fuhr er einen derart wutentbrannten Streifen, dass ich ihm selbst im Windschatten nicht lange folgen konnte und ihn erst zu Hause wiedertraf, wo er missmutig und frisch geduscht an der Innenausstattung seiner Pein arbeitete.

Er empfing auch sonst viele Aufmunterungen aus unserer intakten, kleinen Gesellschaft. Erwähnt sei, dass Jutta Marihuana noch vor dem Anfang der Adventszeit Dopegebäck backte und Eduard auf dem Raucherhof eine Blechdose überreichte, die bis an die Kante mit den seligmachenden Plätzchen gefüllt war. Gotthilf D. und Dietlinde Manthey, die von der schleichenden Verelendung Eduards in jeder Hinsicht überfordert waren, zogen ihre besten Kleider an und besuchten zum ersten Mal im Leben gemeinsam eine Buchhandlung, nämlich Hypnos an der Katharinenkirche, um sich bei Larissa Rieding über die Vorlieben ihres Sohnes beraten zu lassen. Sie kamen mit teuren Geschenken wieder zurück. Unter den Büchern befand sich eine Bibel. »Unser Junge sucht wohl nach dem Sinn des Lebens«, hatte Dietlinde gegenüber Larissa vermutet, die daraufhin den Klassiker in einer Luther-Übersetzung empfahl – der einzigen, die vor der Ewigkeit zählt, wie sie sagte.

Und was fanden Eduards glühende Augen als Erstes? Die Geschichte von Kain und Abel. Er fand darin sein Verhältnis zu Eckstein kurz und bündig widergespiegelt. Abel stand bei Gott in der Gnade, Kain aber nicht. Eduard konnte keine Gründe dafür finden. Er hielt Gottes Entscheidung für reine Willkür, es sei denn, so erwog er in einem hellen Moment, Gott bevorzugte Fleisch und kein Müsli und fand deshalb Geschmack an Abels gegrillten Lämmern, aber nicht an den Cornflakes, die der Ackersmann Kain auf dem Altar verbrannte. Trotzdem war es ungerecht ungerecht ungerecht.

Als Eduard an mehreren Tagen hintereinander Julia den Geschlechtsverkehr verweigerte und sich auf Abitursorgen herausredete, wurde sie stutzig. Er hatte sich sonst abschätzig über die schriftlichen Prüfungen geäußert, die allmählich in Sichtweite kamen, und viel darangesetzt, cool zu wirken. Außerdem hatte Julia auf der Berufsschule selbst genug Prüfungsstress und war der Ansicht, dass das enorme Lernpensum nur durch viel Liebe (unterhalb der Gürtellinie) durchzustehen sei. Eduard bemerkte, dass seine Ausrede nicht zog. Er zwang seinem Körper Ejakulationen ab, die weder von Herzen kamen, noch mit Lust zu tun hatten.

Doch weil das typische Brummen fehlte, das Eduards Erregung stets begleitet hatte, entlarvte Julia auch diesen seltsamen Kniff. »Wenn hier einer den Orgasmus vorspielt, dann ich«, trumpfte sie auf. Eduard war zu wortreichen Erklärungen gezwungen und musste sich aberwitzig konzentrieren, um seine wahren Eifersüchte, Ängste und Leidenschaften zu verbergen. Er beschränkte seine Beziehung zu Julia nämlich weiterhin auf das Ghetto und ließ umgekehrt kaum etwas von der Karlgymnasium- in die Schinkel-Sphäre dringen. Allein die Erinnerung an die königlichen Septemberwochen, ihr tief sitzender Glaube an die Liebe (oberhalb der Gürtellinie), aber zuerst und zuletzt wohl die Schwierigkeit, sich während der Prüfungen um andere Jungs zu kümmern, hielten Julia davon ab, die nahe liegende Konsequenz aus dem Niedergang zu ziehen.

Gotthilf D. Manthey, der undurchschaubare Rosenzüchter, tat etwas zutiefst Vernünftiges. Er baute Eduard ein neues Regal, denn das erste reichte für die Bücher längst nicht mehr aus – zumal mein Freund seine Lektüre jetzt unter dem Gesichtspunkt der Schmerzverstärkung auswählte und ständig neuen Stoff brauchte. Schmöker wie *Die Leiden des jungen Werther* las er am Stück. *Die Blendung*, dieses schauerliche Buch, in dem der Wahnsinn das Kleid des Grotesken überzieht, hielt gerade ein Wochenende vor.

»Ich verstehe nicht, was mit dir los ist«, sagte Gotthilf D., als er Eduard das fertige Werk vorführte. »Aber ich weiß, dass du dich verrannt hast … Es hat etwas mit Eckstein zu tun, oder etwa nicht?«

»Ja, mit ihm und allem anderen«, gab Eduard zu. »Aber das verstehst du nicht. Vielleicht hättest du es vor vierzig Jahren verstanden, als du diese Schmetterlingsfrau liebtest und der andere aus Russland wiederkam.«

»Seltsamer Einwand«, sagte Gotthilf D.

»Es geht um die großen Emotionen«, sagte Eduard. »Da steckst du in deinem Alter nicht mehr drin.«

Gotthilf D. legte die Wasserwaage auf das obere Regalbrett. Die Gasblase blieb exakt in der Mitte der Libelle stehen.

»Ich möchte gar keine Einzelheiten wissen«, sagte er. »Ich will nur, dass du nicht unglücklich wirst und das Verhältnis zu Eckstein kaputtgeht. Du kannst doch aus dem Rhetorikkurs jederzeit aussteigen, oder?«

»Im Prinzip hast du Recht«, sagte Eduard. »Aber das will ich gar nicht. Ich habe die Fäden sowieso nicht mehr in der Hand...«

Es entstand eine Pause.

»Du liebst deinen Lehrer mehr, als du ihn hasst«, sagte Gotthilf D. nach gebührender Bedenkzeit. »Das solltest du niemals vergessen.«

Aber alle Zusprüche blieben der Sache äußerlich – und das wäre sogar dann erklärlich, wenn man die Paranoia, zu deren Definition es gehört, für die Vernunft nicht zugänglich zu sein, von der Geschichte abzöge.

Eduard hatte noch nie durch Einsicht gelernt, sondern immer nur am Leidfaden der sinnlichen Erfahrung. Er musste seinen Körper stets der Evidenz der Ereignisse unterziehen, bevor sein Geist in die begünstigte Lage kam, zu begreifen. Seine Fähigkeit, aus den Erkenntnissen anderer Leute Schlüsse zu ziehen und aus ihren Ratschlägen das Beste zu machen, war auf dem Stand eines trotzigen Kleinkinds stehen geblieben, das seiner Mutter von Fall zu Fall auch nicht abnimmt, dass die glühende Herdplatte kein Spielplatz ist. Im Grunde war alles Zureden von Anfang an für die Katz. »Eine ordentliche Prügelei mit Nasenbluten, kaputten Zähnen und ausgerupften Haarbüscheln hätte dem Verhängnis Eduard-Eckstein eher abgeholfen als Güterzüge guter Worte«, urteilte Regenmacher später und viele stimmten ihm zu.

Wenn Eduard nicht den dunklen Absichten zusah, die wie Geier durch seine Phantasie segelten, konnte es sein, dass er mit Eckstein auf dem Raucherhof stand und Witze über Lothar Matthäus und Joschka Fischer riss, die sich als einflussreiche Gestalten der Zeitgeschichte herausschälten. Diese

Tatsache – dass sich Eduard mit Eckstein über Fußball und Politik unterhalten konnte, während er einen Mord aus Leidenschaft plante – verwirrt mich in der Rückschau am meisten, und ich kann die Vorgänge nur als freudianisch-genussreiche Selbstquälerei deuten.

Eckstein sagte hinterher, er habe die Wochen, in denen Eduard ein dunkles, vorher unbekanntes Charisma entwickelte, als subtile Vertiefung der Freundschaft empfunden, als ein Reifwerden und Austarieren von Zuneigung und Abneigung, wie es zwischen starken Persönlichkeiten nötig ist. Dabei suchte Eduards geschundener Geist schon in jeder Minute nach der Möglichkeit, den entscheidenden Schlag durch den gordischen Knoten zu führen. *Eckstein ist Abel, er steht unverdient in der Gnade!* So sagte die Stimme, die wie fliegender Samen durch die Luft übertragen wurde.

In schlaflosen Nächten, in denen die *Melancholia daemonomaniaca occulta* überhand nahm, hörte Eduard das Klimpern eines fernen, unterweltlichen Spinetts. Eine mephistophelische Gestalt riss die Saiten mit Dornen an und spielte Stücke, die ausgerechnet wie Tango klangen. Es half Eduard nicht, dass er sich die Ohren zuhielt. Er lag auf dem Bett, verbrachte schnell dahintreibende Stunden und starrte durch die Decke in ein unbarmherziges Nichts. Dabei verlor er den letzten Funken Hoffnung, Eckstein friedlich zu überflügeln oder die Konkurrenz zu vergessen.

Du wirst die Oper deiner Erniedrigung mit einem gigantischen Schlussakkord zu Ende bringen müssen.

Eduard fuhr nun in der Einsamkeit der späten Nachtstunden, wenn an der Wesereschstraße selbst die Kandidaten der Frühschicht noch schliefen, zum Hotel Walhalla und zum Hotel Hohenzollern, um nachzusehen, wo Ecksteins Audi parkte. Bei seinen Ausflügen stellte Eduard fest, dass Eckstein den Wagen regelmäßig unter den Kastanien abstellte, die zwischen Hohenzollern und Pottgraben-Bad wuchsen. Zum Walhalla strebte der Meister dagegen zu Fuß.

Zur Verwunderung vereinzelter Nachtschwärmer kletterte Eduard auf die entblätterten Bäume, um die Stabilität der Äste zu untersuchen, was ihm die Frage eines angetrunkenen, aber hellsichtigen Witzbolds eintrug: Warum er sich zum Affen mache? Doch Eduard antwortete nicht, er war mit den Gedanken ganz woanders. Ein Feuer würde es sein …, eine Verbrennung, ein Opferbrand, ein wahrhaft gültiges, seit Jahrtausenden verständliches, vollkommen einleuchtendes Zeichen.

Eines Morgens schlich Eduard um fünf Uhr aus der Wohnung und holte das Fahrrad seines Vaters aus der Garage. Es hatte zum Zwecke des Transports von Blumenerde einen besonders stabilen Gepäckträger. Darauf befestigte Eduard sein Attentatszubehör und fuhr durch die eisige Luft zum Hohenzollern. Doch er fand Ecksteins Auto nicht wie erhofft unter den Kastanien und hörte eingebildete Lustschreie aus dem entfernten Walhalla aufsteigen. Missmutig und ausgelaugt fuhr er nach Hause zurück, verbarg die tödlichen Utensilien wieder hinter seinen Sportgeräten und erschien mit schwarz geränderten Augen in der Schule.

So ging es drei, vier Mal. Als Eduard an einem nebligen Morgen keine Lust hatte, nach Hause zu fahren, erklärte er seiner Mutter Dietlinde den verfrühten Aufbruch aus der Telefonzelle – sie sagte mir später, er habe romantische Altstadt-Wanderungen vorgeschoben – und kam mit zwei signifikanten Benzinkanistern plus dem anderen Krempel zum Karlgymnasium gefahren. Vielleicht bettelte er um die Entdeckung seiner Absichten, um von ihnen erlöst zu werden. Vielleicht fühlte er sich vor der Entdeckung geschützt, einem somnambulen Tänzer gleich, der den Absturz vom Dach auch nicht fürchtet.

»Was willst du mit dem Benzin?« fragte Britt vor Beginn der ersten Stunde.

»Die Arglist der Welt mit Feuer verbrennen«, antwortete Eduard und lachte böse.

»Brennt Arglist denn?« fragte Britt in einem seltenen Anfall von Schlagfertigkeit.

Auch sie erhielt keine Antwort. So kam es, dass in den Kanistern niemand etwas anderes sah als eine besonders dick aufgetragene, bizarre Selbststilisierung: eine pathetische Pose der Pubertät. Ein wachsamer Lehrer zwang Eduard nach der dritten Stunde immerhin, das Benzin bis Schulschluss im Kabuff von Hausmeister Grob zu lagern.

In der Woche vor dem zweiten Advent hatte Eduard allen Aufschub aufgebraucht. Er musste – musste, musste, musste – nun das Stadium seiner, wie er sagte, Entlebensgeisterung beenden und sofort tätig werden. Er war bereit, jeden Winkel der Stadt nach Eckstein abzusuchen, um das Urteil unverzüglich zu exekutieren.

Der Abend dieses wunderdurchspickten Finales war dunkel und regnerisch, die Temperaturen lagen kaum über null Grad. Im *Norddeutschen Rundfunk* wurde nach den 19-Uhr-Nachrichten vor Glatteis gewarnt. Eduard packte Benzinkanister, saugfähige Kordeln, Plastiktrichter und Plastikschlauch ein, nahm seine schwarzen Lederhandschuhe, setzte den düstersten Hut seines Vaters auf und wartete in der Hofgarage, bis seine Eltern im Wohnzimmer die Jalousie herabließen und stabile Positionen vor der Glotze einnahmen.

Eduard fuhr die Schützenstraße hinab, bog, wie sich Beobachter später erinnerten, vorschriftsmäßig auf den Fahrradweg an der Buerschen Straße ab und verließ ihn wieder, um sich auf der Linksabbiegerspur Richtung Bahnhof einzuordnen. Es war die Strecke, die sein Vater einige tausend Mal auf dem Weg zur Güterabfertigung zurückgelegt hatte, ohne je einer Mücke etwas zuleide zu tun. An der Ampel vor dem Eisenbahndenkmal, diesem bemerkenswerten Dampflok-Ungetüm, das auf einem toten Stummel Schiene stand, sprang das Lichtzeichen des Schicksals auf Rot. Eduard musste abbremsen.

In denselben Minuten der Geschichte trafen sich Eckstein und Daniela auf dem Weihnachtsmarkt vor dem Rathaus. Sie rochen das Fett der Bratwürste, aßen kandierte Mandeln und guckten dem Pferdereigen des alten Karussells zu. *Jingle bells, jingle bells, …*

Eckstein erzählte Daniela am Tresen einer Glühweinbude von Katrins Reiseplänen. Flugverbindungen, die besten Hotels in Mexico City und Acapulco, die Automiete: Katrin war bereits im Bilde. Sie hatte vom 23. Dezember bis zum 5. Januar Urlaub genommen. Sie brauchte nur ein Zeichen Ecksteins, dass er bereit wäre, es auf zwei Wochen Illusionierung oder Desillusionierung unter der Sonne Mexikos ankommen zu lassen. »So viel Zeit muss sein«, hatte Katrin gesagt. »Danach werden wir endgültig entscheiden.« Dass seine Frau niemals larmoyant war, sondern die Zügel, wenn nötig, in die Hand nahm, fand Eckstein prima. Waffenstillstand im Rosenkrieg – warum nicht? dachte er.

Nach allem, was bekannt wurde, blieben dem verregneten Weihnachtsmarkt ungemütliche Szenen zwischen Eckstein und Daniela erspart. Sie knackte die Glasur der Mandeln zwischen ihren kleinen, weißen Zähnen und weigerte sich lächelnd, Forderungen zu stellen oder Bedauern zu zeigen, falls Eckstein überhaupt dem Missverständnis aufsaß, dass Daniela auf Katrin neidisch oder eifersüchtig sein könnte.

»Katrin ist deine Frau«, sagte Daniela. »Ich werde nie deine Frau.«

»Du bist also nicht sauer, wenn ich fahre?« fragte Eckstein.

»Fahrt nur! Vielleicht werdet ihr wieder glücklich.«

»Und wenn ich wiederkomme, mein glitzernder Engel aus Eis?«

»Schönheit ist die einzige Bedingung für alles. Wenn die Schönheit stirbt, ist es aus mit uns. Ob du nach Mexiko fährst oder nicht, spielt gar keine Rolle.«

»Vielleicht liegst du bei meiner Rückkehr in Eduards Armen«, sagte Eckstein, und seine Stimme klang weniger spöttisch als beabsichtigt.

»Nein, bestimmt nicht«, sagte Daniela. »Macht eure Geschichte allein aus. Da gibt es sowieso noch einen großen Knall.«

Der Kuss, zu dem sie sich verleiten ließen, wurde von einigen Karolingern beobachtet, die an der Rathaustreppe mit der Anhänglichkeit ihrer Zuckerwatte kämpften, und umgehend in die Gerüchteküche eingeschleust. Viele Schüler und einige Lehrer erfuhren von der öffentlichen Knutscherei zwischen Eckstein und seiner Perlmuttschülerin. Aber es war nicht der erste und nicht der letzte Kuss, dem es so erging. Noch sah jeder, von den borniertesten und einfältigsten Spießern abgesehen, das bezaubernde Paar viel zu gern, genoss die Magie seiner anmutigen Erscheinung viel zu sehr, nahm zu viel Anteil am Wunderbaren, um einen Skandal anzublasen oder den Fall in juristischen Kategorien aufzudröseln. Eckstein und Daniela wurden von einer Aura der Schönheit geschützt, deren Stärke erst richtig erkennbar wurde, als sie kaputtging. –

Unsere Stadt war, wie erwähnt, die Unfallhauptstadt der Republik. Aber wahrscheinlich hat das nichts damit zu tun, dass an diesem Abend, während Eckstein und Daniela gerade auf dem Weihnachtsmarkt turtelten, ein Staubsaugervertreter namens Horst Franzen routiniert durch die nasse Frontscheibe seines grünen VW Golf blickte, aber nicht erkannte, dass hinter der Scheibe eine dunkle Gestalt auf dem Fahrrad daher fuhr.

Die Umstände waren fatal, Franzens Unaufmerksamkeit indessen empörend. Das Rücklicht des Fahrrads glimmte bei Rolltempo zwar nur noch schwach; der Regen raubte dem Brillenträger Franzen womöglich einen Teil des Durchblicks; die Linksabbiegerspur war miserabel markiert. Doch am Gepäckträger des Rades war ein blitzender ADAC-Reflektor in Schokoladentafelgröße angebracht.

Franzen, im Prinzip geradeaus unterwegs, blieb mit der halben Breite seines Fahrzeugs auf der Linksabbiegerspur und prallte mit einer Geschwindigkeit auf den Radfahrer, die nach polizeilicher Rekonstruktion bei sechzig Stundenkilometern lag. Der Staubsaugervertreter katapultierte das Fahrrad samt den Attentatsutensilien schräg nach oben, während der Körper des Radfahrers, den gleichen Gesetzen der Physik gehorchend, auf die zerspringende Windschutzscheibe prallte, über das Dach gehoben wurde, im hohen Bogen in den Gegenverkehr flog und mit dem Gesicht über den Asphalt schrubbte, wo er still liegenblieb.

Barbara Neumann hieß die junge Englischlehrerin aus dem Gegenverkehr, die mit ihrem Kotflügel die fliegenden Blechkanister abfing, was beide nicht unbeschadet aushielten. Funkenflug oder eine Zigarettenkippe entzündete das Benzin. Vom Schreck, anders als man meint, zur präzisesten Reaktion befähigt, gelang es der Lehrerin, ihren Wagen fünfzig bis siebzig Zentimeter vor dem aufschlagenden, vom Fackelschein der Stichflammen beleuchteten Körper abzubremsen. Das gaben Passagiere des Stadtbusses zu Protokoll, der hinter dem unglücklichen Staubsaugervertreter abbremste. Der Busfahrer funkte die Ereignisse blitzschnell an die Zentrale und ging mit dem Bordfeuerlöscher mutig auf die brennenden Kanister los.

Eduards Haut war von Schnittwunden perforiert, aus denen das Blut in langen Schlieren herabsickerte. Seine Bewusstlosigkeit dauerte sieben Minuten, was von schaulustigen Kennern als gutes Zeichen gewertet wurde. Schwere Schädelhirntraumata, hieß es, können zu viel längeren Bewusstlosigkeiten führen. Und dann? Wer weiß.

Nach dem Erwachen setzte sich Eduard in der Lache seines Blutes aufrecht. Es war auf dem eisigen Asphalt schnell ausgekühlt und dampfte längst nicht mehr. Sein Kopf war bis zur Unkenntlichkeit verbeult. Trotzdem oder deswegen redete er, während ihn die Rettungssanitäter auf die Trage hoben, wie entfesselt. Er fragte die Schaulustigen nach dem Feuer, wetterte darüber, dass es nur noch vereinzelt glimmte, wünschte es sich stärker, viel stärker angefacht, beschwor die Leute, seinen Feind – *den Satan Eckstein* – nicht zu verschonen, erwähnte in einer theologischen Abschweifung Kain und Abel und vermittelte allen, die ihm zuhörten, den Eindruck, immer schon wahnsinnig gewesen oder es jedenfalls durch den Unfall geworden zu sein.

Die Polizisten, die fünf Minuten nach den Stichflammen am Ort eintrafen, knüppelten mit ihren Fragen so lange auf den schwätzerischen Verletzten ein, bis er Name, Adresse und Telefonnummer rausrückte. Dietlinde und Gotthilf D. Manthey erreichte die Nachricht, noch während der Rettungswagen an der Unfallstelle stand. Sie fuhren zum Marienhospital, in dem Eduard schon zahllose Unfallfolgen seiner Jugend hatte reparieren lassen. Üble Erwartungen zwangen die Eltern zum Schweigen.

»Ich schätze, Ihr Sohn wird durchkommen«, sagte ein junger Arzt mit Föhnfrisur. »Wenn er nicht in der Nacht an inneren Verletzungen verblutet, wird er durchkommen.«

3

Während ich die Steinbrüche der Erinnerung nach Baumaterial absuche, um der Geschichte von Eduard und Eckstein eine Schutzhütte vor den Unwettern des Vergessens zu errichten, spielt mir Google die Einsicht des österreichischen Schriftstellers Karl-Heinrich Waggerl zu, dass wir viele Tode stürben, solange wir leben, und der letzte Tod nicht der bitterste sei. Eduards Unfall vor der schwarzroten Lokomotive erlaubt im Rückblick eine verwandte, aber umgekehrte Feststellung: Wir werden oft (von neuem) geboren, bevor wir sterben, und die erste Geburt ist weder die schönste noch die wichtigste.

Was eigentlich an diesem von Flammen erleuchteten Abend knapp über der Frostgrenze geschehen war, musste im Detail erst noch bekannt und von uns durchschaut werden. Eduard konnte zur Aufklärung mehrere Tage nichts beitragen, selbst wenn er gewollt hätte. Zunächst lag er nackt und bloß im OP auf der Unfallstation, auf der die Ärzte den kurzen Kampf um sein Leben mühelos gewannen. Sie mussten nur die Kochsalzlösung, die ihn während der Fahrt im Unfallwagen durchströmt hatte, durch einige Konserven echten Menschenbluts ersetzen – was Eduard übrigens zum Blutspender auf Lebenszeit machte. Dann kam mein Freund, bekleidet mit einem dieser hinten aufgeschlitzten Krankenkaftans, auf die Intensivstation, wo man ihn zwar täglich für vier, fünf Stunden aus dem künstlichen Tiefschlaf entließ, aber keineswegs die Klarheit seiner Gedanken befördern konnte.

Eduard verschwendete die wache Zeit, um voller Ernst und Erbitterung mit imaginären Lehrern um Noten und das erstrebte Design seines Abiturzeugnisses zu streiten. »Ohne Eins vor dem Komma geh ich hier nicht raus«, lautete seine Litanei, und ich dachte, unser armer Haudrauf ist doch ein verkappter Streber. Waren alle erwünschten Punktzahlen ausgehandelt und erobert, wandte er sich Julia zu und führte gestenreiche Zwiegespräche, sofern sie nicht im Raum war. Denn wenn sie zu Besuch kam, behielt er den gleichen Gesprächsmodus bei, wodurch sich der vermeintliche Dialog als Monolog entlarvte. In jedem Fall blieb die Redeweise unverständlich. Das Attentat, dessen beabsichtigte Ausführung uns noch schleierhaft war, kam in diesen wirren Stunden auch zur Sprache, aber nicht so oft, wie man glauben könnte. Es gab Anzeichen dafür, dass Eduard der Überzeugung war, ein Feuerwerk der speziellen Sorte stünde noch bevor.

»Satan muss brennen«, sagte er dann. »Wie schön Satan brennen wird.«

Ich gehörte zu den Privilegierten, denen Gotthilf D. Manthey nach telefonischer Anmeldung überhaupt Zugang zum Intensiv-Patienten Eduard gewährte. Manthey senior sortierte streng. Er nahm seinen wehrlosen Sohn regelrecht unter die Fittiche, und nur Julia erkämpfte sich weinend und schimpfend unlimitierte Besuchserlaubnis. »Ich bin die Frau, die er liebt«, sagte sie zu Eduards Eltern. »Wenn er stirbt, wird mein Schmerz größer sein als Ihrer.« Dieses Argument wurde selbst vom Trumpf der Elternliebe nicht gestochen. So konnte Julia kommen, wann sie wollte, um Eduard die Treue zu halten.

Später erzählte mir Julia, dass sie in diesen Tagen auch oft in den Dom gefahren war, um für Eduard zu beten – sie, die noch nie ein freies Gebet formuliert hatte. Julia suchte lange nach Worten und führte die Generalprobe ihrer Bittgebete ohne gefaltete Hände durch, um ein Gefühl für die richtige Tonlage zu bekommen. »Ich wusste ja nicht, ob es Gott gibt«, sagte sie hinterher. »Aber schocken wollte ich ihn auf keinen Fall.« An zwei Abenden teilte sie die Bänke im Mittelschiff mit einer gut gekleideten jungen Frau, die ihr schwarzes Haar in einer gelben Schleife trug und den Blick auf das romanische Triumphkreuz in der Vierungsluft gerichtet hielt. Es war Daniela May. Aber die beiden Frauen, die das Unglück Eduards ins Gotteshaus gezwungen hatte, kannten sich noch nicht.

Ich erfuhr die ersten, beunruhigenden Details des Unfallgeschehens, als Dietlinde in jener Nacht aus dem Krankenhaus wiederkehrte und mich in ihrer Aufgewühltheit anrief. Am nächsten Morgen brachte die Zeitung eine lange Meldung, in der sich nicht zuletzt die Verwunderung über das Benzingepäck des Verunfallten aussprach. Besorgtheit und Neugierde, aber auch das düstere Drängen Gustav Ecksteins trieben mich in diesen Tagen, bei der Polizei, bei Rechtsanwalt Tusch, den Mantheys ohne viel Federlesen in Anspruch nahmen, da sie in der Rechtsschutz-Versicherung waren, bei der reaktionsschnellen Englischlehrerin Barbara Neumann, Staubsaugervertreter Horst Franzen und mit einiger Vorsicht bei Gotthilf D. Manthey selbst Informationen einzuholen.

Die provisorische Detektei Eckstein & Seelhöfer stand schnell vor der Alternative, aus den Ereignissplittern ein unerklärliches, surreales Vergangenheitsbild zu rekonstruieren und staunend im Museum der Kuriositäten abzustellen, oder der prosaischen Realität des Wahnsinns ins Auge zu sehen. Wir entschieden uns für Letzteres. Eckstein billigte den Benzinkanistern besondere Aussagekraft zu: »Für einen schlechten Scherz hätte Eduard allemal eine Flasche Brennspiritus gereicht.«

Am Mittag des vierten Tages nach dem Unfall saß ich mit Gotthilf D., dem beflissenen Wächter seines Sohnes, im Flur vor der Intensivstation, als Gustav Eckstein nach Beendigung seiner Schulaufgaben hereinkam. Eduards Vater erblickte ihn, erkannte ihn und erhob sich mit einem herzlichen Lächeln.

»Es gibt wohl niemanden, von dem Eduard mehr erzählt hätte als von Ihnen«, sagte Gotthilf D. »Der Rhetorikkurs ... Es ist ein Ruck durch sein Leben gegangen.«

»Danke sehr«, sagte Eckstein und zwinkerte mir verschwörerisch zu. »Eduard hatte zehn Schuljahre lang nur darauf gewartet, richtig loslegen zu können. Meinen Anteil müssen Sie gering veranschlagen.«

»Oh, nein, gewiss nicht«, sagte Gotthilf D. »Ich kenne meinen Sohn. Nur zuletzt, da war eine Verwandlung mit ihm, die ich mir nicht erklären kann.«

»Er hat ein bisschen nachgelassen«, sagte Eckstein. »Aber das wird schon wieder, wenn er nur bald auf die Beine kommt.«

Das Geplänkel ging eine Weile hin und her.

»Etwas noch«, sagte Gotthilf D. schließlich. »Sie sind ein kluger Mann. Können Sie sich einen Reim auf das Benzin machen?«

»Das ist nicht leicht«, sagte Eckstein und kämpfte gegen die Betroffenheit in seiner Stimme. »Wir sollten warten, bis uns Eduard alles persönlich erklären kann.«

»Meinen Sie denn, er wollte etwas anzünden?« fragte Gotthilf D.

»Benzin ist eine brennbare Flüssigkeit«, sagte Eckstein. »Es kann sein, dass der Unfall eine noch größere Katastrophe verhindert hat. Aber zwingen Sie mich nicht zu spekulieren.«

Gotthilf D. wurde bleich – und zwar so bleich, dass ich Fäden von eisigem Schweiß an seiner Wirbelsäule herabrinnen sah. Eckstein ließ sich Kittel und Mundschutz geben und setzte sich ohne unsere Begleitung an Eduards Bett. Er tat, was er angeblich nicht tun wollte: Er kalkulierte, spekulierte und rekonstruierte ein weiteres Mal. Seine Überzeugung blieb stabil: Nur hässliches Winterwetter und die Fahrlässigkeit eines Staubsaugervertreters hatten das Häufchen Elend vor ihm daran gehindert, zum Mörder zu werden. Eckstein betrachtete den zerstörten Körper und das langsame Fließen der Elektrolyte-Infusion wohl eine geschlagene Stunde. Welche Opfer die Schönheit fordert! dachte er. Am Ende ließ er Kassettenaufnahmen von J. S. Bachs Weihnachtsoratorium und Goethes *Faust* in der Gründgens-Inszenierung als Geschenke zurück.

Ich hörte davon, dass sich Gotthilf D.'s drastisch aufbrechende Besorgnis in einer wahren Telefonfahndung niederschlug. Weil er offenbar annahm, dass ich mit Eckstein unter einer Verdachtsdecke steckte, rief er Regenmacher, Daniela, Jutta Marihuana und viele andere aus Eduards Umkreis an, um zu erfahren, was seine Angst nur steigen ließ. Überall spukten bereits Vermutungen, die annähernd deckungsgleich mit seinen schlimmsten Befürchtungen waren.

Am sechsten Tag nach dem Lichtzeichen des Schicksals klingelte Gotthilf D. an unserer Wohnungstür, schubste meinen Vater, der in der friedfertigen Laune eines Bier trinkenden Malergesellen nach Feierabend die Tür geöffnet hatte, in die Garderobe und stürmte in mein Zimmer, wo mich eine Hausarbeit zum *Zauberberg* beschäftigte, einem dicken Buch, in dem vieles nicht mit rechten Dingen zugeht.

»Andreas, Andreas!« rief er. »Du musst mir helfen. Stimmt es, dass Eduard ein Feuer machen wollte? Hat er denn nicht nur phantasiert?«

»Ich weiß es nicht genau«, wich ich aus. »Vieles spricht für Feuer.«

»Und was wollte er verbrennen?« fragte Gotthilf D.

»Eduard hat zu Britt gesagt, er wolle die Arglist der Welt mit Feuer verbrennen«, sagte ich wahrheitsgemäß und ahnte, dass ich selbst mit Lügen nicht durchkäme.

»Die Arglist der Welt?« fragte Gotthilf D. »Das ist völlig ausgeschlossen. Deine Schulfreunde weichen mir aus, du weichst mir aus, Gustav Eckstein spricht kein offenes Wort mit mir. Ich weiß nicht, was ich glauben soll. Kann es wirklich sein, Andreas, dass Eduard ...? Sag es mir! ... Seinem Lehrer, der ihm wie ein Bruder ... Sag es mir! Wegen einer Schülerin? Einem Mädchen mit schwarzen Haaren?«

Ich hatte ihn unterschätzt. Seine Rekonstruktion entsprach längst unserer. Also ging ich aus der Deckung und erklärte in groben Zügen, was ich dachte, ohne natürlich die Paranoia-Geschichte, die ich allmählich zu entziffern lernte, in ihrer ganzen Hässlichkeit durchzuhecheln. Als Gotthilf D. zu weinen anfing – bitter zu weinen anfing –, hatte ich keinen Trost für ihn, einen Mann von sechzig Jahren, der schon immer auffallend weich und verletzlich gewesen war und nun wie ein Kind die Fassung verlor.

Dr. Schmied, der Stationsarzt in der Chirurgie, machte uns Hoffnung, dass Eduards schlimmste Verwirrung vorübergehen würde. Er erklärte uns das Phänomen der Amnesie – und traf ins Schwarze. Noch ein paar Tage, dann konnten wir mit Eduards Hilfe rekonstruieren, wie weit sich seine Umnachtung, vom Augenblick des Unfalls gemessen, *retrograd* und *anterograd* in der Zeit erstreckte. Das blutige Stück Leben, das ihm die Erinnerungslosigkeit raubte, begann ohne feste Risskante eine halbe Stunde vor dem Unfall und reichte über die Quasselphasen auf der Intensivstation bis in den Nachmittag des zweiten Tages auf der Chirurgie.

Dort, in diesen Stunden glitt Eduard zu den Klängen des Weihnachtsoratoriums, das ihm sein Vater im Kassettenrekorder angemacht hatte, in einen stabileren Bewusstseinszustand. *Jauchzet, frohlocket, auf, preiset die Tage.* Wie aus Dunst und Gewölk stieg ein Bild auf, das sein Gedächtnis nun nicht mehr umgehend wieder verlor, sondern lange genug festhielt, um später davon berichten zu können. Es zeigte die pointilistischen Schneeflocken vor dem Fenster, die zwischen dem Hospital und den rußigen Mauern der Johanniskirche durch die Lichtkegel der Straßenlaternen fielen.

Ich war der erste Besucher, den Eduard wieder auf eigenen Beinen empfing, wenn auch gestützt von Krücken. Am grauenhaftesten blieb mir sein Gesicht in Erinnerung. Es war über und über mit blutbraunem Schorf bedeckt, in dem das Kunststoffgarn der Nähte, mit dem die abgefetzten Fleischlappen geflickt worden waren, ein hässliches Muster abgab. Eine Beschädigung der Augenmuskulatur hatte den gewohnten Parallelblick zerstört. Eduard sah wegen der Schiefstellung seiner Augen zwei Bilder von der Welt, die nur zu einem wurden, wenn er durch die äußerste Ecke des Gesichtsfeldes schielte. Er senkte zu diesem Zweck oft das Kinn auf die Brust und bog den Kopf nach rechts. Ein fürchterlicher Anblick, der mich heute an Charles Laughton als Glöckner von Notre Dame denken lässt.

Wir redeten so lange, bis ich das sichere Gefühl hatte, mein Freund stünde – trotz seines unmäßigen Gebrauchs von Bach- und Faust-Zitaten als Folge der leichtsinnigen Berieselung durch Ecksteins Geschenke – zumindest mit einem Bein wieder im alten Koordinatensystem der Wirklichkeit, aus dem er sich schuldig oder unschuldig entfernt hatte. Da ich keine Ahnung hatte, was die Schulmedizin in solchen Fällen empfiehlt, skizzierte ich Eduard in groben Zügen die Entwicklung der letzten Tage. Irgendwann hielt ich ihn reif für die Frage, deren Beantwortung ich längst entgegenfieberte.

»Du weißt, was du wolltest?« fragte ich ihn, vielleicht eine Spur zu ernst. »Du weißt, wohin du unterwegs warst – mit zwanzig Litern Benzin, Kordeln und Taschen voller Feuerzeuge?«

Es entstand ein langes Schweigen.

»Ja, wohin wohl?« sagte Eduard. »Ich wollte alles schnellstens bei der Tankstelle zurückgeben.«

Haben wir gelacht. Mord und Brand, Feuersnot und Feuertod, Opferlamm und Schlachterlust: Alles ging in diesem Lachen unter, einem Lachen, das selbst reinigende Feuersbrunst war, auch wenn Eduard durch die Schmerzen, die es im Gesicht verursachte, dicke Tränen in die Wunden liefen. Der Sekundenzeiger ruckte zehnmal, zwanzigmal, dreißigmal, während wir lachten, und mir war klar, dass es wieder gut werden würde mit Eduard. Nicht bald, so kaputt wie er war, aber wieder gut. In diesem parodistischen Lachen erkannte ich meinen alten Freund. Nicht den monströsen Attentäter, der sich als pathologischer Schweiger das Grauenhafte ausdenkt; nicht den Verzweifelten von Gedser, der zwei Zigaretten gleichzeitig raucht, um den Schmerz auch in der Lunge zu haben; nicht den eifersüchtigen Taucher in der eisigen Dünung der Ostsee; nicht den quälend Ehrgeizigen des Kurstreffens; nicht einmal den protzigen Adoleszenten der ersten Rhetorikstunde. Sondern das späte Kind aus dem Schinkel oder den frühen Jüngling mit der lebensfrohen Unbedarftheit, die ihn vor der Epoche Eckstein ausgezeichnet hatte.

»So kann es gehen«, sagte ich glücklich.

Nicht alle traf der Hoffnungsschimmer mit der gleichen Leuchtkraft wie mich. Die halbe Jahrgangsstufe rückte im Laufe der folgenden Vormittage an und fand Eduard oft genug noch schwer umschattet – woran Gustav Gründgens und sein Faust, der aus dem Kassettenrekorder stundenlang Pathosformeln absonderte, ihren Anteil hatten. *Was sucht ihr, mächtig und gelind, / Ihr Himmelstöne mich am Staube?* Den meisten Besuchern war Eduards Unzugänglichkeit egal, denn sie liebten meinen Freund ja nicht. Sie wollten, nachdem sie ihn begrüßt und ihre Nikoläuse zum Geschenk gemacht hatten – die Schokoladenmänner standen bald zu Dutzenden auf Tischen und Fensterbänken herum –, schnellstens ins nächste Café abzischen. Die Gerüchte über Eduards Gesundheitszustand schnurrten am Karlgymnasium in jenem cineastischen Fachbegriff für Untote zusammen: Zombie. Zombie nannten sie ihn!

»Die glauben jetzt alle, Zombie ist plemplem«, resümierte Jutta Marihuana, die Eduard gut genug kannte, um noch Hoffnung zu haben.

Dr. Schmied ordnete eine weitere Elektro-Enzephalographie an. Dabei kam es heraus: Eduards Hirnströme waren nicht das, was sie sein sollten – weder bei geschlossenen Augen und ruhendem Hirn, noch bei Sinnesreizungen und geistiger Aktivität. Alpha- und Betawellen wichen stets bedeutungsvoll vom Normverlauf ab.

»Hier sehen Sie, hier sind die Krampfpotenziale«, sagte Dr. Schmied. Er wies auf den Problemabschnitt.

»Oh«, sagte Eduard. »Eine unschöne Kurve. Könnte harmonischer aussehen. Aber was heißt das?«

»Im äußersten Fall epileptische Anfälle, kleinere Absenzen sind nicht ausgeschlossen.«

»Gut, sehr gut. Das wäre immerhin eine Besserung.«

»Die Wiederherstellung der Normalität ist das Ziel«, sagte Dr. Schmied, der die Anspielung nicht verstanden hatte. »Es geht immer um die Wiederherstellung der Unauffälligkeit und Normalität. Das ist unsere Aufgabe.«

»Tun Sie, was sie können«, forderte Eduard.

In dieser Verfassung, in der Verfassung eines wiedergeborenen Hasardeurs begegnete Eduard auch Eckstein. Was hätten sie tun können? Mit Eduards Krücken aufeinander einschlagen? Die Sache endlos ausdiskutieren? Und welche Sache eigentlich? Was war denn die gültige Wirklichkeit dieser Tage, wenn man Eduards Schädelhirntrauma, die Amnesie, die wir besser überblickten als er selbst, die Paranoia, deren Wesen und Wirken niemals genau aufgedeckt werden konnte, und außerdem die fließbehinderten Alpha- und Betawellen in Rechnung stellte? Wer wollte und konnte denn sämtliche neuro-chirurgischen, neuronalen, psychologischen und psycho-pathologischen Details in ein klares Gesamtbild seines Bewusstseins bringen, um dann womöglich Schuldfragen zu stellen?

Nein, das war zu kompliziert. Die Realität hatte ein Stadium der Vielschichtigkeit erreicht, in dem drastische Vereinfachung Not tat. Auch Eduard behauptete mit dem nötigen Abstand, er hätte im Krankenhaus gespürt, dass es nur um die plausible Reduktion des Unfassbaren gehen konnte. An geeigneten Worten fehlte es den ausgebildeten Rhetorikern natürlich nicht.

»Oh Haupt voll Blut und Wunden, voll Schmerz und voller Hohn«, akklamierte Eckstein, als er das Krankenzimmer auf der Chirurgie betrat.

»Sehr witzig«, sagte Eduard. »Bin ich froh, dich ohne Brandblasen zu sehen.«

»Freundchen, du hast sie nicht mehr alle«, sagte Eckstein. »Seit dem 17. Jahrhundert werden hier keine Hexen mehr verbrannt. Es war doch klar, dass dermaßen veraltete Methoden des Exorzismus nicht funktionieren.«

Dem männlichen Prolog folgte ein flottes Gespräch. Das Opferereignis, das Eduard mit Gewalt gesucht hatte, war gründlich anders abgelaufen, als geplant, aber es wog schwer genug, um seine Selbsterkenntnis zu steigern und seine Gefühle in neue Bahnen zu lenken. An diesem Nachmittag verabschiedeten sich Eduard und Eckstein als Freunde, und es sollte über fünfzehn Jahre dauern, bis sie wieder Feinde wurden.

Als Dr. Schmied in zartester Diktion andeutete, dass die Stunde der Fachärzte nicht mehr fern sei, entließ sich Eduard aus dem Krankenhaus. Er konnte nicht geradeaus sehen; sein Gesicht war unter Schorf und Narben kaum zu erkennen; Pflaster, Gipse und Verbände hielten seinen Körper zusammen: Aber er entließ sich sofort selbst. Er packte mit Julias Hilfe die Klamotten ein, verschenkte die Armee seiner Nikoläuse auf der Kinderstation und humpelte an Krücken zur Pforte des Marienhospitals hinaus.

»Es geht mir besser als jemals zuvor«, sagte er, als der Straßenlärm an sein Ohr und die Winterluft in seine Lungen schlug.

Eduard und Julia kamen am Eisenbahndenkmal vorbei. Sie stiegen aus, untersuchten die Kreuzung, soweit es der Verkehr zuließ, und stellten fest, dass es keine Spuren mehr gab. Anders zu Hause. Als Eduard die ersten Gespräche mit seinen Eltern geführt hatte – Mantheys hatten keine Worte für das Ungeheuerliche, nur Gotthilf D. sagte oft: »Tu das nie wieder!« –, reichte ihm Dietlinde eine Plastiktüte mit den blutverkrusteten Schuhen vom Unfalltag. »Soll das weg?« fragte sie. Eduard fand, dass die ehemals schwarzen Schlüpfschuhe noch zu gebrauchen waren, weshalb er eine Stunde lang an seinem Blut kratzte.

Am nächsten Morgen verließ Eduard den Hausarzt der Familie mit vier Überweisungen, die er beim Neuro-Psychologen, beim Sport-, beim Augen- und beim Hautarzt penibel abarbeitete. Am Abend verkroch er sich mit Julia im Bett. Sie hörten Bachs Weihnachtsoratorium. Eduard, der sich offenbar einer grenzenlosen Katharsis unterzog, legte ein Geständnis ab – soweit es ihm möglich war, alle Finessen seiner Heimlichtuerei aufzudecken.

»Ich habe dich versteckt gehalten, Julia«, sagte er. »Ich war feige, aber das wird sich ändern. Alle sollen wissen, dass wir zusammengehören.«

»Du bist ein Arschloch«, sagte Julia. »Ich liebe dich.«

Als sie am nächsten Morgen erwachten, war der letzte Sonntag des Advents angebrochen. Schneeflocken fielen auf das schräge Dachfenster, rutschten feucht das Glas hinab und schmolzen, wenn sie den Rahmen erreichten. Eduard und Julia aßen Mandarinen, die in einer Glasschale neben dem Bett lagen. Sie liebten sich einmal, zweimal, dreimal. Kabinettstückchen standen nicht auf dem Programm, und das war auch nicht nötig. Eduard ließ sich schon von Julias lange vermisstem Atem zur höchsten Lust steigern.

Julia machte Frühstück und servierte es nackt auf dem grünen Laken im Bett. Als sie den Orangensaft getrunken, den Hering in Aspik ausgelöffelt und die aufgebackenen Brötchen mit Marmelade gegessen hatten, liebten sich Eduard und Julia – immer vom Weihnachtsoratorium begleitet – noch zweimal. Danach waren sie bester Laune.

Während vor dem Fenster die spärliche Helligkeit schon wieder ausging und sich das Bett in der Glasscheibe zu spiegeln begann, zogen sich die Liebenden an, setzten sich in den Käfer, fuhren mit Bach im Herzen die Bremer Straße hinab, parkten in der neuen Tiefgarage am Ledenhof und schlenderten (auch Eduards Gang an den Krücken war ein Schlendern, sagte Julia) lachend und schwatzend über die Fußgängerzone. Sie waren ein Paar – sie waren es längst gewesen. Aber jetzt konnte sich auch die Stadt davon überzeugen. Sie gerieten ins Café Leysieffer und bestellten sich je ein Stück Champagner- und ein Stück Vier-Frucht-Torte mit Sahne, also eine Maurerportion. Der Kaffee aus den alten Maschinen war wie immer ein Traum.

Ein günstiges Schicksal wollte es, dass Eckstein und Daniela sich an diesem Nachmittag ebenfalls bei Leysieffer verabredet hatten. Eckstein kaufte für Daniela Himmlische. Sie besichtigten die Torten in der Auslage. Als sie nach freien Plätzen suchten, trafen sie in den Tiefen des Raumes auf Eduard und Julia.

»Schau an, Eduard ist im Spiel zurück«, sagte Eckstein. »Und nicht allein.«

»Das ist Julia«, sagte Eduard kraftvoll und zeigte auf seine Freundin. »Ich bin mit ihr zusammen. Sie ist Verkäuferin bei Edeka.«

»Das ist egal, du Arsch«, sagte Julia.

Julia und Daniela vertieften sich in ein Gespräch über Filme, Pferde und Musik. Eduard wollte seinen Ohren nicht trauen. Er hatte sich nicht vorstellen können, dass Julia aus dem Schinkel und Daniela von der Spitze der menschlichen Pyramide mehr als zwei Sätze zueinander sagen würden. Aus alter Gewohnheit hielt er sich unter Spannung, um seiner Freundin beim ersten falschen Wort beizuspringen. Aber er wurde immer gelassener. Julia konnte Daniela nicht in jedem Detail folgen, aber was sie sagte, hatte Hand und Fuß und sie formulierte witzig – nun, wo Eduard Julias handgreifliche Worte mit Danielas Federwolken-Singsang unmittelbar vergleichen konnte, verflog jeder Zweifel.

»Dann sind Sie also der Eckstein«, sagte Julia, als sie sich Eckstein zuwandte. »Der Pauker mit der Zauberzunge, von dem Eduard nie etwas erzählen wollte, aber andauernd gequatscht hat.«

»Was ja tief blicken lässt«, antwortete Eckstein.

Julia und Eckstein lachten oft. Sie fassten sich an den Armen an und lästerten über Leute an Nachbartischen. Sie gingen noch einmal an den Tortentresen. Sie ließen Sekt auftischen. Eduard war stolz. Wenn es so ist, dachte er, habe ich richtig gelegen, als ich mit Julia am Fernsehturm die Liebe begann.

Nach zwei teuren Stunden, die aus Ecksteins dickem Portemonnaie bezahlt wurden, verließ die Gesellschaft das Café und schlitterte angeheitert über den schlabberigen Schneematsch auf dem Nikolaiort. Nur eine Frage hinderte Eduard noch, sich restlos dem Genuss des Augenblicks zu übergeben. Er hielt Eckstein fest und wartete, bis Julia und Daniela einige Schritte weitergegangen waren.

»Herrscher aller Bibliotheken«, sagte er. »Warum fährst du auf meine kleine Edeka-Verkäuferin ab?«

»Warum nicht?« fragte Eckstein zurück. »Julia ist nett, lustig und dreist. Was will man mehr?«

»Von der Adlerperspektive weiß sie rein gar nichts. Warum verachtest du Julia nicht?«

»Ich kann keinen Grund erkennen. Wie kommst du überhaupt darauf?«

»Hab ich die ganze Chose etwa umsonst durchgezogen?« fragte Eduard. »Hätte ich meine Wurzeln gar nicht ausreißen müssen?«

»Du bist wie alle Parvenüs«, sagte Eckstein. »Wir leben in einer liberalen Gesellschaft, mein Lieber. Es gibt keine Klassen mehr, es sei denn, man versucht, sie zu wechseln.«

Weihnachten kam. Die Mexiko-Reise fand statt. Gustav und Katrin Eckstein übernachteten in Hotels unter tropischen Bäumen. Bunte Vögel sahen ihnen beim Frühstück zu. Sie wanderten auf dem Popocatépetl bis zum Schnee und reisten den Isthmus bist zur Grenze nach Guatemala hinab. Sie lernten die Olmeken, Zapoteken, Azteken und Majas in Gestalt der übrig gebliebenen Ruinen kennen, labten ihre Zungen an exotischen Speisen und besuchten das Haus, in dem Malcolm Lowry *Under the Vulcano* geschrieben hatte. Sie sahen in der Brandung am Pazifik, in der sie selbst gerade badeten, die Rückenflossen halbstarker Haie durchs Wasser schneiden. Sie schliefen vom dritten Reisetag an wieder miteinander. Es machte ihnen Spaß.

Als nach der Ankunft zu Hause ein paar Tage vergangen waren, hatte Gustav Eckstein Lust auf Daniela. Beide fanden sofort in den alten Zauber zurück. Sie gaben ihr Verhältnis im Laufe der Wochen absichtlich oder unabsichtlich der Öffentlichkeit preis. Ihre Auftritte im Stadttheater, bei Sonntagskonzerten und wissenschaftlichen Vorträgen im Schloss wurden viel beachtet.

Der gravierende Unterschied zum vergangenen Herbst bestand darin, dass Katrin Eckstein in einer Bar in Oaxaca, nach dem Besuch der Königsgräber von Zaachila (»Ort des Himmelsdrachens«), einen gewissen Luís Infante kennen gelernt hatte, mit dem sie sich Postkarten schrieb.

4

Während der ersten, mondhellen Nächte in der neuen Heimat schlief Marie Schattauer traumlos. Zumindest kam es ihr so vor. Nach dem Aufstehen waren die vergangenen Stunden – gerechnet nach dem herben masurischen Sommermaß: fünf oder sechs, in den seltensten Fällen sieben Stunden – jedes Mal ein fest verschnürtes Paket Nichts, über dem sich die Enden der wachen Zeit wie Fäden verknoteten, wodurch ein Gewebe lückenloser Aufmerksamkeit, ungeteilter Neugierde und erregter Selbstkontrolle entstand.

Am zweiten Tag rückte Elisabeth in ihrer grauen Lieblingsschürze mit morgenfrischen Schritten zum Bettenmachen an, wischte über die Fensterbretter, wechselte das Wasser in den Vasen, zuppelte an den Blumen. Marie sah notgedrungen zu. Sie wusste nicht, wohin mit ihren Händen und spürte Unwillen – Unwillen und eine Spur von Neid. Sie suchte Paula Eckstein auf, die im Gesellschaftszimmer Familienfotografien sortierte, und sagte: »Was Frau Straub macht, möchte ich alles selber machen, bitte, wenigstens in meinen Zimmern.« Paula deutete Maries Bitte als Geste der Dankbarkeit, was nicht unrichtig war, aber auch nicht voll ins Schwarze traf, und ließ die beflissene Masurin durch Elisabeth über die üblichen Aufenthaltsorte von Eimern, Schrubbern und Putzlappen informieren.

In erster Linie durch Anfassen, Säubern und Pflegen im

Rahmen der Arbeit, aber auch durch scheinbar zielloses Streicheln, Befingern und Abtasten, lernte Marie Beschaffenheit, Charakter und innere Temperatur der Dinge kennen: Der Parkettböden, auf denen sie gern barfuß lief; der alten Kirschholzlehnstühle, die streng nach Möbelpolitur rochen, wenn man die Nase nach ihnen drehte; der steiflehnigen Couch mit dem teegrünen Jacquard-Überzug, die genauso wie die Stühle aus dem 19. Jahrhundert stammte; der weißen, wunderbaren Bettbezüge, die beim Beziehen vor Frische knackten, aber sich nach dem Schütteln weich und schmiegsam um das Federbett legten; der Vasen, Lampen und Läufer.

Bald waren Marie die Gartenzimmer blind vertraut und kaum weniger auf den Körper gewachsen als das Kinderzimmer auf dem Hof in Kleinbärengrund. Sie begann die Küche zu erobern, wo sich der Vermessungsprozess wiederholte: Das Ein- und Umgewöhnen ihres Nervensystems und das Justieren der Körpergrenzen in der neuen Heimat, wie Gustav Eckstein schrieb. Nach wenigen Tagen konnte sie in stockfinsterer Nacht Saft aus dem Schrank holen oder ein Stück Brot abschneiden, ohne sich anzustoßen oder sonstwie wehzutun.

Die ersten Träume, an die sich Marie erinnerte, wenn sie morgens durch die kleine Extratür in den Garten trat, um nach dem Wetter zu sehen und die nackten Füße im Tau zu baden, spielten im Durcheinander-Land, wie sie es zu nennen begann. Es kam vor, dass Albert und Paula in diesen Träumen mit dem Adler Standard zur Kirche in Wilhelmsthal brausten oder Elisabeth ein Kleefeld bei den Abbauten um Kleinbärengrund unter die Sense nahm. Andererseits wieselte Frieda durch das geträumte Gesellschaftszimmer der Ecksteins, fasste die Möbel mit ihren schmächtigen Fingern an und sagte: »Einiges könnten wir bei uns gut gebrauchen.« Immer, wenn der Kitt der Träume seine Wirkung tat, lebte

Marie in einer friedfertigen Sphäre, in der die Trennung von der Heimat nicht zu bemerken war.

Marie begleitete Paula zum Markt auf der Großen Domsfreiheit und genoss das Angebot des Spätsommers: rote Äpfel und gelbe Birnen, karottenrote Mohrrüben, Pilze, Hühner, schlappohrige Kaninchen und alles, was gehandelt wurde. Sie fühlte sich auf den Markt von Ortelsburg zurückversetzt und glaubte, im Stimmengewirr, durch das sie genussvoll streunte, masurische Zungen zu hören. Es kam ihr so vor, als wären es die Gerüche, von denen die heimatlichen Stimmen in ihre Sinne übertragen wurden. Paula musste sich während Maries fachkundigen und weitschweifigen Gesprächen mit den Marktleuten oft gedulden. »Nichts gegen Hermanns Neue«, stichelte einmal Paulas Freundin Bettina von Godberg, die den verzögerungsreichen Fortgang beobachtet hatte. »Aber eine Kartoffelernte ist keine Premiere im Nationaltheater.«

Schon nach dem dritten Marktgang zog Paula die nahe liegenden Konsequenzen. Sie überreichte Marie den Schlüssel für die Schublade des Küchenschrankes, in dem die Börsen mit dem Haushaltsgeld lagen.

»Könntest du nicht die Lebensmittel einkaufen?« fragte Paula. »Du hast ja wohl eine besondere Beziehung zum Markt. So viel hat in unserer Stadt noch keiner über Kartoffeln geredet, weder ein Bauer noch ein Dichter.«

Ihre Stimmbänder waren mit einem Tröpfchen Spott geölt.

»Danke«, sagte Marie, die Paulas Vertrauen, aber nicht den Spott bemerkte. »Mach ich gern. Ich hätte auch einige Vorschläge, ich sah da die Hühner …«

»Eins wollte ich dich noch fragen«, wechselte Paula zielstrebig das Thema, denn sie zweifelte nicht im Geringsten, dass Marie stets die schmackhaftesten Hühner mit den zartesten Brüsten auswählen würde. »Verstehe ich's richtig – masurische Gebetsleute sind also keine Polen?«

»Wir sind deutsche Masuren ... oder masurische Deutsche.«

»Hermann hat erzählt, dass in eurem Dorf viel polnisch gesprochen wird.«

»In unserer Familie sprechen alle in erster Linie deutsch«, sagte Marie. »Vielleicht kommt das, weil unsere Vorfahren früher aus Salzburg ins Masurische gekommen sind, auf einem langen, armseligen Zug. Vielleicht aber auch, weil man jetzt deutsch sprechen soll. Die demonische Sprache ist ja deutsch ... Eigentlich kann ich's nicht entscheiden. Es ist so gekommen.«

»Aber Hermann hat nun mal viel Polnisch gehört«, sagte Paula.

»Das stimmt«, sagte Marie. »Viele Leute in Kleinbärengrund sprechen masurisch, sie können gar nichts anderes. Und Masurisch klingt wie Polnisch. Ich kann es auch.«

»Sind denn diese Leute Polen?« fragte Paula.

»Das glaube ich nicht«, sagte Marie. »Wäre es denn schlimm, wenn ich Polin wäre?«

»Tja, kommt drauf an«, sagte Paula. »Wir Deutschen sollten zusammenhalten, gerade wenn es von allen Seiten stürmt, was nun unbestritten der Fall ist. Ich bin jedenfalls froh, dass du nicht zu den Polacken gehörst. Man hört nichts Gutes von ihnen ... Und was ist der Gebetsverein?«

»Das ist der Verein des wahren Glaubens«, sagte Marie mit einem gewissen Stolz. »Ich habe achtzehn Jahre dazugehört.«

Es heißt in den genealogischen Aufzeichnungen, dass in der Woche nach der Ankunft des Paares Heinz Toll bei Ecksteins auftauchte und Marie als Begrüßungsgeschenk einige Meter roten Samtes überreichte, den er aus Rotterdam mitgebracht hatte. Keiner wunderte sich darüber. Toll, der nicht von Familie war, sondern ein Spross kleiner Handwerker und Bootebauer aus dem Emsland, festigte seine Beziehungen zu den besseren Kreisen der Stadt gern, oft und aufdringlich mit Aufmerksamkeiten.

Marie fand den Mann mit den dicken, wächsernen Ohrläppchen gleich verdächtig. Während Toll sprach – und sein Sprechen glich nach ihrem Eindruck dem Pochen der Spechte –, entkamen einige zusammengeklebte Haarbündel dem Pomadepanzer, der seinen Kopf bedeckte, und legten sich wie Streifen dunkelbrauner Tusche über die pickelige Stirn. Pochen und Pomadepanzer: Beides fand Marie halb lächerlich und halb bedrohlich. Aber das Bedrohliche wog schwerer.

Toll fuhr indessen in eine heitere Gefühlswelt auf. Als er Marie sah, vergaß er trotz ihrer hohen, breiten Wangenknochen seine eingewurzelten Vorbehalte gegenüber der slawischen Rasse (der Marie nicht angehörte) und begann, die Masurin rücksichtslos zu verehren. Er konnte gar nichts daran ändern. Marie war zweifellos ein Engel: jung wie das Paradies, erhaben und schön (um die Formulierung zu benutzen, die Paula Eckstein zwanzig Jahre später gegenüber Gustav Eckstein verwandte). Noch in derselben Stunde rannte Toll auf seinen schmächtigen Stelzen in die kleine Wohnung, die er drei Straßen weiter gemietet hatte, um in der Nähe der guten Häuser zu sein, und besorgte sich Ausrisse seiner preiswürdigen Reportagen *Grachten, Gulden und Gedanken* und *Zwischen Oude Rijn und Zuidersee*, um sie Marie zu schenken.

Toll baute sich vor Marie auf und übergab die Zeitungspapiere mit Verbeugung: ein Ansturm des reinsten Wohlwollens. Er erklärte, dass sich der Sicherheitsdienst der Demonen für seine Holland-Kenntnisse interessiere und spezielle Berichte aus dem Hotel Du Passage in Rotterdam und dem

Savoy Club in Den Haag angefordert habe, wo er aus und ein ging. Marie verstand all die pochend ausgestoßenen Worte, aber keinen Zusammenhang. Sie wusste weder, dass Holland keine siebzig, achtzig Kilometer westwärts lag, noch ahnte sie, dass Toll mit kleinen, schleierhaften Spionagediensten protzte und genau das als Vertrauensbeweis und Vorschuss auf gutes Einvernehmen verstanden wissen wollte. Denn mit Holland, da war etwas im Busch. Toll betonte es mit Begeisterung.

»Wir wollen doch nicht hoffen, dass unsere lustigen Käsköppe und Tulpenzüchter etwas zu befürchten haben«, sagte Albert.

Er hatte die Szene vom Sessel aus beobachtet, wo er Tolls neueste Ergüsse in der Tageszeitung überflog.

»Ruhig Blut! Ausgeschlossen ist nichts«, sagte Toll.

»Sie sind zweifellos ein eifriger Journalist«, antwortete Albert. »Ich lese es ja gerade wieder, wirklich, sehr angespannt. Aber glücklicherweise geht nicht jeder Ihrer Wünsche in Erfüllung ... Die Geschichte, Herr Schriftleiter, kennt kein Führerprinzip. Da werden Sie umdenken müssen.«

Toll knackte mit den Fingergelenken, die vom vielen Knacken aufgeschwollen und rheumatisch waren. Er warf sich in die Brust, eine gewölbte Hühnerbrust, wie Marie bemerkte, und begann seine Meinung auszubreiten, die den Zeitungslesern der Stadt längst im Detail vertraut war. Seine Stärken lägen in der Propaganda, sagte er und holte weit aus. Er fühle sich beim Schreiben als strenger Züchtiger, aber auch als raffinierter Verführer. Er wäre ein Führer der Meinung, und Meinungen machten ja auch Geschichte.

Nach Tolls tiefster Überzeugung – Tiefe war für ihn das Höchste – musste das deutsche Volk als »typisches Raumvolk« angesprochen werden, etwa im Gegensatz zum jüdischen Volk, das er als das »typisch raumlose Volk« ansah.

Deshalb hielt es Toll nicht für ausgeschlossen – von wegen, es war komplett lebensnotwendig! –, beizeiten die Ellbogen einzusetzen. Die Deutschen und das Deutschtum brauchten wenigstens ein bisschen Platz zum Atmen. Er würde sich schnurstracks wieder bei der Feldartillerie melden, wie früher, im seligen Weltkrieg. Wenn's aber wegen der Zipperlein nicht mehr reichen sollte, zöge er eben mit der Propagandakompanie an die Front. Auch Schreibmaschinen verschössen große Kaliber.

»Oh, das waren Zeiten«, sinnierte Toll und die Enden seiner Schnurrbarthaare zitterten aufgeregt. »Der Krieg ist doch die stärkste Ausprägung des Lebens. Es braucht noch jede Nation alle zwanzig, fünfundzwanzig Jahre ihren Krieg, sonst kann aus ihr nichts werden.«

Er pochte wie entrückt mit seinem Kopf, während er von der Herrlichkeit der MG-Garben, den springenden Kegeln der Granaten, den weißen Bällen der Schrapnells und anderen ästhetischen und ethischen Vorzügen des Krieges sprach. Er war ein Kind der Schlacht, ein Dichter der Schlachten, ein Deutscher eben, wie er sagte. Das höchste Ideal des Krieges, das wäre die ewige Auseinandersetzung mit den Franzosen. Aber gegen den Tommy, diesen heimtückischen Inselaffen, da müsse man auch etwas tun. Wen man alles bekriegen konnte …, es war – »Ach, mein Führer, Adolf Hitler! Du wirst es beschließen zur rechten Zeit!« –, es war herrlich.

Marie gruselte sich. So eine bedrohliche Witzfigur gab es weder in Kleinbärengrund noch in Ortelsburg. Verglichen mit Toll war Ortsbauernführer Piechottka harmlos wie ein frisch geworfenes Ferkel. Aber meinte dieser rot angelaufene Veitstanz das alles wirklich so, wie er es sagte? Musste man Krieg machen, wenn man ein Raumvolk war? Was war das, ein Raumvolk? Und was war Deutschtum? Sie kannte nur Christentum und Heidentum und wollte wegen des Deutschtums am liebsten Hermann befragen, aber Hermann war beim Regiment. Er war oft beim Regiment. Wenn er zu Hause war, ja, dann umgarnte er sie mit Aufmerksamkeit und Nähe.

Toll ging einen Schritt zu weit: Er legte seine grau durchäderte Knochenpatsche auf Maries Arm. Sie hatte das Eigenleben von Männerhänden am Beispiel von Hermanns schönen, starken Händen nun schon etwas besser kennen gelernt und manchen Vorbehalt verloren. Aber Tolls Griff war unbeschreiblich unangenehm. Ihr schoss das Totentanz-Gemälde durch den Sinn, das sie in Berlin auf der Insel betrachtet hatte. Dieser Toll, das war so einer! Ein lebendiger Bruder des Skeletts.

Marie flüchtete sich zu Paula. Nur konnte sie schlecht erzählen, welche Erfahrung sie soeben gemacht hatte. Paula würde es nicht gefallen. Deshalb fragte sie, was mit dem roten Samt zu geschehen habe. »Was du mit deinem Geschenk machst, bleibt dir überlassen«, sagte Paula. »Aber ich sehe ein Kleid darin.« – »Ach, schön, ich auch«, sagte Marie, setzte sich an die Singer-Nähmaschine im Dachstuhl-Zimmer und nähte im Laufe des Nachmittags ein schlichtes Hemdblusenkleid, dessen Schnitt sie aus dem Effeff beherrschte. Das Kleid gefiel Paula genauso gut wie die Kleider, die Hermann am Ku'damm gekauft hatte, so gut, dass ihr eine kleine Modenschau angeraten schien.

Man kann sich mit dieser Masurin wirklich zeigen, dachte sie.

Am Abend erreichte eine Anzahl fein gekleideter Frauen das Haus, darunter Paulas alte Busenfreundinnen Angelika Rahenbrock, Bettina von Godberg, Gisela Wiesenkraut und Aleida Martens. Plätzchen, Likör, Blumensträuße, das waren die Mitbringsel, die schnell den Beistelltisch im Erker füllten. Maries Gesicht war von Flammen überzogen, als sie zuerst in ihrem selbst genähten Kleid vor die Damen trat, sich mehrfach verbeugte, wie ihr Paula geraten hatte, und viel Applaus einheimste. Auch Toll kreuzte auf – er hatte bei Paula dringend um Erlaubnis gebeten, es sei ja sein Samt –, stand gieräugig im Hintergrund und verrenkte seine Hände in aufdringlichen Zeichen der Bewunderung. Im Geistesblitz eines Sekundenbruchteils fürchtete Marie, er werde mit ihr tanzen wollen: wie dieser Schreckliche auf dem Gemälde.

Das Klatschen verfolgte Marie noch, als sie nach oben lief, um mit Hilfe von Elisabeth das nächste Kleid anzuziehen, eines der Berliner Kleider. Doch als sie das zweite und das dritte Mal nach unten kam, um sich dem Präzisionsschnitt der Blicke und der ungehemmten Musterungssucht zu unterziehen, hörte sie aus dem zischenden Getuschel immer wieder, wie ein Refrain, die Worte »Bäuerin«, »schlanke Taille« und »große Wildnis« heraus. Ich könnte die Kleider auch ausziehen und nackt auftreten, dachte sie, denn um Kleider geht es hier überhaupt nicht. Aleida Martens, Rechtsanwaltsgattin und passionierte Aquarellmalerin mit Vorliebe für wildreiche Waldlichtungen, nahm auch kein Blatt vor den Mund, als Marie schließlich im schwarzen Abendkleid auf der improvisierten, nun schon stark ausgeleuchteten Bühne stand.

»Wir sind froh, dass du so gut aussiehst, Marie«, sagte Aleida. »Wir hatten nämlich befürchtet, dass Hermann sich auf wer weiß was eingelassen hat.«

»Was heißt denn ›wer weiß was‹?« schlug Marie gereizt zurück. »Ja, wir Masuren sind ungebildete Bauern. Keiner in Kleinbärengrund hat solche Kleider je gesehen. Aber ganz normale Menschen sind wir trotzdem. Oder habe ich Hörner auf der Stirn?«

»Ach, Mädchen«, sagte Aleida. »Du weißt doch auch, wie nützlich es ist, präsentabel zu sein.«

Presentabl? Presenntabel? Hm. Marie wusste nicht weiter. Sie war also presentabl oder presenntabel! Vielleicht, vielleicht auch nicht. Ohne die Worte zu kennen, konnte sie so oder so keine Widerworte geben.

Paula füllte den Pfefferminzlikör, den Angelika Rahenbrock zum Gelingen des Abends beigesteuert hatte, in zarte, kurzstilige Gläser. Man nahm Marie in ihrem schwarzen Abendkleid in die Mitte und stieß auf sie an. Das Herumzupfen, Anfassen, Begutachten und Taxieren ging immer weiter.

Marie war erleichtert, weil sie die Kleiderprobe bestanden hatte. Mit dem Neid, der sich hier und dort in freundliche Worte presste, würde sie klarkommen. Aber es gab etwas, das sie ärgerte und ängstigte, nämlich die rücksichtslosen Augen von Aleida Martens, die jedes freundliche Wort sofort wieder durchstrichen und ins Gegenteil verkehrten. Toll verehrt mich und Martens hasst mich, dachte Marie, aber eigentlich sind beide gleich.

Am Samstag machte Familie Eckstein einen Spaziergang, »zu Ehren Maries und unserer Stadt«, wie Albert beim Aufbruch betonte. Mit dabei war auch Hermanns Bruder Eugen, angereist aus Münster, wo er eine Zweigstelle der Firma aufbaute. Die Fotos, die an diesem Tag entstanden, ins Familienarchiv gerieten und zum Bildteil der genealogischen Aufzeichnungen gehören, zeigen Marie in guter Verfassung. Sie hat gesunde Haut. Ihre helldunklen Haare wehen vorwitzig im Wind. Aus ihren weitstehenden Augen, die mandelförmig geschnitten sind, schießen diese lustigen, schwarzen Blicke, die den Aufzeichnungen zufolge so warm wirken konnten wie Herzblut.

Auf dem erhöhten Vorplatz des alten Stadtkrankenhauses wurde Marie erklärt, was ein mittelalterliches Stadtbild ist. Hermann zeigte auf die unterschiedlich starken Türme des Doms; auf das großflächige, steile Dach inmitten der winkeligen Häuser, von dem das Rathaus des Westfälischen Friedens beschirmt wurde; auf das Kegeldach des Boxturms im Bildvordergrund, ein Befestigungsturm, der dem Wachstum der Industriezeit nicht zum Opfer gefallen war. Es gab auch schlanke Fabrikschlote. Aber die hielten sich züchtig im Hintergrund, sodass man vom Hause Eckstein – es war Albert, der darauf verwies – ohne neuzeitliche Irritationen die Kernstadt erreichte: das Dotter, aus dem seit über tausend Jahren alles gewachsen war.

»Und was siehst du dort, über dem Rathausdach?« examinierte Hermann.

»Noch einen Kirchturm mit einer besonders schönen Spitze«, antwortete Marie.

»Das ist die Marienkirche«, sagte Hermann. »Sie stammt aus der Gotik. Aber wir haben sie dir zur Ehre umbenennen lassen, in Marienkirche eben. Dort werden wir heiraten.«

»Du spinnst«, sagte Marie. »Ich meine, ich will dich ja heiraten, dabei bleibe ich. Aber du musst mich allmählich ernst nehmen. Was willst du denn mit einer Frau, die jedes Märchen glaubt?«

Hermann gab ihr einen Kuss auf die Wange.

»Du wirst sehen, es stimmt alles«, sagte er. »Die Kirche heißt Marienkirche und wir werden deshalb dort heiraten. Es gibt sogar ein Brautportal. Alles ist bereit.«

In einem günstigen Augenblick hakte sich Albert bei Marie unter und führte sie zu den Sandsteinen und Muschelkalk-Hausteinen des Krankenhauses, bei dessen Errichtung nach der Cholera-Epidemie sein Großvater Harro Eckstein Bedeutendes geleistet hatte. Marie betastete die Steine und führte den staubigen Abdruck auf den Fingern zur Nase. Alberts Herz hüpfte. Wer gern Steine riecht, dachte er, der ist in unserem Hause richtig. Er erzählte vom Anschluss der regionalen Gleisanlagen an das preußische Eisenbahnnetz, wodurch die Welt nach alten Berichten mit einem Schlag größer und gleichzeitig kleiner geworden war. Größer, weil man nun viel erreichen konnte, kleiner, weil die Ferne näher kam.

»Oder umgekehrt«, sagte Albert. »Du weißt schon, was gemeint ist.«

Nach der Reichsgründung unter Bismarck, so ging Alberts kurze Geschichte des Hiesigen weiter, nach der Reichsgründung, als um die Katharinen- und die Martinistraße neue Wohnviertel entstanden waren und sich die bessere Gesellschaft auf dem Westerberg ihr Villenviertel erbaut hatte, war das Unternehmen Eckstein auf die Höhe gekommen. Man hatte Wohlstand erworben. Ecksteins waren die erste Adresse für Häuser von gehobenem Anspruch geworden.

Albert drehte sich in alle Himmelsrichtungen, um auf unsichtbare Häuser zu zeigen, die Firma Eckstein gebaut hatte – und in einer zweiten Runde auf die Häuser, die Familie Eckstein besaß. Von den Problemen indessen, die ihn in Bewegung hielten, schwieg der fünfte Chef des Unternehmens.

Es verhielt sich so: Der Wohlstand der Familie war in jüngster Zeit nicht gerade gefährdet, dazu besaß man zu viel Geld, Gold, Grund und Häuser. Aber nach den vielen Projekten während der Notstandsarbeiten war Firma Eckstein nie wieder in die alten Bahnen zurückgekehrt. Die Baugelüste der wohlhabenden Familien – die Baugerüste, schrieb Gustav Eckstein – wurden kleiner. Man sprach schon von kommenden Vorboten einer Katastrophe, dem Ende des privaten Bauens. Die Versorgung mit Baustoffen lief, das heißt, sie stockte, über die Ämter. Die Aufträge wurde nicht mehr über Bewerbungsverfahren vergeben, sondern erteilt und befohlen. 6,7 Prozent für Gewinn und Wagnis, etwas anderes sahen die Standardverträge gar nicht vor. Dabei wurde man nicht unbedingt arm, aber definitiv auch nicht reich. Zweitrangige Konkurrenten kamen hoch, weil sie mit den Parteibonzen unter einer Decke steckten. Junge, gut ausgebildete Kräfte mussten zum Militär, manchmal blieben sie dort stecken. Sein eigener Sohn hatte es gezeigt.

Das Arbeiten ist kein Vergnügen mehr, dachte Albert. Genauso gut könnte man Bäcker werden.

Als er erklärte, dass mit den Preußen die Industrie in die Stadt gekommen wäre und eine neue Epoche begonnen hätte, als er über Kupferwerke und Drahtstiftfabriken, Spinnereien und Webereien, die Gasuhrenfabrik Kromschröder und die Piesberger Bergwerksanlagen sprach, fühlte sich Marie von den Details erschlagen. Aber Alberts Zusammenfassung – »Kurz und gut, ich bin ein Kind dieser Stadt« –, die gefiel ihr wieder sehr. Das sagte sie leichtsinnigerweise und bekam noch mehr Geschichten zu hören.

Albert drückte seine künftige Schwiegertochter begehrlich an sich. Es rührte ihn, sein Wissen praktisch schon an die übernächste Generation, die in diesem festen Körper wachsen würde, weiterzugeben. Er wurde ein Opfer der Nostalgie. Er erzählte von den Tagen seiner Kindheit um die Jahrhundertwende, in denen er mit Portongschen und Herlettschen Pindöppen gespielt hatte: pilzförmige Kreisel, die mit Bindfadenpeitschen in Bewegung gehalten wurden und die Namen der Drechslermeister Herlett und Portong trugen.

»Ach, das sind schöne Geschichten«, sagte Marie.

Unvorstellbar! Ein erwachsener Mann sprach über Kinderspiele. Ihr Vater zum Beispiel, der hatte sein Leben lang nie gespielt. Der hatte immer nur Bibel gelesen, wie er sagte. Marie fasste immer mehr Vertrauen zur Lebensklugheit Albert Ecksteins.

Über den Köpfen entstand ein Geräusch. Es wuchs, konnte man meinen, aus allen Richtungen gleichzeitig. Ein Zeppelin brummte heran und bot das typische Farbenspiel. Er war rosa auf der Sonnen- und silbern auf der Schattenseite.

Die Gesellschaft blieb stehen und blinzelte. Am Hegertor intonierte eine wohlgeordnete Mädchengruppe, die Hälse zum Luftschiff gereckt, wehmutsvolle Heimatgesänge.

Außer Marie, die bis zu diesem Tag noch keine Zeitung in die Hand genommen hatte, wussten alle Bescheid. Toll hatte einen Bericht über Luftschiffe ins Blatt gesetzt und mit Anekdoten von Martin Heidegger ausgeschmückt, dem ausgebildeten Luftschiffer, der im meteorologischen Dienst am Boden Prognosen für Giftgaseinsätze gemacht hatte.

Toll fand das herrlich und hatte es auch so geschrieben. Ein Philosoph, der im Gaskrieg in den Ardennen seine Prägungen erfahren hatte, das war ein echt deutscher Philosoph. Man müsse sich *Sein und Zeit* noch einmal unter dem Aspekt des Gasgeruchs durchlesen, hatte er seinen Lesern empfohlen – »gerade weil jeder andere Zugang schwieriger ist«.

Der Zeppelin stand im himmelhohen Aquarium der Nachmittagsluft und flüsterte mit sich selbst. Ein solches Schauspiel hatte Marie noch nie erlebt. Diese Flugapparatur war eine Brosche am Himmel, ein riesiges Schmuckstück. Marie schwebte selbst und begann, ihre neue Stadt zu lieben. Ihr Wohlbefinden wurde nur unterbrochen, wenn Familie Eckstein die Arme zischend zum Hitlergruß hochriss. Das machte Marie nervös. In Kleinbärengrund hatten sich die Gebetsleute kaum zum Gruß bewegen lassen. Als eine Marschkolonne mit Fahnen und Standarte vorbeizog, drückte Albert auch Maries Ellbogen resolut nach oben.

»Jetzt müssen alle, sonst gibt's Ärger«, sagte er. »Wenn die Fahne dabei ist, dürfen wir die Demonen nicht provozieren. Das wäre unklug, mein Kind, das würde nicht zu dir passen.«

Am Abend gingen Hermann und Marie ins Kino, sie zum ersten, er zum soundsovielten Mal. Im Universum an der Großen Straße lief *Wenn wir alle Engel wären.* Maries Gewissen schrillte nach fünf Minuten Alarm: Sie sehnte sich nach Heinz Rühmann. Ja, es war nicht zu leugnen, sie wollte diesem schicken Mann in die Arme fallen. Es war schrecklich. Sie litt sich durch den Film und stellte Hermann auf der Straße zur Rede.

»Ich denke nur an diesen Schauspieler, Hermann«, sagte sie. »Ich finde ihn so anziehend, ich kann gar nichts dagegen machen. Bin ich dir jetzt untreu geworden?«

»Wenn du morgen immer noch verliebt bist, setze ich dich in den Zug«, sagte Hermann.

»Hört das denn so schnell wieder auf?« fragte Marie.

»Das rat ich dir jedenfalls«, antwortete Hermann und legte den Arm um ihre Schultern. »Ich finde mich übrigens viel schöner als Heinz Rühmann, du nicht?«

Beide lachten. Sie hatten noch nicht darüber gesprochen, aber es war schon ihr gemeinsames Wissen: Wenn sie lachten, sahen sie ihre Liebe wachsen.

Am Sonntag ging Familie Eckstein mit Marie in die Marienkirche. Sie hieß wirklich so, wie Hermann nun beweisen konnte. Marie fiel das Selbstbewusstsein auf, mit dem die Menschen zur Kirche kamen, sich laut begrüßten, schwatzten und kaum auf den Gottesdienst vorbereiteten. In Kleinbärengrund musste man sich zur Stunde immer sammeln, am besten demütig, Augen bodenwärts, heranschleichen und immer nur aufs Kreuz schauen, wenn man Platz genommen hatte. Hier in der Stadt war der Gottesdienst auch ohne große Sammlung schön.

Das Mittagessen, Maries wöchentliches Meisterwerk, geriet an diesem Sonntag eine Spur zu üppig. Alle wurden ein bisschen schläfrig. Marie wollte allein sein, um ihre Gedanken zu ordnen, aber noch lieber wollte sie ein Buch ausprobieren. Sie hatte entdeckt, dass es im ersten Stock des Hauses einen Raum voller Bücher gab, eine Bi-bli-o-thek. Sie ließ sich von

Albert, der dafür sein Nickerchen verschob, herumführen. Er schwärmte besonders von den Romanen – ein Schimpfwort in ihrem Elternhaus, das die Sache nur interessanter machte. Albert legte ihr ein paar Klas-si-ker vor. Alle schienen wahnsinnig spannend zu sein. Sie entschied sich für Jüs-taff Vlau-bär. *Madame Bovary. Ein Sittenbildnis aus der Provinz.* Als Albert das Leuchten in Maries Augen sah, hätte er seinen Vorschlag gern zurückgezogen, konnte aber nicht mehr.

»Sei vorsichtig«, warnte er. »Madame Bovary ist auch nur ein Buch.«

Marie machte es sich in den Gartenzimmern auf der Couch bequem, schlug den Roman auf – wie jemand zu lesen beginnt, der keine Erfahrung mit solchen Büchern hat, aber unbegrenzte Neugierde; keine Techniken, um das Gebotene zu sortieren, aber verlässliche Instinkte, die Hauptsache herauszufinden – und verlor sofort den Boden der Wirklichkeit unter den Füßen. In den Klauen der Imagination fieberte sie noch viel stärker als im Kino. Sie blätterte dauernd vor, denn die Spannung zerriss ihren Geduldsfaden. Sie war zu Tode erschrocken, als sie den Fortgang erkannte. Sie konnte sich nicht vorstellen, dass eine Frau je so tief sinken würde wie diese unmögliche Madame Bovary, die alles hatte und nichts damit anfangen konnte.

Schreckliche Leute, schreckliches Leben, schrecklicher Tod, dachte Marie, als sie spät abends das Buch noch längst nicht zur Hälfte ausgelesen hatte, aber die Ereignisse durch ihr listiges Vorpreschen bereits vollständig durchschaute.

Wie zur Strafe, oder anders, als Folge der nervenzerreißenden Lektüre, schlief sie in dieser Nacht unruhig. Und als der Traum begann, an den sie sich am nächsten Morgen erinnern sollte, tauchte ein Giftfläschlein auf. Die versöhnlichen Bilder vom Durcheinander-Land verloren ihre Reinheit.

Es war am Dienstag, als Paula und Albert gemeinsam das Haus verließen. Sie wollte zu Aleida Martens, er ins Büro. Während Marie mit Elisabeth in der Küche über Kohlrezepte schwatzte, klingelte es stürmisch. Vor der Tür stand eine Frau in einem orangefarbenen Kostüm. Sie hielt ein Pralinenbukett in der Hand. Ihr Parfüm schlug bis unter das Hausdach.

»Oh yes, hello«, sagte die Frau zur Begrüßung, als hätte sie selbst die Haustür geöffnet und nicht Marie. »Ich habe doch gleich gewusst, dass Hermann mich nur für eine Frau drangibt, die noch schöner ist als ich. Guten Tag und willkommen in unserer Provinz.«

Die Frau zupfte an Maries blauem Kleid herum. Sie rief dauernd unverständliches Zeug wie »Ohitsneiss« und »Haulaavlie«. Sie wieselte durch den Flur, um ihre Kostümjacke abzulegen und gleich wieder anzuziehen, denn ohne Kostüm fand sie es zu kühl. Sie lachte laut und sagte, der viele Zucker habe ihr das Gehirn zugeklebt.

»Sie sind Evi«, sagte Marie, als sie der Verwirrung entkommen war. »Sie können nur Evi sein.«

Marie fand Evi Landshut in jeder Hinsicht außergewöhnlich, ex-or-bi-tant, wie Eugen das genannt hatte, aber zu ihrer eigenen Verwunderung auch sehr lustig. Es war klar gewesen, dass Evi irgendwann aufkreuzen würde. Marie hatte dem Augenblick mit Bangen entgegengewartet, mit Bangen und mit rückwärts gewandter Eifersucht, denn Hermann hatte ihr selbst zwar viel mehr versprochen als Evi ..., aber trotzdem. Doch nun war alles leicht. Evi hatte eine unkomplizierte, forsche Art, die trübe Gedanken im Keim erstickte, und schien frei von Dünkel zu sein.

Die beiden Frauen setzten sich ins Gesellschaftszimmer, in dem die lichtdurchlöcherten Halbschatten des Nachmittags lagen. Evi ließ Elisabeth Champagner servieren – die

Marke des Hauses, *Moët et Chandon.* Sie holte alle fünf Minuten den Handspiegel aus der Tasche, griff sich in den Ausschnitt und korrigierte den Sitz ihres Büstenhalters.

»Sie wachsen und wachsen«, sagte Evi. »Ich weiß gar nicht, wo das noch enden soll.«

Evis Traumland war Amerika. Sie begann davon zu erzählen. Sie erwähnte ihre Tante Daphnia in Conshohocken, Pennsylvania, die es leider standhaft ablehnte, von ihrer Nichte besucht zu werden und erklärt hatte: »Noch eine deutsche Panzerfaust würde Conshohocken nicht verkraften.« Evi hörte Jazz (nicht Jähss), wie sie sagte. Sie hatte mehrere Dutzend jazzige Jazz-Platten, die sie immerzu hörte, tagaus, tagein, aber immer nur leise. Evi sagte Worte, die für Marie wie ›Eilofnujok‹ und ›Setzgräit‹ klangen. Sie schwärmte vom Broadway und Rollschuhfahren.

»Da waren jetzt viele englische Ausdrücke dabei, oder?« fragte Marie in einer Pause. Eine Eingebung sagte ihr, dass es um englische Worte ging. Es konnten nur englische oder französische sein. Hermann hatte erklärt, dass kaum ein Mensch in der Stadt weitere Sprachen beherrschte. Auf Masurisch jedenfalls konnte man sich nicht verlassen.

»Englische oder amerikanische«, sagte Evi.

»Das ist ein Unterschied?« fragte Marie.

»Kaum. Ein paar Worte sind anders. Aber man versteht sich problemlos.«

»Und was sind Rollschuhe?«

»Du weißt ja wirklich absolut rein gar nichts, meine Liebe«, sagte Evi. »Was hat dir Hermann eigentlich in Berlin gezeigt? Rollschuhe sind Schuhe mit Rollen, auf denen man durch die Gegend fährt und den Männern zuwinkt, die einen dann zum Tanzen einladen. Man muss natürlich aufpassen, wo und wie man's macht. Sonst kommen dich die Demonen holen, wie das halt heute so ist. Blöde Zeiten!«

Sie hatten bald ihr Gesprächsmuster gefunden. Marie fragte, Evi schüttelte den Kopf, Elisabeth schenkte Champagner nach und machte sich wieder unsichtbar. Nach der fünften vorlauten Belehrung dachte Marie: Nun ist genug!

»In Berlin hat mir Hermann tausend Sachen gezeigt«, sagte sie. »Wer soll das alles behalten? Hermann hat sich die Namen unserer Schlachtkälber im Stall auch nicht gemerkt, vielleicht nicht einmal die Namen der Pferde ... Er kennt Aale, Hechte und Zander. Aber er weiß nicht, wie Schleien, Maränen, Uckeleis und Stinte aussehen. Und du? Hast du überhaupt schon mal einen Fisch geschuppt? Kannst du Fichtensteinpilze von Reizkern unterscheiden? Weißt du auch nur, wie man die Striche einer Kuh anfasst, wenn man sie melken will? Kleinbärengrund war auch eine Welt! Ob du es glaubst oder nicht.«

»Oh, my dear! Oh, my dear!« beschwichtigte Evi.

»Du wirst sehen, ich finde mich eines Tages auch hier zurecht«, sagte Marie. »Es wird noch ein Weilchen dauern, aber es wird ... Hermann hat gesagt, dass du eine süße Person bist, deshalb bin ich offen zu dir. Ich weiß nicht, wo Konnschokken, Pinselväjnia und Brotwei liegen. Aber ich weiß jetzt, wo in der Bibliothek der Weltatlas steht und werde nachschlagen, wenn du mir die Namen aufschreibst. Ich habe noch nie Jazz gehört, nicht einmal das Wort. Aber ich bin nicht von hinterm Mond, das wollte ich dir gleich sagen. Du solltest mich nicht auslachen, weil ich nichts weiß, sondern mir die Dinge erklären, damit ich sie kennen lerne. Alles andere hat doch keinen Zweck.«

»Du liebes bisschen«, sagte Evi. »Du bist ja eine Sportskanone ... Man versteht den Hermann, wenn du erst mal den Mund aufmachst. Dich möchte ich auch zur Freundin haben, du süße Puppe.«

Evi stand auf und umarmte Marie.

Dieser Bonbongeruch hatte Hermann also gefallen! Marie fand ihn zu süß, zu klebrig, zu kindisch. Die ganze Evi war ein bisschen zu stark für ihre begrenzte Höhe. Aber ihre Arme waren wirklich weich und angenehm, sie ließ sich gern von ihnen reiben.

Die beiden Frauen, die innerhalb einer halben Stunde alle Vorbehalte geklärt hatten, blieben bis zum Abend zusammen und gingen zum Essen in die Altstadt. Evi fand sämtliche Berichte aus Kleinbärengrund erschütternd, grauenhaft, einfach unvorstellbar schrecklich. Sie konnte sich ein Haus ohne elektrischen Strom, Wasser aus dem Brunnen und eine astronomische Zehn-Kilometer-Entfernung zum nächsten Café nicht einmal theoretisch vorstellen. »Masuren ist wohl wie Alaska«, sagte sie. Als Marie vom Gebetsverein und den Stunden sprach, schlug Evi die Hände vor dem Gesicht zusammen. Das Christliche passte am allerwenigsten zu ihrer Lebensweise. Andererseits war sie begeistert von der Liebesgeschichte zwischen Marie und Hermann.

»Man spürt gleich, dass du stark bist«, sagte Evi. »Du würdest selbst in New York durchkommen. Mit dir würde ich da hinfahren, ob du Englisch kannst oder nicht.«

Die Tage der Einführung, Eingewöhnung und Einübung, in denen Maries Selbstbewusstsein eher stieg als absank, wurden gestört. In ihrem Körper stimmte etwas nicht. Es war etwas Wichtiges. Eines Abends stand sie vor dem Geschirrschrank in der Küche und räumte Besteck in die Schublade. Von ihrem Standort sah sie die linke, gemütliche Hälfte von Paulas Gesicht, auf der alle Anzeichen von Vertrauenswürdigkeit zu erkennen waren.

»Mein Blut kommt nicht«, sagte Marie, ohne lange herumzudrucksen. Wem hätte das schon genutzt? Sie verschwieg ihre Ängste. Sie schwieg davon, dass sie plötzlich besorgt war, dass auf dem Feldweg bei der Weißbirke etwas Unglaubliches geschehen sein könnte. Sie sagte nur: Mein Blut kommt nicht.

Ihre Worte stifteten Verwirrung. Paula nahm allen Ernstes an, dass Marie in ungeschickter Form das erste Enkelkind der Familie anzeigen wollte. Schließlich, das fiel ihr nun wieder ein, hatte in Hermanns Berliner Brief »Hochzeit bald« gestanden. Sie tröstete Marie, indem sie sagte, man müsse wohl noch etwas abwarten und dann zu Dr. Hasenclever gehen. Bei nächster Gelegenheit stellte sie ihren Sohn zur Rede. Hermanns Geheimniskrämerei erschien ihr skandalös, eine Frechheit angesichts der Vorbereitungen, die im Falle einer Schwangerschaft zu treffen wären.

Die Verwirrung steigerte sich weiter. Hermann glaubte, dass Marie eine gewöhnliche Irritation des Körpers, die von der deutschlandweiten Bahnreise, dem offenen und verborgenen Abschiedsschmerz, dem veränderten Speiseplan und vielen, vielen anderen Dingen hervorgerufen worden sein konnte, vor lauter Nervosität mit dem unseligen Moment an der Weißbirke in Verbindung brachte und nun darüber vor ihrer künftigen Schwiegermutter Klage geführt hatte – was gerade nicht der Fall gewesen war, denn Marie hatte sich über Balduins Missetaten wohlweislich ausgeschwiegen.

»Es ist nichts«, sagte Hermann. »Marie ist sehr unerfahren.«

»Aber du bist es nicht«, sagte Paula.

»Ich habe auch nichts getan.«

»Ja, dann weiß ich auch nicht weiter.«

Da sie von Hermann keine Feigheit gewohnt war und auch keinen Anlass dazu sah – ihr Sohn konnte sich nach Maries liebenswürdigen, überwiegend mit Beifall bedachten Auftritten jeder Unterstützung sicher sein –, rief Paula den Familienrat ein. Der Rat war auf Alberts Betreiben zur festen

Institution geworden und schrieb als einziges Verfahren restlose Offenheit vor.

»Keine Kindereien«, sagte Albert, als alle um den kleinen Tisch im Erker des Gesellschaftszimmes saßen. »Hier tagt das Familienparlament, in dem nur die Wahrheit Rederecht hat. Also raus mit der Sprache, mein Junge, auch du bist mal gezeugt worden. Zeugen kommt in den besten Familien vor. Ich hab da eigentlich nichts gegen.«

»Es ist aber niemand gezeugt worden«, sagte Hermann.

»Der letzte Mensch, der ungezeugt auf die Welt kam, war unser Herr Jesus«, sagte Albert. »Vorher wird nur von Adam berichtet, der geradewegs aus der Himmelswerkstatt kam, und seiner Rippe Eva. Ansonsten wurde immer viel gezeugt in der Menschheitsgeschichte. Raus mit der Sprache also!«

»Nichts, es ist nichts.«

Marie beobachtete ihre Zwillingsschwester, die sie selbst war. Der Tonfall Alberts schockierte sie. Gleichzeitig flößte er Vertrauen ein. So kann man das also machen, dachte sie, einfach drauflosreden und die Dinge klipp und klar aussprechen. In Kleinbärengrund wären alle vor Scham im Boden versunken.

»Also gut, noch mal die Tatsachen«, sagte Hermann. »Fest steht, dass sich mein Verkehr mit Marie bisher auf Händchenhalten beschränkt. Wir respektieren die pietistischen Regeln, die Marie in Fleisch und Blut übergegangen sind.«

Es entging Marie nicht, dass Hermanns Worte eine Rückseite hatten, die ganz anders lautete als die Vorderseite: Offenbar schimpfte er ein bisschen mit ihr. Sie musste lächeln. Nur zumute war ihr danach nicht.

»Dann ist doch alles in Butter«, rief Albert. »Das heißt, Marie ist ein bisschen abgespannt und wir schicken sie zu Doktor Hasenclever, der die Spannungen mit seinen gesegneten Händen lösen wird. Paula, du solltest gleich ans Telefon gehen und einen Termin machen.«

Elisabeth brachte frischen Tee. Bis die Haushaltsgehilfin wieder aus der Tür war, ruhte das Gespräch.

»Anders als mein Fall liegt allerdings der von Onkel Balduin«, sagte Hermann. »Dein Bruder ließ sich auf unserer Reise volllaufen wie ein Abfluss. So war es auch, als wir an Kleinbärengrund vorbeikamen. Es passiert immer eine Menge Unsinn, wenn sich Onkel Balduin einen anzwitschert ... Kurz und gut, er ist auf Marie losgegangen.«

Hermann setzte seinen verdutzten, zunehmend verärgerten Eltern die Ereignisse nahe der Weißbirke auseinander.

»Aber du kannst nicht tatenlos zugeguckt haben«, sagte Paula. »Es kann nicht so weit gekommen sein, Gott bewahre, dass auch nur die geringste Gefahr bestünde ...«

»Wenn Marie wirklich schwanger ist, wovon ich nicht ausgehe, gibt es entweder nach langer Zeit mal wieder eine Jungfrauengeburt, oder es besteht doch die Gefahr, die du meinst«, sagte Hermann. »Ich war selbst nicht stocknüchtern, als es passierte. Ich stand zum Pinkeln hinterm Brombeerstrauch, ich weiß es noch, und habe eine Weile gebraucht, um den Ernst der Lage zu verstehen. Dann bin ich gleich losgestürmt.«

»Wie viel muss man eigentlich saufen, um so blind zu sein?« fragte Albert. »Das Quantum möchte ich auch mal ausprobieren.«

»Stell dir vor, ich müsste aus irgendeinem Grund an dich ran«, sagte Hermann. »Du darfst darauf rechnen, mein lieber Vater, dass ich kurz überlege. Und genau das Gleiche habe ich bei deinem Bruder Balduin getan.«

»Das ist doch absurd, Junge«, sagte Albert. »Mit deiner lahmarschigen Reaktionszeit überlebst du im Gefecht keine dreißig Sekunden.«

»Schluss jetzt!« sagte Paula. »Das läuft ja auf eine zweite Beschämung hinaus. Haut ab! Männer raus! Verschwindet!«

Hermann ging in den Schuppen und begann, Kaminholz zu hacken (und fühlte sich in der Sekunde, als er die Axt zur Hand nahm, wieder auf Schattauers Hof). Während die letzten Tage verstrichen waren, hatte er sich der Überzeugung hingegeben, nie wieder von der Kleinbärengrunder Posse zu hören. Marie hatte sich geirrt. Balduin konnte in der Kürze der Zeit gar nichts gemacht haben. Basta! Aber sollte Marie wirklich schwanger sein, würde er der Vater des Kindes seines Onkels werden – dann würde das eintreten, worüber sie in den ersten Tagen manchmal gelacht hatten, weil es so absonderlich erschienen war.

Nicht er, der Marie die Welt zu Füßen legte, sondern der verlotterte, triefäugige Balduin mit seinem Riesenstängel unter dem struppigen Bauch hatte ihr Ypsilon und zweites Herz womöglich schon berührt. Es war ein Skandal. Er tastete die Bilder seiner Erinnerung ab. Aber sie blieben blass. Neue Einsichten über die tatsächlichen Ereignisse auf dem Feldweg waren ohne Liebesnacht oder medizinischen Beistand nicht mehr zu gewinnen.

Hermann hatte Mitleid mit Marie, er wollte sie trösten, er stand uneingeschränkt auf ihrer Seite. Aber er war auch neidisch auf den möglichen Vergewaltiger seiner Braut. Es war obszön, aber es war so. Um ihn flogen die Späne. Marie wäre ohne den Vorfall an der Birke nicht hier, dachte er. Aber ich würde zu Fuß nach Masuren gehen, wenn ich unserer Liebe einen anderen Anfang geben könnte.

Über die Unterredung zwischen Paula und Marie berichten die genealogischen Aufzeichnungen nichts. Fest steht, dass Paula für den übernächsten Tag einen Termin bei Dr. Hasenclever machte, dem grauhaarigen Arzt, der an der höchstgelegenen Straße auf dem Westerberg wohnte und nahe der Katharinenkirche praktizierte.

Marie hielt sich für den Rest des Tages von der Familie entfernt. Sie fragte sich, ob sie Schuld an dem allgemeinen Missmut trage. Aber was sollte sie machen, wenn das Blut nicht kam und sie nicht wusste, womit das zusammenhing? Wie lange sollte sie denn schweigen? Ich werde auf keinen Fall zulassen, dass Balduins Kind in meinem Bauch wächst, dachte Marie. Es ist doch unmöglich, dass sich ein Leben aus meinem Leben entwickelt, wenn ich nicht die Zustimmung gebe. Wie soll ein Kind ohne die Liebe der Mutter wachsen können? Nein, nein! Sie dachte den ganzen Abend nichts anderes als: Nein! Nein! Nein!

In dieser Nacht schrie Marie im Schlaf und erwachte. Ein Albtraum, der im Durcheinander-Land spielte, hatte ihren Körper besessen. Aus ihrem Bauch waren Kröten gestiegen, die man erschlagen musste. Jedes Mal, wenn eine Kröte unter dem Schlag des Knüppels zerplatzte, waren neue kleine Kröten aus dem Gedärm gestiegen. Marie setzte sich an den Schreibtisch und trank Wasser. Sie war schweißgebadet. Auf ihrer Haut spürte sie kalte Finger.

ER hatte ihr den Traum geschickt, wer sonst? Groll stieg in ihr hoch. Sie würde es nicht zulassen, dass ER ihr Glück kaputtmachte, das wie ein holpriger Weg vor ihr lag.

Am Morgen ging Marie ins Badezimmer im ersten Stock. Als sie nach dem Ausziehen an sich herabblickte, wusste sie: Es gab kein Problem. Denn nach dem Gespräch mit Paula verstand sie ein bisschen mehr über die natürlichen Vorgänge in den dunklen Organen des Körpers. Marie wurde so fröhlich, dass sie während des Bades ohne Unterbrechung sang. Es war das Lied, das Hermann und ihre Geschwister auf dem Ausflug an den Puppener See gesungen hatten. *Der Mai ist gekommen. / Die Bäume schlagen aus.*

An einem konnte Maries Fröhlichkeit indessen nichts ändern: Die Szene auf dem Feldweg hatte sich in den Köpfen von Albert und Paula Eckstein als Urszene der Liebe festgesetzt. Ich hab's ja gesagt, dachte Albert, ein Fehler in den Eröffnungszügen der Liebe ist nicht auszumerzen.

5

Es war Frühsommer und die langjährige Illusion, dass die Schule ewig dauern würde, war spurlos verweht. Jeder erinnerte sich: Ja, er hatte sich diese Illusion gemacht. Aber warum nur? Wir wachten auf, und es war vorbei.

Schluss, aus und vorbei.

An einem Nachmittag dieser ahnungsvollen Wochen, in denen man das Metronom der Lebenszeit leise ticken hörte, griffen Eduard und ich nach den Rennrädern und fuhren auf der B 68 Richtung Bielefeld bis zur grünen Sparkasse. Es ist in meiner Erinnerung eine Sparkasse ohne Dorf – nicht so einsam wie an den Highways von Montana, aber immerhin. Unbestreitbar ist, dass dort die gut ausgebaute Straße nach Werther abbiegt.

»Werther in Westfalen, weder verwandt noch verschwägert mit dem jungen Werther in Leiden«, witzelte Eduard, als wir am gelben Schild mit der Kilometerangabe vorbeizogen.

Wir nahmen die lang gebogene Rechtskurve in Angriff, die einen mäßigen Hügel hinaufführt. Eduard griff an den Schalthebel seines blauen Dancelli-Rades (Ausstattung: Shimano-Dura-Ace), wechselte vom elften in den neunten Gang und machte keine Anstalten, aus dem Sattel zu gehen. Das Stampfen seiner Schenkel war nicht anmutig, war es nie gewesen, denn er entwickelte sein Talent in jeder Sportart unter dem Aspekt der Kraft- und manchmal der Gewaltanwendung, aber er zwang mich bald, abreißen zu lassen.

Rote Narben prägten immer noch das Gesicht meines Freundes. Zombie war sein gern gebrauchter, zweiter Vorname geblieben, der allmählich den Status des gültigen Spitznamens erreichte. Mit Fußball und Tennis klappte es nicht. Der Rücken spielte verrückt, er bestrafte jede schnelle Drehung mit Muskelentzündungen im funktionalen Umfeld der Lendenwirbel. Aber auf dem Rennrad, im Schwimmbecken und beim Joggen, überall, wo es stur geradeaus ging, war Eduard fast schon wieder auf alter Höhe.

Er hatte, natürlich, ein monomanisches Trainingspensum hinter sich. »Bis zur Schmerzgrenze können Sie immer gehen«, hatte der verantwortungslose Orthopäde von der Schützenstraße gesagt, als er Eduards Unterschenkelgips mit einer Spezialschere aufschlitzte. Drei Tage später konnte man einen Irren an der Goldkampstraße beobachten, der die Steigung zwanzig- oder dreißigmal hinaufspurtete.

Dazu muss man wissen, dass die Goldkampstraße, diese unbefahrene Sackgasse, auf mehreren hundert Metern Länge den Schinkelberg hochläuft. Der zweite Teil ist beileibe keine Eiger Nordwand, aber für norddeutsche Verhältnisse steil genug. Eduard sparte keinen Meter und machte die Schäferhunde, die ein etwas lichtscheuer Typ im halben Dutzend auf seinem Gartengrundstück züchtete, mit Schnaufen, Ächzen und Fluchen völlig verrückt.

Nicht die sportliche Kondition trug ihn an diesem Tag über Krämpfe und Brechreiz hinweg; die Kondition war auf dem Asphalt vor dem Eisenbahndenkmal und in den Laken des Marienhospitals geblieben. Es war der blindwütige Vorsatz, unverzüglich wieder so stark zu sein wie eh und je. Es zeigte sich, dass Eduards Selbstverfeinerung jene ältere Identitätsschicht, in der physische Stärke eine Hauptrolle spielte, unbeschädigt gelassen hatte. Der kränkliche Dandy, der anämische Tiefdenker, der schattenblasse Intellektuelle: All diese topischen Varianten standen ihm als Selbstentwurf nicht zur Verfügung. Seine Schmerzgrenze an der Goldkampstraße war die Ohnmacht, und er erreichte sie dort genauso wenig wie am nächsten Tag, als der bissigste Muskelkater seines Lebens zu wüten begann und er nach jedem Gang durchs Treppenhaus ein tränenüberströmtes Gesicht hatte. Aber es lachte ja. –

Wir fuhren also über magere Ausläufer des Wiehengebirges nach Bad Essen, rollten am Mittellandkanal entlang und erreichten bald unseren Badesee, den die Vorschriften des Arten- und Biotopschutzes noch nicht schützten. Jutta Marihuana, Regenmacher, Guido und Daniela waren bequem mit dem Ford Transit angereist und hatten schon einen lauschigen, etwas abgelegenen Platz ergattert.

Ein Wort zu Daniela. Seit dem Beginn der Liaison mit Eckstein mischte sie sich regelmäßig unters gemeine Volk, lud uns in die Mozartstraße ein und fragte immer mal telefonisch nach, was ging – wenn auch in anderen Worten. Aber Undank ist der Welt Lohn. Am Karlgymnasium war bald die Vermutung laut geworden, Daniela arbeite auf diese Weise ihre Schuldgefühle wegen der exklusiven Geschichte mit ihrem Lehrer ab. »Die Leute glauben zu gern, Libido habe Moral«, kritisierte Edith May.

In meiner Erinnerung sieht die Gruppe am Badesee putzmunter aus. Selbst Spargeltarzan Guido, der später als erfolgreicher Informatiker und Programmierer üble Akne bekam, weshalb man ihn nach dem pickeligen Fußballer Christian Ziege Ziege II nannte, hatte etwas Graziles. Auf Jutta Marihuanas Hüftknochen spannte die Haut. Aber Magerkeit passte haargenau zu ihr, wie man sah, als andere Zeiten kamen. Als Juttas Künstlerkarriere im 25. Lebensjahr jäh stoppte, weil sie ein ästhetisches Problem mit dem komplexen, mythischen Bildgrund nicht in den Griff bekam, wurde sie moppelig, ihr Gesicht schwoll an – und das war schwer gewöhnungsbedürftig. Ihr Fett sah, anders als ihr Gerippe, nach Verfall aus.

Die am Badesee schlanke, schwerknochige Britt hungerte sich Anfang der neunziger Jahre fast zu Tode, um die herben Waden und Fesseln loszuwerden, die sie an ihrer sonst anmutigen Gestalt als Makel empfand. Ihr Gewicht sackte auf dreiundvierzig Kilo ab und ihr Hausarzt war kurz davor, sie zum Gertrudenberg zu schicken. Aber dann lernte Britt auf einer Scheunenparty Hans Bescheid kennen, der in Quakenbrück Steuerberater war. Hans und Britt, beide knülle, raubten sich im Stroh, wie romantisch, gegenseitig die Unschuld, und nach der Hochzeit war bald alles wieder beim Alten. Britts Fesseln wurden mütterlicher als je zuvor, sie gebar zwei putzige Burschen.

Doch diese Dinge kamen später. Noch lag die imposante Erscheinung der Zukunft in voller Größe vor uns. Jutta Marihuana reichte einen zigarrenförmigen Joint herum. Vom gegenüberliegenden Ufer des Sees schallte Kinderkreischen herüber. Das Wasser war blattgrün, Fettaugen schwammen darauf. Ringsumher beteten Menschen die Sonne an. Ein fernes Radio dudelte Walzer von Johann Strauß, ein näheres spielte Pink Floyd. Das Zeitgefühl zerfiel in Geleewürfel.

»Ich habe Tigerblut in den Adern«, behauptete Eduard.

Und was machen Tiger, wenn sie bekifft sind? Wir spielten Frisbee. Alaralaralaralaralaralarala drehte sich der Schriftzug auf der blauen Scheibe, als sie aus meiner Hand glitt. Sie stieg Daniela über den Kopf und schlug den Weg zum Himmel ein. Als meine Augen der Flugbahn folgten und die Flugbahn die Sonne schnitt, spie diese heiße Energie aus. Die Welt wurde grässlich weiß, dann rot, und es dauerte eine Weile, ehe meine Blendung nachließ.

»Aqua, Octyl Methoxycinnamate, Dicaprylyl Ether«, las Jutta von ihrer Sonnenmilchflasche ab. Alle fanden es lustig. Zumindest wurde viel gekichert.

»Ey, Regenmacher«, sagte Guido. »Was ist das für eine?« Er zeigte auf eine Blume neben seinem Handtuch. Regenmacher lag nackt auf seiner Bastmatte. Das eingeschrumpelte Gemächt ruhte kopfüber im strohigen Kissen des Schamhaars. Aber niemand fühlte sich erregt, angeekelt, provoziert. Man erwartete von dem grünen Barfußgänger, dass er ein gelassenes Verhältnis zum Kreatürlichen besaß, aber keine Badehose.

»Gemeiner Gilbweiderich«, sagte Regenmacher und schaute hackebreit in die Runde. »Eine homogame Scheibenpollenblume, die basenreichen Boden und viel Licht braucht. Wahrscheinlich ein Einzelfall an diesem Bakterientümpel. Was du jetzt nicht sehen kannst, ist, dass die Blüte je nach Lichteinfall verschiedene Farben bekommt. Photodimorphismus heißt das.«

»Danke«, sagte Guido, »du bist ein botanisches Exkursionstaschenbuch.«

»Du kannst dir Schaltkreise merken, ich mir Blumen«, sagte Regenmacher. »Keiner weiß, warum das so ist.«

»Ihr bringt ja Leben in die Bude«, sagte Jutta mit rauer Kante in der Stimme. »Wirklich, so eine intelligente Diskussion habe ich mein ganzes Leben noch nicht gehört.«

Jutta Marihuana war übrigens in der Zeit der Abiturprüfungen im Hyde Park zwei Männern begegnet, die unter der Woche dienstlich in Paris wohnten. Einer der Macker, wie Jutta sie nannte, war Unternehmensberater, der andere Finanzdienstleister. Beide entdeckten in Jutta die Umrisse einer hoffnungsvollen Künstlerperson und hatten in Paris offenbar viel Spaß mit ihr. Auf den Laufstegen unserer Stadt war Jutta bereits mit Mänteln aus der Rue de Montaigne und

Edelsteinschmuck am Hals gesichtet worden. Aber sie wirkte auch in ihren besten Kleidern niemals angeberisch. Die rote, angerubbelte Gesichtshaut, die kalten Finger mit den entzündlichen Nagelbetten, die fischig vorstehenden Augen, kurz, das leicht Kaputte, Zur-Bildenden-Kunst-Verdammte in ihrer Erscheinung blieb jederzeit sichtbar.

Daniela erhob sich von ihrem weißen Handtuch, federte ans Ufer und sprang ins Wasser. Eduard hechtete augenblicklich hinterher, und es war schön zu wissen, dass weder er noch sie als Wasserleiche zurückkehren würden. Seit Eduards Beziehung mit Julia öffentlich und das Verhältnis zu Eckstein befriedet war, stand er auch Daniela entspannter gegenüber. Sie blieb für ihn zwar die Spitze der perversen Pyramide, aber er war zum aggressionsfreien Genießen ihrer Gegenwart fähig geworden.

In Ufernähe, erzählte Eduard später, war das Wasser schon auf Höhe des Sommers, während die Wärmeschicht draußen keine dreißig Zentimeter stark war. Er hielt die Augen zum Seeboden gerichtet und erspähte schlüpfrige Fische, die in den schmatzenden Schlamm flohen, wenn er sie näher kennen lernen wollte. Er schwamm im Kielwasser von Daniela, das war sehr bequem ..., bis sein Gesicht mit ihrer Schulter havarierte. Sie hatte die Schwimmbewegungen plötzlich eingestellt.

»Schau mal, dort drüben«, sagte Daniela.

Eduard stellte sich neben sie. Der nun körnige Untergrund kitzelte zwischen seinen Zehen. Nach dem Zwielicht unter Wasser, das seine bekifften Blicke wie gute Freunde empfangen hatte, war der grelle Sonnenschein kaum zu ertragen.

»Was ist da?«

»Siehst du doch selbst.«

»Wo? Was?«

»Auf dem gelben Handtuch.«

Am sandigen Ufer, in einem Gedränge sonnengieriger Leiber, lag Gustav Eckstein – lag so nackt und bloß in seiner albernen, grünen Badehose, dass Eduard unwillkürlich wegschauen wollte. Er kannte Ecksteins Körper als Gestell feiner Tuche und perfekter Freizeitkleidung. Nur einmal, als wir im Ragø Sund in die eisige Ostsee gesprungen waren, hatte er die nackte Haut unseres Lehrers gesehen. Das spärliche Outfit am Badesee war befremdend. Auf Ecksteins Rücken zündelte schon der Sonnenbrand. Das struppige, schwarze Beinhaar war noch struppiger und schwärzer als in Eduards Erinnerung. Ausweislich der Konturen stimmte es wenigstens unter der Badehose. Soweit man sehen konnte, hatte Gustav Eckstein einen Mächtigen, einen richtig strammen, feist gebogenen Zucchino, wie Eduard sagte.

Neben Eckstein lag ein zerbrechliches, großbrüstiges Mädchen, das ihm den Hintern entgegenhob, während seine edlen Montblanc-Finger ihren von Rippen gewellten Rücken mit Sonnenmilch eincremten. Eckstein schob dem Mädchen die hellen Haare aus dem Nacken und deponierte sie an der abgewandten Seite des Kopfes. In dieser Sekunde erkannten Eduard und Daniela, dass die Gespielin unseres Meisters zum Rhetorikkurs der folgenden Jahrgangsstufe gehörte.

Daniela wusste sofort, worauf es ankam. Es war ja immer dasselbe: eine möglichst geschmackvolle Szene. Sie paddelte die verbliebene Strecke ans Ufer und erhob sich zur vollen Größe – nackt bis auf die zwei roten, durchnässten Dreiecke, die fahrlässig an den Wölbungen ihres Rumpfs klebten. Der Wind, so erzählte mir Eduard, ließ Danielas nasse Brüste erstarren. Zwei fingerdicke, braune Spitzen reckten sich aus den scharf umrissenen Höfen. Alles zusammen ergab eine bis dato unbekannte Bronzeskulptur Michelangelos. In ihrer italienischen Pose erwartete sie Ecksteins Blick und winkte ihm freundlich zu, als der Blick eintraf. Das war ihr schweigsamer Abschied: Sich noch einmal zeigen – so zeigen! –, und dann nie mehr. Eine plötzliche Erkenntnis sprengte die Überlegenheit aus Ecksteins Gesicht.

Alles dauerte nur Sekunden. Ehe die Voyeure und Spanner am Ufer die Linsenapparate ihrer Geilheit scharf gestellt hatten, schwammen Eduard und Daniela schon wieder davon. Sie kamen durch eine Bucht, die von hohen Bäumen beschattet wurde. Daniela stoppte und hielt sich mit elastischen Paddelschlägen über Wasser. Sie blickte zurück und lachte ein bisschen (sie schmunzelte, sagte Eduard).

In der Nacht lag Gustav Eckstein in einem unauffälligen Hotel im nördlichen Landkreis. Er starb vor Ärger. Er konnte Bianca nicht einmal den schäbigsten Alibi-Sex bieten. Es fehlte ihm jede Festigkeit, um sich in das arme Mädchen hineinzumogeln. Seine Gedanken waren nicht bei der Sache, auch als Bianca vor lauter Selbstzweifeln ihre Schenkel über seinem Gesicht öffnete und (in Ecksteins Worten) die duftenden, siebzehnjährigen Häute ihrer Scham an seine verkniffenen Lippen drückte.

Eckstein wusste: Er war *sie* los. Er hatte die Königin unter seinen Geliebten, die leibhaftige Synthesis all dessen, was er in den vielen Thesen und Antithesen der willigen Körper suchte, für weniger als ein Linsengericht verspielt. Was für eine unterirdische, peinliche Nummer! Und das alles, weil er Bianca, dieser Zweit-, Dritt- und Nachrangigen, den Gefallen getan hatte, für ein vulgäres Sonnenbad an den lächerlichen, leiberstarrenden See zu fahren. Dabei hatte ihn das Wasser schon in der ersten Minute des Bademissvergnügens trügerisch angeblinzelt – mit zwei gleißenden Lichtflecken, die keinen Meter von der Stelle entfernt waren, an der seine strafende Meergöttin dann auftauchte und ihm die rote Karte zeigte.

Eckstein und Bianca verbrachten beschämende Stunden und erlitten das Schlimmste: Sie hatten sich, zu allem, nichts zu sagen. Der weiße Morgennebel war noch grau, als sie nach schlaf- und liebloser Nacht der Ödnis des Hotelzimmers entflohen. Eckstein brachte Bianca bis in die Nähe ihres Elternhauses. Und Cut! – Es begann, als wäre das Gnadenseil, an dem Ecksteins funkelndes Leben gehangen hatte, mit einem scharfen Ruck gerissen, der wochen-, monate- und jahrelange Absturz.

Wer immer der süffisante Botschafter war – das Ereignis vom Badesee wurde unter Schülern, Lehrern und Eltern des Karlgymnasiums im Detail bekannt. Und die Details wuchsen, entsprechend der bizarren Wachstumsgeschwindigkeit alles Gerüchtehaften, ins Monströse, Abartige und Fiese, während sich um die Glaubwürdigkeit des Geredes kaum noch jemand scherte. Bald rieben sich die schweißnassen Hände der Häme. Es hieß, Eckstein habe Bianca am Badesee auf freier Sonnenfläche genommen. Oder es hieß, Daniela habe ihm zum Abschluss noch mal einen … Oder – aus zwei mach ein schmutziges Gerücht –: Bevor Eckstein Bianca auf freier Sonnenfläche …, habe Daniela ihm …

Die zarte, unverletzbare Hülle des Wunderbaren und Ästhetischen, die das Verhältnis zwischen Daniela und Eckstein geschützt hatte, fehlte der Liaison mit Bianca ganz und gar.

Stattdessen, als hätte eine unsichtbare Hand alle Vorzeichen umgekehrt, geriet das Vulgäre, Zwielichtige und Anrüchige in Ecksteins Charakter unter das mitleidlose Brennglas der Aufmerksamkeit. Alle Beteiligten, Neugierigen und Sensationslüsternen spürten, dass der Superstar des Karlgymnasiums, Zeus, Gott Nummer eins, wie er genannt worden war, eine unverzeihliche Schwäche gezeigt und den Neidern die Flanke zum Fangschuss geboten hatte wie ein prächtiges

Schlachtschiff, dem es das Ruder weggerissen hat. Man begann auf die Nachricht zu warten, dass Daniela und Bianca nur zwei Teile eines größeren Ganzen der Unanständigkeit wären. Und natürlich lief der Verdacht um, Eckstein hätte den Rhetorikkurs bloß als Deckadresse eingerichtet.

Am Dienstag der nächsten Wochen kassierte Eckstein den zweiten, nicht minder kantigen Nackenschlag. Katrin, die seit einiger Zeit in der Vertriebsabteilung der Papierfabrik Felix Schoeller in Burg Gretesch arbeitete, ging um halb eins in die Mittagspause und kehrte nie mehr an ihren Schreibtisch zurück.

Schnell wurden Einzelheiten von Katrins Abgang bekannt. Man hatte auf ihrem Schreibtisch Coca-Cola, geöffnete Aktenordner, gebrauchte und ungebrauchte Kaugummis und einen Montblanc-Füller gefunden, das Geschenk Gustavs zu ihrem 29. Geburtstag. Die Schubladen enthielten Dienstpapiere, Leysieffer-Pralinen, Whisky, Damenbinden und Deospray. Es gab kein Blut und keine Spuren von Gewalt. Selbst die Schreibtischlampe brannte, eine von Katrins Marotten. Niemand hatte sie weggehen sehen. Die Arbeitskollegen hatten geglaubt, sie bereite sich auf das Nachmittagsmeeting vor. Um halb drei war ihre Abwesenheit aufgefallen. Mit Dienstschluss hatte die ängstliche Gisela Kuschel die Polizei benachrichtigt. Am nächsten Morgen schlug die Stimmung in der Abteilung bereits in Hysterie um.

Am Freitag standen zwei sportliche Kommissare auf der gerundeten Freitreppe vor Ecksteins Haustür.

»Guten Tag, meine Herren«, sagte Eckstein und prüfte, ob auf seiner Zunge nicht ein Spruch läge – es lag: »Keiner von uns kann das perfekte Verbrechen vollbringen, aber der Zufall ist ja keiner von uns.«

Die Kommissare hätten das Wort Verbrechen noch lange nicht ausgesprochen, wie sie betonten, aber sie nahmen die

Fährte dankbar auf. Eckstein lud sie zum Kaffee ins Gesellschaftszimmer ein. Sein unregelmäßiges Liebesleben kam zur Sprache, Dinge wurden ans Tageslicht gezerrt, Aspekte beleuchtet. Im Bewusstsein zweier widerstreitender Empfindungen – der Überlegenheit und des Gefühls, ausgespielt zu haben – servierte Eckstein viele wahre Nymphengeschichten hinter der undurchsichtigen Tarnung ausgewachsener Sexverhältnisse. Die Kommissare wollten das Haus gar nicht mehr verlassen. Den Anfangsverdacht, den sie brauchten, um das Spurensicherungsprogramm und den ganzen kriminalistischen Zinnober einzuleiten, fanden die freundlichen Herren aber nicht, wie lange sie auch blieben.

»Polizisten sind Menschen mit Lebenserfahrung«, lästerte Eckstein später. »Sie glauben, dass der Betrogene den Betrüger umbringt, nicht umgekehrt.«

Ein Streifenpolizist entdeckte am Wochenende Katrins Ford Fiesta auf einem Parkplatz in der Nähe des Bahnhofs. Gustav ließ die Beamten machen und gab sich bei weiteren Befragungen existenzialistisch-grüblerisch. Er hatte längst bemerkt, dass Katrins beste Kleider nicht mehr im Schrank waren. Auf einem gemeinsamen Konto war plötzlich eine Mark – aber 40 000 fehlten. Auch der ungeklärte Verbleib von zwei Reisetaschen musste mit ihrer Flucht zu tun haben. Er ließ die Polizisten ein bisschen rotieren und schickte sie auf romanhaften Umwegen in die richtige Richtung.

Er hätte es eher machen sollen! Denn Katrins Verschwinden wurde in der Zeitung gemeldet und mit den Vorgängen am Karlgymnasium in Verbindung gebracht. In der Gerüchteküche gingen die Deckel hoch. Die Nervenschwachen unter den Eltern der Karolinger – und plötzlich gab es viele davon – gerieten in Panik. Mütter fürchteten um das Wohlergehen ihrer Töchter und jammerten Direktor Ommers, diesem beherzten, katholischen Vernunftmenschen, dem

Verschwörungstheorien im Prinzip Gräuel waren, die Ohren voll.

Ich fuhr mit Eduard ans Karlgymnasium, um das Stimmungsbarometer abzulesen. Wie eh und je gab es auf dem Raucherhof Eckstein-Freunde und Eckstein-Feinde. Die Zahl der Feinde war erdrückend. Es war erst das Jahr der Einführung des Privatfernsehens in Deutschland. Trotzdem zirkulierten billige Phantasien über käufliche Mörder und filmreife Morde. Ständig feixte jemand über Salzsäure-Bäder, betonierte Leichen, Tiefkühltruhen mit Lungenfrikassee und solche Dinge.

Am nächsten Morgen prangte auf der Jugendstilfassade des Stadttheaters das Bild eines Adlers, der an einem Dekolleté zerschellt. Es war selbst noch von der Großen Domsfreiheit erkennbar. Bevor die Spezialisten mit Tuben, Cremes und Tinkturen anrückten, um das Werk des nächtlichen Sprayers zu entfernen, druckte unser Leib- und Magenblatt auch davon ein Foto. Es konnte jetzt passieren, dass man mit hängenden Ohren im Café saß und am Nebentisch plötzlich die Rede auf Eckstein kam.

Das Niveau war häufig ekelerregend. Bodenlose Gehässigkeiten entluden sich. Noch die übelsten logorrhöischen Phrasendrescher und moralinsauren Vetteln aus dem inneren Kreis der Mittelmäßigkeit warfen sich plötzlich in die Brust. »Sie werden mich sicher steinigen«, spottete Eckstein wohlgemut in unserem Nachfolgekurs. Dabei lief schon die letzte aller Rhetorikstunden, die das ehrwürdige Karlgymnasium bis auf den Tag erlebt hat.

Es kam nämlich heraus, dass Eckstein Affären mit Bianca, Sabine, Sapientia und mindestens drei anderen Schülerinnen gehabt hatte, die ihm natürlich alle im Rhetorikkurs verfielen. Die Mädchen beschworen zwar, aus eigenem Interesse und ohne Zwang mit Eckstein verkehrt zu haben. Keine Einzige der ehemaligen Geliebten beteiligte sich an der Fledderung von Ecksteins Ruf. Doch das gab der Meute nicht zu denken. Sie wollte offenbar das Trauma, das sie durch Eckstein – den großen Dr. phil. Gustav Hermann Eckstein – erlitten hatte, ein für alle Mal abschütteln. Der öffentliche Druck und die Interventionen der Eltern ließen der Schulbehörde keinen Spielraum.

Direktor Ommers bat Oberstudienrat Eckstein in sein Zimmer und sagte, was nicht verschwiegen werden konnte. Es täte ihm Leid, wirklich ... Eckstein sei als Lehrer etwas Besonderes ... Ohne Eckstein keine Rhetorik am Karlgymnasium ... Kein Opium mehr für die Oberstufe, scherzte er. Aber die Sache stünde schlecht, die Suspendierung wäre nicht aufzuhalten ... Natürlich nur vorläufig.

»Hier, lesen Sie«, sagte Ommers.

Er wollte Eckstein ein Blatt von höherer Stelle reichen, das einen amtlichen Stempel trug. Eckstein verweigerte die Annahme, um blitzschnell seine Zukunft zu entwerfen. Die Immobilien in seinem Rücken waren zusammen einige Millionen Mark wert. Jeden Monat fielen Mieterträge in fünfstelliger Höhe an. Er hatte selbst ohne diese Sicherheiten genug Geld, um seinen Lebensstandard bei vertretbarem Kapitalverzehr sechs, acht, zehn Jahre zu halten, und irgendwann würde sein Buch über die neuzeitliche Rationalität fertig sein und ihm Möglichkeiten eröffnen, die dieser Stadt schlicht unbekannt waren.

Eckstein stand auf. Er reichte dem sichtlich betroffenen Ommers die Hand.

»Planen Sie ohne mich«, sagte er. »Das Karlgymnasium war allemal einen Versuch wert.«

»Was für einen Versuch?« fragte Ommers.

»Menschen wie Ihnen ein bisschen ähnlicher zu werden«, sagte Eckstein.

Ich war ordentlich überrascht, als ich hörte, dass Eckstein schon ein paar Tage nach der Suspendierung in unserer Straße vorgefahren war, angeblich, um mit Eduard zu sprechen – offensichtlich aber, um sich ein bisschen bei den alten Mantheys herumzutreiben.

Dietlinde öffnete ihm, wie ich aus zweiter Hand erfuhr, und verfiel sofort in nervös-erfreute Begrüßungsfloskeln. Eduard schätzte, dass sie den adretten, abgemagerten, ausgespielten Ankömmling nicht hereingebeten hätte, wenn sie allein gewesen wäre. Aber sie kannte das warme Interesse ihres Mannes für Eduards Lehrer – ein Interesse, das ihr übrigens Rätsel aufgab. Jedoch war sie weder beschlagen noch misstrauisch genug, um den frevelhaften, genealogischen Charakter des Rätsels aufzudecken.

So kam es zur zweiten persönlichen Begegnung der Kandidaten: Hier Dr. phil. Gustav Eckstein, der vom Schuldienst suspendierte Rhetoriklehrer im Joop-Anzug, dort Gotthilf D. Manthey, der pensionierte Malocher, der seine vergilbten Hosenträger über dem Karohemd trug und rasch mit einer Strickjacke tarnte. Diese beiden, mehr oder weniger charakteristischen Statthalter der antagonistischen Westerberg- und Schinkel-Welt, hatten sich viel zu sagen – und Dietlinde, die Gute, dachte: Gegensätze ziehen sich eben an.

Erst ging es um Eduards Unfall. Gotthilf D. entschuldigte sich für seinen ausgerasteten Sohn und den ominösen Amoklauf. Eckstein hielt die Entschuldigung seines freundlichen Gastgebers für überflüssig. Adoleszenz, Leidenschaft, Irrungen und Wirrungen, die Hormone, der Schulstress, es hätte ja nicht gleich ein Attentat sein müssen, sagte Eckstein, aber nach Erleichterung suche man in jungen Jahren nun einmal auf allerlei Weise.

Dann sagten beide viel Gutes über die erfolgreiche Schulkarriere von Eduard. Mein Freund hatte, dank der Freiheiten, die das Niedersächsische Schulgesetz gewährte, seine Hochschulreife in Fächern wie Biologie, Deutsch, Philosophie und Erdkunde erworben. Eduard hatte tatsächlich, noch halb umnachtet und ohne große Vorbereitungen, ein 1,9-Abitur hingelegt. Der Sohn des angelernten und unbelesenen Bahnarbeiters Gotthilf D. war objektiv einer der verheißungsvollen Vertreter seines Jahrgangs in Deutschland.

Schließlich schwenkte das Gespräch auf die neue Lebenssituation von Gustav Eckstein um. Gotthilf D. ließ nicht einmal den Verdacht einer Schuldzuweisung aufkommen. Dafür lenkte er seine Worte auf die veränderten Verhältnisse in Ecksteins Haushalt. Die alte Dame beschäftigte ihn. Er wusste, dass sie dort oben ihr Leben in Abgeschiedenheit fristete. Er fragte Gustav Eckstein, ob es mit Maries Augen besser gehe; ob ihre Ohren hören könnten; ob sie wieder zu Gott bete; ob sie noch oft an die alten Zeiten denke. Er fragte seinen Gast sogar, ob Marie etwas von Hermann Eckstein, dem Soldaten, und dessen weiterem Schicksal erfahren hätte.

Dietlinde schenkte Kaffee nach.

»Sie wissen wirklich viel«, sagte Eckstein. »Meine Mutter ist ja praktisch Ihr Hobby!«

»Ich habe halt schon damals in dieser Stadt gelebt«, sagte Gotthilf D. »Die Familie Eckstein vom Westerberg war ja nicht irgendwer. Das Bauunternehmen war berühmt. Albert Eckstein gehörte zu denen, die nach dem Krieg gleich überall Hand anlegten. Und Marie, die schöne Masurin, war auch nicht unbekannt ... Und dann hörte man von den traurigen Vorgängen im Herbst '45.«

»Was hörte man genau?« fragte Eckstein.

»Dass Marie der Mann weggelaufen ist, just nachdem er aus Russland wiedergekommen war«, sagte Gotthilf D. »Man hörte, dass Hermann nach Berlin zurückging, in die Sowjetische Zone, weil er vorher zum Ivan übergelaufen war.«

»Es ist erstaunlich«, sagte Eckstein. »An diesem Punkt ist auch mein Latein am Ende. Es beginnt dann ja praktisch Maries Abschied in die Einsamkeit, die bis heute anhält. Aber ich muss Ihnen sagen, ich habe keinen Zugang zu meiner Mutter, den hatte ich nicht einmal als Kind. Sie sitzt jetzt da oben – ein verstummtes Orakel.«

»Ja, es ist schade, wie es gekommen ist«, sagte Gotthilf D. »Da flattert ein junger Mensch ins Leben hinaus wie ein Schmetterling ...«

Das Gespräch lief über die Haltestellen Erinnerung, Nostalgie und Melancholie in den Sackbahnhof der Rührseligkeit ein. An diesem Punkt hatte Gustav Eckstein offenbar genug von der tröstlichen Behutsamkeit Gotthilf D. Mantheys genossen, dieses Mannes, der den Stab nicht über ihn brach.

»Jetzt will ich aber mit Eduard reden«, sagte Eckstein. »Deshalb bin ich ja hier.«

Er ließ sich von Dietlinde sagen, wo Eduard zu finden war, und fand ihn mit Julia auf der Begrenzungsmauer des Kirchengrundstücks sitzend, zufällig oder notwendig an dem Platz, an dem mir mein Freund vor ein paar Jahren sein Entwurzelungsprojekt unterbreitet hatte.

Männer in orangeroten Overalls säuberten den Marktplatz gegenüber von den Rückständen des Morgens. Flaschen fielen klirrend in den Altglas-Container. Im Garten von Pastor Eichhofer, einem Geistlichen, der sich zu den Pfingstgemeinden und der charismatischen Bewegung hingezogen fühlte, spielten dreizehn Kinder.

»Willkommen in der Herrlichkeit der kleinen Leute«, sagte Eduard.

»Nun übertreib mal nicht«, sagte Eckstein. »Du hast nette Eltern.«

»Die hast du auch schon kennen gelernt?« fragte Eduard unbedarft.

»Ich erobere neuen Lebensraum«, grinste Eckstein.

»Muss ja dringend sein«, sagte Eduard. »Wenn du dein glorioses Leben auf dem Westerberg verlässt, um in den Schinkel hinabzusteigen, muss es dir wirklich dreckig gehen.«

»Hey, schon vergessen?« fragte Eckstein. »Ich lebe im Prinzip vom Reden. Gönnt mir doch einfach eure Gesellschaft.«

Eckstein erzählte Einzelheiten von seiner Suspendierung, vom Besuch der Kommissare, von der Leere im Haus, vom ganzen Schlamassel.

»Also, eins muss ich dir sagen«, sagte Eduard. »Du bist ein richtig trauriger Schluffi geworden. Wenn man dich so hört, dann denkt man nicht gerade an die Adlerperspektive.«

Die Viertelstundenglocke im Kirchturm schlug viermal. Das helle Geräusch lag noch in der Luft, als die Stundenglocke dreimal dazwischenfuhr. Auch dieser Klang dauerte noch an, als Alexander Alexander, der patente Küster der Pauluskirchengemeinde, seinen japanischen Sitz-Rasenmäher startete, einen rotweißen Ohrentod mit sechs Gängen, und die Grasflächen rund um die Kirche unter die winzigen Räderwalzen nahm.

Julia schlug schreiend vor, ins Café des Schinkelbads zu gehen.

»Da gibt es aber nur Pommes und Currywurst«, warnte Eduard.

»Ist okay!« sagte Eckstein.

Sie liefen die paar hundert Meter zu Fuß und stiegen im Chlorgeruch des Treppenhauses zum Café hinauf, dessen gemeinsame Wand mit der Schwimmhalle von oben bis unten durchfenstert war. Am Drei-Meter-Brett herrschte Hochbetrieb; Knabenkörper wirbelten durch die Luft; einer konnte den zweieinhalbfachen Salto rückwärts. Dieses waren die Räume, in denen sich bedeutende Abschnitte von Eduards

Kindheit abgespielt hatten, vor dem Glas und dahinter. Es war ihm, als würde er Eckstein ein Fotoalbum zeigen.

Eckstein warf sein Joop-Sakko über die Stuhllehne und holte am Flipper die meisten Freispiele, während beim Billard Julia gewann. Sie tranken Cola und Kaffee. Eckstein bestellte für alle Pommes und Currywurst. Eduards Selbstbewusstsein wuchs mal wieder minütlich. Es störte ihn überhaupt nicht, beim Flippern und Billard verloren zu haben. Was sind Flipper und Billard gegen das Spiel des Lebens? dachte er.

Die Pommes kamen. Frisches Fett riecht anders. Sie aßen trotzdem: jeder Bissen ein Bauchschuss. Nachher spazierten Eckstein, Eduard und Julia durch den Wald zum Fernsehturm und lagen ein halbe Stunde auf der Wiese herum. Auf dem Rückweg sahen sie einer Jugendmannschaft des SV Schinkel 04 beim Training zu. Es war ein Nachmittag in Moll, erzählte mir Eduard. Am Ende ließ er sich mit Julia von Eckstein nach Hause chauffieren, nur so, wegen der Geste. Die Fahrt dauerte drei Minuten. Sie saßen auf dem Rücksitz und freuten sich wie Kinder.

What a difference a day makes.

»Ich will jetzt einfach nur ficken«, sagte Julia, als sie die Haustür hinter sich zugezogen hatte. Weil die Bude sturmfrei war, zog Eduard Julia noch auf dem Flur aus, küsste sie überall und trug sie unter die Dusche. Sie wuschen sich mit Wasser und CD. Erst saß Julia auf Eduards Hüften und lehnte mit dem Rücken an der Wand. Sein Mittelfinger drang durch ihre Rosettenpforte, ihr Zeigefinger suchte den gleichen Weg bei ihm. Dann nahm er sie von hinten, ebenfalls im Stehen. Julia schrie beide Male, als ihr Höhepunkt kam, und kurz vor dem Ende begann sie zu schweigen, alles wie immer.

Julia und Eduard wickelten sich in bunte Badetücher, gingen nach oben, standen am geöffneten Dachfenster und teilten die ausgebreitete Dämmerung. Er hatte sich mit Julia aus der Einsamkeit gearbeitet, das spürte Eduard am ganzen Körper. Sie hatten eine seelische Schnittmenge gefunden.

Eduard warf Julia aufs Bett und schmiegte sich in Löffelstellung an ihre kühle Rückenmuskulatur. Er dachte an Eckstein, der jetzt keine Frau mehr hatte. Bianca, der gerippte Trostpreis vom Badesee? Geschenkt!

Eckstein, das Goldene Kalb, war auch nur ein ordinäres Rindvieh, aber er hatte es gern. Niederlagen, Beschämungen, Attentat und Feuer hatten nichts daran geändert, dass Eduard seinen Lehrer und Meister Eckstein mochte.

Dann trat das schwarze Gespenst, dieses immer noch schwer vorstellbare Phänomen, das angsterregend und mild über den Verhältnissen waltete, endlich persönlich in unser Leben. Die Einzelheiten der Begegnung sind beschämend. Aber es war gut, dass sie stattfand.

Gustav Eckstein hatte Eduard und mich zum Abendessen eingeladen. Wir saßen am Küchentisch, der für drei Personen trotz ausladender Gedecke und Gläserbatterien vollkommen ausreichte. Es gab Spanferkel-Sülze, getrüffelte Nudeln, Wachteln, Champagner-Kutteln und Litjes-Sorbet. Ecksteins Kochkünste, wie man wohl heraushört, waren mit seinem Unglück nicht kleiner geworden, im Gegenteil. Wir tranken Rioja und Weißen Burgunder aus dem Kaiserstuhl. Zum Käse servierte Eckstein eine Beerenauslese. Später gab es Whisky und zu der Mitternachtssuppe, die Eckstein vor unseren Augen aus den Speiseresten zauberte, als wäre der einzige Sinn des Menüs gewesen, diese Reste zur Weiterverarbeitung zu erbringen, eine Flasche badischen Jahrgangssekt.

Was nach Gelage klingt, war nur ein gepflegtes Abendmahl. Hoch die Gläser, die Füllhöhe niedrig. Richtig betrunken wurde keiner.

Es war ein festlicher Abend, ernsthaft, tief, ja auch tieftraurig – denn Ecksteins melancholisches Talent zeichnete sich schon ab. Aber nicht nur traurig. Wir sprachen über Bücher, über den alten Krieger Carolus Magnus und das Karlgymnasium, Helmut Kohls Missgeschicke und die zweiundzwanzigjährigen Yuppies in London, die Flügeltür-Mercedes fuhren und für hundert Pfund pro Person zu Abend aßen, weil sie an der Börse makelten, also jenen Beruf ausübten, der zum Signet des Zeitalters wurde, in dem wir jung gewesen sein sollten.

Wir kamen auf Politik, Europa, den Stand des Ost-West-Konfliktes zu sprechen und gerieten in den Sumpf des Grundsätzlichen. Vor Fremden ist das immer eine peinliche Sache. Man kann ja – außerhalb der Mathematik und der Naturgesetze – nichts wirklich Grundsätzliches mit Bestimmtheit sagen, es sei denn, man teilt Foucaults uns damals noch unbekannten Verdacht, dass auch die Geschichte des nichtformalen Wissens ein System habe. Aber wir waren unter Freunden und konnten uns leisten, hier und dort ohne Sicherungsleine ins Ungewisse hinauszufabulieren.

Eckstein glänzte mit intimen Kenntnissen über die Volksrepublik Polen. Nur bei General Jaruzelski und Lech Wałęsa konnten auch Eduard und ich mitreden. Dazu reichten unsere Informationen aus der Tageszeitung, bei deren Lektüre wir immer häufiger das Elysium der Sportseiten verließen und die Politikseiten ernst zu nehmen begannen.

Meine Erinnerung sagt mir, dass das Gespräch von den Konventionen und Abstraktionen des Kalten Krieges gesättigt war. Die Art und Weise, in der General Jaruzelski und der Militärrat der Nationalen Rettung mit Moskaus Beifall die Streiks niedergeschlagen, Tausende interniert und Lech Wałęsa abgebürstet hatten, ließ nichts unwahrscheinlicher erscheinen, als dass schon wenig später der Bazillus Perestroika den kompletten sozialistischen Organismus niederstrecken würde. Wir hielten den Eisernen Vorhang für das Schlusswort der Geschichte. Wir waren noch gefangen in jener alten Welt, die dann so rasch verging.

Um drei Uhr waren wir wunderbar müde.

»Hör mal, Eckstein«, sagte Eduard. »Können wir nicht in deinem Palast schlafen? Beim Vollzug der Ehe, hihi, können wir dich ja nicht mehr stören.«

Eckstein war nicht abgeneigt. Ja, sagte er, ihm wäre der Gedanke sympathisch. Er schickte uns mit zwei fabrikneuen Gästezahnbürsten samt Blend-a-med in die aufgeräumten Gartenzimmer.

An der Wand hing eine Karte, *Deutsches Reich 1939*, eine noch ältere Masuren-Karte und Odol-Werbung auf Blech. Auf dem Nachttisch stand das vergilbte Foto einer jungen Frau mit großen dunklen Augen, die in Brautkleidern in die Marienkirche geht. Im Hintergrund sah man die charakteristische Freitreppe des Rathauses. Die antiquarische Perfektion des Raumes wurde nur durch Illustrierte neueren Datums gestört.

»Kombiniere«, sagte Eduard. »Hierhin floh Katrin, wenn Gustav nach Hause kam und mal wieder nach jungem Blut roch. Nach Danielas Blut, Biancas Blut, nach dem ganzen jungen Mädchenblut. Mann, so eine Ehe ist bestimmt nervig!«

»Schlaumeier«, sagte ich. »Aber warum hat sich hier seit ungefähr vierzig Jahren nichts verändert?«

»Weiß nicht«, antwortete Eduard. »Vielleicht ist es das Geburtsmuseum von Eckstein. Vielleicht ist er in diesem Zimmer zur Welt gekommen. Würde ja ungefähr passen.«

Eduard machte von seiner Zahnbürste keinen Gebrauch. Er sank auf die Matratze und schlief sofort ein. Ich sah eine Weile durch die großen Fenster in den Garten hinaus. Der Mond war aufgegangen: eine kränkliche Sichel nur. Dafür standen die Sterne in stolzer Zahl über der Stadt. In der schwachen Beleuchtung war nur ein Schimmer von Silber auf den Blättern der Pflanzen zu erkennen. War es das Schimmern der Sterne? Auf jeden Fall war es eine romantische Ansicht, die mir die Lider schloss. Ich legte mich neben meinen Freund Eduard in das breite, ehetaugliche Bett. Er schnarchte wie eine asthmatische Kettensäge. Trotzdem glitt ich glatt in den Tiefschlaf.

Ein klagender, ungleichmäßiger Sprechgesang, eine fast sizilianisch anmutende Trauermelodie weckte uns. Schlurfend näherte sich jemand der Zimmertür. Eine Hand strich über das Türblatt und suchte nach der Klinke. Wir hörten rasselndes Atmen – und dann eine brüchige Stimme, wie von weit her. *Die Rache ist mein, ich will vergelten.* Der Vorgang war mit nichts zu vergleichen.

»Es gibt eine vernünftige Lösung«, sagte Eduard. »Es muss eine geben.«

»Katrin ist wie von Geisterhand verschwunden«, fiel mir ein. »Zumindest das spricht gegen deine These.«

»Sag jetzt nicht so was.«

Die Tür öffnete sich und ein schwarzes, schmächtiges Gespenst betrat das Zimmer. Es hatte ein Kopftuch oder eine Kapuze auf, etwas Ku-Klux-Klan-Mäßiges, das den Aspekt der Bedrohung ins Unermessliche steigerte. Bilderkaskaden schollerten vor meinen Augen herab. Ich hatte mich mit Eduard für okkulte, mediumistische und Elfenfotografie interessiert. Jetzt waren die Zeugnisse der Finsternis alle wieder versammelt: die Fotogramme von Lázló Moholy-Nagy, die polyphysiognomischen Porträts der Gebrüder Bragaglia, die Materialisationsphänome und Phantomerscheinungen. Prinzipiell hielten wir das Okkulte in materieller Gestalt für reinen Quatsch. Das Okkulte war für uns ein Bewusstseinsphänomen. Aber was ist die Aufklärung in Anwesenheit von Gespenstern? Die unheimliche Gestalt ging einige Schritte auf unser Bett zu. Eduard – so war er, während ich zitterte – griff zur Nachttischlampe, in deren Keramikfuß er die Umrisse einer Schlagwaffe entdeckt hatte, und fetzte den Stecker aus der Dose. Er brach den Lampenschirm herunter, wendete das schwere Ding und ließ den stabilen Fuß frei ausschwingen.

»Kein Gesetz verbietet, Gespenster totzuschlagen«, sagte er.

»Bist du es, Katrin?« fragte die Erscheinung.

»Was willst du von uns?« schrie ich.

»Bist du wiedergekommen?« fragte die Erscheinung und rückte näher.

Die schwarze Silhouette stand zwischen mir und dem eisigen Grau des Nachthimmels, an dessen Funkeln ich mich noch vor Minuten – oder waren es Stunden, Tage, war es in einer anderen Dimension geschehen? – erfreut hatte. Zwei Arme lösten sich aus dem Umriss, knochige Hände legten sich auf mein Gesicht. Dieses war tatsächlich die Berührung des Anderen. Jetzt, mit dem Zugriff dieser Finger, kam es über mich. Unio mystica des Grauens! Sekunde der Tierwerdung! Grab aller menschlichen Vernunft! Ihr harmlosen Gespenster Poes und niedlichen Ungeheuer Goyas!

Ich stürzte mich seitlich aus dem Bett, stolperte zur Tür und schrie – es war ein hässliches, aufgespießtes Brüllen – durchs Treppenhaus. Die Erscheinung wandte sich um, hob ächzend die Arme und legte die Hände an die Ohren.

»Katrin? Wo bist du?« jammerte sie. »Der Herr meint es gut. Sein ist die Rache.«

Eduard wog die Lampe mit dem kriegerischen Lampenfuß in seiner Hand. Dieser Nervenstarke! Er behauptete hinterher, am meisten hätte ihn mein Schreien geschockt. Aber was hielt ihn davon ab, dieses erbarmungswürdige Nachtspektakel entweder mit einem Schlag zu beenden, oder, falls er vergeblich schlüge, die Offenbarung zu erleben?

Eduard erinnerte sich in einem traumhellen Augenblick an die schlurfende Gestalt, die ihm einst vor dem Gemeindehaus an der Wesereschstraße im Weg gestanden hatte, als er vom Kicken gekommen war. Sie hatte ausgesehen wie ein Zwilling des Gespenstes, das nun auf uns eindrang. Mit demselben, atemlosen Herzschlag fiel ihm auch die Gestalt ein, die er beim Kurstreffen im Dachzimmer durch das Schlüsselloch erblickt hatte. Der Sicherheitsdienst seiner Vernunft wurde tätig. Die Bilder der Erinnerung passten zum Entsetzlichen vor seinen Augen wie identische Karten beim Memori-Spiel. Entweder war ein echtes Gespenst unter uns, oder ein Mensch spielte mit gespenstischem Talent Gespenst. Nur gefährlich war dieses Wesen nicht. Das zeigte die Erfahrung. Eduard ließ den Lampenfuß sinken.

Gustav Eckstein kam die Treppe heruntergestürzt. Er machte kein Licht. Er sagte kein Wort. Er griff das schwarze Gespenst am Arm, drehte es wie ein ungezogenes Kind und riss es mit sich fort. Eduard sprang geistesgegenwärtig auf, öffnete die zugeknallte Tür und lauschte ins Treppenhaus hinaus.

»Was machst du hier unten?« fragte Eckstein ärgerlich. »Ich habe Gäste. Die bekommen einen Herzinfarkt, wenn du so rumschleichst.«

»Ist Katrin wiedergekommen?« fragte die Erscheinung.

»Papperlapapp«, sagte Eckstein. »Ich weiß nicht, wo Katrin ist. Keiner weiß es. Sie hat uns gründlich verlassen.«

Eduard kam ins Zimmer zurück und fummelte an der Nachttischlampe herum. Ich lag auf dem Bett und starrte auf den Bildschirm an der weißen Decke. Dort lief die Zeitlupenwiederholung dessen, was vorgefallen war.

»Lass uns festhalten, dass wir nicht träumen«, sagte ich. »Es gibt etwas aufzuklären, falls noch mal ein neuer Morgen graut.«

Bei den Vorbereitungen zum Frühstück ließ Eduard ein Glas Orangensaft fallen. Um die Glassplitter bildete sich eine gelbe Saftpfütze. Er griff zur Küchenrolle, um den weißen Fliesenboden zu säubern.

»Wir wollen eine vernünftige Erklärung haben, Eckstein«, forderte er. »Wir wissen, ein Albtraum war's nicht. Red dich nicht auf Drogen raus. Sag die Wahrheit!«

»Marie Eckstein, geborene Schattauer, meine Mutter«, sagte Gustav Eckstein weder laut noch leise.

Er stand mit der melancholischen Würde einer Mumie am Herd und ließ die Frühstückseier in das sprudelnde Wasser gleiten. Man hatte das Gefühl, dass etwas zerbrochen war, etwas Formloses, tief in den Gängen der Zeit. Eduard und ich, eigentlich angetreten, um ihm den kruden Verlauf der Nacht zur Last zu legen, bekamen größten Respekt.

»Ich verstehe nicht«, sagte Eduard. »Du hast nie was erzählt.«

»Marie hat mit Gott gekämpft und den Kampf verloren«, sagte Eckstein. »Aber die Sache ist vertrackter, als ihr euch vorstellen könnt, keine Fünf-Minuten-Geschichte.«

»Was bedeutet ›mit Gott gekämpft‹?« fragte ich. »Was macht das schwarze Gespenst bei dir, wenn es mit Gott gekämpft hat? Warum ist es nicht in der Hölle oder meinetwegen im Himmel?«

»Schrecklich ist's – ich zitiere aus Hebräer –, in die Hände des lebendigen Gottes zu fallen«, sagte Eckstein. »Aber es ist auch nicht angenehm, aus den Händen des lebendigen Gottes zu fallen.«

»Solchen Kokolores versteht kein Mensch«, sagte Eduard.

Eckstein warf ihm einen traurigen Blick zu. Er erkannte vermutlich, dass wir die seltsame Realität, die uns in der Nacht in Marie Eckstein begegnet war, beim besten Willen nicht so schnell begreifen konnten. Er verlegte sich auf nackte Fakten.

In der Dachkammer, deren Tür wir seit dem Kurstreffen kannten, lebte Marie Eckstein, jene Frau, deren Hochzeitsfoto aus jungen Jahren wir in den Gartenzimmern gesehen hatten. In ihrer Kammer gab es Bett und Schrank, zwei Kirschholzlehnstühle und ein Bücherregal mit verstaubten masurischen Predigtbüchern, die den Weg in den Westen gefunden hatten. Marie Eckstein hörte schlecht und konnte kaum sehen. Sie wog knapp über vierzig Kilogramm. Wenn sie nicht schlief, saß sie auf dem Kirschholzlehnstuhl, auf dem sie auch ihre Spatzenportionen Essen einnahm. Weil sie die Anschaffung eines Tisches ablehnte, musste sie den Teller beim Essen auf dem Schoß abstellen.

Marie Eckstein lebte seit dreißig Jahren in ihrem Zimmer. Sie verließ es, vom Gang aufs Klo abgesehen, sehr selten. Das Haus hatte sie nicht mehr verlassen, seit sie sich vor Jahren ein paar Mal zur Stunde des Gebetsvereins an der Wesereschstraße hatte begleiten lassen (dort war Eduard ihr in die Arme gelaufen, als er vom Kicken kam). Alle Kleider Maries waren schwarz und brauchten niemals gewaschen zu werden, erzählte Gustav Eckstein. Seine Mutter schwitzte nicht und roch nicht. In ihrem Zimmer lag der Dunst einer matten Ewigkeit. Trotzdem beachtete man natürlich die Grundregeln der Hygiene.

Dr. Hasenclever, der Hausarzt, wusste Bescheid. Sein Vater hatte ihm vom Schicksal der jungen Marie während des Krieges und der ersten Friedensjahre erzählt. Hasenclever kam alle vier Monate vorbei, um festzustellen, dass Marie Eckstein in ihrer umfänglichen Gebrechlichkeit ziemlich gesund war. Nur gegen den Ausfall der Zähne war nichts zu machen.

»Ich habe versucht, meine Mutter ins Leben zurückzuholen«, sagte Eckstein. »Katrin hat es auch versucht. Den Erfolg seht ihr. Meine Mutter will den Rest ihrer Tage auf dem Kirschholzlehnstuhl verbringen.«

»Warum hast du uns deine Mutter verschwiegen?« fragte Eduard.

»Habe ich gar nicht«, korrigierte Eckstein. »Ich habe euch beim Kurstreffen gesagt, dass sie es ist, die dort oben wohnt. Aber Marie ist nicht die Person, die man gern vorstellt. Heute Nacht wärt ihr noch meiner Meinung gewesen, ihr Schisshasen.«

»Warum rief das Gespenst nach Katrin?« fragte ich.

»Meine Mutter liebt Katrin seit der ersten Begegnung«, sagte Eckstein. »Katrin war ihre einzige Vertrauensperson. Dass Katrin mich verlassen hat, ist okay, das hätte ich auch gemacht. Dass sie damit auch meine Mutter verlassen hat, ist eine Katastrophe. Katrin war für Marie der letzte Mensch. So sieht es aus.«

Was soll ich sagen? Wir waren restlos überfordert. Es gibt Konstellationen im Leben, die einen extremen Grad an Unglaubwürdigkeit haben. Dieses war eine. Aber in Wirklichkeit geht natürlich *alles*. Das Bestreben nach Einfachheit, Halt und Bedeutung wird von Romanen stets besser befriedigt als von der Wirklichkeit.

6

Es muss kurz nach elf gewesen sein, als der Rheingold-Express zwischen den Türmen auf der Deutzer Seite des Rheins auftauchte und unter den dreimal drei Bögen der Hohenzollernbrücke über den Fluss rollte – Pünktlichkeit vorausgesetzt. Das ging aus den Fahrplänen hervor, die sich Gustav Eckstein für die genealogischen Aufzeichnungen beschafft hatte. Der Rheingold-Express kam aus Hoek van Holland und trug ein Hakenkreuz als Hoheitszeichen. Lastkähne befuhren den Strom und vervollständigten das typische Köln-Panorama.

Im Hauptbahnhof hatten die Tafeln gewechselt. Spätestens jetzt wandten die Reisenden ihre Erwartungen dem berühmtesten Zug der Deutschen Reichsbahn zu. Auch Hermann Eckstein freute sich, den Rheingold-Express in die Halle brausen zu sehen, doch er gab ihm keine große Zukunft mehr. *Devisensparen.* Die Beschränkung der Auslandsreisen nahm allmählich überhand. Es war ein eiserner Griff, der die Deutschen in Deutschland hielt. Jeder konnte sich die Gründe zusammenreimen, dafür brauchte man kein Leutnant der Infanterie zu sein.

Zwei Masken zogen an ihm vorbei. Die rußige Maske gehörte dem Heizer, die blasse dem Lokführer. Zwei Schilder, stabil am eisernen Führerstand befestigt, gaben der Lok auch eine Identität, fast wie einem Auto: *18 526 Rbd. Mainz.*

»Du darfst Marie nicht aus den Augen lassen«, sagte Paula Eckstein, deren Gesicht an diesem Tag nur die Seite der Güte zeigte. »Gerade in den Bergen. Was da alles passieren kann!«

»Ich schütze Marie mit meinem Leben«, beschwichtigte Hermann. »Macht euch keine Sorgen. Oder hätte ich besser mein Gewehr mitnehmen sollen?«

»Ich freue mich schon aufs Wiedersehen«, sagte Albert Eckstein. »Seit du gekommen bist, liebe Marie, hat unsere Familie eine gute Zeit erlebt, ich möchte sagen, die beste.«

Er zog einen silbernen Flachmann schottischer Herkunft aus der Tasche, ein Prachtstück des Art déco, und reichte alten Kognak in die Runde. Toll, der darauf bestanden hatte, das frisch vermählte Paar bis Köln zu chauffieren, weshalb man mit Adler Standard und Mercedes Kompressor zum Bahnhof gereist war, trank in großen Schlucken. Jeder im Umkreis der Familie wusste, dass Toll heftig in Marie Eckstein verliebt war, so heftig, krampfhaft und egoistisch, wie man es von einem Mann erwarten kann, der keine Liebe hat.

Es war tatsächlich so: Heinz Toll, der nach dem Abgang seiner Frau nur noch Adolf Hitler, den Seidenraupen und Holland tiefere Gefühle entgegengebracht hatte, erlebte seit Maries Ankunft aus Masuren seine zweite Jugend. Er war auf jede Begegnung mit Marie erpicht, und wenn sie darin bestand, ihr beim Ausgehen devot die Haustür zu öffnen. Dass er sie nie besitzen würde und nicht einmal den Sekundenbruchteil eines zärtlichen Blicks zu erwarten hatte, fand er bedauerlich, empörend sogar, aber diese Einsicht konnte sein Hochgefühl nicht mindern.

»Ich werde mir nichts zu Schulden kommen lassen«, hatte Toll zu Albert und Paula gesagt. »Wir werden mit den Gefühlen schon fertig werden, diesen Schweinehunden. Aber es ist nun einmal so, sie sind da. Es reicht mir, wenn ich dann und wann diesen Engel sehen kann.«

Hermann, der Toll für einen eiskalten und berechnenden Typen hielt, einen Aufschneider, der sich von der Rolle des Galans Renommee versprach, hatte seine Ansicht zu dem Fall in wenige Worte gepackt: »Eine winzige Belästigung, Toll, und ich zerschmettere Ihren Schädel mit der bloßen Faust.«

Ein Seufzen von Eisen erfüllte die Halle. Der Rheingold-Express kam zum Stillstand. Man hörte Gekreisch und Gelächter, vereinzeltes Weinen und das schwere Klappen von gut geölten Waggontüren. Albert Eckstein steckte Marie insgeheim einen Stapel Banknoten zu, der gar nicht so außerordentlich sein konnte wie seine von Monat zu Monat gewachsene Zuneigung. »Falls unser Junge mal schlechte Laune hat und du auf eigene Faust losziehen willst«, flüsterte er. Er sagte ihr nicht, dass Hermann im doppelten Boden eines Koffers ganz andere Summen in Banknoten und Schmuck mit sich führte, um das eine auf einem Schweizer Nummernkonto und das andere in einem Tresor zu deponieren. Familie Eckstein umarmte und küsste sich. Toll blieben feuchte Händedrücke.

Hermann und Marie riefen einen Träger und ließen Koffer, Reisetaschen und zwei Hutschachteln, die englischen Hüten hübsche Käfige abgaben, im Packwagen verstauen. Als alles geregelt schien, bezogen sie ihren Platz in den hochlehnigen Polstersesseln im Salonwagen der 1. Klasse.

»Unsere Liebe hätte auch die 2. Klasse überstanden«, sagte Marie.

»Mohnblüte, wir sprechen jetzt zehn Tage nicht von Geld«, sagte Hermann und legte Marie den Finger auf die Lippen. »Diese ganze Reise ist eine schöne Illusion und soll es auch bleiben. Wir drehen der bedrohlichen Welt da draußen die Nase, koste es, was es wolle. Für Wruke und Pastinak ist hinterher immer noch Zeit.«

Die Abfahrt des mäßig besetzten Zuges, die laut Fahrplan

um elf Minuten nach elf stattfinden sollte, verzögerte sich. Hermann – der Anlass war nun da – erklärte Marie die Beziehung zwischen 11.11 Uhr und dem Kölner Karneval, den er in seiner Jugend besucht hatte, ohne kölsches Blut in sich zu entdecken. »Eine fünfte Jahreszeit, die kann es gar nicht geben«, wandte Marie ein. »Das muss ich ja wohl wissen.« Die Kölner Jecken kamen ihr gleich komisch vor. Wenn sie sich vorstellte, dass die ganze Bevölkerung tagelang mit Pappnasen im Gesicht durch die Straßen krawallte, um Kölsch zu trinken und närrische Lieder zu singen, wurde die Sehnsucht nach den stillen Wäldern Masurens in ihr groß.

Während die Reisenden erwartungsvoll nach draußen blickten und auf das Signal zur Abfahrt warteten, sprach sich herum, dass der Heizer beim Wasserfassen vom Tender gestürzt war und sich den Arm gebrochen hatte. Man hatte ihn nach dem Sturz mit zerschlagenem Gesicht und halb ohnmächtig vor Schmerz vom Nebengleis gezogen. Nun ließ der Ersatzheizer auf sich warten und es war unklar, wie lange die Unterbrechung dauern würde.

Beamte liefen über den Bahnsteig zu den Treppenaufgängen und unverrichteter Dinge wieder zurück. Geschäftsleute in feinen Mänteln verließen den Zug, quengelten wegen ihrer Anschlüsse in der Schweiz und schimpften auf die Bahn. Albert und Paula lächelten tapfer durch die Scheiben herein, aber auch ihnen sah Marie an, dass sie lieber den geregelten Gang der Dinge erlebt hätten. Die Tafel *Rheingoldzug* an der Stirnseite der Halle, die doppelt so hoch war wie die Tafel *Personenzug*, wurde weggeklappt. Die Lücke im Vormittag dehnte sich.

»Ist das jetzt ein schlechtes Omen?« fragte Marie. »Man nennt so etwas doch Omen, oder?«

»Quatsch«, sagte Hermann. »So etwas nennt man Pech oder Dummheit oder von mir aus Missgeschick.«

»Aber es hält unsere Hochzeitsreise auf«, sagte Marie.

»Die kann keiner aufhalten«, sagte Hermann, eine Spur zu rau, wie er fand, aber er konnte daran nichts ändern, in seinem Zustand. »Meinetwegen kann der Zug rückwärts nach Holland fahren. Dann sehen wir uns eben die Grachten in Amsterdam oder den Hafen von Rotterdam an. Selbst das würde nichts daran ändern, dass dieses hier unsere Hochzeitsreise ist und bestimmt sehr lustig wird. In diesem Punkt kannst du sorglos sein.«

»Aber in Holland träfen wir vielleicht schon wieder den blöden Toll«, meinte Marie.

»Tja, das wäre zum Kotzen«, bestätigte Hermann. »Da hast du Recht.«

»Guck mal, wie grässlich«, sagte Marie und deutete mit der Nasenspitze nach draußen. Toll zeigte beim Sprechen seine Zähne wie ein zorniger Hund. Bestimmt spricht er vom Krieg, dachte Marie. Immer, wenn Toll vom Krieg sprach, entblößte er die Zähne, klemmte die Oberlippe unter die Nase und legte das dunkelrote Zahnfleisch frei.

Es kam Marie so vor, als erwartete schon das halbe Land den Krieg. Sogar ihr Schwiegervater, der eigentlich immer bereit war, sich der Zuversicht zu überlassen, hatte in aller Verschwiegenheit angefangen, mit ein paar älteren Arbeitern der Firma aus dem Waschkeller des Hauses zwei Bunkerstollen in den Westerberg zu treiben. Sie wurden größer und größer und würden eines Tages wohl einem unterirdischen Hotel gleichen, in dem man den gesamten Haushalt abwickeln könnte.

Mit der Post aus Kleinbärengrund hatte Marie erfahren, dass in ihrer Heimat, tief im Wald, ein getarnter Wehrring fertiggestellt worden war, der südlich von Ortelsburg begann und Richtung Johannisburg wies, wo er an eine weitere, gut befestigte Waldstellung anschloss. Die Gebäude, so hatte

Alfred, der sich jetzt fürs Militärische interessierte, im Duktus des Kenners geschrieben, waren mit elektrisch aufladbaren Drahtbatterien gesichert. Es gab viele Maschinengewehrstände aus Eisenbeton, die gegen frontale Beschießung und Beschießung der Flanken gesichert waren – »und frontal, das ist natürlich Osten«, hatte ihr Bruder gelehrig hinzugefügt.

Überrall wiert der Krieg sein, hatte Frieda schriftlich prophezeit, *auch wo Du Piltze gesamelt hast.*

Ihre lieben Geschwister.

Niemand aus Kleinbärengrund war zu Maries Trauung in St. Marien angereist, bei der Pastor Bodensieck das Wort aus Ruth 1,16 ausgelegt hatte, das wie kein anderes zu ihrer Situation passte. *Wo du hingehst, da will auch ich hin gehen; wo du bleibst, da bleibe ich auch.* Sie hatte akzeptiert, dass ihre Eltern den Aufwand nicht treiben konnten. Es wäre zu teuer gewesen, den langen Weg von Kleinbärengrund zu machen, nur um sich das Herz brechen zu lassen. Es war Marie klar, dass die Eltern an jedem Detail ihres neuen Lebens Anstoß genommen hätten. An Kleidung, Benehmen, Essgewohnheiten, Freunden, Romanen, Kinobesuchen, an allem eben. Ihr Vater hatte eine flammende Predigt von nicht weniger als sieben Seiten geschickt. Es musste ein ungeheuerer Kraftakt gewesen sein für einen Mann, der auf die Ämter gern eines der Kinder mitnahm, um selbst vom Schreiben weniger Worte befreit zu sein. Otto Schattauer hatte ans Ende die Formulierung gesetzt: *Dein Herz, Sinn und Mut möchte geändert werden, dass du Christo und Seinem heiligen Evangelium gleichförmig wirst.*

Ist Hemann denn lib zu Dir? hatte Frieda in ihrem Anhang zum Hochzeitsbrief gefragt. *Wenn nich, dann verhau ihn mal tüktik mit dem Riemen, Du weißt ja, wies geht. Aber wenn er lib zu Dir is, musst Du auch ganz lib zu ihm sein. Sei immer frölich, so wie in unsem kleinen Bärengrund, in dem sich nie was ändert, außers Wettä!* Von Frieda kamen die schönsten und fehlerhaftesten Briefe, offenbar hatte sie eine kleine Legasthenie, wie Albert das nannte. Frieda wollte alles über Maries neue Existenz als feine Dame wissen und sparte Pfennig um Pfennig, um eines Tages selbst, wenn auch nur zu Besuchszwecken, »die große Reise inen Westen« machen zu können.

»Man hat einflussreiche Menschen wie Heinz Toll besser zum Freund als zum Feind«, sagte Hermann in Maries Gedanken hinein. »Gerade, wenn sie in der Nachbarschaft wohnen. Mit Hauptschriftleiter Toll an der Seite sieht man gleich selbst demonisch aus. Was Besseres kann einem heutzutage gar nicht passieren.«

Er gab Marie einen Kuss und bestellte sich Kaffee. Marie trank Tee und aß Plätzchen mit Vanillearoma, die ihr gut schmeckten. Vielleicht eine Spur zu wenig Butter, vielleicht etwas zu viel Zucker, aber sonst war alles in Ordnung. Es konnte nicht jeder auf der Welt so gut backen wie sie, das war klar.

Endlich hob der Bahnbeamte die pfannengroße Kelle mit dem schmalen Stiel und pfiff auf seiner Pfeife. Die Leute auf dem Bahnsteig winkten den Reisenden im Zug erleichtert zu und umgekehrt. Der Abschiedsschmerz war längst gestillt oder auf später verschoben, es ging nur noch darum, die Szene in aller Form zu beenden. Der Rheingold-Express setzte sich kraftvoll in Bewegung, rollte mit gleichmäßigen Stößen über die Fugen der Schienen und stampfte zügig durch den lichten Wald der Signale zur Vorstadt hinaus. Bald rollten die Räder geschmeidig und glatt.

Marie warf einen Blick in den Taschenspiegel.

»Die Tränenfalten sind immer noch da«, sagte sie. »Unvorstellbar, wie viel ich damals wegen dir geheult habe.«

»Mohnblüte, glaub mir«, sagte Hermann. »Die Falten sind

Zeichen der Liebe. Sollten sie allerdings verschwinden, weil du mit mir glücklich bist, wäre auch das ein Zeichen der Liebe. Es kann also gar nichts schief gehen mit uns.«

»Du machst dich nur lustig«, sagte Marie. »Oder nennt man das Ironie?«

»Du bist lustig«, sagte Hermann. »Ich schätze, alle Frauen im Rheingold-Express würden Jahre ihres Lebens geben, um so auszusehen wie du. Steck den Spiegel ein! Ich finde, du bist die Schönste im ganzen Land und wirst es für lange Zeit bleiben.«

»Dass ein Mensch nicht vertrocknet, wenn er so viel heulen muss«, sagte Marie und dachte lächelnd an die Tage des Aufruhrs, in denen sie mit Eltern, Glauben und Heimat gebrochen hatte.

Auf der gegenüberliegenden Seite des Stroms erhob sich im Mittagslicht das Siebengebirge, bekrönt von den malerischen Burgresten auf dem Drachenfels. Zügig näherte sich, was eben noch am Horizont gelegen hatte. Marie verglich die großen, weißen Zahlen am Flussufer mit den Angaben im Zugbegleiter. Sie zeigte auf die Klosterinsel Nonnenwerth. »Trümmer des Rolandsbogens auf der Höhe«, las sie etwas später vor. Ihre Augen suchten im Wald nach der beschriebenen Ruine. Steil über den Gleisen tauchte die Apollinariskirche auf, deren Verwandtschaft mit dem Apollinarissprudel Marie zwar nicht erriet, aber von Hermann pünktlich erklärt bekam.

Etwas störte sie.

Der Mann auf der anderen Seite des Ganges strich seiner Begleiterin über den nerzgefütterten Trenchcoat, der viel zu warm war für die Jahreszeit. Die Frau stellte ihr kleines Reisegepäck aus schwarzem Leder mal auf den Tisch, mal wieder herunter. Sie nahmen sich wahnsinnig wichtig – und das störte Marie. Der Wichtigtuer redete laut, viel zu laut. Er hatte im letzten Oktober an der Europäischen Fahrplankonferenz in Stockholm teilgenommen, das Athen des Nordens, nach seiner Meinung eine Stadt, die man unbedingt gesehen haben muss.

»Die Reise von der Schweiz bis London, Liverpool Street Station, machen Sie jetzt in drei Stunden weniger«, sagte der Wichtigtuer und wandte sich zu Hermann und Marie. »Richtung Süden wird immer noch eine halbe Stunde gespart. Und diese halbe Stunde ist auch Ihre Zeit, Verehrteste.«

Er rückte seinen Sessel vor, griff Maries Hand und wollte sie küssen. Hermann zielte mit der Handkante auf die Armbeuge des Wichtigtuers. Der Unterarm schnellte empor und fünf Finger klatschten ihrem verdutzten Besitzer ins Gesicht.

»Nichts für ungut«, sagte Hermann. »Aber beim nächsten Mal werfe ich Sie in den Rhein, und zwar aus dem fahrenden Zug.«

Die nerzgefütterte Begleiterin lächelte unsicher, Reisende sahen sich vieldeutig an. Der Kellner, der schon herangaloppieren wollte, zügelte seine Schritte, als er Hermanns cheruskische Miene sah, und tänzelte lautlos vorbei, als hätte er weiter hinten zu tun.

»Ist denn ein Handkuss verboten?« fragte der Wichtigtuer. Er tupfte sich mit einem Taschentuch über das erschrockene Gesicht und saugte einen kleinen roten Flecken von der Lippe.

»Absolut verboten«, sagte Hermann. »Küssen Sie sich die eigene Hand, wenn Ihnen nach Handküssen ist.«

Er kam sich primitiv vor, während er so redete, und er war fraglos primitiv. So primitiv wie ein Mann, der seit über neun Monaten mit der Frau seines Lebens zusammenlebte, unterdessen viele Abenteuer mit ihr bestanden hatte, aber noch nicht mehr von ihr kannte als den Laubwaldgeschmack ihrer Lippen und ihrer festen Zunge. Neun verrückte Monate lang,

Lichtjahre der Entsagung, hatte er Maries Keuschheit Gesellschaft geleistet wie ein treuer Bernhardiner. Er hatte sich kein einziges Mal in Evis rosigen Körperöffnungen getröstet, obwohl kein Zweifel daran bestand, dass sie ihm bei der nötigen Entschlossenheit weiterhin, nun ja, offen gestanden hätten. Seine Seele war weiß, unschuldig und leer. Er konnte schon lange nicht mehr masturbieren. Und jetzt kam so ein dämlicher Fahrplanexperte und glaubte, für ein paar scheele Worte Marie küssen zu dürfen!

In der Hochzeitsnacht, in der sie um zwei Uhr von der Gesellschaft im Walhalla aufgebrochen waren, hatte er mit Marie auf dem Bett im Gartenzimmer gelegen. Allein ihre bekleidete Nähe hatte ihn rücksichtslos überwältigt. Er war zweimal kläglich ausgeflossen, als ihre Finger bloß unschuldig auf seinen Bauch tippten. Dann war er vor Enttäuschung und Sehnsucht eingeschlafen und am nächsten Morgen mit Muskel- und Sehnenschmerzen, die vom Nabel bis zu den Kniekehlen reichten, wieder erwacht. Er hatte nicht aus dem Haus gehen können. Schon Besuche im Badezimmer trieben Tränentropfen aus seinen Augen. Sobald er einen Schritt machte, quetschten die Backen eines glühenden Schraubstocks seine überreifen Hoden.

... Schloss Stolzenfels – Niederlahnstein – in der Ferne die Allerheiligenkapelle – Burg Lahneck – Burg Maus – Burg Katz – die Loreley. Marie lernte die Namen auswendig, die der Zugbegleiter verzeichnete. Diese Weinberge, die Dörfer am Fluss, die Burgen und die Ruinen, das Licht am Himmel – das war nicht Deutschland. Das war ein anderes, sagenhaftes Land, von dem sie bisher nicht einmal gehört hatte!

Der Wichtigtuer war eingeschüchtert. Er sprach praktisch nur noch, wenn Hermann ihm durch ein mildes Kopfnicken das Wort erteilte, dann aber schnell und dicht, wie eine europäische Eisenbahn-Enzyklopädie: »Versailler Vertrag, Artikel 367 ... ausgelaufen. Deshalb freier Verkehr für die Züge zwischen Holland, Skandinavien, Deutschland und Städten in der Schweiz ... Harwich-for-the-Continent-Fähren von Hoek van Holland nach England und wieder zurück – sehr empfehlenswert gerade für London-Liebhaber ... Eisenbahnwagen- und Maschinenfabrik van der Zypen & Charlier GmbH in Köln Deutz – die Crème der deutschen Waggonbauindustrie ... Gutes Essen dank der Compagnie International des Wagon-Lits et des Grand Express Européens ...«

Marie verstand, dass große Dinge vor sich gingen, bei denen der Wichtigtuer mitmischte. Trotzdem fühlte sie sich dem Mann überlegen. Wenn es etwas gab, das sie in ihrer neuen Heimat von Grund auf gelernt hatte, dann war es dies: sich Blendern und Protzern überlegen zu fühlen. Aus Kleinbärengrund dagegen hatte sie Kenntnisse in Demut und Bescheidenheit mitgebracht. Nun verfügte sie über beides und konnte von Fall zu Fall entscheiden, was das Leben leichter machte.

»Willst du noch Tee?« fragte Hermann.

»Danke, nein«, sagte Marie. »Aber wir könnten langsam etwas essen.«

Sie winkte den nächsten Kellner heran – wie eine Dame, mit einem knappen Blick, für den sie den Kopf leicht in den Nacken warf. Nach Maries Ansicht stand zu viel Personal im Rheingold-Express herum, selbst für die 1. Klasse. Die Hälfte, dachte sie, hätte es sicher auch getan.

»Madame, Monsieur, Vous désirez la carte?« fragte der Kellner.

Hermann nickte und Marie, die nicht verstanden hatte, nickte ihm nach. Sie bestellte pochierte Eier auf Gänseleberragout, Hermann Rehsteaks mit Wacholdertunke und Morcheln. Die Speisen wurden auf dünnen Porzellantellern gereicht. Das Tafelsilber ruhte in schweren Servietten. Der

Oberkellner überzeugte sich geflissentlich, dass Marie Eckstein mit ihrer Mahlzeit zufrieden war. Er machte die Tischlampe an, als die Sonne einmal hinter den Wolken verschwand, was sie übertrieben fand, aber geschehen ließ, denn der Kellner lächelte freundlich. Der Rheingold-Express zischte durch die Lücke zwischen Bacherach und Lorch.

Nach dem Essen schnitt Hermann seine Zigarre am silbernen Zigarrenabschneider ab und zündelte mit dem Streichholz an der Spitze herum. Marie ließ sich im graugrünen Polster behaglich nach vorn rutschen. Sie umschlang Hermanns Unterschenkel mit den Füßen. Es war ein gutes, ein richtiges Gefühl, warm und reif. Sie ließ es einige Herzschläge lang aufwallen. Die Deckenventilation schnurrte. Seit der Hochzeitsnacht gingen ihr Fragen durch den Kopf, vor allem eine bestimmte Frage. Sie beugte sich vor.

»Sag ehrlich«, flüsterte Marie. »Wolltest du bei der Birke an Balduins Stelle sein?«

Hermann rückte näher heran und legte ihr eine Hand aufs Knie. Der Wichtigtuer schaute rasch weg und begann wieder, von der Stockholmer Fahrplankonferenz zu reden.

»Was ist denn das für eine Frage?« fragte Hermann. »Ist das nicht alles längst vergessen?«

»Du kannst jetzt die Wahrheit sagen«, sagte Marie. »Ich werde sie dir verzeihen. Danach ist ja alles gut geworden mit uns.«

»Dein Kleid war zu dünn, wirklich«, sagte Hermann. »Es war bloß eine Spinnwebe. Man konnte alles sehen und was man nicht sehen konnte, hat die Qualen nur vergrößert. Was glaubst du wohl, was Männer dann tun wollen?«

»Die Frau in dem dünnen Kleid, das gar nicht so dünn war, vergewaltigen vielleicht?« fragte Marie.

»Mein Gott, drückst du dich derb aus«.

»Sag es. Wolltest du … wie Balduin?«

»Ja, aber …«, sagte Hermann. »Nicht mit Gewalt. Ich hätte gern gemacht, was Balduin gemacht hat, ist doch klar, aber natürlich ohne Gewalt und mit deiner Zustimmung. Meine moralischen Reflexe sind völlig intakt, das hast du dann ja gesehen. Ach, Mohnblüte, was soll das?«

Er ließ Rauchkringel zur Decke steigen, die von der Ventilation zu gewöhnlichen Schwaden zersiebt wurden.

»Ich verstehe«, sagte Marie. »Du hast mich also begehrt, ohne mir auch nur ein einziges Mal vernünftig in die Augen geguckt zu haben. Es reichte aus, dass mein Kleid in deinen Augen ein bisschen zu dünn war. Ist es so?«

»Du bist die leibhaftige Inquisition«, sagte Hermann. »Ja, ja, ja.«

»Ich wollte es nur wissen«, sagte Marie. »Ich frage mich nämlich andererseits, warum du mich in der Hochzeitsnacht nicht begehrt hast, was ein viel besserer Zeitpunkt gewesen wäre.«

Weitere Rauchkringel kringelten zur Waggondecke.

»Herr im Himmel!« sagte Hermann. »Ich habe dich zu sehr begehrt, viel zu sehr. Ich hatte schon eine Quecksilberpfütze in der Hose, wenn du weißt, was ich meine.«

»Ich verstehe nicht.«

»Ich konnte nicht, weil ich dich zu sehr wollte.«

»So etwas gibt es?«

»Ja, gibt es. Männer haben es auch nicht so leicht, wie man immer denkt. Kann ich dir alles weitere im Hotel erklären?«

Sie schwiegen. Hermann sah ein fröhliches Zucken um Maries ernste Pupillen. Mainz, das goldene, rückte ins Bild. *Moguntiacum.* Zu besuchen wären der Dom St. Martin, die Gemäldesammlungen, das Römisch-Germanische Museum und das Gutenberg-Museum, las Marie vor und freute sich darüber, dass sie wusste, wer Johannes Gutenberg war. Hinter der Mainmündung tauchte der Rhein unter den Gleisen hindurch. Er floss nun westlich der Eisenbahnstrecke. Dornberg und Groß-Gerau blieben, wo sie waren. Worms stellte sich zur Bewunderung aus. *Älteste deutsche Stadt, Schauplatz der Nibelungensage. Dom, Lutherdenkmal.*

Maries Blicke hatten dem grünblauen Bilderstrom vor dem Fenster nichts entgegenzusetzen. Was für ein Tal, was für Städte, was für ein Leben! Sie wurde hypnotisiert und von Wahngebilden des Glücks umfangen.

»Im Übrigen muss ich etwas klarstellen«, sagte Hermann. »Ich habe dich von dem Augenblick an geliebt, als du mit den Pilzen in der Hand gesagt hast, Milch sei kein Gift. Das Gefühl fing klein an und ist bis jetzt immer größer geworden, also schon ziemlich groß. Deine Lippen, deine Beine, deine Brüste, die ganze, von Gottes eigener Hand für dich entworfene Luxusausstattung, hat dabei bestimmt eine Rolle gespielt, aber sie war es nie allein. Wie romantisch ich bin!«

Sie erreichten Mannheim. *Nationaltheater, in dem Schillers »Räuber« ihre erste Aufführung erlebten.* Marie ging zur nächsten Waggontür und kaufte sich auf dem Bahnsteig Kölnischwasser, das sie mochte, seit sie es in Ortelsburg zum ersten Mal gerochen hatte. Hermann, der in Paris die besten Düfte der Welt geschnuppert hatte, hielt es für schrecklich ordinär, weshalb er Maries gerade angefangene Kölnischwasser-Flaschen regelmäßig in Paketen nach Kleinbärengrund schicken ließ, wo Frieda jedes Mal jubelte. Sie wurde von ihren Freundinnen »Kölnischwasser« gerufen.

»Kannst du mir sagen, was deine Mutter mit Glücklichmachen meint?« fragte Marie. »Sie sagte mir vor der Hochzeit, genau am Tag davor, es sei wichtig, dass du mich nicht nur liebst, sondern auch glücklich machen kannst.«

»Ich würde es dir gern zeigen«, sagte Hermann. »Man kann es viel besser zeigen als beschreiben, dazu braucht man aber ein Hotel und ein Bett.«

»Zeigen später, erst sagen.«

Hermann wollte seine Lektion bis Baden-Baden fertig haben. Sie dauerte bis weit hinter Freiburg. *Perle des Breisgaus.* Dort unterbrach Hermann seine Belehrung und ging zur Zugtelefonanlage. Er bestätigte im Hotel in den Graubündner Alpen den Ankunftstermin. Als die Zollbehandlung und Passprüfung zwischen Basel Badischer Bahnhof und Basel Schweizer Bundesbahnhof bevorstand, saß Marie auf Hermanns Schoß, weil es sie immer stärker dort hingezogen hatte. Beamte trennten die Küssenden mit brüsken Handgriffen. Ein solches Benehmen in der 1. Klasse, sagten sie, das sei ihnen noch nie begegnet. Der Wichtigtuer ergriff dagegen untertänigst Partei für die Liebe.

Es war 17.07 Uhr. Der Rheingold-Express hatte seine Verspätung vom Kölner Hauptbahnhof wieder aufgeholt.

Sie erreichten mit dem Anschlusszug Zürich, von wo es in der nächsten Minute entlang des schönen Seeufers weiterging. Bald lag die Fahrt in der Ebene hinter ihnen. Hermann und Marie wurden von der Kleinbahn in einsame Bergregionen befördert und bis an den unregelmäßigen Saum in Grau und Grün hinaufgehoben, der die Baumgrenze bezeichnete. Die Temperatur nahm spürbar ab. Sie schlossen das Fenster – um es wieder zu öffnen und den direkten Kontakt mit den Bergen zu halten. Es war beinahe windstill. Die dichte Rauchfahne behielt lange ihre bauchige Wurmform, bevor sie dem dünnen Lüftchen des Abends doch nachgeben musste und allmählich, fast unmerklich, verflatterte. Die Reisenden sahen es noch, falls ihnen keine neue Kurve die Sicht raubte oder der Zug von dem geöffneten Rachen eines Tunnels verschluckt wurde.

Manchmal begannen die Schrunde praktisch unter ihrem fahrenden Fenster. Andere Abgründe lagen ein Stück weit entfernt. Dann kam es ihnen so vor, als würden sie über die steinernen Dächer unsichtbarer, tief unter ihnen verschwundener Täler und Dörfer reisen. Auf der linken Seite fand ein Rinnsal seinen Weg über kahle Steinplatten. Dort, zur Rechten, zwischen den Felsblöcken und der illusorischen Einsamkeit emporschießender Fichten, rauschte eine wahre Gewalt von Wasser über hohe Kanten und fiel in weiß aufgeschüttelten Gischtkleidern der Tiefe entgegen. Einmal stand ein Steinbock über einem solchen Schauspiel und hielt ihm, als wäre es feindlich gesonnen, seine gewaltigen Hörner entgegen.

Da musste Marie an Hirsche denken. Hermann hatte gar keinen Vergleich. Eine andere Landschaft von derart schroffer Würde kannte er nicht. Nach dem dritten Kopfbahnhof, den der Zug notgedrungen rückwärts verließ, also gegenüber der Ausfahrt aus dem zweiten Kopfbahnhof wieder vorwärts, verlor Hermann, der geländetaugliche Leutnant der Infanterie, endgültig die Orientierung, selbst die Hauptorientierung: was Nord war und was Süd. Das Korsett der Wahrnehmung schien wie aufgesprengt. Er bekam noch mehr Lust auf die Überraschungen des nächsten Blicks: Ob dieser auf schneebedeckte Gipfel, das vertikale Meer der grauen Steine oder Spuren menschlicher Anwesenheit fallen würde.

Hermann und Marie standen am Fenster und zitterten. Sie flochten ihre Finger zusammen, eine verschworene alpine Begeisterungsgemeinschaft, und hielten sich fest. Sie verflochten auch ihre Blicke und ließen sie ins Gebirge hinausfliegen. Hermann musste reden, anders ging es nicht – er riskierte sonst, dass sein Herz platzte. Aber seine Ansprüche verboten ihm, immer nur das zu sagen, was auf der Zunge lag: Oh, wie ist das schön! Das wäre zwar richtig, aber einfältig.

Was sollte er also sagen? Es musste unendlich romantisch sein, musste mit Ferne und Nähe, mit Sehnsucht und mit Erfüllung zu tun haben, alles auf einmal. Er erzählte von der Liebe in Paris, Madrid und Lissabon, von den Liebenden dort, von den Jungen und Mädchen auf der Promenade zum Turm der Seefahrer, einer Prachtstraße nur für die Liebe und verliebte Blicke auf den Ozean hinaus, wo die Erkenntnis unausweichlich war, dass die Liebe und der Ozean wesensgleich sind.

Leutnant Hermann Eckstein hatte seine Phantasie nun auf Lissabon eingeschossen. Er erfand blühende Terrassen am Tejo, von denen die sehnsüchtigen Mundharmonikaklänge in die Sommernacht über dem Wasser hinausschallten. Er nahm das Blaue vom Himmel zur Hilfe, um die magischen Augenblicke der Erwartung, die er mit Marie teilte, von Minute zu Minute in die Zukunft zu lenken und mit verlockenden Bildern zu begleiten.

Sterne funkelten in der Dunkelheit zwischen dem tiefen Grau der Berge, als der Zug auf ebener Talsohle an sein Ziel rollte. Elf Uhr war nun vorüber. Ein Hotel-Butler in weißer Livree wartete verabredungsgemäß vor seinem Mercedes. Hermann weigerte sich an der Rezeption, irgendwelche Formalitäten zu erledigen. Die freundliche Dame ließ ihn gewähren, denn sein feuriger Blick hatte sie an ihre eigene Jugend und einen gewissen Paolo Pulsio aus Genua erinnert, wie sie im Laufe der nächsten Tage bekannte. Hermann und Marie eilten die breiten Granittreppen hinauf in den zweiten Stock, wo sie am Ende des Flures in das bestellte Zimmer gelangten. Es hatte riesige Ausmaße, dem Himmelbett in der Mitte angepasst.

Beide wussten, dass ihr Weg nun keine Abzweigungen mehr hatte.

Marie strich Hermann mit den Fingerkuppen über den Adamsapfel und den ausrasierten Nacken, streichelte die Kurven der Oberarmmuskulatur und fuhr, nachdem sie zwei

Knöpfe des Hemdes geöffnet hatte, etwas unbeholfen über die Schulterblätter, wodurch beider Körper aneinander gepresst worden wären, wenn sie es nicht als schöner empfunden hätten, damit noch etwas zu warten. Hermann spürte in den Bewegungen von Maries Hand seinen Unglauben: Er konnte nicht glauben, dass sie nach so langer Zeit selbst die Initiative ergriff. Und doch war es nicht zu bestreiten. Seine Lendenmuskeln verkrampften sich vor Erwartung und Lust, aber auch, weil sie durch die Verzögerungen der Monate überempfindlich geworden waren.

Hermann zog sein Hemd aus und warf es in Richtung des gebeizten Fichtenschranks, der mit angenehm duftendem Wachs auf Hochglanz poliert worden war. Als er sich, im Glauben, es sei nur eine Sekunde vergangen, wieder umdrehte, lag Marie nackt und so regungslos auf dem Bett, dass man sie für schlafend hätte halten können, wäre da nicht dieses Lächeln gewesen und die Röte im Gesicht, die nicht nur eine unumgängliche Konsequenz der Scham war, sondern auch des Willens, diese zu überwinden.

Hermann erkannte, dass alle Geheimniskrämerei zu Ende sein sollte. Er zog sich vor den Augen seiner Frau aus, legte sich behutsam an ihre Seite und brachte einige Quadratzentimeter seiner Haut an Bauch und Beinen mit ihrer Wärme in Berührung. Nach einer Weile nahm er Maries Hand. Sie war rau, etwas feucht, wie von masurischem Tau benetzt. Es war immer noch eine bäuerliche Hand, die mit Stieren und Sensen umzugehen wusste, aber die Finger waren zu leichtfertigen Fingerspielen bereit. Hermann und Marie lagen schweigend nebeneinander, während ihr Atem zunahm. Sie waren auf die nächste Berührung gefasst, ohne die Stellen des Körpers zu kennen, die der Blitz treffen würde. Hermann tippte, als wäre es zur Vorbereitung und Warnung, einige Male auf Maries durchscheinendes Schlüsselbein. Dann feuchtete er die Kuppen seines Daumens, Zeigefingers und Herzfingers an und berührte ihre Brustspitzen, die sich unter dem Nervenreiz ein weiteres Mal verhärteten. Ihr Körper empfing einen Stromschlag – er zuckte.

»Obwohl du der Zweite bist, bist du der Erste«, sagte sie ruhig.

Hermann staunte über diese Worte. Er hatte vor einer Sekunde gewünscht, dass Marie irgendwann in dieser Nacht sagen würde: Obwohl du der Zweite bist, bist du der Erste. Nun kam der Augenblick, in dem das Bild, das Marie auf dem Feldweg bei Kleinbärengrund in der Umklammerung Balduins zeigte, von unsichtbarer Hand zerrissen wurde.

»Es ist schön, dass du das sagst«, sagte er. »Ich werde mich ohne Mühe als der Erste fühlen.«

Er küsste Marie auf die Lider der geschlossenen Augen und das seidige Haar ihrer Schläfen. Er küsste das Linienrelief auf der Innenfläche ihrer Hand. Er küsste die Haut um ihren flachen Bauchnabel und atmete den Pfirsichgeruch ein. Er führte ihre rechte Hand in die Mitte des Südens und übergab ihr das nackte, längst jagdlustige Animal. Sie befürchtete, nun nicht mehr weiter zu wissen, und lachte verlegen. Aber auf die instinktive Geschicklichkeit ihrer Finger war Verlass. Ihre Finger konnten ja sehen und begreifen. Sie interessierten sich ohne viel Federlesen für die genauen Umstände der stolzen, einsamen Aufgerichtetheit, die so elastisch und kraftvoll war, dass sie gegen die Hand zurückklatschte, wenn Marie Gegendruck gab und wieder losließ.

»Die Gebetsleute haben immer geheim gehalten, wie das alles aufgebaut ist«, sagte sie. »Ich wusste nicht, dass eure Instrumente so viel größer sind als unsere.«

Hermann belehrte Marie ausführlich über alle Funktionen und Dysfunktionen. Als er aufhörte, in ihre Augen zu sehen, und seine Blicke umherschweifen ließ, kam es ihm –

ihm und nicht ihr! – so vor, als würden sich Kleinbärengrunder Gebetsleute um das Bett versammeln und ihre Hände zum Himmel heben. Aber dieses Bild, eine Seltsamkeit der Seele, vielleicht ein geheimer Ausdruck von Überlegenheit oder Rachegefühlen, vertrieb er schleunigst, indem er von der theoretischen und praktischen Erläuterung seines geschwollenen Lustzentrums in der Kürze eines Gedankenstrichs zur Massage ihres kecken, schon freiliegenden Ypsilons überging. Die Stromschläge reichten nun ans Lebensgefährliche. Marie drehte sich auf die Seite und stieß seine Hand fort.

»Das ist mir zu aufregend«, sagte sie. »Lass mich lieber bei dir weiter sehen.«

Hermann kämpfte seit Viertelstunden dagegen an, dass sich das Malheur aus der Hochzeitsnacht wiederholte. Er merkte nun, als ihre Hand sein Animal gefangen nahm und verblüffenderweise zielstrebig mit der ersehnten Folter begann, dass es nicht geschehen würde. Seine Erregung hatte sich auf einem hohen Niveau stabilisiert und ließ kühne Pläne für zeitaufwändige Vergnügungen zu. Er schickte seine Hände in Richtung ihres dunkel behaarten Venushügels, erst über die Bauchnabelroute, dann auf jener riskanteren, die am Steißbein beginnt. Sie ließ beides mit einem nur noch erahnbaren Aufleuchten der Gesichtsröte geschehen. Ihr sehniger Körper bewegte sich in elastischen Wellen auf die dienstfertigen Hände zu. Dem späteren Vernehmen nach war sie minutenlang, viertelstundenlang, stundenlang glücklich – und mehrere Male teilte Hermann ihre atemlose Glückssträhne.

Als vor dem Fenster der Malachitschein des Morgengrauens sichtbar wurde, schliefen sie ein, ohne im medizinischen oder streng moralischen Sinne miteinander geschlafen zu haben. Immer noch lag eine Jungfrau an der Seite ihres glücklichen Gatten.

»Wie schön, dass das Beste noch kommt«, waren Hermanns letzte Worte.

Der Aufschub hielt nicht lange vor. Als Hermann erwachte, war Marie nicht mehr neben ihm. Sie hatte sich in eine rote Decke mit weißen Kreuzen geschlagen und auf der hölzernen Liege auf dem Balkon ausgestreckt. Er knüpfte sich ein Handtuch um die Hüften und ging zu ihr hinaus. Die Maisonne stand schon im Zenit des Tages und ließ den Schnee auf den Berggipfeln glitzern, die sich auf der anderen Seite des Hochtales über dem grünen See erhoben. Sobald Hermann Marie erreichte, rollte sie sich aus der Decke, zog ihm das Handtuch von den Hüften und blickte erwartungsvoll auf das Erwachen des Animals.

Nun hat sie wirklich alle Keuschheit verbraucht, dachte Hermann.

Die Lebensklugheit der Rezeptionistin sorgte dafür, dass den Liebenden die arbeitsamen Nachfragen des Putzpersonals erspart blieben. Hermann und Marie fanden einfache, gebahnte Wege für die Liebe, und im Laufe des Tages und der nächsten Nacht immer kühnere und kompliziertere.

Nach zehn Tagen verließen die Eheleute das Hotel in den Graubündner Alpen, ohne viel von der Gegend gesehen zu haben. Dafür nahmen sie ein klares Verständnis von der Reizbarkeit ihrer Körper und den unverborgenen Geheimnissen der Sexualität mit ins Tal. Der Hauptzweck, der das Reiseziel bestimmt hatte, musste indessen noch erfüllt werden. Hermann deponierte in Zürich einen abgemessenen Teil des Ecksteinschen Barvermögens auf einer verschwiegenen Bank, deren Diskretion die Familie von alters her vertraute.

7

Ich vermute, wie viele andere, dass sich das Glück der Liebenden aller Zeiten ähnelt, während das Leiden abweicht. Leiden erzeugt die Differenz.

Eduard und Julia zählten auf ihrer Sommerreise nach dem Abitur allemal zu den Glücklichen. Sie trafen sich an einer Wartebank am Gleis 10 im Münchener Hauptbahnhof, weil Julia, nun ausgebildete Einzelhandelskauffrau, mit ihren Eltern im Wettersteingebirge zum Wandern gewesen war und nicht extra 700 Kilometer nach Norden reisen wollte, um dann denselben Weg wieder nach Süden zu fahren.

Zwischen Ljubljana und Zagreb wurde Eduard der Trangia-Kocher geklaut, den er auf seinem neuen Lowe-Rucksack festgebunden hatte. Julia war sauer und klaute das gleiche Modell aus dem Gepäck betrunkener Interrail-Schweden.

»Das ist nur ausgleichende Ungerechtigkeit«, sagte sie.

Sie wollten drei Tage im Durmitor-Gebirge bleiben und blieben neun, weil sie auf der Busreise von Sarajevo über Foča nach Dubrovnik nahe einer sozialistischen Gedenkstätte für WK-II-Partisanen ein grandioses Wanderrevier fanden und einen reizenden Gebirgsbach, in dem Julia beim Waschen auf den glatten Steinen ausrutschte und ertrunken wäre, hätte Eduard, der stumm vor Angst hinter dem reißenden Wasser und seiner mitgerissenen Freundin her raste, keinen vom Blitz gefällten Baum gefunden und sie daran aus dem Verderben gezogen.

Auf der Strecke zwischen Thessaloniki und Istanbul – der Zug dieselte achtundzwanzig langsam geschlagene Stunden durch die ausgedörrten Hügel – ließ sich Eduard von einem Serben in Boss-Anzug als Drogenschmuggler anwerben und erhielt 250 Dollar Honorar, was einige Löcher seiner Reisekasse stopfte. Er ahnte kaum, dass er für das Päckchen im Rucksack lebenslang in den beliebten türkischen Gefängnissen landen konnte, und machte während der stundenlangen Zoll- und Passprozeduren mit den Grenzbeamten anspielungsreiche Witze über unerfahrene Touristen, die Kokain schmuggeln. Julia versicherte zitternd, sie würde ihm beim nächsten Wort die Augen mit dem Reisebesteck ausstechen und wilden Vögeln zum Fraß vorwerfen.

Istanbul war überwältigend und die Hagia Sophia unaussprechlich. Um das zu empfinden, brauchten Eduard und Julia keinen Reiseführer. Das von schlanken Minaretten gestreifte Panorama, das sich vom Deck der überfüllten Fähre bot, die von Eminönü nach Üsküdar zum asiatischen Busbahnhof übersetzte, verschloss den Liebenden die Lippen, so schön war es.

»Wir brauchen jetzt nur noch zu heiraten«, sagte Julia, als die Fähre in Asien anlegte. »Die Hochzeitsreise machen wir ja schon.«

Bursa, eine Stadt voll alter amerikanischer Straßenkreuzer, zeigte sich unerwartet attraktiv und wurde nach dem Genuss verdorbener Paprika Schauplatz heimtückischer Durchfallattacken, von denen auch die besten Promenaden am helllichten Tag nicht verschont blieben. In Kalkan, vis-à-vis Rhodos, zeigte das Thermometer gegen Mitternacht 36 Grad, und ein einziges Mal blieb der Liebesakt unvollendet, weil Julia die Puste ausging. Nach Zeitungsberichten, die sie am übernächsten Tag lasen, waren in Athen die Menschen zur gleichen Zeit reihenweise an Hitzschlag eingegangen. Am neonblauen Eğridir Gölü, unter der sandigen Leinwand der Berge, entdeckten die Reisenden einen vergessenen Teil des Gartens Eden. Eduard erfand für Julia während eines Gelages mit Yeni Raki den Kosenamen Yunia Rakiki und malte die Worte bei Mondschein mit türkischem Honig auf ihren muskulösen Hintern. Dann verfütterte er den Honig mit Hilfe seiner strammen Pintspitze Buchstabe für Buchstabe an Yunias hungrige Lippen.

Zum Schluss fuhren sie nach Amasra am Schwarzen Meer. Eduard tauchte im eisigen Wasser an der Hafenmauer nach Muscheln und Julia backte aus der reichen Beute und vielen Eiern riesige Omeletts, mit denen sie die Bettler an der steinernen Brücke zur Altstadt versorgten. Coşkun, ein Judolehrer aus Ankara, der Johnny Walker Black Label auf Eis trank und Walnüsse in den Armbeugen knackte, gab auf dem nächtlichen Campingplatz bei Kerzenschein eine Vorstellung als tuntiger Bauchtänzer. Julia und Eduard lernten, Backgammon zu spielen und selbst gegen echte Türken zu gewinnen, die sich in diesem Spiel sämtlich für anatolische Großmeister hielten. Die Liebenden holten morgens mit den Fischern am Strand die Netze ein und fanden darin neben den Speisefischen kleine Haie und noch kleinere Seepferdchen.

»Das war prima«, sagte Eduard, als sie sich mit einem 36-Stunden-Visum in der Hand hinter Edirne an die Straße stellten, um via Bulgarien nach Belgrad zu trampen und so den Horror auf der Route Istanbul-Thessaloniki zu umgehen.

Eduard verdankte die Möglichkeit zu der Traumreise auf gewisse Weise dem Staubsaugervertreter Horst Franzen. Man hatte meinen Freund wegen möglicher Absenzen oder epileptischer Anfälle für ein Jahr vom Wehrdienst zurückgestellt.

Er trug noch die abgerissenen, orientalisch riechenden Klamotten, als er sich auf der Rückreise aus der Türkei an der winzigen Universität Passau zum Psychologie-Studium einschrieb (was keiner von uns je verstand) und für den Winter gegen fünfzig Mark Vorschuss ein Zimmer in der Pension Apfelkoch am Innufer reservierte. Als er diese Umstände ordnungsgemäß dem Kreiswehrersatzamt anzeigte, sagte der humorvolle Hornbrillen-Mann hinter dem Schreibtisch: »Richtig ballaballa sehen Sie aber nicht mehr aus, Freundchen.«

Es war ein Donnerstag. Hornbrille wollte bis Montag ein ärztliches Attest haben, aus dem hervorging, dass Eduard Manthey im Sinne des Gesetzes zurechnungsfähig und ein neurobiologisch unbedenklicher Kandidat wäre. In diesem Fall, so versprach er hoch und heilig, würde er Eduard noch »zum Januar ziehen«. Eduard hielt das für die günstigste Fortsetzung seines Lebenslaufes. Wenn ich nach Passau gehe, dachte unser Schlaufuchs, holen sie mich irgendwann aus dem Studium und dann läuft's erst recht unrund.

Erst suchte Eduard einen Nervenarzt auf, der ihm die Elektroden an die Kopfhaut setzte, das EEG durchführte und nach Besichtigung des vertrauenerweckenden Musters sämtlicher Alpha-, Beta-, Theta- und Deltawellen das erwünschte Unbedenklichkeits-Attest schrieb. Dann rief er ein paar Freunde in der Lagerhalle zusammen, um ihre Meinung zu erfahren.

Eduard bewaffnet! Uns wurde mulmig. Garantierte das günstige EEG wirklich, dass nichts schief ginge?

»Was sollen die bei der Bundeswehr mit dir?« fragte Eckstein. »Du bist unberechenbar, ungezogen, unreif und unbeugsam. Du hast sämtliche Eigenschaften, die man beim Militär nicht braucht.«

»Mein Vater war in Stalingrad und ist kein Held«, widersprach Eduard. »Ich wüsste nicht, warum ich nicht wenigstens zum Wehrdienst im tiefsten Frieden taugen sollte. Immerhin spart man drei Monate gegenüber dem Zivildienst. Bin sowieso spät dran.«

In diesem Punkt hatte er Recht. Zielstrebige Karolinger wie die Drillinge Beppo, Bodo und Benno Schnakenberg hatten schon Anfang Juli (auf Klarinette, Fagott und Querflöte blasend) ihren Wehrdienst beim Heeres-Musikkorps begonnen. Sie würden bei Einsparung des Urlaubs im nächsten Jahr zum Wintersemester ins Studium starten. Gegenüber so zielstrebigen Altersgenossen wie den Drillingen hatte Eduard auf der Jagd nach künftigen Einkommen tatsächlich schon ein komplettes Jahr eingebüßt, bevor er überhaupt sein Schießeisen in die Finger bekam.

»Hinter dem Kasernentor herrschen eigene Gesetze«, warnte Regenmacher, der Zivildienst beim Malteser Hilfsdienst machte.

»Versteh ich nicht«, sagte Eduard.

»In der Kaserne bist du kein Mensch, sondern Soldat«, sagte Regenmacher.

»Was heißt das?« fragte Eduard.

»Zum Beispiel musst du in Uniform höhere Chargen nach allen Regeln der Grußkunst grüßen, egal, was für ein Knallkopf vorbeiläuft«, sagte Regenmacher. »Und ausgerechnet du willst das aushalten? Schmeiß das Attest in den Papierkorb und geh studieren! Wenn sie dich dann haben wollen, schauen wir weiter. Oder komm gleich zu den Maltesern. Ich geb dir meine Verweigerung in Kopie.«

Doch Eduards Vermögen, die Bedeutung künftiger Ereignisse für den Haushalt des eigenen Empfindens vorwegzunehmen, war nach wie vor schmählich unterentwickelt.

»Ihr Kleingläubigen«, sagte er. »Warum zweifelt ihr? Ich werde mit den Jungs schon klarkommen. Meine Paranoia ist vorbei. Und das EEG ist auch in Ordnung!«

Eduard kündigte das Zimmer in der Pension Apfelkoch, machte die Passauer Immatrikulation rückgängig, besorgte sich einen Fließbandjob bei der Papierfabrik am Hafen und verpackte Schaumstoffplatten, die in halb Europa zu Auto-Dachhimmeln weiterverarbeitet wurden.

Er hatte die Arschkarte gezogen, wie er sagte.

Hornbrille und die Sekretärin Agnes Malewitter, deren Namen Eduard als Zwitter aus Malus und Gewitter entschlüsselte, hielten ihren Karteikasten nicht in Ordnung. Als Eduard Mitte November bei Hornbrille anrief, stellte sich heraus: Er würde doch erst im April gezogen. Von diesem Schock erholte er sich den ganzen Winter nicht mehr. Während alle anderen in irgendeiner Weise ihr Leben anfingen (eine Formulierung, die viele Eltern gebrauchten: »Jetzt fängt der Ernst des Lebens an«), stand Eduard wieder am Fließband in der Papierfabrik und redete mit Malochern aus neun Nationen über Fußball, Hundezucht und Liebe.

Wenn wir in diesen Wochen Gustav Eckstein besuchten, öffnete er uns die Haustür nicht selten in Strickjacke und Pantoffeln. Beim ersten Mal kam mir der Gedanke, er wäre krank geworden. Aber es war der Ehrgeiz, der ihn gepackt hatte. Eckstein schrieb pausenlos an seiner Habilitation über die Rationalität. Er war in den vergangenen Jahren bis ans Ende des Exposés vorgedrungen, das an die siebzig Seiten umfasste. Jetzt war er *Am Anfang der Parabel.*

Wir sprachen oft über das schwarze Gespenst. Wir lernten Masuren und den 2. Weltkrieg aus der privaten Perspektive einer jungen Frau kennen. Die Umstände waren seltsam. Während uns ihr Sohn ihre Geschichte in den buntesten Farben des Lebens ausmalte, ließ sich Marie Eckstein zwei Stockwerke höher durch die Ewigkeit treiben, schwarz und grämlich auf dem Kirschholzlehnstuhl sitzend. Die Vergangenheit war persönlich anwesend. Sie hockte auf dem Dachboden.

Aber sie schwieg und überließ das Sprechen ihrem erfindungsreichen Souffleur. Das ohnehin bescheidene Verhältnis zwischen Mutter und Sohn hatte aufgehört zu existieren. Marie Eckstein erlaubte, dass Gustav ihr dreimal am Tag leicht zerkauliche Speisen, Tee und Bananen ins Zimmer brachte. Zu weiteren Kontakten war sie nicht bereit. Sie hatte ihm Katrins Flucht nicht verziehen. Das war die einfachste Erklärung. Beweise gab es indessen nicht.

Eines Morgens gegen fünf, wir saßen noch bei der letzten Flasche Wein, schlurfte das schwarze Gespenst in das kleine Badezimmer unter dem Dach des Hauses, um die einzige Toilette des Tages zu erledigen, stieg bald darauf die Treppe hinunter, wie in jener Nacht, als es uns in den Gartenzimmern überfiel, und ließ nicht weit von der Küchentür einen Zettel auf den Parkettboden fallen. Als die Gestalt wieder in ihre katastrophale Einsamkeit entschwunden war, hob ich den Zettel auf. Eine erstaunlich wohlgeformte Handschrift wies auf akute Missstände hin. *Kein Klopapier mehr.* Für mich war es ein Roman.

Gustav Eckstein verlor in dieser Zeit fast alle Freunde, die er mit Katrin gehabt hatte, und formulierte das Bonmot: »Gemeinsame Freunde sind geteilte Illusionen.« Ein paar Männer seines Alters blieben immerhin übrig, und wir lernten sie kennen. Eckstein öffnete sein Haus nämlich viel häufiger für Essen und kleine Partys, als es früher der Fall gewesen war.

Am auffälligsten war Karl, der Sozialarbeiter: 120 Kilo, überwiegend Muskeln. Er trug manchmal T-Shirts, deren Ärmel er abgeschnitten hatte. Der glatzköpfige Architekt Udo hatte ein mäßig erfolgreiches Büro und schwärmte jedes Mal von seiner unvergänglichen USA-Reise. Er war 15 000 Meilen durchs Land gefahren, um alles zu fotografieren, was an der amerikanischen Architektur sehenswert war, und hatte nichts gefunden, was nicht aus Europa kam, in Europa wurzelte oder ohne Europa denkbar wäre, wie er sagte. Bernd, der dritte Mann, fuhr LKW für die Spedition Hellmann, Katrins alten Arbeitgeber.

Es machte Spaß, mit den Jungs Bier zu trinken. Sie hatten was von der Welt gesehen und kannten sich aus. Karl hatte in Madrid in einem Drogenkrankenhaus gearbeitet und bei den Spaniern Tischfußballspielen gelernt. Er konnte mit allen vier Reihen verrückte Kurven schießen und war unschlagbar. Oft zog er uns in Spielhallen, um sein Können zu beweisen. Er war ein charismatischer Tischfußballspieler - auch so etwas gibt es.

Zwischen Karl, Udo und Bernd wirkte Eckstein um Grade gewöhnlicher. Diese Menschen, die ihn niemals als Weltwunder betrachtet hatten, fanden auch seinen sozialen Untergang nicht sensationell (sondern bedauerlich). Für sie blieb Eckstein interessant. Er konnte kochen und gab gern einen aus. »Des einen Freud, des anderen Leid«, sagte Karl und niemand fand heraus, ob ihm Boshaftigkeit, Ironie oder Biederkeit diese Worte diktiert hatten.

Eduard wurde zum April eingezogen und fühlte sich im IC Richtung Süden wie ein Sitzenbleiber, weil andere mit dem Wehrdienst schon zur Hälfte fertig waren. Er wartete am Koblenzer Hauptbahnhof mit betrunkenen Schicksalsgenossen auf den Bundeswehrbus, brachte einen von Brechanfällen begleiteten Transport hinter sich und erwachte am nächsten Morgen in der Heinrich-Hertz-Kaserne nahe der kleinen Stadt Daun an der Lieser, einem pittoresken Fluss, der sich durch die Eifel schlängelt und kurz vor Bernkastel-Kues und Traben-Trarbach wie auf der Karte verzeichnet in die Mosel mündet. In dieser Kaserne lernten junge deutsche Männer - neben dem obligatorischen Marschieren, Schießen und Grüßen - codierten russischen Funkverkehr abzuhorchen.

»Ich bin das Ohr des goldenen Westens«, sagte Eduard am Telefon. Man spürte, dass ihn die Dinge interessierten.

Der Hintergrund, wenn ich alles richtig verstand, war dieser: Zur fernmeldeelektronischen Aufklärung ausgerüstete Exemplare der in der ganzen Nato beliebten AWACS-Flugzeugflotte tasteten in das Wellenwirrwarr der östlichen Hemisphäre hinein und leiteten das erbeutete Piepen zur Erde weiter. Die Horchfunker von Daun schrieben auf, was sie hörten, und reichten die Punkt-Strich-Codes zur Entschlüsselung weiter. Die übergeordnete Aufgabe war, den Bundesverteidigungsminister von verdächtigen Mucksern in Kenntnis zu setzen. Vor allem sollten die Jungs rechtzeitig heraushören, falls die Sowjetunion tatsächlich Anstalten machte, »die Welt im Hitzeblitz von Atombomben verglühen zu lassen«, wie ein distinguierter Hauptmann in der ersten Woche zu Eduard sagte, während er am Kasernentor Pollen von seinen Schulterklappen wischte.

Die Heinrich-Hertz-Kaserne lag zwischen bewaldeten Hügeln in idyllischer Abgeschiedenheit, unterhielt aber dem Hörensagen nach enge Verbindungen mit dem Zentrum der Macht. General XY, von dem Eduard – Geheimhaltungspflicht! – nur die Initialen nennen durfte, fuhr stets zur rechten Zeit zum Rapport in die Hauptstadt am Rhein und traf manchmal auch den deutschen Bundeskanzler. Der Kanzler äußerte sich normalerweise – außer in Krisensituationen, wie den Tagen nach dem Abschuss des KAL-Flugs 007 über dem Japanischen Meer – befriedigt über die Nachrichtenlage und erzählte dem General von den Gefühlen, die ihn bei Kriegsende an der zerbombten Hohenzollernbrücke in Köln übermannt hatten. Diese Gefühle übermittelte der General den Offizieren in der Kaserne und die Offiziere erzählten alles Erlaubte an die Unteroffiziere weiter. So sickerte die Botschaft vom Friedenswillen des mächtigsten Staatsführers in

Europa bis in die Stuben von kleinen Funkern wie E. Manthey durch.

Mein Freund lernte in einer kurzen historischen Belehrung die Persönlichkeit Samuel Finley Breese Morses kennen und beim Einüben des Morsealphabets gegen den Willen der Ausbilder als Erstes »miez, miez, miez« morsen. Er lief auf der festgebackenen Asche der Leichtathletikbahn die 1000-Meter-Strecke voll aufgerödelt in dreieinhalb Minuten. Nach einer halben Stunde wiederholte er die Übung in der gleichen Zeit. Danach klopften ihm viele auf die Schultern. »Mens sana in corpore sano«, sagte tatsächlich das alte Schlachtross aus dem Stab, das die Stoppuhr bediente.

Doch die begütigende Wirkung der Neugierde ließ schnell nach. Je länger das Wehrdiensttheater andauerte, desto stärker empfand Eduard Beschränktheit und innere Leere des Soldatenhandwerks. Er merkte nun, wie er mir am Telefon klagte, dass Eingezogenwerden selbst in Friedenszeiten eine beklemmende Sache war. Er fühlte, wie das Freiheitsbedürfnis gegen seine Schläfen zu pochen begann. Es trat ein, was alle prophezeit hatten – und wir nahmen es ohne Murren hin. Gegenüber Eduard war Besserwisserei keine Lust, sondern eine Qual. Er wollte natürlich nicht zugeben, dass Eckstein, Regenmacher, Guido und ich vor ein paar Wochen seine Zukunft exakt vorausgesagt hatten.

Eduard hatte Kumpel, aber er vermisste an ihnen den Drang nach der Adlerperspektive. Er hatte sich für das Morsen interessiert, war aber ab einer bestimmten Übungsgeschwindigkeit nicht mehr der Beste; das schliff sein Interesse ab. Er merkte, dass er es nicht verstanden hatte, sich Freunde unter den Unteroffizieren zu machen, was vielen mit Leichtigkeit gelungen war, und verlor die Hoffnung, dass es sich noch ändern könnte. Er sah mit Schrecken, dass die Verhältnisse ihn in die Innerlichkeit trieben. Habe ich schon wieder die Achterbahn in den Abgrund erwischt? fragte er sich. Hat die Wirklichkeit nie Mitgefühl mit mir?

Auf einem anderen Blatt stand, dass er regelmäßig die Kompanie-*FAZ* zur Hand nahm, um einen bestimmten Vorgang im Zentralkomitee der KPdSU in Moskau zu verfolgen. Dort war ein eigentümlicher Jurist an die Spitze vorgestoßen, der schon Jurij Andropows Segen genossen hatte: Michail Sergejewitsch Gorbatschow. Als sich Stimmen breit machten, dieser Gorbatschow mit dem Soßenfleck auf der Stirn sei ein neuer Typus unter den Ostblock-Führern, munkelten Offiziere in der Kaserne, eben dieser Mann wäre in düsterste Kapitel des Afghanistan-Krieges verwickelt gewesen.

Ob nun der Weltfriede kommt oder nicht, dachte Eduard: Was ich hier mache, ist allemal Zeitverschwendung.

Dieser harmlose Gedanke, den tausend Wehrdienstleistende dachten, bis er sich nach Ablauf des Dienstes ein für alle Mal erübrigte, hatte bei Eduard wehrkraftzersetzende Wirkung. Schon beim nächsten Säubern der Stube weigerte er sich, die Stuhlbeine von unten abzukratzen, was zu den ausgemachten Pflichten deutscher Wehrdienstleistender gehörte.

»Das ist ein wilhelminischer Gehorsamstest«, sagte Eduard zu Feldwebel Paul Vernein, einem in der Länge kurzen, sehr beweglichen 110-Kilo-Mops. »Wer Stuhlbeine von unten säubert oder die Stuhlbeinsäuberung von unten befiehlt, fördert damit die Dummheit aller Beteiligten ans Tageslicht.«

Als Vernein auf ihn eindrang und gleichzeitig die Stube in Sippenhaft nehmen wollte, bis alle Stuhlbeine von unten appetitlich glänzten, griff Eduard nach dem problematischen Möbel und bog die Metallbeine nach außen, als wären es Pfeifenputzer. Alle viere von sich gestreckt, blieb die Sitzgelegenheit, Zutat einer unfertigen Skulptur von Jean Tinguely, am Boden liegen. »Sie werden nicht behaupten, dass das ein ordentlicher deutscher Stuhl ist, oder?« fragte Eduard und zeigte auf das verbogene Ding. Nachdem die Unteroffiziere den Kompaniechef befragt hatten, brauchte Eduard nie mehr Stuhlbeine von unten zu säubern. Der Schadensersatz für das Sitzmöbel wurde über den Sold geregelt.

Doch Feldwebel Paul Vernein war ein Mann mit Ehre, ein verletzbarer Mann. Er erhob meinen Freund zum Lieblingsobjekt seiner Schikane und damit begann eine Farce, die hier leider kurz erwähnt werden muss. Vernein mutmaßte, dass Eduard ihn für den strohdummen, rachsüchtigen, primitiven Kommisskopp hielt, der er offenbar war. Deshalb spielte er Eduard bei der Übung in der kaserneneigenen Gaskammer eine defekte ABC-Schutzmaske zu und sah sich an, wie der Vergiftete mit verätzten Schleimhäuten aus der Kammer stolperte, heulend ins nasse Gras sank und trotz gewaltig schwellender Muskeln ein jämmerliches Bild bot.

Obwohl Eduard noch ein einfacher Funker war, saß er oft als Gefreiter vom Dienst im Glaskabuff am Eingang des Kompaniegebäudes. Einmal rief Hauptmann Prauß an und gab mit verhusteter Stimme den Befehl, die Mannschaftstransportpanzer zu putzen, die in Sichtweite parkten. Als Eduard die Herkulesaufgabe mit Putzeimer und Schwamm in Angriff nahm, jagte ihn ein Offizier ins Kabuff zurück. Hauptmann Prauß war vor Jahren geisteskrank aus der Bundeswehr entlassen worden.

»Prauß sollte Ihnen eine Warnung sein«, sagte der Offizier.

»Mein Wahnsinn liegt schon hinter mir«, widersprach Eduard. »Ich habe auch ein perfektes EEG.«

Es waren solche, außerhalb ihres Kontextes unerträglich läppischen Ereignisse und Anekdoten, die Eduards schwache Nerven aufzehrten. Wenn er an Wochenenden nach Hause kam, sah er schlecht aus und brauchte zwei Tage intensiver Pflege am Tisch seiner Mutter und im Bett von Julia, um den Trübsinn aus den Augen zu verlieren, dann musste er schon wieder los. Er begann, in der Kaserne das Essenfassen zu schwänzen, betrank sich abends auf der Stube mit Dosenbier oder ging der gleichen Beschäftigung im Dauner Café am Park mit Bitburger vom Fass nach. Dabei knabberte er das in der Kaserne kostenlos abgegebene Nato-Feldgebäck der Sorte Panzerplatte, dessen aufgedrucktes Haltbarkeitsdatum ständig bewitzelt wurde: Es lag im nächsten Jahrtausend.

In der fünften Woche ließ sich Eduard auf Regenmachers Rat hin einen struppigen Schnauzer wachsen, um sich durch Mimikry für Unteroffiziere unsichtbar zu machen. Aber es nutzte nichts. Paul Vernein hatte einen Verschwörerkreis gegründet. Die Sticheleien beim morgendlichen Antreten, bei der Formalausbildung und überhaupt beim ganzen Kleinklein des Kompaniealltags gingen weiter. Eduard musste einsehen, dass er keine Mittel gegen seine Verkasperung hatte.

In diesen Tagen telefonierte Eduard oft mit Eckstein. In seiner Funktion als Militärseelsorger erfand Eckstein das begütigende Märchen, dass es oft die Starken sind, die beim Militär untergehen. Zur Aufmunterung schickte er viele Postkarten, darunter diese: *Hallo Junge, bei Erwin Blumenfeld fand ich Folgendes: Deutsche Bordell-Lyrik aus der Rue des Juifs. Brief eines Landsturmmannes an sein treues Weib in der Heimat: ›Wär ich ein Vöglein, flög ich zu dir, / Da ich kein Vöglein bin, vögle ich hier!‹ Antwort der Gattin: ›Da du kein Vöglein bist, bist du ein Wandrer, / Vögle nur wo du bist, mich vögelt ein andrer!‹ Bleib tapfer, Codewort: Adlerperspektive, Dein Gustav.*

Kurz darauf beim Schießen. Eduard und Kameraden lagen ordnungsgemäß aufgereiht wie Zebrastreifen an ihrem Platz.

»Liegen Sie ruhig, Funker Manthey«, schrie Feldwebel Vernein.

Es hat sich nichts außer meiner Herzmuskulatur bewegt, dachte Eduard ... Und wenn du mich noch mal anblaffst, du blöder Arsch, dann blas ich dir die Augen raus und steck Patronen in die Löcher. Er legte den Hebel auf Schnellfeuer um und streichelte mit der Fingerkuppe den Abzug. Ich bin die Lebensgefahr, in der du schwebst, dachte er und drückte den Abzug einen weiteren Millimeter nach hinten. Deine Gnadenfrist beträgt noch genau zwei Millimeter, und wenn jetzt ein kleines Erdbeben durch die Vulkaneifel geschaukelt käme und einen Stoß verursachen würde, dann hättest du dein Leben schon hinter dir.

Doch Eduard hatte zwei Seelen in seiner Brust. Er ging mit der eigenen Entartung ins Gericht und dachte: Ich bin nach sechs Wochen auf dem Niveau von Vernein angekommen. Wie soll das nur weitergehen? Das Verneinhafte sitzt tief in mir selbst! Ich werde die Kaserne am Ende als Tier verlassen.

Eduard stand auf, atmete tief durch, nahm den Helm ab und strich sich durchs Haar.

»Legen Sie sich hin und schießen Sie das Ziel tot, Funker Manthey«, brüllte Uffz Roki, ein Spezi von Vernein.

»Nö, hab endgültig genug geschossen«, sagte Eduard und legte sein Gewehr zu Rokis Füßen ab. »Ich verweigere den Schießbefehl. Ich ziehe meine Sicherheitserklärung zurück. Ich reiche mündlich den Antrag auf Kriegsdienstverweigerung ein, den Sie morgen schriftlich lesen können, wenn Sie wollen. Alles vorschriftsmäßig, wie ich hoffe. Betrachten Sie mich als Zivilisten.«

»Was ist denn mit Ihnen los, Funker Manthey?« schrie Vernein. »Sind Sie wahnsinnig?«

»Ich verweigere«, sagte Eduard. »Hier geht die Adlerperspektive baden.«

»Was ist los?« schrie Vernein. »Was für eine Perspektive?«

»Die Adlerperspektive«, wiederholte Eduard. »Davon verstehen Sie nichts. Das ist ein Fachausdruck, aber nicht von der Luftwaffe.«

»Du redest Bullenscheiße«, sagte Vernein. »Aber von mir aus ... Wenn du lieber alten Weibern Windeln anlegen willst!«

Eduard zuckte die Schultern. Er fühlte sich überlegen, auch wenn Roki, Vernein und die Macht, für die sie standen, amerikanische Atomwaffenarsenale hinter sich hatten. Das Schießen wurde eingestellt und die Ordnung löste sich auf. Um Eduard, Roki und Vernein bildete sich ein Ring aus Soldaten, die dampfende Gewehre im Arm hielten. Durch Eduards Herzkammern pumperte Heldenblut.

Alle beglückwünschten Eduard, als sie von seinem Entschluss hörten. Doch die Dinge entwickelten sich nicht so glatt, wie man glauben sollte. An kriegswichtigen Orten wie der Heinrich-Hertz-Kaserne waren Kriegsdienstverweigerer und solche, die es werden wollten, nicht zugelassen. Eduard wurde versetzt und fand die Maßnahme logisch. Er musste allerdings im Ausgehanzug zum neuen Standort reisen und schämte sich, sobald er hinter dem Kasernentor war und die freundlichen Grüße der Bevölkerung empfing.

Der Weg, den Eduard nahm, führte ins norddeutsche Flachland, in eine Stadt an der Weser. Er erzählte mir von den dunklen Wolken, die bei seiner Ankunft über der Kaserne gelegen hatten. Wegen einer Nato-Übung liefen hunderte von Soldaten und Soldatinnen aus sieben Nationen über das Gelände. In den Büschen standen kleine, rattenscharfe Raketen. Auf der benachbarten Großschießanlage wummerten Granaten. Abends rollten verdreckte Leopard heran. Ihre Zehnzylinder-Motoren dröhnten in Bauch und Blase und brachten alle Innereien zum Zittern.

Eduard stieß in einer Zeit zu seiner neuen Kompanie, in

der Furchtsamkeit und seelische Verödung um sich griffen. Ein gewisser Dirk Quand, Abiturient und unglücklich verliebt, hatte sich auf dem Wachgang vom Unteroffizier die Erlaubnis erbeten, wegen eines kleinen Geschäftes zur Seite zu treten, sich dort, unter einer Ulme, ins Schnellfeuer gestürzt und im Kugelhagel enthauptet. Vom Halsstumpf des Toten wurden grauenhafte Dinge erzählt, von der Erschütterung der Eltern beim Anblick des geschlossenen Sarges ganz und gar Ungeheuerliches.

Als Reaktion auf diese Ereignisse hatte sich der Segelflieger und Lyriker Bernd Fiebig, der in der Stube des toten Dirk Quand schlief, beim Gewehrputzen mit einem Schuss durchs Auge liquidiert. Eduard bekam das Bett von Bernd Fiebig und glotzte am Abend auf die Wand, die wegen der Verschmutzung durch das ausgespritzte Gehirn frisch gestrichen war. Beim Gewehrreinigen herrschte stets eine desolate Stimmung und alle sahen gebannt weg, wenn jemand die Knarre hob, um die Sauberkeit des Laufs in Augenschein zu nehmen.

Eduard begriff, dass man die Heinrich-Hertz-Kaserne in Daun als Insel der Seligen betrachten musste. Bei der ersten Verhandlung flog er durch. Der Verhandlungsführer war ein Ex-Soldat und hielt nichts von den Reflexionsflausen in Eduards Verweigerungsschrift.

»Sie haben einen Kopf, Herr Manthey«, sagte er. »Das zeigt schon Ihre Vorliebe für die Adlerperspektive. Aber ein Gewissen haben Sie nicht, keine Spur. Und darum geht es hier.«

»Bei den Erschossenen in meiner Kaserne ist es andersherum«, sagte Eduard. »Die hatten ein Gewissen und jetzt haben sie keinen Kopf mehr. Das ist Ihnen wohl lieber, was?«

Zurück an der Weser, wurde er zu Hauptmann Pauland bestellt. Pauland war jung und hatte an der Bundeswehruniversität in Hamburg studiert. Es hieß, er könne bei 10 Grad minus ohne T-Shirt im Schnee liegen und besser schießen als die meisten bei 20 Grad im Schatten. Auf jeden Fall war Pauland intelligent und ein rechtschaffener Soldat. Er gab Eduard, der sofort Widerspruch gegen die Ablehnung seines Antrags eingelegt hatte, Sonderurlaub unter Fortfall aller Geld- und Sachbezüge. Jemand, der das Schießen verweigerte, konnte der Panzergrenadier-Kompanie nicht helfen, darauf einigten sich Pauland und Eduard vorläufig wie zwei verständige Menschen.

»Ich wünsche Ihnen viel Erfolg«, sagte Pauland. »Wenn Sie allerdings wieder durchfallen, gehen wir gemeinsam schießen. Das kann dann meinetwegen zwei, drei Tage dauern. Bei mir hat noch jeder geschossen.«

»Aber schon zwei in den eigenen Kopf«, sagte Eduard reflexhaft.

Der Vorrat an Argumenten war aufgebraucht. Er war müde und die Aussichten waren düster. Wer nicht anerkannt wurde und das Schießen nicht aufnahm, kam erst in den Bau, nach einer gewissen Frist vors Zivilgericht und von dort in den regulären Knast: Zu Dieben und Raubmördern, die vielleicht einsaßen, gerade weil sie geschossen hatten. Was war daran gerecht?

An einem grauen Tag fuhren Eduard und Eckstein zur zweiten Verhandlung ins Kreiswehrersatzamt unserer Stadt. Jeder Kandidat hatte das Recht, eine Person seines Vertrauens hinzuzuziehen, die geeignet war, über mentale und moralische Dispositionen Auskunft zu geben.

Hans Kolb, Mathematikprofessor an der örtlichen Universität, führte den Vorsitz und nickte beim Verlesen der angeschwollenen Akte ein. Der zweite Mann, Gerd Waldenfels, war ein Referent der CDU-Oberbürgermeisterin. Seine Stimme wertete Eduard in einer ersten Kalkulation gegen sich.

Am bedrohlichsten fand er den dritten Mann, der sich unter dem Namen Johnny Amavista vorstellte.

Amavista trug einen ledernen Cowboyhut und Westernstiefel, zerknitterte die Schachtel Marlboro in seiner Hand und schwieg. Eduard traute ihm zu, die ethischen Probleme beim Waffengebrauch durch Schusswechsel zu lösen. Diesem John Wayne werde ich mich nicht verständlich machen können, resignierte mein Freund. Er glaubte, dass seine Sache verloren sei. Er sah Hauptmann Pauland und die Toten aus seiner Stube vor sich, die er von Fotos kannte. Ihm wurde schlecht.

Professor Kolb gab ein Zeichen. Gustav Eckstein, der auch im Sitzen hätte sprechen können, wie alle anderen, erhob sich aus dem orangen Kunstlederstuhl. Er gab zu verstehen, dass die erste Verhandlung idiotisch gewesen war, ein echter Schildbürgerstreich. Doch er sagte es durch die Blume. Der Schlüsselsatz war nach Eduards Erinnerung rhetorischer Natur: »Auch Gewissensentscheidungen fallen im Kopf, denn das Herz, meine Herren, ist eine Metapher.«

Was Eckstein während seiner Rede nicht aussprach, aber ständig suggerierte, war nach Eduards Eindruck dieses: »Geehrte Geschworene! Sie erkennen hier jede pazifistische Heulsuse als Kriegsdienstverweigerer an. Aber jemandem, der ein paar Argumente auf die Schnur bringt, soll dieses Glück nicht widerfahren, weil er schon deshalb kein Gewissen hat? Geben Sie es zu, das ist lächerlich und unter Ihrem Niveau!«

Kolb, Waldenfels und Amavista spitzten die Ohren und tuschelten. Schau an, dachte Eduard, in Ecksteins Gegenwart wollen sie für intelligent gehalten werden. Ecksteins Strategie war das genaue Gegenteil von dem, was alle empfohlen hatten. Und was hatten alle empfohlen? Empfindsamkeit zeigen, Rührung, Zerknirschung. Vor allem ein von moralischen Skrupeln grenzenlos aufgerissenes, blutiges Herz.

Eduard und Eckstein mussten den Raum verlassen. Die drei Richter – keine Richter, sondern politisch aktive Menschen, die über den Stadtrat an diese Aufgabe gekommen waren – besprachen sich. Ihr Urteil fiel einstimmig zu Eduards Gunsten aus. Worte wurden kaum noch gewechselt.

Gemessen an dem Drama, das Eduard im Falle der erneuten Ablehnung erwartet hätte, war es eine Szene von grotesker Belanglosigkeit, wie Eckstein hinterher sagte. Augenblicklich verblasste das Wehrdiensttheater in Eduards Bewusstsein bis zur Unkenntlichkeit. Eine Frage blieb jedoch zurück: War er jetzt ein Schlappschwanz? Oder musste man die Sache genau umgekehrt sehen?

Vor dem Fenster knatterte eine Harley Davidson. Eckstein trat hinter die Gardine und blickte hinunter. Johnny Amavista vertauschte den Cowboyhut mit dem Helm. Auf dem Tropfentank seiner Maschine nistete in der Mitte der Bemalung eine weiße Taube. *Love and Peace.* Eduard sortierte seine Papiere und ging hinaus. Julia, Daniela, Regenmacher und ich standen mit Pistolen bereit und schossen ihm ins Gesicht. Roter Schaumwein lief an seinem Kinn herab. Wir hatten ein kleines Feuerwerk vorbereitet und malten ein paar bunte Kleckse an den hellen Himmel.

Zuerst wollte es keiner glauben, aber bald sahen alle, dass es sich wirklich so zutrug: Eduard Manthey wurde ein Engel im Elend und im Sterben. Die Lust an der Menschlichkeit, die ihm beim Militär geraubt worden war, kam im vollen Umfang zurück.

Sicher, er zerstritt sich schon am zweiten Tag mit Ratenka, dem anderen Enfant terrible seiner Station im Altenpflegeheim, und es kam zu einer verschärften Prügelei, bei der sich das Mittagessen der Alten, das auf dem Servierwagen in der Nähe stand, über den Flur ergoss. Ratenka, der seine Jugend in Hamburger Fischfabriken und sein drittes Lebensjahrzehnt zwischen Suff und Entziehungskuren verbracht hatte; Ratenka, der jeden Morgen im Badezimmer des Altbaus monströse Joints durchzog und das Rauchgerät als Blumenstütze tarnte; Ratenka, der zu Hause dreißig weitere Rauchgeräte hatte und 150 Gramm Hasch mit sich führte, die er bei Polizeikontrollen als Eigenbedarf ausgeben wollte, und zwar nicht im Scherz, sondern weil es der Wahrheit entsprach; dieser Ratenka bekämpfte Eduard wie noch jeden Eindringling mit offener Feindschaft und roher Gewalt, um ihn dann für immer ins Herz zu schließen.

»Endlich haben wir mal einen intelligenten Zivildienstleistenden«, sagte Ratenka in der dritten Woche und ging ein Treue- und Unterwürfigkeitsverhältnis zu Eduard ein.

Eduards Arbeitsrevier war ein Flur mit zwölf alten Damen, die an Korea Huntington, Alzheimer, schwerer Demenz, Korsakov-Syndrom oder auch nur an allgemeiner Gebrechlichkeit litten. Erna Kappe machte gern ins Bett, trug ihre Fäkalien während Eduards erstem Wochenenddienst auf Händen ins Stationszimmer und sagte dann, als der Haufen auf dem Schreibtisch lag: »Gebt mir doch mal Kehrblech und Besen, damit ich das sauber machen kann, das ist ja ekelhaft.« Ada Perlemann war 96 Jahre alt, ihre Segelohren erinnerten an Elefanten. Die Haut auf ihrem Rücken hatte sich jedoch, wie Eduard schwor, seit dem 20. Lebensjahr nicht verändert. Wenn Eduard die herrlich gesprenkelte Haut abwusch und zarter zu Werke ging, als Ada Perlemann gewohnt war, sagte sie streng: »Lass das, wenn das mein Mann sieht!« Der gefürchtete Horst Perlemann war seit dreißig Jahren tot.

Es gab auf anderen Fluren Männer, die ihren eigenen Namen nicht mehr wussten, aber noch Skat spielen konnten. Es gab jähzornige Rollstuhlfahrer, die historische Panzerschlachten rekonstruierten, nach denen die Blumenvasen zerschmettert und die Gardinen abgerissen am Boden zurückblieben. Eine heimtückische Dame brach der hübschen Pflegerin Heide beim Waschen mit einem Fußtritt den Kiefer und konnte nur von Eduard und Ratenka gemeinsam niedergerungen werden. Ihr 55-Kilo-Körper bestand ausschließlich aus Muskeln, die vom Dauerzorn trainiert waren.

Die Heimleiterin war ein Drache, der Personalschlüssel eine Katastrophe, von den sechsunddreißig Stationsbewohnern, die Eduard am Anfang antraf, lebten am Ende seines Zivildienstes noch genau achtzehn. Ein alter Mann namens Wilfried Schick ächzte immer, wenn Eduard das Zimmer betrat: »Bringen Sie mich um, Pfleger, tun Sie ein gutes Werk.«

Das war die Umgebung, in der sich Eduard bewährte. Ich besuchte ihn manchmal gegen Feierabend, wenn er die Alten auf seinem Flur versorgt hatte. Dann saß er dort, hatte seine Lieblinge Ada Perlemann und Erna Kappe in Morgenmänteln neben sich, spielte mit dem langhaarigen Stationsleiter und einem der Korsakov-Brüder Skat und machte den Eindruck, seinen Platz gefunden zu haben.

»Darf ich vorstellen?« sagte er zu Erna Kappe, als ich das erste Mal aus dem Fahrstuhl kam. »Mein Freund Andreas Seelhöfer.«

»Ach geh«, sagte Erna Kappe. »Du hast hier so viele Freunde, was willst du noch mit dem?«

Eduard machte Kassengänge für die Heimleitung, grillte beim Betriebsfest vom frühen Morgen an das Spanferkel und trank bis zum Anfang des Festes sechs Liter Bier. Er fuhr die Alten, Irren und Geschlagenen, wann immer dafür Zeit war, im Heim-Bulli durch Stadt und Land und hinterließ in den Cafés, die er mit ihnen besuchte, versteinerte Gesichter. Er hatte eine Liebschaft mit der schönen Heide, die weiße Blusen und Spitzen-BH trug. Die Liebschaft begann an dem Tag, als Heide ihm auf seinem Flur half und beim Duschen Ada Perlemanns erst die Badezimmertür von innen verschloss und dann die Bluse auszog. Perlemann verstand nicht, was in dem vernebelten Raum vor sich ging. Sie blieb aber gern auf dem Stuhl sitzen, denn sie liebte warmes Wasser und quengelte immer, wenn das Duschen vorbei war.

Eduard stritt sich zu seinem Ruhm mit der unfähigen, hysterischen, streitsüchtigen Heimleiterin, mit der sich kein anderer Pfleger anlegte, weil sie Indonesierin mit dem Bonus dunkler Haut und Schwiegertochter des Direktors der Irrenanstalt auf dem Gertrudenberg war, von der das Heim regelmäßig die völlig fertigen Alten zugeliefert bekam. Eduard fühlte sich bestätigt, als herauskam, dass der Mann der Heimleiterin, Chef im Wohnheim nebenan, Taschengelder in fünfstelliger Höhe entwendet hatte.

»Hier also ist die Hölle«, sagte Eduard.

Da ihm die Zeit bei der Bundeswehr auf den Zivildienst angerechnet wurde, verbrachte er siebzehn Monate in der Hölle. Seine Alten lachten, litten, wurden plötzlich dahingerafft oder starben unter tagelangen Schmerzensschreien. Eduard ging oft, wenn die Zeit es zuließ, zu den Sterbenden hinein, setzte sich ans Bett und dachte: Es ist meine Pflicht, eine halbe Stunde hier sitzen zu bleiben und diese sterbende Hand zu halten. Dann versank er für dreißig Minuten schweigend im eindimensionalen Raum der Todesnähe, in dem die Geschichten des Lebens zu toten Buchstaben zerfallen, wie er später sagte.

Manchmal ließ er sich unter Vorwänden für eine Woche krankschreiben, obwohl seine Gesundheit, von Verkehrsunfällen abgesehen, unzerstörbar war. Er kannte den Arzt in der Schlossstraße, dessen Kundschaft immer bekam, was sie wollte: Den gelben Schein, im Krankheitsfall vorzulegen beim Arbeitgeber. Dann fuhr er mit Julia im lila Käfer nach Holland, und sie liebten sich dem Hörensagen nach schon im Auto mehrere Male.

Die permanente Nähe des Gebrechens und Todes erzeugte in Eduard eine eruptive, sirrende Lust, und er sagte mir, dass er nicht selten, wenn Ratenka und der Stationsleiter im Altbau ihren ersten Joint durchzogen, sich mit Heide in einem Badezimmer des Neubaus durch eine schnelle Nummer auf den Dienst vorbereitete. So getröstet und gestärkt zog er auf seinen Flur und kämpfte sich durch das menschliche Elend.

8

Herbstliche Sternbilder schmückten den Nachthimmel, als die Synagoge in der Rolandstraße in Flammen aufging, heißt es in den genealogischen Aufzeichnungen. Die Prügelgarden der Demonen schwärmten aus und trieben die Feuerwehr unter wüsten Drohungen an, Holz, Benzin, überhaupt alles, was brennt, zu besorgen, um die lodernden Flammen weiter zu schüren. Rollkommandos plünderten die letzten jüdischen Läden in der Innenstadt, überfielen die Inhaber in ihren Wohnungen und verschleppten alle jüdischen Männer unter fünfundfünfzig Jahren. Von Widerstand der Bevölkerung erwähnen die Aufzeichnungen nichts. Einem Feuerwehrmann schrieb Gustav Eckstein die Bemerkung zu: »Wir wurden zum Wehren des Feuers und nicht zum Brandstiften ausgebildet.«

Überall in der Stadt, wo es Plünderungen, Zerstörungen und Überfälle gab, traf man Heinz Toll. Seinen Stielaugen entging nichts. Seine entzündeten Griffelhände arbeiteten rasch und protokollierten alle Taten, die der »Selbstreinigung der Stadt« durch die Bevölkerung dienten, wie er sich zu schreiben vornahm, wohl wissend, in welches Verhältnis Dichtung und Wahrheit dabei gerieten. In dieser lichtdurchflackerten Nacht in der Küche Zeit zu verschwenden, das kam für Toll nicht in Frage. Deshalb hatte er im Anhänger seiner grauen Zündapp einen schlachterprobten Weltkriegstornister mit Verpflegung dabei. Am liebsten hätte Toll ein

Maschinengewehr hinter sich befestigt, besser noch ein »rüstiges 20-mm-Geschütz«, wie er Albert Eckstein zurief.

Die samtige Dunkelheit hinter den lodernden Flammen, die vipernartige Erregung der Menschen, die Endgültigkeit der Vorgänge: Toll fühlte sich an die Front zurückversetzt, wenn nachts der Sturmtrupp ausrückt, wenn der Kampf ums Dasein seine elementare Zuspitzung erfährt, wenn der ewige Duft des Blutes schon zu bemerken ist. Gegen Morgen holte Toll an der Vitischanze sein geliebtes Feldgeschirr heraus, um Hering mit Pellkartoffeln und Schmalz zu essen. Er schätzte diese Mahlzeit seit der Somme-Schlacht, als beim Essen die Eisenvögel wie nie um ihn gerauscht waren, zärtlich und todbringend. Es waren Stunden und Tage gewesen, die er zu seinen schönsten zählte.

Wie herrlich ist es heute wieder! dachte Toll.

Er hatte seit langem gehofft, dass diese Nacht kommen würde. Sein Freund Willy Münzer, der Kreisleiter der Partei, hatte schon vor drei Jahren bei der Demonstration auf dem Ledenhof alles Nötige gesagt. Toll konnte die Rede, der an die 30 000 Menschen gelauscht hatten, so gut wie auswendig – und gerade die Ansprache an die Mütter, die es sich zu leicht machten mit der demonischen Erziehung, wie er oft genug erbittert beklagt hatte. *Deutsche Mutter, hast du darüber nachgedacht, in welcher Gefahr dein Kind schwebt? Weißt du, dass täglich Kinder von Juden geschändet werden? Immer noch weilen Hunderttausende von Juden in unserem Staat! Immer noch umschleichen Rassenschänder dich und deine Familie! Und du, deutsche Mutter, stehst immer noch abseits des großen Weltgeschehens?*

Nun war in der Folgezeit manches passiert. Die Kaufhäuser Alsberg, Wertheim und Alexander waren weg; die Metallgroßhandlung Gossels & Nußbaum gab es nicht mehr; Katzmann, Fröhlich & Co., die in Tüchern gemacht hatten, waren geschlossen. Doch der Judentempel an der Rolandstraße, der musste auch mal dran sein, hatte Toll gedacht. Und in dieser Nacht war es so weit!

Zur gleichen Zeit standen Marie und Paula Eckstein auf dem kleinen Giebelbalkon im zweiten Stock des Hauses. Sie hörten in geringer Entfernung eine Frau schreien. Dazwischen grölten Männerstimmen. *Immer rin, immer rin, immer rin ins Loch. / Immer rin, immer rin, es kitzelt doch. / Immer rin ins Loch.* Marie drückte die Fäuste aneinander. Ihre Fingerknöchel wurden weiß. Das schreckliche Lied Balduins auf dem Feldweg: Da war es wieder! Sie begann zu weinen.

»Ach, Kind«, sagte Paula Eckstein. »Ich glaube, das alles geht uns nichts an.«

Am nächsten Morgen gingen Marie und Evi zu den rauchenden Grundmauern der Synagoge. Vor dem Eingang hing ein weißes Schild. *Rache für Mordsache vom Rath.* Ein brutaler Geruch lag in der Luft. Viele Leute standen herum und vermieden es, sich in die Augen zu schauen. Marie hielt eine Zeitung in der Hand. *Endlich fällt der Judentempel.* So hatte Toll in der Sonderausgabe geschrieben.

»Toll hat Recht«, sagte jemand. »Fort mit der Judenbrut.«

»Toll ist ein widerwärtiger Mordgehilfe«, sagte ein anderer und verschwand schnell.

»What a shit!« sagte Evi zu Marie. »Jetzt hört es aber auf. Ich hätte nicht schlecht Lust, den Toll auch mal anzukokeln. Wo soll das alles noch hinführen? Das ist ja grausam. Versprich mir, Marie, dass wir beide uns nie unterkriegen lassen.«

»Sprich leiser.«

»Versprich es mir, egal was kommt.«

»Versprochen.«

Die Freundinnen gingen zur Zeppelinstraße zurück und verbrachten beklommene Stunden. »Mit einer ordentlichen Mahlzeit im Bauch sieht alles ganz anders aus«, lachte Paula Eckstein, als man zum Abendessen ging. Toll, der Unvermeidliche, hatte sich auch Zugang verschafft ... und bekam wichtigen Besuch, während er noch von seiner militärischen Heiterkeit in der vergangenen Nacht erzählte. Einige Demonen, denen er seinen Aufenthalt bekannt gegeben haben musste, klingelten stürmisch, stampften schwer herein und suchten Rat. Neben den Verschleppten fehlten plötzlich fünfundsechzig weitere Juden, hieß es, wohl Richtung Holland ausgebüchst. Da müsse man was machen! Toll protzte gleich mit Orts- und Wegkenntnissen. »Treten Sie mit Ihren schmutzigen Stiefeln nicht auf meinen Teppich«, war Alberts einziger Kommentar während dieser Minuten.

»Ich kann mir nicht helfen«, sagte Paula, als Toll mit den anderen Demonen verschwunden war. »Sie stinken einfach zehn Meter gegen den Wind.«

»Die Demonen?« fragte Marie.

»Die Juden«, antwortete Paula.

Am ersten Advent ging Marie über den Braunauer Wall und den Adolf-Hitler-Platz zur Pauluskirche hinaus, einer Tochter der Marienkirche, die den Zustrom der Schinkel-Christen seit Anfang des Jahrhunderts nicht mehr verkraftet und deshalb 1927 jenen Ableger im Nordosten der Stadt bekommen hatte. Marie wusste von früheren Besuchen, dass die Predigt von Pastor Karwehl in der Pauluskirche ähnlich klang wie die von Pfarrer Gonim in Masuren, vielleicht, weil beide zur Bekennenden Kirche gehörten.

Während die Orgel schon spielte, nahm Marie unter der Empore Platz, wo sie das Sonnenlicht, das gerade aus den hohen Dreifenstergruppen in breiten Streifen durch den Kirchenraum fiel, gut beobachten konnte, aber selbst im Schatten blieb. In ihrer Brust brannte eine besondere Sorte Heimweh, ein christliches, genauer gesagt, ein unchristliches Heimweh, in dem Pfarrer Gonim, die schlichten Worte der

Stundenhalter, der Schnitzaltar der Ortelsburger Kirche, die alten Bibeln und Gesangbücher, selbst die Kopftücher der Gebetsfrauen – in der all das eine Rolle spielte. Sobald Pastor Karwehl zu predigen begann, verschwand das Heimweh jedoch. Die Bibelverse, die von der Kanzel auf sie eindrangen, verwandelten sich, während sie zuhörte, in Drohungen und erzeugten Angstgefühle in ihr. Es ist nicht die masurische Heimat, dachte Marie, nach der man diese Sorte Heimweh hat.

Noch ehe Pastor Karwehl den Segen erteilt hatte, verließ Marie die Kirche. Aber auf dem regennassen Vorplatz vermisste sie beides, den Segen und den Orgelausklang, die himmlische Musik zur Ehre Gottes. Sie ging zurück, öffnete einen Flügel der Eisentür und stellte sich in die Eingangsgrotte mit dem schweren Schlussstein. Die Gemeinde sang ein Adventslied Paul Gerhardts. Sie kannte es Wort für Wort auswendig, es gehörte zum kleinen Einmaleins der Gebetsleute. *Er kommt zum Weltgerichte: zum Fluch dem, der ihm flucht, / mit Gnad und süßem Lichte / dem, der ihn liebt und sucht.* Als sie diese Drohung und Verheißung gehört hatte, lief Marie mit jämmerlichen Tränen in den Augen nach Hause.

Marie Eckstein verriet die Liebe niemals durch Keuschheit. Sie liebte entschlossen, ausdauernd und selbstbewusst. Scham und Züchtigkeit waren getilgt. Hermann vermisste nichts, wenn sie beieinander lagen, und hatte längst aufgehört, an andere Frauen zu denken. Selbst die Dauerberieselung durch die Bilder von Evis wuchtiger rosaweißer Nacktheit verschwand. Dass seine Frau spezielle, ziemlich dreiste Zärtlichkeiten von Evi souffliert bekommen haben könnte, wollte Hermann nicht ausschließen, es war ihm aber egal. Im seelischen Stadium ist das nicht mehr so wichtig, dachte er.

Manchmal, wenn Hermann mit Marie schlief, kam es ihm

so vor, als würde sein ganzes Selbst ins Animal hinunterwandern und von den Gefäßen des pulsierenden Zentralorgans, das dann Maries Lust erforschte, vollkommen umschlossen werden. Dieses Gefühl war schärfer, tiefer und rücksichtsloser als alles, was er bis dahin kennen gelernt hatte. Dabei spielte es keine Rolle, ob Marie ihn zwischen ihren straffen Schenkelmuskeln ritt oder er über ihr war. Seines Erachtens musste man weder die Stellung des Himmelsfahrrads, des Kaninchens am Spieß, noch der geräderten Jungfrau bemühen, um auf den Gipfel zu kommen und Detonationen des Glücks zu erleben.

Aber Marie wurde nicht schwanger, so sehr es sich alle in der Familie wünschten. Albert hatte ihr erklärt, dass schwangere Soldatenfrauen vor demonischen Begehrlichkeiten am besten geschützt waren.

Durch den unbedingten Wunsch, mit Hermann ein Kind zu zeugen, durch das Gefühl, von der Familie und den Demonen beim Intimsten je länger, je genauer beobachtet zu werden, verloren die Liebesstunden an Intensität und Freizügigkeit. Manchmal war Marie so abgelenkt, dass es Hermann nicht gelang, sie glücklich zu machen.

»Deine Seligkeit haben die Demonen auf dem Gewissen«, sagte er dann. »Ich habe jedenfalls mein Bestes gegeben.«

In den Schneetagen im März, als das Blut nicht gekommen war und sich ein Wohlgefühl wie Sonnenstrahlen in Marie auszubreiten begonnen hatte, setzte ein widerliches, unerklärliches Fieber ein, das kurzfristig über 40 Grad hinausging. Gleichzeitig bekam sie höllische Spasmen in der Bauchgegend. Dr. Hasenclever tippte auf Gallenkoliken. Er verschrieb Bettruhe, feuchtwarme Umschläge und fettige Brühe zum Abführen der Steine, am besten Kochtöpfe voll fettiger Brühe. Als Marie die Koliken ertränkt hatte, war auch die gute Hoffnung dahin.

»Wie ärgerlich«, sagte Paula. »Man ist machtlos gegen solche Zufälle. Aber wir werden das Kind schon zeugen.«

Am 50. Führergeburtstag schrieb Heinz Toll in der Zeitung: *Wir alle – du und ich – sind Adolf Hitler im Ringen nach der Volks- und Schicksalsgemeinschaft dem deutschen Blut nach verwandt. Darum gehen wir mit ihm den gleichen Weg, wir gehören ihm.* Er ließ unter dem Pseudonym Victor von Reich eines seiner Gedichte abdrucken, das mit den Versen begann: *Wir haben dir einmal geschworen / Nun sind wir auf immer dein. / Wie Bäche im Strom verloren / münden wir in dich ein.* Für Adolf Hitler empfand Toll in diesen Tagen eine so starke Zuneigung, dass er morgens manchmal unpünktlich bei der Zeitung erschien. Er hatte in solchen Fällen zu lange im Bett gelegen und in seinem herrlichen, den ganzen Körper erwärmenden Gefühl für den Großen verharrt, auf den das Hegel-Wort von den welthistorischen Individuen wie auf keinen anderen passte.

Die Stadt schenkte dem Jubilar zum 50. Geburtstag das Werk *Der Kaiserpokal.* Auf dieses Geschenk kam Toll beim Führer-Geburtstags-Kaffeetrinken im Hause Eckstein, auf dem Paula bestanden hatte, zornig zu sprechen. Es gab Schwarzwälder Kirsch und Frankfurter Kranz. Paula hatte auf der Tafel im Gesellschaftszimmer das beste Porzellan decken lassen.

»Andere Städte verschenken Originalpartituren Richard Wagners und Gemälde von Tizian«, wetterte Toll, der einen dunklen Anzug trug. »Aber wir, wir sind ja nur ostfriesische Ochsen. Da muss ein Büchlein freilich ausreichen. Und das für den größten Deutschen aller Zeiten! Ich schäme mich, ich schäme mich …«

»Dann wickeln Sie sich doch eine Schleife um den Bauch und lassen sich persönlich beim Adolf abgeben«, gab Marie zurück. »Der Adolf würde sich ein so wertvolles Geschenk bestimmt neben Tizian an die Wand hängen.«

»Beleidige nicht unseren Führer, Mädchen«, rief Toll. »Er hat Geburtstag … er, er, er!«

»Immer noch Frau Eckstein und ›Sie‹«, rief Marie. »Hitlers Geburtstag hin oder her.«

»Sei friedlich, Marie«, rief Paula erschrocken.

»Immer noch Frau Eckstein und ›Sie‹«, wiederholte Marie sehr laut.

»Mein Kind«, sagte Toll. »Wenn Sie nicht so ein holder Engel wären …«

»Was dann?« fragte Marie. »Was würden Sie dann tun? Und was würde Hermann mit Ihnen machen, wenn Sie es getan hätten? Was wollen Sie mir androhen?«

»Ach, Sie sind ja ein Engel …«

»Sie aber nicht, Sie Quatschkopf! Sie sind der Abschaum der Menschheit!«

»Marie, jetzt ist Schluss«, rief Albert. »Wir werden die Führer-Geburtstagstafel aufheben und aus einem besseren Grund mit einer neuen Tafel beginnen.«

Toll rechnete die Lage kurz durch, stand auf und ließ einen Schwall demütiger Entschuldigungen los. Seine Stimme wurde weich. Zur rechten Zeit liefen ihm Tränen aus den Augen. Er verbeugte sich vor Marie und sagte: »Ich bitte um Vergebung.« Ihr blieb vor Ekel die Luft weg.

Marie war außer sich und rannte aus dem Zimmer. Tolls Schleimscheißerei war unerträglich. Immer wieder entkam er mit seiner Gefühlsduselei der gerechten Strafe, die nur in Rauswurf und Hausverbot für alle Zeiten bestehen konnte. Doch die Freundschaft zwischen Toll und Paula war unzerbrechlich geworden.

Manchmal, wenn sich Marie im Haus eingeschnürt fühlte, in dem der Geist Tolls in allen Nischen heimisch wurde und selbst die Gartenarbeit ihr keine Erleichterung verschaffte, wanderte sie mit Evi in den neuen Tiergarten am Schölerberg, der tief in den Wald hinein versteckt lag und ein idyllisches Plätzchen war. Es gab dort Tiere, die sie aus der Heimat und von Ausflügen kannte: Dachse, Blässhühner, Rothirsche, Möwen. Aber es gab auch viel Unbekanntes zu sehen. Im rot geziegelten Terrarium lebten Amphibien, Lurche und Reptilien, von denen einige wie Drachen aussahen und Marie bis in die Träume verfolgten. Mit dem Strom der Besucher gingen die Freundinnen gern zum kleinen Braunbären Teddy, der als Publikumsliebling ein eigenes Bärenfreigehege bekommen hatte.

Die ruhelosen Wanderer Evi und Marie lernten, dass der Iltis Max hieß und das eigensinnige Shetlandpony Lumpi, beides sehr lebensfrohe Exemplare ihrer Gattung. Maries Lieblingstier war jedoch das Dromedar Palindrom, das immer verständnisvoll zu grinsen schien. Wenn Marie allein vor dem Gehege stand, vertraute sie dem geduldigen Dromedar in langen Monologen ihre Sorgen an. »Hör mir zu, Palindrom, ich habe dir was zu erzählen«, hob sie dann an.

»Wir wollen dieses Bauwerk Innere Immigration nennen«, sagte Albert, als der Bunker fertig war, der sich in zwei doppelt miteinander verbundenen Schächten tief in den Westerberg hineinzog. Ecksteins hatten eine umfänglich ausgestattete Küche, ein hell ausgekacheltes Bad und eine ausgeklügelte Belüftung einbauen lassen. Auch ein Klavier stand im Bunker. In jedem Schacht waren dank eines romantischen Einfalls von Hermann drei Fensterläden vorhanden, die sich umständehalber nur nach innen öffnen ließen. Man sah dann auf Schweizer Berge aus der Graubündner Gegend: vergrößerte Fotomotive, die von der Hochzeitsreise im Vorjahr stammten.

Bei der unterirdischen Eröffnungsfeier, zu der, neben den treuen Bunkerabeitern, mit Landshuts und Rahenbrocks besonders vertraute Freunde geladen worden waren, erlebte man Heinz Toll als vergnüglichsten Menschen der Welt. Die Einberufungen von Reservisten hatten sich in letzter Zeit gehäuft und er wusste, dass es sich bei ihrer Verwendung nicht um Herbstübungen handeln würde, wie er den Leuten in seiner Funktion als Schriftleiter selbst gern weismachte. »Ach, endlich schleicht unser ersehnter Krieg hinter dem Horizont heran«, schwärmte Toll. Es war nur die Frage, gegen wen es zuerst gehen würde. Sei es deshalb oder trotzdem, Toll wusste den privaten Bunker gleich um die Ecke durchaus zu schätzen. Er hatte Albert tausend Reichsmark gegeben, um sich seinen Platz in der Inneren Immigration zu sichern, und im Falle der Nutzung weitere Zahlungen vereinbart – Stillschweigen über die Maulwurfsarbeit sowieso.

Nun schwadronierte Toll über seine Lauscherfolge im Weißen Rössl zu Amsterdam, einem Bums- und Nuttenlokal, wie er sagte. Er kam, wenn er nur das Ohr einer Dame und am liebsten das von Marie erwischen konnte, auf kriegswichtige Details wie die berühmte Wasserlinie zu sprechen und witzelte über die Plappersucht der Deutschen, die ausländischen Spionen in jeder Kneipe die Arbeit leicht machten. Das Fest war noch nicht zu Ende, als Toll bereits vor Trunkenheit schwankte. Er wischte sich den dichten Schuppenschnee von den Schultern und proklamierte: »Macht eure Herzen nun hart! Lasst niemals Pardonstimmung aufkommen. Morgen geht es vielleicht schon dem Franzos ans Leder oder dem Tommy …, und dann, sage ich, ab dafür in der größten Vernichtungsschlacht der Geschichte.« An dieser Stelle gelang es Albert, den Begeisterten ins Haus zu verfrachten, wo er in seliger Erwartung noch einige Hennessy kippte, während im Bunker die Stimmung plötzlich auf den

Nullpunkt sank. »Man sollte so ein Bauwerk erst feiern, wenn man es nicht gebraucht hat«, sagte Marie und leitete den allgemeinen Abschied ein, indem sie mit Evi verschwand.

Die Wohnung im Haus an der Krahnstraße wurde nicht mehr fertig. Die Küche blieb ein Rohbau, im Bad funktionierte nur das Klo. Der Parkettboden war höchstens zur Hälfte verlegt. Trotzdem machte sich Marie mit den Bewohnern bekannt. Sie half bei der angeordneten Entrümpelung des Dachbodens, besorgte Eimer und Schaufeln, überwachte die Anbringung eines großen Wasserbehälters, ließ Gruppen von Sandsäcken über das Haus verteilen, kaufte Feuerpatschen und stellte die vorgeschriebene Luftschutzapotheke zusammen. Albert spottete über die »akkurate Organisation des Unglücks«. Aber er liebte es, wenn seine Schwiegertochter geschäftig war und alle Schwierigkeiten in rasender Geschwindigkeit überwand.

Marie lernte das Farbenspiel der Karten-Mappe: Blau das Reichsfleisch, rot das Reichsbrot und gelb das Reichsfett, das jetzt mehr aus Margarine als aus Butter bestand. Braun, ausgerechnet pappbraun und nicht sehr sauber, war die Reichsseifenkarte mit den Schuhcreme-Abschnitten am oberen Rand. Sie lernte auch, dass Familie Eckstein Mittel und Wege kannte, um wie eh und je an vornehme Glanzlederschuhe, feine Mäntel und vieles andere zu kommen, wozu die Reichskleiderkarte nicht verhalf. Paula empfahl Marie, in Geschäften regelmäßig das Zauberwort zu gebrauchen, das lautete: »Es darf auch die Hälfte mehr kosten.« Tatsächlich kam Marie damit überall gut an und fühlte sich schäbig, wenn sie mit Dingen abzog, die sich einfache Leute nicht mehr leisten konnten.

»Meine Mohnblüte«, nannte Hermann seine Frau auch in den Briefen, die er im September beim Vormarsch auf Warschau schrieb. Beim Verfassen des ersten Briefes war Hermann so liebestoll, dass er Marie auf drei Seiten Masturbationsanweisungen gab und mit Bleistiftzeichnungen bebilderte. Es war von französischen Schaumbädern, frischen Äpfeln, Wachskerzen, vor allem aber von dem duftenden Zielgebiet die Rede, in dem die Stimulanzen zur sanften Anwendung kommen sollten: Von den fleischigen, festen, violetten Schmetterlingsflügeln, zwischen denen das Ypsilon dort saß, wo bei Schmetterlingen der Kopf war. Hermann ist nicht ehrlich oder hat kein Talent für diese Dinge, belustigte sich Marie nach der Lektüre. Was ihr Mann beschrieb, verstand sie längst besser, ohne jemals eine Kerze gebraucht zu haben.

Der dritte Brief machte Marie klar, dass Hermann durch die unwiderstehliche Prägekraft des Krieges in ein anderes Leben geraten war. Beim Vormarsch auf Warschau hatte er ohne größere Skrupel feindliche Soldaten auf einige Entfernung mit Gewehrschüssen erledigt und war erstaunt gewesen, wie leicht ihm das Schießen und Erschießen von der Hand ging. Doch beim Nahkampf während der Erstürmung einer Brücke hatte er einem Polen namens Adam (so wurde der Soldat von den ringsherum flüchtenden und sterbenden Kameraden gerufen) umständehalber die Kehle mit dem Messer durchgeschnitten und den Kopf des Röchelnden bis zum Ende mit dem Gesicht auf die Erde gepresst.

Ich fühle immer noch die Zuckungen des Sterbenden in meinen Händen. Es ist Wahnsinn! Ich musste Adam töten, sonst hätte er mich kaltgemacht. So ist das Geschäft. Aber sein Blut fühlte sich nicht feindselig an …, es war, ich weiß nicht, ob man das so sagen kann, eher wie ein zärtliches Streicheln. Marie, ich habe mit Adam gelitten, während ich ihn umbrachte. Kannst Du mich verstehen?

Ich möchte es, dachte Marie, aber es geht nicht. Sie fühlte Entsetzen, wenn sie an Adams Blut an Hermanns Händen dachte. Ihre Vorstellungskraft konnte nicht weiter in den unsäglichen Pfuhl dieser Ereignisse dringen. Ihr Mann tat ihr Leid, aber sie spürte keinen Drang, ihn tröstend in die Arme zu nehmen, im Gegenteil. Sie hätte ihn jetzt, im Augenblick der Brieflektüre und des Nachsinnens, von sich weggestoßen. Marie begriff, dass die Schatztruhe ihrer gemeinsamen Erfahrungen geschlossen war. Die Erinnerung würde ausreichen müssen, um die Liebe in den Zeiten des Krieges zu erhalten.

Gegen Ende November schrieb Hermann den vierten Brief. Er kam aus Warschau und schockte die ganze Familie, denn Marie zeigte das Schreiben auch ihren Schwiegereltern. *Es ist trostlos, Marie, unvorstellbar trostlos. Ganze Stadtviertel liegen in Trümmern oder sind ausgebrannt. Die Masse der Millionenbevölkerung vegetiert irgendwie und irgendwo dahin, und ich weiß gar nicht, wovon. Es ist eine unsagbare Tragödie. Selbst ein reiches Volk würde Mühe haben, all das jemals wieder aufzubauen. Wer hat das Geld, um neue Fensterscheiben einzusetzen, die Lichtleitungen in den Häusern zu reparieren, die Dächer instand zu setzen? Niemand! Alle sind dem Untergang geweiht. Es ist so grausam, wenn ich hier sitze, meinen Gänsebraten futtere und die vorbeikriechen sehe, die vor wenigen Monaten noch etwas zu sagen hatten. Ich kann mich hier nicht als Sieger, sondern nur als Schuldbewusster bewegen. Aber Marie, das Entsetzlichste kommt noch! Was dort am Rande passiert, wo wir mit verschränkten Armen zusehen müssen! Die blühendste Phantasie einer Gräuelpropaganda ist bettelarm gegen die Dinge, die eine organisierte Mörder-, Räuber- und Plündererbande dort verbricht. Diese Ausrottung ganzer Geschlechter mit Frauen und Kindern ist nur von einem Untermenschentum möglich – und es trägt den Namen deutsch. Ich jedoch schäme mich, ein Deutscher zu sein. Denn solche Dinge müssen, müssen, müssen die rächende Nemesis wachrufen, sie müssen … Es ist unfassbar, was hier geschieht! Wir sind vor Gott auf ewig verdammt! Ach, Marie, ich habe die Hoffnung für alles verloren.*

An einem Sonntag im Juni herrschte Kaiserwetter. In den überfüllten Gaststätten lächelten sich die Menschen im Hochgefühl der Begeisterung an. Die Wehrmachtserfolge im Westen waren gigantisch. Jetzt könne es bald zum Schlag gegen den Tommy gehen, hieß es, und die lästige Kriegsbewirtschaftung endlich aufhören. Marie und Evi schauten vor ihrem Spaziergang vom Westerberg über die Türme der Innenstadt. Da meinten beide, in der Ferne ein Geräusch zu erahnen, ein unlustiges, dunkles Brummen.

Um halb sieben heulten die Sirenen Fliegeralarm, wie schon oft. Niemand war deshalb besorgt. Doch als der letzte Sirenenton noch verklang, zerriss das Getöse von krepierenden Flakgranaten die eintretende Stille. Ein englisches Flugzeug erschien wie ein verirrter Todesengel im satten Halblicht des Himmels. Die Maschine kam von Westen nach Osten geflogen und drehte über der Stadt nach Norden ab. Eine der zwölf Sprengbomben, die aus den Klappen fielen, traf ein Haus in der Lüstringer Straße.

Das ungewohnte Schießen der Flak und die Detonationen machten die Leute aufmerksam. Auch Marie und Evi wurden von den dumpfen Explosionen in der Ferne magisch angelockt. Als Sanitätstrupp, Feuerlöschzug, Instandsetzungszug und mehrere Polizisten am Unglücksort eintrafen, waren schon Schaulustige versammelt, unter die sich bald auch die Freundinnen mischten. Eine fürsorgliche Frau hängte weiße Blätter mit Hinweispfeilen und der Aufschrift *Bombardierung* an den rückwärtigen Kreuzungen auf. Ein Junge mit einer Drehorgel kam vorbei. Einige Menschen wippten auf ihren Fußsohlen.

Der erste Tote seiner Art hieß Walter Brieske, ein Mann

vom Werkschutz im Stahlwerk Klöckner. Bombensplitter rissen ihm während der Arbeit Kiefer und Nase ab. Er starb beim Transport ins Krankenhaus. Weil er keine intakte Zunge mehr hatte, war er unfähig zu sagen, was noch zu sagen war. Deshalb schrieb er mit dem Blut, das aus seinem Mund quoll, *Sieg Heil!* auf das helle Tuch, unter dem er lag.

Ein Jahr später, weit im Osten. Das von den Deutschen eroberte Berditschew liegt unter dem Feuer der sowjetischen Artillerie. Oberleutnant und Zugführer Hermann Eckstein wird zu seinem Bataillonschef Karl W. gerufen, der in einem flachen Schulgebäude im Zentrum der Stadt sitzt. Auf dem Weg sieht Oberleutnant Eckstein in einer Erdkuhle mehrere gefesselte sowjetische Volkskommissare. Er erhält von W. den Befehl, die Kommissare zu erschießen. Oberleutnant Eckstein verweigert die Ausführung sofort.

Der Bataillonschef erinnert an den Befehl des Oberkommandos der Wehrmacht, unterzeichnet von Feldmarschall von Brauchitsch: Politische Kommissare, die in Gefangenschaft geraten, sind mit der Waffe zu erledigen. Oberleutnant Eckstein bestreitet, dass der Befehl Gültigkeit hat. Er knöpft die Lasche seines Halfters auf und zieht die Pistole, um sie an W. abzugeben. Der Bataillonschef nimmt die Pistole nicht an, wählt Willigere für das Erschießen der Kommissare aus und gibt Oberleutnant Eckstein einen Aufklärungsauftrag. Es geht um Dörfer, die in zehn Kilometern Entfernung im Nordosten liegen. Oberleutnant Eckstein führt einen Spähtrupp aus Solokrädern an. Er selbst sitzt im Beiwagenkrad, das der Obergefreite Hartmut Jahnen steuert.

Der Spähtrupp fährt einige Kilometer auf der Straße nach Shitomir, biegt nach Osten ab und erreicht vor dem Dorf Shurbinzy ein abgemähtes Feld. Herumliegende Kraftstoffbehälter und Ersatzteile zeigen, dass es als Flugplatz benutzt worden ist. Während sich Oberleutnant Eckstein auf der Karte orientiert, brechen in weniger als fünfhundert Metern Entfernung drei russische Panzer aus verwilderten Hecken hervor. Die Männer des Spähtrupps sitzen in Sekunden auf. Sie fliehen über sandige Wege und vergrößern den Abstand zu den Verfolgern. An Oberleutnant Ecksteins Krad bricht die Vordergabel. Hartmut Jahnen rollt sich zur Seite ab und ist verschwunden. Oberleutnant Eckstein flieht durch Drainagegraben und Kleeschlag. Eine Gewehrkugel trifft ihn von hinten in die Brust.

Die ersten Nachrichten über den Vorfall erreichten die Stadt fünfzehn Tage später, rekonstruierte Gustav Eckstein. Die Eltern eines Leutnants aus dem Infanterie-Regiment erfuhren, dass Oberleutnant Eckstein und ein Kradfahrer vermisst würden. Obergefreiter Jahnen hatte sich nach Berditschew durchgeschlagen und Bericht erstattet. Über Oberleutnant Ecksteins weiteres Schicksal wusste Jahnen nichts. Osterheide, ein Hauptmann des Bataillons, hatte sofort mit einem kampfkräftigen Spähtrupp nach Shurbinzy vorstoßen wollen. Doch Berditschew war immer stärker unter Feindfeuer geraten. Es war kein Herauskommen.

Vierhundert Kilometer ins eigene Land zurückgedrängt, gelang der Roten Armee organisierte Abwehr, schrieb Gustav Eckstein in den Aufzeichnungen.

Tage später hatte sich die deutsche Panzer-Division, die längst ausgerückt sein sollte, den Weg nach Osten freigeschossen. Hauptmann Osterheide war in Begleitung Leutnant von Treskows mit mehreren PKW, Krädern und einer Zugmaschine samt Pak 3.7 cm nach Shurbinzy aufgebrochen. Sie fanden, wie Albert und Paula Eckstein mit langer Verzögerung erfuhren, das havarierte Krad, eine deutsche Maschinenpistole und einen Helm, jedoch keine Blutspuren.

Osterheide hatte auch keinen Leichengeruch in der Luft bemerkt.

»So ist noch Hoffnung«, sagte Albert wider besseres Wissen zu Paula. Sie verabredeten, Marie vorläufig nichts zu sagen.

Albert zog sich nun oft in die Innere Immigration zurück, blätterte lustlos in den Büchern der frisch zusammengestellten Handbibliothek und sah die Höllenfahrt des Reiches vor sich. Er glaubte, dass sein Sohn ihnen allen nur vorangegangen sei. *Die meisten Angriffe führen nur bis zu einem Punkt, wo die Kräfte noch eben hinreichen, sich in der Verteidigung zu halten und den Frieden abzuwarten. Jenseits dieses Punktes liegt der Umschwung, der Rückschlag; die Gewalt eines solchen Rückschlags ist gewöhnlich viel größer, als die Kraft des Stoßes war. Dies nennen wir den Kulminationspunkt des Krieges.*

Aus Berditschew sickerten Neuigkeiten durch. In Shurbinzy hatten sich Hauptmann Osterheide und der polyglotte Leutnant von Treskow mit Bewohnern des Dorfes unterhalten. Die Bauern aus Shurbinzy meinten sich zu erinnern, dass an besagtem Tag zwei verletzte deutsche Soldaten auf einem russischen Panzer abtransportiert worden wären.

Es war für lange Zeit die letzte Nachricht. Nach einigen Tagen weihte Albert seine immer misstrauischere Schwiegertochter ein.

»Hermann wird nicht sterben«, sagte Marie. »Unsere Liebe ist noch nicht zu Ende.«

Sie arbeitete nun als Sekretärin ihres Schwiegervaters und hatte in dem halb entvölkerten Unternehmen, das sich eher schlecht als recht mit russischen Kriegsgefangenen durchschlug, die Befugnisse einer Geschäftsführerin. Bald konnte Marie, wenn sie nur wollte, alle wichtigen Leute am Telefon um den Finger wickeln und tippte mit zehn Fingern auf der Schreibmaschine herum. Am liebsten beschäftigte sie sich mit den Karteien im Fortschritt-Kartenpult. *Karteien können alles.* Das Kartenpult sorgte ganz von selbst für eine fabelhafte Ordnung. Vor allem bot die Arbeit Ablenkung. Man konnte Sortieren, Eintragen und Entfernen. In der Nacht schützten Marie nur noch Romane vor dem rohen Anprall der Wirklichkeit.

Im Spätsommer erfuhren Soldateneltern aus der Feldpost ihrer Söhne, dass die *Kiewska Prawda* nach stabil umlaufenden Gerüchten vor einiger Zeit einen besonderen Artikel veröffentlicht hatte. *Wie gerät Hermann Eckstein in Gefangenschaft?*

Das Werk, so puzzelten sich Albert, Paula und Marie zusammen, handelte von einem blonden preußischen Junker, einem Sohn kapitalistischer Volksschichten, der vollgesogen mit Hitlers Wahnideen in den Krieg gegen die Sowjetunion gezogen war und bei der ersten Feindberührung einen Lungensteckschuss erhalten hatte. Dann aber, als der blonde Junker bemerkte, dass ihn die sowjetischen Soldaten nicht – wie von der deutschen Führung prophezeit – sofort erschossen hatten, sondern im Gegenteil sorgfältig pflegten, habe er die Fälschungen der Propaganda in seiner Heimat durchschaut. *Seine Seele ist nun in einem großen Wandel begriffen.*

Albert lächelte matt. Dass Hermann beim ersten Kratzer zum Ivan desertiert sein könnte, hielt er für unmöglich. Doch je länger keine andere Nachricht von der Front kam, desto stärker nahm seine Verunsicherung zu. Wenn er sich halb wachend und halb schlafend durch die Nacht wälzte, sah Albert seinen Sohn aus Richtung Sibirien an deutsche Soldaten heranpirschen und blutige Taten vollbringen. Eines Morgens fuhr er vor der Zeit ins Büro am Braunauer Wall und vernichtete die Tommy-Flugblätter, die er trotz strengster Verbote im Gefühl der Unangreifbarkeit gesammelt hatte. Auf dem letzten Papier, das er im Ofen verbrannte, war Hitler zwischen schneebedeckten Wehrmachtssoldaten abgebildet. *Ich fühle mich so frisch. Das ist der Frühling.*

Marie spürte im Gemurmel der wenigen Abendgesellschaften, zu denen sie noch ging, dass ihr Ruf nicht mehr unantastbar war. Das Getuschel über Hermanns Desertion zum Ivan, das sich wie eine Variation der Gespräche über den Englandflug von Rudolf Heß und dessen syphilitische Paralyse anhörte, nahm zu. Wenn das Ungeheuerliche stimmen sollte, tuschelte man, durfte Marie dann die Bevorzugungen der Soldatenfrauen genießen? Tauchte sie nicht viel zu selten zum freiwilligen Einsatz bei der Frauenschaft auf? Kam sie nicht aus Masuren, das fast schon Russland war?

Die Zeitung druckte Hermann Görings Erntedankfest-Rede. Toll schrieb einen Kommentar. *Arbeitsreserven sind noch vorhanden.* Am Abend desselben Tages zog er sich seinen besten Anzug an, klingelte bei Ecksteins und bat Albert und Marie zu einem Gespräch.

»Marie, Sie haben Probleme«, sagte er.

»Ich habe viele Probleme, aber das geht Sie nichts an«, antwortete Marie.

»Ein Kind würde helfen«, sagte Toll.

»Ich bekomme meine Kinder zur rechten Zeit«, sagte Marie.

Toll wandte sich an Albert.

»Wir haben Krieg«, sagte er. »Da ist der Tod der besten Männer leider oft notwendig. Aber schlimmer als der Tod der besten Männer ist das Fehlen der Kinder, die von den Toten nicht gezeugt werden können.«

»Was wollen Sie damit sagen, Toll?« fragte Albert. »Ich finde die Toten nicht weniger bedauerlich als die ungezeugten Kinder, eher umgekehrt.«

»Herr Nachbar«, sagte Toll. »Es könnte sein, dass sich deutsche Frauen in dieser Lage über den Rahmen der bürgerlichen Gewohnheiten hinwegsetzen müssen. Ich berufe mich auf Heinrich Himmler. Ich wäre bereit, Marie aus tiefstem, sittlichem, deutschem Ernst ...«

Albert versicherte später, dass Marie die Augen einer bösartigen Hexe gehabt habe, als sie sich auf Toll stürzte, ihn gegen den Schrank im Gesellschaftszimmer warf und schon mit dem ersten Faustschlag seine schmale Unterlippe zerschmetterte. Sie verbiss sich derart in den Kampf gegen den schwächlichen, ungeschickten Nachbarn und bediente sich der wuchtigen Steingutvase, die sie vom Tisch gerissen hatte, so hemmungslos, dass Albert sich auf die Seite des Unzumutbaren stellen musste, um Schlimmeres zu verhindern. Marie war offenbar willens, Toll totzuschlagen – erst der Widerstand ihres Schwiegervaters verschaffte ihr eine Sekunde der Besinnung.

»Wenn ich meine Meinung ändere, Toll, dann gebe ich Ihnen natürlich sofort Bescheid«, schrie sie, im Türrahmen stehend, und zerschmetterte die blutverschmierte Vase vor Tolls Füßen.

9

So ist dies Zum-Tode-krank-Sein das Nicht-sterben-Können, doch nicht so, als gäbe es noch Hoffnung auf Leben, nein, die Hoffnungslosigkeit ist, dass selbst die letzte Hoffnung, der Tod, nicht vorhanden ist.

Mein Freund Eduard rezitierte laut, klar, dramatisch moduliert, immer eine Anzahl von Wörtern zu wahren Gewitterwolken ballend, in denen *Tod* und *Nein* und *letzte Hoffnung* wie Blitze zuckten - so male ich mir die Szene in der Erinnerung an seine Berichte aus -, und zählte danach im Stillen die Sekunden herunter, die er für die Kunstpause veranschlagt hatte. Dann legte er das weiße, im Athenäum Verlag erschienene Büchlein - *Die Krankheit zum Tode*, Søren Kierkegaard - sachte aufs Pult zurück und begann, den ersten Abschnitt des Werks in freier Rede zu erläutern.

»Ich war ein bisschen schroff«, gestand er mir. »Aber meine Schroffheit hatte etwas Perlendes.«

Der Hörsaal im Hauptgebäude der Universität zu Köln war zum Bersten gefüllt. Einige Studenten hatten sich auf den Boden gefläzt. Eduard stand vor den steilen Rängen mit den hölzernen Bänken, die bis vor seine Füße herabkamen. Sein Blick sprang Stufe um Stufe hinauf. Er sah, so erzählte er mir, ein Amphitheater der Klugheit, Müdigkeit und Ahnungslosigkeit. Wenn sich jemand auf den Sitzplätzen vorbeugte oder zurücklehnte, hörte man das altersschwache

Knacken der Holzbänke, die noch das Reich der Demonen erlebt hatten.

Das Seminar hieß »Wurzeln des Existenzialismus«. Bis zu den Ereignissen unter der Hohen Acht waren es noch zwölf Jahre.

Für die Dauer eines Atemzuges dachte Eduard an Marie und Gustav Eckstein, und dass Gustav den Zustand seiner Mutter, die in der Dachkammer in einem Raum jenseits von Zeit und Ewigkeit verharrte, mit der Krankheit zum Tode in Verbindung brachte. Die Masurin Marie war zwar nie Philosophin gewesen, so viel stand fest. Aber deshalb war ja nicht ausgeschlossen, dass man bei Kierkegaard, dem hellsten Kopf des Pietismus, die wahre Beschreibung ihres Zustands finden konnte.

Eduard verstand nun einiges von der Materie und neigte zur Ansicht seines Freundes. Marie Eckstein hatte offenbar diese metaphysische Krankheit in voller Symptomatik: die äußerste Verzweiflung, die in Kierkegaards System die größte Sünde ist. Für Eduard, den Paranoia-Experten, war das hochinteressant. Man kann aus den seltsamsten Gründen aus der Kurve fliegen, dachte er zusammenfassend.

Das Kierkegaard-Referat hatte Eduard am vierten Tag nach seiner Ankunft in Köln übernommen, ohne von der Stadt mehr gesehen zu haben als das Hauptgebäude der Universität, den Albertus-Magnus-Platz und die Betonbunker um den Platz herum: Philosophikum, Hörsaalgebäude und Bibliothek. Während vor dem Fenster seines Ein-Zimmer-Appartements die Straßenbahnen bis nach Mitternacht randvoll mit gut gelaunten Leuten ins Vergnügen gerollt waren, hatte er dem kölschen Sog widerstanden und das Leistungsvermögen seines Oberstübchens unerbittlich ausgereizt.

Mein Freund gehörte zu der seltsamen Spezies, die das Studium zum Sommersemester begann, denn zum Wintersemester hatte es nach dem Zivildienst nicht mehr gereicht. Eduard war wieder in die Fabrik gegangen und hatte acht bis zehn Stunden am Tag Schaumstoffplatten vom Fließband abgenommen und in Kartons gepackt, riesige Schaumstoff-Dachhimmel-Rohlinge in riesige Schaumstoff-Dachhimmel-Rohling-Kartons, einen nach dem anderen, tagelang, wochenlang, je neun Rohlinge pro Karton. Viele Jungs, die mit Eduard Abitur gemacht hatten, waren nun drei Semester voraus, die meisten Mädchen bereits im Hauptstudium oder am Ende ihrer Ausbildung. Eduard hing hinterher, hatte etwas aufzuholen und eine Lücke zu schließen, jeder konnte es an der Semesterzahl auf seinem Studentenausweis ablesen.

Nach marternder Lektüre, ausufernden Exzerpten und einer unkalkulierbaren Anzahl von Telefongesprächen mit Eckstein hatte er das bescheidene Büchlein von 125 Textseiten in den Griff bekommen, vor allem den Abschnitt A, *Dass Verzweiflung Krankheit zum Tode ist*, für den er sich bei Prof. Dr. Paul Janssen zuständig gemacht hatte. Eduard hatte den paradoxen Gedankenrhythmus des Kopenhagener Schriftstellers endlich verdaut und sich bei stundenlangen Tests vor dem Spiegel im Badezimmer davon überzeugt, dass er das Wesentliche mündlich erklären konnte – was er für den letzten Beweis hielt, seine Sache im Griff zu haben.

»Dir müssen nach jedem Satz schon drei neue auf der Zunge schäumen«, hatte er mir gesagt. »Dann kommt der nötige Druck in den Gedankengang.«

Nun badete Eduard in der Aufmerksamkeit des Publikums. Im Grunde hörte er sich selbst zu, so wie sie ihm zuhörten. Rede und Gestik folgten einem Automatismus, der keine spontanen Eingriffe und Korrekturen erlaubte. Wenn ich darüber nachdenke, was ich sage, geht's garantiert schief – so dachte Eduard mit einem ausgekoppelten Teil seines

Bewusstseins, der nicht mit der Vollstreckung des Vortrags beschäftigt war, und stoppte den Gedankengang sofort, um ihm nicht doch noch zum Opfer zu fallen.

Prof. Dr. Paul Janssen, ein freundlicher Fundamentalontologe und herzkranker Transzendentalphilosoph, dessen abgedrehte Reflexionen dem Hörensagen nach keiner kapierte, unterbrach Eduards automatisierten Redestrom, um Präzision und Verständlichkeit des Vortrags zu loben.

»Sehr gut«, sagte Prof. Janssen. »Machen Sie jetzt weiter.«

Is dat jeil! dachte Eduard in der lokalen Mundart.

Nach dem Seminar schnappte sich Eduard auf dem Flur Claudia, Silke und Thomas, die er in den ersten Stunden flüchtig kennen gelernt hatte, und lud sie zum Biertrinken ein. Er hatte Lust auf freien Himmel. Am Kiosk beim Südbahnhof kauften sie ein paar Tüten Chips und zwölf Flaschen Jever. Vom einheimischen Kölsch hatte Eduard in seiner Leidenszeit am Schreibtisch fünf Sorten probiert – alle waren durchgefallen. Für Eduard musste Bier schmecken wie Jever Pils: kraftvoll, bitter, mit einem Aspekt von Helgoland bei Sturm.

Sie fuhren zu den Poller Wiesen auf der rechten Rheinseite. Im wässrigen Licht über der Altstadt schwebten kleine, scharfkantige Wolken. Eduard sah auf die Severinsbrücke, deren Fahrbahn an Stahlseilen hing, und auf die Wölbung der Deutzer Brücke, über die Straßenbahnen krochen wie große Raupen. Sein Blick wurde vom Panorama der Stadt angesogen, schwirrte durch das Dickicht von tausend viel versprechenden Details und verhakte sich an Groß St. Martin und den Zwillingstürmen des Doms. Konrad Adenauer hatte eine himmelwärts gerichtete Schwurhand darin erkannt, wie Eduard aus einschlägigen Stadtführern wusste. Er machte mit dem rechten Arm seine typische Das-ist-allesmeins-Bewegung, die von der steinernen Südbrücke quer durchs Bild bis zu den Eisenpfeilern der Zoobrücke reichte. Fein, dachte Eduard, zweitausend Jahre auf einen Blick, das sind noch achthundert Jahre mehr als zu Hause auf der Großen Domsfreiheit.

»Is wirklich jut, die Aussicht hier«, sagte Thomas. »Ich finde, Köln ist das Rom des Nordens.«

Alle Betrachter waren aus der Provinz zugezogen und hatten große Augen, während sie auf das Rheinpanorama blickten. Aber Eduard hatte die größten und glühendsten Augen, denn die der anderen waren nach einem halben Jahr in der Stadt schon kleiner geworden.

»Wir sitzen praktisch auf der Seite der Barbaren und gucken ins Römische Reich«, dozierte Silke.

»Hat sich aber stark zivilisiert, die barbarische Seite«, bemerkte Eduard.

»Auf jeden Fall«, sagte Thomas. »Jetzt liegt die Stadt auf beiden Seiten der Grenze wie Deutschland auf beiden Seiten des Eisernen Vorhangs.«

Sie waren Philosophen. Sie redeten wohl wirklich so. Philosophen haben oft – anders als das Klischee es will, sagte Eduard – einen Blick für das Einfache.

»Köln ist die Auflösung der Grenze«, sagte Claudia. »Die sieben Brücken zeigen das.«

»Sieben Brücken?« fragte Thomas.

»Zähl doch mal!« sagte Claudia und hob den Arm. »Rodenkirchner Brücke, Südbrücke, Severinsbrücke, Deutzer Brücke, Hohenzollernbrücke, Zoobrücke, Mülheimer Brücke. Wir leben in einer Brücken-Stadt, obwohl alle immer von der Dom-Stadt reden.«

Über sieben Brücken musst du gehen, pfiff Eduard.

»Keiner erwähnt in meiner Gegenwart ungestraft den Namen Peter Maffay«, sagte Thomas.

»Ich wollte Karat sagen«, sagte Eduard. »Von der anderen Seite des Eisernen Vorhangs.«

Jeder sagte, was er wollte, aber keiner, ohne vorher zu überlegen. Dadurch entstand eine spezielle, etwas überkandidelte Atmosphäre: dieser ambitionierte, studentische Sound von unerbittlich artikuliertem Grips, wie Eduard mir berichtete.

Nach Einbruch der Dunkelheit wurde es kühl. Sie fuhren zu Thomas, der in seiner Bude an der Aachener Straße für solche Fälle eine Flasche Wodka vorrätig hielt. Um ein Uhr nachts tauchten Freunde auf, die im Café Bauturm gewesen waren und gute Laune hatten. Man schmiss Geld zusammen und schickte jemanden zum letzten offenen Kiosk. Es gab viel zu reden. Man kannte sich seit einer Stunde, aber eigentlich schon gut. Eduard löschte im Kopf alle Seminare des kommenden Vormittags aus und blieb bis fünf Uhr morgens. *So soll es sein.*

Am Nachmittag des folgenden Tages verdünnte Eduard seinen alkoholischen Mundgeruch mit Odol, nahm noch eine günstig gelegene Nietzsche-Vorlesung mit und trank Kaffee im Philosophikum. Er las herumliegende Studentenzeitungen und unterhielt sich mit Leuten. Er verschwendete den Rest des Tages. Er hatte schon Lust auf das nächste Referat.

»Ich habe das Kierkegaard-Seminar aufgemischt«, triumphierte Eduard beim abendlichen Telefongespräch gegenüber Eckstein. »Dein Rhetorikkurs war nicht für die Katz, mein Lieber. Das muss mal gesagt werden. Die meisten Studenten haben keinen blassen Schimmer, wie man einen klaren Gedanken rüberbringt. Die halten den Knoten in ihrer Zunge für gottgegeben.«

»Wenn nur alle so dankbar wären!« griente Eckstein.

Er war Eduards einziger akademischer Berater. Die alten Mantheys hatten nur gestaunt und Eduard Stullen für drei

Tage eingepackt, als ihr Sohn tatsächlich losgefahren war, um sich in Köln zwecks Studium eine Bude zu suchen.

Eckstein drängte Eduard (schon wieder), neben den unvermeidlichen Geisteswissenschaften, für die sich unser Freund nun entschieden hatte, auch Biologie, Medizin, Geographie oder etwas ähnlich Handfestes zu studieren.

»Wenn du ne halbwegs harte Wissenschaft dazunimmst, mach ich aus dir einen Wissenschaftshistoriker«, sagte Eckstein. »Da kenn ich mich aus.«

»Ich hab mit drei Fächern schon genug zu tun«, entgegnete Eduard.

»Hör mal«, sagte Eckstein. »Deine Brillanz hat Obergrenzen, daran ändert ein sauberes Referat rein gar nichts. Doch mit Kalkül kannst du eine Menge Konkurrenten abschütteln. Es ist nicht einfach, sinnvoll zu studieren. Frag Millionen Studienabbrecher. Aber ich kann dir zeigen, wie es geht.«

Am nächsten Wochenende kam Julia nach Köln. Sie war neugierig, immer noch verliebt und stolz auf ihren Freund, den furiosen Studenten. Sie brachte ein Geschenk von Gotthilf und Dietlinde Manthey mit. Eduards Eltern hatten sich telefonisch von Gustav Eckstein beraten lassen, beim lange geplanten Kauf des Ford Escort auf die Ghia-Ausstattung und 50 PS verzichtet und ihrem Sohn einen Compaq-Computer mit 286-Prozessor und Tintenstrahl-Drucker gekauft. Er packte die Maschine aus und scheiterte beim Versuch, irgendetwas daran ins Laufen zu bringen. Trotzdem bedankte er sich telefonisch, zuerst bei seinen Eltern, dann bei Eckstein.

»Du kannst jetzt einen Computerkurs machen oder keinen«, sagte Eckstein.

»Aha«, sagte Eduard. »Genau darauf bin ich natürlich nicht gekommen.«

»Bald werden die Dinger idiotensicher sein wie Handgranaten, sonst interessiert sich keiner mehr dafür«, sagte Eckstein. »So war das immer. Die Frage ist nur, ob man dann noch mitbekommt, was in diesen Kisten eigentlich drin ist.«

Er, immerhin, verstand, dass sich vor uns eine Tür öffnete: Ins Digitale, ins Virtuelle, in die Fänge einer neuen, anstrengenden Welttheorie; in ein Universum, in dem die diskrete, universelle Maschine herrschte, an die man angeschlossen sein musste, um als lebendig zu gelten. Wir indessen spürten nichts davon, nichts, nichts, nichts.

»Du willst mir also einen Kurs aufschwatzen«, sagte Eduard.

»So ist es«, bestätigte Eckstein. »Ich war dabei, als das Fernsehen kam. Du erlebst jetzt den PC. Ich würde versuchen, die Technik zu verstehen. Wir werden einmal das Computerzeitalter gewesen sein – um dir kostenlos ein streng gehütetes Geheimnis zu verraten.«

Er erzählte von seinen Forschungen an alten Rechenmaschinen und erwähnte den Brief, den der Erfinder Wilhelm Schickard im September 1623 an den Mathematiker Johannes Kepler geschrieben hatte. Darin war von einer Rechenmaschine mit automatischer Zehner- und Hunderter-Übertragung die Rede.

»Die Geschichte fing schon 1623 an?« fragte Eduard.

»Auf gewisse Weise nein«, sagte Eckstein. »Man kann die Computergeschichte nicht einfach so von Schickard her erzählen. Die Entwicklung des Wissens ist nicht identisch mit der Entwicklung eines Obstbaumes, obwohl man das oft denkt.«

Es gebe Brüche und Risse, sagte er. *Diskontinuitäten.*

Als das Gespräch beendet war, gingen Eduard und Julia ins Stauss. Es gelang Eduard nicht, Julia seine innere Verfassung zu beschreiben. Das Triumphgefühl beim Kierkegaard-Referat, das wahnsinnige Klirren im Kopf bei bestimmten

Vorlesungen, der kosmopolitische Kitzel beim Anblick des Rheinpanoramas, die Freizügigkeit der Nächte: Er machte viele Worte, aber er brachte sein Anliegen nicht rüber. Eduard und Julia redeten aneinander vorbei und hörten irgendwann damit auf, um festzustellen, dass sie sich auch im Schweigen befremdeten. Am Samstag gingen sie um acht Uhr ins Broadway und wechselten zur Spätvorstellung in Die Lupe 2, wo ein Film von Alfred Hitchcock lief. Sie tranken Bier im Café Central. Dort gab ein amerikanischer Maler nachts um drei ein Fernsehinterview.

Nichts war wie vor vier Wochen. Zwischen ihnen lag klaffend Eduards neues Leben: Erfahrungen, die sie nicht mehr teilten. Er hatte sich auf Julias Besuch nicht gefreut, musste Eduard zugeben. Auch der Sonntag verlief zäh. Sie frühstückten, sie gingen im Park spazieren, sie sahen fern. Als Julia wieder auf der Autobahn war, ging es Eduard besser. Wo ist die Schnittmenge geblieben? dachte er.

Eduard machte in den nächsten Monaten sechs Scheine mit passablen Noten und erledigte fast die Hälfte des Grundstudiums. Meistens schlief er nur zwischen zwei und sieben Uhr morgens. Seine Euphorie ersetzte Schlaf und gesunde Ernährung. Es zeigte sich, dass die Kranken und Wahnsinnigen im Altenpflegeheim seine Intelligenz nicht gefördert, aber auch nicht beschädigt hatten. Seine Akkus waren geladen. Er stürzte sich auf alles.

Es gab romanische Kirchen in Köln, deren Wandaufrisse Eduard während kunsthistorischer Übungen zu lesen lernte wie alte Bücher. Es gab das Museum Ludwig, die Galerien im Belgischen Viertel, im Agnes-Viertel, in der Südstadt etc., wo die Kunstszene ihren Dünkel entfaltete. Und es gab den Kunstverein. Dort begriff Eduard, dass Vernissagen – anders als Theaterpremieren in seiner Heimatstadt – zutiefst unbürgerliche Veranstaltungen sein können. Wer im Kunstverein aufkreuzte, war hip. Und nebenan, in St. Peter, residierte der charismatische Pater Mennekes, der in seinem Gotteshaus ebenfalls moderne Kunst zeigte. Auch Pater Mennekes, die Güte und Bildung in Person, war auf bestimmte Weise hip. Eine Weile trug sich Eduard mit dem Gedanken, moderne Kunst zum Sinn seines Lebens zu machen.

Eduard sah im Müngersdorfer Stadion Pierre Littbarski und Icke Häßler bei der Arbeit zu. Sie ließen den Ball für den 1. FC Köln zirkulieren wie später keiner mehr. Er lernte, dass man die richtigen Flyer in die Finger bekommen musste, um in der Nacht an den angesagten Plätzen aufzutauchen, wo DJs aus New York und London auflegten. Sie schenkten ihm mit 180 *beats per minute* die Gewissheit, dass Neue Deutsche Welle, New Wave und Heavy Metal ins Massengrab der Musikgeschichte gehörten.

Anfang Juli lernte Eduard in der Germanistischen Bibliothek die blonde Petra kennen, kurzer Rock, hohe Absätze. Sie hob während der Lektüre einer maßgeblichen Kleist-Interpretation den Kopf, wurde von Eduards Kohlhaas-artigem Narbengesicht erregt und lud ihn ein paar Tage später zum Essen in ihre auffallend hübsche Wohnung in Lindenthal ein. Petra verdiente ihr Geld bei *RTL*, wo sie Filme ansah, um deren Kauf- oder Verkaufswert zu taxieren. Als Eduard von der Toilette kam, lag Petras Slip auf seinem Stuhl und roch nach Parfüm. Er fühlte sich zutiefst geschmeichelt und dachte sich nichts dabei, als Petra Jennifer Rush auflegte, bevor sie sich das Kleid auszog. Es wurde eine lange Nacht. Eduard war aufgeregt, aber mächtig potent, wie sich herausstellte. Als er am nächsten Nachmittag im Philosophikum mit seiner Eroberung aufschnitt und Thomas die Details erzählte, bekam er sofort die Quittung.

»Mit einer Frau, die Jennifer Rush hört, würde ich nicht

mal Händchen halten«, sagte Thomas. »Also, ich bitte dich. Das muss doch nun wirklich nicht sein.«

So etwas hatte Eduard in seiner Heimatstadt noch nie gehört. Niemand war je gerügt worden, weil er beim Liebesakt die falsche Musik gehört hatte. Aber Eduard wollte kein Außenseiter sein. Er ging Petra aus dem Weg. Er rief sie nicht mehr an.

Im Laufe der Semesterferien wurde Eduard ein gefragter Kommilitone. Noch schrieben fast alle Studenten die Hausarbeiten auf Schreibmaschinen. Selbst handschriftliche Arbeiten waren längst nicht ausgestorben. Aber Eduard hatte den 286er mit Tintenstrahl-Drucker. Sein Appartement, das keine acht Fußminuten vom Hauptgebäude entfernt an der Zülpicher Straße lag, wurde oft besucht. Manchmal blieben Studentinnen, die als Dank fürs Formatieren und Ausdrucken Rotwein mitgebracht hatten, bis zum Frühstück – und bevor Eduard das Bett mit ihnen teilte, kontrollierte er sorgfältig, welche Platte auf dem Teller lag.

Julia kam alle zwei, drei Wochen nach Köln. Sie hätte auch weiter nach Süden fahren können. Eduard spürte seine Freundin nicht mehr. Sie war nicht in den Vibrationen der Stadt. Wo er sich bewegte, gab es keine Spuren von ihr und keine Erinnerungen an sie. Julia war Jugendzeit, Traumzeit, Vergangenheit. Selbst die Melancholie, die sie als Letztes teilten – wie einst am Dachfenster die Dämmerung –, war fade. Was war es gewesen, was uns verbunden hatte? fragte er sich. Warum konnte er sich nicht daran erinnern? Wer hatte die Luft herausgelassen?

Je tiefer Eduard in die gespreizte Welt der kulturellen Moden eindrang; je häufiger er die fundamentalistischen Autoren der *Spex* im Sixpack traf; je deutlicher ihm wurde, dass Studentinnen, die nicht einmal besonders blöde waren, um schlecht bezahlte Telefonjobs bibberten wie Espenlaub, nur weil die Jobs von angesagten Galerien ausgeschrieben worden waren; je öfter er spürte, dass gewisse Streber und Karrieristen französische Theoriebücher, und in Sonderheit diejenigen Jacques Derridas nicht liebten, sondern im Seminar als Folterinstrumente benutzten, um ihre Konkurrenten zu erniedrigen, zu blamieren, klein zu halten und zu verjagen; je häufiger solches geschah, desto klarer wurde ihm, was Eckstein als die nervtötenden Lustspiele der Avantgarde bezeichnet hatte. Eduard stürzte sich händereibend in den Kampf. Er lernte zu diffamieren. Die Stadt, die von den Poller Wiesen ein lächelndes Gesicht gezeigt hatte, entblößte ihre Schneidezähne. Mein Freund hatte keine Angst. Er musste sich nur an das Spiel gewöhnen.

Eduard lebte vom Bafög-Höchstsatz plus zwei-, dreihundert Mark von seinen Eltern. Wenn sein Girokonto leer war, sah er sich nach Tagesjobs beim Asta um und bekam auch dann einen ab, wenn das Angebot spärlich war. Es gab nämlich Studenten, die zwar morgens um sieben Uhr zur Verteilung der Jobs ins Unicum schlurften, aber keine Lust hatten, auf die andere Rheinseite zu fahren, sich bei der Arbeit die Finger schmutzig zu machen oder überhaupt einer nennenswerten Anstrengung zu unterziehen.

Das fand Eduard absurd. Er hatte mit Dreck und Schweiß kein Problem. Er lud bei 35 Grad Celsius dreißig Tonnen Korallensand von einem überbreiten Tieflader ab, der vom Hafen in Rotterdam gekommen war. Er brach Betonmauern mit Hilti-Bohrhämmern nieder, dass es krachte. Er strich auf kippeligen Zehn-Meter-Leitern Häuserfassaden in Ocker, Beige und Grün, bis sie strahlten. Er räumte Rohbaumüll aus Kellern aus und pfiff Lieder, während er in Brühl eine komplette Containerladung indonesischer Antik-Vogelkäfig-Imitate vom LKW ins Lager brachte.

Ich kann beides, Kierkegaard und Maloche, dachte Eduard. Ich bin hier die Doppelbegabung.

Abends ging Eduard mit seinen neuen Bekannten ins Café Bauturm, ins Café Central, ins XX (Dos Equis), ins Sixpack, ins Hallmackenreuther, ins Stauss um die Ecke und ins ABS am Gottesweg, und blieb diesen Kneipen bis zuletzt treu.

Am Ende des 3. Semesters trat eines jener Lebenswende-Ereignisse ein: Julia war schwanger und wollte das Kind haben.

»Es kommt nicht auf den Zeitpunkt, sondern auf die Liebe an«, sagte Julia resolut. »Lass uns anfangen wie damals im September.«

»Unsere Uhr ist abgelaufen«, sagte Eduard, der sich von Julia unendlich ermüdet fühlte. »Ich will die besten Jahre meines Lebens nicht mit Wickeln verbringen.«

Sie nervten sich von Freitagnacht bis Sonntagabend und am nächsten Wochenende über denselben Zeitraum. Es gab nichts Verbindliches mehr zwischen ihnen. Am dritten Wochenende kam Julia nur noch, um ihre Sachen abzuholen.

»Du wirst nicht mehr Vater und nicht mehr glücklich«, sagte sie. »Denk immer an meine Worte, wenn du eine andere fickst.«

Eduard dachte jahrelang an Julias Worte. Bei keiner seiner Liebschaften hatte er das Gefühl, eine Bindung einzugehen. Er fragte sich, ob es eine zweite Bindung gäbe, wenn die erste einmal vorbei war. Manchmal war ihm kalt bei der Liebe. Aber er kam auf seine Kosten, wie er sagte.

Während sich Eduard in Köln an Freiheit und Leere gewöhnte, sortierte auch Eckstein sein Leben. Er entließ nach und nach die Gehilfinnen, die Katrin angestellt hatte. Als ich ihn fragte, warum er das tat, sagte er: »Ich weiß es nicht. Ich vermute, aus Undank, Rache oder Schmerz.«

Eckstein suchte per Inserat neues Putzpersonal und eine Betreuung für Marie, am besten in einer Person. Die ausgelobte Bezahlung war üppig. Fünfzehn Frauen mit Krankenschwesterausbildung oder familiären Pflegeerfahrungen stellten sich in der Zeppelinstraße vor. Sie staunten über den Empfang, den Eckstein ihnen im Gesellschaftszimmer unter dem Tara-Twain- und dem Hitlerfresse-Foto Erwin Blumenfelds bereitete (beides Hochzeitsgeschenke von Katrins toten Eltern, Bruno und Vera Erdentreu). Leysieffer-Torte stand bereit, Eckstein trug Seidenkrawatten und aus dem Hintergrund erklang Klaviermusik, oft Chopins a-moll-Prélude, in das er sich vernarrt hatte. Aber trotz des Interesses, mit dem die Frauen auf den strengen Charme des Hausherrn reagierten, bekam keine von ihnen Marie Eckstein zu sehen oder erfuhr auch nur, warum die Aufgabe so speziell war.

Erst der Masurin Hedwig Maletzko, einer achtundfünfzigjährigen Witwe mit Kugelbauch, stämmigen Beinen und in unbedachten Momenten braitestem Ostpräjssisch, schenkte Eckstein sein Vertrauen. Maletzko hatte in ihrer Kindheit Kleinbärengrund gekannt und war nach der Flucht untypischerweise an der Seite eines Gewerkschaftsfunktionärs in die Kreise der Sozialdemokratie eingedrungen. Sie verehrte Agnes Miegel als »Ostpreußen-Mutter«, konnte Ännchen vonTharau in Hochdeutsch und Dialekt auswendig und hatte Siegfried Lenz gelesen. Bald gab sie Eckstein eine Probe ihres faustdicken Heimathumors (Heimattumors, sagte er zu mir).

Meta Maurischkat aus Krimken wird vor Gericht als Zeugin vernommen. »Name?« fragt der Beamte. – »Meta Maurischkat.« – »Verhairatet?« – »Nein.« – »Jeboren?« – »Ja!«

Hedwig Maletzko wusste, was der Gebetsverein war. Sie glaubte zu verstehen, warum ein Mensch zeitlebens in das pietistische Psychosystem verstrickt bleiben konnte. »Da ist alles so streng, dass man das Herz gar nicht mehr freibekommt«, sagte sie. Eckstein erklärte ihr, mit welchen Selbstbeschuldigungen sich seine Mutter seit Jahrzehnten belastete, skizzierte auf *Brigitte*-Niveau die Krankheit zum Tode und betonte, dass man Maries Verhalten – hier sagte Eckstein, um seine Solidarität zu zeigen, ein einziges Mal »fräijlich« – nicht mit Altersdemenz oder Schizophrenie verwechseln durfte, obwohl die Symptome Anlass dazu gäben.

Mit Hedwig Maletzko stieg Gustav Eckstein zur Dachkammer hinauf und sah, dass er sich nicht geirrt hatte. Wenn überhaupt etwas in Maries Gesichtsspiel zu lesen war, dann das: Sie würde von Hedwig dreimal am Tag Bananen und Brei annehmen und der Masurin erlauben, zu gegebener Zeit die Bettwäsche zu wechseln. Ob Hedwig hoffen durfte, auch freundliche Worte aus Marie hervorzuzerren (Eckstein sagte: »hervorzuzerren«), blieb offen. Das Einzige, was Marie zur Unterhaltung beisteuerte, war ein »Gott vergelt's«, das nicht Gustav galt.

Als Maries Versorgung geregelt war, begann Gustav Eckstein seine Bibliotheksreisen, die ihn nach München, London, Wien, Bologna und Helsinki führten. Schließlich besuchte er auch wieder Paris, die Stadt seines toten Spezis Foucault. Weil es vom Rhein an die Seine nicht weit war, lud er Eduard ein und schlug einen Besuch im Jules Verne vor.

Dank telefonischer Voranmeldung überwanden sie den Zerberus am Südpfeiler des Eiffelturms, der den Zugang zum Drei-Sterne-Heiligtum wie in einer Atomfabrik kontrollierte. Dann ging es hinauf. Der Lift wurde durch ein Gewirr von Stahlkonstruktionen gezogen, deren Streben und Gitter zu einem Metalldickicht zusammenwuchsen. Im Jules Verne aßen die Freunde Jakobsmuscheln in Orangenbutter, ein Soufflé vom Taschenkrebs, Rochenflügel, Wildente auf Sauerkraut und zum Abschluss ein Rotwein-Sorbet. Zu trinken gab es einen Romanée-Conti, der in Romanée-Saint-Vivant die Sonne gesehen hatte. Eduard fühlte sich wunderbar schläfrig und warf verklärte Blicke auf die Stadt, in der nun die Lichter angingen, ein flackerndes Meer ohne Ufer.

»Jetzt weiß ich wieder, warum ich meine Wurzeln ausreißen wollte«, sagte er.

»Vergiss nicht, dass ich bezahle«, sagte Eckstein. »Du hast noch einiges vor dir.«

»Wie lang wirst du für dein Buch brauchen?« wechselte Eduard das Thema.

»Noch Jahre«, sagte Eckstein. »Der Einfluss der Philosophie auf die Rationalität ist praktisch jahrtausendelang schamlos übertrieben worden. Ich befasse mich fast nur noch mit Apparaturen, Zählwerken, Uhren und Schaltkreisen. Wenn es so weitergeht, werde ich fünf, sechs Bücher in eins zusammenschreiben: über Philosophie, Technik, Mathematik, Literatur, Physiognomie, alles Mögliche. Das gibt dann hoffentlich eine Verdichtung, die knallt.«

»Wenn du noch lange verdichtest, wirst du nie mehr Professor«, sagte Eduard. »Selbst wenn das Buch ein Knaller sein sollte, wovon natürlich alle Welt ausgeht.«

»Macht mir nichts aus«, sagte Eckstein. »Ich brauche kein Geld, keine Stelle und schon gar keine nölenden Studenten wie dich. Ruhm ist das Einzige, was ich will.«

Bücher à la parisien unter den Arm geklemmt, lernte Eckstein drei Tage später im Jardin des Plantes die französisch-spanische Delta-Airlines-Stewardess Solange Continente kennen. Sie war eine Traumerscheinung in der Wirklichkeit, ein perfektes Rehgeschöpf mit Goya-schwarzen Haaren und Funkelaugen, deren Iris die Farbe wechselte wie das Meerwasser an den Kreidefelsen von L'Etretat.

Um sich einen morbiden Spaß zu machen, spazierten Eckstein und Solange durch die alte Knochenhalle des Musée d'Histoire Naturelle und erfreuten sich, Darwins Entstehung der Arten von der Molluske über Wirbel- und Säugetiere bis zur fatalen Gabelung von Menschen und Affen besichtigend, an dem erschütternden Diorama biologischer Verschwendung. Sie redeten in sicheren, einfachen englischen Sätzen miteinander.

Einer touristischen Eingebung folgend, fuhren die neuen Bekannten zum Cimetière du Père-Lachaise hinaus und liefen zwischen den berühmten, pockennarbigen Grabpalästen, Grabhäusern und Grabsteinen hin und her. Docteur Guillotin, Edith Piaf, Oscar Wilde und Frédéric Chopin lagen zur letzten Ruhe am Weg, hier Avenue genannt. Trotz der kurzen Frist seit ihren ersten Worten gab es keinen Moment der Peinlichkeit oder Verunsicherung. Sie untersuchten die Flechten und das Moos auf den Steinen, lasen kleine und große Tafeln mit moralischen und frivolen Sprüchen, vergaßen die aufsteigende Kälte, atmeten tief und spürten das Wunder des Lebens.

Solange und Eckstein schauten zu, wie das Licht sank. Sie kamen zu der Erkenntnis, dass die Macht der Toten darin besteht, unsere Gedanken auf die Fragen nach Gott, Unsterblichkeit, Sinn und diese Dinge zu lenken. Ihnen fiel auf, dass Friedhöfe den sanften Druck erzeugen, das Handeln und Trachten auf Erden als solches zu schätzen und folglich weniger zweckmäßig auszurichten. Sie erhitzten sich über der Frage, ob man vor dem Tod Angst haben könne – was Solange behauptete und dafür einen Tod entwarf, von dem der Verstorbene noch wusste: Ich bin in diesem Tod –, oder nur vor dem Sterben, wovon der Rationalist Eckstein ausging, für den der Tod das endgültig bewusstlose Stadium war, in dem das Nichts allein zu sich selbst kommt.

Es war eine berückende Ouvertüre. Eckstein und Solange

verabschiedeten sich vor einem Hotel im Sixième per Handschlag. Sie nahmen sich scherzend vor, ein Liebespaar zu werden, falls sie einmal auf einem Delta-Flug zusammentreffen würden.

»Genau an dem Tag, an dem es seiner Majestät, dem Zufall, gefällt«, sagte Eckstein.

»Ich bin gespannt«, sagte Solange.

Eckstein stürzte sich in den Pariser Bibliotheken in seine Studien über Abraham de Moivres *Doctrine of Chance*, in der gewisse Schwachpunkte der Chancenrechnung Baruch de Spinozas mit gedanklichen Maßnahmen behoben worden waren, die später auch bei Pierre Simon de Laplace auftauchen. Abends, wenn die Arbeit getan war, saß er oft allein auf den Stufen von Sacré Cœur in der Nähe seines Hotels und blickte auf die Stadt hinab.

In der *Doctrine* de Moivres fand Eckstein den Satz: *Da es nun gewiss ist, dass ein Ereignis entweder eintritt oder ausbleibt, folgt, dass die Gewissheit, die unter dem Begriff eines unendlich großen Grades von Wahrscheinlichkeit gefasst werden kann, passend durch die Eins dargestellt wird.* Diesen Fund schrieb Eckstein auf die Rückseite eines Eiffelturms und schickte die Postkarte, mit dem Namen Solange Continente versehen, an eine offizielle Delta-Adresse nach Atlanta, Georgia. Solange, so kam später heraus, deutete den komplizierten Satz de Moivres als Anspielung darauf, dass Eckstein nun doch von der Begierde gepackt worden wäre und als Delta-Vielflieger dem Zufall auf die Sprünge helfen wollte. Sie freute sich, Eckstein eines Tages wiederzusehen. Sie wusste, dass für ein neues Verhältnis nichts besser ist als eine lange Phase der Imagination.

Im entscheidenden Punkt irrte Solange. Eckstein kehrte in unsere Stadt zurück, setzte sich an den Schreibtisch und unternahm nichts, um ein Wiedersehen zu provozieren. Er fühlte innere Lähmung, wenn er an Solange dachte. Es kam ihm so vor, als sollte ein verlassener und praktisch vaterloser Mann seinen Trost nicht ausgerechnet bei einer heimatlosen Stewardess suchen. Er fürchtete Klischees. Er wusste nicht, was mit ihm los war.

Während Eckstein über den Büchern hing, schlich sich die Sehnsucht nach Katrin in sein Leben zurück. Manchmal hörte er morgens das Klappern des Briefkastendeckels und hielt im Halbschlaf die Wirkung des Sturms für ihren energischen Griff nach der Zeitung. Stand er im Schlafanzug in der Küche, fiel ihm auf, dass er sich ihre Lieblingstasse gegriffen hatte, auf der Albert Einstein die Zunge herausstreckte. Im Badezimmer fanden sich noch drei Jahre nach Katrins Verschwinden zwischen Bürsten, Föhnaufsätzen, in der Wäschetonne, eigentlich überall, ihre gefärbten und ungefärbten Haare. Sie waren nicht auszurotten. Selbst Hedwig, die ihre masurische Ehre auch in die Leistung beim Putzen setzte, war machtlos. Sie behauptete steif und fest, Katrins Haare würden nachwachsen.

Um sich von seinem sozialen Desaster abzulenken, fasste Eckstein den Entschluss, wieder nach Nymphen zu jagen, die zu jung waren, um ihm seine Probleme vorzuspiegeln. Aber er fühlte sich unsicher, wenn er abends in der freien Wildbahn der Kneipen seinen Blick schweifen ließ. Ihm fehlte die Unterstützung durch das magische Licht von Raum 3.13 und die erhabene Beugehaft des Rhetorikunterrichts. Er fand oft keine Worte – er, dem die Worte gehorchten. Nach der Anschaffung billigerer Kleider und einigen Übungseinheiten gelang es ihm, im Unikeller unter dem Schloss die klügsten unter den jungen Studentinnen für sich zu interessieren. Sie trugen jedoch entweder atemberaubend verschwitzte Pullover oder das Panier des festen Freundes vor sich her. Im Café Wintergarten musste er sich von Neunzehnjährigen, die mit ihm geflirtet hatten, Ausführungen über den unschätzbaren Wert der Jungfräulichkeit anhören.

Eckstein hatte die vierzig hinter sich. Er lernte, wie beschämend ein Korb sein kann. Erst nach der Ausweitung des Altersspektrums und dem radikalen Wechsel der Strategie hatte er wieder Erfolg. Er gab sich nun an den Theken als einsamer, geschlagener, liebebedürftiger Mann zu erkennen und stellte – dabei nicht humorlos – die Ergebenheit eines geprügelten Hundes in Aussicht. Gewisse Frauen um die dreißig, fünfunddreißig, vierzig, meistens selbst in der Heißmangel der Enttäuschungen geplättet, fühlten sich durchaus angesprochen. Sie gaben sich vorbehaltlos hin, ohne Hoffnung und ohne Erwartung, aber im Wohlgefühl, ein gültiges Werk der Barmherzigkeit zu tun.

Doch was sollte Eckstein mit Frauen ab dreißig, fünfunddreißig, vierzig? In dieser reifen Altersklasse zog er seine Ehefrau Katrin fast allen anderen vor, vielleicht sogar dem galaktischen Sexversprechen namens Solange Continente, die irgendwo am Himmel im Delta-Jet ihre Bahnen zog und vermutlich nach jedem Flug von Visitenkarten Verliebter ausgebeulte Kostümtaschen hatte.

Er lernte nun auch die Bitterkeit kennen.

Keiner Frau gelang es, Eckstein länger als eine halbe Stunde vor dem klaren Blick auf sich selbst zu retten. Um seiner Seele Luft zu verschaffen, begann er Briefe zu schreiben, und zwar in der verdrehten Absicht, sie keinesfalls abzuschicken, was dadurch erleichtert wurde, dass es ohnehin keine Adresse von Katrin gab, noch überhaupt ein Lebenszeichen. Womit Eckstein nicht gerechnet hatte, war dies: Obwohl er die Blätter nicht abschicken wollte und freie Hand hatte, die phantastischsten Dinge zu erfinden, fand er kein anderes Muster als den schnöden, konventionellen, reumütigen Liebesbrief. Also schrieb er Liebesbriefe.

Er blätterte in dieser Zeit in den Geschichten der Liebesunfähigen der Weltliteratur und stieß dabei auf den abgehalfterten Konsul und Trinker Geoffrey Firmin aus Malcolm Lowrys *Under the Vulcano.* Eckstein ging der strahlende Tag durch den Sinn, an dem er während der Mexikoreise mit Katrin in Lowrys Haus gewesen war, am Ursprungsort des dämonischen Gesangs. Firmin ist mein Bruder, dachte er, und schrieb an einem regnerischen Mittwoch, an dem die Dunkelheit früh aus Osten hervorgekrochen kam, im ausgeknockten Ton des Konsuls:

Ich wüsste nicht, wozu wir hier unten auf der Erde unserem Ende entgegentreiben, wenn nicht um der Liebe willen, die uns auf der Heimfahrt ins Nichts vielleicht begegnet. Du wirst es mit Überraschung hören, Katrin, aber wir sollten unsere guten Jahren nicht auf diese erniedrigende Weise auslöschen. – Erstaunlich, dass ich so etwas Rührendes schreiben kann, oder? – Alles ist eitel, sagt eine Stimme zu mir, und ich weiß nicht einmal, woher sie kommt. Manchmal, wenn ich abends die letzten Bewegungen Maries höre, die vom Kirschholzlehnstuhl zu ihrem Bett schlurft und an dem vergangenen Tag vielleicht nur an Gott und an Dich gedacht hat, wenn ich gefasst, nüchtern und in tödlicher geistiger Klarheit im Sofa liege, nach dem Wein lange, den wir in Burgund, im Kaiserstuhl, im Cinque Terre … überall noch gemeinsam gekauft haben, dann denke ich, Du wirst zur Tür hereinkommen, den Mantel achtlos in die Ecke schleudern, wie Du es oft getan hast, und … unsere Liebe retten. Dann vergeht die Nacht, und Du bist nicht gekommen. Wirklich, ich wünschte, Du kämest zurück. Jetzt, in dieser Sekunde, während ich das Glas in der Linken halte und den Montblanc-Füller in der Rechten, den ich Dir noch selbst geschenkt habe, hoffe ich, dass Du zurückkommst. Das wird sich anhören wie ein übler Scherz, schätze ich – und da geht Marie schon, macht ihre drei Schritte und wechselt vom Stuhl zum Bett zwischen zwei Zuständen, die beide Alb-

träume sein dürften –, doch es ist kein Scherz. Ich mache Schluss mit den Nymphen, wenn Du kommst, ich mache Schluss bis an das Ende der Ewigkeit, ich verspreche es Dir. Im Namen – ich weiß nicht, wie klänge in Deinen Ohren »im Namen Gottes«? – bitte ich Dich: Komm zurück zu mir.

Dr. phil. Gustav Hermann Ecksteins zurückgezogenes Leben als Wissenschaftler, Biograf und Autor unversandter Liebesbriefe wurde von weiteren Bibliotheksreisen unterbrochen. Im September 1988 flog er mit American Airlines nach New York. Er fuhr das World Trade Center mittags und das Empire State Building am späten Abend hinauf, kurz bevor die Aussichtsplattform geschlossen wurde. Das WTC fand Eckstein abstoßend hässlich, ungeschlacht und viel zu groß selbst für die Skyline von New York. Diese hirnlosen Turmquader sind echte Schandflecken, dachte er gehässig, welcher Ungeist hat die Ansicht der Stadt so zerstört?

Eckstein aß immer in derselben Speisehalle in China Town. Sein Schmachtfetzen-Körper verlor wegen der fettlosen Speisen mehrere Kilo, die eigentlich gar nicht mehr da waren. Er fuhr dreimal zum John-F.-Kennedy-Flughafen hinaus, um stundenlang im kreisenden Shuttle-Bus die Atmosphäre von Ankunft und Abschied einzusaugen und an Katrin zu denken. Manchmal, wenn er einen Delta-Airlines-Jumbo mit gerundeter Nackenpartie dahinrollen sah, dachte er auch an Solange Continente.

Eines Abends, als er, umgeben von ein paar älteren Stadtstreichern und Jugendlichen, am Washington Square saß, hatte er das Gefühl, ein für alle Mal im Tintenbad existenzieller Traurigkeit zu ertrinken. Ein Abgrund ohne Echo tat sich vor ihm auf. Melancholie schwärzte sein Herz und lähmte die Bewegungen seiner Extremitäten. Er ging im reinen, starken Empfinden seines Körpers auf, ohne Wolllust, ohne Qual.

Das stumme Gefühl (eher ein Gedanke als ein Gefühl, sagte Eckstein später, ein Gedanke, in dem man nur seinen Körper fühlt) war so eigenartig und heftig, dass er keinen Schritt von seinem Platz machte, bis sich die Dämmerung ankündigte. Dann rief er ein Taxi und ließ sich zur Brooklyn Bridge bringen. Die Millionen künstlichen Lichter in den Wolkenkratzern gewannen allmählich Oberhand über das natürliche Licht. Die magische Stunde, wie Katrin sie genannt hatte, war da. Die Trauer des Abschieds in der Fülle der Gegenwart. Eckstein ging bis zur Mitte der Brücke und erlebte einen tränenseligen Sonnenuntergang, vollkommen schön, wie eine große rote Blume auf dem Cimetière du Père-Lachaise.

Das erschütternde Erlebnis raubte Eckstein die letzten Abwehrkräfte. Am nächsten Morgen brannte seine Haut, während sich im Inneren schon der ewige Frost ausbreitete. Aus dem Spiegel sprang ihn ein entzündetes, hässliches Gaumenzäpfchen an, hinter dem sich blutrot, aber mit gelbem, festem Schleim gekachelt, der Rachen öffnete. Das Schlimmste waren die Schmerzen. Sie hatten keinen Ort und wurden weder von Aspirin noch Paracetamol erreicht. Eckstein glaubte, in seinem nicht sehr vorzüglichen Hotelzimmer sterben zu müssen. Für ihn läuteten schon die tonlosen Glocken.

An seinem inneren Auge zog noch einmal die Herrlichkeit der Welt in der Gestalt Manhattans vorbei. Er sah die Investmenthäuser, die mit Rentenpapieren, Aktien, Devisen und Bankzertifikaten an diesem Morgen schon Milliarden Dollar verdient hatten; den elitären Clubbesitzer von gegenüber, der sich im Bewusstsein des Gottesgnadentums in seiner verspiegelten Limousine zum Frühstück fahren ließ; die Yale-Absolventen in ihren grauen Kammgarnanzügen, die an der Park Avenue, der Fifth Avenue, am Sutton Place, überall, wo er auf langen Spaziergängen seinen Abstand zu den Erfolgreichen dieser Welt vermessen hatte, durch ihre

Millionen-Dollar-Appartements schritten und ihr Personal instruierten.

Eckstein sah auch, wie Bettler in den U-Bahn-Schächten verschwanden; wie Verbrechen geschahen; wie Kinder gezeugt wurden, die schon neun Monate vor ihrer Geburt keine Chance hatten; wie alte Menschen weinten und jungen Menschen das Lachen erstarb; kurz, *alles* was vor sich ging, eben so, wie man es von dieser famosen Stadt zu denken pflegt.

Nun wird sich die Spur in der Mitte des Lebens verlieren, dachte Eckstein. Meine Seele fällt von der Wand wie eine tote Mücke.

Er schleppte sich zum Fahrstuhl und lieh sich an der Rezeption ein Thermometer. Er maß sein Fieber und wandte alle drei Methoden an, zuerst die orale. Aber er konnte das Ergebnis nicht fixieren. Sein Gehirn war nicht mehr in der Lage, die Fahrenheit-Grade in aussagekräftige Celsius-Grade umzurechnen. Erst meinte er, das Thermometer zeige gerade noch akzeptable 39 und ein paar zehntel Grad an. Dann wieder sah er die Säule an 41 Grad Celsius vorbeischnellen: eine tödliche Klimax.

Eckstein unternahm nichts zu seiner Rettung. Die Vorstellung, in einem New Yorker Krankenhaus die letzten Minuten seines Lebens für die Erledigung von Formalitäten zu verschwenden, widerte ihn noch mehr an als die Einsamkeit seines tristen, vier mal vier Meter kleinen Zimmers, das am Morgen dieses Tages erkennbar dazu ausersehen war, seinen ruhmlosen Abtritt zu erleben. Ohne Offenbarung geht das Leben dahin, dachte Eckstein, kein letztes Geheimnis wird gelüftet, kein Himmel steht offen. Wie beschämend das alles ist! Er war nur noch Schmerz und Enttäuschung. Er wollte nicht beten. Er sagte sich Gedichte auf. *Ob Rosen, ob Schnee, ob Meere, / was alles erblühte, verblich, / Es gibt nur zwei Dinge: die Leere / und das gezeichnete Ich.*

Es gab einen Menschen, von dem Gustav Eckstein Abschied nehmen konnte: Eduard Manthey. Einen anderen, von dem er keinen Abschied zu nehmen brauchte, weil er es längst und tausendmal getan hatte: Marie Eckstein, geborene Schattauer. Einen dritten, mit dem er zum Abschied gern das erste Mal geschlafen hätte: Solange Continente. Und einen letzten Menschen, von dem er wünschte, noch ein einziges Wort zu hören: Katrin Eckstein, geborene Erdentreu.

Eckstein rief Eduard an, zu schwach, um über die Zeitverschiebung nachzudenken. Es hätte auch nichts geändert, in Deutschland war es helllichter Nachmittag. Eduard meldete sich nicht. Eckstein wählte unwillkürlich eine andere Nummer, seine eigene. Ohne zu sagen, was los war, unterhielt er sich ein paar Minuten mit Hedwig und erfuhr wichtige Einzelheiten über die Reparatur der Miele-Waschmaschine im Keller.

Als Eckstein sich an der Rezeption aus Misstrauen gegen das erste ein zweites Fieberthermometer besorgen wollte, nahm die Rezeptionistin Clarris Wirth seine Sache in die Hand. Wirth glaubte genau das, was Eckstein, der seine Augen stier auf die Wanduhr gerichtet hielt, selbst vor wenigen Minuten angenommen hatte: dass er nämlich moribund wäre. Sie verschwand in den Räumen hinter der Rezeption und besprach sich mit ihrem Chef. Der Chef wollte in seinem netten Hotel keine Scherereien mit toten Gästen haben und ließ den wehrlosen Eckstein per Notruf ins Krankenhaus abfahren. Die Formalitäten waren schrecklich. Ecksteins renommierte Kreditkarten halfen.

Er nahm mit letzter Befriedigung wahr, dass ihn niemand für einen Hypochonder hielt. Er hatte höllisch entzündete Stirn- und Nebenhöhlen, Eiter in den Ohren, gutartige Magengeschwüre, überreizte Nerven, akute Vitaminarmut und über 40 Grad Fieber. Ein unerschütterlicher, mit allen Wassern gewaschener Internist, Arthur McBone, ein Spross schottischer Rechtsanwälte aus der Gegend von Stirling, sagte bei der Untersuchung in gebrochenem Deutsch: »Ich würde langsamer eintreten.« Eckstein vermutete bei schwindender Geisteskraft, dass McBone entweder »kürzer treten« meinte, oder tatsächlich schon die Litfasssäule am Eingang der Unterwelt war.

10

Gustav Eckstein hat eine Übersetzung jenes Artikels aus der *Kiewska Prawda* vom 18. Juli 1941 anfertigen lassen, von dem Wochen später in der Stadt gesprochen worden war. Am Ende schreibt *Prawda*-Frontkorrespondent Wladimir Rosen: *Wenige Tage, nachdem Hermann Eckstein in russische Gefangenschaft geriet, hatte er Gelegenheit zu sehen und zu erkennen, dass er auf falschem Wege war. Man brauchte kein Psychologe zu sein, um zu bemerken, dass seine Seele in einem großen Wandel begriffen war. Es vergeht nicht viel Zeit und Hitler verliert einen seiner Diener aus innerer Überzeugung.*

Als Hermann im feindlichen Lazarett erwachte, glaubte er, in der Hölle zu sein. Er war ja gerade gestorben. »Ich bin tot« – dieser Gedanke hatte die letzte Sekunde seines Bewusstseins erfüllt, als ihm die Kugel die Rippen zersplitterte und in den Brustkorb drang, so berichtete er fünf Jahre später Marie und seinen Eltern bei ihrem kurzen Wiedersehen. Das Röcheln der Schwerverletzten und die Verzweiflungsschreie der Amputierten, die ätzenden Gerüche und das dürftige Tragbahren-Lager: Der Ort, an dem er nun war, konnte jedenfalls nicht der Himmel sein.

Offiziere der Roten Armee kamen auf ihn zu, darunter der patriotische Schriftsteller Artjom L. aus Minsk, der die deutsche Sprache beherrschte und für die Propaganda-Abteilung an der Front lag. Die Männer wollten Hermanns Namen, Geburtstag, Einheit und diese Dinge wissen.

»Warum haben die Deutschen friedfertige Arbeiter und Bauern der Sowjetunion angegriffen?« fragte Artjom L.

»Das ist eine berechtigte Frage«, sagte Hermann. »Aber ich weiß keine Antwort.«

Aaron Scharoun, ein jüdischer Arzt mit Glasauge, schnitt Hermann die Kugel so behutsam von hinten aus der Brust, dass später keine Spur mehr zurückblieb, außer einem eleganten, roten Strich unterhalb des Schulterblattes. Hermann bekam eine Erklärung in Russisch und Deutsch aufs Krankenlager gelegt, aus der nach seiner Erinnerung für künftige Leser hervorging: 1.) Soldaten der Roten Armee machen Kriegsgefangene. 2.) Soldaten der Roten Armee behandeln Kriegsgefangene tadellos. 3.) Soldaten der Roten Armee führen sich überhaupt nicht wie Mordhorden auf. 4.) Die deutsche Propaganda lügt wie gedruckt.

Hermann unterschrieb, ohne sich zu fragen, ob er von seinem Fall auf andere Fälle schließen dürfe, und bekam, entweder wegen der Unterschrift oder aus nicht ersichtlichen Gründen, eine Extraportion Weißbrot. Er wolle nicht übertreiben, maßregelte er sich in seinem Kalenderbüchlein, das zu Gustavs unschätzbaren Quellen gehörte, »aber man kann an den bolschewistischen Horden mit der nötigen Aufmerksamkeit Züge des Menschlichen entdecken«. Das rasche Tempo seiner Genesung trug ihm den Neid aller Kranken und Verletzten ein. Wassilij Ajwasowskij, der leitende Lazarett-Offizier, teilte ihm mit, dass seine Zukunft in einem Gefangenenlager zwischen Gorkij und dem Ural an der Kama läge.

Eines Morgens wurde Hermann samt Scharen halbwegs reisetüchtiger Mitgefangener zu einem kleinen Bahnhof geführt, auf dem eine lange Reihe verdreckter Viehwaggons wartete, jeweils ausgestattet mit ein paar Forken losen Strohs. Hermann ließ sich auf einen Platz in der Nähe der großen

Schiebetür drängen, die einen Spalt weit offen blieb, und erkannte bald: Er lag falsch. In dem Spalt steckte eine aus Holzlatten gezimmerte Rutsche, die primitive Entsorgungsbahn der Exkremente. Es gelang Hermann noch vor der Abfahrt, fünf Meter zwischen sich und die verdächtige Apparatur zu bringen. Er dachte an die Hochzeitsreise im Rheingold-Express, das Rehsteak auf dem feinen Porzellan, den Duft der Zigarren, Maries verspielte, warme Beine unter dem Tisch, und all das machte die Sache nicht leichter.

Hermann wurde ein Rädchen im Getriebe des Elends, heißt es in den Aufzeichnungen.

Nach wenigen Stunden stank es im Waggon bestialisch, und die Ersten der rund achtzig Männer übergaben sich. Ein entnervter Mitgefangener, den das Schicksal in die Nähe der Rutsche gesetzt hatte, opferte seinen wertvollen Aluminiumlöffel, um der klebrigen Scheiße hinabzuhelfen. Bei den seltenen Stopps schwärmten die Gefangenen, von einer Kette bewaffneter Posten bewacht, auf den Bahndamm aus, um dort zu erledigen, was auf der Rutsche immer unmenschlicher wurde. Zur Prüfung der Stabilität von Böden, Wänden und Türen der Waggons veranstalteten die Posten vor der Weiterfahrt jedesmal langwierige Klopfproben, die sich zu einem regelrechten Konzert von Holz- und Metallklängen steigerten, wie Hermann später berichtete.

Am vierten Tag stellte sich während einer weiteren Pause ein riesenhafter Gefangener mit grotesken Fettpolstern auf den Schultern vor die Männer und ließ ein lang anhaltendes Heulen zum Himmel steigen. Es klang so aggressiv, dass die sowjetischen Bewacher ihre Gewehre hoben und Drohungen ausstießen, die allein aufgrund lautmalerischer Qualität klar zu verstehen waren. Der heulende Mann mit den rollenden Augäpfeln hieß Bertram Morten und war ein Dysplastiker aus Düsseldorf. Hermann unterhielt sich zwei Stunden lang mit Bertram. Er fand ihn bizarr, intelligent und warmherzig. Sie schlossen Freundschaft.

Die Ausläufer der brütenden Pripjet-Sümpfe, in denen der Zug auf seiner Breitspurbahn mutmaßlich als Erstes verschwand, gehörten den Mücken. Kopf- und Kleiderlausschwadronen waren Tag und Nacht auf Beute aus. Zoologisch gebildete Mitgefangene behaupteten, es gäbe in der Gegend Sumpfohreulen, Lasurmeisen, Schlangenadler und Seggenrohrsänger. Aber Hermann sah durch den Spalt im Waggon kein Tier, das dem menschlichen Auge geschmeichelt hätte.

Die Gefangenen aßen hart geröstetes russisches Brot und bekamen dann und wann ein Stück Trockenfisch. Das Trinkwasser reichten die Bewacher aus großen, stinkenden Fässern. Hermann schrieb im Kalenderbüchlein, dass es unter Mitreisenden seines Alters Masturbationsversuche gegeben habe, die wegen Läusebissen und Hitzebläschen zur hinterhältigen Folter wurden.

Viele Männer erkrankten an der Ruhr. Ihre Scheiße legte sich mit blutig-schleimigen Beimengungen Schicht um Schicht auf die Rutsche und wurde vom Sonnenschein petrifiziert. Schließlich saßen die geschwächten Kranken mit ihren brennenden Afterschmerzen direkt auf den bakteriensatten Hinterlassenschaften anderer Leidender. Beim Anblick dieses Elends drehte ein Leutnant namens Schneider durch und machte Anstalten, die Bewacher anzugreifen. Er wurde sofort erschossen und wie die Ruhr-Toten grußlos der Erde übergeben. Manchmal kratzte ein deutscher Totengräber mit einem scharfen Stein ein Kreuz in den lohfarbenen Stamm der nächsten Kiefer. Hermann erwähnte, dass einige Kreuze im letzten Augenblick, bevor das Verscharren beendet war und der Zug weiterfuhr, »zum Hakenkreuz veredelt« wurden.

Die Durchquerung der bedrückenden Weiten dauerte eine Anzahl von Tagen und Nächten, die Hermann hinterher vage auf fünfzehn bis zwanzig schätzte. Er hatte nicht die Kraft oder sah keinen Sinn darin, in dem Kalenderbüchlein die genauen Abläufe zu dokumentieren. Gustav Eckstein fand heraus, dass viele Menschen, die ein solches Kreuz-und-Quer durch Raum und Zeit mitgemacht haben, hinterher keine belastbaren Daten angeben können.

Fritz und *Fritzen* – so viel jedenfalls steht fest – waren die deutschen Worte, mit denen die russischen Bewacher am wenigsten Mühe hatten.

Neben den Apathischen, Verzweifelten und Dumpfen gab es gefangene Soldaten, die Schiller-Gedichte und Shakespeare-Sonette vortrugen, sich gegenseitig Kurse in Geographie, Schach und Medizin gaben und in weiser Voraussicht begannen, Russisch zu lernen, indem sie die Schimpfwörter der Aufseher wiederholten. Zu ihnen gehörte Hermann Eckstein.

Als an einer nicht näher identifizierbaren Station entweder an der Desna oder bereits an den Ufern des Don der Zug anhielt und die Männer am Rande riesiger Flachsfelder wie gewöhnlich in die Hocke gingen, entdeckte Hermann ein Mädchen, das sich halb von Büschen verdeckt die Szene ansah und gleichzeitig ängstlich und belustigt guckte. Als Hermann bemerkte, dass die Kleine mit den wachen Augen ein Buch bei sich trug, verspürte er einen Energiestoß. Er verdeutlichte ihr mit Händen und Füßen, dass er in Gottes Namen eine Seite aus dem Buch haben wolle – und hatte Erfolg. Das Mädchen, das sich auf Hermanns sprachloses Drängen als Onja Rukawischnikowa vorstellte, riss zwei Seiten heraus und übergab sie dem Glücklichen.

»Ich habe echte russische Worte!« triumphierte Hermann, als er wieder im Waggon war, und schwenkte die Blätter.

»Geliebte!« rief Bertram. »Nun bricht das kyrillische Zeitalter an.«

Hermann rief alle Gefangenen, die rudimentäre Russisch-Kenntnisse hatten, in einer Ecke zusammen, in der Bertram den Platz vorab mit eisernen Armen freischaufelte. Es gab Streit und Zank, aber niemand traute sich, dem Ungetüm entgegenzutreten. Die Teilnehmer des Sprachkurses begannen, die Kinderlieder zu entziffern, die Onja ihnen vermacht hatte. Bei einem späteren Halt besorgte ihnen ein Mütterchen sogar ein kleines Wörterbuch. Hermann stürzte sich mit der gleichen Verbissenheit auf die Vokabeln wie die Kopfläuse auf ihn. Bei dem, was nun kam, würde die geistige Wehrtüchtigkeit nicht weniger wichtig sein als die körperliche, so viel glaubte Hermann voraussagen zu können. Er konzentrierte sich zunächst auf das Erlernen der Lehnwörter, die aus dem Lateinischen, Griechischen, Französischen und Deutschen in erstaunlicher Zahl ins Russische eingedrungen waren.

Wenn sich die Russischklasse lautstark in Kasusflexionsübungen erging, schlug eine Woge von höhnischen Kommentaren über ihr zusammen. Es gab viele Kriegsgefangene, die weiterhin nach Möglichkeiten suchten, für Hitler und das Deutschtum zu sterben. Mehr Anklang als die Grammatik fand die Pausenunterhaltung der Sprachschüler. Ein paar Opernfreunde kannten den Gefangenen-Chor aus *Nabucco* und entspannten sich regelmäßig auf Italienisch. *Va, pensiero, sull'ali dorate …*

Die geschundene Gesellschaft wurde auf die eisernen Planken eines Wolgadampfers verfrachtet und verschlief in den ersten Tagen, vom Bahntransport aufgerieben, mehrheitlich die Aussicht auf die Steilufer des Flusses. Hermann war jedoch hellwach, als das Schiff mit ruhig stampfender Maschine in die sanfte Strömung eines Nebenflusses einfuhr, auf dem man Tage später unter freundlichem Tatarenhimmel bis vor die Silhouette einer Stadt vorstieß. Drei leuchtend weiße, kreuzbekrönte Kirchen lagen aneinander gereiht auf der Höhe und markierten den Wiederbeginn der Zivilisation.

Das Lager war eine alte Klosteranlage, zweckentfremdet seit den Tagen der russischen Revolution. Die einfachen Plennis, wie sich die Kriegsgefangenen – russisch: *Woina plenni* – nannten, schlugen Holz in den umliegenden Wäldern. Hermann wurde als Offizier zur Arbeit vorläufig nicht verpflichtet, aber meldete sich freiwillig, schon allein, um den Kontakt zu Bertram Morten zu halten. Sie trafen sich häufiger am Potsdamer Platz, wie eine Lichtung genannt wurde, die fünfzehn Kilometer vom Lager entfernt im Wald lag.

Holz einschlagen war laut Hermanns Notizen viel beliebter als Holz fahren. Die Holzfahrer wurden wie Ochsen paarweise an die Zugknüppel der primitiven Transporter gespannt und mussten die Stämme bis zur Fabrik in der Nähe des Lagers ziehen. Der einzige Mensch, der immer Holz fahren wollte, war Bertram – unter einer Bedingung: Es musste ihm erlaubt sein, in bestimmten Augenblicken anzuhalten und wie ein Wolf zu heulen. Er genoss wegen seiner Riesenkräfte überall Respekt, setzte seinen Wunsch durch und arbeitete für drei.

Über das Gelände ging eine Wanzenplage von ungeheuerlichem Maßstab. Die Belästigung hörte auch dann nicht auf, als Hermann mit den Männern aus seiner Stube alle Holzteile ausräumte und auf dem Hof in einen Kessel mit kochendem Wasser hielt, wofür sich die verbrühten Tiere mit fürchterlichem Todesgestank rächten. Die Möbel waren in der Stube noch nicht wieder aufgestellt, als bereits neue, raubgierige Wanzenheere durch Löcher in den Wänden einmarschierten. Hermann erlebte einen entsetzlichen Augenblick, der entsetzlicher war als der Einschlag der Kugel vor seiner Gefangennahme, als sich eine kampferprobte, blutsaugende Wanze – *kkrrrrrrr* – von der Holzdecke in seinen Gehörgang stürzte. »*Kkrrrrrrr*« steht in seinem Kalenderbüchlein.

Gustav Eckstein fand nur wenige Hinweise auf den seelischen Zustand des Gefangenen. An einer Stelle verglich sich Hermann mit Laub, das der Wind nach Osten getrieben hat, und verweilte für einige Zeilen in Ausdrücken gefasster Melancholie. Ein paar Seiten später erwähnt er die Rose von Jericho gleich mit zwei lateinischen Namen (*Asteriscus pygmeus* und *Anastatica hierochuntica*), weil ihn ein botanisch beschlagener Leidensgenosse über die symbolische Qualität dieser Pflanze aufgeklärt hatte. Die Rose von Jericho, so lernte Hermann, trocknet nach der Fruchtbildung aus und der Wurzelhals bricht ab. Der dürre Knödel jedoch, den der Wind dann forttreibt, quillt beim nächsten Regen auf und gibt seinen Samen an die feuchte Erde weiter, wo er sofort zu keimen beginnt.

Gern beschrieb Hermann sich und Bertram als Bastler. Ihr wichtigster Fund war ein abgebrochenes Sägeblatt, das sie gleich noch einmal zerbrachen. Sie schliffen sich zwei Messer und begannen, Bleistiftverlängerungen, Zigarettenspitzen, Essbesteck, Würfel und zum Beweis ihres unverwüstlichen Humors auch Brieföffner zu schnitzen – Dinge, die auf dem schwarzen Markt des Lagers Rubel und Tabak einbrachten. Aus Erkennungsmarken, die sie am Potsdamer Platz fanden, wurden Aluminiumkämme. Hermann ribbelte Stofffetzen auf und strickte sich im Hinblick auf den kommenden Winter, für den minus 50 Grad prophezeit wurden, mit Buchenholznadeln einen Schal und eine Kappe. Weil er sein Kalenderbüchlein für persönliche Notizen freihalten wollte, schrieb er die russischen Vokabeln auf Zementsackpapier, das er auf Karteikartengröße zurechtgeschnitten hatte.

Bertram klaute in der Holzfabrik Kasein-Pulver, den Grundstoff für Leim, erklärte dem verdutzten Hermann, dass dieses Bindemittel aus Eiweiß von Kuhmilch gewonnen wird und machte zum Beweis aus dem Kasein einen Käse, der beiden gut schmeckte. Als das Käsemachen jedoch um sich griff und damit der Diebstahl von Kasein-Pulver, versetzten es die Aufseher mit ungenießbarem Naphthalin. »Da war Schluss mit dem Käse«, witzelt das Kalenderbüchlein.

Wenn Hermann frei hatte, las er in der Lagerbibliothek ohne jeden Lektüreplan alle möglichen Bücher, darunter Werke von Heinrich Mann, Luis Trenker, Erich Maria Remarque und Lion Feuchtwanger. So vergingen Monate. Die Todesrate unter den Offizieren war weniger hoch als unter den Mannschaften. Der Winter ging vorüber, ein neuer Sommer kam. Hermann arbeitete im Holz und las alles, was es in der Lagerbibliothek zu lesen gab.

Weil die psychischen und intellektuellen Prozesse nicht genauer zu rekonstruieren waren, schrieb Gustav Eckstein in den Aufzeichnungen: »So wurde Hermann reif, ein Partisane zu werden, um das Licht des anderen Deutschlands zu retten.« Allein, Hermann selbst wusste es noch nicht. Niemand hatte ihn einer Gehirnwäsche im engeren Sinne unterzogen, und seine ideologischen Interessen waren gering. Er hatte einen Schock erlitten, als er Adam tötete. Er hatte in Warschau die namenlosen Verbrechen der SS beobachtet, an denen auch Soldaten der Wehrmacht teilgenommen hatten. Er hatte in Berditschew die Erschießung der russischen Kommissare aus Überzeugung verweigert. Es waren die Zufälle des Krieges und Augenblicksinteressen gewesen, die ihn an seinen Platz gebracht hatten.

Trotzdem war er offenbar bereit, als er eines Tages in der Lagerbibliothek während seiner Trenker-Lektüre von Ernst

Hadermann gestört wurde. Dieser deutsche Hauptmann arbeitete an einer großen Rede und hatte Werke von Hölderlin und Lessing unter dem Arm. Er erklärte kurz und bündig, dass die Gründung einer Widerstandsorganisation in Gang sei, zu der sich deutsche Soldaten verbänden, die Hitler und den Demonen den Garaus machen wollten. Nach den wenigen, in Anbetracht einer möglichen Entdeckung stark verrätselten Notizen zu urteilen, gefiel Hermann die Idee auf Anhieb, umso mehr, als auch Bertram Feuer und Flamme war. Die Freunde unterhielten sich oft mit Hadermann und anderen Verschwörern und verloren unterdessen jede Menge Bekannte aus den Reihen der Wehrmachtssoldaten. Einige drohten ihnen den Tod an für den Tag, an dem sie von der Wehrmacht befreit würden (und glaubten, dass die Befreiung nahe bevorstünde).

»Der Tod ist längst angebrochen, ihr Arschkriecher«, sagte Bertram. »Zeit und Raum sind Todeszellen geworden. Begreift ihr das denn nicht?«

Im März des nächsten Jahres hielt Hauptmann Hadermann die akribisch vorbereitete Rede. Hermann beschrieb sie als das »größte Zeugnis deutschen Soldatenmutes, das ich je gehört habe«. Das gesamte Lager war angetreten. Es gab nichts zu verheimlichen, denn die Lagerleitung unterstützte die Umtriebe. Hermann äußerte sich später nicht dazu, ob ihm bekannt gewesen war, dass der russische Geheimdienst mit Billigung, wenn nicht Förderung Josef Stalins die Finger im Spiel hatte. Vieles spricht dafür, dass Hermann diese Hintergründe nicht kannte. Nach Hadermanns Rede bekehrten sich weitere fünfzehn deutsche Soldaten öffentlich zum Widerstand und verdienten sich den Hass der treuen Demonen.

Hermann ließ sich insgeheim von Bernhard Kanitz fotografieren, einem furchtlosen Mitgefangenen, der ein Wunderwerk deutscher Ingenieurkunst mit sich führte: eine *Minox Riga 38*, winzige 8 x 3 Zentimeter groß. Sie hatte alle Kontrollen in einem Stofftäschlein in Kanitz' Schritt überstanden. Die Fotos bezahlte Hermann in Tabak und Rubel. Als er Delegierter der Verschwörer wurde und zur Gründungsversammlung des Nationalkomitees nach Krasnogorsk bei Moskau fuhr, konnte er eine Doppelkassette mit Filmen aus dem Lager schmuggeln. Er sah die Fotos für einen strahlenden Augenblick schon entwickelt und gerahmt in den Händen Maries und seiner Eltern. Er fühlte sich lebenslustig, gesund und tatendurstig.

In Krasnogorsk sagte ein Oberst: »Gegen den totalen Krieg hilft nur totaler Widerstand.« Das imponierte Hermann. Er fuhr mit Bertram in ein Ausbildungslager, in dem Männer des Nationalkomitees auf Partisaneneinsätze vorbereitet wurden.

Im Sommer des Vorjahres bekam Marie Eckstein Post aus Kleinbärengrund. Ihr Vater schrieb, dass Alfred vor Vollendung des 19. Lebensjahres beim deutschen Vormarsch auf die Krim gefallen war.

Am nächsten Tag wurde Marie von einem Sonnenstrahl geweckt, der gleißend zwischen ihre Lider fuhr, richtete sich im Bett auf und fröstelte. Sie dachte an alle Menschen, die sie liebte – wie seit Beginn des Krieges an jedem neuen Morgen. Hermann stand an erster Stelle. An ihn dachte Marie sehr lange, überwand alle Entfernungen und blieb für eine Weile bei ihm: an ihn gepresst und in seiner Gegenwart versunken. Sie dachte an Albert, Paula, Frieda und Evi. Sie stellte sich jeden in der günstigsten Situation vor, so, wie sich der Geliebte gern selbst sähe. Als Alfred vor sie trat, mit milchigen Augen und mausetot, fing sie an zu weinen. Sie wollte beten, aber sie wusste nicht, zu wem.

ER war nicht mehr zu erreichen.

Marie wusch sich an dem Waschbecken im vorderen Gartenzimmer, zog ein gesprenkeltes Sommerkleid an und trat auf die Terrasse. Der Himmel lag blank geschrubbt über der Stadt und die Stadt lag im Krieg, ein gewöhnlicher Zustand. Nach Meinung vieler Menschen konnte es niemals anders gewesen sein. Zwar gab es nicht immer Voralarm, es hätte aber immer Voralarm geben können, und deshalb waren auch die Lücken elementarer Bestandteil des unbegrenzten Alarms. Alle Menschen empfanden immer die Drohung der Sirenen, und viele stumpften darüber ab. Marie hatte gehört, dass in einer Stadt am Rhein zweiundsechzig Marktfrauen umgekommen waren, weil sie sich weigerten, beim Heulen der verhassten Sirenen die Stände zu verlassen. *Volksgenossen, denkt daran! Fliegeralarm ist immer eine eindringliche Warnung.*

Marie machte einen Spaziergang durch den Garten und erreichte das Gartenhaus, in dem sie Goebbels-Kaninchen züchtete. Sie fuhr den fleischigen Tieren, die hungrig und liebestoll waren, durchs Fell und dachte an den nächsten Schlachttag.

Es war noch zu früh, um das Haus zu wecken. Marie ging mit einer Liste in die Innere Immigration und überprüfte das Sanitätsmaterial: Verbandpäckchen, Zellstoff, Chloraminpuder für die Gelbkreuz-Hautschäden, alkalische Augensalbe, Borwasser, Vaseline zum Einfetten nach der Chloraminbrei-Behandlung, Baldriantinktur und Würfelzucker, Eukalyptus-Menthol, Natriumkarbonat-Tabletten, Hansaplast, Dreieckstücher, Binden. Es war alles vorhanden, alles in Ordnung und alles unbenutzt. Familie Eckstein hatte von Bombenangriffen nichts zu befürchten, solange sie bei Alarm rechtzeitig nach Hause kam. Die Innere Immigration erstreckte sich so tief in den Westerberg, dass nach Alberts Überzeugung selbst mehrere Volltreffer keinen Schaden verursachen würden.

Marie deckte den Frühstückstisch auf der Terrasse mit echter Butter und stellte Sahne für den Kaffee dazu. Es gab Eier und Schinkenspeck, der 10 Mark das Pfund gekostet hatte. Das von Albert stets geforderte vierzigprozentige Heil-Wasser war ebenfalls vorhanden. Paula hatte auf dem Schwarzmarkt Gänseleberpastete gekauft.

In den Aufzeichnungen heißt es, dass im Hause Eckstein trotz der Rationierungen das Essen niemals knapp wurde. Albert und Paula hatten nicht nur Geld, sie kannten auch Bauern, oft alte Bekannte von Balduin, die Schweine ohne Köpfe züchteten. Von dieser Rasse konnte man so viele schlachten, wie man wollte, ohne das Fleisch abliefern zu müssen. Wenn es allerdings herauskam, schrieb Eckstein, waren auch die Schlachter den entscheidenden Kopf kürzer.

Klappernd begann das Frühstück.

Toll kam durch die unverschlossene Gartenpforte an der Seite des Hauses, schwänzelte zwischen den gepflegten Gemüsebeeten hindurch und näherte sich der Terrasse. Der Ankömmling überreichte Marie Opekta, Oetkers Gelierhilfe, acht Pfund Zucker und vier Einmachgläser: ein grandioses Geschenk. Die ganze Stadt machte Jagd auf Einmachgläser. Man tauschte bereits Pelze für Gläser ein, wenn auch nicht eins zu eins. Trotzdem begannen in den Kellern und Schuppen viele Sommerfrüchte, Frühäpfel, Birnen und Gurken zu verderben.

»Danke«, sagte Marie.

»Kopf hoch, wir sturen Germanen halten noch lange durch«, sagte Toll. »Und jetzt der neueste Witz.«

Der liebe Gott versammelt Roosevelt, Churchill, Stalin, Mussolini und den Führer um sich und sagt, er wolle nun einmal feststellen, wer die Schuld an diesem Kriege trage. Alle müssten durch den Sumpf gehen und nur, wer nicht versinke, sei schuldlos. Und siehe da: Roosevelt versinkt, Churchill versinkt, alle versinken, nur der Führer nicht. Als die Probe vorüber ist, stellt sich heraus: Der Führer hatte auf dem Kopf von Mussolini gestanden.

Toll besaß tatsächlich Humor, hatte Marie lernen müssen. Der Demon kannte jeden Führer-Witz, der im Reich kursierte.

Einige Tage später kamen Marie und Evi aus dem Kino. Sie machten einen Spaziergang durch die Altstadt und gelangten ans Hasetor. Auf einige Entfernung sahen sie, wie alte, gebrechliche Menschen mit riesigem Gepäck von Polizisten und Prügelgarden in Richtung der Bahngleise geschoben wurden. Die Menschen wankten unter ihren Lasten und gingen unfreiwillig im Zickzack. Einem Mann von der Prügelgarde ging es nicht schnell genug. Er sonderte vier Greise ab und befahl ihnen zu tanzen. Die Männer weigerten sich. Der Demon befahl ihnen, sich in einer Reihe aufzustellen. Er entflammte ein Streichholz, setzte eine Papiertüte in Brand und zündete ihre Bärte an. Die Köpfe der alten Männer gingen in Flammen auf, ihre Schreie erinnerten Marie an Vieh. Sie wollte näher herangehen, aber Evi war dagegen.

In dieser Nacht wurden Maries Handflächen spröde und sprangen auf.

»Die Juden fahren zum Straßenbau nach Theresienstadt«, sagte Toll am nächsten Tag. »Jeder durfte einen Zentner Gepäck und Verpflegung mitnehmen. Die ganze Sammelladung bekam noch mal Lebensmittel für vierzehn Tage auf den Zug. Es ist doch nicht schlecht gesorgt für sie, oder?«

»Sind denn alle gern mitgefahren?« fragte Albert.

»Um Urlaub geht es nun nicht«, sagte Toll. »Ein alter Universitätsprofessor hat sich gewehrt. Aber sonst haben sich alle einwandfrei benommen, tipptopp, da kann man gar nichts sagen. Viele haben den Bewachern fürs Koffertragen Trinkgeld gegeben, weil sie selbst so schlapp waren. Ihr sonstiger

Reichtum kommt jetzt in einen Fonds für deutsche Bombengeschädigte. Herrlich!«

»Ob sich gerade die Schwerkranken besonders gut zum Straßenbau eignen?« fragte Marie.

»Ja, wirklich«, sagte Albert. »Was sollen das für kümmerliche Straßen werden, wenn sie von alten und kranken Juden gebaut werden.«

»Bei guter Anleitung können alle Menschen Straßen bauen«, sagte Toll. »Jede Hand wird in diesen Zeiten gebraucht.«

»Auf den Straßen von den kranken Juden gewinnen wir dann ruckzuck den Krieg«, ätzte Marie. »Gerade im Osten. Es wird bestimmt viel schneller gehen, als man denkt, Toll. Das sagen Sie ja selbst schon seit einem Jahr. Wenn jetzt auch noch die jüdischen Greise helfen, wird es wohl keine zwei Monate mehr dauern, und Weihnachten sind alle Soldaten zu Hause.«

»Es gab noch keinen Krieg, meine Liebe, der nie zu Ende gegangen ist«, sagte Toll. »Es ist möglich, dass bald ein Ereignis eintritt, das den größten Vernichtungssieg der Geschichte herbeiführt. Man hört von tollen Waffen. Der Führer wird vollbringen, was der erste Napoleon und Immanuel Kant vollbringen wollten: die Vereinigten Staaten von Europa und den ewigen Frieden, verlasst euch drauf. ›Ob man die Wohnung uns beschmeißt mit Bomben und mit Minen, darob kippt unser Siegesgeist noch nicht aus den Pantinen.‹ Heil Hitler!«

Der Angriff begann um 3.06 Uhr und dauerte über eine Stunde. Es fielen 180 Sprengbomben, 1300 Phosphorbrandbomben, 8 Mienen und 20 000 Stabbrandbomben. Dadurch brachen 121 Großbrände, 84 mittlere Brände und 197 kleinere Brände aus. Der Schaden wurde später auf 75 Millionen Reichsmark geschätzt.

NO ENEMY PLANE WILL FLY OVER THE REICH TERRITORY.

Marie beobachtete zu Beginn des Angriffs, dass die Goebbels-Kaninchen auf ihre Weise hervorragende Neuzüchtungen waren. Als die Avro Lancaster, Short Stirling und Handley Page Halifax silbern durch die Geisterlichter der Scheinwerfer tauchten, um die giftigen Mägen zu entleeren, als die Flak ihr wütendes Gurgeln und Fauchen ausstieß, als der Lärm jeden natürlichen Maßstab überschritt und die Erde bebte, lebten die Tiere erst richtig auf. Je größer das Inferno wurde, desto entfesselter kopulierten die Goebbels-Kaninchen.

Wenigstens auf die Goebbels-Kaninchen kann man sich verlassen, dachte Marie. Die Hühner, die noch vor zwei Jahren gute Leistungen gebracht hatten, wollten nicht mehr brüten. Aber selbst wenn sie brüteten, starben die Küken in den Eiern. Marie vermutete, dass der Luftdruck schuld war, den die Flak und die Bomben durcheinandergebracht hatten. Es lohnte sich kaum noch, Glucken zu setzen. Selbst Marie, der Tiere und Pflanzen gehorchten, wusste hier keinen Rat. Aber die Goebbels-Kaninchen, die hielten durch.

Noch in der Nacht zeigte sich, dass die Rettungsmannschaften der Stadt dem mörderischen Ausmaß des Angriffs nicht gewachsen waren, schrieb Gustav Eckstein. An vielen Schadstellen konnte die Arbeit nur mit Gasmasken oder Heeresatmern versehen werden, aber davon gab es zu wenig. Vor der brennenden Frauenklinik fehlten Kraftleitern von zwanzig, dreißig Metern Länge. Verheerend war der Einschlag an der Hermannstraße. Dreizehn Menschen wurden hier in ihren Kellern verschüttet. In größter Eile holte man Bergleute aus der Zeche Preussag. Als die Kumpel nach Stunden unter Einsatz ihres Lebens einen Tunnel gegraben und erschöpft den Keller erreicht hatten, lebte von den Verschütteten noch eine Person. Insgesamt wurden in dieser Nacht 70 Menschen getötet und 128 verletzt, schrieb Gustav Eckstein.

Toll und seine Kollegen hatten am nächsten Tag noch nicht die volle Übersicht und gaben in der Zeitung bekannt: *Bisher 38 Tote (+ vierzehn Ukrainerinnen)*. Was unterscheidet den deutschen vom ukrainischen Tod? fragte sich Marie.

11

Eduard Manthey setzte sich in seinen rumpelnden R4, um Gustav Eckstein am Frankfurter Flughafen abzuholen. Der Flieger aus New York schwebte pünktlich herein. Alle notwendigen Rituale liefen komplikationsfrei ab. Der bleichgesichtige Eckstein, der seinen grauen, italienischen Kurzmantel hochgeschlossen trug, zückte bei der Passkontrolle den Reisepass mit dem gesunden Portraitfoto aus einer vergangenen Lebensepoche, wartete an der grauen Schlange des Gepäckbandes ein Viertelstündchen auf seine Hartschalenkoffer, überwand den Zoll und stieß am verabredeten Ausgang auf Eduard, der sich in die *Süddeutsche Zeitung* vertieft hatte.

Eckstein schlug vor, das Wiedersehen mit einem kleinen Ausflug zu feiern, irgendwo in der deutschen Weinseligkeit. Eduard hatte eine Idee. Er steuerte den Renault durch den dickflüssigen Verkehr auf der A3, erreichte die Höhe von Koblenz und wechselte auf die Mosel-Uferstraße, die sich genauso konfus wie der Strom durch die Hügel von Rheinland-Pfalz kringelte und die Reisenden oft über viele Kilometer in der Zeit vorwärts brachte, aber im Raum rückwärts.

»Der Weg ist das Ziel, Eckstein«, sagte Eduard. »Der Fluss selbst verkündet die Botschaft.«

Als die Rieslingreben an den Sonnenhängen einmal besonders appetitlich aussahen, bogen die Freunde in die Weinberge ab. Sie übernachteten in der entlegenen Pension Römerpokal, frühstückten Eier und Speck, sahen sich die schöne Schluchtenstadt Luxemburg an und kauften für Eduard frische Unterwäsche, als abzusehen war, dass sie an diesem Tag die Kurve nicht mehr kriegen würden. Am nächsten Morgen gingen sie über feuchte Wanderwege, besuchten ein Winzerfest und saßen bei schummerigem Licht vor grünen Gläsern. Eckstein bezahlte alles, Essen, Unterkunft, Benzin, Wäsche, weinhaltige Andenken – alles eben.

»Es ist mir ein Bedürfnis«, sagte er. »Ich freue mich, Eduard, dass wir diesen Ausflug machen. Er ist das Schönste, was ich seit langem erlebt habe.«

Tatsächlich fühlte sich Eckstein miserabel. Die Höhlengänge seines Bewusstseins waren grau ausgebrannt. Er klammerte sich an Eduard und die Gespräche. Sie sollten am besten gar nicht aufhören. Immer, wenn es ruhig um Eckstein wurde, hatte er Arthur McBones Worte im Ohr. *Langsamer eintreten*. Eckstein wurde die Frage nicht los, ob sein Buch und die Idee, das Wesen der modernen Rationalität im Durchgang durch alle Phänomene zu erklären, nicht erstens zu groß und zweitens zu klein war, um die letzte Hälfte seines Erdendaseins auszufüllen. In Manhattan war Ecksteins Selbstgewissheit ins Straucheln geraten. Sein hochgezüchteter Geist zog ihn nicht mehr aus dem Sumpf niederer Anfechtungen. Er empfand Unbehaustheit und ethische Leere und diese Leere als Schmerz, und darüber wollte er reden – wenigstens darüber hinwegreden.

Auf dem Rückweg besuchten Eduard und Eckstein das Benediktinerkloster Maria Laach und saßen lange in den alten Mauern der Klosterkirche – eine sakral angehauchte Situation, in der sich Eckstein prompt Bekenntnisse aufdrängten.

»Vielleicht ende ich wie meine Mutter«, sagte er. »Vielleicht habe ich ihre Krankheit. Vielleicht sind wir zur Krankheit zum Tode verdammt. Auch ich habe noch Pietismus im

Blut, wirklich. Ich weiß, was Sünde ist, spätestens seit New York.«

»Das hast du bisher gut verborgen«, sagte Eduard, der allmählich das Ausmaß von Ecksteins Niedergang erkannte und sich überfordert fühlte, überfordert und auch intellektuell angewidert. Das Religiöse hatte in unseren Kreisen niemals als Ausweg gegolten.

»Genau«, sagte Eckstein. »Ich habe es verborgen, weil es etwas zu verbergen gab. Aber diese metaphysischen Todeskrankheiten sind fies. Man liefert sich ihnen nach und nach praktisch freiwillig aus.«

Eduard reagierte hilflos. Er nahm Eckstein im Grunde nicht ab, mit Problemen der angezeigten Sorte zu kämpfen. Jede Form von existenzieller Betroffenheit, die nicht durch die strenge Disziplin der Philosophie geordnet wird, ist peinlich und wird selbst für Freunde schnell zur Last. Das war ein Dogma, das Eduard von Eckstein selbst übernommen hatte.

»Fang jetzt nicht an, wie die Typen bei Dostojewski zu reden«, sagte Eduard in einem Ton, der mehr Unbarmherzigkeit als Aufmunterung ausdrückte. »Vielleicht hast du die Midlife-Crisis oder den Jetlag. Aber du bist nicht religiös! Auf keinen Fall. Deine Mutter konnte noch von Gott abfallen, ohne vom Teufel aufgenommen zu werden, meinetwegen. Aber du kannst es nicht mehr. Sie konnte an das Kreuz ihres Kirschholzlehnstuhls genagelt werden, weil sie – ein Wahnsinn! – die Schuld auf sich nahm, Gott in sich getötet zu haben. Riesensache, klar, wenn man am Ende des 20. Jahrhunderts so verrückt ist, daran zu glauben. Aber was hast du damit zu tun? Das Unglück deiner Mutter ist dir immer zutiefst fremd gewesen. Deshalb schweigt ihr euch doch seit Jahrzehnten an. Du bist ein Gottloser bis in das letzte deiner nutzlosen Gene. Du willst Armani-Anzüge, sechzehnjährige Nymphen,

Ruhm und schnelle Autos. Das ist dein ewiges Leben. Konzentrier dich bitte darauf – aber komm mir nicht mit Sünde.«

»Ich hoffe, du hast Recht«, sagte Eckstein. »Aber ich bin mir nicht sicher. Dieser philosophische Punch ist weg, den du brauchst, um die Probleme auf die Bretter zu schicken.«

»Kein Wort weiter«, rief Eduard. »Du machst dich wehrloser, als du bist. Es mag die Krankheit zum Tode geben, kann ja sein, aber erblich ist sie nicht. Mensch, Eckstein, du hast uns von Adlern erzählt – du Jammerlappen!«

Wenn es ein Ergebnis des Ausflugs gab, war es dieses: Eckstein schwieg fortan von seinen Gefühls- und Gedankengärungen. Dafür entschloss er sich zur Körperertüchtigung. Er begann Tennis zu spielen, zog zweimal die Woche seine Furchen durchs Niedersachsenbad und machte Nietzschesche Spaziergänge durchs Heger Holz. Er kündigte dem Gärtner Hansi Wolf und kümmerte sich selbst um das Gedeihen des Grünzeugs. Auf seinem Schreibtisch standen neben Leibniz, Pascal und Descartes nun Bücher wie *Garten im Herbst* und *Mein eigenes Paradies.* Nach dem Bau einer komfortablen Hundehütte nahm er auch den früh verwaisten Kappo an, einen jungen deutschen Schäferhund, der seine feuchte Schnauze gern in der Hand seines Herrn ablegte.

Jeden Donnerstag kochte Eckstein kulinarische Szenen aus der Weltliteratur nach, zum Beispiel ein irisches Odyssee-Menü mit dicker Gänsekleinsuppe, leckeren Muskelmägen, gespicktem Bratherz, kross gerösteten Leberschnitten, Dorschrogen und gegrillten Hammelnieren. Zur Ausstattung gehörten selbstverständlich handverlesene Weine. Aber auch nach langwierigen telefonischen Werbungen fanden sich selten mehr als drei Personen an der Tafel ein. Ecksteins treuester Gast war der muskulöse Sozialarbeiter Karl, der täglich 4500 Kalorien verschlingen musste, sonst fiel er vom Fleisch. Die vierundzwanzig verflossenen Nymphen, auf die Eckstein beim Durchblättern seiner Erinnerungen kam, waren nicht an den Tisch zu kriegen, von Daniela May abgesehen, sofern sie in der Stadt war. Die Unterhaltung blieb jedoch fade. Daniela verdeutlichte, dass der einstige Geliebte in ihren Augen das Anziehendste verloren hatte: die Kraft zur Erfindung der Schönheit. Eckstein kamen die Tränen, als er diese Worte hörte.

Sapientia, deren ausladenden Hintern Eckstein bis zum Atemstillstand vergöttert hatte, sagte am Telefon: »Rührseligkeiten, mein Lieber, hatten wir aber nicht verabredet.« Wie man sich denken kann, legte sie danach auf. Selbst Bianca, die am Badesee die Schubumkehr in Ecksteins Leben eingeleitet hatte, kam nur einmal und nie wieder. So wurden die Diners immer trüber. Nach drei Monaten erwischte sich Eckstein dabei, die Nummer von Hedwig Maletzko zu wählen – und zwar, um sie zu Tisch einzuladen. Das war das Ende der Literatur-Diners.

Eckstein schrieb seiner Frau Katrin eine Reihe von Briefen, frankierte sie ausreichend und hinterließ auf der Rückseite leicht entzifferbare Phantasieabsender wie *Destroia Phalloides, Via Dolores 1, Purgatorium County*. Eine Adresse stand nicht auf den Umschlägen, wenn er sie in den Briefkasten einwarf. Seine Trübsinnigkeit zwang ihn zur Erfindung des telepathischen Suchsystems Amormat, mit dem jeder Liebende auf der Welt die gesuchte Person in Sekundenschnelle anpiepen konnte. Aber er zerstörte den Amormat mit erbosten Gedankenhieben, als er merkte, dass das Ding den Gesuchten nicht zur Antwort zwingen konnte. Es war Katrins gutes Recht, irgendwo auf dem blauen Planeten Erde glücklich ihr Leben zu verbringen und alt und grau zu sterben, ohne weitere Gedanken an ihn zu verschwenden.

Es gab Wochen, in denen niemand in der Zeppelinstraße anrief. Während anderer Wochen rief nur Hedwig an. Die menschliche Wärme, die auch Eckstein zum schnöden Überleben brauchte, saugte er sich nun aus läppischen Unterhaltungen bei Feinkost-Schicken, bei Leysieffer, an der Kasse des Niedersachsenbads und selbst auf dem Finanzamt. Zu seiner Mutter fand er indessen nicht zurück. Wenn Maletzko nicht da war, stellte Eckstein ihr das Essen hin, sah in ihre blinden, ungerührten Augen und ging wieder hinaus.

Eduard konnte sich nicht oft um Eckstein kümmern, und das war keine böse Absicht. Sein Studium - er hatte Ecksteins Tipp befolgt und studierte neben Geisteswissenschaften auch Biologie –, strengte ihn an. Köln bot unendlich viel Abwechslung. Wenn er sich doch mal bequemte, gewann er den Eindruck, dass Eckstein ein komischer Kauz geworden war - und erinnerte sich daran, dass Britt Brecker ihn selbst während seiner schlimmsten Paranoia so bezeichnet hatte.

Doch es wurden alle bitter enttäuscht, die sich nur noch mit einem Auge für Gustav Eckstein interessierten, um den endgültigen Untergang zu erleben. Eckstein zwang sich zu rücksichtsloser Selbsterkenntnis. Er gestand sich, dass er vereinsamt war, ein Schweifender, ein Strolch, ein Herumtreiber, ein asozialer Typ, dessen Weg noch manchmal an den Menschen vorbeiführte, aber nicht mehr in ihre Gemeinschaft. Er begriff, dass ihn das dunkle Grübeln zu einem pseudoreligiösen Menschen zu machen drohte: ein verführerisches Angebot, in noch größeres Unglück zu geraten. Denn der Trost des Glaubens - Eduard hatte ja Recht - lag für ihn außer Reichweite.

Aus tausend unklaren Perspektiven schälten sich zwei scharf umrissene heraus. Er konnte in der Senkgrube der Resignation und Heulsusenhaftigkeit verharren, dabei vielleicht aparten Pessimismus kultivieren und als schrulliger, einsamer Waldgänger eines Tages vom Blitz erschlagen werden. Oder er zog die Konsequenz aus der alten, beinahe in Vergessenheit geratenen Überzeugung, dass Verzweiflung eine Folge falsch verstandenen Tiefsinns ist, und das hieß von zu wenig Oberflächlichkeit. Das Flaschendrehen in seinem Kopf ging eindeutig aus.

Und so spielte Gustav Eckstein – fast augenblicklich wieder im Vollbesitz seiner Kräfte, elastisch, charmant, furchterregend und hoch überlegen über die Durchschnittlichen dieser Welt, die sich schon erkühnten, seiner Lebensleistung schlechte Noten zu geben und mit Häme von ihm zu sprechen – seine Trumpfkarte aus, die natürlich Solange Continente hieß. Die meeräugige Königin der Sinnlichkeit!

Wie er Solanges Dienstplan herausbekam, verriet uns Eckstein nicht. Vielleicht ist es gar nicht schwer, im Delta-Hauptquartier die Flugdaten einer Stewardess zu besorgen. Eckstein jedenfalls verfügte über sie, als er ins Reisebüro am Neumarkt ging, um Tickets zu bestellen. Er flog nach Cincinnati, allein zu dem Zweck, auf dem Airport an einem der Imbissstände vor den Delta-Gates Cheeseburger plus Pommes plus Coke zu bestellen, sich nach dem Essen auf dem Flughafen-WC die Zähne zu putzen und die nächste Maschine zu besteigen, die nach Europa flog – Business-Class, nicht First-Class. Auch für ihn gab es finanzielle Obergrenzen.

Die Boeing 767 war noch nicht zum Start freigegeben, als Solange Continente neben Gustav Ecksteins Sessel trat, Sekt einschenkte und schnurrte: »Ich habe früher mit dir gerechnet.« Solange sah blendend aus. Ihre Augen, von dichten, langen Wimpern bewacht, waren smaragdgrün. Gegenüber dem Pariser Treffen hatte die Bräune ihrer Gesichtshaut weder zu- noch abgenommen. Ihr Haar war tiefschwarz wie eh und je, ein ruhiges, nachtfarbenes Meer. Das Delta-Kostüm verbarg die Anmut der Schultern und die festen Schwellungen der Brüste schon darum nicht, weil es Solange gewohnheitsmäßig eine Nummer zu klein trug. Eckstein konnte sich davon überzeugen, dass Solange ihre Beine mit Steffi Graf getauscht hatte, Steffis festen, elastischen French-Open-Beinen.

»Restlos vollkommen«, sagte Eckstein.

Dieses war die Welt, in der sich unser Meister auskannte: Anfänge und Eroberungen, frei von Skrupeln, Verantwortung, Sicherheitsbedürfnissen und solchem Quatsch. Er war süchtig nach den irren Tumulten der Anfänge, den ersten Berührungen, dem Furor der Begierde, den er so lange nicht genossen hatte ... Doch aus irgendeinem Grund vergaß er nicht, dass er noch vor weniger als zehn Minuten, als die Menschenverladung an Gate 21 begann, von der Liebe geträumt hatte. *Everlasting love*.

Solange gab Lunch aus, verbot dem schnaufenden Kanadier in der fünften Reihe das Trinken, besorgte frierenden Geschäftsfrauen weitere Decken, wechselte defekte Kopfhörer aus und tröstete drei junge Brüder aus Florida, die ohne ihre Eltern zu Verwandten nach Europa flogen und noch genau zwei Wochen zusammen so alt waren wie Solange allein, nämlich sechsunddreißig Jahre – eine jener Koinzidenzen, die laut Solange bei langweiligen Transatlantik-Flügen häufig ans Licht kamen. Eckstein ließ Solange ungestört arbeiten. Aber er steckte ihr Zettel mit Zärtlichkeiten zu, die von ihrer Haut, dem Wogen ihrer Hüften, der vermuteten Farbe des Höschens und solchen Dingen handelten.

Ich küsse Deine Schmetterlingsflügel, stand auf einem Zettel, den Gustav Eckstein lange nicht aus der Hand gab, weil ihm auffiel, dass er ein fünfzig Jahre altes Wort aus dem Vokabular Hermann Ecksteins gebraucht hatte. Solange belustigte sich über die Albernheiten ihres Verehrers. Während der allgemeinen Schlummerzeit, die über dem Atlantischen

Ozean anbrach, steigerte sie, auf der Armlehne sitzend, Ecksteins Begierde mit schnellen, zielsicheren Handgriffen ins Groteske. Sie ließ sich gefallen, dass er im Blitzkrieg der Arme und Beine ihren Slip eroberte und für den Rest des Fluges nicht mehr hergab.

Eckstein und Solange fanden Zeit für eine Spanienreise. Ihr Weg führte von Aix les Thermes in den Pyrenäen, wo sie bei einer Bergwanderung beinahe erfroren, bis in die Fischrestaurants der meerumspülten Altstadt von Cádiz, die Plinius der Ältere – Eckstein fand das zauberhaft – für einen Teil von Atlantis gehalten hatte. Die Reisenden lieferten sich ohne jedes weitere Versprechen den Anziehungskräften ihrer Körper aus. Sie waren noch zu jung, um dabei zu ermatten, und schon zu alt, um auch nur eine einzige Sekunde des Wunders zu verschenken. Es muss eine königliche Reise gewesen sein. Das entnahm ich der panegyrischen Lyrik, die Eckstein nach der Wiederkehr in der Heimat gebrauchte.

Solange gab Gustav den Kosenamen *Vago* und besuchte ihn vorerst drei- oder viermal in unserer Stadt.

Eines Abends führten Orchester und Chor des Karlgymnasiums, unterstützt von eingekauften Solisten, Mozarts Requiem in der Pauluskapelle auf, dem alten Kollegskirchlein, das zum Klosterflügel der Schule gehört. Viele Ehemalige waren angereist, darunter Eduard, Regenmacher, Jutta Marihuana und ich. Eckstein und Solange erwischten zwei der letzten Eintrittskarten, warfen leichtsinnigerweise noch einen Blick in den Dom und schritten dann den Mittelgang des beängstigend vollen Kirchleins ab, um irgendwo freie Plätze zu ergattern.

Ein Zischeln, Tuscheln und Murmeln erhob sich. Er war wieder da! Der Rhetoriklehrer, dem die Zeit die Zähne gründlich gezogen hatte und der nun ein armer Wicht war …, wie man bis zu dem Augenblick glaubte, in dem sich das Paar vor dem Altarraum, den ein Chaos von Stühlen, Instrumenten und Notenständern ausfüllte, zum vollzählig versammelten Publikum umdrehte, um den Gang ein weiteres Mal zu durchschreiten, jetzt in anderer Richtung, denn Plätze hatten sie nicht gefunden.

Solange und Eckstein trugen falbfarbige Wintermäntel, Neuerwerbungen von der Puerta del Sol in Madrid. Ein roter Duftteppich lief ihnen voraus. Eckstein hatte nach der vierzehntägigen Spanienreise, die trotz fortgeschrittener Jahreszeit recht sonnig gewesen war, Urlaubsbräune im Gesicht. Die Anmaßung seiner Augen wurde dadurch eher gesteigert als vermindert. *Dies irae.* Er ließ seinen parteiischen Blick über die wenigen Freunde und die vielen Feinde schweifen, die ihre Feindschaft eigentlich schon fast vergessen hatten, als zwinge ihn ein Gesetz dazu, in den Menschen Abscheu oder Verehrung auszulösen. Fanatische Augen antworteten dem Eindringling.

»Hey, diese Braut ist ja noch geiler als die anderen«, rief eine dröhnende Stimme, deren Besitzer wegen seines Stehplatzes im Gemenge an der Rückwand der Kirche unerkennbar blieb.

Eckstein, der mit Solange kaum den halben Weg zurückgelegt hatte, blieb stehen. Gespanntes Schweigen lag im Raum.

»Kennt er denn wirklich alle anderen Bräute?« rief Jutta Marihuana gut gelaunt in die Richtung, aus der die dröhnende Stimme gekommen war.

Die Blicke der Konzertbesucher, die zu den Stehplätzen und von dort zu Jutta Marihuana gewandert waren, ruhten nun wieder auf Eckstein. Ich weiß nicht, was die Leute von ihm erwarteten. Sollte er fliehen? Sollte er öffentliche Abbitte für verjährte Missetaten leisten? Sollte er sich am Altar zur Enthauptung niederknien? Fest steht, dass Eckstein zu lachen begann. »Ich glaube, er lacht seit Jahren zum ersten Mal«, sagte Eduard. Stolz und Anmaßung wichen aus Ecksteins Gesicht. Die Maske der Selbstherrlichkeit, die er früher oft getragen und an diesem Abend wieder aufgesetzt hatte, fiel von ihm ab. Weiche, knabenhafte Züge zeigten sich. Sie passten zu seinem gelösten, schallenden Lachen, das ironisch und gutmütig klang. Es steckte nicht alle im Publikum an, aber doch sehr viele.

Das Lachen breitete sich bis auf den kleinen Platz zwischen der Gymnasialkirche, dem Hexengang und dem Dom aus, wo ein paar Zukurzgekommene, für die es keine Karten mehr gab, noch eine Weile in der Adventsluft standen. Es vermischte sich mit dem Applaus für das Orchester, das aus den Seitentüren den Altarraum betrat. Keiner konnte mehr sagen, wer oder was nun genau beklatscht würde: Eckstein und Solange, die Zwischenrufer oder doch die Musiker, bei denen Daniela als erste Geige aushalf.

Soweit die Belustigung der Leute auf Ecksteins Kosten ging, war es eine lohnende Investition, wie sich bald zeigte. Zunächst verfehlte Mozarts Requiem seine Wirkung nicht und versetzte alle in gefasste Hochstimmung. Nachher gingen sämtliche Besucher samt Orchester und Chor zum Umtrunk in die Pausenhalle des Karlgymnasiums. Direktor Ommers und der Dirigent des Requiems, Chorleiter Ansgar Terze, drängten sich beim zweiten Bier zu Eckstein und Solange. Die Hofierten gratulierten dem Dirigenten zu seiner Kunst und dem Direktor zu seiner Kunstsinnigkeit. Wie man am Spinnennetz der Blicke erkennen konnte, waren sie der Mittelpunkt der Gesellschaft.

Solanges gebrochenes Stewardessen-Deutsch minderte die Wirkung ihrer unglaubwürdigen Latina-Schönheit in dem Maße, das nötig war, um sie zum Liebling der Karolinger zu machen. Wir feierten bis zwei Uhr nachts. Mehr als einmal ließen Lehrergruppen in wechselnder Besetzung den verlorenen Sohn Eckstein hochleben. Alles sah nach Versöhnung aus.

Im Laufe der nächsten Woche riefen gut gelaunte Ex-Kollegen in der Zeppelinstraße an, um in Erfahrung zu bringen, wie es Eckstein und seiner erotischen spanischen Freundin, seiner raffinierten französischen Verlobten beziehungsweise seiner bezaubernden amerikanischen Ehefrau gehe. Gemeinschaftskundelehrer Thorsten Flunze wollte gehört haben, dass Solange Brasilianerin mit portugiesischen Vorfahren war und beglückwünschte Eckstein zur »südländischen Mischung«. Ein angeheiterter Sportlehrer, der seit Menschengedenken grüne Porsche 911 fuhr, machte Bemerkungen zum »scharfen Sex mit braunen Bräuten«, den er von Ibiza und Mallorca zu kennen meinte. Eckstein, der beim Mozart-Requiem sein Lachen wiedergewonnen hatte, ließ sich auch am Telefon zum Lachen bewegen – vielleicht lachte er über die Lächerlichkeit der Leute – und blieb den Anrufern als pfundiger Kerl in Erinnerung.

In der nächsten Woche lehnte er das absurde Angebot ab, die weißbeinigen Lehrer des Karlgymnasiums im Lehrer-Fußballteam als Spielführer zur Stadtmeisterschaft zu führen. Er wollte auch nicht Ehrenmitglied im Karolinger-Bund werden. Er dachte schon gar nicht daran, in Verhandlungen zu treten, um noch einmal als Studienrat eingestellt zu werden. Nichts machte ihn in dem Entschluss wankend, mit der Arbeit an dem Buch über die Rationalität fortzufahren und ein berühmter Wissenschaftler zu werden.

Trotzdem genoss Eckstein die Dummheit der Leute, ihre Lebensklugheit und den hoch anständigen Rassismus gegenüber Solange. Es war kein imperiales Leuchten, das vom Karlgymnasium ausging, aber er bekam wieder Lebensstoff zwischen die Finger: Er spürte die Nähe von Menschen.

Als Solange das nächste Mal aus Amerika einflog, nahm Eckstein sie zu Abendessen, Hauskonzerten, Ausstellungen, Vorträgen und Cocktailpartys mit. Solanges Auftritte waren blendende Erfolge. Als er ihr von seiner Mutter Marie und den Problemen mit Gott erzählte, zeigte die getaufte Katholikin weder Angst noch Inkompetenz, hatte aber auch kein Interesse, sich mit der alten Dame im Dachstuhl näher zu befassen. Eckstein war froh darüber. Er glaubte nicht, dass Marie und Solange ein Team werden konnten wie einst Katrin und Marie. Trotzdem kam es ihm so vor, als ob sich aus der Affäre mehr machen ließe als eine heitere Blumenkette sinnlicher Momente. Ich werde Solange bitten, zu mir zu ziehen, dachte Eckstein, es wäre angenehm, wieder in Gesellschaft zu sein.

Es war Mitte Mai, als sich mehr als 34 000 Fuß über dem Atlantik zwei Frauen kennen lernten. Die eine war kaum älter als die andere. Beide hatten nach Betreten des Flugzeugs auffallend pralles Handgepäck verstaut und Wasserflaschen in den Sitztaschen vor sich befestigt. Sie trugen Jeans – etwas heruntergekommene Levis die rotblonde Frau, bestens gepflegte Versace die schwarzhaarige. Der Pullover der Schwarzhaarigen sah in den Augen der Rotblonden unverschämt teuer aus. Sie selbst trug eine Kostümjacke und darunter ein T-Shirt. *Las Calles de Buenos Aires*. Man wechselte englische Begrüßungsfloskeln, aß die Brezeln, die kurz nach dem Erreichen der Reisehöhe gereicht wurden, vertiefte sich in die Lektüre, nahm den Lunch zu sich, las weiter. Schwarz las *Cosmopolitan*. Rotblond las den letzten Roman von irgendwem, eine deutsche Ausgabe. Sie nahm wieder Kontakt zu ihrer Muttersprache auf.

Später kamen die Frauen ins Gespräch. Es gab die Komplikationen, die jeder kennt. In Deutsch, der Sprache der

Rotblonden, konnte die Schwarzhaarige nur radebrechen und verlor, wie sie sagte, schnell die Schnur. In Englisch kam die Rotblonde nicht weit, sie hatte viel vergessen, Französisch konnte sie gar nicht. Also Spanisch! Das war die zweite Muttersprache der Schwarzhaarigen. Ihre Eltern kamen aus Mexiko beziehungsweise Frankreich (ihre Großmutter war Mestizin). Geboren war sie in Veracruz am Golf von Mexiko, aufgewachsen in Barcelona, ein paar Jahre hatte sie auch in Montpellier gelebt.

Die Schwarzhaarige, von Beruf Stewardess bei Delta Airlines, wollte sich bei ihrem Liebhaber niederlassen, *un profesor alemán*, der sich für die Geschichte der Rationalität interessierte und in einem Fach tätig gewesen war, das man Rhetorik nannte, *es para volverse loco.* Sie wollte es zunächst mit einem doppelten Wohnsitz ausprobieren, deutsch-amerikanische Freundschaft, weil man nie wissen konnte. *Es un vago…* Die Rotblonde war erregt. Sie war auch mit jemandem aus der Rhetorik verheiratet, einem Studienrat. Sie hatte ihn vor sechs Jahren verlassen, um mit ihrem Liebhaber durchzubrennen. Nun flog sie zurück. Ihr Abenteuer war zu Ende.

»Was werden Sie in Deutschland machen?« fragte die Stewardess.

»Mal sehen«, sagte die Rotblonde. »Ich weiß noch nicht.«

Fünf schöne Jahre im Süden von Mexiko, im kleinen, heißen, farbenüberströmten Yohuanaca, dort vor allem, aber auch in Venezuela und in einer Villa am Rande von Buenos Aires, fünf Jahre der Liebe lagen hinter ihr. Bis die Teufel kamen, dachte sie, und Luís Infante zwangen, sich dem Alkohol zu ergeben. Er trank von morgens bis abends. Cerveza, Brandy, Tequila, aus Erinnerung an Mexiko auch Mescal, einfach alles. Die Kontrolle ging verloren. Seine Import-Export-Geschäfte brachen ein. Es ging tief hinab. *Los olvidados.* Die Waffen, die er verkauft hatte, wurden gegen ihn selbst gerichtet. Luís Infante starb, den Mescal in der Linken, die ungeladene Remington in der Rechten.

Luís Infante! Die atemberaubende Gewalt und Schönheit Lateinamerikas. Sie hatte Luís beim letzten Urlaub mit ihrem Ehemann kennen gelernt, in einer Bar in Oaxaca, nach dem Besuch der Königsgräber von Zaachila, dem »Ort des Himmelsdrachens«.

Die Rotblonde verglich sich mit der Stewardess und fand Fehler an sich. Ihre Hände hätten Maniküre nötig gehabt. Ihrem Gesicht fehlten die Cremes, um der rauen argentinischen Bräune eine seidige Oberfläche zu geben. Sie konnte ihre Falten spüren. Sie sah am Kragen ihres Kostüms einen dunklen Streifen. Aber sie war unbesorgt. Auf diesem Niveau war sie gar nicht mehr zur Sorge fähig. Es konnte nichts mehr schief gehen, weil schon alles schief gegangen war in der letzten Zeit, nach den schönen Jahren. Sie erzählte noch ein bisschen von ihrem Zócalo, dem Musikpavillon, der Sieben-Uhr-Sonne und von den Bergen Mexikos, ihren schönen Vulkanen. Sie war es, die der Stewardess sagte: »Yo soy Katrin.« – Nun sind sie Katrin und Solange, beide auf dem Weg zu Männern, die was von Rhetorik verstehen.

Das Flugzeug nähert sich Frankfurt am Main. Als es durch die spärlichen Wolken schneidet, ist Katrin gerührt. Sie sieht in das hessische Grau der Sonnenstrahlen, die nichts gemeinsam haben mit der azurblauen Luft über Yohuanaca. Aber Yohuanaca ist Geschichte. Mit Träumen will sie vorerst nichts mehr zu tun haben. Das hessische Grau ist eine prima Farbe, denkt sie. Was sie braucht, sind Wohnung, Geld und Arbeit. Alles andere ist alles andere.

Katrin und Solange trennen sich am Gepäckband. *Hasta la vista*. Solange zückt ihre Karte mit einer Adresse in Atlanta, Georgia. Katrin hat nur eine Karte aus Buenos Aires. Sie verspricht, sich zu melden. »Viel Spaß mit dem Professor«, sagt eine, und die andere nickt. Beide denken: Wie es wohl werden wird? Katrin geht Geld tauschen, die restlichen Peso-Scheine und zwei zerknüllte Hundert-Dollar-Noten. Zwar glaubt Solange auf dem Bahnsteig, die rotblonden Haare von Katrin noch einmal zu sehen, und selbst im Hauptbahnhof von Köln, beim Umsteigen, spukt noch das Bild dieser Frau vor ihren Augen herum. Aber Solange hat vier Gepäckstücke, die bewacht, verschoben, mit Rollwagen spazieren gefahren und in Gepäckablagen gehoben werden wollen. Sie wird ihren *Vago* überraschen. Er weiß, dass sie kommt, aber nicht, dass sie bleibt.

Der Tunnel hinter Lengerich. Ein paar frisch gewässerte Hügel, Felder, Wälder. Dann ist es so weit. Katrin ist gelassen, weil sie alles hinter sich hat, und gespannt, weil es doch irgendwie weitergehen muss. Wenn sie die Erinnerungen richtig sortiert hat, ist es die massige Katharinenkirche, die für Ankömmlinge aus der Kölner Richtung das Stadtpanorama beherrscht. Egal, woher man kommt, es sind die Kirchen, in denen sich die Stadt aus der Talsenke erhebt - der Dom, nach ihrem Geschmack das beeindruckendste Bauwerk weit und breit; die spröde Johanniskirche, zu der sie seit jeher kein Verhältnis hat; die hochgebaute Marienkirche in ihrem gotischen Stehrock aus Strebebögen, in der sie, ihre toten Eltern und ihre Schwiegermutter Marie getraut wurden.

Marie Eckstein, geborene Schattauer. Wer weiß, ob sie lebt? Wer weiß, ob sie noch denken kann? Wer weiß, ob es das alles noch gibt, was sie verlassen hat? Die Berliner Mauer, fällt ihr plötzlich ein, die ist auch weg. Wer hätte das gedacht?

Es sind diese Minuten, in denen sich Gustav Eckstein in den Mercedes setzt und über die Wälle zum Bahnhof fährt. Wie hässlich das Bahnhofsgebäude ist! Und erst der Vorplatz! Selbst der Sonnenschein ist gegen so viel Hässlichkeit machtlos. Wenn er mit Solange nicht jene langen Spaziergänge auf handverlesenen Routen gemacht hätte, quer durch 1200 Jahre Geschichte, auf denen die Stadt wie eine kleine Schönheit erschien, um zwei Ecken verwandt mit dem toskanischen Lucca, dann müsste er ihr gleich die Augenbinde anlegen.

Eckstein eilt unter dem Vordach hindurch in die Empfangshalle. Der Bahnhof ist ein Kreuzbahnhof. Die Ost-West- und die Nord-Süd-Schienen liegen auf zwei Ebenen. Eckstein weiß, wohin er muss, nämlich auf die obere Ebene, die man von unten erreicht, während man die untere Ebene nicht direkt, sondern von der oberen Ebene an Gleis 1 erreicht, wozu man erst einmal Rolltreppen fahren muss. Ein Kreuzbahnhof, denkt Eckstein, ist bei aller Geringfügigkeit eben komplizierter als ein flachgeklopfter Kopfbahnhof wie Frankfurt am Main.

Solange entsteigt einem Waggon der ersten Klasse. Sie sieht mal wieder rasend aus. Er greift sie, küsst sie, riecht an ihrem schwarzen Haar. Es betört ihn wie einst nur Danielas Haar. Er würde ihr am liebsten gleich die Frage stellen: Bleibst du bei mir? Aber er hat sich vorgenommen, zu warten, bis sie im Haus sind und Solange ein weiteres Mal sehen kann, worauf sie sich einlässt: nicht gerade auf einen Habenichts, auch wenn sie ihn zärtlich *Vago* nennt. Solange denkt dasselbe, nur spiegelverkehrt. Sie will Eckstein sagen, dass sie bleibt, aber erst, wenn sie das Haus betreten und miteinander geschlafen haben, damit er weiß, worauf er sich einlässt: nicht gerade auf ein Mauerblümchen. Doch nun müssen sie erst einmal wieder warm werden.

»Gehen wir Kaffee trinken in dieses eine Café, hombre?«

»Mit den Himmlischen?«

»Sí, es un café muy maravilloso.«

Sie parken in der Ledenhof-Tiefgarage, gehen an der Katharinenkirche vorbei, sehen den Trinkbetrieb in der Laube des Jägers und lassen sich von den Auslagen in die Buchhandlung Hypnos locken, in der sich Eckstein den zweiten Band seines Spanischkurses besorgt. Sie gehen an den Schaufenstern von Osterhaus am Nikolaiort vorbei, dann an Kaisers Supermarkt.

Sie sitzen bei Leysieffer.

Katrin Eckstein hält während der Taxifahrt ihr Schlüsselbund in den Händen, an dem der Ikon-Schlüssel hängt, der vor sechs Jahren in das Haustürschloss gepasst hat. Sie gibt dem Taxifahrer drei Mark Trinkgeld. Er trägt das Gepäck von der Einfahrt bis vor die Haustür. Sie wartet, bis er verschwunden ist. Die Klingelschilder sind die alten. *Gustav Eckstein. Katrin Eckstein.* Marie Eckstein taucht nicht auf. Schon bevor Katrin zu Luís Infante abgehauen ist, hatte Marie über zehn Jahre lang keine Post mehr bekommen, von Wahlbenachrichtungen abgesehen. Klingelschilder heißen natürlich nichts, denkt Katrin. Vielleicht springt ihr gleich eine fünfköpfige Familie entgegen. Aber selbst dann wäre das Haus groß genug, um erst mal Pause zu machen und anzukommen.

Welche Hoffnungen hat Katrin? Sie will keinen Ärger haben, keine Szenen, keine Aufrechnung, überhaupt keine Kinderkacke, sondern eine Dusche, ein Bett, vernünftige Gespräche über Geld. Und sie will bekommen, was von ihren Sachen noch übrig sein könnte, vielleicht im Keller, in verstaubten Kartons. Es ist ja zur Hälfte ihr Haus, auch wenn Rechtsanwälte sicher lange streiten würden.

Weil niemand öffnet, benutzt Katrin den Ikon-Schlüssel. Sie findet wenig verändert. Überrascht ist sie nicht. Die meisten Möbel, Erbstücke von Albert und Paula Eckstein, die sie nie gekannt hat, sind zu wertvoll, um ausgetauscht zu werden, sie werden allenfalls alle paar Jahrzehnte in den besten Werkstätten der Stadt restauriert. Katrin geht in die Küche, geht aufs Gästeklo und ins Gesellschaftszimmer, wie

Gustav es immer nannte: alles picobello. Das Schlafzimmer im ersten Stock ist vor wenigen Stunden geputzt und hergerichtet worden. Frische Blumen, reine Luft, keine Fluse irgendwo. Zwei etwas zu schön aufgeschlagene Kunstbände liegen auf dem Kommodentisch. Der Raum scheint zu einem zärtlichen Empfang bereit zu sein, was immer das heißt. Die Gartenzimmer, damals ihre letzte Zuflucht, sind leer, die Betten unbenutzt. Die paar Kleider in den Schränken gehören ihr. Sie holt das Gepäck. Von hier wird sie sich nicht verjagen lassen, so viel steht fest.

Niemand ist da, falls Marie nicht da ist.

Jetzt, während sie die Treppe hinaufsteigt, wird Katrin mulmig zumute. Gegenüber Gustav ist ihr Gewissen rein. Das kleine Bravourstück, das sie beim Abgang eher zufällig inszeniert hat, dürfte nach seinem Geschmack gewesen sein. *Plötzlichkeit.* Große Augenblicke. Darauf stand er immer. Sie hat ihm eine mysteriöse Story geliefert. Er wird selbst als Gehörnter noch was zum Angeben gehabt haben, da ist sie sich sicher.

Was Marie Eckstein angeht, liegen die Dinge anders. Vielleicht hat Marie sechs Jahre lang mit keinem Menschen gesprochen.

Katrin klopft an, öffnet die Tür und geht hinein. Es ist alles, wie es war. Die Kirschholzlehnstühle. Die halb verdunkelten Fenster. Der Geruch einer faden Unendlichkeit. Und Marie, das verdorrte Menschenfleisch. Botschafterin keiner Welt, hatte Gustav einmal gesagt.

»Katrin, bist du zurückgekommen? Meine liebe Katrin.«

»Ja, Marie, ich bin wieder da.«

»Es war eine lange Zeit. Ich habe nicht mehr geglaubt, noch zu leben.«

»Aber jetzt bin ich wieder da und werde so schnell nicht mehr gehen.«

Es ist mild, ein bewegter Wolkenhimmel steht über der Stadt. Gustav Eckstein bedauert, dass sie wegen des Gepäcks den Wagen aus der Tiefgarage holen müssen. Er wäre mit Solange gern durch die Altstadt marschiert, durchs Hegertor, die Treppe zur Volkshochschule hinauf, an der Bergkirche vorbei. Aber gut, sie fahren. Er wird sich jetzt nicht mit dem Rätsel beschäftigen, warum er an Katrin denken muss. Dazu ist Solange zu schön. Er würde nur dann an Katrin denken, wenn er im Begriff wäre, sich eine Frau zweiten Ranges ins Haus zu holen. Aber nicht bei Solange Continente! Obwohl ... Er hat den Vorsatz gefasst, sich nicht mehr in die Tasche zu lügen. Und wenn er ehrlich ist, ist die Situation diese: Er hat die Sorge, dass Solange, wenn sie nicht mehr die Glücksbringerin aus den Wolken spielen kann, sondern sich täglich und stündlich in den kleinen Dingen beweisen muss, hinter dem robusten Alltagstalent Katrin verblassen wird. Dann hätte er seine letzte Karte ausgespielt.

Eckstein weiß nicht, ob er die Haustür abgeschlossen hat. Deshalb stutzt er auch nicht, als sie nach einer halben Drehung aufspringt. Heute muss es Champagner sein. *82er Pol Roger.* Er geht in die Küche, holt die Flasche, lässt vor Solanges Augen den Korken fliegen. Sie küssen sich, sie fassen sich an, sie riechen sich. Für Sex ist sein Kopf viel zu eingeschaltet. Er lauert auf den Augenblick, in dem er die Frage stellen kann: Bleibst du bei mir? Aber Solange scheint anderer Meinung zu sein. Sie wird sehr, sehr schmusig. Sie hat die Hand schon unter seinem Hemd, ihr Zeigefinger kreist um seinen Bauchnabel. Jetzt nimmt sie auf der Couch Platz, ausgestreckt, nachlässig, südlich: Haltungsnote ungenügend. Gott, diese Schenkel! denkt er. Wie sie unter den Strümpfen funkeln. Bei jeder Bewegung schimmern Reflexe auf.

Warum nimmt er sie nicht? Warum ist König Priapus so mürrisch? Warum hat er kein wirklich gutes Gefühl, während vor ihm die Herrlichkeit des Fleisches stoßweise zu atmen beginnt?

Marie Eckstein hört keine Stimmen. Katrin ist es, die Stimmen hört. Sie bleibt noch ein bisschen sitzen. Sie fragt Marie, was los ist. Marie hat keine Ahnung. Die Frage ist zu genau für sie. Wenn sie spricht, spricht sie in Jahren und Jahrzehnten. Was in der Küche augenblicklich vor sich geht, kann sie unmöglich wissen. Sie hat sich seit langem nicht darum gekümmert. Also wird Katrin hinuntergehen müssen, um in Erfahrung zu bringen, wer dort unten spricht. Aber natürlich nicht trampelnd und Hallo-hier-bin-ich, sondern mit der gebotenen Zurückhaltung.

Auf der Treppe zum Parterre angekommen, sieht Katrin eine Dame im Gästeklo verschwinden, fast so schwarzhaarig wie Solange, die Delta-Stewardess aus dem Flugzeug. Im Wohnzimmer ist niemand. Auf dem Teppich liegt ein Sakko herum, das der Qualität nach sehr gut Gustav gehören könnte. Aus der Küche hört sie ein Pfeifen. *Everlasting love.* Sie wird ihren Platz einnehmen, jetzt, sofort, dann hat sie es hinter sich. Sie setzt sich auf die Bank am schwarzen Flügel.

Wer kommt zuerst?

Es sind beide: Gustav Eckstein und Solange Continente. Er von rechts. Sie von halblinks. Er hat ein Tablett mit Austern in der Hand. Sie trägt ein Negligé.

»Solange!« ruft Katrin.

»Katrin!« ruft Solange.

»Dann bist du seine Neue!« ruft Katrin.

»Du bist seine Frau!« ruft Solange. »Quelle catastrophe!«

»Bitte, wenn ihr euch selbst vorstellen wollt«, sagt Gustav Eckstein.

Er denkt nicht viel in diesem Augenblick. Eigentlich denkt er: auweia!

Ich bin die Vorstellung lange nicht losgeworden, dass auch

Marie Eckstein die Treppen heruntergeschlurft kam und sich vor Gustav Eckstein aufgebaut hat. Dass sie endlich wieder zu ihrem Sohn zu sprechen anfing, wie vor vierzig Jahren oder mehr. Dass sie die Fäden aufgriff, die sie in ihrem Verstummen einst hatte liegen lassen. Dass sie vielleicht sogar strafte, schlichtete oder vermittelte. Dass sie mit der Kraft, mit der sie früher sich selbst und anderen die Richtung gegeben hatte, nun auch ihrem hilfsbedürftigen Sohn auf die Sprünge half.

Aber Marie blieb auf ihrem Kirschholzlehnstuhl im Dachzimmer sitzen und nahm keine Notiz von den Ereignissen im Erdgeschoss. Solange ging aufs Gästeklo zurück, um sich Jeans, Pullover und Strümpfe anzuziehen. Gustav Eckstein stellte sich an den Flügel. Er bemerkte die Falten um Katrins Augen und den herben Zug um ihren Mund, der die Weichheit der frühen Jahre überdeckt hatte. Sie wirkte auf ihn noch selbstbewusster und stärker als vor ihrem Verschwinden.

»Guck nicht so!« sagte Katrin.

»Bist du wegen mir hier?« fragte Gustav.

»Ich bin wegen deines Geldes hier«, sagte Katrin. »Ich sehe mich gezwungen, einiges davon als mein Geld zu betrachten.«

Sie wechselten ein paar Worte über die Jahre in Südamerika. Gustav verschaffte sich die Überzeugung, dass ihn Katrin noch viel weniger liebte als vor ihrer Flucht, wenn das überhaupt möglich war, aber auch viel weniger hasste. Er spürte ihre Leidenschaft und Entschlossenheit, aber diese Leidenschaft und Entschlossenheit hatten nichts mehr mit ihm persönlich zu tun. Solange kam ins Gesellschaftszimmer zurück. Sie war – nun zum letzten Mal – überirdisch schön, wie Gustav Eckstein uns erzählte, und eingeschüchtert wie ein frisch geworfenes Fohlen.

»No estoy bien«, sagte sie und bat Katrin, ein Taxi zu bestellen – was dann aber doch Gustav tun musste. Katrin hatte die Nummer der Taxizentrale vergessen. Sie wusste auch nicht mehr, wo das Telefonbuch stand.

Der Wirrwarr in Gustav Ecksteins Leben und die Zeit seiner gepflegten Traurigkeit waren vorbei. Er kündigte Hedwig Maletzko, verkaufte die Amethyst, schaffte den anhänglichen Kappo wieder ab und bestellte in der Buchhandlung Hypnos weitere achthundert Bücher, um endlich, zumindest vor dem 50. Geburtstag, sein Werk zu vollenden. Er überließ Katrin sämtliche Angelegenheiten des Haushalts, die sie rasch und mit sicherer Hand unter Kontrolle bekam.

Gustav Eckstein räumte das Schlafzimmer mit dem Ehebett und zog in die Gartenzimmer um, in denen er sich von allen Vorgängen im Haus bestens abkapseln konnte. Er nahm das hintere Zimmer als Schlafzimmer und das vordere als Arbeitsraum. Er stellte einen Fernseher auf und sah sich jedes Spiel der Fußballweltmeisterschaft in Italien an. Er war hingerissen, als sein Idol Lothar Matthäus im ersten deutschen Spiel gegen Jugoslawien kurz nach der Pause von der Mittellinie loszog und ein Tor für die Geschichte machte. Und es kamen noch die großen Spiele gegen Holland und England. Am Ende war das vereinte Deutschland Weltmeister.

Als Eckstein die Arbeit wieder aufnahm, fühlte er sich zutiefst gestört. Es fiel zu viel Licht in sein neues Büro, und die Blumenblüten im Garten blendeten ihn. Er ließ die Schächte der Inneren Immigration öffnen und schickte für drei, vier Wochen Handwerker hinein. Dann baute er seinen Schreibtisch in dem alten Bunker auf, den Albert Eckstein '38/'39 in den Berg getrieben hatte.

12

Sewriki. Ein Dorf südlich von Gomel. Eine bescheidene Bauernkate am Waldrand. Wenn die Tür aufging, trieb der Wind den eisigen Geruch von Schneekristallen ins Haus. Wenn die Tür wieder zuschlug, überwog der warme, säuerliche Duft der Kohlsuppe, die auf dem Ofen in der Küche blubberte.

Im großen Zimmer der Kate standen achtzehn oder zwanzig Männer, Offiziere der Roten Armee und deutsche Widerstandskämpfer des Nationalkomitees. Eine dunkelhaarige Frau war auch dabei, Oberleutnant Galina Chromuschina. Ihre ausgeprägten Wangenknochen erinnerten Hermann an die hübschen Wölbungen in Maries Gesicht. Auf der Bank in der Ecke des Zimmers lagen Gewehre und Pistolen.

Die Deutschen hatten während ihrer Ausbildung Judo, Skilaufen, Fallschirmspringen und Funken gelernt. Sie hatten ihr Russisch verbessert, teils mit geringem, teils mit gutem Erfolg. Sie konnten auf der Druckmaschine Partisanka »drucken wie gedruckt«, wie sie in deutscher Sprache juxten. Und nun sollte es losgehen.

»Sadatscha ne prostaja …«, sagte Oberst Melnikow. »Ihre Arbeit gegen die Okkupanten wird brandgefährlich, jeden Tag, jede Stunde. Sie müssen mit Kämpfen rechnen und Sie wissen, dass auf der anderen Seite Ihre Brüder stehen könnten. Überdenken Sie das alles noch einmal! Haben Sie Gründe, vielleicht familiärer Art, die es Ihnen erschweren, diese Aufgabe zu übernehmen?«

Nach Hermanns Erinnerung, die während des Wiedersehens Teil der familiären Überlieferung wurde, war Oberst Melnikows Rede zuvorkommend, aber in der Sache überflüssig. Keiner rechnete damit, dass die Männer des Nationalkomitees an Rückzieher auch nur denken würden, am wenigsten Melnikow selbst.

Für den Mut und die Kampfbereitschaft seiner Gruppe hätte Hermann die Hand ins Feuer gelegt. Der heulende Dysplastiker Bertram Morten war über jeden Zweifel erhaben. Bertrams physischer und metaphysischer Zorn auf die Demonen war unwiderruflich. Christophorus Lebig, Kraftfahrzeugmechaniker aus Rostock, war schon 1931 Mitglied des Kommunistischen Jugendverbandes Deutschland gewesen und später zweimal im KZ. Er kämpfte praktisch gegen die Räuber seiner Jugend.

Daniel Wurz, Infanterist aus Baden-Baden, und Anton Seidl, Panzerfahrer aus Füssen im Allgäu, hatte Hermann während der Verabschiedung in Moskau kennen gelernt, zu der Walter Ulbricht als Vorsitzender der Operativen Abteilung des Komitees und ein Mitglied der KPdSU gekommen waren. Wurz und Seidl waren einwandfrei, fand Hermann. Sie schleimten nicht bei den sowjetischen Offizieren, und sie protzten nicht mit blindem Hass auf ihre Landsleute. Es waren sachliche Typen, deren Leidenschaft dem Gelingen des Einsatzes galt. Hermann vertraute ihnen blind.

Max Emendörfer, der Vizepräsident des Nationalkomitees, forderte den Eid. Die Deutschen traten einzeln vor, zuletzt Hermann: »Ja – syn nemtskovo naroda .... Ich, Sohn des deutschen Volkes, schwöre, dass ich so lange kämpfen werde, bis das volksfeindliche Hitlerregime beseitigt ist. Ich werde die mir übertragenen Aufgaben treu erfüllen, ohne mein Leben zu schonen.« Die sowjetischen Offiziere händigten die Waffen aus, mit denen die Deutschen seit Wochen geübt hatten, und besiegelten die Waffenbrüderschaft. Wie abgesprochen trat die Hausfrau in die Stube und servierte Borschtsch, heißen Tee und Wodka.

Hermann öffnete die Innentasche seiner Jacke und zog einige Briefe heraus, die er in zwei Stapel teilte. Hier zwei dünne Briefe, die an seine Eltern Albert und Paula und seinen Bruder Eugen adressiert waren, dort drei dicke Briefe an Marie. In beiden Stapeln befanden sich Fotos, die Kanitz im Klosterlager an der Kama mit der Minox Riga aufgenommen hatte.

»Was machst du am Morgen nach dem Krieg, Dmitri?« fragte Hermann seinen Ausbilder, einen Judo- und Nahkampfspezialisten, der schläfrig vor sich hin glotzte und nicht halb so gefährlich aussah, wie er war. Dmitri behauptete, mit zwei Fingern getötet zu haben: mit zwei Fingern und einem Stich in die Herzgrube. Seit den Trainingskämpfen war Hermann davon überzeugt, dass diesem Kraftmenschen auch ein Finger reichen würde.

»Ne snaju …«, sagte Dmitri. »Ausschlafen und die Frau vögeln, die sich als Erste blicken lässt … Kann mir ein Leben ohne Krieg gar nicht mehr vorstellen. Einfach im Bett liegen! Stell dir vor, du musst nicht heute, nicht morgen, nicht nächste Woche, nicht einmal im verdammten nächsten Monat zur Totenernte ausrücken. Du kannst vögeln bis an dein Ende, Mann … Wie soll man sich das vorstellen?«

Worte in diesem Sinne, schrieb Gustav Eckstein.

»Sei dir sicher, es wird genug Probleme geben«, sagte Daniel Wurz. »Der Krieg könnte mal zu Ende gehen, Jungs, die Probleme nie. Heute glauben wir, nach dem letzten Schuss bricht das Paradies an. Aber keine zehn Tage später hat uns die Sorge wieder. Außerdem, wenn ich so sagen darf, kann keiner endlos vögeln.«

»Wart's mal ab«, wandte Dmitri ein. »Wir werden jedenfalls alle Rekorde brechen.«

»Nichts gegen euer Philosophieseminar«, sagte Hermann. »Aber eigentlich habe ich nur eine Bitte, Dmitri. Schick am Morgen nach dem Krieg diese Briefe ab. Kleb verdammt große russische Briefmarken drauf und schick sie ab, wenn du das Gefühl hast, dass die Postboten im alten Europa wieder einwandfrei zustellen. Oder gib sie jemandem, der für dich zur Post geht.«

»Vielleicht bist du eher da als deine Briefe«, wandte Dmitri ein.

»Würde ja nichts schaden«, sagte Hermann. »Sollte ich allerdings in der Hölle sein, ist es eine schöne Erinnerung.«

»Du glaubst doch nicht, dass deine Süße auf dich wartet, oder?« fragte Christophorus. »Überleg dir mal, wie viele Jahrzehnte du schon fort bist. Ich würde sagen, ne große Liebe ist nach sechs Monaten vergessen, ne ganz große nach zwölf. Deine Briefe könnten sehr unpassend kommen.«

»Steck dir deine kleingeistigen Ansichten in den Arsch, mein Lieber«, sagte Hermann. »Natürlich hab ich keine Ahnung, wie es drüben aussieht. Ich sage dir nur, dieses ist ein romantischer Augenblick, auf den ich nicht verzichten möchte. Meine Mohnblüte – so nannte ich sie nämlich in den besten Momenten – soll auf jeden Fall die Chance haben, sich über die Briefe zu freuen, die ich ihr von der Kante des Todes schicke. Ob sie es dann tut oder die Umschläge unbesehen ins Feuer wirft, ist allein ihre Sache.«

»Mohnblüte ist schön, wunderschön«, sagte Bertram. »Man kann sich gar nicht vorstellen, wie schön dieses Wort ist ... Ich habe Margret immer Sonnenblume genannt. Oh, Geliebte! Wenn ich nur daran denke, ist mir klar, dass ich über einen Haufen Leichen nach Hause gehen werde. Ich will nicht anders heimkehren als auf einer von toten Dämonen ausgepflasterten Straße. So viel Gerechtigkeit muss sein.«

Jeder im Raum wusste, dass Bertrams Braut Margret wegen *Syphillis connata tarda* in Grafeneck ermordet worden war. Margret war die einzige Frau, die Bertram je geliebt hatte. Dieser monströs und militant auftretende Mann, dessen Schultern von Fettpolstern grotesk verunstaltet waren, schätzte die Kranken und Schwachen dieser Welt über alles, erzählte Hermann später. Wenn sich Bertram eines der Hitler-Zitate in Erinnerung rief, die er auswendig konnte, zuckten Stromschläge durch seinen verhunzten Körper.

Als die zweite Flasche Wodka geöffnet wurde, ging Hermann hinaus und suchte den Waldweg, den er bei der Ankunft hinter der Kate entdeckt hatte. In der Ferne dröhnten die Motoren der Maschinen, die den Start- und Landeplatz in Gomel ansteuerten. Der Wind war noch stärker geworden. Feine Eisnadeln stieben um Hermann und zischelten im Gezweig der Bäume. Der lastende Himmel kündigte Schneefall an. Es war keine dieser klaren, russischen Nächte, in der die Sterne der Erde nahe kamen und damit die Seele der Unendlichkeit, schrieb er ins Kalenderbüchlein. Es war eine Nacht der kurzen Blicke, die sich in der milchigen Luft verloren und leicht in die Vergangenheit geleitet wurden.

Hermann würde morgen Abend hinter der Front zu den Weißrussen abspringen, wenn das Wetter es zuließ – natürlich würde er es tun. Das Entsetzen über den Krieg der Deutschen hatte ihn in den Krieg gegen die Deutschen geführt, es war nur konsequent: Die demonischen Säuberungskommandos hatten in Weißrussland Hunderte von Dörfern mit und ohne Bewohner verbrannt. Er würde die Deutschen abknallen wie Dreck, wenn es drauf ankäme. Er würde nicht anstehen, sein Leben in die Bresche zu werfen und im deutschen Kugelhagel zu sterben. Mit Heldentum hatte das indessen nichts zu tun. Es waren die Regeln, die jetzt galten.

Damit diese Blutoper aufhört, dachte Hermann, muss man noch Millionen Deutschen die Eier abschneiden, es scheint nicht anders zu gehen.

So viel war ihm klar gewesen, als er im November 1939 das ausgeweidete Warschau gesehen hatte: Die Mordhorden, die polnische Geschlechter mit Grinsen im Gesicht und Zigarette im Mundwinkel ausgerottet hatten, würden bis ans Ende der Welt gehen …, solange ihnen keiner das Handwerk legte. Aber er hatte auch vorausgesagt, dass die geflügelte Nemesis über sie kommen würde. *Der gerechte Zorn, der jene straft, die sich über die natürliche Ordnung stellen.* Er wusste, dass es deutsche Offiziere gab, die den Krieg acht Wochen nach Beginn des Polenfeldzugs für verloren gehalten hatten. Er war einer dieser Offiziere gewesen. Fast fünf Jahre waren seitdem vergangen, und nun neigte sich die Waage.

Auch die Nemesis braucht Vollstrecker, dachte Hermann. Und das waren im Osten nun mal die Russen, in deren Kielwasser die deutschen Kommunisten auftrumpften. Er hatte sich ihnen angeschlossen, ohne sie gesucht zu haben. Und wenn es Hindus aus Indien gewesen wären, die gegen Hitler gingen, stünde er jetzt an der Seite der Hindus. Er hatte sich seit dem Kontakt mit Hadermann im Klosterlager allerdings vorbildlich entwickelt, er wusste es. Er war ein leuchtendes Beispiel für anti-demonischen Widerstandsgeist geworden. Er hatte seine Verwandlung zum Kommunisten erst als eine Art Kriegsspiel betrachtet, später als Formalität, dann als Notwendigkeit. Nun war er tatsächlich mit dem Herzen bei der Sache, soweit es um den Kampf gegen die Demonen ging.

Der Krieg ließ ihm keine andere Wahl. Wer kämpfen

wollte, musste sich auf eine Seite stellen. Die neutrale Zone der Soldaten ist der Tod, dachte Hermann. Morgen zog er in den Kampf gegen die deutsche Wehrmacht. Das würde zu Hause keiner glauben, oder vielleicht doch. Vielleicht ahnten sie auch in der Heimat, dass Deutschland elendiger als je ein Land in der Geschichte krepieren musste, bevor der Krieg zu Ende sein konnte.

Als Hermann wieder die Kate betrat, waren seine Mitstreiter schon hoffnungsvoll angetrunken. Sie saßen mit den russischen Offizieren um den Tisch, einige löffelten immer noch Borschtsch. Man lachte, man sang in zwei Sprachen, man schlug sich auf die Schultern. Nur Galina Chromuschina war schon gegangen. Schließlich zog Bertram die deutsche Gruppe in einer Ecke des Raumes zusammen.

»Geliebte!« hob er an. »Dieser Feigling aus Österreich ist ein okkult begabter Mensch, das weiß jeder, der ihn kennt. Hitler spürt, dass wir kommen, es kitzelt ihn schon im Arsch. Der Pastillenfresser hat Angst, glaubt es mir, er hat Todesphantasien, das könnte jeder Parapsychologe fein säuberlich erklären. Er hört Ritschi Wagners Walküren und befragt seine Raketengeister im Bunker, in der Schanze und auf dem Berg, wie wohl alles werden wird. Aber sie haben keine Macht über die Rache und die Gerechtigkeit. Geliebte, wir haben uns auf die Seite der russischen Suffköppe geschlagen, aber nicht ohne Grund. Wenn wir das braune Geschiss nicht so langsam in den Dunkelkreis der Nacht hinausrotten, wird der Ruhm allein dem Ivan bleiben. Die Geschichtsbücher werden leer sein von den Taten deutscher Widerstandskämpfer. Doch bevor es so weit kommt, sage ich, werden wenigstens wir die Wehrmacht mit dem Bazillus der Menschlichkeit impfen. Trinkt mit mir, Brüder und Geliebte!«

Am nächsten Tag verpackte Hermann die Druckmaschine Partisanka, Ersatztypen, Papier, den Namenstempel des Nationalkomitees mit den Streifen der deutschen Flagge, verschiedene Plakate, das Funkgerät sowie Maschinenpistole, Granaten und einen Vorrat Patronen. Er putzte die Maschinenpistole und schliff sein Finnisches Messer so scharf, dass er damit die Härchen auf dem Handrücken abschaben konnte. Nach dem Rasieren am Mittag steckte er das Rasierzeug in den Rucksack, der mit Winterkleidung, Essbesteck und Schachteln von Penicillin bereits stramm gefüllt war. Er suchte einen Beutel, packte je eine russische und deutsche Uniform ein – beide ohne Rangabzeichen – und band das Paket auf dem Rucksack fest. Als alles erledigt war, zog er seine dicke Wattejacke an und setzte die Pelzmütze auf den Kopf.

Hermanns Gruppe belud einen grauen LKW. Zwei Weißrussen, Viktor Kuprijanowitsch und Nikolai Wikentjew, packten ihre Habseligkeiten dazu. Sie gehörten zu den Partisanen und waren aus den Wäldern ausgeflogen worden, um ihre Verletzungen zu kurieren. Jetzt wollten sie wieder zurück ins Kampfgebiet. Als Letzter stieg Major Djatlenko ein. Dmitri brachte die Gruppe zum Militärflugplatz bei Gomel. Sie flogen in einer Douglas, in deren Laderaum die Kälte eindrang wie Eiswasser. An der Front machte die deutsche Flak ein Höllenfeuer für sie an.

»Geliebte!« schrie Bertram und legte Anton und Christophorus, die bibbernd neben ihm saßen, die Arme auf die Schulter.

Unversehrt stieß das Flugzeug durch das Heulen der Granaten und entwich nach Nordwesten. Als die Klappe aufsprang, riss der Sturm den Männern die Worte vom Mund. Hermann sah die Wälder, traumhaft düster und endlos ausgeweitet unter dem wenigen Schnee, den die Luftbewegung auf den Bäumen gelassen hatte. Der Pilot traf die verabredete Lichtung im Rayon von Begoml, ohne den Kurs zu korrigieren. Fünf Partisanenfeuer loderten in die Nacht, an jeder Ecke der Lichtung eines, das fünfte und kleinste in der Mitte.

Die Männer mussten jetzt springen.

Christophorus bekam einen Angstanfall und sprach mit stieren Augen ein Kindergebet – so laut, dass er selbst das Getöse der Motoren übertönte. Hermann fiel ein, das Christophorus schon bei den Probesprüngen blass ausgesehen hatte. Und was jetzt? dachte er. Die Zeit drängte, die Sekunden liefen ihnen davon. Da schmiss Bertram den zagenden Christophorus rücksichtslos aus dem Flugzeug und sich selbst hinterher. Daniel und die weißrussischen Partisanen sprangen als Nächste. Als Hermann sich fallen ließ und der Wind ihn mächtig ergriff, glaubte er, gegen das Heck der Maschine zu klatschen und zu zerschellen, wie er schon voraussah.

Alles ging gut.

Hermann landete im dünnen, federnden Gezweig einer Birke. Die zischenden Geräusche des Windes rissen übergangslos ab. Nur noch leise brummten die Motoren des Flugzeugs in der Ferne, dann war auch das vorbei. Das riesenhafte Schweigen des Waldes umfing ihn: die Ruhe einer nächtlichen Kathedrale, hinter deren Pfeilern Geister schliefen. Er schnitt sich mit dem Finnischen Messer frei und barg die Fallschirmseide – einerseits, weil sie verräterisch war, andererseits, weil man daraus gute Verbände machen konnte. Bald waren die Stimmen der Partisanen zu hören, die sich mit Schlitten näherten.

Gustav Eckstein fragte sich in den Aufzeichnungen, ob Hermann bei dem lebensgefährlichen Absprung in die weißrussischen Wälder womöglich den Moment seiner größten

Gewissheit erreicht hatte. Beim Sprung in ein Abenteuer, das seine seltsame Entscheidung, Soldat zu werden, nachträglich und auf listige Weise mit Sinn ausstattete. Hermann sprach sich niemals deutlich aus, und Gustav stellte sich deshalb vor, dass der mutige, aber wankelmütige Mann als Fallschirmagent im Grunde näher bei sich selbst gewesen war als jemals zuvor.

Djatlenkos Gruppe traf sich am nächsten Tag mit R. N. Matschulski, dem Sekretär des illegalen Rayonkomitees der Kommunistischen Partei, und zog weiter nach Süden in die Rudnjansker Wälder im Rayon von Logoisk. Die Partisanen der Brigade Bolschewik nannten Hermann wegen ihrer H-Verhinderung German. Die meisten schätzten ihn vom ersten Tag an. Hermann legte bereits kurz nach der Ankunft Verbände an, das hatte er bei seiner Mutter Paula gelernt. Er hantierte souverän mit den Medikamenten, die von der Roten Armee zu den belorussischen Vorposten ausgeflogen wurden, denn seine Sanitätsausbildung in der Hitlerjugend war gut gewesen. Es dauerte keine Woche, da stand Hermann am hölzernen Operationstisch, ließ sich von vier Kiefernspan-Trägern Licht geben und operierte dem angeschossenen Boris eine deutsche Kugel aus dem Schenkel. So schwierig, dachte Hermann, während er zum Skalpell griff, kann das ja nicht sein.

Patriot sein, hieß das erste Flugblatt, das Hermann auf der Partisanka druckte. Im Kalenderbüchlein notierte er eine Auflage von 350 Exemplaren. Es folgten Titel wie *Was ist das National-Komitee?* und *National-Komitee – Hört, denkt, handelt.* Die Auflagenhöhen schwankten zwischen hundert und achthundert. Jedes Flugblatt wurde einzeln an den Mann gebracht … und war nichts anderes als ein Totenschein, falls die Überbringer an den falschen Empfänger gerieten, wie Gustav Eckstein schrieb.

Die deutschen Partisanen in den Rudnjansker Wäldern hielten sich an ihre Aufträge. Sie versuchten, die Entstehung selbstständiger Widerstandsgruppen in der Wehrmacht zu fördern. Sie druckten Dutzende von Flugblättern mit Auflagen, die insgesamt in die Zehntausende gingen. Sie sprachen mit den belorussischen Quartiergebern in den Dörfern über deutsche Offiziere, die noch nicht vertiert waren, wie es hieß, und schmuggelten den Kandidaten Propaganda in die Nachttische. Ihre Flugblätter gelangten in die Garnisonen in Pleschtschenizy, Logoisk und Molodetschno. Der Maler Schulski, Spezialist für Sichtagitation, versorgte sie mit Karikaturen von Hitler, Himmler, Goebbels und hohen deutschen Militärs.

Major Djatlenko ließ Kragenspiegel, Schulterstücke und Dienstgradabzeichen einfliegen, die von der Roten Armee in Kriegsgefangenenlagern gesammelt wurden. Hermann und seine Mittäter statteten ihre Uniformen aus und stießen auf heiklen Missionsreisen bis in die Kasinos des Feindes vor, in dessen Land sie geboren waren. Daniel Wurz und Anton Seidl planten, das Offizierskasino in Minsk mit dem Englischen Koffer in der Hand heimzusuchen, Heil Hitler! zu sagen, ein Bier zu trinken und schon wieder fort zu sein, wenn das Massaker ausbrach. Aber außer an Sprengstoff fehlte es an allem, um Englische Koffer zu bauen.

Am 1. Mai stieg im vorläufig sicher gelegenen Partisanendorf Saretschije ein akkordeon- und balaleikaseliges Fest. Man tanzte Bulba, Ljawonicha und Kryshatschok und machte sich mit dem milchig-weißen Samogonka betrunken, der aus erfrorenen Kartoffeln gebrannt wurde. Auf dieser ausgelassenen *Wetscherinka* lernte Hermann die Volksrächerin Eva kennen, ein in jeder Hinsicht mordsgefährliches Flintenweib, wie er bald sagte. Sie hatte als Scharfschützin mindestens vierzehn Soldaten der Wehrmacht erschossen. Eva war am Abzug eiskalt, behaupteten alle süffisant, aber nur am Abzug des Gewehrs. »Keiner kann immer mit der geballten Faust durchs Leben gehen«, grinste Hermann am nächsten Morgen, als ihm die Frage vorgelegt wurde, wie es nach dem Tanzen weitergegangen wäre.

»Ostoroshno moi dorogoi …«, versuchte Oberst Djatlenko einzuwenden. »In der Liebe wird nicht doppelt gebucht.«

Aber da war es schon zu spät. Hermann war berauscht von Eva, von ihren dunklen Haaren, den aufgeworfenen Lippen und den Brüsten, die sich zu ihm reckten, wenn er ihr nachts das dicke, wollene Unterhemd auszog. Er verliebte sich schnell und heftig. Seine Gedanken stießen nur noch bis zu Marie vor, wenn er das Lied sang, das er im Kalenderbüchlein »unser Lied« nannte und so übersetzte: *Wart auf mich, ich komm zurück. Warte sehr, auch dann, wenn andere nicht mehr warten. Wart auch dann, wenn dunkle Wolken den Himmel trüben, wart, ich komm zurück. Wart auf mich, denn ich bin für dich.*

Wenn Hermann nicht bei Eva war, wohnte er bei Bertram, Christophorus und Anton. In ihrer Erdhütte gab es zwei Doppelbetten, einen schmalen Gang und die Freifläche hinter der Tür, die mit Gerätschaften zugestellt war. Auf dem Boden lag Stroh, darunter Dachpappe, darunter Frost. Das Zweiggeflecht, das sich um die vier Pfähle an den Ecken wand, war von außen mit Erde beworfen. Es schützte verlässlich vor dem Einbruch des Schnees und hielt sogar ein bisschen Wärme. In den weißrussischen Wäldern gab es Zehntausende solcher Erdhütten, versteckt in einem Meer von Birken, Kiefern, Fichten und wenigen Hainbuchen, versteckt in einer Landschaft, die Hermann nicht selten an Masuren erinnerte: ein ins Vielfache ausgedehntes Masuren.

Einige Weißrussen waren neidisch auf die tadellose Ausrüstung der Männer vom Nationalkomitee. Die Volksrächer selbst hatten keine Wattejacken. Wer ein K98 oder eine Maschinenpistole besaß, hatte die Waffen unter Lebensgefahr von den Deutschen erkämpft. Und nun hatte Hermann auch noch Eva, die erträumte Nachtbegleitung aller jungen Männer des Waldes. Major Djatlenko musste mehr als einmal mit Nachdruck erklären, warum die eingeflogenen Deutschen, denen es so gut ging, nicht an Ort und Stelle erschossen wurden.

Eines Abends ging Hermann zur seiner Erdhütte und stieß auf Bertram, der unter einer Birke hockte. Als Hermann begann, von Eva zu schwärmen, legte ihm Bertram die riesige Hand vor den Mund.

»Whahuum?« fragte Hermann unter der Hand.

»Ich denke an Margret«, sagte Bertram.

Da setzte sich Hermann neben Bertram auf den Boden. Sie schwiegen gemeinsam, dachten an die tote Margret und spielten mit handgeschnitzten Birkenholzfiguren eine Partie Schach.

Haben die Partisanen um Major Djatlenko der Wehrmacht einen einzigen Mann abspenstig gemacht? fragte sich Gustav Eckstein in den Aufzeichnungen. Man weiß es nicht. Einmal bahnte sich ein Kontakt zwischen Hermann und einem Offizier des Sicherungsregiments in Pleschtschenizy an, der offenbar ernsthaftes Interesse am Nationalkomitee hatte. Doch ein Treffen kam nicht mehr zustande, denn man hörte in diesen Tagen von der geplanten Strafexpedition der Deutschen, die heute als »Kormoran« bekannt ist. SS-Generalleutnant von Godberg zog Panzer, Artillerie und Flugzeuge zusammen, um die Rudnjansker Wälder und die gesamte Umgebung bis zur Beresina zu säubern. Auf beiden Seiten begannen Kampfvorbereitungen. Djatlenkos deutsche Schützlinge vergruben die schweren Geräte und ihre

Funkstation. Sie begannen wenig später, mit der Kundschaftertruppe Major Kasanzews durch Wälder und Sümpfe zu ziehen.

Anfang Juni wurden mehrere Partisanen-Brigaden und die Bevölkerung aus den umliegenden Dörfern östlich der Chaussee Logoisk-Pleschtschenizy eingekreist. Auf der vieltausendköpfigen Gruppe lag schweres Artilleriefeuer. Deutsche Flugzeuge legten Bombenteppiche über das hügelige Gelände. Die Verluste auf Seiten der Partisanen stiegen rasch. Major Kasanzew erhielt von R. N. Matschulski per Funk die Anweisung, die Kräfte in der Umzingelung zu sammeln und die Partisanen zum Durchbruch nach Westen zu führen.

Major Djatlenko fiel der Lageplan eines erschossenen deutschen Offiziers in die Hände, den er mit Hermann auswertete. Der Durchbruch über die Chaussee schien möglich. Sie wurde zu diesem Zeitpunkt auf einer langen Strecke nur von einem Bataillon bewacht. Noch bevor Major Kasanzew allerdings vorrücken ließ, hatte die gut organisierte deutsche Aufklärung die Pläne der Partisanen durchschaut. Ein Wettlauf mit der Zeit begann.

»Geliebte«, rief Bertram, als sich die Gruppe um Oberst Djatlenko auf den Weg machte. »Dieses ist ein nihilistisches Zeitalter. Pardon braucht wirklich keiner zu geben.«

»Jesses Maria«, betete Anton aus Füssen, als sie in Hörweite des Abwehrfeuers kamen. »Joa mei, hab'n die Roten denn kai Flugzeug, um schon mal a Schneis da nei zu legen? Das deutsche Pack gräbt sich doch längst ein wie a Maulwurfsherd.«

Antons Sorgen waren berechtigt. Während die Partisanen in Bombenschauern zu Fuß nach Westen hasteten, führte die alarmierte Wehrmacht über die Chaussee Geschütze,

Soldaten und Material heran. Ausweislich des Kalenderbüchleins hatten die Deutschen hinter der ursprünglichen Verteidigungslinie bereits zwei weitere Linien in den Wald hineinimprovisiert, ehe die ersten Weißrussen und ihre deutschen Waffenbrüder in Sichtweite kamen.

Schießt ein Deutscher auf Deutsche? Und wenn ja, mit welchen Gefühlen? Gustav Eckstein interessierte sich in den frühen Aufzeichnungen noch stark für diese Fragen. Später notierte er, dass es für Hermann solche Überlegungen niemals gegeben hatte – so wenig wie ein Fußballspieler nach dem Klubwechsel fragt, auf welches Tor er schießen müsse.

Der Pfeifton der Granaten kam nun ganz aus der Nähe. Dicht an dicht zogen sich die Perforationsstreifen der deutschen MG-Kugeln durch den Wald. Die ersten Partisanen fielen. Dann hörte die Bombardierung aus der Luft auf, weil die Linien von Freund und Feind zusammenflossen. Der Nahkampf begann. Hermann hatte schweres Gepäck im Rucksack und stöhnte beim schnellen Marsch unter der Last, die er nicht mehr gewohnt war. Holzsplitter angeschossener Bäume sprangen in sein Gesicht. Sein Rektum zog sich vor Angst zusammen. Christophorus warf gegen den Willen von Major Djatlenko sämtliches Gepäck außer Gewehr und Munition ab und schnürte im letzten Augenblick – keiner wusste, was das sollte – seine Stiefel neu. Daniel betrachtete ein winziges Foto seiner Tochter, das er in die Innenfläche seiner Hand gelegt hatte.

Jemand rief zum Angriff.

Die Partisanen um Major Djatlenko warfen Granaten auf die erste Verteidigungslinie hinter der Chaussee und stürzten nach vorn. Die Wehrmachtssoldaten waren der schieren Übermacht nicht gewachsen. Schlecht ausgestattete Weißrussen schlugen den Deutschen, die den Kugeln entgingen, die Köpfe mit dem Spaten ab. Bevor die Wehrmachtssoldaten der ersten Verteidigungslinie jedoch starben, gelang es ihnen, den Keil der Angreifer auseinander zu splittern und in die Weite zu zerstreuen. Dadurch konnte die zweite Verteidigungslinie, die einem konzentrierten Angriff vielleicht genauso unterlegen wäre, die vereinzelten Partisanen bereits mit effektivem Abwehrfeuer bekriegen.

Vor Hermann wurde ein Weißrusse, den er flüchtig kannte, ins Gesicht getroffen. Auch ein zweiter Mann, der heranstürzte, bekam einen Treffer. Sein Schädel platzte hinter der Schläfe auf. Es gab einen Knall wie von zerberstendem Holz. Hermann robbte an der Seite von Christophorus und Daniel über den Waldboden, während Bertram leicht gebeugt im Zickzack voranhastete und sich hinter Baumstämmen in Deckung warf, wenn die Feuerwand undurchdringlich wurde. Die deutsche Gruppe wurden von schreienden Volksrächern überholt, die ohne Rücksicht auf Verluste nach vorn stürzten. Dreißig, vierzig Partisanen nahmen an dieser Stelle auch die zweite Verteidigungslinie und löschten die letzten Gegner aus geringer Entfernung aus.

Bertram richtete sich hinter einem Baum auf, fuhr sich über den rauchgeschwärzten Abzugsfinger und wechselte das Magazin.

»Geliebte«, schrie Bertram. »Eine Reihe noch, dann haben wir die Mäuseficker!«

»Halts Maul, du Wahnsinniger«, schrie Christophorus. »Eine Reihe noch, dann sind wir tot.«

»Wisst ihr eigentlich«, schrie Bertram, »dass sich die Engländer an der Somme Rugbys zuwarfen, während sie deutsche MG-Nester stürmten?«

Er hastete weiter, in Richtung eines deutschen Maschinengewehrs weit im Hintergrund, das in diesem Abschnitt fürchterlich erntete. Hermann blieb sekundenlang liegen. Er stellte sich vor, ein toter Soldat zu sein, halb eingegraben in den Sandboden, von Käfern und Ameisen besucht. Während Bertram schrie, hatte ihn eine Erinnerung überfallen. Sein Vater hatte einmal erzählt... der junge Winston Churchill - sang - laut - in der Omdurman-Schlacht - als er tausend Mahdi-Krieger mit seinem Maxim-Maschinengewehr tötete - *Whatever happens, we have got / The Maxim Gun, and they have not.*

Als sich Hermann nach vorn drehte, starb Daniel Wurz. Eine Salve zerriss ihn im Flug, als er sich mit einem Sprung auf den Boden retten wollte. Hermann legte an, hielt auf das Mündungsfeuer des Deutschen zu und löschte es aus. Bertram rief nach einer Handgranate. Er war nicht mehr weit entfernt vom letzten Maschinengewehrnest und brüllte wie ein Tier, als wolle er den Deutschen durch Lärm töten. Christophorus wurde im Oberschenkel getroffen. Er stolperte wahnsinnig vor Schmerz noch ein paar Meter weiter, genau in die falsche Richtung. Er lag dreißig Meter von Hermann entfernt und rief um Hilfe.

»Hilfe, Männer«, stöhnte Christophorus. »Oh Gott, helft mir bitte.«

Kugeln strichen eine Handbreit über ihn hinweg. Er war vorläufig unerreichbar. Hermann erkannte, dass Christophorus verbluten musste. Der Schwall aus dem zerfetzten Schenkel war zu groß. Er hätte ihm nicht helfen können, selbst wenn er ihn sofort erreicht hätte. Hermann schrie verzweifelt. Er erhob sich aus der Deckung, stand für Sekunden unbeschädigt im Geschossgewitter und erledigte den deutschen MG-Schützen, als dieser den Spalt seiner Augen freigab, um die Kampfsituation zu überblicken.

Hermann hetzte voran und warf sich neben Christophorus auf den Boden. Im Stürzen sah er das Muster der Nadeln auf sich zukommen, eine seltsam ausgewogene Anordnung, so sinnvoll wie Sternbilder am Himmel. Er wollte sein Wort an Christophorus richten. Aber die Zeit war verstrichen. »Der Boden erstickte an unserem Blut«, notierte Hermann im Kalenderbüchlein.

13

Am Tag vor dem sechsten Palmsonntag des Krieges begann bei Wesel mit 1326 Lastenseglern, über 2000 Begleitjägern und 40 000 Luftlandesoldaten das Unternehmen »Varisity«. Am nächsten Tag stießen britische, kanadische und amerikanische Armeen bis weit ins Münsterland vor.

Palmarum. Sonntag der Palmzweige.

Ein blank ausgefegter, ewig blauer Himmel ignorierte alles, was die Menschen bewegte. Zum Beispiel im Nationaltheater. Dort begrüßte der Gauleiter vierzehnjährige Jungen und Mädchen, um sie auf den Tod für den Führer zu verpflichten. In der ausgeweideten Stadt blühten derweil die Forsythien. Im Trümmerschutt gab es Eilande, auf denen hoffnungsvolle Blumen vorösterlich dufteten. Über der Kraterwüste, die Ecksteins Garten gewesen war, stiegen tirilierende Drosseln in die laue Luft empor.

Die Sirenen gaben den 1243. Vollalarm des Krieges. Es war 8.28 Uhr.

Marie hatte ein Gesangbuch neben sich im Bett liegen. Sie fand es angenehm, die alten, vertrauten Liedertexte vor Augen zu haben. Ein bisschen summen und den Blick über die Zeilen fahren lassen, das war es, was sie wollte. Trost war zu viel verlangt. Sie hatte gar nicht mehr die Empfindsamkeit, um Trost zu verspüren, wenn es ihn irgendwo gäbe, obwohl … – da las sie: *Erscheine mir zum Schilde, / zum Trost in meinem Tod, / und lass mich sehn dein Bilde, in deiner Kreuzesnot.*

Wie war das gewesen in Kleinbärengrund, wenn dieses Lied gesungen worden war? Die Passionszeit hatten sie und ihre Geschwister im Grunde gefürchtet. Es war, oft mitten im Frühling – wie jetzt –, die Zeit der befohlenen Finsternisse gewesen. Sie waren wochenlang nicht herausgekommen aus der schattenhaften Fügsamkeit und Jesus-starb-für-dich-Stimmung, die von den Eltern verordnet worden war. Und doch waren die Lieder übrig geblieben und kamen auch heute zu ihr zurück, Lieder, die sich offenbar selbst von dem Weltgericht, das über allem waltete, nicht zum Verstummen bringen ließen ... *da will ich nach dir blicken, / da will ich glaubensvoll / dich fest an mein Herz drücken. / Wer so stirbt, der stirbt wohl.* Ein Lied Paul Gerhardts von 1656. Eine Nachempfindung der mittelalterlichen Dichtung Arnulf von Löwens. *Salve caput cruentatum.*

Marie wohnte mit Elisabeth, die vor elf Tagen Familie und Wohnung verloren hatte, im hinteren Gartenzimmer. Ecksteins Haus war immer noch nicht am Ende. Es hatte zwar kein Dach mehr. Der erste Stock war unbewohnbar. Im Parterre lag der Schutt brusthoch. Aber es gab noch den Keller, eines der Gartenzimmer und die Innere Immigration, die keinen Kratzer abbekommen hatte. Sie widerstand problemlos allem, was die Alliierten aus ihren Bombenschächten vom Himmel sandten.

Klares Wetter; Wind in 5200 Meter Höhe aus 160 Grad; Windstärke 40 km/h – so notierte Gustav Eckstein aus dem Protokoll eines britischen Aufklärers.

»Kind, wir müssen rein«, sagte Elisabeth, verheult, eingefallen und ausgespielt.

Sie gingen in den linken Schacht der Inneren Immigration, in dessen hinterem Teil seit einem Jahr Toll wohnte. Er hatte die Familie Eckstein erpresst: Schutz gegen Schweigen. Ecksteins mussten Toll – seine Wohnung hatte einen Volltreffer bekommen – Daueraufenthalt im Bunker einräumen. Dafür sah Toll über die Schwarzmarkt-Aktivitäten, Alberts Sammlung verbotener Literatur, Maries Aufsässigkeit und überhaupt den, im Sinne der Demonen, heiklen Zustand der Familie Eckstein hinweg. Niemand zweifelte daran, dass Toll Mittel und Wege gekannt hätte, alle Ecksteins ins Lager oder vor ein rasches Exekutionskommando zu bringen.

Wie zufällig hatte Toll in jenen Tagen mit einem Durchschlag der Kostenrechnung gewunken, die an Erna Brames wegen der Strafsache gegen Elfriede Scholz, geborene Remark, der Schwester des Schriftstellers Erich Maria Remarque, ergangen war. Die Reichsanwaltschaft am Volksgerichtshof hatte für die Todesstrafe eine Gebühr von 300 Mark erhoben, für die Vollstreckung waren 122,80 Mark zu zahlen.

»Wehrkraftzersetzung ist nicht billig«, hatte Toll gerufen. Da war auch Albert dem Druck erlegen.

Toll stand vom Schreibtisch auf und zeigte den Frauen die Notizen für einen Artikel, der die Chancen auf den deutschen Endsieg behandelte. Er stützte sich auf den portugiesischen Historiker Alfredo Pimenta. *Wir alle, die wir den Sieg des Geistes über die Materie, den Sieg Gottes über den Teufel, den Sieg der Autorität über die Unordnung wünschen, wir alle hoffen mit unerschütterlichem Vertrauen auf den Augenblick, wo der deutsche Glaube mit dem Schwert des Erzengels über seine Feinde herfallen wird, die ihn bedrohen. Irgendwo im Raum zwischen Oder und Rhein wird dieses Wunder geschehen.*

»Der Führer hat alle Aufmarschpläne Schlieffens gelesen«, rief Toll. »Er hat Clausewitz und Moltke studiert. Er führt die deutschen Heere seit fünf Jahren im Feld. Er hat unser Vertrauen verdient. Irgendwo zwischen Oder und Rhein wird ein Wunder geschehen. Nur der Tag steht noch nicht fest.«

»Nächste Woche vielleicht?« fragte Albert.

Seine Schlafanzugjacke stand offen. Er hatte keine Schuhe an den Füßen. Militärische Probleme interessierten ihn eigentlich nicht. Er wollte das nächste Mal über Probleme nachdenken, wenn er tot wäre oder der Krieg aus, hatte er gesagt. Bis dahin würde er in der Inneren Immigration bleiben, im rechten Schacht, und seine Wunden am Bein betreuen, die ihn vor weiteren Belästigungen des Volkssturms schützten. Paula und Marie führten indessen die traurigen Geschäfte der Firma, seit Jahren nur noch Bunkerbau und Reparaturarbeiten.

Marie ging noch einmal hinaus und trug die Riesenschar der Goebbels-Kaninchen in den Eingang zur Inneren Immigration, einen Käfig nach dem anderen. Mit dem Beginn des Alarms waren die Kaninchen hellwach geworden, hielten ihre weißen Augen ekstatisch weit geöffnet und ließen die Ohren so stehen, dass sie kein Tönchen des allmählich anschwellenden Brummens verpassten. Ihre Hinterläufe scharrten fickerig.

Unter den anfliegenden Verbänden der Royal Air Force befanden sich den genealogischen Aufzeichnungen zu Folge die 4. Bombergruppe, gestartet von den Plätzen in Rufforth, Pocklinton, Melbourne, Snaith und Linton-on-Ouse, und die 8. Bombergruppe, gestartet in Wyton und Warboys. Die beiden Formationen bestanden aus 132 Bombern des Typs Halifax, 14 Lancaster-Bombern und 10 Mosquito. Über Holland eskortierten Mustang und Spitfire, die üblichen Jäger.

Marie wurde den Gedanken nicht los, dass ER den Krieg wegen ihr veranstaltete, wegen ihr und den anderen Sündern. Eben als Strafgericht, wie geschrieben steht. Sie glaubte nicht an das, was sie denken musste, aber es reichte schon, dass diese Gedanken dauernd wiederkamen … und der Tod nahm überall zu. Masuren, hieß es, war ein Friedhof, auf dem es streunende Hunde noch am besten hatten. Ortelsburg war vor zwei Monaten und zwei Tagen gefallen. Ob noch jemand lebt, den ich kenne? dachte Marie. Ob die Toten Gräber bekommen haben? Ob ihr Sterben wenigstens rasch gewesen war?

Die Pfadfinder am Himmel wurden durch das Radar-Zielfindungssystem *Oberserver Bombing Over Enemy* geführt. Das Geschwader kam punktgenau an. Um 9.48 Uhr fiel in einer gewissen Entfernung vom Westerberg der erste Bombenteppich. Dann hagelte es Brandbomben. Die Goebbels-Kaninchen verloren sofort jede Kontrolle. Marie konnte gar nicht sagen, wie man das nennen sollte, wenn die Kaninchen vor Entzücken und Wolllust solche Schreie ausstießen. Sie schlangen die Läufe umeinander und ineinander, Fieberwärme stieg aus ihren Käfigen hoch.

Der Beobachtungsposten auf dem Turm der katholischen Kirche in Eversburg, der letzte der Stadt, übermittelte an die Luftschutzleitung: »9.50 Uhr Bombenabwürfe in Richtung Fledder, 9.56 in Richtung Gaswerk und Hauptbahnhof, 9.57 Flakfeuer Kalkhügel, Gartlage und Eversburg, 9.59 Bomben in Richtung Hauptbahnhof, Fledder und Gaswerk, Lotter Straße und Neustadt, 10.00 Uhr Neustadt, 10.01 Uhr Eversburg, Bramscher Straße und Westerberg.«

10.01 Uhr. Die Goebbels-Kaninchen gerieten beim ersten Einschlag außer sich. Es waren die kraftvollsten Kopulationen, die Marie je gesehen hatte. Das Schreien der Kaninchen war nicht weniger laut als das Zerplatzen der Bomben in der Nähe. Die Tiere fauchten vor Lust. Ihr Atem war zu hören, als wäre er von riesigen Raubkatzen. Ihre Bewegungen waren rasend. Toll lief auf der schwankenden Erde von einem

Käfig zum anderen und streichelte die pulsierende, weiche, schreiende Masse aus Fleisch und Fell.

»Wenn nur alle Deutschen so gekämpft hätten!« schrie er. »Dann wäre Europa längst im Frieden vereint und der Führer da, wo Karl der Große und Napoleon nie gestanden haben.«

In Marie brach eine Stille aus. Sie sah Evi, die zwischen den Särgen ihrer Eltern verkündet, nach Süddeutschland zu gehen, zu einer Cousine im Allgäu. Sie sah die Zeitungsberichte über Gräuel in Ostpreußen, die nichts anderes als Leichengeruch verbreiteten, vielleicht auch den ihrer Familie. Sie sah die allmähliche Ermattung des Schwiegervaters und die Willkürherrschaft Tolls in der Inneren Immigration. Sie sah den Handschlag, mit dem Paula und Toll ihren Pakt geschlossen hatten. Sie sah Toll unter dem Porträt des Führers, es anbetend.

Marie fand kein einziges erträgliches Bild mehr in ihren Erinnerungen. Und sie sah eine Liedzeile Paul Gerhardts aus dem Gesangbuch vor sich, unvorstellbar selig, aber unaussprechlich für sie. *Schau her, hier steh ich Armer, / der Zorn verdienet hat. / Gib mir, o mein Erbarmer, / den Anblick deiner Gnad.* Das war die Musik, in der sie zur Welt gekommen war. Die Verfolgungsjagd würde wohl nie aufhören.

Als Marie gegen halb zwölf die Innere Immigration verließ, hatten die Flieger auch das Wetter zerbombt. Der blaue, strahlend aufgespannte Frühlingshimmel war verschwunden. Die Stadt lag unter einem wehenden, schwarzen Geisterkleid aus gebauschtem Rauch und Asche. Flammenschneisen schlugen hin und her, entfachten Stürme, verbrannten Menschen in Kellern und Stollen. Entzündete Stoffe, Gardinen und Papiere segelten in der Thermik davon.

»Palmsonntag, Qualmsonntag«, sagte Toll, der neben Marie getreten war. »Kopf hoch, einen haben wir noch.«

Mit einem letzten, fast lautlos hohen Schrei, bei dem sich ihre Augen gelb verfärbten, starben alle Goebbels-Kaninchen. Toll, der dem Sterben zusah, lief im Gesicht weiß an. Es war eine Kardinalfarbe des Nichts, ein wahrhaft unermessliches Weiß, das Marie für Sekunden das Glücksgefühl erfüllter Rache schenkte.

Am Gründonnerstag, gerade als Gauredner Stoßmeyer auf der Trauerfeier vor dem Krematorium sagte: »Solange wir kämpfen, wird das Reich bestehen«, plapperte Marie, für die Umstehenden unüberhörbar, vor sich hin: »Keine Butter in der Dose, keinen Hintern in der Hose, auf dem Klo nicht mal Papier: Dennoch, Führer, folgen wir.« Dann ging sie mit hocherhobenem Kopf vom Platz und zur Ruine Eckstein zurück. Später sagte sie, sie hätte überlegt, Stoßmeyer vom Mikrofon zu drängen, um ihr Sprüchlein, das sie von dem demonischen Witzbold Toll hatte, vor allen Leuten aufzusagen und die Konsequenzen zu tragen.

Am Abend vergruben Toll und Paula im Garten neben dem Massengrab der Goebbels-Kaninchen ihre Führer-Porträts, Hakenkreuzfahnen, *Mein Kampf*, Huldigungswimpel und Parteiabzeichen.

»Marie, nun hilf uns doch«, sagte Paula.

»Keine Spur«, sagte Marie. »Dieses ist eure Beerdigung.«

Sie setzte sich auf einen der herumliegenden Trümmer und sah den Gräbern zu. Albert, der ebenfalls keine Lust hatte, Hand anzulegen, stellte in der Inneren Immigration das Radio laut. Es lief die Musiksendung »Stunde für unsere Soldaten«. *Eine Insel aus Träumen geboren, mein Hawaii …*

Am Tag nach Ostern, den Marie aus alter Gewohnheit als dritten Osterfeiertag betrachtete, drangen bei abwechslungsreichem Aprilwetter britische Truppen auf die Stadt zu und stießen auf wenig Widerstand. Die ersten weißen Fahnen wehten. Unter den 50 000 Hinterbliebenen, die nicht tot oder aufs Land geflüchtet waren, kursierte das Gerücht, die Demonen hätten ein Ultimatum zur Übergabe verstreichen lassen, weshalb die Beschießung der Ruinen durch die Panzer der Tommys kurz bevorstünde. Andere glaubten, freie Übergabe wäre schon ausgemacht.

Marie lag im Gartenzimmer auf dem Bett, in Gedankenleere versunken, als Elisabeth Straub mit aufregenden Nachrichten durch die Tür kam. An der Winkelhausen-Kaserne hätten die Leute die Heeresmagazine zu stürmen begonnen, rief sie, man könne an Massen der besten Lebensmittel kommen, es sei ein wahrer Volksauflauf im Gange. Elisabeths unerwarteter Lebensmut steckte Marie an. Sie griff ihr Fahrrad, trug es über Trümmer hinweg und gewann freie Fahrt. Elisabeth radelte hinterher.

Sie trafen unterwegs auf Menschen, die Käse, Fässer mit Sauerkraut und Mehlsäcke davontrugen. Von vielen Seiten stürmten Leute mit Handwagen in Richtung der Heeresverpflegungsämter, die vor Stunden von der Wehrmacht verlassen worden waren. Obwohl aus dem oberen Stockwerk des Magazingebäudes Rauch und Flammen schlugen, drängte alles näher heran. Längst lagen die Menschen miteinander im Kampf: Männer schlugen Frauen, Frauen Männer, beide Kinder und die wehrten sich.

Marie ließ sich von Elisabeth in den Tumult hineindrängen, noch unentschlossen, wie viel Einsatz sie im Streit um die Lebensmittel zeigen wollte. Auf Plünderung stand Todesstrafe, und es gab Menschen, die noch im letzten Augenblick ihrer Existenz die demonischen Gesetze ausführen würden. Aber die Masse der sonst streng rationierten Dinge, die Säcke mit Hafer, Roggen und Gerste, die Beutel mit Erbsen und Bohnen, der Schmalz, das eingemachte Gemüse, Schnaps, Würste, Zucker, Käse, Tee – all das verfehlte seine

Wirkung nicht. Marie stürzte sich in das Gewoge und Getrampel der drängenden Menge, die schon in die Tausend ging.

Während die Menschen sich rempelten, an den Kleidern zerrten, die Gesichter zerkratzten und die Knochen blau schlugen, Kisten und Pakete von den Rampen der Stockwerke zu Verbündeten am Boden hinabgeworfen wurden und manchen Unbedachten dabei niederstreckten, Dosen und Schachteln wie Granaten hin- und herflogen, Blut aus Verletzungen strömte und Gestürzte unter der stampfenden Menge um ihr Leben schrien, Geschäftsleute ihre räubernden Untergebenen zur Eile antrieben und Zwangsarbeitern mit Blick auf ihre baldige Befreiung neue Kräfte wuchsen, während auf alles und alle ohne Ansehen Regen- und Hagelschauer niederprasselten, britische Jäger kaum dachhoch über das Gewühl hinwegjaulten und die Detonationen zu hören waren, die bei der Erstürmung der Stadt entstanden, erklomm Marie über eine vor Leibern platzende Wendeltreppe den zweiten Stock, wo es Fleischkonserven geben sollte, eroberte eine Stelle an der Rampe, an die der Rauch noch nicht gedrungen war, und sah, als sie hinabblickte, geradewegs in die verzerrte Fratze Heinz Tolls.

Der schwächliche Mann hatte sich mit einem Eisenrohr versorgt und wetterstrahlte ohne Gnade jeden nieder, der sich zwischen ihm und den Dingen befand, auf die seine Lust gefallen war, was, wie Marie bemerkte, nicht nur brutal, sondern auch völlig sinnlos war. Alles, was Toll auf seinem Haufen sammelte, verschwand fast augenblicklich wieder in den gierig haschenden Händen der Meute.

Da nahm sich Marie vor, Tolls Treiben ein Ende zu bereiten.

Mehrere Kisten mit Fleischkonserven, laut Aufschrift Schweinskopfsülze, standen unweit der Rampe und waren noch nicht Beute des allgemeinen Kampfes geworden. Marie rückte eine Kiste in Position, sodass nur noch ein kräftiger Schubs fehlte, und als Toll auf der Jagd nach Teepaketen ein weiteres Mal mit dem Rohr auf die Frauen loszugehen begann, stürzte sie das schwere Gewicht über die Kante. Der Hemmungslose hatte schon ausgeholt, um sich eine Bresche in die wogenden Leiber zu schlagen, als er von der Schweinskopfsülzekiste am Hinterkopf getroffen wurde und wie tot zusammensackte.

Als die Augen der umstehenden Frauen hinaufeilten, war niemand mehr zu sehen.

Von eisiger Ruhe gepackt, machte sich Marie auf die Suche nach Elisabeth. Sie quetschte sich die Wendeltreppe hinab, hielt sich einen Arm zum Schutz über den Kopf, suchte mit dem anderen zwischen den Leibern nach Lücken und wurde Teil des friedlosen Menschengewimmels im Erdgeschoss des Magazins. Sie konnte Elisabeth jedoch nirgends entdecken und entschloss sich, das Weite zu suchen. Bald war sie mit ihrem Fahrrad, das trotz der allgemeinen Gesetzlosigkeit noch an seinem Platz gestanden hatte, in ruhigere Straßen entwichen.

Ein junger Mann kam hinter ihr her, fast noch ein Jüngling.

»Was hat Ihnen denn Hauptschriftleiter Toll getan, dass Sie ihn erschlagen müssen?« fragte er.

Dabei lag auf seinem Gesicht ein Lächeln, von dem Marie später sagte, es sei unsicher und liebenswürdig gewesen. Der junge Mann hieß Danni und trug seinen Arm in einem furchterregenden Gips, den er bei Bedarf allerdings ablegen konnte.

Dritter Teil

1

Es war an einem kühlen Tag, keine fünf Jahre vor den Ereignissen unter der Hohen Acht. Eduard Manthey kam von einer Tour aus der Eifel. Er hatte 130 Kilometer in den Beinen und unterwegs alle Körner ratzekahl aufgebraucht. Am Bolscheider Kopf hatte ihn tatsächlich jemand überholt – ein drahtiges Jüngelchen, dessen Zahnkränze so klein gewesen waren wie ein Stapel großer Münzen. Eduard war in die Rolle von Tour-Champion Miguel Induráin geschlüpft und dem Herausforderer ans Hinterrad gesprungen. Aber dieser anonyme Ehrgeizling hatte ihm die Nase gedreht und das Duell in subtil gesteigerten Zwischensprints für sich entschieden.

Verglichen mit dem Durchschnitt seiner Altersklasse war Eduard immer noch schnell unterwegs, aber für Illusionen reichte es nicht mehr. Der sportliche Zenit lag hinter ihm, ohne dass er jemals eine objektive, in irgendeiner Vereinschronik verewigte Höchstleistung vollbracht hätte, wenn man von den frühen Jahren als Torschützenkönig beim SV Schinkel 04 absah. Eigentlich hatte er immer nur sich selbst besiegt.

Eduard spürte die negative Alchemie der Anstrengung. Das pulsierende Blut in den Beinen wurde allmählich zu Blei. Eine Weile noch, zwanzig, höchstens dreißig Minuten, dann würden seine Oberschenkel zumachen. Die Frage war nur, ob er bis dahin den Stadtrand erreicht hätte und auf den letzten Kilometern locker ausbaumeln lassen könnte – denn am Stadtrand, da nahm er immer den Tagesschnitt.

Auf der Straße zwischen Euskirchen und Weilerswist fuhr Eduard über grüne Glassplitter. Bei günstigen Verkehrsverhältnissen wäre er ihnen ausgewichen, aber ein riesiger, dunkelroter Sattelschlepper zwang ihn, auf seinem Kurs am Straßenrand zu bleiben. Mit einem trockenen Knall platzte der Vorderreifen. *Ploff, das Pralle ist platt,* dichtete Eduard. Wie bei angestochenen Hochdruckreifen nicht selten, riss durch die explosionsartige Entladung auch der Mantel auf. Ein gezacktes Schlauchstück schoss durch die Gegend und wurde nicht mehr gesehen. Dass es gezackt gewesen war – ich fragte neugierig, woher er das wisse –, erkannte mein pfiffiger Freund an der Form des Lochs.

Eduard hatte Ersatzschlauch und Luftpumpe dabei, aber keinen praktischen Falt-Mantel in der Satteltasche, der allein ihm zur Weiterfahrt verholfen hätte. Er lehnte das Rennrad an die nächste Birke und zog den Reißverschluss seines Banesto-Trikots bis unters Kinn. Obwohl es ein warmer Frühlingstag war, begann er augenblicklich zu frieren. Er wurde müde. Die Vorstellung, stundenlang zur nächsten Straßenbahnhaltestelle zu laufen, missfiel ihm sehr. Also beschloss er, sein Glück per Anhalter zu versuchen, und hielt den Daumen raus.

Im Westen titschte die Sonne auf den Horizont. Einige Autos fuhren den dunstigen Hügeln der Eifel entgegen. Der Verkehr Richtung Köln war schwach. Wenn der Motorenlärm verwehte, hörte Eduard eine Drossel Abendlieder singen. Er blickte auf sein Rennrad an der Birke … und aus dem Vorrat der inneren Bilder blendete sich allmählich jenes ein, auf dem Marie Schattauer ihr Fahrrad ebenfalls an eine Birke lehnt: neunundfünfzig Jahre früher, auf dem Feldweg bei Kleinbärengrund, bevor die Männer mit dem Fuhrwerk kamen.

Das schwarze Gespenst auf Ecksteins Dachboden, dieses bleiche Mahnmal für oder gegen den Pietismus, war ein attraktives Mädchen gewesen, das Männern den Kopf verdreht hatte – Eduard wusste es längst. Aber ein bisschen Verwunderung war übrig geblieben. Und weil es am Straßenrand nichts Wichtigeres zu tun gab, unterzog er sich einer Denkübung: Was genau war der Grund seiner Verwunderung?

Wenn Eduard die junge Masurin, wie er sie in unserer Schreckensnacht auf dem Foto im Gartenzimmer kennen gelernt hatte, vorstellungshalber den üblichen Alterungs- und Verknitterungsprozessen unterzog, kam er auf eine Rentnerin, die, grob gesagt, so aussah wie seine Mutter, aber nie und nimmer auf das schwarze, eingeschrumpfte, ausgetrocknete Gespenst, das allenfalls in einem ägyptischen Beduinenzelt oder in einer Oasen-Altstadt aus Lehm am Platz gewesen wäre. Seine Verwunderung rührte daher, dass die Gespenstwerdung mit den Mitteln der Biologie nicht zu erklären war.

Immer noch frierend, aber durch den Kurzflug der Phantasie in lockere Stimmung geraten, sah Eduard dem nächsten Wagen entgegen. Es war ein schwarzer Toyota, der aus hoher Geschwindigkeit abbremste und in einiger Entfernung stehen blieb. Auf den unbeweglichen, schmerzhaften Stelzen, die seine Beine waren, stakste er zum Seitenfenster.

»Hallo«, sagte eine Stimme.

»Hallo«, sagte er. »In die Stadt?«

»Ja, klar«, sagte die Stimme. »Wohin sonst auf dieser Straße?«

Eduard nahm das vordere Laufrad aus der Gabel und legte Rad und Rahmen ins Heck des Wagens, eines dieser zwittrigen Modelle für Off-Road und Oper. Auf dem Beifahrersitz lag ein farbig bedrucktes Blatt, nach dem Eduard griff, bevor er sich hinsetzte. Der Text lud zur Besichtigung eines Sandmandalas ein, das tibetische Mönche anlässlich einer Ausstellung in der Bundeskunsthalle streuten. *Journey through Wheel of Time.*

»War schön dort«, sagte die Stimme. »Ist bunt und körnig, so ein Sandmandala, und garantiert heilig, haha.«

»Ach, das würde mich auch interessieren«, sagte Eduard. »Vom Buddhismus weiß ich nicht viel.«

Als die Frau mit quietschenden Reifen anfuhr, knallte das Rennrad gegen die Bordwand. Man hörte Kratzer im hässlichen Augenblick ihrer Entstehung. Eduards Augen suchten unwillkürlich den Blick der Fahrerin. Tschuldigung, signalisierte sie. Eduard lächelte. Was wusste die vom Preis seiner himbeerroten Sonderlackierung! Aber gut, sie half ihm ja … Die Wärme im Innenraum des Autos drang durch seine Haut. Bleigewichte zerrten an seinen Lidern. Er nickte ein, blinzelte erwachend, nickte ein, blinzelte, nickte …

Die Frau hielt an der Tankstelle in Weilerswist, wo junge Männer um restaurierte Opel GT und Ford Capri herumstanden. Sie trugen Vokuhila, eine bedeutende, aber zu diesem Zeitpunkt eindeutig vergangene Mode.

»Is dat herrlisch hier!« griente die Frau, als sie vom Bezahlen zurückkam. Die Männer verstanden problemlos. Sie machten Sprüche der schmutzigeren Sorte.

Die Frau hielt während der Fahrt das Lederlenkrad mit der linken Hand fest und tippte mit den Fingern der rechten Hand aufs Armaturenbrett. Es war für Eduard nicht zu erkennen, ob sie wirklich nervös war oder die Geste aus einer nervösen Zeit geerbt hatte. Er griff zu, als sie ihm aus einer knisternden Tüte, die im Türfach gelegen hatte, belgische Pralinen anbot. Als er sich zum Bedanken zur Seite drehte, sah er Schorf in ihrem Mundwinkel, womöglich letzte Spuren eines ausgeheilten Herpes. Das blonde Haar (ein weiteres Datum, das Eduard speicherte) reichte bis auf die Schultern, die in einer schwarzen Lederjacke steckten.

Es gingen Dinge vor sich, die unterwegs oft passieren. An einer Baustelle prallte Granulat gegen das Bodenblech. Ein Vogel, ein Rabe, eine Elsterdohle wohl, wie Eduard als studierter Biologe zu erkennen meinte, kreuzte im Tiefflug die Straße. Während die Fahrerin auf ihrem Handy telefonierte, klappte er die Sonnenblende herunter, um sein Aussehen im Kosmetikspiegel zu prüfen. Das kurze Haar stand steil zu Berge. Schweißwasser hatte die Poren im Gesicht geöffnet und nach dem Verdunsten eine Salzschicht hinterlassen. Auch um die Augen sah es mäßig aus. Er hatte während der Fahrt mehrere Insekten zerquetscht, deren Kadaver nun in Salz gepökelt waren. Es wäre das gute Recht der Frau gewesen, mich am Straßenrand stehen zu lassen, dachte er.

»Willst du Musik hören?« fragte die Frau.

»Ja, warum nicht?« sagte er.

»Eher Techno oder was Ruhiges?«

»Was zum Durchatmen am besten. Ich bin völlig kaputt.«

»Darf's alte Musik sein?«

»Bis zu tausend Jahren.«

Als eine kleine Anzahl Streicher zu spielen begann, tippte Eduard auf Händel oder Bach und griff nach der CD-Hülle. Der Komponist hieß Arcangelo Corelli. Ihm fiel das Kurstreffen ein, bei dem Gustav Eckstein Corellis Konzerte gespielt hatte – und dabei fiel ihm Eckstein ein, der in der Inneren Immigration hockte, blass und ausgedörrt, nur noch von der wahnsinnigen Hoffnung getrieben, ein bedeutendes Buch über die Rationalität zu schreiben.

Anders als beim Kurstreffen hörten sie nun Triosonaten, und die waren auch ganz schön, obwohl Eduard nicht vermutet hätte, dass eine Blondine dieses Alters in schwarzer Lederjacke Corellis Triosonaten hört, und das auch noch beim Autofahren. Überhaupt, dachte er, seit wann fahren Dreißigjährige solche Sechs-Zylinder-Kisten für mindestens

60 000 Mark und interessieren sich für tibetische Kunst? Wie geht das zusammen? Er tippte gleich auf so ein Schnittchen.

Haben Sie die Neue schon Ihren Eltern vorgestellt? fragte am Straßenrand eine Schachtel Lucky Strike. In Brühl bog ein Tieflader auf die Fahrbahn ein. Gelbes Licht und rote Fahnen warnten vor den überstehenden Kanten eines Betonquaders. Neben das Schild »Achtung Überbreite« hatte jemand »Junkies« geschrieben. Die Frau lachte sofort, Eduard brauchte ein bisschen. Sie beschleunigte beim Überholen stark, ohne den Gang zu wechseln. 170 PS, mindestens drei Liter Hubraum, schätzte Eduard, den beim anschwellenden Wummern des Motors ein Reflex aus Jugendtagen heimgesucht hatte.

»Ich hab einen älteren Freund, der steht auf Corelli«, sagte er.

»Aha«, sagte sie. »Meine Mutter auch, vielleicht sollten sie sich kennen lernen ... Schau mal dort drüben. Sieht aus wie mit Absicht, oder?«

Auf dem Feld zur Rechten sah man zwischen aufgeschossenen Halmen die Wendekreise eines Treckers.

»Reiner Zufall«, sagte Eduard. »Bauern malen keine Ornamente, jedenfalls nicht mit Treckern. Das ist erst mal meine These.«

Während der Diskussion beeindruckte ihn die Frau mit ästhetischen Fachausdrücken, die sie von Immanuel Kant und aus der Postmoderne lieh. Das Gespräch kam schnell voran und am Ende tauschten sie Telefonnummern.

»Geflirtet haben wir aber nicht, oder?« fragte Eduard.

»Doch, ein bisschen«, sagte die Frau. »Es kam mir so vor.«

Als Eduard im Bett lag und sich die Ereignisse in der Wiederholung ansah, bemerkte er: Es war ein Nachmittag ohne herrenlose Bedeutungen gewesen. Alle Details ließen sich wie Lego-Steine ineinanderstecken, eines in das andere. Vielleicht hat das Schicksal einen Lauf, dachte er.

Es war Esther Naumann, die Eduard Manthey drei Tage später anrief. Sie hatte gerade keine Zeit für Verabredungen, wollte aber sicherstellen, »nicht in Vergessenheit zu geraten«.

Nach einer Serie von fröhlichen, aber hektischen Anrufen und einer schnellen Tasse Kaffee im XX, die Esther zwischen Studiotermine beim *Westdeutschen Rundfunk* und beim *Deutschlandfunk* quetschte, war Eduard verwirrt. Offenbar war diese Frau trotz ihres existenziellen Zeitmangels stark genug an ihm interessiert, um eine Voranwartschaft, eine Art Optionsschein auf den Besitz seiner Zuneigung zu reklamieren.

Eduard hatte sich in den letzten Jahren daran gewöhnt, seine Gespielinnen aus eigener Initiative zu überwältigen und zu erobern. Er war im Grunde davon überzeugt, nur in der Rolle des Eroberers erotische Erfüllung zu finden. Er gehörte nicht zu den schönen, vegetabilen Männern, die bloß tatenlos auf einem Barhocker sitzen müssen und schon vom Augenaufschlag paarungsbereiter Frauen erwählt werden. Er war kein Don Juan, der die Herzen bricht, wenn er zur Tür hereinkommt. Und er war kein dämonisch reflektierter Verführer nach dem Maßstab Kierkegaards, oder, was in diesem Punkt das Gleiche war, Gustav Ecksteins. All das war er nicht.

Also hatte sich Eduard auf konventionelles Balzen verlegt und den Umgang mit den optischen, akustischen, chemischen und taktilen Reizauslösern perfektioniert, über die jeder Durchschnittsmann verfügt. Er ging eher laut als leise und eher ungestüm als zaghaft zu Werke. Die Frauen verfielen ihm eher im Fitness-Center als im Seminar, und rein körperlich kam er gut dabei weg. »Die größten Eroberungen macht man in der Liebe wie im Krieg durch Bewegung«, hatte Eduard gesagt, als wir seinen 30. Geburtstag auf der Halbinsel hinter dem Mülheimer Rheinhafen feierten und er im Laufe der Nacht mit zwei Frauen die Büsche bevölkerte.

Es war nämlich so: Wenn die Initiative zum Liebesspiel von einer Frau ausging, geriet Eduard nicht in die volle Ekstase, sondern hatte unwillkürlich den Verdacht, ein Mauerblümchen wolle ihn benutzen. Seine Gedankengänge waren hart am Rande einer Zwangsneurose, und als studierter Philosoph betrachtete er sie mit der gebotenen Skepsis. Doch die Empirie bestätigte sein Vorurteil. Wenn er mit Frauen schlief, die ihn erwählt und bezwungen hatten, war es wie kalorienreduzierte Kost.

Erst Esther Naumann, die unbestreitbar das Gegenteil eines Mauerblümchens war, durchbrach Eduards Komplexe. Sie war es, die ihn bei der Stange hielt (wie er sagte) und unter dem Diktat ihres Terminkalenders das Tempo bestimmte. Drei Wochen blieb es bei Telefonanrufen und viertelstündigen Treffen in bestimmten Cafés am Ring und in der Nähe des Doms.

»Für die Liebe werde ich mir mehr Zeit nehmen«, sagte Esther, als sie ein Mittagessen im Campi am Wallraff-Platz nach fünfundzwanzig Minuten abbrach. Sie legte Geld auf den Tisch, drehte sich in einem Hauch von Chanel und verschwand ein paar Türen weiter beim *WDR*, weshalb sie nicht mehr hörte, dass Eduard murmelte: »Ich werde aber keine Frau lieben, die Stress beim Essen macht.«

Am Wochenende sahen sich Esther und Eduard in Die Lupe 2 Luis Buñuels *Die Nächte der Cabiria* an. Als sie das Kino verließen, erkannte Esther in Eduards Augen die verstohlene Gier der Benzinblütigen und warf ihm den Schlüssel für den rasend starken Toyota zu. Er brachte sie auf ein paar unumgänglichen Umwegen zu ihrer Wohnung nach

Lindenthal. Sie küssten sich an der Haustür und lernten den Geschmack ihrer Zungen kennen. Dann lief Eduard mit ausgebeulter Hose zu Fuß nach Sülz und ging ins Bett – leidenschaftlich mit sich selbst befasst, denn Esther hatte noch zu arbeiten.

In der Philharmonie weinte Esther bei Rachmaninovs *Paganini Rhapsodie* über die Schönheit der Musik und lehnte sich an Eduards Schulter. Bei der Ouvertüre zu Wagners *Tannhäuser* hob sich der blonde Flaum auf ihrem Unterarm wie elektrisiert und Eduard strich mit den Haaren seines Handrückens darüber. Nach dem Konzert gingen sie am Rhein spazieren und sahen den Schiffen zu, die bei geringer Beleuchtung stromauf und stromab das dunkle Wasser teilten.

»Mit einer Frau, die so wenig Zeit hat wie du, muss man Jahre verbringen, um hinterher wenigstens eine Kleinigkeit erlebt zu haben«, sagte Eduard.

»So ist das bei erfolgreichen Stadtmenschen«, sagte Esther. »Bereite dich darauf vor, dass ich bald fragen werde, ob du Lust dazu hast.«

»Warum fragst du nicht heute?« fragte Eduard. »Warum fangen wir nicht gleich mit der Zukunft an?«

»Ich habe morgen Termine«, sagte Esther. »Und nach der ersten Nacht möchte ich im Bett frühstücken.«

Soso, dachte Eduard, auch die Romantik macht jetzt auf cool.

Er kaufte sich ein Handy, um erreichbar zu sein, wenn Esther Verabredungen absagen wollte, und das wollte sie oft noch in letzter Sekunde. »BinimStressSüßermeldemichKüsschen« lautet die vollständige Wiedergabe eines typischen Gesprächs zwischen Eduard und Esther aus dieser Zeit.

Eduard war geblendet von Esthers Erfolg. Ihre Geradlinigkeit faszinierte ihn. Die freiberufliche Journalistin hatte ihre Magisterarbeit über die Frühzeit der Glotze nach zehn

Semestern abgegeben und an den Anfang einen Spruch von Ex-Bundestagspräsident Hermann Ehlers gesetzt. *Sah eben Fernsehprogramm. Bedaure, dass Technik uns kein Mittel gibt, darauf zu schießen.* Ihr Aufstieg im *Deutschen Medium* hatte sich rasch und unaufhaltsam vollzogen. Radiostücke, Zeitungsartikel, manchmal auch kleine Filme für das *WDR*-Fernsehen: Esther war ausgelastet bis an die Kante und finanziell – verglichen mit Eduard – auf Rosen gebettet.

An einem grauen Sommermittwoch lernte Eduard Esthers Eltern kennen. Es war kein lange anberaumter, von Erwartungen überfrachteter Vorstellungstermin, sondern ein zügiges Alltagskaffeetrinken, in dem jeder einen Teil seiner Gedanken bei der Arbeit zurückließ. Die Naumanns waren eine alteingesessene Düsseldorfer Familie, in deren Stammbaum auf den meisten Ästen Rechtsanwälte und Richter saßen. Erst Oskar Naumann, Esthers Vater, hatte mit der Tradition gebrochen, war zum Entsetzen der weitläufigen Verwandtschaft stromaufwärts nach Köln ausgewandert und ein patenter Geschäftsmann geworden, der manchmal sagte: »Du kannst mit Klos Millionär werden, wenn du weißt, wie es geht.«

Oskar Naumann vermittelte zwischen Großbaustellen rund um den Globus gebrauchte Baukräne, organisierte den Transport und ließ die Aufstellung überwachen. Seine Arbeitsräume waren ein Mercedes, ein nagelneuer BMW 750i und die Business-Class großer Fluglinien. Seine Arbeitsgeräte, zwei Handys, ein Laptop, eine Weltkarte und ein Kalender aus Papier, in den er wichtige Dinge nach alter Väter Sitte mit Kugelschreiber eintrug, passten in einen kleinen Metallkoffer.

Esthers Eltern wohnten in einer Villa in Rodenkirchen, an einer Straße, die noch breiter war als die weitläufigen Vorgärten jenseits der ausladenden Bürgersteige, obwohl morgens und abends nur ein paar dunkle Limousinen darüberglitten.

»Sind Sie der Neue?« fragte Oskar Naumann, als Esther an besagtem Sommermittwoch von der Kaffeetafel in die Küche verschwand, um irgendetwas zu holen.

»Weiß nicht«, grinste Eduard. »Esther hat ja nie Zeit, solche Fragen zu beantworten.«

»Dann sind Sie es«, sagte Edith Naumann. »Wer Esther schnell bekommt, bekommt sie nie. Das sagt jedenfalls die Erfahrung.«

Das Kaffeetrinken dauerte keine vierzig Minuten, dann musste Esther ins Studio. Aber zwei Minuten hätten gereicht, um Eduard einen bekannten Duft, wie aus alten Zeiten, aber noch feiner und stärker, um die Nase wehen zu lassen: Es war der unwiderstehliche Duft der Saturierten.

Am nächsten Montag ging Eduard nach dem Oberseminar und dem rituellen Trinken im Keldenich mit ein paar Uni-Kollegen ins Stauss, um Billard zu spielen. Gegen Mitternacht rief Esther auf dem Handy an und kam wenig später vorbei. Eduard beobachtete neugierig, wie sie mit seinen Kollegen aus der Literaturwissenschaft umsprang (neben Biologie, Philosophie und Kunstgeschichte sein viertes Fach).

Es war herrlich! Esther unterhielt sich mühelos über Hyperkultur, Cyberpunk und Avant-Pop. Sie hatte William Gibsons Trilogie gelesen, zumindest den ersten Teil, *Neuromancer*, mehr kannte sowieso keiner. Die Theoreme, mit denen sich die Kulturwissenschaftler seit Beginn der neunziger Jahre als Medienwissenschaftler zu profilieren versuchten, waren ihr geläufig. Sie kannte die Kölner Konkurrenz zwischen bestimmten Kreisen an der Universität und der Kunsthochschule für Medien am Hans-Welter-Platz. An der Uni war die Kunsthochschule als Elektronik-Bastelstube verrufen; an der Kunsthochschule galten die Medienwissenschaftler der Uni als traditionalistische Schnarchnasen; aber wenn Schnarchnasen und Elektriker aufeinander trafen, nannten sie sich bei anderen Namen.

»Fein, fein«, sagte Eduard zum Abschied. »Du hast sie alle in die Tasche gesteckt. Das gefällt mir.«

In dieser Nacht konnte er vor Zufriedenheit nicht schlafen. Vielleicht werde ich Esther heiraten, dachte er. Noch nie war er mit einer Beziehung, in der Sex keine Rolle spielte, so glücklich gewesen.

Natürlich war das kein stabiler Zustand, und als er Esther zum Joggen traf, brannten seine Lenden. Sie starteten am Beethoven Park beim Haus des russischen Schriftstellers Lev Kopelew und liefen zum Decksteiner Weiher. Eduard lernte das Glitzern der Schweißperlen auf Esthers Oberlippe kennen. Er sah das Wippen ihrer Brüste unter dem engen Sweatshirt. Er betrachtete die aristokratische Linie ihres Halses und verweilte bei den blonden Härchen, die wie mit Wimpern auf ihre braunen Beine gemalt waren. Plötzlich fand Eduard Härchen geil – ein Novum. Er hatte von seinen Geliebten immer gefordert, alle Körperfelle abzüglich Kopfhaar und Augenbrauen zu entfernen.

»Ich liebe platonische Freundschaften!« sagte Eduard, als sie am Decksteiner Weiher saßen und ausruhten. »Wir sollten nie mit unserer platonischen Freundschaft aufhören.«

»Erpressung hilft überhaupt nicht«, sagte Esther. »Ich muss morgen früh ins Studio.«

Zwei Monate nach der Fahrradpanne lud Esther Eduard zu einem Abendessen in ihrer Wohnung ein und sagte: »Bring ein bisschen Zeit mit.« Womit alles gesagt war. Sie öffnete ihm die Tür im schwarzen Negligé.

»Oha«, sagte Eduard. »Du brauchst sicher noch ein paar Minuten zum Ankleiden.«

»Ich habe drei freie Tage«, lachte Esther.

Eduard schloss die Tür und zog Esther sofort das Negligé aus. Ihr Körper war jünger als ihr Gesicht (wie oft bei blonden, erfolgreichen Stadtfrauen, dachte er). Ihn ergriff Besitzerstolz, als er seine Hände über Esthers geschwungene Hüften und ihre großen, florentinischen Brüste gleiten ließ, deren Spitzen bei jeder Berührung nach vorne sprangen. Esther war angetan von Eduards eckigen Schultern, seinem ausrasierten, muskulösen Nacken und der Geschicklichkeit seiner Finger. Erinnerungswürdig blieb ihr auch die Tatsache, dass er sie beim ersten Mal im Stehen nahm, ohne die Zimmerwände als Stütze zu gebrauchen.

Ich erfuhr aus einer E-Mail, dass sie, nun ja, über die Klippen der Wirklichkeit gehoben wurden. Sie mussten das Pensum mehrerer Wochen aufholen – also taten sie es. Endlich kam der alte Angeber Eduard wieder zu sich selbst. *Wie banal unser Leben ist, mein Lieber! Sex hat aus Esther einen normalen Menschen gemacht. Wir haben es in drei Tagen einundzwanzigmal getrieben und uns nur von Wasser und trocken Brot ernährt. Himmel, geht es mir gut! Weißt Du noch, was Flaubert an seinen Kumpel Turgenev geschrieben hat? »Keine Nachricht von den Freunden, außer dem jungen Guy. Er schrieb mir kürzlich, dass er es in 3 Tagen 19 mal getrieben hat. Das ist ausgezeichnet! aber ich fürchte, er wird sich am Ende in Sperma auflösen.« Who the fuck is Guy?*

Eduard gab Esther den Kosenamen »Antilope«. Er spielte damit auf Esthers hochhüftigen Gang an und weniger auf ihre blonden Härchen, wie er sagte. Er war tatsächlich verliebt. Trotzdem oder deswegen gab ich ihm den Hinweis, dass nicht alle Antilopenarten schön aussehen, sondern viele sogar ziemlich daneben. Er setzte sich sofort in den Besitz des nötigen Bildmaterials und demonstrierte mir den Liebreiz der Vierhornantilope, *Tetracerus quadricornis*, und des afrikanischen Zebraduckers, *Cephalophus zebra*.

Weniger als drei Monate später zogen Esther und Eduard zusammen. Für sie war es der dritte Versuch mit dieser traditionellen Lebensform, für ihn der erste. Eduard verließ seine Studentenbude ohne jedes Bedauern. Er brauchte für seinen Anteil an der 135-qm-Wohnung, die im schönsten Klettenberg an der Siebengebirgsallee lag, keinen Pfennig mehr zu bezahlen als vorher, so lautete die Verabredung. Sein neues Schreibzimmer war zwar klein, aber er teilte ein Schlafzimmer mit Esther, das so groß war wie seine alte Wohnung mit allem Drum und Dran. Es gab Bade- und Gästezimmer, Klo, Diele, Küche und ein prächtiges Wohnzimmer. Was wollte er mehr?

Eduard überließ seine angefledderten Korbstühle, die speckige Couch, die Küchenmöbel und das Ikea-Bett dem Sperrmüll. Esther hatte es so vorgeschlagen. Von dem Krempel, den er bis zu dieser Zeit sein Mobiliar genannt hatte, schafften es überhaupt nur die selbstgezimmerten, ideell wertvollen Holzkisten bis in die Siebengebirgsallee. In der neuen Wohnung herrschte gediegene Leere.

Beatrix Naumann spendierte eine maßlos elegante Boffi-Küche, in der sich Eduard sofort wohl fühlte. Er hatte sich über die Jahre zu einem passablen Hobbykoch ausgebildet und beriet sich mit Gustav Eckstein oft über noble Rezepte. Vom ersten Tag nach dem Einzug gehörte es zu Eduards Aufgaben, für Esther auf Telefonanruf ausgesuchte Leckereien vorzubereiten. Schnell war er für die gesamte Haushaltsführung verantwortlich und testete sieben Putzfrauen, ehe er sich für die achte entschied, während Esther das Geld, den Glanz und die illusteren Gäste heranschaffte.

Zur Einzugsparty erschienen achtzig Leute an der Siebengebirgsallee. Esthers Gäste, bei weitem die Mehrzahl, arbeiteten für das *Deutsche Medium*. Wenn ich in die Runde blickte, hatte ich das herrliche Gefühl, im Brennpunkt des Zeitalters zu stehen. Man kannte sich, las sich, hörte sich, sah sich im Fernsehen, tauschte beizeiten die Arbeitsplätze, mauschelte und organisierte. *RTL*, *Viva*, *Deutschlandfunk*, *Westdeutscher Rundfunk* – es war ein gemischter Salat von Privaten und Öffentlich-Rechtlichen, bei dem die drei lokalen Zeitungsblätter nicht fehlten. Es gab auch freiberufliche Meinungsmacher, deren Einfluss überregional war. Man konnte Geheimnisse aus Hamburger, Frankfurter und Münchener Redaktionen aufschnappen. In wortmächtiger Runde wurden Artikel verrissen, von deren Existenz der Rest der Welt erst am nächsten Tag erfahren würde. Kurz: Es war wie überall, wenn sich viele Leute aus derselben Branche auf den Füßen stehen. Nur die notorische Indiskretion, dieses Nach-Außen-Stülpen der Realität, war spezifisch.

Weil ich Lektor in einem Kölner Kunstbuchverlag war, brauchte ich mich nicht zu verstecken. Zu sagen brauchte ich auch nichts. Meine Gesprächspartner hatten im *Deutschen Medium* bereits alles über meinen Verlag erfahren. Wenn ich den Namen des Verlegers nannte, kannte jeder eine erfrischende Anekdote. Ich hörte von Dingen, die in meiner Abteilung als Betriebsgeheimnis galten.

Wenn es einen Star des Abends gab, war es Esthers Arbeitszimmer. Der Raum hatte vier große Fenster, ließ sich aber auf Knopfdruck verdunkeln. Dadurch kam die sorgfältig ausgeleuchtete Ausstattung gut zur Geltung. An jeder Seite des Raumes hing knapp unter der Decke eine große Uhr mit weißem Zifferblatt und rotem Sekundenzeiger, was Redaktionsatmosphäre erzeugte oder persiflierte. Das Metallregal an einer der Längswände nahm Esthers Bibliothek von geschätzten zweitausend Bänden auf, von denen ein Viertel Lexika und Handbücher waren und meinen Neid erweckten. An den freien Wänden hing moderne Kunst, oft Jahresgaben aus Kittelmanns Kunstverein am Neumarkt.

Die gläserne Schreibtischplatte ruhte auf acht postmodern-antikisch verschnörkelten Metallpfosten und reichte durch den gesamten Raum. Es gab zwei Computer mit 18-Zoll-Bildschirmen und einen mattschwarzen Fernseher, auf dem tonlos *CNN* oder *BBC World* lief. Ich sah drei Telefone, zwei Hifi-Türme, Videorecorder, Weltempfänger, Scanner und ein Faxgerät von Panasonic. In einer Vitrine lagen Fotoapparate, Aufnahmegeräte, Mikrofone, Kassetten und Batterien. Alles war luftig arrangiert, blitzend und neu – ein Museum für zeitgenössisches Bürodesign, das man jedoch in Sekunden in eine sirrende Kommunikationszentrale verwandeln konnte.

Oskar Naumann guckte sich zufrieden um, während er Kölsch trank. Es war sein Geld, das hier Büro geworden war. Er war stolz auf seine Tochter und froh, dass sie wieder einen richtigen Mann hatte, »nicht einen fadenscheinigen Schönling, sondern einen mit Arsch in der Hose«, wie er zu Esther sagte.

Eduard lächelte satt. Er hatte davon geträumt (und vielleicht noch nicht aufgehört zu träumen), sich eine Stelle am neuen Max-Planck-Institut für Wissenschaftsgeschichte in Berlin zu ergattern. Er schrieb im Grenzbereich von Neurobiologie, Philosophie und Literaturwissenschaft an einer Dissertation über die Einheit des Bewusstseins als Narration. Er hatte ein paar Aufsätze veröffentlicht und war Herausgeber eines Bandes zum Geruchssinn. Aber seit er mit Esther Naumann zusammen war, glaubte er, neben den grauen Fluren der Gelehrsamkeit noch andere Optionen zu haben.

»Wenn es mit der Wissenschaft nicht klappt, lege ich hier los«, sagte Eduard, der schon angesäuselt war, und wies mit der Hand durchs Arbeitszimmer. »Mit Esther komme ich im Leben weiter als mit Ehrgeiz.«

Bei der Party wurde getrunken, aber nicht zu viel. Um halb eins gingen die meisten nach Hause.

Wir fuhren in die Kunst- und Ausstellungshalle der Bundesrepublik Deutschland nach Bonn, wo die Ausstellung »Kunst aus Österreich« eröffnet wurde. Esther, auch Kunstkritikerin, hatte oft in der Bundeskunsthalle zu tun und kannte vom Direktor bis zur Nägel kauenden Praktikantin alle möglichen Leute. Daher war sie im Besitz einer Einladung zum anschließenden Abendessen, an dem die Kanzler Deutschlands und Österreichs teilnehmen würden.

»Dich schleus ich da auch rein«, versprach sie mir beim Abholen.

Esther hatte ein rotes koreanisches Seidenkleid an. Es war hochgeschlossen, aber lag so eng an ihrer Haut, dass zwischen Bauchnabel und Scham die flache Kontur eines Muttermales sichtbar wurden, wie ich mir steif und fest einbilde. Eduard trug einen grauen Hugo-Anzug mit Weste und ein schwarzes Hemd. Die blassgelbe Joop-Krawatte hatte ihm Esther beim Herrenausstatter Daniels Classic am Neumarkt gekauft. Mein Freund plante, dem deutschen Kanzler von den Höhen und Tiefen der vierzehn Jahre zu erzählen, die wir unter ihm verbracht hatten, und, falls der Abend günstig verlaufen würde, zum Dank ein Sachbuch aus der Feder Regenmachers zu schenken. *Über die artgerechte Ernährung großer Haustiere.*

Noch vor den Eröffnungsreden interviewte Esther den Architekten, der vor wenigen Jahren die Kunsthalle erbaut hatte. Vielleicht war der kleinwüchsige Mann schwerhörig, jedenfalls verstand er Esthers Fragen falsch. Er kam in jeder Antwort auf sein inniges Verhältnis zum deutschen Kanzler zu sprechen und lobte dessen Kunstsinnigkeit.

»Ja, sehen Sie mal«, sprach der Architekt in Esthers digitales Mikrofon. »Dem Kanzler hat gleich gefallen, dass ich ihm nicht nach dem Mund geredet hab, und jetzt hört er gern auf mich.«

Weniger bedeutende Menschen traten näher heran und bewunderten den Mutigen für die lässige Beziehung zum Kanzler der deutschen Einheit. Darüber geriet der Architekt in noch bessere Laune. Er begann mit Esther zu flirten, zückte seine Visitenkarte und versprach, sie beim Abendessen dem Gewaltigen, der unser Bundeskanzler war, persönlich vorzustellen. Esther rief Eduard herbei. Auch zwischen ihm und dem Architekten sprang der Funke über. Man freute sich auf den weiteren Verlauf des vielversprechenden Abends.

»Ein guter Tag für alle«, rief unser Kanzler bei seiner Eröffnungsrede und teilte dem Kunstbetrieb seinen Segen aus.

»Kultur ist ein Rohstoff auf der sich wandelnden Baustelle Europa«, vertiefte der Amtskollege aus Österreich.

Allein dieser Satz! Ich fand ihn perfekt. Er zeigte, dass es das Politische gab. Es hatte eine unvergleichliche, unverwechselbare Sprache. Ich applaudierte spontan. Viele Menschen, die das Politische auch gut fanden, schlossen sich an. Ein Applaussturm toste durch das überfüllte Foyer der Bundeskunsthalle und festigte die deutsch-österreichische Freundschaft. *Kultur ist ein Rohstoff auf der sich wandelnden Baustelle Europa!*

Nach den Reden quetschten wir uns mit der festlich gestimmten Masse der Kunst entgegen. Ich erinnere mich an ein Bild von Oskar Kokoschka, das London im Licht zeigt, und die neo-chagallsche Farbexplosion *Sonne zur Braut* von Christian L. Attersee. Ein paar schmuddelige Blutsachen von Hermann Nitsch waren auch dabei. Es gab Architekturmodelle, Entwurfszeichnungen, Grundrisse und Axonometrien zu sehen. Summa summarum: Eine dieser Bonner Ausstellungen des erfolgreichen Typus Viel-von-allem hatte begonnen.

Als ich auf meine Armbanduhr blickte und an die öde Straßenbahnfahrt nach Köln dachte, las mir Esther die Gedanken von der Stirn ab.

»Du bist zum Essen eingeladen«, sagte sie. »Ich hab's beim Direktor klargemacht.«

Ich spürte hinter ihrer Schnittchenfassade ein warmes Herz.

Wegen der Menge der geladenen Gäste fand das Essen an diesem Abend nicht im Haus-Restaurant, sondern auf der Bühne des Forums statt, in dem an weniger großen Tagen Wissenschaftler konferierten, Filme gezeigt wurden und Musik spielte. An unserem festlich gedeckten Tisch saß im gelben Glanz einer Kerze der österreichische Intellektuelle Conny Radmann, ein naturgemäß sprachgewaltiger Mann, der seine Schmähschriften zum tausendjährigen Jubiläum Austrias mit Unterstützung des Wiener Wissenschaftsministeriums herausbrachte.

»Ach, Austria!« sagte er laut und deutlich zu allen am Tisch, also eher zu keinem. »Da wird die Intrige zur einzigen Äußerungsform des Geistes … Aber wahre Intrige ist eine große Kunst. Kommen Sie mal bitte nach Wien.«

Wenn Conny Radmann schwieg, drang das Tratschen der Kanzler vom Nebentisch an unser Ohr. Der Architekt gab den Amtsbrüdern immer wieder neue Stichworte, die seine intime Vertrautheit mit den großen Angelegenheiten bewiesen. Nur die Gattin unseres Kanzlers fand keinen Zugang zum Gespräch. Ihr Gesicht erstarrte in karitativem Lächeln. Wenn mich die Erinnerung nicht täuscht, ergab sie sich dem Blauen Zweigelt.

Immer wieder ging der Riese, der unser Kanzler war, wie

auf weichen Pfoten mit dem leeren Teller ans Büfett und legte sich, pfälzisch lächelnd, bedeutende Leckereien nach, deren Namen er mit einem charmanten Lispeln leise vor sich hin sagte: »Tafelspüts, ein Löffel Öppsen und zwei Löffel Ssosse.«

Als der Kanzler zum vierten Mal auf der Futterstrecke war und seine Frau sich von dienstbaren Geistern unauffällig aus dem Forum entfernen ließ, trat der Architekt an unseren Tisch, um Esther und Eduard abzuholen. Es war so weit! Unterdessen bemerkte auch der österreichische Kanzler, dass er noch Appetit hatte, woraufhin sich Conny Radmann gleich mit auf den Weg machte, um der Runde am Büfett, wie er sagte, »mit einem kräftigen Wort zu dienen«.

Esther Naumann lobte das Programm der Bundeskunsthalle – und ein hermeneutisches Wunder geschah: Der Architekt meinte ein Lob seiner Architektur gehört zu haben, unser Kanzler ein Lob seines Kunst-Engagements und der Kanzler Österreichs ein Lob der österreichischen Kunst. Alle drei waren nun bereit, der jungen Dame in dem Seidengefängnis ihres engen Kleides einen Augenblick zuzuhören. Durch den Stillstand der Gruppe konnte Eduard mühelos eingreifen. Er glitt an die Seite unseres Kanzlers, der sich wieder einen leckeren Gang aus fleischhaltigen Hauptgerichten und Soße komponiert hatte.

Wollte mein Freund dem Gewaltigen eine Diskussion über moderne Kunst aufnötigen? Wollte er mit ihm über richtige Ernährung reden? Wollte er – ich betete, dass es nicht seine Absicht wäre – dem Weltbeweger nur irgendeinen Satz aus der Nase leiern, um damit später zu renommieren? Meine Sorge war unbegründet. Eduard hatte seine arglose Provinzseele abgeworfen. Die innere Unsicherheit, die ihn oft labil oder, im Gegenteil, sein Auftreten anmaßend gemacht hatte, weil er das bürgerliche Maß nicht fand, sie war verschwunden. Er war mit der Beziehung zu Esther am Ziel seiner Träume angekommen und ruhte genauso in sich wie der Mann, dem er seine Unterhaltung anbot.

»Herr Bundeskanzler, General XY hat mir in der Heinrich-Hertz-Kaserne oft vom Bonner Rapport erzählt«, sagte Eduard.

Natürlich hatte mein Freund während seines Trauerspiels in der Kaserne kein einziges Wort mit dem General gewechselt. Aber kam es darauf an?

»Ach ja, der General XY!« sagte der Kanzler. »Ein guter Mann, ein sehr guter Mann. Ich musste ihm immer wieder erzählen, wie ich damals, gleich nach dem Krieg in Köln, ich war ja noch ein Bub …«

»Genau das hat er mir erzählt«, sagte Eduard. »Die kaputte Hohenzollernbrücke, wie das Skelett eines toten Tieres, die schrecklichen Bilder …«

»Sie sind ein junger Mann«, sagte der Kanzler. »Aber wenn Sie so etwas gesehen haben, dann ist der richtige Weg schon vorgezeichnet …«

»Ach, ich kann mir das vorstellen«, sagte Eduard. »Dann wird man ein überzeugter Europäer.«

»Ja«, sagte der Kanzler. »Ein ganz entschiedener Europäer. Sehen Sie, mein Freund François Mitterrand hat gesagt …«

In den schon etwas kleinen Augen Helmut Kohls lag Vertrauen. Er ließ Eduard zu Wort kommen, ließ sich sogar von ihm unterbrechen und fragte leutselig, wie dieses und jenes gemeint wäre. Eduard sprach unbefangen und ohne doppelten Boden. Wie angemessen seine Gesprächsführung war, zeigte sich, als Conny Radmann beim ersten ironischen Muckser abgebürstet wurde.

»Ach, Europa, ob das ein gutes Thema ist?« mischte sich Radmann ein. »Überall wo gefeiert und gleichzeitig gedacht werden soll, spießt es sich doch.«

»Wir beide sind ganz einfache Leute«, sagte der Kanzler fies. »Wir reden immer, wie uns der Schnabel gewachsen ist. Merken Sie sich das!«

Dann wandte er sich wieder Eduard zu. Auch der Kanzler Österreichs hörte Eduards klare Worte gern. Er schien sich daran zu erfreuen, dass es so unverblendete junge Menschen überhaupt noch gab. Unser Kanzler setzte sich auf den Treppenaufgang, der die Sitzreihen des Forums in zwei Hälften teilt, und lockerte die Schnürsenkel seiner Schuhe, die vom festen Fleisch auf den Fußrücken auseinander gedrückt wurden. Unterdessen stibitzte er immer wieder eine Leckerei von dem beladenen Teller und erklärte Eduard seinen Anteil an der Wiedervereinigung und am Ende des Kalten Krieges. Die Namen guter Freunde fielen, Michail Gorbatschow, Boris Jelzin, George Bush, Bill Clinton undsoweiter.

Etwas an diesem Bild gefiel mir. Ich glaube, es war die Tatsache, dass Eduard es geschafft hatte. Er begegnete dem Gewaltigen, an dem hunderttausend bösartige Vorurteile klebten, auf die einzig richtige Weise: von Mensch zu Mensch. Er sprach mit ihm wie mit einem Nachbarn aus dem Schinkel und schenkte ihm eine schöne Viertelstunde. Mehr als Eduard kann man für seinen Kanzler nicht tun, dachte ich.

Als die Gesellschaft an die Tische zurückkehren wollte, zog Eduard Regenmachers Sachbuch, *Über die artgerechte Ernährung großer Haustiere*, aus der Sakkotasche. Helmut Kohl las den Titel und lachte. »Das könnte vom Joschka Fischer sein«, sagte er und legte Eduard seinen Arm auf die Schultern.

»Knuffig, oder?« fragte mich Esther Naumann.

2

Gustav Eckstein erinnerte sich an einen braunen Herdofen, wenn er an die erste Wahrnehmung zurückdachte, die ihm klargemacht hatte: Ich, mein Schmerz! Er war drei Jahre und ein paar Monate alt gewesen, als er sich auf dem kippeligen Küchenstuhl, den er seit einiger Zeit selbst zu erklettern gewohnt war, sorglos aufgerichtet hatte und nach einer unbedachten Bewegung mit ausgestreckten Ärmchen auf die heiße Kochfläche des Ofens gestürzt war.

Weil die Stuhllehne mit ihm Richtung Ofen kippte, fiel Gustav nicht zu Boden, sondern blieb mit dem Oberkörper auf der Kochfläche liegen, wälzte sich hin und her und zog sich Verbrennungen an Händen, Armen und im Gesicht zu, bevor er gerettet wurde. Es war die Zeit, in der Öfen wegen der Knappheit des Brennmaterials selten bis zum Glühen angeheizt wurden, heißt es in den Aufzeichnungen, sonst wären die Kleider wohl in Flammen aufgegangen.

Ob Gustav das Schreien, das eine Stunde anhielt und dann in ein Wimmern überging, aus der eigenen Erinnerung vertraut war oder durch Erzählungen ins Gedächtnis eingegossen wurde, konnte er nicht entscheiden. Der Schmerz der verbrannten, täglich neu mit Salbe versorgten Hautflächen jedoch war unbestreitbar sein eigener Schmerz gewesen und begleitete ihn, nach dem Verheilen der Wunden taub und leer geworden, durchs Leben.

Lange vor der Verbrennung hatte Gustav zwei Stimmen zu hören begonnen, die nicht viel gemeinsam hatten außer dem Raum, in dem sie erklangen. Die eine Stimme war laut und fröhlich, sang oft Glaubenslieder und mischte, wie er später bemerkte, kurze Gebete unter die alltäglichen Äußerungen über Windeln, Wäsche, Essenkochen, Putzen und Kohlehamstern. Der kleine Gustav hatte Vertrauen zu dieser Stimme, die oft nah an sein Ohr kam und als warmer Atem seine Haut berührte. Auch etwas Weiches knabberte dann manchmal an seinen Ohrläppchen und etwas Feuchtes tupfte sie.

Die Stimme machte ihn neugierig auf alles, was gesprochen wurde, und irgendwann erkannte er im Silbenwirrwarr des Raumes einzelne Laute und Lautfolgen wieder. In besonderen Augenblicken merkte er, dass die geliebte Stimme nur ihm galt. Allmählich wurde ihm zur Gewohnheit, dass in diesen Fällen zwei kurze Laute aufeinander folgten, die er noch nicht sagen und nicht denken, aber die er hören konnte. *Gus-tav.*

Die erste Stimme gehörte Frieda Schattauer. Sie war die einzige Überlebende der Familie Schattauer aus Kleinbärengrund, falls nicht Ruth Schattauer irgendwo in der Sowjetunion überlebt hatte. Dorthin war sie (nach menschlichem Ermessen) im April des letzten Kriegsjahres verschleppt worden. Der Raub hatte sich auf einem Gehöft nahe der Siedlung Lingenau ereignet, auf dem der letzte Rest der Familie Schattauer nach vergeblicher Flucht vor der Front zu überleben versuchte. Gauleiter Erich Koch, der Teufel in Person, wie ihn viele Menschen aus Ostpreußen nachher nannten, hatte den Aufbruch viel zu spät erlaubt.

Otto Schattauer war in eine der Volks-Grenadier-Divisionen eingezogen worden, wie sie in Ostpreußen überall gebildet wurden, und starb während der Auslöschung des Heiligenbeiler Kessels im März des letzten Kriegsjahres. Werner starb Anfang Februar auf der Flucht. Ihn traf ein Blindgänger aus dem Gewehrlauf eines deutschen Soldaten, der sich an der Verteidigung einer verlorenen Straßenkreuzung bei Allenstein versuchte, während sowjetische Panzer ihm schon mit den Geschützen in der Nase bohrten. Berta, die beim Untergang Ostpreußens sechzehn Jahre alt war, wurde auf dem Gehöft nahe Lingenau von Soldaten der Roten Armee in ihrem Versteck aufgespürt, stundenlang vergewaltigt und zum Schluss, als sie darum flehte, mit einem Kopfschuss umgebracht.

Frieda Schattauer war auf der Flucht Richtung Norden an verschneiten Feldern vorbeigekommen, auf denen Tote und Sterbende gelegen hatten wie dunkle Flecken bei einsetzender Schneeschmelze, Pocken des Krieges im Gesicht der erschütterten Landschaft. Sie hatte aufgerissene, zerstückelte und verbrannte Menschenleiber in grotesken Stellungen auf Bäumen, in Gräben und ausgebrannten Panzerwracks gesehen. Häufig hatte sie bei der notdürftigen Beerdigung von Gefallenen, Massakrierten und Erfrorenen mitgeholfen. Sie hatte erlebt, wie russische Soldaten dem jungen Joachim, dem Bruder Fritz Przygoddas, die Hirnschale mit dem Gewehrkolben aufschlugen und die dampfende Dottermasse mit dem Bajonett auskratzten. Streunende Hunde hatten sich darum gerissen.

Als Frieda im Sommer nach Kleinbärengrund zurückgekehrt war, gab es kein Haus mehr, das bewohnbar gewesen wäre. Polen wühlten in den zwei Ruinenreihen entlang der Straße nach brauchbaren Überresten. Frieda hatte sich auf einen zerschossenen Eimer gesetzt und in der zerlesenen Familienbibel, ihrem wichtigsten Gepäckstück, nach Stärkung gesucht. Es war ein Satz aus Hiob, den Friedas Augen – von Gott selbst geleitet, wie sie annahm – als ersten fanden. *Aber ich weiß, dass mein Erlöser lebt, und als der Letzte wird er über dem Staub sich erheben.*

Diesen Satz hatte Frieda Schattauer zu ihrer Parole erhoben.

Sie hatte sich ohne Angst auf die Reise nach Westen gemacht, um ihr Versprechen einzulösen, das sie vor vielen Jahren in dem Gratulationsbrief zu Maries Hochzeit gegeben hatte. Unterwegs hatte sie oft das Lied AufAdlersFlügeln-getragen gesungen. Nach Abenteuern, die ein eigenes Buch füllen (wie es in den Aufzeichnungen heißt), war sie vierzehn Monate später bei ihrer Schwester gelandet. Frieda war auf der Wanderung eine ekstatische, religiös verzückte Person geworden, die in jedem Augenblick den Himmel offen stehen sah. Darin, so sagte sie, throne im himmlischen Licht ihr Erlöser.

In den genealogischen Aufzeichnungen äußerte Gustav Eckstein die Vermutung, dass Frieda in ein spirituelles Stadium vorgerückt war, das sonst nur alttestamentliche Propheten und christliche Märtyrer in Neros nächtlichen Feuern erreicht hatten: Wo jede Materie und Kreatur und selbst jede Gewalt und jeder Schmerz ein Atemzug des wahren Gottes wird.

Die zweite Stimme, die der kleine Gustav hörte, wirkte schwachbrüstig und zerbrechlich. Auch diese Stimme näherte sich manchmal seinem Ohr, aber drang niemals klar zu ihm durch, sondern verebbte in der ersten Zeit seines Hörens in einem unentschlossenen Flüsterton, erlosch manchmal einfach und hinterließ im Erlöschen weder Nachhall noch Lücke. Es war nicht so, dass die zweite Stimme nicht sprechen wollte, im Gegenteil. Immer wieder hob sie an und erzählte Geschichte um Geschichte von Vater, Mutter und Geschwistern in dem Dorf Kleinbärengrund und von Liebe, Trennung und Abtrünnigkeit.

Aber die zweite Stimme redete in Worten, die nicht den Klang von »Teller«, »Tasse«, »Kohle«, »Suppe« hatten, an die sich Gustav durch die fröhlichen Wiederholungen der ersten Stimme allmählich gewöhnte. Die zweite Stimme sprach von unsichtbaren Dingen, die noch unsichtbarer waren als Gott. »Salzbund« war eines der rätselhaften Worte, das sich der kleine Gustav einprägte, »Sünde« ein anderes.

Als Gustav lernte, die Besitzerin der ersten Stimme Frieda zu nennen, ohne bis dahin Mama sagen zu können, hörte er die zweite Stimme oft weinen. Er brauchte eine Weile, um zu verstehen, dass die zweite Stimme in Wirklichkeit mehr zu bestimmen hatte als die erste, wenn es um seine Wünsche und Sorgen ging. Als er einmal nach Frieda rief – »Frieda, Frieda« –, kam die zweite Stimme über ihn und sagte mit einer gewissen Empfindlichkeit: »Gustav, mein Junge, du wirst einsehen müssen, dass ich deine Mutter bin.«

Die zweite Stimme gehörte Marie Eckstein. Gustav kam im Laufe der ersten Jahre seines Hörens nach und nach dahinter, dass Marie alles verspielt hatte. Doch erst später lernte er, die Zusammenhänge zu rekonstruieren.

Hausvorstände müssen sofort eine Liste mit Vor- und Nachnamen, Geburtsdaten, Geschlecht und Beschäftigung aller Hauseinwohner an ihren Straßentüren anbringen. So las Marie Eckstein am Tag nach der Schweinskopfsülzeattacke auf Heinz Toll unter Punkt 3 der ersten Anordnung der britischen Militärregierung, bevor sie Punkt 1 folgte und nach Hause ging. Zivilpersonen durften sich nicht auf der Straße aufhalten, bei Zuwiderhandlung konnte ohne Anruf auf sie geschossen werden.

Die Stadt war nach geringem Widerstand aus den Grenzen des einschrumpfenden Reiches gerückt. In den Ruinen waren nur noch ein paar Heckenschützen aktiv, ein paar dieser Hundertprozentigen, die ihren Todestag partout mit dem eines Tommys verbinden wollten.

Marie ging in den Garten, wo Albert Eckstein mit einer selbst gemalten Karte in der Hand herumlief und jene Stellen lokalisierte, an denen er im Laufe der Jahre Kisten vergraben hatte, deren Inhalt für die Ausstattung eines großen Haushalts reichte. Sie erzählte von der Anordnung der Briten und forderte ihn auf, den Namen Heinz Toll auf der Liste zu verschweigen – ohne zu wissen, ob Toll am Vortag überhaupt lebendig aus den Heeresmagazinen herausgekommen war. Hoffentlich ist er unter Schmerzen zur Hölle gefahren, dachte Marie. Sie vertraute ihrem Schwiegervater an, welche Rolle sie bei der Erstürmung der Heeresmagazine gespielt hatte.

»Wenn dich jemand verpfiffen hätte, Marie!« sagte Albert. »Was du riskiert hast. Ich will gar nicht dran denken.«

»Siehst du«, sagte Marie. »Ich hab mir auch nichts gedacht, außer dass der Toll aufhören muss. Du kannst dir nicht vorstellen, wie er mit der Stange auf die Frauen eingeprügelt hat.«

»Ich fürchte doch«, sagte Albert. »Man braucht keine starke Phantasie dafür. Wenn ich es mir überlege, sind die Tommys auf die Minute pünktlich gekommen, um dich zu retten.«

»Glücklicherweise nicht nur deshalb«, sagte Marie. »Sie treiben die Demonen jetzt überall aus den Löchern. Die Stimmung ist schon ganz anders in der Stadt. Es ist praktisch heller geworden über den Trümmern. Also, Albert, du schreibst Toll nicht auf die Liste, ja? Er gehört nicht in unser Haus! Er hat nie reingehört.«

»Versteh mich richtig«, sagte Albert. »Ich will ihn schon loswerden …«

»Wenn du Toll jetzt noch fürchtest, wirst du es in hundert Jahren auch noch tun«, unterbrach ihn Marie.

»Gut«, beschwichtigte Albert. »Tolls Name kommt nicht auf die Liste. Wir müssen nur aufpassen, dass Paula ihn nicht nachträgt.«

»Dann schreib doch gleich zehn Listen ohne Toll«, sagte Marie. »Ich tausch sie dann immer aus, bis Paula aufgibt.«

Von Lautsprechern bekränzte Wagen der *Amplifier Unit* fuhren durch die Straßen. Sie verkündeten die Auflösung der demonischen Partei und die Ungültigkeit aller demonischen Gesetze. *Curfew* beschränkten die Bewegungsfreiheit auf die Zeit der Helligkeit. In den Leitungen gab es kein Wasser und kein Gas. Kanalisation und Telefone funktionierten nicht. Die Freude darüber, dass es keine Bombenangriffe mehr gab, verpuffte angesichts der erbärmlichen Zustände bei vielen Leuten sehr schnell – praktisch sofort, schrieb Gustav Eckstein.

Noch ehe der Krieg mit der Kapitulation in Karlshorst offiziell zu Ende ging, nahm Albert wieder am Alltag teil. Er suchte die deutschen Männer auf, die zuletzt in seinem Unternehmen mit den Kriegsgefangenen und Zwangsarbeitern gearbeitet hatten, und schenkte jedem einige Werkzeuge aus dem Vorrat seiner vergrabenen und nun allmählich wieder gehobenen Schätze. Er wanderte zu den beschädigten Gebäuden und Ruinen, die Firma Eckstein in besseren Zeiten als prachtvolle Villen errichtet hatte. Seinen alten Kunden impfte er den Traum ein, bald wieder Bauherrn zu werden.

»Ein Eckstein muss ja immer Hoffnungsträger sein«, sagte Albert zu Marie, und sie freute sich über das geschäftstüchtige Strahlen seines Gesichts.

In der Villa Schlikker, die gerade noch das »Braune Haus« gewesen war, nahm Albert Kontakt zum Büro von Colonel Kingsford-Lethbridge auf, der an der Spitze der Militärregierung des Regierungsbezirks stand. »Es schadet nie, den Chef zu kennen«, sagte er, als Paula nach seiner Rückkehr auf die

Briten schimpfte, weil die Versorgungslage schlecht war und die russischen Banden zu wüten begonnen hatten.

Von größerer Bedeutung war der Besuch bei Colonel Geoffrey Herbert Day, dem Gouverneur der Stadt. Colonel Day kümmerte sich in seiner Dienststelle an der Bergstraße erst widerstrebend, dann mit allgemein anerkanntem Engagement um Aufbaumaßnahmen. Niemand kam ohne seine Erlaubnis an Baumaterial und Treibstoffgutscheine für Transportfahrten.

Albert wurde im dritten Anlauf eine Unterredung gewährt. Colonel Day hörte ruhig und aufmerksam zu. Trotz seiner Verschanzung in der Inneren Immigration wusste Albert über die verbliebenen Hoch- und Tiefbaufirmen, über die vorhandenen Kompressoren, Bohr- und Mischmaschinen, über die Vorräte an Stein und Eisengeflechten, über Zement und Kübel und all diese Dinge gut Bescheid. Er hatte ein vollständiges Modell der Stadt, ihrer Bau-Beschäftigten und der diversen Ausrüstungen auf dem Stand von 1939 im Kopf und diesem Modell seither jede Veränderung eingetragen – ob er sie selbst beobachtet hatte, ob sie ihm zugetragen worden waren, ob die Zeitung davon schrieb.

Vor allem konnte sich Albert in fließendem Englisch ausdrücken und das erfreute den Colonel, der bei seiner Ankunft weder an den Menschen noch an der Stadt etwas Erhaltenswertes entdeckt und sich entsprechend abschätzig benommen hatte. Als die Aufbauarbeiten am Gerichtsgebäude und am Marienhospital losgingen, kam Firma Eckstein als eine der Ersten wieder ins Geschäft.

Alle paar Tage tauchte Dannis schmale Gestalt für ein Schwätzchen vor der Ruine Eckstein auf. Zuerst glaubte Marie, Danni wolle sie durch die unausgesprochene Drohung erpressen, ihre Attacke auf Toll im Heeresmagazin zu verraten. Doch Danni kam vorbei, weil er Marie nett fand und sie für die schönste Frau der Stadt hielt. Marie war Komplimente nicht mehr gewohnt. Der junge Danni, eine Waise, der vollkommen selbstständig und trotzdem ungewöhnlich schüchtern war, traf sie sofort gefährlich nah am Herzen.

Es war die Zeit, in der Gerüchte um sich griffen, in Paderborn wäre die Schwarze Pest ausgebrochen. Der alliierte Rundfunk berichtete über die Gräuel in den Konzentrationslagern und schürte Entsetzen, aber auch Misstrauen in der Stadt. Angesichts der Größe der Verbrechen fühlten sich viele Menschen an die Übertreibungssucht der demonischen Propaganda erinnert. Drakonische Kürzungen der Lebensmittelrationen ließen das weitere Überleben fraglich erscheinen. Für ein einziges Ei wurden auf dem Schwarzmarkt an der Augustenburger Straße fünf, dann zehn Reichsmark gefordert und bezahlt. Kartoffelkäfer bedrohten auf den Feldern in der weiteren Umgebung die Ernte. Während all diese Dinge geschahen, begann Marie, mit ihrem Verehrer durch die Straßen zu ziehen und ließ sich von seiner Aufmerksamkeit verwöhnen.

Der unscheinbare Danni stand – nicht zuletzt dank eines deutsch-russischen Wörterbuchs, in dem er fleißig studierte – mit den Räuberbanden auf gutem Fuß, zu denen sich russische Zwangsarbeiter nach der Befreiung zusammengeschlossen hatten. Er eskortierte die Banden bei Plünderungen, Diebstählen und Vergewaltigungen und stand Schmiere, wenn die Gesetzlosen das Eingreifen britischer Soldaten fürchten mussten. Wenn die Russen jemanden ermordeten, schloss Danni unschuldig die Augen und lief weg.

Der Verliebte beschenkte Marie mit Brot, Eiern, Bohnenkaffee, Schnaps, Vitamindrops, Sardinen in der Dose, Stoffen, Handschuhen, Lederstiefeln und anderen kostbaren Sachen und teilte auf diese Weise seinen Anteil an der Beute mit ihr. Er versorgte sie mit Zigaretten, die auf dem Schwarzmarkt gute Tauschware abgaben, und beschaffte Tabakpflanzen für den Garten, an dessen Wiederherstellung sie jeden Tag mit Elisabeth Straub arbeitete. Wenn es nötig war, reparierte er Maries Fahrrad.

Genau drei Wochen nach der Erstürmung der Heeresmagazine erfand Danni – so etwas hatte er noch nie getan – den Kosenamen Zitronenfalter. Als er ihn zum ersten Mal vor Marie aussprach, züngelten Flammen der Verschämtheit über sein käsiges Gesicht und sprangen auf ihres über, wo jedoch eine Verwandlung stattfand: Aus Flammen der Scham wurden Freudenflammen.

Einmal brachte Danni einen Käfig voll Brieftauben mit, die in diesen Monaten verbreitete Medien waren. Marie fand die Idee lustig und ließ kleine Grußbotschaften nach Haste fliegen. *Lieber Danni, auf dem Luftweg kamen vor zwei Monaten noch die Bomben. Da hat sich doch einiges gebessert.* Als sie das dritte Mal eine Taube an die Luft setzte und den stummen Abflug beobachtete, gestand sie sich ein, dass Danni in ihr Leben getreten war. In ihrem Bauch war ein Wirbeln wie von Trommeln.

Als Marie Ende Juni von einem Ausflug in die Stadt erst am Morgen zurückkam, weil sie mit Danni beim Tanzen in die Sperrstunde geraten war, gab es Zank und Streit. Während man in der Stadt von der Rückkehr Totgeglaubter, Vermisster und Aus-den-Augen-Verlorener redete – die einen meinten damit Hitler und die Demonen, die anderen ihre Verwandten –, hatten sich Albert und Paula dem Gedanken geöffnet, dass Hermann im Rückraum des Krieges gegen alle Wahrscheinlichkeit überlebt haben könnte. Danni war ihnen ein Dorn im Auge, obwohl sie ihn wegen seines geringen Alters und des engelhaften Gesichtes nicht für voll nahmen.

»Es gehört sich für dich, auf eine Nachricht über Hermann zu warten und nicht mit diesem lächerlichen Lausbuben anzubändeln«, sagte Paula zu Marie.

In den Aufzeichnungen heißt es, dass Marie von den aufkeimenden Hoffnungen ihrer Schwiegereltern überrascht war. Paula hatte oft beklagt, dass Hermann irgendwo in Sibirien gestorben wäre und die Familie nicht einmal Kenntnis über die Umstände seines Todes hätte, sondern sich mit bösartigen Gerüchten herumschlagen müsste. Albert hatte zwar eine letzte Zuversicht gehütet, aber angesichts der Flut von Todesbriefen, mit der die Familie auch die Nachricht von Eugens Ende erreichte, lieber geschwiegen.

Paulas Tadel entfachte in Marie ein Strohfeuer der Reue. Hermann war für sie im Laufe der letzten Zeit zu einem verklärten Bild geworden, das sich weit über die Todesmale der Realität erhob. Sie hielt Hermann in Ehren und liebte sein Andenken. Aber wenn sie ehrlich war, vermisste sie ihren Mann nicht mehr. Sie hatte die Fähigkeit verloren, über alle Entfernungen in seiner Nähe zu verweilen – und jetzt brandete etwas Mächtiges durch ihre Adern. Es war das Begehren nach Danni.

An einem Juliabend fuhr Marie auf dem Fahrrad zu ihrem Verehrer, klopfte an die Tür seiner Hütte, drängte ihn hinein und warf das Leichtgewicht aufs Bett. Danni hatte von einer solchen Szene nachts und am hellen Tag geträumt, aber niemals etwas gesagt. Er hatte geglaubt, wie er bald gestand, sich sonst undankbar für Maries Küsse zu zeigen. Nun zitterte er vor Freude und Erregung. Marie erinnerte sich wieder daran, wie viel Trost ein warmer Körper geben konnte, auch wenn er mager war und die Schlüsselbeine wie Garderobenhaken vorstanden. Sie gab bald alle Skrupel auf und brachte Danni Liebesspiele bei, die ihm den Atem raubten (aber sie erfuhr nie, dass sie die erste Frau seines Leben war).

Auch Heinz Toll meldete sich zurück. Er hatte nach der

Schweinskopfsülzeattacke tagelang im Behelfskrankenhaus verbracht und später bei Ottilie, der Frau seines vermissten Sohnes in der Neustadt, ein Nachtlager erbettelt.

»Na toll, Toll!« spottete Albert Eckstein. »Wieder unterwegs auf der alten Schleimspur?«

»Unkraut vergeht nicht«, antwortete Toll.

Er trug einen riesigen, dreckigen Kopfverband und hatte keine Ahnung, dass es Marie gewesen war, die ihn in den Heeresmagazinen fast erschlagen hätte. Er glaubte, ein Opfer des allgemeinen Chaos geworden zu sein. Im Übrigen wagte er nicht zu hoffen, in seine alte, intakte Wohnzone in der Inneren Immigration aufgenommen zu werden. Er winselte jedoch um Freundschaftsbezeigungen und menschliche Nähe. Denn die Zahl seiner Bekannten war vorübergehend geschrumpft. Die Masse der Demonen war ja wie vom Erdboden verschluckt.

Es waren die Wochen, in denen sich Albert ernstliche Sorgen um die seelische Gesundheit seiner Frau machte. Paula erwachte noch jede Nacht unter lautem Schluchzen, weil ihr im Traum der Führer etwa vor einer Reichskarte erschienen war, die von Schottland bis zum Ural reichte. Deshalb wehrte sich Albert nicht dagegen, dass sie ihren Busenfreund Toll gelegentlich zum Teetrinken der Familie einlud.

Der Preis indessen war hoch. Kaum fühlte Toll Boden unter den Füßen, breitete er abstruse Theorien aus. Bei jedem Besuch wusste er etwas Neues: Der Amerikaner hätte dem Russen den Krieg erklärt und würde sich mit dem Deutschen verbünden, um nach Moskau zu marschieren; Hitler wäre in einem U-Boot nach Japan geflohen und organisiere die Wiedereroberung des Reiches; die Wehrwölfe schlügen in den Industriegebieten an der Ruhr bereits zu, weshalb man nicht allzu freundlich zu den Engländern sein sollte – die wären ja bald wieder auf der Insel.

»In Kürze wird das wertvollste Kulturvolk der Welt das Heft wieder in die Hand nehmen«, weissagte Toll und probierte, ob sich sein rechter Arm schon wieder stramm durchstrecken ließ.

Wenn Toll in schlechter Stimmung war, schimpfte er auf die treulosen Bürger, die bei der Einnahme der Stadt weiße Fahnen aufgehängt hatten und fluchte auf die Verräter, die mit den Briten kooperierten. Er verteufelte die geschäftstüchtigen Bauern und kam zu dem Ergebnis, dass im Grunde achtzig Prozent der Deutschen Pack sind. Nur einfachen Soldaten billigte er zu, sich des geliebten Führers würdig gezeigt zu haben.

»Ehrliche Landser wie ich sind das Rückgrat des Volkes!« rief Toll.

Er lästerte über die »amateurhafte Gräuelpropaganda« aus den Konzentrationslagern und vertrat lautstark die Meinung, dass sich angesichts der russischen Banden jeder Bürger der Stadt insgeheim längst nach den Demonen zurücksehnte.

»Die demonische Ordnung war von Gott gewollt«, sagte Toll. »Aber ich bin anscheinend der Einzige, der sich traut, die Wahrheit beim Namen zu nennen.«

An einem stürmischem Oktobermorgen des ersten Friedensjahres traf ein großer, bleichgesichtiger Mann auf einem Fahrrad vor der Ruine Eckstein ein und ging mit zwei schäbigen Beuteln in der Hand in das kalte, aber trockene Gesellschaftszimmer. Er trug einen dunklen, zerschlissenen Ledermantel und Stiefel, deren Schäfte mehrfach abgetrennt und wieder angenäht worden waren. In seinem Gesicht sprossen zwischen gut verheilten Narben lange, dunkelbraune Bartstoppeln. Der Ankömmling begrüßte seine Eltern und teilte ihre Fassungslosigkeit.

»Ich habe nicht daran geglaubt, das noch zu erleben«, sagte Hermann.

»Aber wir haben gehofft und das hat mehr bewirkt«, sagte Albert. »Ich freue mich, wie ich mich noch nie gefreut habe.«

»Dann kommst du aus der russischen Gefangenschaft, mein Junge?« fragte Paula.

»Nein, im Gegenteil«, sagte Hermann. »Ich komme von den belorussischen Volksrächern, mit denen ich gegen die Wehrmacht gekämpft habe.«

»Das ist unmöglich«, sagte Paula.

»Ich bin Partisan«, sagte Hermann. »Ich habe gehofft, dass ihr stolz auf mich seid.«

»Du, auf der Seite der Bolschewisten?« fragte Paula. »Mein Junge, lass die dummen Scherze.«

In der Schlacht in den Rudnjansker Wäldern, bei der die Widerstandskämpfer Christophorus Lebig und Daniel Wurz umkamen, Major Djatlenko einen doppelten Lungenschuss überlebte und Anton Seidl durch Granatsplitter lebensgefährlich verletzt wurde, wodurch er behindert blieb, hatten sich die Partisanen nach dem ersten Scheitern freigekämpft und ein deutsches Bataillon, das gerade am Rande einer Lichtung frühstückte, bis auf den letzten Mann vernichtet. Über einige Tage lieferten sich Partisanen und Wehrmachtssoldaten Verfolgungskämpfe, deren Härte geringer war als die Auseinandersetzungen an der Chaussee zwischen Logoisk und Pleschtschenizy. Als SS-Generalleutnant von Godberg seine Truppen gegen die Rote Armee an die reguläre Front werfen musste, wurde es ruhiger in den Wäldern nördlich von Minsk. Hermann und Bertram nahmen an der Befreiung von Logoisk und Pleschtschenizy teil und überredeten im Namen des Nationalkomitees versprengte Wehrmachtssoldaten, die sich in Dörfern und Gehöften verschanzt hatten, zur kampflosen Aufgabe.

»Fahrt noch heute in den Fronturlaub nach Sibirien«, schrie Bertram, wenn er mit weißer Fahne in das Schussfeld der Deutschen sprang und sein grotesk ausgebeulter Riesenkörper ein sicheres Ziel abgab.

»Nehmt den Weg ins Leben«, rief Hermann und eilte an Bertrams Seite.

Die deutschen Soldaten, die sich ergaben, wurden mit *Freies Deutschland*, *Front-Illustrierte* und den neuesten Flugblättern des Nationalkomitees versorgt. Dann gingen sie in die Gefangenschaft ab. Die Unbelehrbaren, die nicht aus den Löchern kamen, wurden an Ort und Stelle erledigt und notdürftig verscharrt.

Sobald sich die Kampfhandlungen der Front nach Westen verlagert hatten, wurden die deutschen Partisanen vom Nationalkomitee nach Moskau beordert, bis auf weiteres in einer verfallenen Datscha untergebracht und mit Schulungen beschäftigt. Am Tag, an dem Adolf Hitlers Selbstmord im Berliner Führerhauptquartier bekannt wurde, stellte Bertram das Heulen ein. Als das Reich im Mai bedingungslos kapitulierte, schwor er, sich auf die Suche nach einer reizenden, syphilitischen Frau zu machen, die er genauso lieben wollte wie seine in Grafeneck ermordete Braut Margret.

»Ich habe meine Kriegsziele erreicht«, sagte Morten. »Es wird Zeit, nach Hause zu gehen.«

Ende September fuhren die Freunde mit dem Blauen Express, einem Offizierszug, der zweimal die Woche verkehrte, von Moskau nach Berlin. Der russische Offizier, der ihnen als Begleiter zugeteilt worden war, führte sie in das Hauptquartier der von General Shukow geführten Sowjetischen Militäradministration, in dessen Räumlichkeiten vor fünf Monaten noch das Reichsluftfahrtministerium gewirkt hatte.

Hermann und Bertram wurden freundlich begrüßt. Doch sie merkten bald, dass man mit ihrer schattenhaften Existenz wenig anzufangen wusste.

Hermann trug noch einige Tage die russische Uniform, bewegte sich problemlos durch die ruinierte Stadt und nahm Kontakt zur Initiativgruppe um Walter Ulbricht und Hermann Matern auf. Sie rieten ihm, sich aus den militärischen Kreisen zu entfernen. »Niemand weiß genau, wie lange die Rote Armee deutsche Partisanen in Ansehen hält«, sagte Matern in einer verschwiegenen Minute. Da Hermanns Russisch tadellos war, versprach man ihm Übersetzungsaufträge und schwärmte ideologietrunken vom Aufbau sozialistischer Gewerkschaften und Verbände. Die Parolen lagen schon parat. *Keine Wiederholung der Fehler von 1918! Schluss mit der Spaltung des schaffenden Volkes! Nie wieder Hetze und Feindschaft gegenüber der Sowjetunion!*

»Genossen, ich will mich künftig mit Kultur befassen«, sagte Hermann. »Politik ist mir zu nahe am Krieg.«

Nachdem er seine Talente überschlagen hatte, besuchte Hermann den Radiosender der Sowjetischen Zone an der Masurenallee und knüpfte erste Kontakte zur Redaktion der Sendung »Ein Sechstel der Erde«. Bevor seine neue Karriere jedoch anhob, machte er sich stillschweigend auf den Weg nach Hause, um zu sehen, wer überlebt hatte und wie es stand. Vielleicht, dachte Hermann, wartet Marie immer noch auf mich ... Das Einzige, was er bei diesem Gedanken fühlte, war seine Gefühllosigkeit. Er erreichte problemlos die Zonengrenze nahe Marienborn, vergrub die russische Uniform in einem Kiefernwäldchen, wechselte im Schutz der Dunkelheit in die britische Zone, klaute sich ein Fahrrad und fuhr in vier kalten Nächten über Wolfenbüttel, Hildesheim, Hameln und Herford Richtung Westen, bis er sah, was von seiner Heimatstadt am Fuße des Teutoburger Waldes übrig war.

Als Marie in den Gartenzimmern Hermanns Stimme hörte, glaubte sie minutenlang an eine Sinnestäuschung. Dann unterwarf sie sich der Realität. Sie fühlte keine wärmeren Empfindungen, aber sie wurde von Pflicht- und Schuldbewusstsein in die Zange genommen. Sie spürte, dass in ihr der unauslöschliche Pietismus arbeitete. Noch bevor sie sich vom Kirschholzlehnstuhl erhob, stand ihr Urteil fest: Wenn Hermann lebte – und er lebte! –, war es ihre gemeinsame Aufgabe, die Liebe von neuem zu erlernen. Das mochte so unmöglich erscheinen wie der Wiederaufbau der Stadt, aber es gab keine Alternative.

Mit Danni hatte sie für einen Sommer die Lust und vielleicht auch die Liebe geteilt, aber der Jüngling mit dem Blumenduft unter den Achseln war nur eine Feder, wenn sich Marie überlegte, was sie mit Hermann in Masuren, in den zwei glücklichen Jahren des Friedens und im Hoffen und Bangen der ersten Kriegszeit erlebt hatte.

Zum Singen ist das alles nicht, dachte Marie, aber die Liebe sollte mehr als Singen sein.

Hermann war befremdet, als Marie zur Tür hereinkam. Es war die Befremdung des völligen Wiedererkennens. Dieses war das erwachsen gewordene Mädchen aus Kleinbärengrund. Das Mädchen mit dem Wald- und Blättergeruch, der reizenden, immer noch etwas naseweisen Stimme und dem zielgerichteten Gang, bei dem der rechte Fuß weiter ausschlenkerte als der linke und dem Zweckmäßigen ihrer Bewegung etwas Spielerisches gab. In Maries Augen ging wie eh und je die Bläue ins Schwarze über und ließ ihn an Asiens Unendlichkeit denken. Ihre Lippen waren Mohnblütenlippen, zart und appetitlich. Marie sah in ihrem zitronengelben, glatt gebügelten Kleid besser aus als damals am Rande der Felder von Kleinbärengrund, als er ihr Leben entschieden hatte, fand Hermann, wenn auch vielleicht nicht so hübsch wie auf der Hochzeitsreise im Rheingold-Express, was nach sechs Jahren Krieg kein großer Makel war.

Aber Hermann gab sich keiner Illusion hin. Was er sah, waren nicht mehr seine Augen und seine Lippen, deren Glück ihm heilig gewesen war. Obwohl er sich noch in den Rudnjansker Wäldern von der liebestollen Volksrächerin Eva getrennt und seitdem keine Frau mehr berührt hatte, wenn man von zwei unbegabten Moskauer Huren absah, begehrte er Marie nicht, von höheren Gefühlen ganz zu schweigen. Sie war seine Frau, sein Feiertag, seine Mohnblüte gewesen – aber in einem anderen Leben und in einer anderen Zeit. Hermann, der die Kraft seiner Phantasie für unbezwingbar gehalten hatte, konnte sich nicht vorstellen, Marie noch zu lieben. Er fühlte sich von seiner Herzenskälte entlarvt und wäre am liebsten sofort wieder aufs Fahrrad gestiegen.

Doch so einfach entkam Hermann dem Schicksal nicht, schrieb Gustav Eckstein in den genealogischen Aufzeichnungen. Albert holte eine Flasche Champagner aus der Inneren Immigration. Es war ihm restlos egal, welchen Schwarzmarktpreis er damit hätte erzielen können. Was waren fünfhundert oder tausend Reichsmark gegen diese Freude? Sie würden Champagner trinken wie damals, als Marie und Hermann aus Kleinbärengrund gekommen waren. Für jeden gab es zwei Gläser. Es war ein 37er Jahrgang. *Moët et Chandon.*

»Prost, meine Lieben«, sagte Albert. »Wir haben den Weltuntergang überlebt. Was soll uns jetzt noch passieren?«

Hermann erzählte von seinen weißrussischen Abenteuern im Auftrag des Nationalkomitees und belegte die Demonen mit Schimpfwörtern, die in der Stadt bisher unbekannt waren. Die rechte Hälfte von Paulas Gesicht erstarrte und erblich. Ihre Freude über das Wiedersehen reichte kaum aus, das Entsetzen über den Verrat ihres Sohnes aufzuwiegen.

»Das kann nicht sein!« rief sie. »Deutsches Blut vergießt kein deutsches Blut. Hermann, mein Junge, welcher Teufel ist in dich gefahren? Wie konntest du das tun?«

»Wie konnte ich tatenlos zusehen?« fragte Hermann. »Die Demonen haben vor meinen Augen Polen, Russen, Juden und Kommunisten ermordet. Aber frag nicht wie! Sonst erzähl ich dir Einzelheiten, bis dein Herz stehen bleibt. Die Demonen haben erst Europa und dann Deutschland in Schutt und Asche gelegt ... und unser schönes Haus auch, wie ich sehe.«

»Die Demonen sollen das getan haben?« rief Paula. »Welcher Irrsinn hat dich gepackt? Briten und Amerikaner haben alles kaputtgemacht. Achtzig Angriffe, tausendmal Alarm, Du kannst dir nicht vorstellen, was wir durchgemacht haben. Hitler wollte Deutschlands Bestes, das steht für alle Zeiten fest ... Bist du wirklich ein Bolschewist, Hermann? Welche entsetzlichen Nachrichten bringst du da?«

»Liebe Mutter«, sagte Hermann ärgerlich. »Du brauchst mich gar nicht lange auszuhalten. Ich gehe nach Berlin zurück. Wir werden ein anderes Deutschland aufbauen und für alle Demonen, die noch übrig sind, einen bequemen Platz am Galgen reservieren.«

Paula schnappte nach Luft. Schimpf- und Schmähworte drängten über ihre Lippen. Aber als ihr durch den Sinn ging, dass Hermann tatsächlich wieder im Osten verschwinden könnte, so plötzlich, wie er nach all den Jahren aufgetaucht war, siegten ihre mütterlichen Instinkte. Sie mied die heiklen Themen und schwärmte vom künftigen Glück der Familie.

Maries Gefühl sagte, dass die Entscheidung im Augenblick nicht zu erzwingen war. Wenn Hermann erst wieder in seinem Jugendbett geschlafen hätte, das den Krieg in der Inneren Immigration überstanden und ihr oft als Nachtlager gedient hatte; wenn er seine Mahlzeiten wieder aus dem

Meißener Porzellan gegessen hätte, das schon zur Taufe seines Großvaters gedeckt worden war; wenn er in die Wärme der Unterhaltungen und den Strom der alt vertrauten Namen eingetaucht wäre; erst dann, so glaubte Marie, würde Hermann die richtige Antwort auf die Frage einfallen, ob seine Zukunft in Berlin läge.

Während Paula für Hermann Rübensuppe wärmte und die letzten Reste einer Speckschwarte hineinwürfelte, räumten Albert und Marie den rechten Schacht der Inneren Immigration auf. Marie schnitt die Hochzeitsfotos aus den Graubündner Alpen zurecht, die hinter den verspielten Fensterläden geklebt hatten, und steckte sie in primitive Holzrahmen. Für die weiße Vase auf dem Nachttisch fand Marie einen Strauß getrockneter Rosen, der traurig, aber schön aussah. Sie entstaubte, fegte, wischte und stellte zum Schluss – wie in der ersten Nacht, die Hermann in Kleinbärengrund verbracht hatte – eine Karaffe mit Wasser neben das Bett.

Hermann erwachte am nächsten Morgen unter einer frisch gewaschenen Steppdecke, die wärmer und duftiger war als jeder Stoff, in den er sich seit sechs Jahren gebettet hatte. Er lieh sich von Albert französischen Rasierschaum und wusch sich mit parfümierter Seife. Beim Frühstück nahm er den Wehrmachtshelm in die Hand, der nun zum Abtropfen von gewaschenem Gemüse diente – Albert hatte kleine Sieblöcher hineingestanzt. Er ließ sich von seinem Vater erklären, dass ein Paar Damenstrümpfe, das er Marie nun doch zur Begrüßung schenken wollte, auf dem Schwarzmarkt an der Augustenburger Straße 250 Reichsmark kostete.

Als Toll aus alter Gewohnheit ohne Anklopfen ins Gesellschaftszimmer eindrang, begrüßte ihn Hermann mit einem halbwegs freundlichen Handschlag. Toll glaubte, in dem furchterregenden arischen Krieger mit dem Narbengesicht einen Gesinnungsgenossen erster Güte vor sich zu haben. Er entblößte die Zähne, ließ das vor Wut blutende Zahnfleisch aufleuchten und schimpfte auf die sadistische Unterdrückungslust der Briten – »eine ewige Schande für den Tommy, die auf tausend Jahre nicht aus den Geschichtsbüchern getilgt wird«, wie er sagte. Als er die üblichen Jubelarien auf den Führer anstimmte, der nur fünfzig Jahre zu früh gelebt hätte, um das große Werk zu vollbringen, spürte Hermann, woher der Wind wehte.

»Solange ich in diesem Haus bin, ist Hitler ein Massenmörder«, sagte er.

Toll schnappte nach Luft und drehte sich zu Paula um. Sie zuckte mit den Schultern. Irgendetwas an Hermanns Schneid gefiel ihr.

»Ja, aber … wie können Sie als deutscher Soldat so sprechen?« fragte Toll. »Haben Sie denn keinen Funken Ehre im Leib? Glauben Sie, in Deutschland wird ohne die Demonen jemals wieder ein kultiviertes Leben möglich sein?«

Hermanns Geduld war schnell verflogen. Um mir das anzuhören, dachte er, bin ich nicht zu den Volksrächern in den Wäldern abgesprungen. Er packte Toll am Kragen, stieß ihn quer durch den Raum und drückte ihn an der Wand empor. Ein wachsender Urinfleck verdunkelte die hellbraune Hose des kleinwüchsigen Demonen.

»Ich glaube, Sie werden die nächste Minute nur überleben, wenn Sie das Quasseln einstellen«, sagte Hermann. »Ich habe Übung darin, Leute wie Sie in einer Sekunde zu töten. Es ist mir praktisch zum Beruf geworden.«

Er ließ Toll fallen.

Ja, töte ihn, dachte Marie im Stillen, ich habe es auch schon getan. Sie fühlte Hermanns Kraft, als hätte er sie selbst durch den Raum gezerrt und an der Wand erhoben.

Mittags las Hermann in der Zeitung, dass bedeutende Rüstungsschmieden im Ruhrgebiet von der englischen Militärregierung übernommen worden waren, und begann sich beim Blättern für die westliche Sicht auf die Dinge zu interessieren. Er begriff, dass in der britischen Zone die Leistungen der Roten Armee kaum den gleichen Beifall finden würden wie in Moskau und Ostberlin. Die Blätter in seiner Hand troffen vor westlichem Selbstbewusstsein. Mit einem Mal begann sich die Welt zu drehen. Gesichtspunkte und Koordinaten kamen ins Tanzen. Die Nachkriegszeit begann. Sein Vorsatz, in die Sowjetische Zone zurückzukehren, blieb bestehen. Aber er wurde von Stunde zu Stunde poröser.

Marie teilte Paula und Albert noch am selben Tag ihre neuen Lebenspläne mit und fuhr stillschweigend zu Dannis Hütte, um sich zu verabschieden. Es ist hart, dachte sie, aber auch in der Liebe gibt es Größenunterschiede. Danni hing weinend und küssend an ihrem Hals. Er wollte Marie zum Abschied Fleischkonserven schenken, von denen gerade genügend bereitstanden, aber sie lehnte ab, um zu Hause keine Nachfragen auf sich zu ziehen. Danni gab ihr Raucherkarten und den Bezugsschein für eine Kladde, dessen Aufschrift nicht anders lautete als: *Es darf nichts umkommen. – Sei sparsam!*

»Der andere kann dich nicht mehr lieben als ich«, sagte Danni. »Schreib mir, Zitronenfalter, wenn du merkst, dass ich Recht habe.«

Während Marie mit Bestürzung darauf wartete, dass ihr Blut käme, verwickelte sie Hermann in schweißtreibende Arbeiten, was ihm durchaus gefiel. Er musste zwölf bis vierzehn Stunden am Tag zu tun haben, sonst litt er unter den unruhig hin und her schießenden Gedanken in seinem Kopf. Bald sah die gesamte Kellerfläche des Hauses wie ein geputztes Warenlager aus. Auch die Küche im Erdgeschoss war wieder als solche zu gebrauchen. Der erste Stock bekam ein flächendeckendes Behelfsdach gegen den kommenden Winterregen und nach dem Austrocknen eine neue Elektrik aus alten Leitungen. Nach einer Woche lagen säuberlich beschlagene Steine zu Tausenden auf ordentlichen Stapeln für künftige Bauarbeiten bereit.

Hermann zerlegte die Ställe, in denen die Goebbels-Kaninchen kopuliert hatten, und baute aus Angeln, Türhaken, Maschendraht und Sperrholz ein Hühnerhaus. Er konstruierte mehrere Bollerwagen und stattete sie mit kugelgelagerten Achsen aus, die Albert in den Schatztruhen vergraben hatte. Weil er Kraft im Überschuss hatte, schlug Hermann aus Sandstein Figuren für ein Schachspiel und versuchte, den beiden Damen Maries Gesichtszüge einzumeißeln. Er musste oft nachbessern. Schließlich erinnerten ihn die Gesichter an die talentlosen Moskauer Huren, und er schlug den Damen die Köpfe ab.

Marie fand immer noch eine Arbeit, die dringend erledigt werden musste und wartete zitternd auf ihr Blut. Sie bebte, als Hermann sie zu einem Gespräch in die Gartenzimmer bat, und Elisabeth auf dem besten geretteten Porzellan Tee servieren ließ.

»Es kommt immer anders, als man denkt«, sagte Hermann. »Vielleicht bleibe ich doch besser hier.«

»Ach, das wäre schön«, sagte Marie.

»Eine Sache müssen wir noch auskundschaften«, sagte Hermann. »Ich muss wissen, ob mich die Briten wie einen deutschen, einen russischen oder einen unbekannten Soldaten behandeln, wenn ich aus der Illegalität auftauche.«

»Du hast gegen die Demonen gekämpft«, sagte Marie. »Das muss doch reichen.«

»Keine Ahnung«, sagte Hermann. »Mal sehen. Die zweite und entscheidende Frage ist – ich will gar nicht lange drum herumreden –, ob wir die Liebe wieder lernen können, Mohnblüte.«

»Ach, warum nicht?« fragte Marie, der bei »Mohnblüte« der Atem gestockt war. »Wir sind immer noch jung. Es ist uns schon einmal gut gelungen.«

»Ich meine, wenn, dann gleich richtig«, sagte Hermann. »Wenn ich hier bleibe und den Kommunisten untreu werde, dann will ich eine eigene Familie haben.«

»Was meinst du damit?« fragte Marie.

»Ich glaube, wir zwei können keine eigenen Kinder haben«, erklärte Hermann. »Hartnäckiger als wir haben es noch nie zwei Menschen versucht, seit es diese Stadt gibt, falls du dich noch erinnerst. Aber können wir nicht einen fremden Wurm mit Liebe und Nahrung versorgen?«

»Ich verstehe nicht«, sagte Marie, deren Herzschlag aussetzte.

»In der Zeitung stand, dass 60 000 elternlose Kinder aus den Grenzlagern in die nordwestdeutschen Gebiete kommen«, sagte Hermann. »Es wurden noch nie in der Geschichte der Welt so viele Eltern gesucht wie jetzt. Wie wäre es, wenn wir uns den süßesten Schreihals auswählen und eine Familie werden? Das wäre ein neuer Anfang.« –

Alles Weitere ging schnell. Hermanns Gesicht verödete und er wurde wie von Fieber geschüttelt, als Marie ihm erklärte, was nicht verschwiegen werden konnte. Sag es! Sag es! schrie Marie innerlich. Sag, dass du mich nehmen willst, ob allein oder zu zweit, so wie damals. – Hermann sprang auf. Weder seine Nerven noch seine Ehre konnten die Nachrichten ertragen, die Marie ihm gab. *Er* glaubte jedenfalls, dass es unerträglich sei, was er da erfuhr. Aber Gustav Eckstein äußerte die Vermutung, dass Hermann das Opfer eines Klischees wurde. Dieser schwankende Mensch hätte leicht über Maries Amoure hinwegsehen können, schrieb Gustav Eckstein. *Er hätte es müssen.*

»Du hast immer schon ein Kind im Bauch, wenn ich dich

lieben will!« rief Hermann. »Dein Name täuscht. Du bist eine Hure!«

Marie wünschte sich, bewusstlos zu werden, damit sie nicht an ihrer Scham stürbe.

Hermann wartete den Sonnenuntergang ab und verschwand. Das Einzige, was er von seiner geringen Habe vergaß, war das Kalenderbüchlein, in dem Marie nachlas, dass der Krieg auch im Osten stärker gewesen war als die Treue.

Albert fühlte sich um seine schönsten Hoffnungen betrogen. Er stürzte sich in den Aufbau der Firma und kümmerte sich um die Eckstein-Immobilien, von denen einige, die an den Stadträndern und außerhalb lagen, unversehrt waren. In den Zwischenräumen litt er schweigend. Paula jedoch geriet über die Wintermonate in immer größeren Zorn.

»Ich habe als Erste gesagt, dass in Masuren das Unglück der Familie liegt«, schrie sie immer wieder. »Masuren sind schlimmer als Juden.«

An einem regnerischen Abend fuhr Marie mit konfusen Vorstellungen über das, was sie wollte und erwartete, nach Haste. Sie traf Danni in der Nähe seiner Hütte. Eine Frau hatte sich an seinem Arm untergehakt. Sie trug einen hellen Mantel und rauchte Zigarette. Ihre Stöckelschuhe waren rein und weiß und stachen befremdlich von dem Schlamm ab, durch den sie ging.

Danni winkte, als er Marie kommen sah. Er machte Anstalten, sich von seiner polnischen Begleiterin loszumachen, die mit einer Anzahl von Landsleuten in der Stadt einquartiert worden war, während die Russen unter unbeschreiblichen Flüchen und Dankgebeten der Bevölkerung nach Osten abgingen. Die Polin schnippte ihre Zigarette fort, stieß den Rauch aus und hielt ihren Ernährer fest – umso energischer, je mehr der schmächtige Danni sich wehrte. Marie warf eine enttäuschte, endgültige Geste hin, drehte ihr Fahrrad um und fuhr in rasendem Tempo davon. Ob es wohl möglich ist, dachte sie, das Ungeborene im Bauch vor Anstrengung zu ersticken und ihm den Rest seines trostlosen Lebens zu ersparen?

Als Marie Eckstein im Frühsommer des nächsten Jahres das Kind zur Welt brachte, nannte sie es Gustav Hermann – Gustav, weil ihr kein anderer Name einfiel, Hermann, weil Gustav der Sohn Hermanns hätte sein sollen, wie sie dem verständnislosen Neugeborenen mitteilte, als die Nabelschnur durchtrennt war.

Albert schaute betreten, wenn er Marie beim Stillen sah. Er hätte seine Schwiegertochter im Herzen nicht verstoßen, sagte er später. Doch die Hegemonie im Hause Eckstein hatte sich ein weiteres Mal verschoben. Paula wurde vom Charakter ihrer rechten Gesichtshälfte übermannt. Sie verwünschte Marie und den kleinen Gustav immer häufiger und lauter und zwang Albert zu kummervoller Neutralität. Toll unterstützte seine alte Freundin bedingungslos und hingebungsvoll.

Im Oktober ging Marie mit ihrem Kind ohne Verpflegung und Essenmarken auf die verregneten Straßen hinaus, wo sie nach drei Tagen eingesammelt und mit zwei anderen Müttern in eine Nissenhütte auf dem Ledenhof eingewiesen wurde. Hätte ein missgünstiges Wunder Gustav Hermann Eckstein die Erinnerung an die Wintermonate zugespielt, die er dort als Säugling verlebt hatte, würde er den eisigen Wind gehört haben, der um das gewölbte Wellblechdach pfiff und durch jede Ritze in den heimatlosen Raum hineinfegte (so Eckstein über Eckstein).

Eines Tages stand Frieda Schattauer vor der Tür. Sie trug einen Beutel bei sich, in dem die Familienbibel am schwersten wog. Die Schwestern, die neun Jahre getrennt gewesen waren, betasteten sich wie Wunder. Sie ergatterten die winzige Wohnung an der Buerschen Straße, in der Gustav dann die beiden Stimmen zu hören begann, die seine früheste Kindheit in zwei gegenteilige Empfindungen zerrissen.

3

Hier ein Blick auf Postkarten, die mir Eduard Manthey und Esther Naumann schickten.

»Grizzly-Mom und zwei Petze zwischen Cody und Yellowstone getroffen – waren die süß!« Dieser Satz steht auf einer Karte mit dem Stempel von Great Falls, Montana. Das Foto zeigt einen Ausbruch des Old Faithful im Yellowstone National Park. Touristen stehen im Wasserdampf, den der Wind von der Fontäne reißt.

»In der Säulenhalle von Karnak an Gott gedacht.« So heißt es auf der Rückseite der malerischen Feluke, die zwischen Luxor und dem Tal der Könige mit gebauschtem Lateinsegel in den ägyptischen Sonnenuntergang gleitet.

Die dritte Karte berichtet von einer Stadt unweit des Schwarzen Meeres. »Wunderbarer Spaziergang in Amasya am Yeşirilmak unter den pontischen Königsgräbern. Keiner kennt diesen hübschen Ort, nicht mal die Türken selbst.« Die Qualität des Bildes lässt zu wünschen übrig.

Während Eduard und Esther rund um den Globus und im hilligen Köln ihre Liebe genossen, hockte Gustav Eckstein Tag für Tag sechzehn Stunden an seinem Schreibtisch im Kunstlicht der Inneren Immigration und brachte das auf über 600 Seiten angeschwollene Manuskript zur Geschichte der Rationalität auf die Zielgerade. Wenn Eduard seine Eltern besuchte, schaute er bei Gelegenheit an der Zeppelinstraße vorbei und gab einem Klischee die Hand: milchgesichtiger Gelehrter in Pantoffeln und Schlabberpulli, vereinsamt, trägt Brille.

Zwei- oder dreimal im Monat telefonierten Eduard und Eckstein miteinander und unterhielten sich über Bücher und Rezepte, denn Eckstein verriet im Bunker zwar die Sexualität, aber dem Kochen, diesem vielleicht noch wichtigeren Ausdruck seiner Persönlichkeit, blieb er treu. Es herrschte tiefer Friede zwischen ihnen.

Am ersten Tag des neuen Jahres kamen Eduard und Esther frühmorgens von einer Party im Agnesviertel nach Hause und fielen betrunken ins Bett. Am Nachmittag stand Eduard auf, heizte die Küche und bereitete das Frühstück vor. Esther kam im blauen Morgenmantel angeschlurft, machte das Radio an und sagte: »Frohes neues Jahr, Schatzi.« Später legte sie sich im Wohnzimmer neujahrsverschlafen auf die Ligne-roset-Couch und schaltete den Fernseher an, um den Bilderstrom wie gewohnt zu ignorieren. Sie fischte in einem Kalendarium nach Jubiläen und Gedenktagen, mit denen sie im angebrochenen Jahr Geld verdienen könnte. Der 750. Geburtstag des Doms St. Peter und Maria war in Köln naturgemäß das wichtigste Fest. Die Orte, Zeitpunkte und Anlässe der verschiedenen Feierlichkeiten, die sich über das ganze Jahr hinzogen, marmorierten bereits seit langem die Seiten von Esthers neuem Terminplaner.

»Schlaumeier, hilf mir mal«, sagte sie und klappte das Kalendarium zu. »Woran muss sich die Welt in diesem Jahr unbedingt erinnern? Ich meine Jubiläen, an die sonst keiner denkt. Alle anderen stehen hier nämlich schon drin.«

Eduard lag in Shorts auf dem Teppich vor der Couch und blätterte im *Kicker*, um den Fußballentzug der Winterpause zu lindern.

»Ich werde dreiunddreißig«, sagte er. »Das erfüllt alle Kriterien.«

»Ach, du lieber Gott«, sagte Esther. »Bist du wirklich schon so alt?«

Sie kontrollierte das Erdbeerrot auf ihren Fußnägeln, indem sie abwechselnd erst den linken und dann den rechten Fuß auf die Couch stellte. Aus seiner Lage am Boden sah Eduard zwischen Esthers Schenkeln hinauf an die Stelle, an der kein Slip war. Ihr blondes Schamhaar war zu einem weit geflügelten V rasiert, das harmonisch zu den aufgeworfenen Schamlippen überleitete.

»Ja, schrecklich alt«, sagte Eduard. »... und noch nichts geschafft, was die Menschheit zwingt, einen Feiertag für mich einzulegen. Wie deprimierend wäre das, wenn ich dich nicht hätte!«

»Fang klein an im neuen Jahr, lass dir ein Jubiläum einfallen«, sagte Esther. »Dann beteilige ich dich an Umsatz und Arbeit.«

Sie zog beide Beine an. Eduard sah auf die violetten Ränder des rosigen Schamfleisches. Wie schön das war! Man konnte es einfach so betrachten.

»Sehr zuvorkommend«, sagte er. »Umsatzbeteiligung reicht wie immer völlig aus. Soll ich uns noch einen Espresso machen?«

»Ja, das wäre gut.«

So begann das Jahr mit weiteren Espressi.

Am Tag der Heiligen Drei Könige fuhren Eduard und Esther zum Hochamt in den Dom und gingen anschließend ins Maternus-Haus zum Neujahrsempfang des Kardinals. Es gab Eintopf mit Wursteinlage und Klaren, den sich jeder aus der großen Chromkanne ins Glas goss. Esther machte ein Interview mit dem Dombaumeister und schnitt die markigen Reden führender Katholiken mit. Der Jugendchor der Erzdiözese mit den bezirzenden Zwillingen – eine im Sopran, eine im Alt, aber keiner wusste, welche wo – sang so anrührend DerDomzoKölle, dass selbst der strenge Kardinal ins Schunkeln und der norddeutsche Protestant Eduard ins Grübeln geriet.

Das Jubiläumsjahr der großen Kirche gegenüber McDonalds – ein *Running Gag* – war eröffnet. Esther verschwand schleunigst beim *WDR*, um ihre Eindrücke aufzuschreiben, die markierten Pointen aus der digitalen Aufzeichnung ins System zu überspielen und zur verabredeten Zeit das Stück zu produzieren, das zum *DeutschlandRadio* nach Berlin ging, um in der Kultursendung vor Mitternacht das Publikum zu erfreuen.

Eduard schlenderte über die Domplatte. Skateboards klackerten um ihn herum. Während er den Flugeinlagen der Skateboarder zusah, fühlte er sich etwas steif. Er ging ins Früh, aß einen halven Hahn, trank zwei, drei Kölsch und setzte sich in saumseliger Stimmung in die Straßenbahn. Zwei Minuten später kam ihm ein Gedanke.

»Ich hab ein Jubiläum, Antilope«, sagte Eduard, als die Straßenbahn am Barbarossaplatz aus dem Untergrund ans Tageslicht kam und sein Handy Gesprächsbereitschaft signalisierte.

»Muss ja ein Knaller sein, wenn du mich bei der Arbeit störst«, sagte Esther.

»So ist es«, sagte Eduard. »Wortwörtlich ein Knaller. Im September vor fünfzehn Jahren haben die Russen einen Jumbo von Korean Air Lines abgeschossen. Eine Oper des Kalten Krieges, an die sich keiner mehr erinnert – genau das, was du suchst.«

»Vergiss es, fünfzehn Jahre sind kein Jubiläum«, sagte Esther. »Und jetzt hast du noch zehn Sekunden Zeit, um mir zu sagen, was damals eigentlich los war. Zehn, neun, acht …«

»Flugzeug von Strecke abgekommen, Stop, Ursache unbekannt, Stop«, telegraphierte Eduard. »Die Russen haben Raketen losgelassen und hinterher gesagt, es war ein Spionageflugzeug. Die Flugnummer des Jumbos: 007. Die Russen dachten bestimmt, James Bond ist an Bord. Gab richtig Zoff zwischen Moskau und Washington. Es fielen nämlich eine Menge Amerikaner vom Himmel. Ende und over.«

»Wie viel Tote insgesamt?« fragte Esther.

»Keine Ahnung«, sagte Eduard. »300, 400 vielleicht. Was halt in so nen Jumbo reingeht, abzüglich der leeren Plätze.«

»Klingt spannend«, sagte Esther. »Mit 007 in der Headline braucht man kein Jubiläum, schätze ich. Da reicht wirklich ein Jahrestag. Kümmeremichdrumdankeundtschüs.«

Dieses kleine Vorspiel ging dem Juniabend voraus, an dem mich Eduard aus der Bibliothek der Erzdiözese am Roncalliplatz anrief. Er stöberte für Esther in alter Dom-Literatur. Sie wollte ihre Artikel und Radiostücke zu den Hauptfeiern im August mit Zitaten verzieren, die keine Zeitung in Deutschland jemals gedruckt hatte, was eine Recherche erforderlich machte, die nur Fortgeschrittene erledigen konnten.

»Ich klemm hier noch ne Weile zwischen den Regalen fest«, sagte Eduard. »Kauf du doch bitte schon mal ein. Wir brauchen …«

Als ich das Haus verließ, schoben sich schwere Wolken mit gelb gefärbten Rändern durch den Himmel. Beim Fisch- und Gemüsehändler an der Sülzburgstraße räumten die Verkäuferinnen schon die Auslagen ab. Ich erwischte noch das erwünschte Stück Seeteufel und eine Hand voll Riesengarnelen, deren Bezahlung mein Preis-Leistungs-Verhältnis zerrüttete.

Eduards Wünschen folgend, kaufte ich Kräuter, Knoblauch, Zucchini und ein paar Blattsalate ein. Nun glitt das Geld schon flüssiger durch die Finger. Ich eilte über die Straße, bekam in dem winzigen Laden, der sich auf Spirituosen und Käse spezialisiert hatte, den Fuß in die schließende Tür und erstand als letzter Kunde zwei Flaschen Jahrgangssekt. Es gab im Sonderangebot französischen Rohmilch-Käse, der sich schon unter dem Nachttuch versteckte. Her damit! Aus dem Hundertmarkschein, der sich noch vor Minuten vertrauenswürdig wie fest verzinsliches Wertpapier angefühlt hatte, waren ein paar klimpernde Münzen geworden. So geschah es immer, wenn ich mich den Konsumgewohnheiten von Eduard und Esther anpasste.

Als ich in der Siebengebirgsallee eintraf, war Eduard noch nicht aufgekreuzt. Ich stellte die Einkäufe in der Küche ab und sah mich bei Esther im Arbeitszimmer um. Zwischen Bildschirmen, Leuchtdioden, Displays und fünf aufgeschlagenen Tageszeitungen herrschte die gewohnte Atmosphäre. Man spürte die Gegenwart des *Deutschen Mediums* wie ein großes, metaphysisches Tier. *Ausgewertete, in Ordnung gebrachte Realität.* Esther hatte den Fernseher wie immer eingeschaltet, ohne einen Blick darauf zu werfen. Es störte sie nicht, wenn Menschen und Geräusche um sie herum waren. Sie war fanatisch in ihrer Arbeit vergraben.

Eduards Jubiläumsvorschlag hatte den Raum verändert. An der Wand hing das große Foto eines Jumbojets von Korean Air Lines, das im Scheinwerferlicht eines Flugfeldes aufgenommen worden war. Der weiße Rumpf schimmerte, als wäre er von Glanzlack überzogen. Das charakteristische rotblaue Farbband der Fluggesellschaft verlief in der Höhe der erleuchteten Fensterkette. Am Seitenleitwerk prangte ein stilisierter Vogel.

»Der arme Unglücksflieger«, sagte ich. »Wenigstens betreut jetzt jemand sein Wrack.«

»Ist nur ein Zwilling«, sagte Esther. »Den echten hab ich bisher nicht bekommen.«

An der Wand gab es auch eine Ostasienkarte. Esther hatte die vorgeschriebene Route von KAL-Flug 007 eingezeichnet, der in Anchorage, Alaska, gestartet war. Die gestrichelte Linie führte an Shemya Island vorbei, verlief parallel zu den Kurilen und reichte über Japan hinweg bis nach Seoul. Genau diese Linie war der koreanische Jumbo nicht geflogen, wie leicht zu erkennen war: Neben der vorgeschriebenen Route hatte Esther die abweichende in Signalrot markiert.

Es waren suggestive Linien. Ich wurde in das Unglück hineingezogen. Das weiße Flugzeug, so gab die Karte zu verstehen, war schon kurz nach dem Start bei Bethel in Alaska vom Kurs abgekommen und hatte seine Abweichung über dem Beringmeer vergrößert. Im fernen Osten der Sowjetunion hatte der Flieger Kamtschatka bei Petropawlowsk überquert und war hinter Sachalin, rund 600 Kilometer von der vorgeschriebenen Strecke entfernt, sowjetischen Abfangjägern vor die Raketenschächte geraten. An dieser Stelle zeigte die Karte als Ergebnis des Widerspruchs von Vorschrift und Abweichung ein großes X.

»Warum die Abweichung?« fragte ich. »Wie kann man sich um sechshundert Kilometer verfliegen?«

»Schlechte Frage«, sagte Esther, ohne aufzublicken. »Aber ich kann dir Auszüge aus dem Untersuchungsbericht der Internationalen Zivilluftfahrt-Organisation leihen. Geht runter wie Honig! Man versteht sofort alles!«

Auf dem Tisch lagen Ausdrucke von Esthers E-Mail-Verkehr mit der Boeing Company Inc. in Seattle, Washington. Es ging um die Navigationssysteme und den Autopiloten an Bord des KAL-Flugs, die Waypoints auf der Strecke Anchorage-Seoul und andere technische Details. Mir sagten diese Dinge nichts. Trotzdem war ich gefesselt. Und irgendwann begriff ich, warum: Flug 007 hatte mich fünfzehn Jahre begleitet, allerdings inkognito.

Korean Air Zero Zero Seven ready for Take-off.

Ich sah jenes bedauernswerte Flugzeug wieder, das ich mir während des Kurstreffens bei Gustav Eckstein vorgestellt hatte. Mein Vorstellungsflugzeug war von unbestimmter Farbe, hatte kein Wappen am Leitwerk und glitt hoch über dem Meer durch den dunklen Himmel. In einiger Entfernung blitzte es. Raketen zischten durch die eisige Luft und trafen auf die zarte Aluminiumhaut, hinter der Hunderte von Gesichtern zum letzten Mal erschraken. So hatte ich es gesehen, über die Jahre immer schwächer: Wie ein Flugzeug, das in den Wolken der Zeit entschwindet. Doch hier, in diesem Büro, vor dem Ansturm der Fakten, war mein alter Vogel der Imagination wieder da. Er war niemals endgültig abgestürzt. Wunder der Erinnerung …

»Wie wäre es, wenn du Eduard beim Kochen hilfst?« fragte Esther.

»Okay, bin schon weg«, murmelte ich. »Aber es ist wirklich traumhaft hier. Journalismus ist eine Zeitmaschine …«

Verglichen mit der Zweckmäßigkeit des Arbeitszimmers war die Küche eine Höhle der Anarchie. Es dominierte ein ganz anderer Aggregatzustand des Alltagslebens. Das fing damit an, dass in der Mitte des Raumes eine himbeerrote Archizoom-Lampe hing, die in heiklem Kontrast zur grünen Milchglas-Ästhetik der Einrichtung stand. Es gab herumfliegende Zeitungen, bekleckerte Kochbücher, Speisereste um die Gasflammen des Herds, Wollmäuse am Boden und andere Zeugnisse der geduldeten oder sogar erwünschten Imperfektibilität.

Vor den Fenstern hingen zerzauste Wasserschleier. Die schweren Wolken hatten germanisches Wetter nach Köln gebracht.

»Fünfzehn Jahre, mein Lieber«, sagte ich zu Eduard. »Erinnerst du dich an Regenmachers SS-20-Theater? Und wie wir zum schwarzen Gespenst raufgegangen sind, ohne es zu entdecken?«

»Habe es mir in die Biografie geschrieben«, sagte Eduard. »Gott, war ich schlecht drauf! Wenn es für Erinnerungen Radiergummis gäbe, würde ich den Abend ausradieren.«

»Gibt es aber nicht«, sagte ich. »Immerhin haben wir alle ziemlich begeistert Amphetamine-Nick gesungen.«

»Mein bestes Lied«, sagte er. »Aber Nena ist mit 99Luftballons berühmter geworden als die Neutronen-Gang, muss man heute sagen. Ich glaube, diese Schlampe war keinen Deut besser als wir.«

Eduard joggte mit Esther jede Woche dreimal durch den Beethoven Park und um den Decksteiner Weiher. Trotzdem war unübersehbar, dass er zugenommen hatte. Der weiche Zug im Gesicht stand ihm gut. Die dezente Studiobräune rundete seine naturgegebene Verwegenheit ins Seriöse ab. Sein Körper war muskulös genug, um die Fettschicht in der richtigen Passform zu halten, zumal er sich jetzt oft in feine Stoffe hüllte. Er war «schön bullig« geworden, wie er von sich selbst sagte. Wenn wir abends loszogen, konnte Eduard unter den Frauen aussuchen, die sich mit ihm unterhalten wollten. Mehr als ein Gespräch gewährte Eduard allerdings selbst abgebrühten Ludern nicht, die auf der Toilette ihren BH auszogen.

Oskar Naumann, der die Entwicklung aus weiter Entfernung beobachtete, hatte bereits zu Esther gesagt: »Allerhand, Töchterchen! Ich hätte nicht gedacht, dass du den so schnell zum Haustier dressierst.«

Die Vorbereitungen zum Abendessen kamen voran. Eduard holte ausgedämpfte Kartoffeln aus dem Ofen, gab mir Messer und Gabel und legte die Kartoffelpresse bereit, ein blitzblankes Stück Mechanik. Er schnitt die Zucchini in millimeterdünne Scheiben und erläuterte mir Qualitätsunterschiede beim handelsüblichen Pergament- und Backpapier. Es sollte nämlich folgendes Gericht geben: *Riesengarnelen auf Pesto-Gnocchi in Pergamenttüte.*

Eduard war besessen von Details und gleichzeitig lässig. Er öffnete die besten Kaufhof-Austern wie nebenbei, und wir schlürften sie während der Arbeit. Natürlich vergaß er nicht, auch Esther mit Austern zu versorgen. Vieles erinnerte mich an den Stil Gustav Ecksteins, nur dass Eduard nichts Mondänes und Provokantes an sich hatte. Er hatte Ecksteins Stil kopiert und dabei auf Normalmaß verkleinert.

Im Arbeitszimmer klingelte oft das Telefon. Durch die geöffneten Türen hörten wir die Gespräche, die Esther mal in Deutsch und mal in Englisch führte. Einige Male fiel der Name des russischen MIG-Piloten, Major Gennadij Nikolajewitsch Osipowitsch, den sie in Moskau zum Interview getroffen hatte. Osipowitsch hatte KAL-Flug 007 abgeschossen und war nach wie vor stolz auf seine Tat. Die O-Töne, die ich später zu hören bekam, malten mir das Porträt eines stalinistischen Ungeheuers vor Augen.

Als die Pergamenttüten im Ofen verschwanden, kam Esther gut gelaunt und aufgedreht von ihrer Kommunikationsarbeit in die Küche. Das Essen begann mit einem herben Salat, in dem Ruccola und Radicchio überwogen. Das Honigdressing sorgte aber für wunderbare Harmonie. Wir sprachen über das Domjubiläum, den KAL-Flug, das Kurstreffen vor fünfzehn Jahren und Gustav Eckstein.

»Ich muss diesen Eckstein endlich mal persönlich kennen lernen«, sagte Esther, als Eduard die Seeteufel-Happen in Safransauce auftischte. »Du hältst das Mysterium deines Lebens ja wie hinter Gittern verschlossen.«

»Stimmt nicht«, sagte Eduard. »Nicht ich habe ihn in den Bunker …«

»Außerdem will ich ordnungsgemäß durch die Stadt des

Westfälischen Friedens geführt werden«, fuhr Esther dazwischen. »Jetzt, nach dreihundertfünfzig Jahren, wird es Zeit… Und in Kürze wird das Nussbaum-Museum von Libeskind eröffnet. Wenn ich richtig sehe, verlagert sich das Kulturzentrum Europas gerade in eure Heimatstadt. Also fahren wir hin, und nicht nur für drei Stunden mal kurz von der Autobahn, wie sonst.«

»Ich fürchte, Antilope, dir wird unsere Stadt bei genauerem Kennenlernen nicht imponieren«, sagte Eduard. »Es gibt Unterschiede zu Paris und London, die man kaum verbergen kann. Außerdem ist meine Vergangenheit nicht sehr einladend, wie du weißt. Bittere Jugend, komische Frauengeschichten, Feuerattentat, jede Menge Todfeinde.«

Eduard sprach, wie es ihm am liebsten war: im Modus der Ironie. Er hörte sich souverän an, wenn er so palaverte. Wie mit allen Wassern gewaschen. Ich fragte mich, ob er zufrieden war. Seine Dissertation kam nicht voran, sein Job an der Universität drohte auszulaufen, sein Lebensalter nahm zu, seine Freundin verdiente das Vierfache, seine Hosengröße stieg auf 52…, und er stand trotzdem gut da. Ist das die Lebenslage, in der man ironisch wird? fragte ich mich. Und wann wird man zynisch? Eduard ließ sich Riesengarnelen mitbringen und brachte nicht einmal in Erfahrung, was sie mich gekostet hatten.

»Bewältige du deine Vergangenheit«, sagte Esther zu Eduard. »Ich mach unterdessen ne Reportage über dieses unbekannte Genie, falls sein Buch nach was aussieht. Im Weltkriegsbunker zehn Jahre über Rationalität forschen, aber ein schwarzes Gespenst auf dem Dach haben – das ist doch ein Thema wie gemalt.«

»Jau!« sagte Eduard. »Ne Home-Story über den Privatgelehrten Dr. Eckstein. Die hat dem *Deutschen Medium* wirklich noch gefehlt.«

Als wir die Seeteufel-Happen verputzt hatten, holte Eduard die Pergamenttüten aus dem Ofen. Er riss die Pakete, die er vorher mit verquirltem Eigelb zugeklebt und per Strohhalm aufgeblasen hatte, ritschratsch auf und ließ Duftwolken auf uns los. So etwas hatte ich noch nie erlebt. Mein Lieber! Das Pesto, die Riesengarnelen, die Zucchinischeiben, das Olivenöl – von allem das Beste war in der Duftwolke und wir mittendrin. Eduard grinste, als unsere Komplimente auf ihn niederprasselten.

»Man kocht, um gelobt zu werden«, sagte er. »Man kocht aus denselben Gründen, aus denen man schreibt.«

Später fuhren wir ins Keimaks an der Kurfürstenstraße. Dort kannte Esther viele Menschen, die im *Deutschen Medium* arbeiteten. Mir war vom Einkaufen nur noch ein letzter Fünfer übrig geblieben, den ich in ein Pils investieren wollte. Aber meine Freunde luden die ganze Runde, acht, neun Personen, ohnehin zur Caipirinha ein. Eduard bezahlte mit einem Zweihundertmarkschein, den er aus Esthers gewölbter Gesäßtasche zog.

4

Gustav Ecksteins Gesicht hatte die Farbe von Deckweiß, als er uns einige Wochen später die Tür öffnete. Er trug eine dunkle Anzughose mit restlos ausgesessenen Bügelfalten. Sein sandfarbenes Oberhemd schlackerte wie ein türkischer Kaftan um den ausgemergelten Körper. Die langen Füße steckten in ungeschnürten Turnschuhen von Nike, solchen Plastikskulpturen, die an ihm besonders albern aussahen.

»Kommt rein, Kinder«, sagte er. »Ich habe das Aleph gesehen!«

Seine Augen lagen in dunkel geränderten Höhlen und strahlten rötlich. Er roch nicht sehr raffiniert und trug einen unmodischen Sechs-Tage-Bart. Sein Lächeln war wie von Drogenmissbrauch ins Gesicht gezeichnet. Aber nach 35 000 Stunden Arbeit durfte er natürlich neben der Spur sein. Das sahen wir mühelos ein.

»Ein Verrückter, herrlich!« flüsterte Esther in mein Ohr. »Genies sind oft so. Schau dir diese irren Bewegungen an!«

Katrin Eckstein begrüßte uns freundlich und blieb bei uns stehen, solange sich die Versammlung im Hausflur aufhielt. Man kann nicht sagen, dass sie Gustav ignorierte. Aber sie nahm ihn auch nicht wahr. Es war ein vollkommenes Nebeneinander ohne Berührung und Schnittmenge. Das Verhältnis der beiden hatte etwas Endgültiges, Schematisches. Ins Gute gewendet, ließe sich sagen: Die Eheleute hatten ihren *Modus vivendi* gefunden.

Seit Katrin vor acht Jahren aus Buenos Aires zurückgekommen war und Gustavs Himmelskönigin Solange Continente durch bloßes Am-Flügel-Sitzen in die Flucht geschlagen hatte, bewohnte sie die präsentablen Kernräume des Hauses. Wenn Gustav seine Arbeitsexzesse in der Inneren Immigration beendet hatte, ging er entweder schnurstracks zum Schlafen in die Gartenzimmer oder tauchte für kurze Galaauftritte am Herd in der Küche auf. Beide Eheleute waren zu vernünftig für kindische Zänkereien. Wenn Gustav gekocht hatte und Katrin zufällig dazustieß, setzte sie sich für ein Viertelstündchen an den Tisch und aß ein, zwei Leckereien. Sie sprach Gustav dann auf die Fortschritte der Arbeit an, von der sie keinen blassen Schimmer hatte, und er monologisierte über Automatik, Kombinatorik, Feedback und Thaumaturgie.

Katrin beglich die Wasser- und Stromrechnung bei den Stadtwerken, füllte den Kühlschrank mit Feinkost auf und zahlte jeden Monat von ihrem Gehalt 500 oder 600 Mark aufs Reparaturkonto ein. Das war ihr Input in die Haushaltskasse. Es hatte auch wegen dieser Dinge niemals Streit gegeben, nicht einmal Wortwechsel. Gustav hatte Katrin die Besprechungen mit der Verwaltung der Eckstein-Immobilien und die Kontrolle der Kontostände überlassen, was eine schöne Aufgabe war, da das Vermögen von Monat zu Monat anschwoll.

Der Privatgelehrte Gustav Eckstein selbst brauchte rund 500 Mark pro Woche, um in der Buchhandlung Hypnos seine Bücherrechnungen zu bezahlen. Weitere Ansprüche hatte er seit Jahren nicht mehr, wenn man davon absieht, dass er sich aus dem Kaiserstuhl, Burgund und Bordeaux Wein schicken ließ. Er verbrauchte eine Flasche Wein in zwei Tagen, oder anders: Er trank jeden Abend zwei Gläser. Weil er wenig aß, war er danach entweder selig und bettreif, oder er hatte eine gute Idee.

Katrins Liebesleben war mit dem Tod von Luís Infante zu Ende gegangen – von seichten Sex-Geschichtchen abgesehen, für die sie manchmal einen schmutzigen Witz investierte, wenn wir telefonierten. Zum Zeitpunkt unserer Besuches arbeitete sie im Vertrieb der Papierfabrik Kämmerer. Sie hatte ihre alten Freunde nach der Rückkehr aus Südamerika neu gewonnen und schenkte Marie Eckstein, die stark auf die achtzig zuging und wie eh und je von stabiler Gebrechlichkeit war, den letzten, fernen Geruch von der Welt.

»Marie und ich, wir haben unser Nachleben erreicht«, hatte sie mir gesagt. »Aber ich bin nicht unzufrieden. Glück gibt es nämlich auch außerhalb der Krawallzone der Liebe. Das darf ich mit bald fünfzig hoffentlich sagen, ohne dass du mich für einen Spießer hältst.«

Gustav Eckstein führte uns in den Keller und von dort in die hell erleuchteten Schächte der Inneren Immigration. Esther griff zu ihrer Minolta, fragte um Erlaubnis und begann wie wild zu knipsen. Ich sah in ihren Augen diese samtige Geilheit, die manchen Medienwesen eigen ist. Die langen Räume des Bunkers waren mit Schiffsbodenparkett ausgelegt und mit schmalen, farbenfrohen Kelims verziert. Ecksteins Arbeitsbibliothek von drei-, viertausend Bänden und einige hundert Leitz-Ordner füllten die Regale an der Seite des linken Schachtes.

An der Wand gegenüber hingen zwei Sorten gerahmter Fotos. In der Familiengalerie sah man Schattauers Hof in Kleinbärengrund, Hermann und Marie vor dem Rheingold-Express, unsere Heimatstadt als Trümmerwüste, Frieda Schattauer an Gustavs achtem Geburtstag undsoweiter. Später verstand ich, dass dieses die Bildergalerie zu den genealogischen Aufzeichnungen war.

In der zweiten Galerie hingen wissenschaftliche Schaubilder, zum Beispiel bezüglich der Geometrie von Kugel, Kreis und Doppelkegel. Es gab eine Abbildung der *Imago Creationis* von Leibniz und ein Faksimile von Leibniz-Skizzen zu der später berühmten Rechenmaschine. Ich entdeckte Pascals Arithmetisches Dreieck, verschiedene Flussdiagramme und ein Foto der Bernini-Gruppe *Apollo und Daphne*, das aus der Reihe fiel. Eckstein erklärte, dass sämtliche Motive der zweiten Galerie in seinem Werk erscheinen würden, wenn es erscheinen würde.

Am Ende des Schachts stand ein großer, altmodischer Schreibtisch. Bücher stapelten sich im Halbkreis wie die Ränge eines Amphitheaters. Es waren Hunderte von Büchern, teils sichtbar zerlesen: Werkzeuge der Manie. Auf der Bühne des Buchtheaters stand ein schlankes Notebook. Eckstein trat heran und klickte durch zehn Dokumente, die jeweils fünfzig bis achtzig Textseiten seines Opus eximium enthielten.

Natürlich konnten wir in wenigen Minuten nicht erkennen, ob er ein Werk des Wahnsinns oder eine Qualitätsarbeit vollbracht hatte. Beides schien immerhin möglich und in diesem Fall vielleicht sogar dasselbe zu sein. Die Dichte des Textgewebes war undurchdringlich. Jeder noch so kleine Absatz widerstand der raschen Lektüre. Man verstand auf Anhieb rein gar nichts. Die mäandernden Sätze kratzten ständig an der Grenze der Grammatikalität.

Ich zog mir einen Stuhl heran. Die Ausführungen unseres *tigerthieres* (ein Wort, das meine Augen irgendwo aufschnappten) sprangen von mathematischen Beweisen zu philosophischen Theoremen und von physiologischen Beobachtungen zu physikalischen Gesetzen, durchwanderten die metallischen Eingeweide vor Jahrhunderten gebauter Rechenmaschinen und die Gedankengänge genauso alter, aber ungebauter Papiermaschinen und nahmen die gesamte Poeterey und Romankunst der Barockzeit bis zu Goethes *Wilhelm Meister* in sich auf.

Das Werk ist nur der erste Teil, dachte ich bestürzt, als ich das Ende des *Exodiums* überflog. Eckstein müsste noch weitere 35 000 Stunden arbeiten, um ein zweites Buch zu schreiben, das von Goethe bis in die Gegenwart reichte. Er war immer noch nicht fertig!

Der Gedankenorganismus, den Eckstein zum Leben erweckt hatte, verdaute schriftliche Quellen, Formeln und Zeichenmaterial in stupenden Größenordnungen. Und was wurde bewiesen und gezeigt? Es ist kaum rasch auszudrücken. Eckstein ließ ausschließlich das Archiv der vergangenen Jahrhunderte sprechen und vergönnte sich niemals ein simples Resümee, das man wie Zeitungsmeldungen hätte wegfrühstücken können. Man musste *alles* lesen, dann war man im Besitz des Wissens, das hier in Ordnung gebracht worden war.

Aber wir leben im Zeitalter der Pointe, das ist das wenigste, was man von der Gegenwart behaupten kann. Hier also mein Versuch, den möglichen Hauptsinn von Ecksteins Werk in eine nicht neuartige, aber vielleicht denkwürdige These zu fassen: Die Rationalität auf dem Planeten Erde ist nie nur ein Eigentum der Menschen gewesen, sondern lag immer auch in den Handwerkszeugen, Gerätschaften und technischen Apparaturen, oder, wie man mit Adalbert Stifter zuspitzen könnte, in den Dingen selbst und den Gesetzen, von denen die Dinge sichtbar und unsichtbar regiert werden.

35 000 Stunden Arbeit dafür.

Ecksteins fast zornige Überzeugung, etwas Nie-Dagewesenes geleistet zu haben, das nun vor der Vollendung stand, tobte sich über uns aus wie ein Sommergewitter. Er riss uns in einen Begeisterungstaumel, während er Seiten anklickte, Schaubilder erläuterte und Zitate zitierte. Die Rationalität, die das Werk hervorgebracht, in es eingegangen und durch es zur Darstellung gekommen war, wurde sinnlich und wir erschauerten in der eigentümlichen Ästhetik des Augenblicks. Eckstein entging nicht, dass wir richtig durchgeschüttelt wurden.

»Ihr wisst es doch längst!« sagte er. »Ich hab es im Rhetorikkurs ohne Ende gepredigt: Es sind immer noch Worte und im Grunde nie etwas anderes als Worte gewesen, die Geist und Materie und Verstand und Triebe ineinander umschlagen lassen.«

Esther wechselte rasch den zweiten gegen den dritten Film. Auf den Fotos glich Eckstein den tanzenden Meistern orientalischer Derwischorden, und wir waren seine Jünger.

»Heiße Geschichte hier unten!« rief Esther.

»Hör genau hin, mein Lieber«, sagte Eduard zu Eckstein und klopfte ihm auf die Schulter. »Die Journalistin Esther Naumann hat kein größeres Lob zu verteilen.«

»Ehre, wem Ehre gebührt«, sagte Esther.

»Vielen Dank«, verbeugte sich Eckstein. »Kennt jemand die Telefonnummer eines Verlags, der das Monstrum spätestens nächste Woche drucken will?«

»Ich werde Ihnen helfen«, antwortete Esther. »Keine Sorge, Qualität kommt immer noch durch. Man sollte es nicht glauben, aber es ist so.«

Wir gingen in die Küche, um Kaffee zu trinken. Eckstein hantierte am Herd und bekleckerte beim Aufschäumen der Milch sein Hemd. Er machte sich nicht einmal die Mühe, den Flecken auszuwischen. Er redete weiter, immer weiter. Er hatte nicht nur jede Zeile seines Werkes auswendig parat, sondern auch die gesamte Sekundärliteratur, wie man in diesem Sturm zu glauben gezwungen wurde.

Ecksteins Rede, die zunächst wie eine haarsträubende Raserei der Einzelheiten geklungen hatte, bekam festen Charakter. Er war in einem Stadium angelangt, in dem er das komplexe Material zu etwas Poetischem verwandeln konnte …, so wie Jean Tinguely aus ungefügigen Metallteilen, Schrauben und Kabeln reizende Skulpturen machte. Die 35 000 Stunden Arbeit kamen mir plötzlich läppisch vor. Eigentlich war das Pensum knapp bemessen bei so einem Output.

Von Eduard erfuhr ich hinterher, dass Esther am Abend glänzende Laune gehabt hatte. »Unser Besuch hat sich schon gelohnt«, sagte sie zu Eduard während der Fahrt in den Schinkel. Sie eroberte die Herzen der alten Mantheys und schnurrte durch die beengte Wohnung an der Wesereschstraße, ohne ein einziges Mal ihr Schnittchengesicht zu ziehen, wie mir Eduard versicherte.

Beim Abendessen tischte Dietlinde Rindsrouladen mit Rotkohl und Klößen auf, ein Gericht, das sie seit Jahrzehnten zu besonderen Anlässen servierte. Gotthilf D. sagte lange Zeit nichts. Er nahm immer weniger Anteil am öffentlichen Leben. Er las keine Zeitung mehr und sah kein Fernsehen. Er war für das *Deutsche Medium* längst verloren und zurück in seiner Welt. Im Garten brauchte Eduards Vater bei der Pflege der Rosen, Orchideen, Obstbäume und Zierhecken immer häufiger Hilfe. Das Heben größerer Lasten als Harke oder Heckenschere hatte ihm der Arzt verboten. Gotthilf D. fuhr kein Fahrrad mehr. »Es ist Zeit zu gehen«, hatte er zu Dietlinde gesagt.

Als Dietlinde auf alle Teller – bis auf den ihres Mannes – die zweite Rindsroulade legte und sich darüber freute, dass Eduard und seine hübsche Freundin guten Appetit hatten, wandte sich Gotthilf D. an Esther.

»Haben Sie bei Ihrem Besuch Marie Eckstein gesehen?« fragte er. »War sie irgendwo zu bemerken?«

»Wir waren nur im Bunker und in der Küche«, sagte Esther. »Dort ist niemand gewesen außer uns und Katrin Eckstein.«

»Ach so«, sagte Gotthilf D.

»Aber ich weiß natürlich, dass auf dem Dachboden das schwarze Gespenst haust«, sagte Esther. »Eduard und Andreas haben die Geschichte oft erzählt. Ich glaube, das schwarze Gespenst ist schon richtig berühmt.«

»Finden Sie, man sollte einen Menschen wie Marie Eckstein schwarzes Gespenst nennen?« fragte Gotthilf D.

Etwas Heißes lief Esther über das Rückgrat. Sie war irritiert vom strengen Ton, den Gotthilf D. angeschlagen hatte.

»Entschuldigung«, sagte Esther. »Eduard und Andreas nennen Marie Eckstein häufig so. Es ist nicht böse gemeint.«

»Ich weiß«, sagte Gotthilf D. »Aber das macht den Ausdruck nicht besser.«

»Ich kann Marie Eckstein gern Marie Eckstein nennen«, sagte Esther. »Das ist kein Problem für mich.«

Seit wann kümmern sich Väter um die Mütter der Lehrer ihrer Söhne? dachte sie.

Am Samstag fuhren Esther und Eduard nach dem Frühstück zu Guido Flock, dem studierten Informatiker. Guido hatte seine Akne nicht verloren, er wurde weiter Ziege II gerufen. Aber er war zu Geld gekommen und hatte eine Schraube locker. In seinem Wohnzimmer standen zwei riesige Boxen für zusammen 18 000 Mark, die mit Klavierlack oder irgendeiner anderen hoch empfindlichen Tinktur gestrichen waren. Als Esther sie anfasste, flippte Guido aus. Er behauptete, die 1/100- oder 1/1000-Millimeter-Rillen, die beim Auflegen einer Hand auf den Lack entstehen mochten, würden die Klangqualität mindern.

Esther verkniff sich mühevoll, den Boxenlack mit Guidos Gesichtshaut zu vergleichen.

»Ist das dein Freund?« fragte sie Eduard.

»Kommt Kinder, macht Frieden«, antwortete er.

»Keiner fasst meine Boxen an«, befahl Guido.

»Also, Guido«, sagte Eduard. »Wir vergessen jetzt mal deine geile Anlage und du erklärst uns, warum 007 vom Weg abgekommen ist. Das hast du schließlich versprochen, und deshalb sind wir hier.«

»Mach ich gern«, sagte Guido. »Aber keiner fasst meine Boxen an!«

Esther rollte mit den Augen. Sie packte ein Kilo Abschuss-Material und die entscheidenden Passagen des Untersuchungsberichtes der Internationalen Zivilluftfahrt-Organisation aus. Guido blätterte eine Stunde hin und her, pfiff bedeutungsvoll durch die Zähne, dann konnte er Auskunft geben. Esther zückte ihr Mikrofon, um die kratzige, ungeübte Stimme unseres alten Freundes für das *Deutsche Medium* zu gewinnen.

Nach fünfzehn Jahren löste sich also das Rätsel. Der Grund für die tödliche Abweichung von KAL-Flug 007 wurde bald größeren Kreisen der deutschen Öffentlichkeit bekannt. Entscheidend für das Unglück war ein winziges Versehen des 007-Flugkapitäns Chun Byung-in gewesen, eines ehemaligen Majors der Luftwaffe, der schon Jahre vor dem Vorfall das Regierungsflugzeug des koreanischen Präsidenten gelenkt hatte und zu den Besten in seinem Job gehörte.

Der Drehschalter auf der Mittelkonsole des Jumbojets kannte drei Funktionen: *Alles aus – Autopilot ein/INS-Kontrolle aus – Autopilot ein/INS-Kontrolle ein.* Chun Byung-in vergaß am 1. September 1983 um 4.02 Uhr und 13 Sekunden – das Flugzeug hatte abgehoben und vom Tower die Order erhalten, auf Kurs Bethel zu gehen – den Autopiloten mit den drei Litton-INS-Navigationssystemen zu koppeln, die in dem schuhkartongroßen *Main Electric Compartement* unter dem Kabinenboden untergebracht waren. Das heißt: Er wählte Stellung 2 statt Stellung 3. That's it! Der Autopilot steuerte im Folgenden das Flugzeug auf der Luftlinie von Anchorage nach Seoul. Aber unterwegs war Sperrgebiet. *Man hätte südlich der Luftlinie fliegen müssen.*

Während Guidos Ausführungen klingelte Eduards Handy.

»Eckstein«, sagte Eduard. »Was verschafft uns die Ehre?«

»Macht ihr vielleicht einen Spaziergang durch die Stadt?« fragte Eckstein. »Ich könnte auch mal wieder spazieren gehen.«

»Kann man sich vorstellen nach zehn Jahren«, antwortete Eduard. »Wir sind hier gleich fertig. Und was glaubst du, steht seit Wochen auf Esthers Programm? … Genau! Ein Stadtspaziergang.«

So kam es, dass Eckstein an diesem Samstagnachmittag unter den freien Himmel und in die Welt zurückkehrte. Ziege II und Esther hatten sich mittlerweile vertragen. Sie hatte ihm erlaubt mitzukommen, und auch ich erhielt einen Anruf, der mich im Wohnzimmer meiner Eltern erreichte.

Wir trafen uns am Justus-Möser-Denkmal auf der Großen Domsfreiheit. Die Luft war feucht und heiß. Der Dom sah auch in dieser Stunde präsentabel aus, aber er war lange nicht in bester Verfassung. Das künstlerisch unbegabte Mittagslicht klebte wie Béchamelsauce an den Steinen. Folgerichtig war von den tausend Farben, die in ihnen ruhten, nichts zu sehen.

Ecksteins Gesicht war kalkig und sein Haar ergraut. Man sah, dass sein sechstes Lebensjahrzehnt angebrochen war. Aber er hatte sich frisch rasiert und wieder einen dieser Cary-Grant-Anzüge angezogen. Seine schwarzen Schuhe glänzten. Der Kragen des hellen Hemdes lag lässig über dem Revers. Eine Sonnenbrille blinzelte aus der Sakkotasche. Ich vermute, nach zehn Jahren Gefängnis hätte er nicht anders ausgesehen – ein Mann auf der Suche nach seiner Rolle in einer neuen Welt.

»Tatsächlich, die Sonne wärmt«, spottete Eckstein. »Es ist wie früher. Ja, ich erinnere mich. Wir nannten solche Tage schwül. Versteht das heute noch jemand?«

»Sehr witzig«, sagte Eduard. »Eckstein, wir haben einen Job. Esther will was sehen von unserer Stadt.«

»Nichts leichter als das«, antwortete Eckstein. »Journalisten interessieren sich. Das ist ihre Aufgabe, wie ich gestern mit Vergnügen gemerkt habe.«

»Aber sie wissen bereits alles«, sagte Eduard. »Journalisten sind anspruchsvoll und nörgeln viel.«

»Nun lass doch mal«, sagte Esther.

»Wir stehen in Blut«, sagte Eckstein. »So muss jede Führung in dieser Stadt beginnen.«

»Wie bitte?« fragte Esther.

»Auch die Stadt des Westfälischen Friedens ist ein Kind des Krieges«, sagte Eckstein. »Das Karlgymnasium ist auf den Knochen der Heiden gebaut, die Karls Heere hier erschlagen haben. Man denkt nicht mehr daran. Aber wenn man daran denkt, dass der Boden hier mit Blut getränkt war, ist es unheimlich, oder?«

Esther ließ sich einwickeln von Ecksteins bizarrer Stadtführung, und Eduard sah's mit Freuden. Er hatte gefürchtet, seine Heimat zu verlieren, wenn Esther ihr Schnittchengesicht zöge. Wir machten die gewohnte Runde und kamen bald zum Marktplatz, wo die Marienkirche mit dem Brautportal das Gespräch wie von selbst auf Marie und Hermann Eckstein lenkte.

»Wenn ich mal kurz zusammenfassen darf«, wandte sich Esther nach einer Weile an Eckstein. »Marie Eckstein war mit Hermann Eckstein verheiratet, aber Hermann Eckstein ist nicht Ihr Vater – sehe ich das richtig?«

»Vollkommen«, sagte Eckstein. »Ich heiße mit Zweitnamen Hermann, weil ich Hermanns Sohn sein sollte, wie man mir bei der Geburt sagte, hihi. Ich bin es aber nicht, und deshalb ist mein erster Name Gustav.«

»Sein Vater heißt Danni«, sagte Eduard. »Er ist irgendwo in der Geschichte verschollen.«

»Das ist spannend«, sagte Esther. »Verschollene muss man suchen.«

»Ach, wissen Sie«, sagte Eckstein. »Manchmal findet sich alles von selbst.«

Wir gingen durch die Altstadt, bestiegen das Hegertor und besichtigten die Außenhaut des neuen Nussbaum-Anbaus am Kulturhistorischen Museum. Das erste Werk des Architekten Daniel Libeskind war ein nackter, fensterloser Keil, der an der Schauseite nichts anderes zeigte als eine Betonwand mit den typischen Fensterblitzen.

»Schrecklich«, sagte Guido.

»Übler Metaphernkitsch«, sagte Esther.

»Ohne Holocaust sicherlich«, widersprach Eckstein. »Aber mit ...«

Plötzlich saßen wir in der Reuefalle. *Die Verbrechen der Deutschen. Unsere Verbrechen.* Das Allgemein-Schreckliche der deutschen Geschichte kam zur Sprache. Weil es an Pest, Blattern, Krieg und Folterungen in der Stadt keinen Mangel gehabt hatte, blieb der Ton getragen, während wir die Horrorstationen abliefen. Im Hexenturm am Herrenteichstor zum Beispiel hatten die Toverschen, die man der Zauberei beschuldigte, ihre letzten Tage verbracht, bevor man sie auf Scheiterhaufen verbrannte. Andere Toversche hatte man beim Karlgymnasium in der Hase gebadet, wie der Fachausdruck hieß, und ihnen vorher den rechten Daumen an die linke große Zehe und den linken Daumen an die rechte große Zehe gebunden.

Eckstein wusste am meisten, redete am meisten und tat es stets in lateinischer Klarheit, aber heute höre ich auch den Mandolinenklang, der allmählich durch seine Stimme drang.

Esther machte uns auf die Wucherungen der Natur aufmerksam, die wir vielleicht aus Gewohnheit übersehen hatten. Es gab sie überall in der Stadt. In den Rabatten um den künstlichen Wasserfall am Ledenhof griffen Zierpflanzen unkontrolliert über die Begrenzungen hinaus und gierten wie Karnivore über die Gehwege. Am Schloss war ein von Blüten überschütteter Blumenbottich geplatzt. Durch den Spalt des Tongefäßes schlangen sich Wurzeln in die Luft. Die Kastanienallee auf dem Herrenteichswall hatte sich zu einem atmenden Wald verdichtet. Der Haseflügel des Karlgymnasiums war hinter den Bepflanzungen kaum zu erkennen. Wirklich, es wucherte. Esther hatte Recht.

Sie war schließlich zufrieden mit dem Ausflug und fasste ihr Urteil in die schöne Bemerkung, es gebe »etwas Italienisches« an unserer Stadt. Eduard, der ein wahrer Lokalpatriot seiner Heimatstadt geworden war, seit er in Köln wohnte, hörte es mit Grinsen.

Als wir zum Ausgangspunkt zurückkehrten, war die Frühabendsonne auf der Höhe ihrer Kunst. Nun ließ sie die Rost-, Ocker-, Falb- und Hauttöne frei, die das Mittagslicht im Sandstein des Doms gefangen gehalten hatte. Selbst Adern von blassem Lindgrün konnte man entdecken. Ein anziehenderes Farbenspiel hatte ich selten gesehen. Wir gingen nahe heran und strichen über die Steine.

»Kommt, Männer«, sagte Esther und zog uns an den Ärmeln. »Jetzt will ich dieses Prachtstück auch noch von innen sehen.«

»Introibo ad altare dei«, konvertierte Eckstein, als wir durch das Querhaus in die Dunkelheit traten und zum Triumphkreuz blickten. Da zeigte sich erneut, was der Katholizismus wert ist. Ohne einen Augenblick zu zögern, setzte

Esther das alte Stufengebet mit Ministrantenstimme fort: »Ad Deum qui laetificat juventutem meam.«

Wochen später, am Vorabend des großen Kölner Dom-Feiertags, kam Gustav Eckstein im neuen Jaguar XJ nach Köln gefahren: acht Zylinder, vier Liter Hubraum. Wow! In deutschen Autozeitschriften hatte ich das hämische Lob gelesen: »Bester Jaguar aller Zeiten«. Die Farbe des Wagens war Augensalbe. Der Hersteller nannte sie carnevalrot.

Eckstein trug ein gesundes Braun im Gesicht, als er an der Siebengebirgsallee aus dem Wagen stieg. Das Sonnenstudio und die Spaziergänge hatten Wirkung erzielt. Sein grauer Anzug war von Brioni. Wieder einmal hatte er ein rosa Hemd gewählt. Seine Haltung war selbstbewusst, seine Bewegungen vornehm, die Witze klappten. Ich fragte mich: Wie oft kann ein Mensch auferstehen? Wir fuhren in die Stadt und stellten den Jaguar in der Tiefgarage unter der Philharmonie ab.

An der Fassade des Kölner Doms wehte die Fahne des Vatikans auf gleicher Höhe mit der Fahne des Erzbistums. Kaum waren wir angekommen, gab es Tumulte. Während Erzbischof Joachim Kardinal Meisner mit dem päpstlichen Legaten Angelo Kardinal Sodano und Würdenträgern aus vier Kontinenten in einer langen Schlange in den feierlich leeren Raum einzuziehen begann, riss das Volk die Herrschaft an sich und stürmte los. Die Polizisten am Hauptportal griffen erschrocken nach Pistolen und Funkgeräten. Dann räumten sie die Stellung. Die kopflose Schlange der Klerikalen blieb bis zuletzt außen vor, überrannt von der katholischen Begeisterung ihrer Herde.

Wir vier erkämpften uns drei der begehrten Plätze und saßen wie ein Körper in der alten Kathedrale. Vor den Fenstern verdämmerte das Abendlicht. Das Flackern des Kerzenkranzes am Triforium erhellte und verdunkelte den hoch gewölbten Raum. Die schummerigen Halbschatten und die Formen der gotischen Architektur waren füreinander geschaffen.

»Tja«, sagte Esther. »Kölns Gottesbeweis ist aus Stein.«

»Schön, schön«, scherzte Eckstein. »Dass ich das noch sehen darf.«

Mir ist in Erinnerung geblieben, dass der Kölner Kardinal den braunen Thronsessel am Vierungspfeiler für den Legaten aus Rom geräumt hatte. Auch Johannes Paul II. höchst persönlich hätte diesen Sessel bekommen, wenn er nicht malade im Vatikan geblieben wäre.

»Ich habe im Gegensatz zu Norbert Blüm viel Arbeit, aber wenig Arbeiter«, kalauerte Kardinal Meisner.

Die Gläubigen lachten. In ihrer gehobenen Stimmung hätten sie wohl auch bei noch viel prickelnderen Witzen gelacht.

Nachher hörten wir dem Dombaumeister zu. Er stand vor der Kathedrale auf einem Balkon, zeigte lehrreiche Dias und erklärte im Ton eines Propheten, warum der Kölner Dom das ewig gültige *Summum bonum* der mittelalterlichen Architektur sei. Die Tröten der Fußballfans, die aus dem Müngersdorfer Stadion zum Bahnhof zogen, störten und unterstrichen den erhabenen Augenblick. Es war das letzte Dienstjahr des liebenswürdigen Dombaumeisters.

Wir gingen ins Früh und aßen zünftige Regionalküche, was meine Freunde zu einigen Zugeständnissen zwang. Weil Eckstein eine Kiste St. Emilion im Kofferraum hatte, zogen wir nicht durch die Kneipen, sondern fuhren an die Siebengebirgsallee zurück. Eduard war nach dem dritten Glas bedient und zog ab. Er hätte ohnehin nicht viel zu sagen gehabt. Esther und Eckstein bestimmten Themen und Tempo. Sie ergänzten sich prima.

Esther war Literaturagentin aus Leidenschaft geworden. Sie hatte vorgefühlt, welcher Verlag sich mit Ecksteins zweifellos unlesbarem, aber epochalem Buch über die Rationalität schmücken wollte. Sie kannte nun Lektoren bei Suhrkamp, Campus, Beck, Fischer usw. Sie hatte bei der Fördergesellschaft wissenschaftlicher Neuvorhaben mbH die vorläufige Zusage für einen fünfstelligen Druckkostenvorschuss erwirkt. Ecksteins Zukunft glitt durch ihre Hände.

»Eckstein«, sagte ich. »Wie ist das, wenn man mit zweiundfünfzig am Ziel seiner Träume ankommt?«

»Langsam«, sagte er. »Noch ist nichts gedruckt. Wenn es allerdings so weit kommt, ist meine Mission beendet.«

»Von wegen, Gustav«, sagte Esther. »Du wirst Vorträge halten, von Paris bis Sydney. Du wirst gezwungen sein, dich verständlich zu machen. Du wirst ein Vorzeigepferd im Kongresszirkus. Wir werden alle stolz auf dich sein.«

»Ja, vielleicht«, sagte Eckstein.

Obwohl wir ordentlich Wein intus hatten und meine Laune nach leichter Unterhaltung war, blieben Esther und Eckstein auch nach Mitternacht ins Buchprojekt vertieft. Als schon die vierte oder fünfte Flasche offen war, zogen wir, Eduards unbekümmertes Schnarchen im Ohr, ins Arbeitszimmer um. Die neueste Fassung von Ecksteins Werk einschließlich 37 Seiten Literaturverzeichnis war längst auf Esthers Festplatte. Als ich gegen halb zwei das Haus verließ, hockten die beiden über der Reproduktion einer Rechenmaschinen-Skizze von Leibniz. Eben diese Skizze sollte den Einband des Meisterwerks schmücken.

Am nächsten Morgen war der Dom weiträumig abgesperrt. »Wie zur Sprengung«, witzelte der ausgeschlafene Eduard. Menschenmassen ohne Eintrittskarten standen hinter den rotweißen Bändern. Esther ging zu den Journalisten, die das südliche Querhaus für sich hatten. Sie trug unter dem Arm eine überregionale Zeitung, in deren Wochenendbeilage ihr Jubiläumsartikel auf Seite eins stand. Unsere Karten reichten für einen Stehplatz unweit der Vierung. Eckstein trug einen dunkelbraunen Anzug. Sein Hemd war gelb, die Krawatte toskanagrün.

Es gab unfromme Drängeleien. *WDR*-Scheinwerfer grillten die Masse. Selten war der Kölner Dom so hässlich wie im rücksichtslosen Licht der Live-Übertragung. Der Zauber des vorigen Abends war wie weggebrannt.

Michail Gorbatschow, der Löwe der deutschen Politpartys, und sein Freund, der deutsche Bundeskanzler, trafen mit einer Schar von Prominenten ein. Es gelang Eduard durch geduldiges Hinüberstarren, ein Aufflackern des Wiedererkennens im Gesicht von Helmut Kohl zu erzeugen.

»Seht ihr«, sagte er, »wir sind immer noch Freunde, der Kanzler und ich.«

Über lange Strecken verlief der Festgottesdienst unauffällig. Kardinal Meisner empfing die Gaben der Diözese am Altar und stemmte ein Faß Kölsch in die Kameras. Der Legat des Papstes predigte betulich. Aber am Ende, als die gequetschte Gemeinde *Großer Gott, wir loben dich* sang, passierte etwas Denkwürdiges und Unerklärliches. Plötzlich, auf dem Übergang von der zweiten zur dritten im Programm ausgedruckten Strophe, verstummte die Orgel. Die offenen Münder von Tausenden, bereit, begierig und beseelt, *Sieh dein Volk in Gnaden an* zu singen, wenn schon nicht die acht weiteren Strophen, blieben stumm und offen stehen.

Es war ein entsetzliches Schweigen, das aus den Mündern kam. Ungezählte Augenpaare liefen zur neuen Schwalbennestorgel hinauf, an der Domorganist Clemens Ganz sein Werk eingestellt hatte. Aber nichts geschah.

Der Jubiläumsgottesdienst war so unvollendet geblieben wie die Kathedrale im Mittelalter. Keiner wusste, warum.

Vielleicht lag es daran, dass der *Westdeutsche Rundfunk* seine Übertragung beendet hatte. Was sollte man noch weiter feiern? Alle konnten nach Hause gehen.

5

Drei Jahre vor der Sonnenfinsternis, bei der Marie Eckstein ihr Augenlicht verlor, erklärte der kleine Gustav den Hof hinter dem Haus an der Buerschen Straße zu seinem Königreich. Es war die Zeit der ersten Knospen, als er sich in Biggi Henning verliebte, das Zopfmädchen, das ihn als bunter Wirbelwind immer schon begleitet hatte, seit sein Bewusstsein entflammt war.

Biggi wohnte mit ihren Eltern und Willy dem Säugling im Erdgeschoss. Sie trug seit ihrem dritten Geburtstag eine Kette mit hohlen Walnüssen um den Hals, die in den Farben des Regenbogens angestrichen waren, heißt es in den Aufzeichnungen. Wenn Biggi durchs Treppenhaus nach oben zu kraxeln begann, um ihren Verehrer zum Spielen zu besuchen, ging das Klappern der Walnüsse ihrem Eintreffen lange voraus. Gustav, der vom winzigen Flur oft nach den Geräuschen des Hausbetriebs hinauslauschte, öffnete dann die Wohnungstür und blickte durch die Eisenstreben des Geländers hinab, um das Auftauchen seiner tolpatschigen Freundin zu beobachten, deren plumpe Beinchen noch viel Mühe mit der Höhe der Stufen hatten.

Gustav war glücklich, wenn Biggi in dem bescheidenen Obst- und Gemüsegarten, zu dem sich der Hof öffnete, barfuß um ihn herumlief, mit ihren winzigen Zehen konfuse Muster in den Sand zwischen die Beete malte und ihr Pausbackengesicht ihn anlächelte. Es war ein Glück, das manchmal sogar seine Liebe zu Frieda überstrahlte. Wenn er von Biggi geträumt hatte, pochte nach dem Erwachen sein Gewissen, und er fragte sich, ob er seiner Tante in der Undurchdringlichkeit der Nacht untreu geworden war. Denn dass man mehr als einen Menschen lieben konnte, erschien dem kleinen Gustav noch unwahrscheinlich. Er liebte ja eigentlich nur Tante Frieda.

Jemand hatte an dem stärksten Ast der Kirsche im Garten zwei Metallringe befestigt, raue Stricke hindurchgezogen und drei Handbreit über dem Boden eine geschmirgelte Holzplatte festgeknotet, die nach Gustavs Erinnerung immer schon rußschwarz gewesen war. Die abergläubische Liese Henning hielt die primitive Schaukel für einen Glücksbringer. »Du siehst doch, dass sich kein Feuer an die Stricke gewagt hat«, sagte sie zu Gustav. »Und ich sage dir, fünf Meter weiter ist alles verbrannt.« Gustav nahm Lieses Worte für bare Münze und quetschte sich mit Biggi umso lieber auf die Kriegsschaukel. Nachmittagelang schaukelten sie durch den Sonnenschein. *Wupp, wupp, wupp.*

Wenn Gustav allein auf der Schaukel saß und Biggi auf bloßen Verdacht hin durch das gardinenverhangene Wohnzimmerfenster der Hennings zuwinkte, riss sie vom Kaffeetisch der Erwachsenen aus und brachte ihm in der kleinen Höhle ihrer Hand einen Schwupps Schlagsahne, einen Brocken Marmorkuchen oder andere Leckereien mit. Wenn er im Gras lag und in den Himmel schaute, ließ Biggi Sand und kleine Steine zwischen ihren Fingern auf seine Beine herabrieseln. Wenn er Biggi unter Einsatz seines Lebens Kirschen vom Baum holte, schaute sie mit angstvollen und stolzen Knopfaugen zu ihm herauf. War er wieder sicher am Boden, stopften sie sich mit den Früchten gegenseitig die Schnäbel und liefen tagelang mit rotschwarzen Karnevalsmasken herum.

An einem unvergleichlichen Sommerabend, während Gustav auf der Schaukel leise hin- und herschwang und die graue Katze Pisa nach seinen Füßen sprang, trat Biggi mal wieder in voller Blöße aus dem Wohnzimmer der Hennings und stapfte ziellos durch das Labyrinth der Laken und Bezüge, die im Hof zum Trocknen an den Leinen hingen. Der Anblick ihrer fülligen Arme, ihrer weißen X-Beine und ihres Bauches mit dem tiefen Nabelloch brachte Gustav auf die Idee, von der Schaukel abzuspringen und sich zwischen der Bettwäsche näher an Biggi heranzupirschen, bis er sie fast berührte, statt, wie zuvor nicht selten, nach oben zum Klo zu laufen und mit dem pulsierenden Fleischknäuel zwischen seinen Beinen zu spielen.

Je länger der kleine Gustav an seiner Freundin Biggi herabblickte, umso klarer durchschaute er die Verbindungen zwischen seinen erhitzten Gefühlen und ihrem Engelskörper. Er erfand Doktorspiele, zu denen sich Biggi für den Rest des Sommers, wann immer es warm genug war, hinter den Stachelbeersträuchern entkleidete. So lernte er jede Falte ihres wabbeligen, rosa duftenden Leibes kennen. Er selbst zog sich auch manchmal aus, um sich sorgfältig untersuchen und behandeln zu lassen. Biggi forschte dann mit ihren Patschhänden nach den Ursachen erdichteter Krankheiten und legte ihre Kringelohren an seinen Bauch, um das brummende Innere auszuhorchen. An besonderen Tagen leckte sie alle verdächtigen Partien mit ihrer kleinen, klebrigen Zunge gesund.

Dieses war sein Königreich, und ich frage mich bis heute, ob es nicht in der Phantasie lag.

Der licht- und rauschsüchtige, von Geburt an sexuell begierige Gustav verteidigte sein Reich mit Klauen und Zähnen. Doch seine kindliche Lust auf Schönheit und Geborgenheit war nur stundenweise stark genug, um gegen die Niedergeschlagenheit anzukommen, die seine Mutter zum Sinn ihres Lebens machte und auf alle Verhältnisse wie Mehltau übertrug.

Während der Königreichzeit ihres Sohnes vertrieb Marie Eckstein die Helligkeit aus ihrem Alltag. Kaum jemand sah das so genau wie der kleine, zu einem hübschen Kind heranwachsende Gustav. Er hatte das Gefühl, dass es überhaupt keiner merkte, nicht einmal die geliebte Tante Frieda. Und doch waren seine Beobachtungen untrüglich, zum Beispiel, was die Kleidung anging. Maries Kleider wurden in den zwei, drei Jahren der kindlichen Ewigkeit, die sein Bewusstsein bereits festhielt, immer unansehnlicher.

Bei den anderen Frauen im Haus an der Buerschen Straße war es umgekehrt, sogar bei der zänkischen Hexe Agatha Reimer aus dem zweiten Stock, die ihre Tage an der leeren Blumenbank des geöffneten Fensters verbrachte und über alle Kinder schimpfte, die einen fröhlichen Juchzer zu machen wagten. Auch diese Agatha Reimer, die im Krieg viermal kinderlos verwitwet war, obwohl sie nach dem Tod ihres ersten Mannes, eines Gefreiten der Infanterie, immer höhere Dienstränge zu heiraten verstanden hatte, um die Chance auf das Überleben der Gatten zu erhöhen, trug jetzt häufiger blattgrüne Röcke und Dralonblusen mit zitronengelben Sternen.

Mit Tante Frieda nahm Gustav den Otto-Katalog zur Hand und wählte, eingerollt in ihre warme Achselhöhle, das schönste hellblaue Sommerkleid und einen Unterrock aus weißem Perlontüll aus. Die Anschaffung des Petticoats, den er, ohne schon den Namen aussprechen zu können, beim Blättern entdeckte und sich an Frieda besonders hübsch vorstellte, konnte er nicht durchsetzen. Als seine Tante die neuen Sachen und ihre besten Nur-die-Strümpfe anprobierte, war er stolz auf seine Wahl und sagte: »Du sollst auch in den Otto-Katalog.«

Seine Mutter jedoch suchte im Staub des Speichers und in den schwindenden Ruinen, die auf ihrem Weg ins Stadtkrankenhaus lagen, wo sie als Schwesternhelferin arbeitete, verwaschene Uniformen und längst abgelegte Kriegskleider, die sie zu grauen Kitteln umnähte. Außer zum Kirchgang trug sie nichts anderes als diese Kittel, deren Grau auf ihre Haut abfärbte wie Wasserfarbe.

Merkt das keiner? fragte sich der kleine Gustav. Oder muss das so sein?

Wenn Gustav nachts aufstand und mucksmäuschenstill durch die enge Wohnung tippelte, um seine Träume abzuschütteln – und das kam oft vor, denn er träumte viel und stark –, sah er bei Mondschein zwei Frauen nebeneinander im Bett liegen, die sich aus dem Gesicht geschnitten waren. Die breiten Wangenknochen, die klaren, ebenen Stirnen und die starken Wimpern hätte man nach seinem Gefühl austauschen können, ohne dass es aufgefallen wäre. Gustav sah die vier kleinen Pelztiere über den geschlossenen Augen der Schlafenden. Sie schimmerten bläulich, wenn das Licht des Mondes hell genug war. Er hätte sie gern gestreichelt. Die Nasen beider Schwestern waren gerade und hatten praktisch gewölbte Nasenflügel, die das Ausschnaufen erleichterten, wie Gustav vermutete. Ihre vollen, von winzigen Rinnen durchzogenen Lippen waren nachts, wenn Gustav sie besichtigte, stets dunkelbleich.

Aber nach Sonnenaufgang war es vorbei mit der Ähnlichkeit der Schwestern. Frieda legte beim Erwachen das Rheingold-Gesicht an, das Gustav auf dem einzigen Foto von der Hochzeitsreise kennen gelernt hatte, in dessen Besitz Marie war. Die Züge seiner Mutter versauerten dagegen, wenn der Tag kam, und wenn sie eine Fremde gewesen wäre, hätte

Gustav einen weiten Bogen um sie gemacht. Einmal ahmte er Maries Mimik vor dem fleckigen Spiegel im Klo nach. Er warf das Gesicht in Falten und kniff die Augen zu, um herauszufinden, welcher innere Zustand dieser Grimasse entsprach. Das Ergebnis war eindeutig: Seine Mutter wollte auch tagsüber Dunkelheit um sich haben. Sie kann das Licht nicht leiden, dachte er.

Es entging Gustav nicht, dass Frieda ihr Gesicht jeden Morgen und Abend mit Nivea eincremte, Marie aber niemals zu irgendeinem Pflegemittel griff außer Wasser und Kernseife. Ihre Fingernägel schnitt sie bis an die Blutgrenze ab, und Gustav musste Schreie unterdrücken, wenn er dabei zusah. Marie band sich nur an hohen Feiertagen die farbigen Schleifen ins Haar, die sie einst als Erbstücke ihrer Großmutter aus Kleinbärengrund mitgebracht hatte. Sie machte einen krummen Rücken und zog ihre Schultern wie im Krampf zusammen. Wenn sich der kleine Gustav nicht täuschte, war Maries schlanker Hals im Laufe der Beobachtungsspanne schon um die Hälfte kürzer geworden. Noch im Sommer der Doktorspiele, der ihm ein Verständnis für den menschlichen Körper gab, stellte er seine Mutter zur Rede.

»Du wirst immer kleiner«, sagte er.

»Wir alle werden immer kleiner, mein Junge«, sagte Marie. »Das Leben ist nur für kurze Zeit ein Wachsen, dann ist es Schrumpfen.«

»Du wirst immer hässlicher und kleiner, weil du es willst«, setzte Gustav nach. »Warum willst du schrumpfen?«

»Es muss für dich so aussehen, Gustav«, sagte Marie. »Aber das Gegenteil ist wahr. Wenn ich es mir aussuchen könnte, würde ich groß und glücklich sein.«

Gustav lernte den Fußball kennen, und das kam, weil Arnd Henning in den VfL vernarrt war. Schon nach wenigen Gesprächen mit Biggis Vater merkte Gustav, dass es ihm genauso ging. Auch er war ein Lilaweißer, es hatte ihm nur klar werden müssen. Zwar durfte er die Spiele im Stadion an der Bremer Brücke noch nicht besuchen und musste sich damit begnügen, dem Torjubel zuzuhören, der bis an die Buersche Straße rauschte, wenn ein günstiger Spielverlauf auf das richtige Wetter traf. Aber er lernte mit Friedas Hilfe bereits vor der Einschulung Lesen und suchte sein Wissen über den VfL auf den Sportseiten der Zeitung zusammen, die ihm Arnd Henning samt fachkundigen Bemerkungen überließ.

Wenn Gustav am Tisch saß und die Berichte buchstabierte, hatte er das Gefühl, mit Freunden in die Welt hinauszuwandern. Die lilaweiße Elf, die im Stuttgarter Neckarstadion das Endspiel um die deutsche Meisterschaft knapp verpasste, konnte Gustav im Schlaf aufsagen: Köhler, Gleixner, Haferkamp, Alpert... Sein Lieblingsspieler war der Stürmer Addi Vetter, Oberliga-Torschützenkönig des vorletzten Jahres. Nach allem, was Gustav hörte, war Vetter der beste Stürmer weit und breit – und trotz seines Namens im Strafraum sehr beweglich. Gustav freute sich auf den Tag, an dem er mit Tausenden an die Bremer Brücke gehen würde, um seinem Idol zuzujubeln.

»Wir sind technisch die beste Truppe Norddeutschlands, das ist schon mal klar«, sagte Arnd Henning in den Wochen, als es um die Meisterschaft ging. »Aber manchmal geht mir die Schönspielerei zu weit. Dann wünsche ich mir einen Schuss Primitivität zurück.«

»Was ist das?« fragte Gustav.

»Kleiner Sportsfreund«, sagte Arnd Henning und malte mit dem Finger einen Strich an die Wand. »Die gerade Linie ist immer noch die kürzeste Verbindung zwischen zwei Punkten.«

»Weiß nicht«, sagte Gustav verständnislos. »Kurven sind auch schön.«

»Weniger Firlefanz, mehr Gradlinigkeit«, forderte Henning. »Und hinten engere Manndeckung. Die Grundregel heißt *Mark your man!* Deck deinen Mann! Fußball kommt eben aus England … Du verstehst diese Dinge noch nicht, Gustav, du wirst sie aber schnell lernen. Ein Leben ohne Fußball ist für einen Mann doch nichts Ganzes.«

»Mak ju män!« sagte Gustav. »Mak ju män, mak ju män …«

Die Gespräche mit Arnd Henning trieben Gustav zu Beobachtungen und Vergleichen, deren Ergebnis war, dass die meisten Kinder neben der Mama auch einen Papa hatten, der lebte oder im Krieg geblieben war, aber der auf jeden Fall ihr Papa war. »Ist mein Papa auch im Krieg geblieben?« fragte er eines Morgens beim Frühstück, als er sein Marmeladenbrot aufgegessen hatte. Er sah rote Striemen auf Maries Gesicht schlagen, als hätte er keine Frage gestellt, sondern seine Mutter ausgepeitscht. Sie sprang auf, lief die Treppe hinab und verschwand auf dem Hof, um Wäsche aufzuhängen.

Gustav erfuhr später, dass Marie gehofft hatte, er würde erst dann auf das Unvermeidliche kommen, wenn die Zeit ihrer Scham vorüber wäre. Sie schämte sich bei dem Gedanken, die Geschichte ihrer Untreue gegen Gott, ihre Eltern, ihren Ehemann und ihren Geliebten zu erzählen, deren sichtbares Zeichen das vaterlose Kind selbst war.

»Wo ist mein Papa?« fragte Gustav noch einmal.

»Er ist in Gottes Hand«, sagte Frieda. »Mama hat deinen Papa geliebt, denn Mama hat ein so großes Herz wie kaum jemand.«

Sie nahm Gustav bei den Händen.

»Ist mein Papa tot?« fragte Gustav.

»Nein, soviel ich weiß, nicht«, sagte Frieda. »Er ist nicht mehr in dieser Stadt, aber er ist auf jeden Fall in Gottes Hand.«

»Sind nicht alle in Gottes Hand?«

»Ach, Gustav.«

Als Gustav in Friedas niedergeschlagene Augen sah, befürchtete er, sie könnte von der gleichen Trauer besiegt werden wie Marie und verschluckte die Fragen, die ihm auf der Zunge lagen. Aber seine Gedanken vagabundierten aus dem Kohlgeruch des Hauses hinaus und er phantasierte, wie alles zusammenpasste: Arnd Henning war sein Vater, sie verstanden sich gut und liebten den VfL ... Er war ein Sohn Friedas, er liebte sie viel mehr als seine Mutter, die er nicht liebte ... Er war das Kind von Arnd und Frieda ...

Am Ende blieb in Gustavs Kopf die Überzeugung haften, dass die Niedergeschlagenheit seiner Mutter etwas mit seinem Vater zu tun hatte – und er würde herausfinden, wer dieser Mann war. Er würde sich das Wissen eben mit Augen und Ohren aus der Welt saugen, falls ihm keiner auf die Sprünge half.

Wenn Gustav mit Marie in der Stadt Besorgungen machte, fiel ihm auf, dass ihre Wege niemals den Marktplatz berührten, den er von Spaziergängen mit Frieda kannte. Das Rathaus mit dem hohen Dach, die Marienkirche mit dem Brautportal, die Stadtwaage mit den lustigen Treppen im Giebel, all das sah Gustav nicht, wenn er mit seiner Mutter unterwegs war. Er kannte Lengermann & Trieschmann, seit er mit Hennings dort gewesen war und für Biggi ein apfelsinenrotes Unterhemd ausgesucht hatte. Aber Marie kaufte niemals in diesem Geschäft ein, das einladend am Rand der viel bevölkerten Großen Straße lag. Sie vermied das Haus Schäfer am Nikolaiort, in dem es Spielsachen gab, die Gustav interessierten. Wenn sie in die Krahnstraße kamen, hetzte

Marie am Café Leysieffer vorbei, ohne einen Blick hineinzuwerfen.

Meine Mutter hat Angst, dachte Gustav. Aber er fand nichts, was an den ausgelassenen Straßen, Plätzen und Geschäften zum Ängstigen gewesen wäre.

An einem Samstag im Spätsommer gingen Marie und Gustav über den Ledenhof und näherten sich der Katharinenkirche. Plötzlich spürte Gustav den energischen Griff seiner Mutter und sah ihre blank aufgerissenen Augen. Sie zog ihn in einen schäbigen Hinterhof, in dem es nach Hundehaufen stank, und presste den Zeigefinger auf seine Lippen. Zwei Menschen, Mann und Frau, zogen an der Öffnung des Hofes vorbei. Marie wartete eine Weile, dann schlich sie zurück und untersuchte, ob die Luft rein wäre. Erst danach erlaubte sie Gustav mit einem Wink nachzukommen.

»Sind wir lichtscheues Gesindel?« fragte Gustav, der diese Formulierung von Agatha Reimer aufgeschnappt hatte.

»Ich möchte bestimmten Menschen nicht begegnen, Gustav«, sagte Marie.

»Und welche sind das?«

»Gustav, es ist noch nicht die Zeit, dass du alles verstehen kannst.«

»Das hat bestimmt was mit meinem Papa zu tun!«

Schon bald sollte Gustav erfahren, dass seine Mutter vor niemand anderem als Albert und Paula Eckstein auf den Hof geflüchtet war. Aber erst später wurde ihm bekannt, dass der Riss, der die Familie Eckstein wegen seiner Zeugung und Geburt entzweit hatte, nicht der einzige Grund für Maries Reißaus gewesen war.

Tatsächlich hatte sich Albert Eckstein, der in den ersten Jahren der Trennung Paulas entfesseltem Marie- und Masuren-Hass machtlos gegenüberstand, seit einiger Zeit schriftlich an seine Schwiegertochter gewandt und ihr jeden Monat ein oder zwei Briefe geschickt, in denen er den Fortgang der geschäftlichen Angelegenheiten, den Alltag im Hause Eckstein und Tolls unkontrollierten Revanchismus, aber auch seine Traurigkeit über den Zerfall der Familienliebe, seine Besorgtheit über das unausgesetzte Schweigen Hermanns und seine unzerstörbare Neigung für die Empfängerin schilderte.

Keinen dieser Briefe hatte Marie weggeschmissen, das erlaubten ihre Kleinbärengrunder Erfahrungen nicht. Aber sie hatte auch keinen geöffnet. Gustav Eckstein schreibt in den Aufzeichnungen, dass Marie eine vage Idee davon hatte, was und warum Albert ihr schrieb, aber in ihrem unkontrollierten Schuldbewusstsein gar nichts Genaueres wissen wollte. Die Vorstellung, dass alle Menschen, mit denen sie in Berührung gekommen war, wegen ihrer Verfehlungen zu leiden hatten, war marternd genug – umso mehr, als aus ihrer Sicht keine Aussicht auf Versöhnung bestand.

Ohne die erneute Rückkehr Hermanns konnte nichts wieder gut werden. Davon war Marie überzeugt und spürte gleichzeitig, dass ihr Ehemann kein drittes Mal käme, um die Liebe mit ihr zu erlernen, so wie er das erste Mal '37 nach Kleinbärengrund und dann wieder '45 in die Ruine gekommen war um der Liebe willen.

Alberts Briefe stapelten sich ungeöffnet im Wäscheschrank, und als Marie ihn an der Katharinenkirche auf sich zukommen sah, hatte sie neben Scham und Schuldbewusstsein auch noch die Undankbarkeit ihres Herzens empfunden. Sie konnte ihrem Schwiegervater nicht unter die Augen treten. Sie wollte es am liebsten nie mehr in ihrem Leben, es sei denn, Hermann käme zurück.

Albert allerdings, der über das Netz seiner Bekannten von Maries Zustand und Niedergang wusste, nahm den peinlichen Vorfall zum Anlass, endlich wieder die persönliche Begegnung zu suchen.

Es war Sonntag und neun Uhr vorüber, als Gustav, Frieda und Marie das Haus verließen und in die herbstliche Sonne traten. Das Thermometer, das Arnd Henning neben der Haustür angebracht hatten, zeigte drei Grad über Null. Gustav steckte die Hände in seine braunen Wollfäustlinge, griff nach Friedas Hand und hörte den Schlägen der Glocken zu, die in einiger Entfernung zu läuten begannen.

»Ich glaube, bald kommt Frost«, sagte Marie.

»Ach, vielleicht kommt noch mal der Spätsommer«, sagte Frieda.

Marie, Frieda und Gustav gingen unter der schmalen Eisenbahnbrücke hindurch, bogen in die Ebertallee ein und liefen unter den welken Kastanien zur Pauluskirche, an deren Gemeindeleben Frieda seit dem Umzug an die Buersche Straße teilnahm. »Schattauers brauchen überall auf der Welt Gottesdienste«, hatte sie freudestrahlend gesagt, als Marie vor Jahren zum ersten Mal mitgekommen war (denn gedrängt hatte Frieda nie – ihre einzige Art zu missionieren war ihr Lebenswandel).

Der kleine Gustav beobachtete, dass Marie ihren Blick zum Glockenturm richtete, was viele Ankömmlinge taten, die ihre Pünktlichkeit an den bronzenen Uhrblättern prüften. Gustav machte es genauso, Uhren lesen konnte er längst. Doch Maries Blick ging höher hinauf. Er galt dem kupfergrünen Hahn auf der Turmspitze. Gustav sah es genau: Seine Mutter starrte auf den Hahn.

Sie gingen in die Eingangsgrotte der Kirche und begrüßten Familie Rabe, Ehepaar Schöller und Frau Jänicke. Frieda war allseits beliebt und die Freundlichkeit, die man ihr entgegenbrachte, weitete sich auch auf Marie aus, obwohl die ältere Schwester jene herzlichen Kleinigkeiten, die solche Begrüßungen ausmachen, gar nicht über die Lippen brachte, wie es in den Aufzeichnungen heißt.

Unterdessen trat ein Mann durch die Tür herein: Albert Eckstein, wie Gustav nun bald wissen würde. Der Ankömmling trug über dem grauen Anzug einen dunklen Mantel und sah sehr vornehm aus.

»Guten Tag, Marie«, sagte Albert Eckstein ernst. »Guten Tag, mein Kleiner. Guten Tag, äh …? Frieda! Welche Freude! Ich habe schon viel von Ihnen gehört, vor langer Zeit …«

Albert gab allen die Hand.

»Weg, weg!« sagte Marie so aufgewühlt, dass Gustav erschrak. »Was willst du? Warum bist du hier?«

»Ich dachte, die Kirche ist der richtige Ort, um wenigstens ein Stündchen mit meiner Schwiegertochter zu verbringen«, sagte Albert bedächtig. »Gestern bist du mit dem Kleinen vor uns geflohen, als wären wir Ungeheuer. Aber Marie, so ist es nicht.«

»Nein, natürlich nicht«, sagte Marie. »Ich bin ja das Ungeheuer.«

»Ach, Marie«, sagte Albert. »Hör auf mit diesen dusseligen Selbstanklagen. Lass uns Gottesdienst feiern und dann reden. Das ist doch mal eine christliche Reihenfolge.«

»Er hat Recht, Marie«, sagte Frieda. »Er kommt mit den besten Absichten. Er hätte es dir nicht leichter machen können. Wir gehen zusammen in den Gottesdienst, wie schön.«

Während des Orgelvorspiels beobachtete Gustav die Mienen der drei Erwachsenen. Sie kochen von innen, dachte er, es ist was im Gang. Er wusste nicht genau, was »Schwiegertochter« hieß. Doch wenn dieser neue Mann Marie dazu gebracht hatte, in den stinkenden Hof zu fliehen, stand er in irgendeiner Verbindung mit dem Rätsel.

Gustavs Schläfen spannten sich. Normalerweise nickte

er im Laufe der Predigt ein und kam erst zum Schlussgebet wieder zu sich – an diesem Sonntag blieb er hellwach. Er blickte auf das Weinstock-Tuch am Altar. Er sah in den bunten Chorfenstern die Fische, die aneinander vorbeischwammen. Er starrte auf den Kelch, aus dem eine Ähre wuchs. Wo Gustav auch hinsah, er sah eigentlich nichts. Ihn fesselte der Gedanke, ob dieser Albert in dem schönen Mantel sein Vater war oder seinen Vater kannte.

»Liebe Marie«, sagte Albert, als sie nach dem Gottesdienst vor der Kirche beieinander standen, »du sollst wissen, dass es mir Leid tut, wie es gekommen ist. Ich möchte dich herzlich um Verzeihung bitten.«

»Du hast nun wirklich keine Schuld«, sagte Marie. »Aber was ist mit Paula? Wo ist sie?«

»Ich habe Paula nicht gesagt, dass ich hier bin«, sagte Albert zerknirscht. »Sie glaubt, ich bin in der Marienkirche. Ich kann dir vorläufig nichts anbieten außer meiner Entschuldigung …«

»Zu Hause«, sagte Marie, »zu Hause stehst du also unter dem Pantoffel.«

»Marie«, rief Frieda. »Dieser Mann ist gekommen, um sich mit dir zu versöhnen. Du darfst nicht zu viel auf einmal verlangen.«

Gustav ärgerte sich darüber, wie schwierig alles war. Er sortierte eine Menge neuer Fragen in seinen Fragenkatalog ein, dann ging er von den Erwachsenen fort. Er fühlte sich von dem hellblauen Auto angezogen, aus dem Albert vor dem Gottesdienst ausgestiegen war. *Opel Admiral* entzifferte Gustav am Heck. Er legte seine Hand auf das Blech und ging um den Wagen herum.

»Nicht schlecht, die Kiste, was?« rief Albert.

»Toll, toll ist das«, rief Gustav. »Darf ich mal mitfahren?«

»Von mir aus gern«, sagte Albert. »Ist ja groß genug. Ich

bring euch nach Hause. Ich glaube aber, wir sollten deine Mutter fragen.«

Gustav drängelte mächtig und hatte Frieda auf seiner Seite. Als Marie jedoch sah, dass sich alle ihre Lieben im blauen Automobil zusammenfinden würden – als sie bemerkte, wie es in den Aufzeichnungen heißt, dass sie nicht mehr zu dieser Gemeinschaft der Liebenden gehören konnte –, rief sie einen knappen Gruß und lief davon.

»Nennen wir es heiligen Trotz«, sagte Albert. »Aber Marie macht es uns wirklich nicht leicht. Ich habe ein abgrundtief schlechtes Gewissen, dabei bin ich hier mit den frommsten Absichten aufgetaucht.«

»Versöhnung lohnt immer«, sagte Frieda. »Schon der Versuch hat Gottes Segen.«

»Ich hoffe«, sagte Albert. »Und jetzt steigt ein! Wenn ich die widerspenstige Marie schon nicht habe, habe ich wenigstens euch.«

Er steuerte den Opel Admiral in immer größeren Radien um die Kirche und schließlich um die Stadt. Ihn interessierte jede Geschichte, die er unterwegs von Frieda und Gustav erfuhr. Man lernte sich kennen und arbeitete Jahre auf. Gustav verstand vieles – noch viel mehr verstand er nicht. Und über den Vater, der ihn am meisten interessierte, redeten die Erwachsenen sowieso nicht. In seinem Kopf herrschte ein Gedankendruck, dass es wehtat.

Nach zwei, drei Stunden Im-Kreis-herum-Fahren steuerte Albert den Admiral in die Buersche Straße und ließ seine Gäste aussteigen.

»Also, eines ist unbestreitbar«, sagte Albert. »Ihr gehört genauso zu mir wie Marie und ich gehöre zu euch. Ich habe allerdings meine Zweifel, ob ich das Paula beibringen kann.«

»Wer sind Sie denn nun genau?« fragte Gustav. »Ich suche nämlich noch meinen Vater.«

»Mein Lieber«, sagte Albert. »Für diese Frage ist deine Mutter zuständig.«

»Die sagt aber nichts«, sagte Gustav. »Noch nicht einmal Tante Frieda.«

»Das ist noch mal eine lange Geschichte, Kleiner, länger als dieser Tag«, sagte Albert. »Ich bin der Vater des Mannes, der dein Vater sein wollte. Er heißt Hermann und ist fast so ein Dickkopf wie Marie. Jetzt ist er bei den Kommunisten und denkt gar nicht dran, sich zu Hause zu melden … Aber ich muss los.«

Als der Opel Admiral abfuhr, schoss Gustav einen Kiesel hinterher, der an die Stoßstange des Wagens prallte. *Klong, klong.* Kein Ding bleibt stumm, heißt es in den Aufzeichnungen, alles drückt Schmerz aus.

6

Frieda Schattauer stand mit geflüchteten Masuren aus dem Kreis Ortelsburg in Briefkontakt und fuhr einmal im Monat nach Herten, Gelsenkirchen-Buer, Castrop-Rauxel-Ickern und in andere Städte des Ruhrgebiets, in denen es Gemeinden des Gebetsvereins gab. Sie traf dort ihre Freundinnen aus der Heimat. Viele hatten alteingesessene Pietisten geheiratet: Nachkommen der ausgewanderten Masuren der ersten Industriezeit. Erfahrungen aus hundert Jahren wuchsen wieder zusammen und trafen sich in der Erinnerung an die glaubensvollen Bauern, die auf den kargen Flächen Masurens seit noch viel früherer Zeit ihrem Gott gelebt hatten.

Es heißt in den genealogischen Aufzeichnungen, dass die Blumenfrau Frieda Schattauer, die in einem kleinen Geschäft am Neumarkt arbeitete und von ihrer Chefin Fleißiges Lieschen gerufen wurde, selbst einen Ehemann suchte, der natürlich dem innersten Kreis der Gebetsleute entstammen musste, weil es undenkbar war, dass ein Mann ohne starken Glauben Verständnis für ihre heilige Ekstase entwickeln könnte.

Immer, wenn Frieda aus dem Ruhrgebiet zurückkam und an der Buerschen Straße eintraf, sagte sie: »Ein gesegneter Sonntag ist es dieses Mal gewesen.« Aber es entging dem kleinen Gustav nicht, dass die Sonntage seit einiger Zeit auf besondere Weise gesegnet waren. Friedas Wangen wurden nämlich puterrot, wenn sie von ihrem Ausflug erzählte. Gustav bohrte und bohrte, dann war es heraus: Walter Posdziech hieß der Mann, der Friedas Wangen färbte. Gustav ahnte, dass er seine Tante verlieren würde, aber er fraß die Eifersucht in sich hinein. Es war ja sein Ein und Alles, wenn sie sich freute.

Vielleicht war es Friedas Vorbild, das Marie in dieser Zeit dazu veranlasste, mit Gustav zu den Stunden der Gebetsleute nach Dissen und Bielefeld zu fahren, die schneller erreichbar waren als die Versammlungen im Ruhrgebiet. Vielleicht war es so. Tatsächlich ist nie herausgekommen, ob die Sehnsucht nach einem gläubigen Mann, die Sehnsucht nach dem Glauben selbst oder die schiere Verzweiflung Maries Entschluss am stärksten begünstigten.

Unstrittig ist dagegen, dass Gustav bei den Gebetsleuten prägende Abenteuer erlebte. Die Fahrten auf den gewundenen Strecken am Fuße des Teutoburger Waldes ins Westfälische hinein hätten Gustav Spaß machen können. Die Wartezeit auf dem Bahnhof und das Zugfahren selbst fand er interessant. Das Bildband, das ruckelnd vor dem Fenster entlangzog, bis es am nächsten Schotterbahnsteig wieder stoppte, bot seinen unverwöhnten Augen viel Abwechslung. Aber Gustav wusste, dass er das Vergnügen der Triebwagenfahrt teuer bezahlen würde.

Er war ein skeptisches Kind und wusste schon, dass er es war, bevor er verstand, was Skeptizismus ist. Weder die exaltierte Frömmigkeit Friedas noch der Kampf, den Marie mit Gott ausfocht, hatten ihn in die Nähe des lebendigen Glaubens gebracht. Von den Predigten in der Pauluskirche belehrt, akzeptierte sein kindliches Gemüt Gott Vater als den Baumeister der Welt, der die Menschen liebte, wenn sie brav waren, und über alles Bescheid wusste. Neben Liebe akzeptierte der junge Gustav nur Gnade und Güte als Eigenschaften Gottes. Er entwarf sich einen Allmächtigen, der weder Angst noch Ärger machte.

Schon mit dem Sohn Gottes hatte er Probleme und deshalb mit den Gebetsleuten, die in jedem Satz »Jesus«, »Jesulein«, »Herzjesulein«, »Erlöser«, »Lamm Gottes« oder andere Synonyme verwandten. Gustav mochte es nicht, wenn man Bekenntnisse von ihm abpresste, selbst wenn es mit freundlicher Miene geschah. Aber Abpressen und Herausquetschen von Ich-hab-den-Herrn-Jesus-auch-lieb-Bekenntnissen war die Lieblingsbeschäftigung bestimmter Gebetsleute, die in der Stunde, um garantiert nicht einzuschlafen, Eukalyptusbonbons lutschten, und deshalb noch eukalyptisch aus dem Mund rochen, wenn sie hinterher von Gustav Bekenntnisse abzupressen versuchten.

Und dann die Prediger. Es gab Prediger, deren Stimmen Gustav an Friedas Stimme erinnerten. Sie sagten oft das Zauberwort Liebe, ohne im gleichen Atemzug »Blut«, »Kreuz«, »Tod« und »Sünde« hinterherzujagen. Dazu gehörte ein glatzköpfiger Mann, dessen unmöglich langen Namen Gustav zu Wöppi verkürzte. Ein anderer war Ernst Schekatz, der nach stabil umlaufenden Gerüchten den beheizbaren Essenwagen erfunden hatte, der in Krankenhäusern und Pflegeheimen Norddeutschlands über die Stationen rollte. Wöppi und Schekatz waren in Ordnung, fand Gustav.

Doch es gab zwei Sorten von Predigern, vor denen er sich fürchtete. Die Blutsonntagsprediger sprachen von der ewigen Verdammnis, als wären sie bereits dort gewesen. Sie waren süchtig danach, »Schuld«, »Buße«, »verloren gehen« und »ewiger Pfuhl« zu sagen. Sie sprachen Sätze, in die beliebig oft »wir verdammungswürdigen Sünder« eingefügt werden konnte. Ihr liebstes Bild war: ... *dass du gewaschen würdest in Jesu Blut.* Wenn die Drohungen der Blutsonntagsprediger auf Gustav niederprasselten, zerriss die Schutzhaut seiner Seele. Er hatte dann Angst. Düstere Phantasien quälten ihn.

Gefährlich war auch die Sorte Prediger, die er später Raublämmer nannte. Raublämmer waren in der Regel intelligenter als Blutsonntagsprediger. Einige von ihnen konnten weinen, dass dem kleinen Gustav das Herz schmolz. Raublämmer gingen niemals offen auf ihn los. Sie kamen in den Nebeln der Rührung und Betroffenheit angeschlichen. Wenn Raublämmer mit nassen Augen ihre Rede an ihn wandten, wurden ihm die Knie weich und er fühlte sich wie von Gummiseilen stranguliert.

Eines Sonntags in Bielefeld verhandelte die Predigt eines besonders geschickten Raublammes einen Text aus der Offenbarung. Plötzlich, er hatte sein Herz weich kochen lassen, wurde es dunkel vor Gustavs Augen und Sterne fielen vom Himmel. Der Mond wurde blutrot und die Sonne stumpf und grau. Der Fürst der himmlischen Heerscharen, wie das Raublamm ihn immer wieder nannte, erschien glorreich und schrecklich am Himmel. Die klirrenden Posaunenstöße der Engel zerrten an Gustavs Nerven. Dann kamen die Seelen aller Menschen, die jemals gelebt hatten, von den Enden der Erde hervor und traten nackt vor den Thron des höchsten Richters; die meisten landeten im Pfuhl.

Gustav erkannte sich unter denen, die in den Pfuhl geschmissen wurden. Das Raublamm sagte ja immer wieder: »Auch du ... ja, du, liebe Seele ... wirst vor ihm stehen und gerichtet werden.« Gustav begann laut zu heulen. Gebetsleute drehten sich um. Ihre jenseitssüchtigen Blicke waren Salz in seinen Wunden. Marie musste mit ihrem Sohn vor die Tür gehen, um ihn zu trösten.

»Glaube doch an IHN, wenn du kannst«, sagte Marie. »Zweifle nicht, glaube nur.«

Gustav verbrachte nervenaufreibende Nachmittage bei den Gebetsleuten. Erst wenn er sich montags nach der Schule in sein Königreich zurückzog und stundenlang mit Biggi schnäbelte, fand er den Realitätssinn wieder. Dessen Urteil war allerdings untrüglich: Weder die Blutsonntagsprediger noch die Raublämmer hatten Ahnung. Der Gott der Liebe, der wahre Gott, konnte nicht gleichzeitig ein Schlächter sein, der die Menschen mit Angst und Schrecken quält und in Feuern verbrennt. Gustav akzeptierte nur den Liebegott, doch er ahnte, und sein Verstand machte dabei einen großen Ruck, dass seine Mutter einem anderen Gott zum Opfer gefallen war.

Wenn Gustav bemerkte, dass seine Mutter ihren traurigen Blick durch Wohn- und Schlafzimmer schweifen ließ, tat sie ihm Leid. Er überlegte manchmal, ob es ihr gefallen würde, wenn er sich auf ihren Schoß setzen und sie mit Schwatzen, Kitzeln und Ich-sehe-was-was-du-nicht-siehst unterhalten würde. Doch er tat es kein einziges Mal. Anders als Biggis und Friedas Gestalten, wollte er den Körper seiner Mutter nicht anfassen. Allein bei dem Gedanken sträubten sich seine Haare. Er war überzeugt davon, dass Marie kalt und hart wäre, wenn er sie anfassen würde – wie einer der Grabstein-Rohlinge, die er beim Steinmetz am Friedhof gesehen hatte.

Als Gustav an seinem achten Geburtstag erwachte, kam Frieda herein, spielte auf der Blockflöte ein Ständchen und sang für ihn das einfachste und wahrste aller Lieder auf der Welt. *Gott ist die Liebe.* Er spürte, dass Friedas warme Hände unter der Bettdecke nach seinen Händen suchten, um ein kurzes, kräftiges Gebet zu sprechen. Sie überreichte ihm einen funkelnagelneuen Mercedes, bei dem man Türen und Kofferraumklappe öffnen konnte. Er sprang aus dem Bett und gab sich ihren Armen gefangen. Er gab ihr die schönsten Küsse und rubbelte seine Schniefnase, die vor Liebe ein bisschen tropfte, an ihrem Hals.

»Danke, Tante Frieda«, sagte er. »Ich wünsche mir, dass alle Menschen so sind wie du.«

»Gern geschehen«, sagte Frieda. »Aber ist es nicht besser, dass jeder Mensch so ist, wie ihn Gott geschaffen hat?«

»Nein, manche sind falsch geschaffen«, sagte Gustav. »Du bist so fröhlich wie die Sonne. Aber Mama ist nie so.«

»Lass dich nicht täuschen«, sagte Frieda. »Ich bin so fröhlich, weil ich ausgelitten habe. Vielleicht passiert das Gleiche schon bald mit Marie. Bis dahin wollen wir sie trösten, wo wir können.«

In der Stadt fuhren längst wieder die Straßenbahnen. Neue Omnibuslinien verbanden Voxtrup, Powe und den Schinkel mit der Innenstadt. Die Kleinbusse der alten Botengemeinschaft fuhren vom Pottgrabenplatz auf 25 Linien in die umliegenden Landkreise hinaus. Es gab jetzt auch Oberleitungsomnibusse, die auf Obus-Linien nach Eversburg verkehrten.

Vielleicht hatte Frieda das elektrische Summen des anfahrenden O-Busses auf dem Neumarkt nicht gehört – ein Summen, das in den Tönen auf- und unterging, die über dem Platz vor dem mächtigen Justizgebäude lagen. In der Stadt waren in dieser Zeit über 10 000 Personenautos, Lastautos und Krafträder angemeldet, fast dreimal so viele wie vor fünf Jahren, als die Bundesrepublik gegründet worden war. Ein großer Teil berührte auf seinen Fahrten die Kreuzung am Neumarkt, von der sich das Straßennetz nach allen Himmelsrichtungen ausspannte. Durch das Ankommen und Abfahren der Fahrzeuge entwickelte sich ein flutendes, von Knattern, Quietschen und Getriebeknurren gesprenkeltes Geräusch, das sich laut den genealogischen Aufzeichnungen in einzelnen Tonfolgen, aber nicht im Pegel vom heutigen Verkehrslärm unterschied.

Die Polizei hielt später fest, dass Frieda Schattauer, die ihre Mittagspause hatte und wegen einer Erledigung in Eile war, noch vor dem anfahrenden Oberleitungsomnibus den Gehweg auf der nördlichen Seite des Neumarkts erreichen wollte. Es hieß, dass der Fahrer wohl nur in den rechten Außenspiegel geblickt hatte, weil er mit Fußgängern von der offenen Seite des Platzes nicht mehr rechnete. Frieda wurde zur Seite geschleudert und fiel auf den Hinterkopf. Ein Krankenwagen brachte sie in die Unfall-Aufnahme des Krankenhauses, wo man angesichts der anhaltenden Bewusstlosigkeit vermutete, sie habe schwere Gehirnblutungen.

»Ich, mich, nimm mich«, schrie Marie, die gerade ein Bett bezog, als eine Schwester ihr die Nachricht brachte.

Marie rannte durch das Treppenhaus hinab, stieß die Ärzte zur Seite und blickte auf die stumme, wächserne Frieda, deren Kopf von nachrinnendem Blut verschmiert war. Sie glaubte keine Sekunde, dass noch Hoffnung bestünde. Sie dachte: ER wird seinen Willen vollstrecken. ER wird das letzte Glied der Familie Schattauer aus der Welt rauben, damit ich allein zurückbleibe. ER wird mich zwingen, in das Loch zu starren, das ich aufgerissen habe.

Frieda Schattauer holte Atem, flach und ohne Überzeugung. Dann … sie war tot.

Marie verließ die Unfallstation und fuhr mit dem Fahrrad nach Hause.

»Frieda ist tot«, sagte Marie zu Gustav. »Mich aber will Gott nicht einmal töten.«

»Hat Gott denn Frieda getötet?« fragte Gustav ohne jedes Verständnis.

Er bekam keine Antwort. Er erwartete sie nicht einmal. Er spürte, dass seine Mutter von etwas Starkem niedergestreckt worden war, das auch ihn in Sekundenbruchteilen überfiel. Sein kindlicher Geist entdeckte ein fernes, riesenhaftes Ding, das er weder ansehen, noch begreifen wollte.

Gustav rannte das Treppenhaus hinab, klingelte an der Wohnungstür im Erdgeschoss und stürzte sich Arnd Henning, der ein Bier in der Hand hielt, haltlos in die Arme.

»Frieda ist tot. Frieda, Frieda ...«

Im Laufe des Abends besuchte Gustav seine Mutter noch einmal und stellte fest: Ihre Schweigsamkeit war undurchdringlich. Er fühlte sich nicht ausgestoßen, er hatte ja mit seiner Mutter niemals Gefühle geteilt – doch er wollte bei diesem Menschen nicht übernachten. Hennings legten ihm eine Matratze in Biggis Zimmer.

Was heißt denn tot? fragte sich Gustav, als er dort lag. Frieda war zweifellos unsterblich. Sie war bei ihm, in diesem Augenblick. Man konnte sie nicht einfach von ihm rauben. Frieda war nicht mehr in der Wohnung, sie war im Krankenhaus oder sie war unsichtbar geworden. Selbst das konnte sein. Aber es war das Äußerste, was Gustav akzeptieren und sich vorstellen konnte. Marie hatte gesagt, dass Frieda tot ist. Aber das war nur ein blödes Wort ... Gustav schlief ein und verbrachte die Nacht keine fünfzig Zentimeter entfernt vom unruhigen, stoßweisen Atem seiner Angebeteten. Er erwachte nur einmal, als Willy der Säugling schrie, und dachte: Mal sehen, was morgen kommt.

Früh am nächsten Tag ging Liese in den 3. Stock hinauf. Marie hatte ein großes Blatt mit den Adressen vor sich liegen, denen der Trauerfall angezeigt werden sollte. An erster Stelle standen Albert und Paula Eckstein. Liese legte ihren Zeigefinger wie ein Fragezeichen auf die Namen.

»Vielleicht tröstet es Paula, dass meine Verluste höher sind als ihre«, sagte Marie mit gefrorener Stimme.

Zur Schule musste Gustav vorläufig nicht, da Hennings seine Zerrüttung ohne weitere Befragung für zu groß hielten und ein entsprechendes Schreiben an Klassenlehrerin Dora Schulte richteten. Gustav unterzog Biggis Kinderzimmer einer fachmännischen Prüfung und stellte fest, dass seine Freundin mehr Stofftiere, Puppen, Kreisel, Elastolin-Soldaten, Murmeln, Bilderbücher und Wachsmalstifte besaß, als er sich je hatte träumen lassen.

Es gab anderes Essen bei Familie Henning, zum Beispiel Schnitzel. Es gab andere Gerüche, zum Beispiel Lieses Parfüm. Gustav bemerkte andere Sitten, zum Beispiel fehlte das Tischgebet. Er konnte die Sportseiten schon morgens lesen. Es gab tausend Ablenkungen für ihn. Er spürte, wie er uns später erklärte, die Befreiung von seiner Mutter stärker als die Trauer über Friedas Tod, den er weder verstand noch – bei Verständnis – akzeptiert hätte.

Arnd und Gustav redeten den ganzen lieben Tag lang über die Fußballweltmeisterschaft in der Schweiz, wo die Deutschen nach der Riesenpleite gegen Ungarn gerade Jugoslawien besiegt hatten. Auf dem Weg ins Finale musste noch Österreich zur Seite geräumt werden.

»Das wird ein Brocken«, sagte Arnd. »Die haben Happel, Hannapi und Probst aufzubieten, das sind Spieler mit Nimbus.«

Gustav hatte die Namen noch nie gehört. Er wusste nicht, was Nimbus ist. Er wollte alles über die Österreicher wissen, die nächsten Feinde seiner Lieblinge. Arnd malte Mannschaftsaufstellungen auf weiße Blätter.

Da begriff Biggi – schrieb Eckstein in den genealogischen Aufzeichnungen –, dass sie Freund und Vater an etwas verloren hatte, das größer war selbst als Liebe und Tod.

Eine einladende Leerstelle im Terminkalender von Pastor Karwehl führte dazu, dass die Trauerfeier für Frieda Schattauer auf Mittwoch, 30. Juni 1954, um 11.30 Uhr angesetzt wurde. Als Arnd Henning davon erfuhr, zog er seinen jungen Mitbewohner zur Seite.

»Sportsfreund«, sagte er. »Da kommt was auf uns zu. Wenn wir Tante Frieda beerdigen, wird sich die Sonne verfinstern.«

Gustav konnte sich darunter nichts vorstellen.

»Ist das jetzt ein Witz?« fragte er.

»Das Sonnensystem macht keine Witze, Kleiner«, sagte Arnd.

Er griff nach dem Globus und Biggis Lieblingsflummi, schaltete die Stehlampe im Wohnzimmer ein und erklärte Gustav die Gründe der Sonnenfinsternisse. Gustav war gebannt und stellte Fragen. Er verstand nach einer Weile den Unterschied zwischen Kernschatten und Halbschatten und am Ende sogar das Perlschnurphänomen und den Diamantringeffekt. Zur Verdeutlichung des einen ließ sich Arnd von Biggi die Walnusskette reichen, zur Verdeutlichung des anderen zog er seinen Ehering vom Finger. Dass man nicht direkt in das Licht der Sonne blicken durfte, leuchtete Gustav ohne weiteres ein. Er dachte: Ist doch klar, das macht man ja sonst auch nicht.

Zwei-, dreimal am Tag lief Gustav zu seiner Mutter hinauf, die entweder auf einem Stuhl saß und nichts tat oder Friedas Sachen hin und her räumte. Kaum war Gustav angekommen und hatte das Elend besichtigt, wollte er auch schon wieder zu Biggi und den Hennings aufbrechen (»ausbrechen« heißt es in den Aufzeichnungen). Gustav hatte mit Marie nichts zu besprechen. Ohne Frieda, fand er, war oben rein gar nichts mehr los.

Nachdem Albert Eckstein die schriftliche Todesanzeige gelesen hatte, suchte er Doktor Hasenclever auf und erzählte ihm, was mit seiner Schwiegertochter Marie seit Jahren vor sich ging. Hasenclever, der sich durch seinen Sohn, der in Hannover Psychologie studierte, auf dem Laufenden hielt, nannte Maries Zustand eine reaktive, neurotische Depression, begünstigt von vielfachen Verlusterfahrungen. Einer derart erkrankten Mutter, die gezwungen war, frei erfundene Anschuldigungen gegen sich zu richten und ihre psychische Energie zur Selbstzerstörung zu missbrauchen, sollte man kein hoffnungsvolles Kind zum Großziehen überlassen. Das war die Meinung von Doktor Hasenclever.

»Gustav Hermann sollte unser Enkel sein, das weißt du genauso gut wie ich«, sagte Albert Eckstein beim Abendessen zu Paula. »Es waren blöde Zufälle, die es verhindert haben. Und deshalb holen wir uns jetzt den Kleinen ins Haus. Kommt es denn wirklich darauf an, wessen Kind jemand ist?«

Paula legte Messer und Gabel zur Seite. Sie rückte den feinen Porzellanteller eine Handbreit von der Tischkante ab.

»Große Güte, Albert«, sagte sie scharf. »Der dahergelaufene Danni ist nun einmal der Vater von Gustav und nicht unser Sohn … Marie hat unser Leben restlos zerstört. Sollen wir uns jeden Tag daran erinnern, wenn das Früchtchen hier rumläuft?«

»Nein, wir wollen es jeden Tag vergessen«, sagte Albert. »Im Übrigen übertreibst du maßlos, meine Augenweide. Wirklich zerstört ist unser Leben ja nicht, wenn ich an andere denke. Hermann hätte sich auch zum Hierbleiben entscheiden können, mit so einer Frau wie Marie. Aber er wollte ja zu den Kommunisten gehen, statt ihr den einen Fehltritt zu verzeihen. Du hast im Kalenderbüchlein gelesen, dass er sich in den Wäldern selbst ein Flintenweib angelacht hat. Was soll's also? Die Ecksteins haben die Sexualität im Blut, hab ich immer gesagt, und im Sommer '45 ging's Marie nicht anders. Wenn Gustav Lust hat, bekommt er die Gartenzimmer, Punktum. Ich freue mich schon, mit dem Kleinen zur Bremer Brücke zu gehen.«

Sie aßen eine Weile schweigend weiter.

»Das kommt mir alles zu plötzlich«, sagte Paula. »Das klingt fast so, als hätte es keinen Grund gegeben, Marie zu vertreiben.«

»Genau, meine Augenweide, in diese Richtung geht es«, sagte Albert. »Wir hätten wenigstens Marie und das Kind behalten können, als Hermann abgehauen war. Marie hatte keine Familie mehr. Sie gehörte zu uns.«

»Du willst mir doch wohl keine Schuld eintrichtern, oder?« sagte Paula. »Marie hat ihre Pflichten verletzt, dabei bleibt es. Außerdem muss ich erst mit Heinz Toll sprechen.«

»Wenn die Hitlerfresse auch nur einen Mucks sagt, zeig ich ihn wegen Schwarzhandels mit demonischen Schriften an«, sagte Albert. »Das wollte ich eigentlich immer schon tun.«

Es entstand ein langes Schweigen.

»Und was ist mit Marie?« fragte Paula. »Wenn es ihr so schlecht geht, könnte auch sie bald Hilfe gebrauchen.«

»Hm, hm«, sagte Albert. »Sollte Marie tatsächlich Hilfe benötigen, müssen wir noch einmal reden.«

»Mein Gott!« rief Paula. »Diese Masurin ist unser ewiges Gefängnis.«

Sie ging ins Gesellschaftszimmer, setzte sich an den Flügel und spielte Schubert-Lieder … Hasste sie Marie wirklich bis auf den Tod? Hasste sie den kleinen Gustav Hermann, den sie noch nie in den Armen gehalten hatte? Wäre es vielleicht sogar schön, sich zu versöhnen? Paula spürte, dass über ihre linke Gesichtshälfte eine Träne floss. Aber als sie auf ihr Spiegelbild im Klavierlack sah, war es die rechte.

In der Kapelle des Schinkeler Friedhofs hielt Pastor Karwehl vor dem geschmückten Sarg die Trauerfeier über einen Vers aus Jesaja. *Fürchte dich nicht, denn ich habe dich erlöst; ich habe dich bei deinem Namen gerufen; du bist mein!* Es war der Konfirmationsspruch Frieda Schattauers, den Otto und Ruth Schattauer im letzten Frühjahr des Friedens in Kleinbärengrund ausgesucht hatten. In Gustavs Ohren klang Pastor Karwehls Stimme wie Zartbitterschokolade. Der präzise gezogene Seitenscheitel und das Beffchen am Hals gaben seinem Kopf ein strenges Aussehen, das in den sanften Worten gar nicht wiederzufinden war.

Die kleine Orgel spielte Bach. Die Trauergemeinde sang viele Lieder, zuletzt ValetwillichDirgeben von Valerius Herberger. Gustav konnte dem altertümlichen Text nicht folgen, aber er hörte dem Gesang zu und schnappte eine Formulierung auf. Es ging um das »Bündelein der', die im Himmel grünen«. Frieda ist gemeint, dachte er glücklich, sie wird im Himmel grünen. Auch schön.

Marie Eckstein duldete niemanden an ihrer Seite und lief dem Sarg allein hinterher, als man zum Grab aufbrach. Sie trug einen schlichten, schwarzen Rock von Leffers und eine einfache, hochgeschlossene Bluse – Kleider, in denen wir sie noch vierzig Jahre später sahen. Gustav folgte seiner Mutter mit Biggi Henning an der Seite, die kaum Schritt halten konnte. Die Kinder hielten ihre Hände fest ineinander verschlossen.

Natürlich war Gustav der Königin seines Königreiches längst untreu geworden, und zwar gleich am ersten Schultag, als er die Menge der Mädchen von Klasse 1c sah, die sich versammelt hatte, um ihm zu gefallen. Mechthild, die Kratzbürste mit der Brille; Daniela, die Hochnäsige mit der weißen Schleife im schwarzen Haar; Ingeburg, die ihn angefasst hatte; Carola, Annegret, Barbara, Luise … es gab so viele.

Aber zu Biggi kam Gustav immer gern zurück. Sie war die Einzige, die so richtig verstand, was los war.

In der hundertköpfigen Menschenschlange, die sich über die staubigen Hauptwege schob und in die engen Pfade zwischen den Gräbern hineinwand, waren Arbeitskollegen aus Friedas Blumenhandlung am Neumarkt und Schwestern von Maries Station im Stadtkrankenhaus. Keiner der Bewohner des Hauses an der Buerschen Straße fehlte, selbst Agatha Reimer nicht, die von einem Tränenstrom in den nächsten sank, ohne zu vergessen, die Kinder in ihrer Reichweite zur Ruhe zu mahnen.

In der Mitte des Zuges ging Evi Treidl, geborene Landshut. Sie war mit ihrem Ehemann Hubertus aus München angereist – zwei gesundhäutige Nilpferde, wie es in den Aufzeichnungen heißt. Evis Haare waren zu einer Pompadour-Frisur hochgekämmt, ihre hellen Brauen zu feinen Schwingen gezupft. Ihr Busen war selbst für bayerische Verhältnisse exzentrisch. Weil die Tränen die Wimperntusche in kleinen Strudeln aus ihren Augen gespült hatten, sah ihr Gesicht aus wie ein unvollendetes Aquarell.

In Evi Treidl hielt noch der Schockzustand an, in den sie verfallen war, als sie Marie in der Kapelle entdeckt hatte. Das ist nicht meine Freundin, hatte Evi gedacht und entsetzt den Kopf geschüttelt über das Häufchen Elend vor ihren Augen, dem jeder Liebreiz fehlte. In den Briefen, die München erreichten, hatten sich die Entwicklungen angedeutet. Aber die Wirklichkeit überbot die schlimmsten Erwartungen. Es kostete Evi übermenschliche Anstrengungen, den Anstand zu wahren. Sie wäre am liebsten abgehauen, um ihr Bild von der stolzen Marie zu retten, deren Lebenslust einst größer gewesen war als jede Not des Krieges.

In der letzten Reihe, unsichtbar für Marie und Gustav Eckstein, schritten in feinen Trauerkleidern und blitzenden

Lackschuhen Paula und Albert Eckstein – das eleganteste Paar noch vor den Treidls, die in dunkelgrünem Loden auftraten, der viel zu dick war für die Wärme des Tages. Der unglückliche Fahrer des Oberleitungsomnibusses, Horst Stause, hatte nicht die Kraft, bis zum Grab vorzustoßen. Seine Frau stützte ihn, als er umkehrte und der Blumenstrauß aus seiner zittrigen Hand fiel. Gebetsleute aus dem Ruhrgebiet, aus Dissen und aus Bielefeld zogen als geschlossene Formation mit der Trauergemeinde. Zu Tode betrübt schleppte sich Walter Posdziech mit ihnen. Er hielt einen Strauß Rosen in der Hand und weinte laut.

Es war gegen halb eins. Gustav bemerkte, dass die angekündigte Finsternis in der Luft lag. Geduckte Erwartung kehrte in die Natur ein. Vögel, die gerade noch am Himmel geflogen waren, setzten sich auf die Bäume nieder. Ihr Zwitschern, so glaubte Gustav zu bemerken, wurde leiser.

Pastor Karwehl sprach das letzte Gebet. Das Vaterunser der Trauergemeinde schallte zum Sommerhimmel hinauf. Der Sarg wurde hinabgelassen. Frieda bekam ein gutes Grab im östlichen Teil des Friedhofs. Eine Parkbank und eine alte Erle waren nicht weit. Marie entfernte sich, ohne noch einmal ans Grab zu treten. Ernst Schekatz ergriff das Wort. *Aber ich weiß, dass mein Erlöser lebt, und als der Letzte wird er über dem Staub sich erheben.*

Als Schekatz wieder schwieg, stellte sich ein Teil der Gebetsleute zu einem Chor zusammen. Zwei jüngere Frauen begannen an den Saiten ihrer hellbraunen Gitarren zu zupfen, mit dem Plektron die eine, die andere mit den Fingernägeln. Es war ein einfacher Gesang in C-Dur, wie Gustav Eckstein später am Notenmaterial überprüfte. Die Strophen begannen *piano* und endeten *forte*. Natürlich sollte das Lied trösten. Die Wirkung auf Marie war indessen verheerend. Sie fühlte alles, was sie nicht mehr hatte. Ihr wurde das Rückgrat bei lebendigem Leibe herausgezogen, heißt es in den Aufzeichnungen.

Laßt mich gehen, laßt mich gehen,
Daß ich Jesum möge sehn!
Meine Seel ist voll Verlangen,
Ihn auf ewig zu umfangen
Und vor Seinem Thron zu stehn.

Dank Arnd Hennings sachlicher Vorbereitung – und wahrscheinlich nur darum – war Gustav dem Chaos der Eindrücke gewachsen. Während das Chorlied auch durch seine Haut drang, lauschte er den Gesprächen der weltlichen Trauergäste, die von der Fußballweltmeisterschaft auf die eintretende Finsternis umschwenkten. Gustav traute sich Kommentare zu beiden Themen zu. Er bemerkte in den Augenwinkeln, dass sich die Mondscheibe vor die obere Hälfte der Sonne zu schieben begann. Allmählich floss das Licht aus dem Himmel ab. Er spürte, dass es kühler wurde. Er erschauerte, aber er hatte keine Angst.

Anders Marie – deren Erleben auf Friedas Beerdigung erst durch Katrin wieder bekannt wurde. Ihr hatte keiner erklärt, was bevorstand. Sie musste sich aus den hin und her fliegenden Bemerkungen einen Reim auf die ungewöhnlichen Naturvorgänge machen (Vorgänge, die sie für abnorm halten musste). Es gelang ihr kaum. Ihre Verwirrung steigerte sich ins Äußerste. Gustav sah es ihrem Gesicht an.

Süßes Licht, süßes Licht,
Sonne, die durch Wolken bricht,
O wann werd ich dahin kommen,
Daß ich dort mit allen Frommen
Schau dein holdes Angesicht.

Während Evi und Hubert Treidl je zwei Sonnenbrillen übereinander aufsetzten, viele Leute geschwärzte Gläser aus den Handtaschen und Jacken hervorholten, andere Beobachter dunkle Folien zwischen den Händen aufspannten und sich fast jeder einige Blicke auf das kosmische Schauspiel zutraute, vermied es Gustav, nach oben zu blicken. Er hatte Arnds Warnung vor den Gefahren der Blendung nicht vergessen. Nur ein- oder zweimal blinzelte er durch die Ritzen zwischen seinen Fingern, um zu sehen, ob sich das Wunder am Himmel an den Fahrplan hielt. Dann guckte er schnell wieder weg und sah das helle Nachglühen, in dem der Friedhof und die Menschen verblasst waren.

Außer den Gebetsleuten interessierten sich alle nur noch für die Fußballweltmeisterschaft und die Finsternis. Es entstand ein Summen und Brummen wie auf dem Wochenmarkt. Die Luft war voller Ahs und Ohs. Gustav lief traurig zum Grab. Er schnappte sich die Schaufel und warf Sand hinab.

»Liebe Frieda«, sagte Gustav. »Hier ist was los! Aber ich halte zu dir.«

Die Sonnensichel war nach unten gerundet und wog sich am Himmel wie in der Nacht der Mond. Aber sie war naturgemäß unendlich viel heller. In der Betriebsamkeit achtete nur der kleine Gustav darauf, dass seine Mutter plötzlich eine eigenartige Haltung einnahm. Er konnte nicht wissen, dass sie einen jungen Mann entdeckt hatte, der sich – hinter einer schwarzen Sonnenbrille eher schlecht als recht getarnt – im Hintergrund der Menschenansammlung hielt. Marie wollte auch nicht, dass Danni zu ihr kam, sie gab ihm kein Zeichen des Erkennens …, wie ich von Katrin erfuhr.

Aber Gustav beobachtete, dass seine Mutter, wenn ein Trauergast von ihr wegging und der andere noch nicht vor ihr stand, rücksichtslos in die blendende Helligkeit der Sonnenfinsternis starrte: Sie rang den Blinzeldrang nieder und setzte die schmerzunempfindliche Netzhaut mit aufgerissenen Lidern dem Gleißen des Lichts aus. Bald sah sie die Trauergäste nicht mehr, die ihr Beileid abstatteten, und orientierte sich an den Stimmen. Sie dachte – wie Katrin mir sagte – an den Roten Milan, der nach Westen geflogen war, als sie Hermann auf dem Feldweg kennen gelernt hatte. Nun war es Danni gewesen, den sie noch einmal gesehen hatte.

Warum will meine Mutter blind werden? fragte sich Gustav. Was ist so schrecklich, dass sie daran zugrunde geht?

Die letzte Strophe des kleinen Liedes, das Marie hörte, als sie das Licht noch sehen konnte, das ihr das Augenlicht raubte, ging so:

Ach, wie schön, ach, wie schön,
Ist der Engel Lobgetön!
Hätt ich Flügel, hätt ich Flügel,
Flög ich über Tal und Hügel
Heute noch nach Zions Höhn.

Als es auf zwei Uhr zuging und der Mond nach der linken Seite von der Sonnenscheibe rutschte, spazierten die Trauergäste vom Friedhof zum Wirtshaus gegenüber der Rosenkranzkirche. Marie wurde von zwei Krankenschwestern aus dem Stadtkrankenhaus geführt. »Infrarote und ultraviolette Strahlen haben am Stäbchen, am Zapfen und an den retinalen Pigmentepitheln ein irreparables Zerstörungswerk vollbracht« – würde in der nächsten Woche ein Arzt zu Marie sagen und sie sollte nichts verstehen, aber genau wissen, was gemeint war.

Ernst Schekatz, der Prediger des Gebetsvereins, hielt nach dem Kaffeetrinken eine Ansprache. Weil die weltlichen Gäste in der Überzahl waren, verzichteten die Gebetsleute auf eine ordnungsgemäße Nachfeier mit ein, zwei langen Predigten, die sie sicher abgehalten hätten, wenn sie unter sich gewesen wären. Evi Treidl schnaufte tief durch, bevor sie sich dazu aufraffte, Marie wenigstens einmal an ihren Busen zu ziehen.

»Werd erst mal wieder die Alte, meine Liebe«, sagte Evi Treidl. »Und komm uns dann mit deinem Bub in München besuchen.«

»Ja«, sagte Marie blind. »Vielleicht.«

Evi reichte Gustav die Hand.

»München?« sagte er. »Davon habe ich schon mal gehört. Soll schön sein in München.«

»Also, bis dann«, sagte Evi. »Packen mer's.«

»Die kommt's nimmer«, sagte Hubertus Treidl, als er glaubte, außer Hörweite zu sein. »Die is hinüba!«

Albert Eckstein fuhr mit Arnd Henning und dem kleinen Gustav zur Buerschen Straße. Sie setzten sich in Hennings Wohnzimmer vor das Radio und zitterten um den Sieg der deutschen Nationalelf im Baseler St.-Jakob-Stadion. Als Schäfer nach Vorarbeit von Otmar Walter und Max Morlock zur deutschen Führung einköpfte, warf Albert jubelnd die Arme hoch und riss Gustav an sich. Arnd trampelte mit den Füßen und öffnete das zweite Bier. Gustav kaute an seinen Fingernägeln. Er wollte so gern, dass Deutschland siegt.

Bei leichtem Sprühregen und glitschigem Boden drehte die deutsche Mannschaft nach dem Seitenwechsel auf wie selten – so steht es in allen Annalen. Es kam in Basel zu einem Spiel, das bald als das beste deutsche Spiel nach dem Krieg gehandelt wurde. Fritz Walter gab die zweite deutsche Ecke herrlich herein, wie der Reporter sagte. Max Morlock sah seine Chance ..., er roch förmlich den Ball und schoss aus dem Strafraumgewühl auf das österreichische Tor, in dem Ersatzkeeper Zeman keine Chance hatte. War das schon der Sieg?

Toni Turek – *unser Mann im Tor* – verstolperte das Leder am Strafraum. Nur noch 2:1. Im Wohnzimmer der Hennings verkrampften sich die Hände.

Als Fritz Walter das nächste deutsche Tor per Elfmeter erzielt hatte, rollten die Angriffe einer nach dem anderen auf Österreich zu. Eine wahre Sturmlawine entfesselte sich. Fritz Walter, noch einmal Max Morlock und schließlich Otmar Walter »vernichteten die österreichischen Träume«.

Gustav, Arnd und Albert, längst eine verschworene Duz-Gemeinschaft, waren selig. Sie tanzten mit Biggi und Liese um den Wohnzimmertisch. Deutschland stand im Finale.

Sechs zu Eins! Sechs zu Eins!

»Hannapi und Happel haben heute ihren Nimbus als eiserne Verteidiger eingebüßt«, sagte Albert.

»Da wird Wien hübsch granteln«, ergänzte Arnd.

»Ach, bald steht Deutschland wieder da«, sagte Liese.

Familie Henning und Albert fuhren mit Gustav zur Zeppelinstraße, erklärten ihm ihre Sicht der Dinge und führten ihm die Gartenzimmer vor. Er war sprachlos. Dieses riesige Haus! Dieser Garten! Die schönen Möbel! Die Pralinen!

»Wenn du willst, kannst du hier wohnen«, sagte Albert. »Du solltest die Zimmer eigentlich immer schon haben.«

»Warum?« fragte Gustav.

»Du solltest der Sohn von unserem Sohn sein«, sagte Albert.

»Das weiß ich doch längst«, sagte Gustav. »Hermann heißt er, von dem ich nicht der Sohn bin.«

»Also, Junge«, sagte Albert. »Jetzt überleg's dir mal eine Woche …, und dann ziehst du bei uns ein.«

Gustav ging wieder in die Schule. Er aß bei Hennings, schlief in Biggis Zimmer und lernte Willy den Säugling näher kennen. Damit ist es vorbei, wenn ich zu Albert und Paula gehe, dachte er und wurde traurig. Arnd tröstete ihn und versprach, Biggi jede Woche zweimal zum Spielen am Westerberg vorbeizubringen.

Am Ende der Woche ging Gustav in die Wohnung seiner Mutter. Sie lag im Bett, trug eine Augenbinde und wurde von Liese versorgt. Gustav war entsetzt, als er Marie sah. Sie war eine alte, magere Frau: ein bedauernswertes, kaputtes Skelett. Ich muss für sie sorgen, dachte er, es bleibt mir nichts anderes übrig.

»Frieda ist tot«, sagte Marie. »Ich habe sie getötet.«

»Du spinnst«, sagte Gustav. »Ein Bus hat sie überfahren. Ich habe den Busfahrer auf dem Friedhof gesehen.«

»Busse töten keine Menschen«, sagte Marie.

»Doch«, sagte Gustav. »Doch, doch, doch! – Arbeitest du nie mehr im Krankenhaus?«

»Nie mehr«, sagte Marie. »Es gibt keine blinden Krankenschwestern.«

»Das ist schlimm«, sagte Gustav. »Ich werde mit Onkel Albert reden.«

Er fühlte sich stark bei diesen Worten.

Einige Tage später wurde Marie Eckstein in das Dachzimmer des Hauses an der Zeppelinstraße gebracht. Sie ließ sich aus den Gartenzimmern, in die Gustav einzog, zwei Kirschholzlehnstühle bringen. Gustav errang mühelos Paulas Respekt, später auch ihre Liebe und stieg mit Alberts Zustimmung über die Jahre zum Hausherrn auf. Als Albert und Paula Eckstein 1968 kurz hintereinander starben (er war 78, sie 75), ergab die Testamentseröffnung, dass der Hamburger Student Gustav Hermann Eckstein der Alleinerbe des Ecksteinschen Vermögens und aller Immobilien war. Es gab eine Bedingung: Marie Eckstein, geborene Schattauer, sollte bis an ihr Ende kostenfrei im Dachzimmer wohnen dürfen und hatte Anspruch auf Versorgung. Gustav organisierte die Pflege seiner Mutter und machte seinen Doktor mit einer Arbeit über *Kunst und Glauben in Karl Philipp Moritz' »Anton Reiser«*. 1976 zog er mit seiner Frau Katrin, geborene Erdentreu, in seine Geburtsstadt zurück und wurde am Karlgymnasium Lehrer für Deutsch und Geschichte. Außerdem bestand er darauf, einen Rhetorikkurs anzubieten.

7

die heiße Wurst. Dreizehn blutrote Buchstaben auf einem weißen Plastikschild in der Halle des Kölner Hauptbahnhofs ... am Imbiss zwischen Gleis zwei und Gleis drei, wo der Kaffee 1,70 kostete und der Geschmack des Kunststoffbechers umsonst war. Einer dieser anonymen Umschlagplätze für Reiseproviant und Münzgeld, die man auf deutschen Bahnhöfen häufig findet.

Der schwarzhaarige Wurstbrater gab seinen Kunden ein Lächeln und aufmunternde Worte mit auf die Reise. Seine Bewegungen in dem engen Glaskäfig waren katzenhaft präzise. Gestickte Buchstaben auf der Schürze stellten ihn als Mustafa Izmirli vor. Kein Kaffee- und kein Fettspritzer trübte den spiegelnden Edelstahltresen. Strohhalme im Glas, Kondensmilch im Kännchen, Zucker im Streuer, alles war an seinem Platz. Auf dem Elektrogrill lagen Krakauer und Bratwürste in Reih und Glied, jederzeit griffbereit, um von Mustafa Izmirli den Prozessen der Vertilgung und Verdauung übergeben zu werden.

Ich war während der Mittagspause vom Verlagshaus am Hohenzollernring zum Hauptbahnhof gefahren und hatte das Auto auf dem Parkplatz am Breslauer Platz abgestellt. Im IC aus Frankfurt am Main, der laut Fahrplan in wenigen Minuten eintreffen sollte, saßen Daniela und Lotta. Meine Frau hatte unsere Tochter bei Verwandten im Taunus vorgestellt. Wir hatten Lotta vor reichlich einem Jahr am Pazifik bei

Santa Cruz gezeugt, als Daniela noch in Stanford an der Universität arbeitete, auf jenem Campus, der die Schönheit des akademischen Denkens auch für die Augen sichtbar macht. Geboren wurde Lotta in Köln, nicht in den USA, darauf hatten wir – von uns selbst überrascht – einigen Wert gelegt.

»So, so«, hatte Edith May gesagt. »Ausgerechnet beim Nachwuchs entdeckt ihr euren Antiamerikanismus.«

Ein Luftzug trug vom Rheinufer schwache Gerüche des Frühlings in den Bahnhofsdunst. Es war ein Maitag im ersten vollen Kalenderjahr der Regierung Schröder. Im Schatten war es mild, im Freien stach die Sonne, ohne Hitze zu verbreiten. »Sie haben Anschluss an den Regionalexpress …«, sagte die Lautsprecherstimme zu den Reisenden auf dem nächsten Bahnsteig. Zwei Menschen in hellen Shorts schoben sich vorbei und ächzten unter der Last ihrer Koffer, an deren Griffen Klebestreifen von Delta Airlines zu sehen waren. »Oh, it's great«, sagten beide und wiesen mit der Nase voraus. Ich nehme an, sie bezogen sich auf die ewige Gegenwart des Doms. Hoch über ihren Köpfen bewarben türkise Leuchtziffern *Eau de Cologne*.

Neben Izmirlis Imbiss gab es zwei Stehtische, beide mit einem Kleeblatt von Zeitungslesern drum herum. Als einer von ihnen die *Frankfurter Allgemeine Zeitung* in seinen Händen senkte, entdeckte ich zu meinem Erstaunen, dass der Kopf von Gustav Eckstein auftauchte. Das silbrige Haar fiel ihm zerzaust in die Stirn. Es war offenkundig, dass ihm ein Spitzenfriseur die Zerzausung besorgt hatte. Ecksteins Adamsapfel glitt langsam auf und ab. Seine schmalen Lippen waren feucht, seine Augen träumerisch. Er hatte einen Strauß *Gloria-Dei*-Rosen vor sich liegen, auf deren gelben Blütenblättern ein taufrischer Hauch Rosa schimmerte.

Oha, ein Rendezvous, dachte ich, der alte Meister kehrt in die Arena zurück.

»Ne Mark, keiner macht ne Mark locker, verdammte ...«, fluchte ein Penner, als er von den Amerikanern abgewiesen wurde und rollte den schmutzigen Teppich seines Körpergeruchs in meine Richtung aus. Seine Unterarme waren von Wunden und rotem Schorf übersät, ein bedauernswerter, womöglich ansteckender Fall. Ich zog unaufgefordert fünfzig Pfennig aus der Tasche, womit der Penner trotz seiner vorigen Flüche zufrieden war und sich trollte.

Zwei Mädchen kamen die Treppenstufen aus dem Bauch des Bahnhofs herauf, schlenderten von einer Bahnsteigkante zur anderen und blieben in meiner Nähe stehen. Das hübschere Mädchen hatte ein längliches Gesicht und goldbraunes Engelhaar. Sie fingerte Lakritzschnecken aus der Papiertüte. *Candy Kids von Lekkerland.* Engelhaar stieß ihre Freundin mit dem Ellbogen an.

»Was würdest du machen, wenn du wüsstest, dass du morgen stirbst?« fragte sie mit zart lispelnder Stimme.

Die Welt der Pubertierenden ist voller Gespräche, die so beginnen und vielleicht im nächsten Satz schon zu Ende sind. Aber für die trauernde Erinnerung ist natürlich die ganze Welt ein *Memento mori.* Jeder Stein, jede Stimme, jedes vergängliche Lachen. Und das ist die Perspektive, aus der ich erzähle.

»Wie jetzt?« fragte das zweite Mädchen zurück.

»Wenn jetzt zum Beispiel deine Mutter sagen würde, der Arzt hat gesagt, dass du morgen sterben musst«, antwortete Engelhaar.

»Ich würde dann viel mit dem Pferd machen«, sagte das zweite Mädchen. »Mit dem Pflegepferd, meine ich. Das würde ich sofort ganz lange machen.«

»Ich würde dann machen, was mir gerade einfällt«, sagte Engelhaar. »Genau in dem Moment, wenn meine Mutter es mir sagt.«

Während die Mädchen redeten, spielte das Telefon in meiner Jacke ein paar Takte aus Rossinis *Wilhelm Tell.* Ich fühlte mich gestört und hätte den Anruf gern meinem Anrufbeantworter überlassen, um den Mädchen weiter zuzuhören. Aber das Display zeigte Eduards Nummer an. Also drückte ich den schwarzen Button mit dem grünen Hörer. Ich finde, man ist Freunden Erreichbarkeit schuldig.

»Eduard«, sagte ich. »Was ist los? Es ist laut hier, ich bin am Bahnhof.«

»Ganz kurz«, sagte er. »Ich starte gleich zu meinen Eltern. Bleibt's beim Rennradfahren am Samstag?«

»Ja, wie verabredet, Dickerchen«, sagte ich. »Am Samstag um zwölf am Südbahnhof. Schöne Grüße zu Hause.«

Ich drückte ihn weg. –

»Dann würde ich ziemlich vielen eine reinhauen, bei denen ich das immer schon machen wollte«, hatte das zweite Mädchen während meines Telefongespräches gesagt.

»Dann stirbst du vielleicht doch nicht am nächsten Tag und hast voll viel Hass«, hatte Engelhaar geantwortet.

»Ach, das ist dann Pech«, hatte das zweite Mädchen gesagt.

Beide Mädchen trugen blaue Steppjacken und waren zusammen jünger als ich. *Eastpak* stand auf der Tasche von Engelhaar. Das zweite Mädchen, das vom Pflegepferd gesprochen hatte, hielt einen taubengrauen Rucksack mit Lederboden vor ihrer Brust. Um ihre beigefarbene Cordhose stand es nicht zum Besten.

»In die Schule würde ich dann trotzdem gehen«, sagte Engelhaar. »Ich muss dann ja noch ziemlich vielen Auf Wiedersehen sagen.«

Für ein schnelles »dann« fanden die Mädchen immer eine Satzlücke, es war erstaunlich. Ihr eigentlich ruhiges Gespräch bekam dadurch etwas Atemloses. Sie sparten jedoch an anderer Stelle Worte ein. Sie sagten nie »geil«, »endgeil«, »mega«, »megageil«, »fett«, »cool«, »krass«, »kannste vergessen«.

»Gibt's keine Schnecken mehr?« fragte das zweite Mädchen.

»Nee«, sagte Engelhaar. »Aber mach jetzt bloß nicht die Zwiebelringe auf. Die sind ja ekelhaft, die Zwiebelringe.«

Zu den zwei Mädchen traten zwei grinsende Jungen und alle vier schlurften in den amorphen Hintergrund, womit sie für meine Beobachtungen verloren waren. Es knackte in den Lautsprechern. Für den IC aus Frankfurt am Main wurde eine zehnminütige Verspätung angesagt. Gustav Eckstein hob seinen lächelnden Blick von der Zeitung, ließ ihn den Gleisen folgen, in das Gewirr der Signale hinausschwirren und von der Ferne aufsaugen.

Warum ging ich nicht zu meinem Freund Eckstein, sondern betrachtete die Situation aus der Distanz? – könnte man heute fragen. Tatsächlich habe ich damals keinen Augenblick daran gedacht. Ich bin ein neugieriger Mensch, aber nicht rücksichtslos. Eckstein hatte *Gloria-Dei*-Rosen bei sich. Es war sonnenklar, dass er eine Frau erwartete, denn niemand verreist in einem IC nur mit Rosengepäck. Eckstein hatte uns nicht angerufen, weder Eduard, noch Esther, noch mich. Dabei rief er sonst immer an, wenn er nach Köln kam, selbst wenn er nur für ein Konzert in der Philharmonie oder eine Ausstellung im Museum vorbeikam. Also wollte er an diesem Tag seine Angebetete allein treffen. Er hatte ein Recht darauf – und mir hatte der Zufall das Recht eingeräumt, ihn dabei zu beobachten.

Es säuselte in der Ferne, es brauste in der Nähe, die graue Nase eines ICE schoss heran. An der anderen Seite der Halle fuhr bald darauf der Thalys nach Paris ab. Ein Regionalexpress, der bei der Ankunft undurchsichtig vor Menschen gewesen war, entleerte sich rasch und wurde mit neuer Körperfracht gefüllt. Kinder lachten, quengelten und schrien. Reisende stürzten zu den Waggontüren und eilten zu den Treppen. Lautsprecherstimmen sagten Verspätungen an, suchten Leute, wollten alles regeln.

Zwei Männer nahmen im Kammerflimmern der Halle die Stehplätze neben mir ein und klemmten ihre Bürotaschen zwischen die Fußknöchel. Beide hatten sich bei Mustafa Izmirli mit Currywürsten versorgt.

»Wir sind mit der Bäckerhefe verwandt«, schnodderte der eine. »Ungefähr über 700 Millionen Jahre, wie man weiß.«

»Das kannst du so nicht sagen«, antwortete der andere.

»Doch«, beharrte der erste. »Die Erbsubstanz des Lebens ist überall gleich. Auch gläubige Katholiken sollten das begreifen.«

»Gene bedeuten nichts, wenn es um das spirituelle Selbst geht«, eiferte der Katholik. »Du vergötterst das physische Leben ja nur, weil du Biologe bist.«

Die Mundwinkel der Diskutanten wurden von Bissen zu Bissen röter und meine Augen immer stärker von den Krakauern auf Mustafa Izmirlis Elektrogrill gefesselt.

»Glaub, was du willst«, sagte der Biologe. »Der Mensch wird jedenfalls sein eigener Schöpfer.«

»Menschen sind mehr als die Summe ihrer Gene«, entgegnete der Katholik. »Nimm dich ernster als Bäckerhefe! Gönn dir diesen Luxus.«

Er wischte mit einem Wurststück das Currypulver in der Pappschale zusammen und schob sich den gelb gesprenkelten Batzen in den Mund.

»Geschenkt«, versetzte der Biologe. »Aber das eugenische Zeitalter lässt sich davon nicht aufhalten.«

»Was hülfe es dem Menschen, wenn er die ganze Welt gewönne, und nähme doch Schaden an seiner Seele«, zitierte der Katholik.

Endlich traf der verspätete IC aus Frankfurt ein. Ich wandte mich von den Männern ab und vermied es, in Ecksteins Gesichtsfeld zu treten. Er faltete die Zeitung, griff nach den Rosen, beobachtete die Waggonnummern des rollenden Zuges und machte zuletzt ein paar Schritte gegen die Fahrtrichtung. Es war Esther Naumann, auf die er gewartet hatte. Sie küssten sich zweimal auf den Mund, hielten sich eine Weile im Arm und ließen ihre Blicke ineinander fließen. Alles strahlte Vertraulichkeit aus, nichts Befremden.

Eckstein gab Esther die *Gloria-Dei*-Rosen, nahm ihr die schwarze Reisetasche ab und legte seine Hand um ihre Taille. Esthers Lächeln war frei von Selbstlosigkeit und Tabus. Aber ich hatte selten so viel Mädchenhaftigkeit in ihrem Gesicht gesehen und niemals so viel Romantik um die Fältchen in ihren Augenwinkeln. Mein Erstaunen darüber, dass Esther und Eckstein hinter unserem Rücken ein Verhältnis angefangen hatten, war naturgemäß nicht klein. Dass es aber den Anschein hatte, als würden sie sich lieben, verwirrte mich.

Nachher fragte ein Kriminalpolizist, an welchem Aufenthaltsort (er sagte »Aufenthaltsort«) Eduard Manthey seine Freundin zu diesem Zeitpunkt vermutet hatte. Ich konnte dem freundlichen Mann helfen. Eduard nahm an, dass Esther nach Berlin unterwegs war, um am Wissenschaftskolleg im Grunewald Interviews zu führen. So hatte sie es ihm bei ihrer Abfahrt aus Nürnberg am Telefon erzählt. Esthers kurzfristig arrangierte Berlinreise, die sie nie antrat, kam Eduard gelegen. Er wollte ohnehin zu seinen Eltern fahren. Sein Vater, der seit Wochen kränklich im Bett lag, hatte um Besuch gebeten.

Ich beendete die Observation und schaute mich nach Daniela und Lotta um. Sollte ich Eduard anrufen und ihm sagen, was los war? Mich streifte dieser Gedanke, während ich im Rücken von Eckstein und Esther die Reihe der Waggons ablief. Aber die Mehrzahl meiner Zellen sträubte sich. Ich bin dafür, dass die Leute ihre Angelegenheiten selbst regeln. Außerdem entdeckte ich Daniela und Lotta und sie entdeckten mich, und alles andere war erst einmal egal.

»Er gab mir das Gefühl, jung und erfahren zu sein«, sagte Esther später, als wir von dem Tag sprachen, an dem sie zum ersten Mal ohne Eduard an der Zeppelinstraße aufgetaucht war.

Die große Jubiläumsfeier im Kölner Dom lag Wochen zurück. Alle journalistischen Aktivitäten wegen KAL-Flug 007 waren beendet, die Artikel gedruckt, die Radiostücke gesendet. Esther kam von einer Pressekonferenz aus den Hamburger Deichtorhallen, wo am selben Abend eine Ausstellung über erotische Fotografie aus Japan eröffnet wurde, wenn ich mich nicht täusche. Sie hatte sich auf der Höhe von Bremen telefonisch bei Eckstein angemeldet und einen geschäftsmäßigen Ton angeschlagen: Beim Buchprojekt hätte sich dieses und jenes ergeben, man müsse reden. Er war sofort einverstanden gewesen.

»Schön, dass du kommst«, sagte Eckstein zur Begrüßung an der Haustür. »Ich feiere gerade Abschied vom Bunker.«

Eckstein führte Esther in die Innere Immigration und schaltete die Beleuchtung ein. Er hatte tagelang aufgeräumt und eine kompromisslose Ordnung erzeugt. Die Rücken der drei-, viertausend Bücher standen exakt auf den Kanten der Regale und sahen aus wie Dekoration. Alle Aufsätze, Skizzen und losen Blätter, die bei unserem Besuch im Juli noch herumgelegen hatten, waren in Ordnern verschwunden und die Ordner (ausschließlich rein weiße von Leitz) nach der Wittgensteinschen Dezimalzählung geordnet: 1, 1.1, 1.11, 1.12 … Auf dem geräumigen Schreibtisch lag der zugeklappte Laptop, dessen Einsamkeit nur ein Füller teilte. Der Papierkorb aus schwarzem Drahtgeflecht war leer.

Eckstein und Esther setzten sich auf die dunklen Lederpolster im rechten Schacht, tranken kalten Jasmintee und unterhielten sich über das Buchprojekt. Ein Berliner Verlag der VCH-Gruppe hatte Interesse, war aber mit dem Druckkostenzuschuss nicht zufrieden, den die Fördergesellschaft Wissenschaftliche Neuvorhaben nach Esthers Bemühungen (einschließlich der Beschaffung eines Experten-Gutachtens) in Aussicht gestellt hatte. Der Verlag spekulierte mit einer Auflage von 800 Exemplaren, rechnete aber angesichts der Sperrigkeit des Produktes nicht mit schnellem Abverkauf und wollte das eigene Risiko bis auf den letzten Pfennig minimieren.

»Ich lege den Rest drauf«, sagte Eckstein. »Meinetwegen bezahl ich den Druck komplett. Sag das den Verlagsleuten bitte schnell. Wegen der Finanzierung darf es keinen Tag Aufschub geben.«

»Ich werde den Teufel tun«, sagte Esther. »Du hast ein tolles Buch geschrieben. Jetzt muss sich der Betrieb rühren. Alles andere wäre unprofessionell.«

Eckstein stand auf.

»Ich habe lange genug gewartet, meine Liebe«, sagte er. »Ich halte diese *FAZ*-Kritiken nicht mehr aus, die ich jeden Morgen lesen muss. Da werden Bücher gelobt, die weniger Substanz haben als die Fußnoten meines Exposés. Es wird Zeit, die Maßstäbe zu korrigieren. Außerdem bin ich alt genug für den Ruhm.«

»Kann sein«, sagte Esther. »Aber auch für ein bisschen Geduld.«

Eckstein ging wie aufgezogen hin und her. Esther sah in seinen Augen die Zukunft, von der er träumte. Er sehnte sich sichtbar nach dem nächsten Tag, dem nächsten Monat, dem nächsten Jahr. Er war in einem Rausch der Erwartung. Ihr gefielen die Bewegungen von Ecksteins Tentakelarmen, die den guten Sitz des Anzugs betonten. Sie mochte das nervöse Klimpern seiner Finger, die Luftklavier spielten, wenn er beim Sprechen die innere Unruhe nicht bezwingen konnte. Sie roch den dezenten Edelholzduft gern, der um ihn lag. Er war ein attraktiver Mann, das wusste sie längst. Er würde die schönen unter den gebildetsten Frauen der *Scientific community* erobern, wenn das Buch erst das Licht der Welt erblickt hätte. Sie wurde neidisch, wenn sie daran dachte.

Eckstein erzählte von den psychischen und physischen Begleiterscheinungen der Klausur. Er hatte mehr als einmal achtundvierzig Stunden ohne Schlaf durchgearbeitet und sich am Ende vor Begeisterung nur mittels starkem Rotweingenuss ins Bett zwingen können, wo er dann nach wenigen Stunden wieder erwacht war, weil der Wein aufs Klo musste. Er war in Krisenzeiten ein Opfer des Jähzorns geworden, hatte gebundene Bücher an der Wand zerklatscht und den Bildschirm des ersten Computers mit einem Fußtritt zerstört. Er hatte sich fünfmal beim Sportarzt behandeln lassen müssen, weil er den Schreibtisch mit der Faust traktiert hatte – aber der Schreibtisch war aus deutscher Eiche.

Unser Meister war in mystischen Nächten aus dem Bunker in den Garten getreten, um in den selenischen Schimmer des Sternenhimmels zu blicken und die Atemzüge des Alls zu spüren. Er hatte sich auf Augenhöhe mit Aristoteles, Pascal und Kant gefühlt und geglaubt, nie mehr denken zu können, so stark war die Eruption seines Gefühls gewesen. Er hatte das Unerhörte mit Händen gegriffen.

»Und dann fällst du wieder ins Loch«, sagte Eckstein. »Du gehst morgens an den Laptop, liest ein paar Zeilen und glaubst, du müsstest alles noch einmal und viel besser schreiben. Alles, alles, alles! Jeden einzelnen Buchstaben!«

(Wie man kaum hervorheben muss, verschwieg Eckstein gegenüber Esther, dass er manchmal in der Bunkertoilette vor Schmerzen geschrien hatte, wenn er die vom vielen Sitzen hervorgerufene Verstopfung herausquetschte – und auf dem Klopapier ein großer Blutfleck wie eine Blume der Gewaltsamkeit erschien, der ihn verwundert an die Interessen bestimmter Nymphen zurückdenken ließ, die er vor einer Ewigkeit befriedigt hatte. Von diesen Dingen war in anderen Gesprächen die Rede, an denen Esther nicht teilnahm.)

»Ich habe alle Höhen und Tiefen genossen, die ein Mensch bei der wissenschaftlichen Arbeit erleben kann«, sagte Eckstein. »Es wird Zeit für ein neues Spiel, gern noch einmal so überwältigend, wie das vorherige es war.«

Wenn Ecksteins Finger das Luftklavierspiel begannen, seine Stimme unerbittlich wurde und seine Augen vor Stolz glühten, stellten sich die blonden Härchen auf Esthers Unterarmen quer, wie unter dem Einfluss von Polarwind. Sie mochte diese Momente gern, Momente des Erschauerns. Sie fand Eckstein im Stolz, im Zorn und im Hochmut noch beeindruckender, als wenn er versonnen und einfühlsam zu ihr redete. Sie hatte kein Problem mit seinem Hang zur Selbstdarstellung. Er war ein Künstler für sie – exzentrisch und charismatisch.

Als Katrin das Haus verlassen hatte, um ins Stadttheater zu gehen, wechselten Eckstein und Esther ins Gesellschaftszimmer. Eckstein öffnete Sekt vom Weingut Dr. Heger im Kaiserstuhl und arrangierte aus Meeresfrüchten, Käse und Weißbrot einen Imbiss. Er dimmte das Licht mehrerer Lampen, bis die papayagelben Töne überwogen, und legte die Pretenders auf. Einige Takte schrabbelte die Gitarre solo, dann dröhnte das Schlagzeug hinein, die Stimme von Chrissie Hynde füllte den Raum – klar in den höheren Tonlagen, neblig in der Tiefe. Ausgerechnet, dachte Esther. Auch sie hatte mit den Pretenders geträumt, geküsst und geweint, vor zehn, vor zwölf, vor fünfzehn Jahren. Sie fand die Musik mittlerweile ein bisschen seicht. Aber die Erinnerung beschwor das kritiklose Gefühl der Hingabe herauf, Esthers Befindlichkeit in den achtziger Jahren. Die Pretenders machten sie schwindelig. Samthandschuhe griffen nach ihr.

»Wollen wir tanzen?« fragte Eckstein.

»Ich will ein bisschen zuhören, mir wird ganz schummerig«, sagte Esther. »Aber tanz ruhig … Tanz für mich, Gustav.«

So kam es, dass Gustav Eckstein, der silberhaarige Mann von zweiundfünfzig Jahren, langsam und allein zu tanzen begann. Er setzte die Füße mit leichter, rhythmischer Verzögerung voreinander und stach mit den Zeigefingern geradeaus in die gelben Halbschatten. Doch seine Bedachtsamkeit hielt nicht lange an. Eckstein steigerte den Radius seiner Bewegungen und die Geschwindigkeit. Er hob mit den Sohlen ab, wirbelte um die eigene Achse, rollte die Schultern und ließ die Arme fliegen wie die Flügel eines Raubvogels. Er warf das Sakko über den Sessel und krempelte die Ärmel des Hemdes auf. Er strich sich das feuchte Haar aus der Stirn. Seine Augen waren geschlossen.

Eckstein ist der selbstverliebteste Mann des Universums, dachte Esther, aber er tanzt ja für mich.

Ihre Hingerissenheit nahm zu, als ihr Eduard in den Sinn kam, Eduards Erschlaffung und Saturiertheit, die von Tag zu Tag bleierner wurde. Ihr Lebensgefährte kam oft erst gegen zwölf Uhr mittags vom Markt am Klettenberggürtel zurück, wo er die Bauern und Händler längst mit Namen kannte, und hatte dann noch nicht einmal gefrühstückt. Trotzdem verzog er sich am Nachmittag schon wieder mit den Zeitungen in die Küche und öffnete sich zur Erfrischung einen Rosé. Eduard kochte viermal in der Woche mehrgängige Menüs, die Fresskritiker zu verzückten Schreien gezwungen hätten – aber seine Stelle an der Universität wurde nicht verlängert. Es war klar, dass er für seine Doktorarbeit bei zehnmal geringerem Ertrag länger brauchen würde als Eckstein für das epochale 700-Seiten-Buch, wenn es so weiterging.

Schade, dass mir zuerst der Epigone über den Weg gelaufen ist, dachte Esther. Schade, dass ich die Kopie für das Original gehalten habe.

Als Chrissie Hynde *Don't get me wrong* sang, stand Esther auf und begann ebenfalls zu tanzen. Die Musik war sehr laut. Eine Weile tanzten Esther und Eckstein, ohne sich umeinander zu kümmern, in großen Schleifen durch den Raum und die gefärbte Luft. Das vorletzte Lied auf der CD war *Hymn to her.* Pat Seymour drückte die Wehmutstasten. Das Stück war wie ein langer Kuss im Morgengrauen, fand Esther. Sie suchte Eckstein (der die Augen nicht öffnete, als sie ihn fand), schmiegte sich an seinen ausgemergelten Körper, drückte ihr festes Fleisch an seine Knochen und gab ihm die Wärme ihrer Brüste zu spüren. *Something is lost / but something is found.*

»Something is lost«, sagte Esther.

»But something is found«, sagte Eckstein.

»Werd jetzt nicht kitschig«, sagte Esther.

Sie küssten sich lange.

Danach fuhr Esther im schwarzen Toyota nach Hause. Die Strecke auf der A1 reichte aus, um die Pretenders-CD, die sie eingesteckt hatte, dreimal zu hören und sich den Kuss hundertmal in Erinnerung zu rufen. Esther war eine Schnelldenkerin. Aber sie brauchte eine Weile, um klarzukriegen, ob sie ein Verhältnis mit dem Herrn und Meister ihres Lebensgefährten wollte. Sie ahnte, dass ihre Beziehung mit Eduard in Ecksteins Armen noch fader aussehen würde, als sie ohnehin geworden war.

Das Liebesleben der folgenden Wochen gab Esther entscheidende Fingerzeige. Sie konnte akzeptieren, dass ihr der Höhepunkt dann und wann verwehrt blieb, wenn sie mit Eduard schlief. Aber dass sich Eduard – ihr Freund, ein Mann –

nicht befriedigte, wenn er in ihr war, sondern irgendwann aufhörte und sich unter ihr wegzog oder zur Seite abrollte wie ein Teigklumpen, schlug ihr auf die Ehre. Sie erwog eine Weile, ihr Leben zu revidieren und Eduard zu verstoßen. Aber die Vorfreude auf Eckstein und das Mitleid mit Eduard siegten. Esther wurde sanftmütig und beschloss, den trägen Bären, den sie sich vor zweieinhalb Jahren als sportlichen Rennradfahrer von der Landstraße geholt hatte, im Haus zu behalten, ihn gegen gewisse Hilfsdienste durchzufüttern und unterdessen mit Eckstein die Höhenluft der Liebe zu genießen.

Durch die Klarheit und moralische Plausibilität ihres Entschlusses (durch die Erleichterung über die Klarheit und Plausibilität) geriet Esther in euphorische Stimmung, die sich auch auf Eduard übertrug. Er warf einen Teil seiner Lethargie wieder ab und aktivierte, was ihm an Leidenschaft geblieben war. Während der Herbst ins Land zog und der Winter anbrach, schlief Esther regelmäßig mit ihren beiden Männern, wenn auch nie mit beiden gemeinsam. An Eduard schätzte sie Treue, Zufriedenheit, Fügsamkeit und vor allem seine beruhigende Durchschnittlichkeit, in die sie sich gedankenlos mummen konnte, wenn die Arbeit des Tages vorüber war.

Gustav Eckstein dagegen liebte sie, wie mutige Menschen das Leben mit seinen Gefahren lieben. Dank Ecksteins Worten und Küssen spannte sich der Dezemberhimmel größer als je zuvor über ihr.

Esther konnte ihre Treffen mit Eckstein – gern im Hotel im Wasserturm, wenn sie in Köln blieben – ohne Probleme arrangieren und geheim halten. Eduard war längst daran gewöhnt, dass erfolgreiche Journalisten im Prinzip jederzeit überall zu tun haben können. Er war frei von Argwohn. Er genoss den Komfort der Klettenberger Wohnung, züchtete auf dem Balkon Küchenkräuter, guckte der Putzfrau nachsichtig auf die Finger, sah den Großteil der Sportsendungen, die im Fernsehen kamen, und optimierte seine bürgerliche Existenz, indem er sich mit der weiteren Nachbarschaft bekannt machte. Wegen seiner Jovialität, seiner Hilfsbereitschaft und seines verschwenderischen Umgangs mit der Zeit wurde er als Seelentröster und guter Kumpel geschätzt. Der Bistrobesitzer von der Luxemburger Straße, bei dem Eduard oft einen kleinen Imbiss nahm, wenn er aus den Bibliotheken der Universität zurückkam und Erholung brauchte, gab seinem großzügigen Gast den Adelsschlag: »Du bist ne echt kölsche Jung.«

Während Eckstein und Esther im Jaguar vom Kölner Hauptbahnhof zum Schlosshotel Lehrbach fuhren, das Auto dem dunkelhäutigen Hotelboy übergaben und sich von Drei-Sterne-Müller bewirten ließen, fuhr Eduard in Esthers Toyota in unsere Heimatstadt. Als er an Münster vorbei war und das Autobahnkreuz Lotte näher kam, begann er an seinen bettlägerigen Vater zu denken und wurde trübsinnig. »Vielleicht ist er früh müde geworden«, hatte Dietlinde beim letzten Telefongespräch gesagt.

An diesem Nachmittag ging es Gotthilf D. etwas besser. Er hatte sich geduscht, seit Tagen zum ersten Mal Straßenkleider angezogen und begrüßte seinen Sohn an der Wohnungstür. Eduard aß in der kleinen Küche einen Teller Erbsensuppe mit Bockwurst und schnallte den Gürtel weiter. Dietlinde kochte frischen Kaffee und versorgte ihren Sohn im Wohnzimmer mit Erdbeertorte von der Bäckerei Coors.

Es gab keine medizinischen Neuigkeiten, und gerade deshalb sollte Gotthilf D. am Montag ins Stadtkrankenhaus eingeliefert werden. Dr. Bernhard Tholen, seit Jahrzehnten Hausarzt der Familie, sah die Grenzen seiner Zuständigkeit gekommen, wie er sagte – er hatte einfach keine Ahnung, was los war. Die Blutwerte vom alten Manthey waren passabel, der Kreislauf stabil, der zurate gezogene Internist hatte keine Beanstandungen, vom Gallengrieß abgesehen, der aber schon mit der nächsten Fettmahlzeit abgeflossen sein könnte.

»Lieber Herr Manthey, ich möchte Ihnen keine Angst machen«, hatte Dr. Tholen gesagt und seinem Patienten den Arm auf die Schultern gelegt. »Aber bei Männern unseres Alters lauert manchmal was. Sie sollten einen Generalcheck im Krankenhaus machen.«

»Ich verstehe«, hatte Gotthilf D. geantwortet und seine Gelassenheit nicht verloren.

Eduard erzählte seinen Eltern von Esthers grandioser Karriere und dichtete (nach der unvermeidlichen Nachfrage) seiner Doktorarbeit einige Dutzend neuer, inhaltlich bedeutsamer Seiten an, die in Wirklichkeit noch geschrieben werden mussten. Er blieb bei seinem Vater sitzen, bis die Sonne untergegangen war und das Wohnzimmer im Dunkeln lag. Zwischendurch ging ihnen der Gesprächsstoff aus, aber die Atmosphäre blieb dicht und warm. Nach dem Abendessen wurde Gotthilf D. schnell müde und legte sich ins Bett. Eduard schaute noch ins Schlafzimmer, wünschte seinem Vater Gute Nacht und fuhr mit Sorgenstichen in der Seite in die Stadt.

Er hatte keine Lust auf Kino, Kneipe oder Disco, das stand schon fest, bevor er einen Parkplatz in der Altstadt fand. Allein das Wort Disco kam ihm altmodisch vor, wie aus einer fernen Zeit: seiner Jugend. Er ging in Köln manchmal mit Esther zum Tanzen und wusste deshalb, dass Tanzengehen für Menschen über dreißig nicht verboten war. Aber in den Discotheken seiner Heimatstadt, in denen er früher mit Julia gelärmt und geknutscht hatte, war das Publikum ausgetauscht worden, bevor es erste Falten warf. Die frischfleischigen Sechzehn-, Achtzehn- und Zwanzigjährigen hielten wie eh und je das Zepter in der Hand, das hatte er schon vor Jahren bemerkt. Sollte er mit Teenies über die Vergänglichkeit reden?

Eduard machte die alten Wege und blieb lange am Erzählbrunnen sitzen. Die spektakulärste Figur des Brunnens war ein Sensenmann, der den Bürgern die Köpfe abrasiert. Eduard versuchte, sich das Alter vorzustellen – das Gefühl vorzustellen, alt zu sein –, und es gelang ihm ohne weiteres. Er wurde noch wehmütiger.

»Mein Junge, wir sollten in den Garten gehen«, sagte Gotthilf D. am nächsten Morgen nach dem Frühstück. »Es ist warm genug, um auf der Bank zu sitzen.«

»Habe nichts dagegen«, antwortete Eduard.

Er entnahm dem feierlichen Klang der Worte, dass sein Vater ihm etwas Besonderes mitzuteilen hatte, und er fürchtete, es würde das Schlimmste sein: Dass der Sensenmann schon ausgeholt habe.

Vater und Sohn setzten sich auf die Gartenbank nahe der Atlaszeder. Gotthilf D. packte sich in Decken. Die Sonnenstrahlen kämpften noch mit dem Morgendunst.

»Schau mal, ne Azurjungfer«, sagte Eduard und wies auf eine Libelle, die über dem Schilfrohr am Rande des kleinen Teiches aufstieg.

»Stimmt«, sagte Gotthilf D. »Eine Azurjungfer, blau und vollkommen.«

Es war nicht der Tod, von dem Gotthilf D. Manthey sprechen wollte. Es war die Liebe seines Lebens. Deshalb war er mit Eduard in den Garten gegangen.

Seine Eltern, der Schuster Wilhelm Gotthilf Manthey und Lieselotte Manthey, geborene Möller, hatten ihn Gotthilf Daniel genannt. In der Volksschule rief man ihn Daniel, im Jungvolk und in der Hitlerjugend dagegen Gotthilf. Als er fünfzehn Jahre alt war und der Vater an Tuberkulose starb, wurden seine jugendlichen Gesichtszüge vor Trauer so weich wie die eines Kleinkindes. Vielleicht war das der Grund, warum sein Onkel Heinz Möller aus Bielefeld bei der Beerdigung auf dem Hegerfriedhof sagte: »Mein armer Danni!« Der Kosename breitete sich rasch aus und griff auch auf Kreise über, die an der Beerdigung gar nicht teilgenommen hatten. Als zwei Jahre später das Herz von Lieselotte Manthey stehen blieb, weil sie an eine unbedeckte Stromleitung gefasst hatte, stand auf allen Beileidsbriefen an die verwaisten Geschwister: *Danni und Bertha Manthey.*

Der bescheidene Sanitätssoldat Manthey, der mit dem Russlandfeldzug in die Kriegsereignisse verwickelt wurde, war für Vorgesetzte und Kameraden von Anfang an kein anderer als Danni. Man nahm ihn nicht ganz ernst, aber man hatte ihn gern. Nur wenn das Lazarett unter feindliches Feuer geriet oder die Sanitäter im Kugelhagel Verletzte bergen mussten, nannte man Danni mit vollem Namen Daniel. Es hatte sich herumgesprochen, dass der gleichnamige Prophet einst heil aus der Löwengrube geklettert war.

»Ich war ein Maskottchen«, sagte Gotthilf Daniel im Garten zu Eduard. »Sogar Jüngere behandelten mich wie ihren kleinen Bruder, und ich muss sagen, es gefiel mir.«

Danni assistierte im Norden von Stalingrad in einem Omnibus, der zum Operationssaal umfunktioniert worden war und nur von Kerzen und Karbidlampen erhellt wurde. Dabei lernte er alle Arten kennen, in denen menschliche Körper von Projektilen und Splittern zerfurcht und aufgerissen werden können. Er erlebte menschliche Wracks, die mit der gleichen Unbefangenheit in ihren Gräben ausharrten wie der Schnee um sie herum auf der gefrorenen Erde. Er wurde Teil des Leidens und Sterbens bei minus 20 Grad. Er knackte hundert Läuse am Tag. Er hatte Furunkulose und einen

Abszess, der eine Entzündung der Lymphdrüsen mit sich brachte, lächerliche Probleme angesichts des Weltuntergangs, der sich um ihn herum vollzog.

Als eine russische Granate den Omnibus zerlegte und Danni ein Granatsplitter in den Bauch fuhr, glaubte er in den wenigen klaren Momenten zwischen den Schmerzwellen, sein Leben wäre zu Ende. Im Ruinenlazarett reichte ihm der tatsächlich sterbende Infanterie-Offizier Hans Kühn ein kleines deutsch-russisches Wörterbuch und sagte: »Mehr hab ich nicht zu vererben, Danni. Bleib am Leben und bring es heim.« Und Danni starb nicht, obwohl er in den ersten beiden Tagen keine Verpflegung erhielt, so sicher schien sein Tod. Der JU-Pilot, der den Schwerverletzten vor dem Weihnachtsfest aus dem Kessel flog, sagte zum Abschied: »Sieh zu, Bürschchen, dass dein Bauch keinen Tag vor dem Ende des Krieges heilt.«

Danni blieb trotz der umsichtigen Pflege seiner Schwester Bertha monatelang schwach, trostbedürftig und traumatisiert. Im Krankenbett unterhielt er sich oft mit den Schmetterlingen, die er im letzten Sommer in Russland gefangen und in Zigarettenschachteln mitgebracht hatte. »Ihr seid das einzige Schöne in meinem Leben«, sagte er dann und Bertha protestierte. Als Danni wieder auf die Beine kam und spazieren gehen konnte, ergänzte er seine Schmetterlingssammlung durch einheimische Exemplare und stellte sich vor, wie es wäre, wenn alle Soldaten mit einem Mal Schmetterlingssammler würden.

Im Sommer '44 musste Danni wieder in den Kampf. Er registrierte aus der unbestechlichen Perspektive eines Sanitätsobergefreiten im Feldlazarett die menschlichen Kosten beim Durchbruch der 2. Weißrussischen Front auf der Linie Pultusk-Rozan-Ostrolenko-Lomscha und kam zu der Überzeugung, dass der Krieg das Leben in Europa vollständig auslöschen würde. Auf dem Rückzug geriet Danni bei Ortelsburg in Feindfeuer, dieses Mal aus dem Maschinengewehr eines russischen Jagdflugzeuges. Es erwischte ihn am linken Arm, einige Rippen wurden schwer beschädigt. Man pflegte Danni im Lazarett, bis er halbwegs reisetauglich war, und schickte ihn nach Hause.

Die kleine Haster Wohnung, in der seine Schwester Bertha gelebt hatte, war ausgebombt. Nachbarn übergaben Danni einen Brief, aus dem hervorging, dass Bertha den Rest seiner Sachen hinter einer Ulme im Garten vergraben hatte und zu Cousinen in den Harz gezogen war. Weil sich sein körperlicher Zustand trotz allem noch einmal besserte, die Alliierten näher kamen, die willkürlichen Menschenopfer im Reich andauerten und ein weiterer Einberufungsbefehl abzusehen war, entschloss sich Danni, sein Leben auf eigene Faust zu retten.

Er überwand seine Arglosigkeit, klaute sich Wolldecken und Lebensmittel und versteckte sich in den Wäldern nahe des Piesbergs. Bald tauchten dort die ersten russischen Kriegsgefangenen und Zwangsarbeiter auf, die sich noch vor Ankunft der Briten aus dem Staub gemacht hatten und sich nun in Banden organisierten. Sie akzeptierten das bleiche Jüngelchen, das ihren Lebensstil teilte, als Helfer und Auskundschafter. Danni lernte unterdessen in dem deutsch-russischen Wörterbuch des toten Infanterie-Offiziers jeden Abend zehn neue Worte und machte den Russen viel Freude, denn seine Aussprache war schauderhaft.

Dass seine Beschützer nicht nur raue Gesellen waren, sondern Diebe, Vergewaltiger, Räuber und von Fall zu Fall auch Mörder, entging Danni nicht. Aber er fühlte keinen Aufruhr im Gewissen, wenn er ihre Züge eskortierte. Er sah keinen Unterschied zum Treiben der Wehrmacht und den Umtrieben der Säuberungskommandos hinter der Front. Das

Gute und Barmherzige waren aus der Welt geflohen, hüben wie drüben. Was sollte er dagegen schon machen? Ich bin in eine Zeit hineingeboren, dachte er, die am schlechtesten zu mir passt. Nur wenn seine Bande Menschen erdrosselte, erstach und erschlug, merkte Danni, dass sein Gleichmut überfordert wurde, und wandte sich ab.

Danni nahm am Sturm auf die Heeresverpflegungsämter nahe der Winkelhausen-Kaserne teil. Er stand mitten im entfesselten Streit um Würste, Tee und Käse, als er auf dem Umgang eine junge Frau mit schwarz leuchtenden Augen sah. Ihr Blick streifte ihn nur, aber er fühlte sich am ganzen Körper von hitzigem Wind berührt. Während er die Frau noch beobachtete, die mit geringen Mitteln einen solchen Schauer in ihm ausgelöst hatte, rückte sie eine Kiste Schweinskopfsülze an die Rampe und stürzte die Last hinab, sobald das ausersehene Opfer in Reichweite kam – und das Opfer war der stadtbekannte Demon und Hauptschriftleiter Heinz Toll.

»Sie war ein zorniger Engel, aber mit dunklem Haar, wie man es auf Bildern nicht oft sieht«, erzählte Gotthilf Daniel seinem Sohn Eduard. »Komischerweise hatte ich keine Angst vor ihr. Ich glaubte gleich, dass sie genauso einsam war wie ich.«

Danni sah die Frau aus den Heeresmagazinen flüchten. Er nahm seinen Mut zusammen, sprach sie an und erfuhr, dass sie Marie Eckstein hieß. Er besuchte Marie wenige Tage später in ihrem halbzerstörten Zuhause und bemerkte, dass ihr Gesicht lächelte. Es war ein ernsthaftes, interessiertes Lächeln, das sich bei jedem seiner Besuche wiederholte und niemals gönnerhaft wurde, wie er es von den Menschen in seiner Umgebung gewohnt war. Maries Lächeln ließ ihn im Laufe des folgenden Monats innerlich um zehn Jahre altern und machte ihn dadurch erwachsen.

Dannis Ansehen bei der Russenbande stieg rapide, als er

mit Marie in den Wäldern aufkreuzte und sie auf Masurisch, das heißt Polnisch, Russisch zu sprechen versuchte. Danni zitterte, als er Marie nach einer Nacht des Grübelns, welches das schönste Wort der Welt wäre, Zitronenfalter nannte und ihr Erröten sah. Die Stadt lag in Trümmern, die Zukunft war kaputt, aber er fühlte sich an diesem Morgen, als hätte er einen Kontinent der Seligkeit entdeckt.

Marie Eckstein war nicht nur die erste Frau, mit der Danni schlief. Sie war die erste, die er überhaupt mit den Absichten der Liebe berührte. Bis dahin hatten seine Hände nur knochige, blutige und zerrissene Männerleiber angefasst. Der Kontrast war unaussprechlich. Dannis Fingerkuppen brannten, als sie auf die weiche Haut von Maries Bauch vorstießen. Als sie seine Hände ungeduldig zu ihren Brüsten lenkte, zuckte ein Bündel Blitze von Kopf bis Fuß durch ihn hindurch. Als er zum ersten Mal das Scharlachrot ihrer Blöße betrachtete, schloss er nach wenigen Sekunden schamvoll die Augen und sagte: »Das reicht vollkommen. Ich weiß jetzt, wo die Mitte meines Lebens liegt.«

Danni hatte unaussprechliche Hoffnungen, wenn er des Nachts im Schein der Kerze sah, dass die starke, gesunde Marie sich nach der Liebe an seiner schmächtigen Brust einrollte, als würde er doppelt so groß sein und Beschützerschultern haben. Weil er nun wusste, für wen er es tat, bestand er hartnäckig auf seinem vollen Anteil an den geraubten Gütern, und weil die Russen wussten, wer Marie war, steckten sie ihm manchmal ein Paar Damenschuhe oder ein Pfund Tee zusätzlich in seinen Beutebeutel. Er begann in dieser Zeit, das Verfassen von Liebesbriefen zu üben. Ihm war bei den ersten Versuchen aufgefallen, dass er nicht das ganze Blatt mit *lieber, lieber, lieber Zitronenfalter* voll schreiben konnte, obwohl alle weiteren Worte im Grunde auch nichts anderes sagten.

Als Marie in die Haster Hütte kam, um Danni zu sagen, dass es einen Heimkehrer aus Moskau gebe, der Hermann hieß und ältere Rechte hatte, wollte er sterben. Aber er bemerkte bald, dass ihn Maries kurze Liebe mit einer Energie ausgestattet hatte, die das Sterben unmöglich machte. Zwar lief er verheult und innerlich zerrissen durch die Stadt, aber als die Russen abtransportiert wurden (er erbte eine Menge Diebesgut in den Waldverstecken) und fast zeitgleich die Polen kamen, begann er seine Enttäuschung mit erotischen Abenteuern zu bekämpfen. Der harmlose Danni, den Marie gerade erst in die Lust eingeführt hatte, machte nun mit Hilfe großzügiger Geschenke mehrere junge Polinnen zu seinen Geliebten und dachte in ihren Armen niemals, niemals, niemals an eine andere Frau als Marie, wenn es stimmt.

Sein inneres Gleichgewicht war so allerdings nicht herzustellen. Als Marie an dem erwähnten Tag noch einmal mit dem Fahrrad vor der Haster Hütte auftauchte und er sich nicht aus der Umklammerung der kräftigen Polin an seiner Seite zu lösen verstand, wurde Danni von Verlustschmerz durchglüht, der nicht geringer war als sein größtes Glück, nur dass es eben Unglück war. Er hatte nicht gewusst, dass Liebe in solches Leiden umschlagen konnte. Es wurde ihm klar, dass seine Entwöhnung Jahre dauern würde, und er wusste nicht einmal, ob er sich überhaupt entwöhnen wollte. Für einen Menschen wie Danni war leicht erkennbar: Auch unglückliche Liebe ist Liebe und setzt den Vergleichspunkt des Lebens.

Er fasste den Entschluss, als Andenken an den verflossenen Sommer Danni auf D. zu kürzen, künftig in erster Linie Gotthilf zu heißen, die Liebe zu Marie im Herzen zu bewahren und irgendwo in der Welt ein rechtschaffener Mensch zu werden. Wir werden einst wieder vereint sein, wenn es das Schicksal so will, dachte Gotthilf D., und wenn es nicht so kommt, so will ich doch für immer davon geträumt haben.

Er folgte seiner Schwester Bertha in den Harz und fand am Rammelsberg bei Goslar Arbeit im Bergbau. Sein Platz war unter der Erde. Er brach das Erz, wenn er gesundheitlich auf der Höhe war, und er fuhr die Grubenbahn, wenn es ihm schlecht ging.

In den ersten Monaten fürchtete sich Gotthilf D. vor der ewigen Nacht des Berges. Aber eines Tages führte ihn der Bergmann Fritz Buinowski durch die Verzweigungen des tausend Jahre alten Stollensystems, stellte ihm das riesige Serenissimorum-Kehrrad vor, wanderte mit ihm durch den Tiefen Julius-Fortunatus-Stollen und zeigte ihm einen Gang in der Mitte des Unheimlichen, dessen Farben schöner leuchteten als selbst die schönsten Kirchenfenster, die Gotthilf D. aus dem Dom seiner Heimatstadt kannte. Tropfwasser, Sauerstoff und Bakterien hatten die sulfidischen Erze mit Vitriolen überzogen. Weiße Zinkvitriole, grüne Eisenvitriole, tiefblaue Kupfervitriole und braune Eisen-Mangan-Hydroxide schmückten den Gang, der zum Tiefen Julius-Fortunatus-Stollen gehörte, wie eine kostbare Kapelle.

»Dieser Berg ist wie mein Herz, und wenn ich Marie nicht Zitronenfalter genannt hätte, würde ich sie Kupfervitriole nennen«, sagte Gotthilf D., der zu wenig gelesen hatte, um sich vor Kitsch zu fürchten, zu Fritz Buinowski.

Er arbeitete acht Jahre im Rammelsberg und sparte jeden Pfennig seines Lohns. Seine Freizeitvergnügen waren Spaziergänge in den Harzwäldern und die Betrachtung seiner Schmetterlinge. Er liebte unterdessen die Frau in der Ferne mit der Unerschütterlichkeit der unglücklich Liebenden. Dann hörte seine Schwester Bertha bei einem Besuch in der Heimatstadt die Fehlmeldung, dass Marie gestorben, aber noch nicht beerdigt wäre. Sie sandte ein Telegramm nach Goslar. *Marie tot. Beerd. 30. Juni. Schinkelfried.* Gotthilf D. kaufte sich den ersten Anzug seines Lebens und erreichte am Abend vor der Beerdigung seine Heimatstadt.

»Ich ging in dem Glauben zum Hegerfriedhof, an der Beerdigung Marie Ecksteins teilzunehmen«, erzählte Gotthilf Daniel auf der Gartenbank. »Aber es war viel schlimmer. Marie war bei lebendigem Leibe vertrocknet, als hätte ihr jemand das Blut ausgesaugt, aber die Fähigkeit zum Atmen erhalten ... Ich kam natürlich nicht darauf, dass der Junge, der mit einem Mädchen an der Hand zwischen den Gräbern herumlief, ihr Sohn war. Dass es auch mein Sohn war, der den Namen Gustav Hermann trug, konnte ich mir erst recht nicht denken. Ich sah noch Maries Augen, aus denen die Kraft gewichen war, bevor sie das Gesicht zu der Sonnenfinsternis erhob, um sich zu blenden. Es kam mir so vor, als hätte sie mit Dingen zu tun, die größer waren als das irdische Leben.«

»Und was passierte dann?« schluckte Eduard. –

Während die Pietisten Lieder sangen und die Beerdigung zu Ende ging, sah Gotthilf D. durch sein Leben hindurch und verstand, dass sein Anteil am Glück in den Sommer '45 hineingepresst worden war. Er war plötzlich dankbar, dieses Glück gehabt zu haben. Was noch vor ihm liegen mochte, so nahm Gotthilf D. an, waren Jahrzehnte wie ein immerwährender Nachsommer. Er blieb in seiner Heimatstadt, wurde Arbeiter bei der Güterabfertigung der Deutschen Bundesbahn, und lernte (nie), mit den beiden Bildern umzugehen, die er im Herzen trug: Dem Bild der schönen Marie in seinen Armen und dem Bild des düsteren Weibes auf dem Friedhof, das ihr Augenlicht von der Sonne auslöschen lässt.

Einmal sah Gotthilf D. seine alte Liebe wieder. Das kam, als in den späten siebziger Jahren masurische Pietisten im Gemeindehaus der Pauluskirche eine Versammlungsstelle des Gebetsvereins gründeten. Bei einem Sonntagsspaziergang fiel Gotthilf D. auf, dass eine gekrümmte Gestalt in schwarzer Kleidung aus dem Gemeindehaus zu einem blauen, vornehmen Auto geführt wurde. Er wusste, dass es Marie Eckstein war – und das Bild vor seinen Augen wurde überlagert von Farben und Licht.

Als Dr. Gustav Hermann Eckstein der Rhetoriklehrer Eduards am Karlgymnasium wurde, spürte Gotthilf D., dass die Vergangenheit nach ihm griff. Er verstand bald, dass sein erster Sohn der Lehrer seines zweiten Sohnes geworden war, und er behielt es für sich, zuerst und zuletzt, um den Kokon zu schützen, in dem er die Liebe zu Marie oder zumindest die Illusion dieser Liebe aufbewahrte.

Andererseits wollte Gotthilf D. seine Frau Dietlinde nicht vor den Kopf stoßen, die das treueste Wesen war, das er sich vorstellen konnte, und die unangefochtene Nummer zwei seines Herzens.

Der Tag, an dem Gotthilf Daniel seinem Sohn von diesen Dingen erzählte, war nicht zufällig der 80. Geburtstag Marie Ecksteins. Der Vater hatte den Zeitpunkt wohl erwogen, an dem er Eduard sein Leben erzählte – und er hatte einen abenteuerlichen Plan, den romantischsten, seit er Marie einst die Brieftauben überreicht hatte (wie er sagte). Er wollte seiner alten Geliebten zum Geburtstag gratulieren, vierundfünfzig Jahre, nachdem er das letzte Wort mit ihr gewechselt hatte. Eduard, der damit beschäftigt war, seine neue Lebenslage zu bedenken, meldete sofort Zweifel an.

»Tut mir Leid, wenn ich deutlich werde«, sagte er. »Aber das ist die Schnapsidee eines alten Mannes.«

»Kann ja sein«, sagte Gotthilf Daniel. »Aber man darf auch in meinem Alter eine Torheit aus Liebe riskieren – wenn dieses Gefühl so heißt, das über die ganze Zeit nicht von mir gewichen ist.«

Eduard sah ein Lachen in den Augen seines kranken Vaters, das er nicht kannte und auf das sich das altertümliche Wort *bübisch* gut anwenden ließ, wie er fand. Sein Widerstand schrumpfte und er willigte ein, seinen Vater an die Zeppelinstraße zu fahren.

»Es gibt ein Problem«, sagte Gotthilf Daniel. »Deine Mutter soll natürlich nicht wissen, dass ich eine andere …«

»Junge, Junge«, sagte Eduard. »Jetzt wird's ne Vorabendserie. Aber du kennst bestimmt schon die Lösung, nachdem du alles so geschickt eingefädelt hast.«

»So ist es«, sagte Gotthilf Daniel. »Dietlinde ist nachher zum Kaffeeklatsch bei den Koops. Das ging noch nie unter zwei Stunden ab. Diese Frist sollte für einen kleinen Geburtstagsgruß reichen.«

Als Dietlinde um Viertel nach drei das Haus verlassen hatte, zog sich Gotthilf Daniel rasch den besten Anzug an, brachte sein spärliches weißes Haar mit Birkenwasser in Form und griff nach einigen Schmetterlingen, die er mit Nadeln auf Korken gespießt hatte. Er ließ sich von Eduard zum Blumengeschäft am Schinkeler Friedhof fahren, gab im Ton des erfahrenen Hobbygärtners die Anweisung, alle Blumen, Halme und Gräser, die nach Frühling und Freiheit aussahen, zu einem Fünfzig-Mark-Strauß zu binden, und befestigte, schon wieder im Auto, die aufgespießten Schmetterlinge auf den Zweigen: den Zweigen der Myrte, des Kerbels und des Storchschnabels.

Gustav Eckstein war nicht zu Hause (und Eduard wusste natürlich nicht, dass sein Halbbruder mit Esther unterwegs war). Es war Katrin, die an die Tür kam und stutzte, als sie den riesigen Blumenstrauß in der Hand von Gotthilf Daniel sah. Aber sie freute sich, als sie nach einigen Erklärungen Eduards verstanden hatte, dass kein anderer als Danni persönlich vor ihr stand.

»Das ist nett von Ihnen«, sagte Katrin – und Eduard dachte: Es fehlt eigentlich nur Hermann zu einer fetzigen Vierziger-Jahre-Revival-Party. Katrin ging zu ihrer Schwiegermutter hinauf, um den Besuch anzumelden. Marie Eckstein saß wie eh und je auf dem Kirschholzlehnstuhl und trug schwarze Kleider, aber sie hatte Katrin zur Feier des Tages erlaubt, einen Klapptisch im Zimmer aufzustellen, eine helle Decke darüber zu legen und eine Mokkatorte aufzutischen, in deren Mitte eine Kerze brannte – die Marie nicht sah, aber riechen konnte.

»Marie«, sagte Katrin. »Weißt du, wer zu deinem Geburtstag gekommen ist?«

»Ich erwarte nur dich«, sagte Marie.

»Darf denn auch jemand anderes kommen?« fragte Katrin.

»Wer sollte denn noch kommen?« fragte Marie. »Mein Sohn Gustav ist doch bestimmt nicht gekommen.«

»Das stimmt«, sagte Katrin. »Es ist ein anderer, liebe Marie ... Wenn ich dir einen Ratschlag geben darf: Lass ihn zum Gratulieren raufkommen.«

»Ich kenne keine Menschen«, sagte Marie. »Aber wenn du sicher bist ...«

Gotthilf Daniel wusste aus Eduards Erzählungen und den Gesprächen über die Jahre, welcher Anblick ihn erwartete. Er war aber nicht bereit, seine Vision von der Wirklichkeit gefährden zu lassen: Welchen Zweck hätte das denn gehabt? Er war gekommen, um durch die vertrocknete Hülle des alten, geblendeten Weibes hindurch, rücksichtslos gegenüber der gramvollen Düsternis der Dachkammer und vierundfünfzig Jahren der Trennung und Einsamkeit, seiner Zuneigung Ausdruck zu geben, auch wenn diese Zuneigung einer Erinnerung galt, der Erinnerung seines Lebens.

Gotthilf Daniel blieb im Türrahmen stehen.

»Herzlichen Glückwunsch, Marie«, sagte er.

Für einige Sekunden sagte niemand etwas.

»Ich weiß nicht«, sagte Marie. »Ist das die Stimme? ... Ich weiß nicht.«

»Ja, ich bin Danni«, sagte Gotthilf Daniel.

Er ließ seine Vision nicht fahren und drückte Marie den Blumenstrauß in die runzeligen Hände. Sie, Schattauers Tochter aus Kleinbärengrund, verstand natürlich immer noch viel von Blumen. Sie merkte, dass es ein besonderer Strauß war, den Gotthilf Daniel ihr gereicht hatte, roch das starke Aroma der Myrte und ließ ihre Finger über die Blüten wandern, bis sie zu den aufgespießten Schmetterlingen kam.

»Danke«, sagte Marie. »Tote Schmetterlinge ...«

»Aber sie waren mal lebendig«, sagte Gotthilf Daniel und verschluckte das Wort, das plötzlich frech auf seine Zunge getanzt kam, nämlich Zitronenfalter. Es ist zu intim, dachte er, so gut kennen wir uns nicht mehr.

Katrin besorgte zwei weitere Stühle. Die kleine Gesellschaft trank Kaffee und jeder aß ein Stück Mokkatorte. Marie legte ihre Schokoladenbohne mit der Gabel auf Katrins Teller. Sie hatte keine Zähne mehr und lutschte ihre Torte. In der Selbstverständlichkeit, mit der Marie die Schokoladenbohne weitergab und Katrin mit einem Lächeln akzeptierte, drückte sich Vertrauen aus. Es lag etwas Schönes darin, fand Eduard. Vielleicht, dachte er, haben die beiden Frauen die Würde erreicht.

Gotthilf Daniel ließ sich nicht beirren von dem, was seine Augen sahen, und hielt die fünfundzwanzig Minuten, die er sich eingeräumt hatte, in Hochstimmung durch.

»Wir müssen gehen, Marie«, sagte er schließlich. »Dieses Mal bin ich es, der zu Hause Verpflichtungen hat.«

Eduard fand seinen Vater so lässig wie noch nie. Doch er entdeckte im selben Moment auch die Doppelbödigkeit des

Besuches. Sein Vater hatte Maries Abgeschiedenheit aufgesprengt und unter der Maske der Geburtstagswünsche in ihren Wunden gebohrt: Auch so konnte man das sehen. Vielleicht war der Besuch die Vergeltung für ein halbes Jahrhundert unerfüllter Liebe, dachte Eduard.

Als er gegangen war, bewegte sich Marie, vor Alter und Ewigkeit knisternd, zu dem Schrank neben der Zimmertür. Sie nahm ein Buch in die zitternden Hände. Johann Arnd, *Wahres Christentum.* Im Einband steckte ein Briefumschlag.

»Lies ihn«, sagte Marie zu Katrin. »Dann begreifst du, warum ich geglaubt habe, auch Danni würde sterben, damit keiner übrig bliebe außer mir.«

Ich sollte erfahren, was in diesem Brief stand. Katrin erzählte es mir zur rechten Zeit. Es war ein Brief von Hermann Eckstein. Er hatte ihn geschrieben, bevor er in einem Ostberliner Krankenhaus an Magenkrebs gestorben war. Er bedankte sich, dass Marie ihm vertraut hatte, damals, an der Weißbirke, auf dem Feldweg bei Kleinbärengrund. *Etwas Wertvolleres als Dein Vertrauen habe ich nie mehr besessen, Mohnblüte, erst recht nicht bei den Kommunisten.* Der Brief war auf den 24. Juni 1954 datiert.

Kreuzweingarten hieß das Dorf nördlich der Eifel, über dessen Asphalt unsere Reifen rollten. Es war ein schöner Tag mit klaren Farben. Die Rapsfelder leuchteten gelb, die Kornfelder waren noch frühlingsgrün. Am blauen Himmel segelten schneeweiß die Wolken. Laue Luft floss über meine Unterarme. Sie duftete in günstigen Momenten, wenn die Abgase des Verkehrs verflogen, nach Blüten und Erde. Am Straßenrand standen Schilder, die zum Besuch römischer Wasserleitungen und Kalkbrennereien einluden. Ich fühlte mich für einen Augenblick wie ein Staubkorn im Sandkasten der Geschichte.

Wir waren im Regionalexpress vom Kölner Südbahnhof nach Euskirchen gefahren, um uns die reizlosen Gewerbegebiete und monotonen Felder in der Nähe der Stadt zu ersparen. Eduard redete seit Viertelstunden von den Ereignissen des vorigen Tages. Er stand unter Feuer. Er hatte bisher weder Esther noch Eckstein erreicht, um ihnen die familiären Neuigkeiten mitzuteilen. Eckstein ließ sein Handy oft unbeachtet und entladen auf dem Schreibtisch liegen, wenn er aus dem Haus ging, insofern war sein Schweigen erklärlich. Aber dass Esther weder auf die Nachrichten reagierte, die Eduard nach dem Gespräch mit seinem Vater auf ihrem Anrufbeantworter hinterlassen und häufig erneuert hatte, noch auf das Stakkato seiner SMS, das verwirrte ihn.

»So etwas habe ich in drei Jahren nicht erlebt«, sagte Eduard. »Erreichbarkeit war immer ein Vorzug meiner Antilope.«

Da ich entschlossen war, über meine Beobachtungen auf dem Kölner Hauptbahnhof zu schweigen, zuckte ich nur die Schultern.

Der Computer an meinem Lenkbügel zeigte bei leicht ansteigender Straße einunddreißig Stundenkilometer. Eduard fuhr die Passage aus Unruhe oder Übermut so schnell wie in den besten Zeiten. Aber ich hatte die Polster an seinen Hüften vor Augen, die das enge Team-Telekom-Trikot gut herausarbeitete. Ich wusste, dass Eduards Ausdauer endlich geworden war. Wir erneuerten unsere übliche Wette. Das Rennen des Tages sollte beim Anstieg zur Hohen Acht stattfinden. Eduard setzte eine Flasche St. Emilion auf sich, ich auf mich.

»Ich habe Ritzel im Blut«, sagte er.

»Du hast Illusionen im Hirn«, sagte ich.

Am Bollscheider Kopf stampfte Eduard in hoher Übersetzung in den Wald hinein und ging in der ersten Kurve aus dem Sattel. Ich ließ abreißen und fuhr zehn, zwölf Sekunden hinter ihm die Steigung hinauf. Eduards Handy klingelte. Er zerrte es aus der Trikottasche. Aber es war nicht Esther, es war auch nicht Eckstein, es war … seine Mutter. Sie wollte von Eduard wissen, wie ich bald erfuhr, ob ihm am Vortag etwas aufgefallen wäre. Gotthilf Daniel war plötzlich fröhlich geworden und ging auf dem Schinkelberg spazieren. Seine Sorgen wegen der Einlieferung ins Krankenhaus schienen wie weggeblasen und er sagte irritierende Sachen über sein Leben, wie Eduard nun am Telefon hörte.

»Wahrscheinlich hat es nichts zu bedeuten«, log Eduard. »Aber hast du etwas von Esther gehört? Ich versuche, sie zu erreichen …«

Dietlinde konnte Eduard nicht helfen. Er wischte den Ohrenschweiß von der Anzeige und steckte das Handy wieder ein. Wir fuhren die Waldstrecke vom Bollscheider Kopf zum Knippberg in hohem Tempo. Die weiße Schüssel des Radioteleskops auf dem Effelsberg hob sich riesig aus den Feldern. Irgendwo hinter dem Horizont ging es zum Rhein hinab, der in Remagen unser Ziel war. Auf der langen Gefällestrecke, die zu den engen Serpentinen nach Oubliers hinabführt, erreichten wir über 70 Stundenkilometer. Die Anstrengung und der Rausch der Geschwindigkeit vertrieben allmählich mein schlechtes Gefühl.

Wir zogen noch auf der Bundesstraße 257 an einem Örtchen namens Dümpelfeld vorbei, in dem eine kleine Kirche umgeben von Grabsteinen schön in der Sonne stand, sahen zwei rote Ferrari unter dem Aufkreischen von 24 Zylindern vom Parkplatz einer Tankstelle davonjagen, zuckelten von Ampeln, dichtem Verkehr und Fußgängern gebremst durch Adenau und bogen dann auf die Straße ein, die zur Hohen Acht hinaufführt – aber auch, wenn man rechtzeitig links abbiegt, nach Kaltenborn, wo Naumanns eine Wohnung besitzen, die in der Familie Landwohnung genannt wird. Als

Eduard Esther kennen gelernt hatte, war sie aus dieser Wohnung in Kaltenborn gekommen und unterwegs nach Köln gewesen.

Noch wies nichts darauf hin, dass sich der Kreis schließen würde und die Hohe Acht (mit 747 Metern über dem Meeresspiegel durchaus keine mythische Erhebung) zum Kalvarienberg auserkoren war. Ich erinnere mich an das Kreischen der Motorräder, die auf der alten Nordschleife des Nürburgrings ihre Runden zogen und mit Drehzahlorgien die Waldruhe vernichteten. Immer gab es jemanden, der Vollgas gab. Vollgas! Vollgas! Getriebe jaulten beim Herunterschalten. Man brauchte kein Experte zu sein, um in dem Furor der Vierzylinder das tiefe, wilde Röhren der großen Zweizylinder-Ducatis herauszuhören. Sehen konnte man die Maschinen nicht. Die Grüne Hölle, wie sie genannt wird, liegt an dieser Stelle hinter Bäumen.

Mag sein, dass sich Eduard vom Lärm angestachelt fühlte. Jedenfalls begann er den Aufstieg viel zu schnell. Ich merkte es an meinem Atem und Puls. Ich versuchte, die Trittfrequenz zu halten und verbrauchte eine Übersetzung nach der anderen, bis der dritte Gang endlich passte. Anfangs hielt ich nur mit Mühe Eduards Hinterrad. Ich spürte, wie der Schweiß auf meiner Stirn verdunstete und Salzkrusten hinterließ. Der Computer zeigte Geschwindigkeiten zwischen 15 und 20 Stundenkilometern, manchmal mehr. Wir zerschnitten die Kurven und fraßen die Geraden. Die Bäume schluckten das Lärmen der Motorräder hinter uns. Die Luft war erfüllt von Atemstößen, Vogelgezwitscher, Blätterrauschen und dem Surren der Ketten.

Auf einer Strecke von fünfzig Metern halbierte sich Eduards Geschwindigkeit. Er suchte noch in seinem Trikot rasch nach einem Müsli-Riegel, aber der Hungerast hatte ihn schon erwischt – diese plötzliche Kraftlosigkeit, gegen die selbst

Profis nichts ausrichten können, wenn sie erst eintritt. Ein Hungerast ist immer das Ende aller Siegeschancen. Ich zog an Eduard vorbei und wollte mich schon im lockeren Wiegetritt verabschieden, um am höchsten Punkt der Straße als Sieger auf ihn zu warten, als er mich mit einem Ruf aufhielt.

»Stopp«, rief Eduard. »Spar dir den Rest, hast gewonnen.«

»Hab ich ja gesagt.«

Ich fuhr langsam neben ihm her.

»Ich bin außer Gefecht«, sagte er. »Lass uns nach Kaltenborn fahren. Vielleicht ist Edith in der Landwohnung und serviert uns Kaffee und Sahnetörtchen.«

»Wenn nicht, hast du ein paar Kilometer mehr«, wandte ich ein. »Außerdem riechen wir nicht gerade nach Ambra.«

»Ich weiß, wo der Hausschlüssel liegt«, sagte Eduard. »Was zu trinken kriegen wir so oder so, und bei Bedarf auch ne Dusche.«

Eduard zeichnete im ersten Gang große Schleifen auf die Straße, um den Steigungswinkel zu verkleinern. Wir erreichten im Schritttempo die Abzweigung nach Kaltenborn und ließen uns ins Dorf hinabrollen. Die Luft schmeckte nach Thymian. Es war über 20 Grad warm. Auf der Straße entlang des Herschbachs, die zwischen Hundsburgskopf und Auf der Wurst nach Ahrbrück führt, fuhren zwei Autos, das eine in unsere Richtung, das andere von uns fort.

Vor dem zweistöckigen Haus, in dem Familie Naumann ihre Landwohnung hat, stand Gustav Ecksteins carnevalroter Jaguar. Ich glaube nicht, dass Eduard dem Auto eine falsche Bedeutung zumaß. In seinen Augen stand schon die wahre Geschichte. Aus der geöffneten Balkontür an der Seite des Hauses sang Jacques Brel *Les Paumés du Petit Matin.* Es war ein Live-Mitschnitt. Es gab Applaus, als das Lied zu

Ende war und das nächste begann. *Les Flamandes.* Eckstein liebte Jacques Brel. Aber er liebte auch Esther. Man konnte es hören. Und sie liebte ihn. Wir hörten ihre Lust.

Mein Freund ging die Einfahrt zu den Kellergaragen hinab, die unter dem Balkon lag, und blickte traurig in den Schall, der aus der offenen Tür zum Tal hinaus ging.

»Lass uns fahren«, sagte ich. »Hier lässt sich das Problem nicht lösen.«

»Ich weiß nicht«, sagte Eduard. »Ich hol mir erst mal was zu trinken.«

Vielleicht war sein Spruch lässig, seine Stimme war es nicht. Ich wollte ihm die Hand auf die Schulter legen und – wer weiß? – ihn an mich drücken, ihn wegziehen, ihn vor sich selbst schützen. Er schüttelte mich ab wie ein lästiges Insekt. Seine Kondition war dahin, aber seine natürliche Kraft keineswegs – auch oder gerade, weil er über neunzig Kilo wog. Eduard verschwand hinter dem Haus und ich lief ihm nach. Er hob eine große, tönerne Blumenschale am Rande des Zierrasens hoch. Dort waren Haus- und Wohnungsschlüssel in einem Plastiktütchen deponiert.

Eduard steckte die Schlüssel ein. Dann griff er nach einigen Rosenzweigen und drückte – um alle Zweifel zu tilgen, wie er sagte – die Dornenzweige mit der bloßen Hand. Blutstropfen liefen an seinen Fingern herunter.

»Was soll das?« fragte ich. »Wir sind nicht im Kino. Du bist nicht Christus. Niemand will Blutsbrüderschaft mit dir schließen.«

»Es war mir gerade danach«, sagte Eduard und packte noch einmal zu. »Du bist Zeuge, wie alles gekommen ist.«

»Was heißt das?« fragte ich. »Was willst du damit sagen?«

»Du bist Zeuge«, sagte er. »Du kennst die ganze Geschichte. Du weißt, dass ich das nicht durchgehen lassen kann.«

»Mach keinen Scheiß jetzt«, rief ich. »Libido ist unberechenbar. Libido macht, was sie will. Das war schon immer so. Was können Esther und Eckstein dafür?«

Worte in diesem Sinne. Viel zu schwach und viel zu furchtlos.

Eduard schloss die Haustür auf. Ich folgte seinen eiligen Schritten die Treppe hinauf. Jacques Brel begann *Marieke* zu singen. Eduard schloss leise die Wohnungstür auf und betrat den Parkettboden der Diele. Ich erinnere mich, dass der frühlingshafte Duft von Ecksteins Eau de Toilette zu riechen war, während Esther keine Duftnote in der Dielenluft hinterlassen hatte.

Jeder weiß, wie zwei Menschen aussehen, die nach der Liebe glücklich sind. Es ist oft etwas Kindliches in der Entspannung. Vertrauen und Befriedigung hat die Körperglieder weich und biegsam gemacht. Und so war es auch bei Esther und Eckstein. Sie war über ihm gewesen und hatte sich nun auf ihn gedrückt und an ihn geschmiegt. Ihre rechte Schulter lag unter seinem Kinn. Ihr blonder Kopf ruhte mit der Stirn im Kissen neben seinem Kopf. Eckstein hielt die Augen geschlossen und sang mit Jacques Brel leise *Marieke*. Ich hörte es nicht, konnte es aber an den Lippenbewegungen erkennen. Esthers Schenkel umspannten Ecksteins Schenkel. Die Liebenden waren noch vereint. Es war eine sehr peinliche Situation. Ich ging zur Wohnungstür hinaus – und das war mein letzter Fehler in dieser Geschichte.

Ich sollte nicht dabei gewesen sein, als Eduard die Summe zog, und die Frage, ob ich körperlich hätte verhindern können, was ihm wohl eher die Enttäuschung über sich selbst als die Eifersucht auf Eckstein zu tun befahl, bleibt unbeantwortbar. Bedenklich und wahrhaft bedauerlich ist indessen, dass ich in der Reihe der katastrophalen Anzeichen nicht einmal das Letzte angemessen gedeutet hatte: Als Eduard den Schmerz der Dornen suchte.

Esther erzählte hinterher, dass Eduard unbemerkt an die Anlage getreten wäre und die Lautstärke bis zum Anschlag aufgedreht hätte. Der Lärmpegel übersprang die Schmerzgrenze im Bruchteil einer Sekunde und verharrte in unerträglicher Höhe. Glas klirrte, die Wände dröhnten, Jacques Brels Stimme wurde grotesk verzerrt. Esther und Eckstein erschraken sich fürchterlich, stießen in der abrupten Bewegung des Erschreckens mit den Köpfen zusammen und hielten sich, als sie zur Koordination wieder fähig waren, jeder mit beiden Händen die Ohren zu.

Eduard war von der Anlage zurückgetreten, ohne die Lautstärke abzudrehen. Er stand mitten in der Ausweglosigkeit, die er heraufbeschworen hatte. Sein Auftritt sei ungeschickt, dumm und lächerlich gewesen, sagte Esther hinterher – und deshalb war die Situation gefährlich. Sie stand auf und zog in ihrer Nacktheit den Stecker aus der Dose. Jetzt brach die Ruhe wie ein Schrecken herein. Durch das offene Fenster hörte man das empörte Schimpfen von Nachbarn, deren Beschaulichkeit so etwas noch nie angetan worden war.

»Hallo, Bruder«, sagte Eduard.

Die Liebenden griffen ihre Wäsche und zogen sich notdürftig an. Als Eckstein die Hose geschlossen und das Unterhemd über den schmächtigen, haarigen Oberkörper gezogen hatte, ging er einen Schritt auf Eduard zu.

»Immer noch Halbbruder, mein Lieber«, sagte Eckstein. »Wir sind nicht Kain und Abel.«

»Wo-, wo-, woher weißt du …?« stotterte Eduard.

Konfusion habe sein Gesicht zerfurcht, erzählte mir Esther. Er rieb sich über die Stirn und rötete sie absichtlich oder unabsichtlich mit dem Rosenblut, das an seinen Fingern klebte. Eckstein konnte unmöglich wissen, was Eduard selbst erst am Tag zuvor von Gotthilf Daniel erfahren hatte.

Oder etwa doch? Wenn Marie Eckstein immer gewusst haben sollte, wer der Vater ihres Sohnes ...? Wenn Gustav Eckstein selbst immer bekannt gewesen wäre, dass Eduard sein Halbbruder ...? Wenn Esther im vollen Wissen um die Ereignisse ...?

Vielleicht waren das Eduards Gedanken. Keiner wird es erfahren. Esther sah in seinem Gesicht Leiden und Selbsterkenntnis überkochen. Seine Beherrschung zerbrach an diesem widerwärtigen Winkelzug der Realität: Dass Eckstein selbst noch in flagranti die Bruder-Pointe souverän gekontert hatte und schon wieder, wie sein ganzes Leben lang, ob im Rhetorikkurs, auf der Amethyst, in der Weltverlorenheit des Bunkers oder in der Heiligkeit des Doms, es war ja ganz egal wo, weil immer das Gleiche geschah, die Oberhand zu gewinnen begann.

»Lass mich einige Worte sagen, lieber Eduard«, sagte Eckstein, fein und verbindlich artikulierend. »Es ist kein Wunder, dass du verärgert bist ...«

Er traf nicht die richtige Tonlage, um Eduard zu besänftigen – das fiel Esther sofort auf und ihr angstvoller Körper wurde starr. Es lag etwas Pädagogisches, Zuvorkommendes, Hilfsbereites ... etwas Überlegenes in Ecksteins Stimme, etwas, das Eduard in diesem Moment zutiefst hassen musste. Vermutlich gab es überhaupt keinen richtigen Ton, um die Enttäuschung Eduards zu mäßigen und ihn der Vernunft zugänglich zu machen. Er trieb Eckstein mit wenigen, gewaltigen Stößen seiner starken Hände auf den Balkon hinaus. Der hagere Eckstein ließ sich notgedrungen auf den ungleichen und im Übrigen zunächst lautlosen Kampf ein, bei dem bald die Planken des hölzernen Geländers zerbrachen. Die Halbbrüder stürzten, die Augen ineinander verkrampft und die Köpfe voraus, auf die Pflastersteine vor den Kellergaragen des Hauses.

Ich hockte an der Einfahrt und blickte über das Tal, in dem sich das Nachmittagslicht allmählich milder auf die stillen Waldbögen senkte. Da drang das Zerplatzen des Holzes, der dumpfe Aufschlag und ein entsetzliches Knirschen an mein Ohr. Es war ein Geräusch von einer Sekunde, über dem sich die Unbefangenheit der Natur so schnell schloss wie die Oberfläche eines Wassers, durch das zwei Steine auf den Grund gesunken sind. Diese Ruhe empfinde ich nun als einen aufgerissenen Abgrund des Gemüts. Damals hörte ich Weinen.